Jorge
Amado

Das Verschwinden der heiligen Barbara

Roman

Aus dem Portugiesischen
von Kristina Hering

Verlag Volk und Welt
Berlin

Anmerkungen am Schluß des Bandes

ISBN 3-353-00665-6
1. Auflage
Lizenzausgabe des Verlages Volk und Welt GmbH, Berlin 1990
mit Genehmigung des R. Piper & Co. Verlages, München

L. N. 302
Originalausgabe: *O Sumiço da Santa*, erschienen bei Editora Record,
Rio de Janeiro 1988;

Einbandentwurf: Lothar Reher
Satz: Druck und Buchbinderei GmbH, Leipzig
Druck und Einband: GG Pößneck GmbH
LSV 7361

Am Quai des Célestins, im Schoße Zélias,
an der Rampa do Mercado

Für sechs in der Welt verstreute Dichter:
Myriam Fraga, am Largo do Pelourinho,
Fernando Assis Pacheco, in Pardilhó,
Francis Combes, irgendwo in Paris,
Georges Moustaki, auf der Insel St. Louis,
José Sarney, auf der Insel São Luís do Maranhão,
und René Depestre, in Jacmel, auf Haïti,
diese Geschichte von Zauberei.

»Der König ließ mich rufen,
seine Tochter zu heiraten;
die Mitgift, die er mir gab:
Europa, Frankreich und Bahia.«

(Coco das Alagoas)

»Bahia
die Götter sind unter uns
die Götter
die zu lange zur Nacht verurteilt waren.«

(Francis Combes – »Das Licht von Bahia«)

»Bahia Aller Heiligen –
dort lebt Afrika noch im Exil.«

(Georges Moustaki – »Bahia Aller Heiligen«)

»Und es lief aus zu seiner Reise der
›Reisende ohne Hafen‹
in den Wassern von Bahia Aller Heiligen.«

(Herberto Sales – »Die Ansichten der Zeit«)

»Yansã gelangte zum Stein,
es kam Donner, es kam Blitz.«

(Zora Seljan – »Yansã, Xangôs Frau«)

»Der Bootsmann Manuel und Maria Clara
erzählten verschwiegen vom Verhängnis
des ›Reisenden ohne Hafen‹.«

(Epaminondas Costalima – »Die Ruhmesmacht
João Silvas«)

»Diese Welt ist erstaunlich.«

(Fernando Assis Pacheco, Brief)

»Gott ist Brasilianer.«

(Volkstümliche Redewendung)

Das Verschwinden
der heiligen Barbara
oder
Yansã besucht die Stadt Bahia
oder
Öffentliche Verabscheuung
der Fanatiker und Puritaner
oder
Der Krieg der Heiligen

Dies ist die kleine Geschichte von Adalgisa und Manela und von einigen anderen Abkömmlingen der Liebe des Spaniers Francisco Romero Perez y Perez zu Andreza da Anunciação, der schönen Andreza von Yansã, einer dunklen Mulattin. In ihr werden – um als Beispiel und Warnung zu dienen – zweifellos unerwartete und merkwürdige Ereignisse erzählt, die sich in der Stadt Bahia abgespielt haben – an einem anderen Ort hätten sie nicht geschehen sein können. Die Wichtigkeit des Datums ist relativ, aber es ist wissenswert, daß alles sich in einer Zeit von langen achtundvierzig Stunden eines gelebten Lebens zutrug, ungefähr gegen Ende der sechziger, Anfang der siebziger Jahre. Man suche keine Erklärung, eine Geschichte wird erzählt und nicht erklärt.

Als Romanprojekt unter dem Titel »Der Krieg der Heiligen« seit etwa zwanzig Jahren angekündigt, habe ich erst jetzt, im Sommer und Herbst 1987, im Frühling und Sommer 1988, in Paris, die Handlung zu Papier gebracht. Sie zu schreiben hat mir Spaß gemacht; wenn beim Lesen noch jemand Spaß daran haben sollte, bin ich's zufrieden.

Die Überfahrt

DIE EINSCHIFFUNG – An jenem Tag erschien in Bahia Aller Heiligen nach einem unerwarteten nachmittäglichen Fahrplan, aus dem Recôncavo kommend, der »Reisende ohne Hafen«, die Segel gebläht – das Meer ist ein blauer Umhang, sagte der Liebste zu seiner Liebsten. Wie sonderbar es auch scheinen mag, in der Spur des Windes hörte man Maria Claras Stimme nicht in der Klage eines Liebesliedes ausklingen.

So geschah es, weil der Leichter außer der üblichen duftenden Fracht von Ananas, Anakarden und Mangofrüchten in Santo Amaro da Purificação den Auftrag – besser gesagt, die Mission – bekommen hatte, das Bild der heiligen Barbara, der des Donners, berühmt durch ihre jahrhundertealte Schönheit und ihre Wundertätigkeit, mit unverhülltem Widerstreben des Vikars der Pfarre ausgeliehen, zur Hauptstadt zu bringen, wo es in der angekündigten Ausstellung Religiöser Kunst gezeigt werden sollte, die in Prosa und Versen von der Presse und von den Intellektuellen glossiert wurde. »Das kulturelle Ereignis des Jahres«, verkündeten die Zeitungen. Um dem heiligen Auftrag nachzukommen, strich der Bootsmann Manuel die morgendliche Ausfahrt und verschob sie um fast zwölf Stunden, doch er tat es freudig: Die Mühe lohnte sich, und Dona Canô bat nicht, sie ordnete an.

Der Pfarrer fühlte sich ein wenig erleichtert durch die Teilnahme eines Paters und einer Nonne an der Reise; der Pater jung und modern, die Haare unordentlich, in Zivil gekleidet; die Nonne bejahrt, mager, blaß, schwarzes Gewand; die göttliche Vorsehung, die nicht fehlgeht, hatte sie zusammen mit der Heiligen eingeschifft:

»Wacht über sie während der Überfahrt, vor allem gebt in der Flußmündung acht, die Wasser sind unbeständig, und der Wind bläst stark. Gott möge Euch begleiten.«

Unterstützt vom Vikar, vom Küster und von Dona Canô,

zwischen Gebeten und Beifall einer unruhigen Gruppe von Betbrüdern, vollzogen der Pater und die Nonne die Zeremonie der Einschiffung. Auf dem schlüpfrigen Abstieg jedoch zogen sie es vor, das Traggerüst mit dem wallfahrenden Bild den Seemannshänden des Bootsmannes Manuel und seiner Frau Maria Clara anzuvertrauen, die es mit ehrerbietiger Behutsamkeit im Heck des Leichters deponierten. Dort aufgestellt, ähnelte das majestätische Bildnis der katholischen Heiligen einer Schiffsmaske, einer Votivfigur am Bug, einem heidnischen Schutzwesen.

Die nonne und der pater – Die Brise des Nachmittags in den stolzen Segeln, zog der Leichter mit der Heiligen dahin. Am Steuer lächelte der Bootsmann Manuel Hochwürden und der guten Schwester zu: Sie sollten keine Angst haben, der heiligen Barbara drohe keine Gefahr.

Neben dem Traggestell sitzend, achtete Maria Clara auf die Standfestigkeit des Bildes, verhinderte, daß die Erschütterungen des Schiffes sein Gleichgewicht bedrohten. Seien Sie unbesorgt, fügte sie hinzu, um sie gänzlich zu beruhigen, während sie die Akkuratesse prüfte und lobte, mit der das Gestell verkleidet war, herausgeputzt mit kleinen Meisterwerken aus Brokat und Bändern, Stickereien und Spitzen, von den Frommen der Bruderschaft Unserer Herrin vom Guten Tod in der benachbarten Stadt Cachoeira, frommen alten Frauen, ausgezeichneten Künstlerinnen, für diese Gelegenheit hergestellt. Ach! Wenn es von ihnen abhinge, würde die Heilige mit Gold und Silber bedeckt reisen, altem Gold, vollgewichtigem Silber, aber der Museumsdirektor hatte es entschieden abgelehnt: Er hatte sogar den Reliquienschrein der Bruderschaft verboten – wie unsympathisch!

Vertrauenswürdige Versicherungen des Bootsmannes und seiner Frau, dennoch fürchtete die Nonne, verborgen unter ihrem schäbigen und strengen Gewand, für die Sicherheit der Heiligen, solange die Überfahrt dauerte, sei es in der Strömung des Flusses, sei es in der stürmischen Welle des Golfs, doch sie sagte nichts, ließ keine Unruhe erkennen, sie betete nur, während sie die Perlen des Rosenkranzes wieder und wieder durch die Finger gleiten ließ: Die Brise, die das Bild umkreiste, beruhigte sich in ihren knochigen Händen. Für sie war die Reise lang und besorgniserregend; sie atmete erst erleichtert auf, als das Boot an der Rampa do Mercado einlief: Alles war gut gegangen, Gott sei gelobt! Gleich wird die Heilige samt ihrem Beutel mit Blitzen und Donner im Museum für Sakrale Kunst sein, wo der Direktor, ein deutscher Mönch, emeritierter Doktor, dreimal gelehrt, anerkannter Autor, die Soutane weiß, makellos, sie ungeduldig erwartet – über Herkunft und Urheberschaft der berühmten Skulptur hatte er eine mutige und verwegene These niedergeschrieben. Nun erst befreit aus den Gittern der Angst, schloß Schwester Eunice die Augen, ließ einen Seufzer der Erleichterung entweichen und konnte endlich die Sanftheit der Brise empfinden.

Der Pater schien kein Pater, diese Hochwürden von heute sind etwas Seltsames. Wie sollte man ihn als Priester erkennen, wenn er Jeans und ein dem Winde geöffnetes Blümchenhemd trug und man in der Mitte der flatternden Haare keine abgeschabte Tonsur sah? Ein hübscher Bursche, der die Blicke der Frauen anzog. Die Kutte macht nicht den Mönch, lehrt das Volk in einem Spruch, lange vor solchen Veränderungen in Kleidung und Benehmen, und es hat Recht damit. Trotz der scheinbaren Nachlässigkeit der Kleidung und Frisur, des Fehlens von Soutane und Tonsur, handelte es sich nicht um einen Hippy auf dem Wege der Kolonie Frieden und Liebe in Arembepe, sondern um einen ordinierten Pater, aufrichtig in Berufung und Sendung, der angenommenen und ausgeübten Mission geweiht. In der entfernten Gemeinde, die ihm zugefallen war, waren die Pfarrkinder arme Leute, Knechte der Reichen, dem uralten Gesetz der Gewalt unterworfen.

Ihm schien die Reise noch länger, endlos, denn er reiste mit der Straflosigkeit und der Ungerechtigkeit, und er hatte Gründe, zu denken, daß er nicht in die Hauptstadt gerufen worden war, um Lob und Ansporn zu empfangen. Er hatte

Ungereimtheiten und Drohungen gehört, er hatte Nachrichten in den Zeitungen gelesen, die das subversive Handeln gewisser Priester enthüllten und verurteilten. Sein Name, Pater Abelardo Galvão, hatte in den Zeitungen gestanden, verlogene Darstellungen. Die Lumpen entstellen die Tatsachen, erfinden, besudeln, entwürdigen – Niedertracht und Gemeinheit, denkt der Pater. Von Patrícia kannte er nur das Kristall der Stimme, das Rätsel des Lächelns, die Koketterie des Blickes. Im Gift solcher Anspielungen versuchten die Elenden die verfaulenden Leichname im Watt zwischen Krabben und Krebsen zu verbergen. Der Pater reist mit den drei Toten, er weiß, wer sie umzubringen befohlen hat, alle wissen es: es zu wissen nützt überhaupt nichts, die, die den Pistolenschützen den Befehl gaben, treiben reingewaschen, unerreichbar, jenseits von Gut und Böse. Die Erde hat Herren, einige wenige, sie lassen sich an den Fingern abzählen; wenige, jedoch unerbittliche.

Bescheidene und vorsichtige Informationen über Bahia – Man kann Maria Claras Stimme nicht hören, die neben dem Bild Liebesschwüre, Freuden und Leiden in Erinnerung zu rufen scheint, doch sie trällert vorschriftsmäßig Lieder, die vorzugsweise den Heiligen und den Verzauberten gebühren. Die Melodie gelangt nicht zur Nonne und zum Pater, aber sie ruft grüne Haufen von Baronesas herbei, die den abgeschabten Rumpf der Schaluppe belagern. Die blauen Blumen, eben erst erblüht, neigen sich an den fleischigen Stengeln, um die heilige Barbara, die des Donners, zu grüßen. Der Fluß Paraguaçu riecht nach Tabak und schmeckt nach Zucker, das Schiff fährt zwischen Rohr- und Tabakpflanzungen.

Im Meer des Golfes empfangen Schwärme von Fischen den Leichter, ein Gefolge von Kraken, Rochen und Haien begleiten sein Kielwasser. Die Sonne streut Gold über den Himmel von Bahia Aller Heiligen.

Bahia Aller Heiligen ist das Tor zur Welt, wie man weiß. Maßlos, passen in sie die übrigen Buchten von Brasilien, und es bleibt noch Platz, wo die Mündungen der Flüsse von Galicien und die Geschwader des Universums hineingehen. Was ihre Schönheit betrifft, so gibt es keinen Vergleich, den man anstellen könnte, noch einen Schriftsteller, der imstande wäre, sie zu beschreiben.

Eine Herde von Inseln, eine lieblicher und bezaubernder als die andere, weidet in diesem Traummeer. Gehütet von der größten und wichtigsten Insel, der von Itaparica, bevölkert von portugiesischen und holländischen Truppen, von Indianerstämmen und afrikanischen Nationen. Am Grunde der Wasser, in Aiokás Königreich, ruhen Schiffsrümpfe von schwerbewaffneten Karavellen, portugiesische Adlige und holländische Admirale, Siedler und Eindringlinge, die von beherzten brasilianischen Patrioten vertrieben worden sind. Itaparica, Mutter des neuen Vaterlandes, Boden der Freiheit in den Unabhängigkeitskämpfen, in den Januarfesten.

Von den Herrlichkeiten Bahias Aller Heiligen zu sprechen verbietet die Vorsicht, es ist ratsam, Schweigen zu bewahren, um Ärger und Eifersucht zu vermeiden: Ihr Ruf ist im Munde der Seeleute, in den Liedern der Troubadours, in den Briefen und Berichten der Seefahrer. Von den Herrlichkeiten Bahias wird man hier nichts kundtun, noch werden Lobeshymnen gesungen, um sie zu feiern: Bescheidenheit ist ein Merkmal von Größe.

Im Schoße des Golfs, in der Brise der Halbinsel, auf das Gebirge gebaut, erhebt sich die Stadt Bahia, mit vollständigem Namen Cidade do Salvador da Bahia de Todos os Santos, gepriesen von Griechen und Trojanern, gerühmt in Prosa und Versen, allgemeine Hauptstadt von Afrika, im Osten der Welt auf der Route nach Indien und China gelegen, auf dem Meridian der Karibik, reich an Gold und Silber, duftend nach Pfeffer und Rosmarin, kupferfarben, Blüte des Mulattengewimmels, Hafen des Mysteriums, Leuchtfeuer der Verständigung.

Noch viel mehr könnte man über diese Stadt Bahia sagen, wenn nicht Bescheidenheit und Klugheit wären. Zu ihrem Kai der Geschichten und Lieder fährt der »Reisende ohne Hafen«, Bootsmann Manuel am Steuer, seine Frau Maria

Clara um das Traggestell besorgt; als Passagiere führt er einen Pater und eine Nonne mit sich und das Bild der heiligen Barbara, der des Donners, die ihren schlichten Altar in der Matriz von Santo Amaro da Purificação verlassen hat, um in der Ausstellung für Religiöse Kunst in der Hauptstadt aufzutreten. Gedämpft die Stimme Maria Claras im Untertauchen der Fische, im Flug der Seeschwalben.

Der atabaque-spieler – Oben an der Rampa do Mercado, auf einer leeren Petroleumkiste sitzend, bot ein gut angezogener Neger, in einen weißen Anzug gekleidet, Fliege und zweifarbige Schuhe, die in ihrem Glanz leuchteten, an jenem Spätnachmittag Berimbau-Solos für ein kleines Publikum, das sich aus Obsthändlern, müßigen Strandkapitänen und verliebten Paaren zusammensetzte. Da es keine Capoeira-Runde anzufeuern gab, spielte der Neger aus bloßem Vergnügen am Spiel, und der Klang kam aus der weit zurückliegenden Vergangenheit, vom Grunde der Senzalas, erzählte vom Greuel der Sklaverei.

Den Blick in Richtung der Zitadelle, erkannte der Musiker überrascht die Silhouette des »Reisenden ohne Hafen«, wie er in den ersten Schatten der Dämmerung segelte, statt es wie gewöhnlich am Saum des Morgens zu tun, wenn er auf der Höhe des Mastes den Morgenstern mitbrachte und Maria Claras Stimme die Sonne weckte:

»Den hübschen Seemann
entführte die Meersirene ...
Lieblich zu sterben im Meer,
in den grünen Wellen des Meeres ...«

Abenddämmerung oder Morgengrauen sind gleichermaßen gute Stunden, anzukommen oder abzureisen, das Leben besteht aus Überraschungen, daher sein Reiz, ist es nicht so? Der Neger unterbricht das Spiel, spitzt das Ohr, hört den Hörnerklang, der das Ende der Überfahrt ankündigt. Wo hat sich Maria Claras Stimme verloren, warum hört man die Lieblingsmelodie der Seeleute nicht:

»Einen Kamm, dich zu kämmen, werde ich dir geben,
den Himmel und das Meer werde ich dir geben ...«

Im majestätischen Hörnerklang hebt sich ein siegreicher Tumult ab, welche gute Nachricht kündigt der Bootsmann der Stadt und dem Volk an? Ein berauschender Duft nach Früchten hüllt den Kai ein, der Wohlgeruch reifer Brotfrüchte.

In der Sanftheit des Nachmittags, in der Üppigkeit des Sonnenuntergangs übergaben die Wasser und die Fische den Leichter mit dem Traggestell und der Schönheit der Heiligen dem Hafen der Ankunft, das Schiff berührte den Beton der Rampa. Maria Clara stand auf, holte die Segel ein, während der Bootsmann Manuel die Leine mit dem Steinblock, der manchmal als Anker diente, hinuntersenkte. Der »Reisende ohne Hafen« bewegte sich nicht mehr, die Sonne explodierte am Himmel, am abendlichen Himmel von Bahia, in allen Nuancen von Rot, von Rosa bis Scharlach.

Das anlanden – Pater Abelardo hilft der Nonne auf die Beine, die beiden atmen erleichtert auf, sie gehen jeder mit seiner Eile an Land. Während der Überfahrt haben sie über die Heilige gewacht, sie werden nicht mehr gebraucht, denn in der Nähe der Rampa sieht man den Kombi des Museums abgestellt, in Erwartung.

Um das kostbare Bild zu empfangen, hatte der Direktor Edimilson Vaz ausgewählt, einen jungen und talentierten Ethnologen, einen vertrauenswürdigen Assistenten. Er selbst konnte nicht hingehen, genau in jenem Augenblick leitete er ein stark besuchtes kollektives Interview mit der gesprochenen und geschriebenen Presse, um Einzelheiten bezüglich der großen Ausstellung bekanntzugeben, deren Vernissage zwei Tage später stattfinden sollte: anwesend Journalisten aus Bahia, die Korrespondenten wichtiger Organe aus dem Süden des Landes und, als Höhepunkt, der Abgesandte einer portugiesischen Zeitungskette, ein gewisser Fernando Assis Pacheco. Während der Leichter an der Rampa do Mercado anlangte, begann der Direktor über das jahrhundertealte Bild der heiligen Barbara, des des Donners, zu sprechen – warum des Donners, warum der Beutel von Blitzen, wo der Turm einer Burg und eine Palme hingehören müßten? Ein wesentliches Werk der Bildhauerkunst, das in wenigen Minuten dort den Saal erleuchten, die Herren Journalisten blenden würde, meine teuren Freunde! Bei Blitzen und Donner, Daten und Orten, Heiligenbildschnitzern und Bildhauern stimmten Museologen, Historiker, Kunstkritiker nicht überein, die einen pro, die anderen kontra, alle äußerst kompetent, und noch mehr der Direktor, die Soutane makellos weiß, die engelhafte Miene, die sich in manchen Momenten schlau und verschlagen zeigte.

Bevor der Bootsmann Manuel und Maria Clara, nachdem sie die Vertäuung des Leichters beendet hatten, darangingen, den Transport des Bildes zu überwachen, stieg die Heilige vom Traggestell, machte einen Schritt nach vorn, strich die Falten des Umhangs glatt und empfahl sich.

Mit einer Hüftbewegung ging die heilige Barbara, die des Donners, zwischen dem Bootsmann Manuel und Maria Clara hindurch und lächelte ihnen zu, ein liebevolles und komplizenhaftes Lächeln. In einer rituellen Geste legte die Êbômin die geöffneten Hände vor die Brust und sagte: »Eparrei Oyá!« Als sie am Pater und an der Nonne vorüberkam, hatte sie für die Nonne ein höfliches Nicken, für den Pater ein Augenzwinkern.

Da ging die heilige Barbara, die des Donners, sie stieg die Rampa do Mercado hinauf und bewegte sich in Richtung des Elevador Lacerda. Sie hatte gewisse Eile, denn die Nacht rückte heran, und die Stunde des Padê war schon vorüber. Auch der gut gekleidete Neger verneigte sich, als er sie sah, er berührte den Boden mit den Fingern, dann hob er sie an die Stirn und wiederholte: »Eparrei!« Der Neger war Camafeu de Oxóssi, Obá de Xangô, Budenbesitzer vom Mercado, Berimbau-Solist, ehemals Präsident des Afoxé »Söhne Gandhis«, und nicht einmal er selbst konnte sagen, ob er nur zufällig hier war oder durch den Willen und die Gnade der Verzauberten. Bevor noch die Lichter an den Masten angingen, verschwand Yansã mitten unter dem Volk von Bahia.

Das kollektive Interview

DAS WARTEN – Während er in einem fast akzentfreien Portugiesisch sprach, mit unerwarteten Ausdrücken der Umgangssprache die Dürre der dargelegten Materie mildernd – er berichtete über Forschungen in in- und ausländischen Archiven, kommentierte spezielle Studien, demonstrierte archäologische Leidenschaft –, kontrollierte Dom Maximiliano von Gruden, Direktor des Museums für Sakrale Kunst, durch den Fensterspalt erwartungsvoll das Eingangstor. Die Verzögerung des Kombis begann ihn zu beunruhigen.

Nachdem die Fernsehteams am Anfang des Interviews kurze Aufnahmen gemacht hatten, die den Mönch, berühmt und elegant, von Journalisten umgeben zeigten, wie er überschwenglich den »Sonderbeauftragten« der portugiesischen Presse begrüßte, bereiteten sie sich vor, abzudrücken – die Zeit des Fernsehens ist Gold wert und wird nach Bruchteilen von Sekunden gemessen. Dom Maximiliano mußte viel Wortgewandtheit aufbringen – und wortgewandt war er, sympathisch wie kein anderer –, eine neue Runde Whisky anbieten, um sie im Saal zu halten, die Techniker und die Kameraleute, »für einige Augenblicke nur, meine Freunde, um die Ankunft des Bildes zu filmen, das schon unterwegs ist, es ist bereits von Bord gegangen«.

Lüge, er hatte keine Nachrichten von Edimilson und von der kostbaren Ladung, doch was macht eine unschuldige Lüge, wenn sie vom richtigen Motiv diktiert ist? In dem Fall richtig und gebieterisch. Damit Millionen von Fernsehzuschauern im ganzen Lande in den Zwanzig-Uhr-Nachrichten, von den nationalen Sendern übertragen, Dom Maximiliano von Gruden neben dem Bild der heiligen Barbara, der des Donners, sehen konnten, dem einzigartigen Schatz der brasilianischen Kunst, vergleichbar nur mit gewissen Schöpfungen Aleijadinhos. Eine wenig bekannte und noch weniger studierte Kostbarkeit, Dom Maximiliano war gerade damit fertig, ihre Genealogie aufzustellen – Abstammung, Ursprung, fast genaue Daten und Urheberschaft, vor allem die mehr als wahrscheinliche Urheberschaft – in einer ursprünglich in Deutsch geschriebenen These, ins Portugiesische übersetzt, als Buch veröffentlicht, das während der Vernissage der Ausstellung Religiöser Kunst, für kommenden Freitag festgelegt, herauskommen sollte. Ein Exemplar der deutschen Auflage, in München gedruckt, ein Meisterwerk der Graphik, ruhte wie vergessen auf dem langen alten Tisch, echt holländisch – selbst die Reporter, wenig gewöhnt an den Umgang mit Museen und Antiquitäten, erkannten die vollkommene Harmonie des Saales, die Echtheit und den seltenen Wert jedes einzelnen der ausgestellten Stücke, Statue, Bild oder Möbelstück.

Auf dem Umschlag, farbig reproduziert, die Abbildung der Heiligen. Es würde genügen, den Band mit einer zufälligen Geste zu nehmen und ihn vor den Kameras durchzublättern: die Krönung, die Apotheose der siegreichen Karriere des frommen Mannes. Frommer Mann, Verzeihung, ist nicht der richtige Ausdruck: berühmter Museologe, maßgebender Forscher, gelehrter und angesehener Kunsthistoriker, Doktor honoris causa an vier Universitäten, Dom Maximiliano von Gruden war all das und noch mehr – ein frommer Mann jedoch war er nicht.

Der Sonderbeauftragte – Dom Maximiliano hörte die Frage des bärtigen Portugiesen, schloß die blauen Augen halb, lächelte. Neben den Fernsehkameras hatten die Reporter der Rundfunkstationen zu den Tonbandgeräten gegriffen, die von den Zeitungen begnügten sich mit Papierblocks und Bleistift. Eingehüllt in Bescheidenheit und Sanftmut, das Haar spärlich, das Gesicht blaß, die Soutane makellos, schien Dom Maximiliano selbst eine Museumsfigur, in Wachs modelliert. Die durchtriebene Frage ließ Gift durchschimmern, sie stiftete zu Kühnheit an, vielleicht zu überstürzten Schlußfolgerungen der These, schaffte Raum für Zweifel, mögliche Irrtümer. Mit ausgebreiteten Armen, als wollte er den Herausforderer segnen, hob der Mönch die Augenlider und antwortete, die Stimme glatt, lieblich: »Noch ein paar Minuten, und mein teurer Freund wird mit den Augen, die Gott ihm, zu sehen, gegeben hat, urteilen und wissen: Der beste Beweis ist das Bild selbst, alles andere, was gesagt wird, ohne es gesehen zu haben, geht nicht über Spekulation und Geschwätz hinaus. Wenn ich eitel wäre, könnte ich erklären, daß die Schlußfolgerungen meiner These von der heiligen Barbara, der des Donners, in eigener Person diktiert wurden, dort aus dem Königreich der Himmel, wo sie sich befindet ...« Er erlaubte sich ein kleines ausschweifendes Lachen. Kannte er sich aus, der Prahlhans?

Die rauhe Wahrheit jedoch ist, daß er sich erst da, als er die Frage, hinterlistig, herausfordernd, hörte, über die eingefädelte Gaunerei der beiden Freunde klar wurde, die ihn angesichts der Presse in Mißkredit bringen wollten. Er war in keiner Weise mißtrauisch geworden, als Tage zuvor der Korrespondent aus Lissabon mit Lob geschmückt zu ihm gekommen war: Auf der Halbinsel ein angesehener Journalist, fast ebenso bekannt in Madrid wie in Lissabon, Autor von Reportagen über Kunst und Literatur mit Widerhall auf dem ganzen europäischen Kontinent, in der Kulturrubrik von »Le Monde« zitiert, war Fernando Assis Pacheco darüber hinaus ein von der Kritik anerkannter Dichter. Wer ihn mit großen Umschreibungen vorgestellt hatte, besaß Autorität, es zu tun, weil er Landsmann und Kenner war, es war kein Geringerer als der Kunstkritiker Antônio Celestino, mit einer fesselnden Spalte samstags in »A Tarde«.

Bei der Gelegenheit achtete Dom Maximiliano – entzückt, mit der Teilnahme eines portugiesischen Journalisten, der aus Lissabon gekommen war, an dem mit der Presse vorgesehenen Treffen zur Vorstellung des Bildes rechnen zu können – nicht auf, wenn auch offensichtliche, beweiskräftige Einzelheiten der Machenschaft. Eine einzige Frage, hinterhältig von dem Mondrongo vorgebracht, während sie auf die Ankunft des Traggestells mit der Heiligen warteten, hatte jedoch genügt, damit er die Fäden des Gewebes überraschend entdeckte und entwirrte, verborgen hinter den beiden Statisten, der verabscheuten Gestalt des unverbesserlichen J. Coimbra Gouveia, eines eigensinnigen, unverschämten Rivalen, dessen Vergnügen im Leben es zu sein schien, die Studien des anerkannten Bahianers (in Bayern geboren) anzufechten und zu verleumden.

Besagter Fernando Assis Pacheco, für seine Schwarzen dort ein großer Journalist und großer Dichter, war im Saal des Direktors vom Museum für Sakrale Kunst, importierten Whisky schlürfend, nicht zufällig anläßlich einer Ferienreise nach Brasilien anwesend, wie er bei seinem vorigen Besuch erklärt hatte. Man verdankte es nicht einmal nur der intellektuellen Neugier oder dem sichtbaren Interesse für Herkunft und Urheberschaft des Bildes, der Unbekannten der Blitze und des Donners. Als Dom Maximiliano ihn seinen Amtskollegen vorstellte, hatte er ihm den Titel eines »Sonderbeauftragten« gegeben, um das kollektive Interview aufzuwerten. Sonderbeauftragter zweifellos, aber nicht des journalistischen Unternehmens, sondern des verschlagenen J. Coimbra Gouveia, der sich zur Stunde mit gespreizten Beinen in seinem dreckigen Sessel im Arbeitszimmer des Direktors vom Pena-Museum die Eier kratzte: der Anblick des Gebirges von Sintra ist betörend.

Das telefonat – Verborgene Absichten, nicht einzugestehende Pläne hatten den niederträchtigen Pacheco genau in der Stunde des größten Triumphes Dom Maximiliano von Grudens nach Bahia gebracht, als die heimatliche Intelligenz sich ehrerbietig vor dem erfahrenen Doktor verneigte, der soeben eine hundertjährige Auseinandersetzung abgeschlossen und endgültig die vielfachen Fragen bezüglich des Bildes der heiligen Barbara, der des Donners, erhellt hatte. Der perverse Assis versuchte dessen Ruf mit dem Geifer des Neides zu beflekken – Dom Maximiliano raffte den Saum der Soutane, um sie vor dem Geifer des Neides zu bewahren.

Jetzt erkannte er, warum der falsche Celestino sich so bemüht hatte, im voraus ein Exemplar der These zu erhalten, unter dem Vorwand, einen Artikel zu schreiben und zu veröffentlichen, bevor die Auflage dem Publikum übergeben würde: Er wollte der erste sein, der ein so bedeutungsvolles Ereignis im kulturellen portugiesisch-brasilianischen Leben begrüßte. Dom Maximiliano hatte es geglaubt – welcher Sterbliche, sagt mir, ist imstande, einer Lobeslawine gegenüber unberührt zu bleiben? Wenn es jemanden gibt, so heißt er nicht Dom Maximiliano von Gruden. Er setzte eine herrliche Widmung in das Exemplar – eins der ersten fünf vom Verlag verschickten –, er hatte nicht mit schmeichelhaften Adjektiven gegeizt, er war in Erwartung des Artikels.

So entfernt war er von dem Gedanken an ein Komplott, daß er sich nicht einmal der existierenden freundschaftlichen Bindungen zwischen Celestino und Coimbra Gouveia erinnerte, wobei der erstere sich als »bescheidenen Schüler« des zweiten erklärte und dieser letztere sich bei seinen Reisen nach Bahia in der reichen Wohnung jenes ersteren einquartierte, um in Kirchen, Klöstern und Sakristeien Unruhe zu stiften. Während denkwürdiger Festgelage – an einigen hatte Dom Maximiliano teilgenommen, und, um gerecht zu sein, er mußte die Qualität der Leckerbissen und der Weine loben, diese Portugiesen verstehen sich zu ernähren – hatte der Ausländer Entdeckungen angekündigt, die imstande waren, die Kachel- und die Bildhauerkunst zu revolutionieren. Nichts von alledem war ihm eingefallen, als er das Exemplar für den »geistlichen Antônio Celestino, Träger der Kunstkritik« in jener Maßlosigkeit an Lob mit einem Autogramm versehen hatte. Ein Exemplar, sicherlich von dem Hervorgehobenen am gleichen Tage auf dem Luftwege nach Portugal geschickt, damit der ehrlose Gouveia es durch den feinen Kamm des Widerspruchs ziehe.

Eine Woche später, als Celestino erschienen war und den portugiesischen Journalisten mitgebracht hatte, zweifelte er noch immer nicht, woran auch immer. Überschwenglich hatte er die Arme für den neu Angekommenen ausgebreitet: Er hatte sich auf den Seiten der Zeitungen von Lissabon und

Porto glänzen sehen, zur höchsten Autorität erklärt, unbestreitbar. Er besaß diese Naivität, im Gegensatz zu seinem Ruf, klug zu sein – klüger als eine Kirchenmaus, sagte Professor Udo Knoff, ein Kachelspezialist, von ihm, sie waren innige Feinde. Die giftige Frage war nötig gewesen, um ihn vor die schmutzige Wirklichkeit der Verschwörung zu stellen. Er kam sich vor wie ein Boxer, der in der Stunde, da er zum Champion erklärt wird, hinterhältig einen Direktschlag in den Magen erhält. Gleich jedoch richtete er sich wieder auf in dem Streben, den Gegner auf einen Hieb zu erledigen, das spöttische Lächeln unterstrich die Antwort, die unverzüglich und entschieden kam.

Er hatte keine Zeit, die Verwirrung, die Ratlosigkeit des Portugiesen zu genießen: Das Telefon klingelte, und Dom Maximiliano, ohne die Erregung zu verbergen, ging zum Tisch, bereit, die Nachricht von der Abfahrt des Kombis, der das Bild transportierte, zu hören. Genau in jenem Augenblick begannen die Mißgeschicke des Direktors vom Museum für Sakrale Kunst, am Vorvorabend der Vernissage der Ausstellung für Religiöse Kunst. Sie dauerten zwei Tage, mindestens ein Jahrhundert.

DER HAUSALTAR – Während Dom Maximiliano, noch euphorisch, das Telefon abnahm – »Ich bin es, Edimilson, sagen Sie ...« –, nutzten die Journalisten die Gelegenheit, die einen, um abzurücken, ohne auf das Bild zu warten, die anderen, die Mehrheit, um die Gläser nachzufüllen. Sie überstürzten sich, eine gierige Horde, rempelten einander vor dem in eine Bar verwandelten Hausaltar, eine Spitzbüberei Dom Maximilianos, sein Versteck für die Flaschen mit importiertem Whisky und die mit Wein aus Porto, in einem Fäßchen am Douro gealtert.

»Ein Spitzbube, das ist er«, sinnierte der strenge und zurückhaltende Professor Renato Ferraz, Direktor des Museums für Moderne Kunst, während er eine doppelte Portion des heiligen Schotten schlürfte – pur, mit nur zwei Eiswürfeln. Man stelle sich vor, er wäre nicht streng und zurückhaltend!

Was den Hausaltar betraf, »prunkvoll, von ungeheurer Größe und sehr kunstvoll«, wie in einem Artikel über »Die Schätze des Museums für Sakrale Kunst in Bahia« der erwähnte Antônio Celestino unterrichtete, so stammte er aus »den engen Straßen, die von den Holzschnitzern des sechzehnten Jahrhunderts bewohnt wurden, der Läusestraße oder der Mäusedreckgasse, der Rua da Indiaria oder dem Katzengäßchen, der Viehhändlergasse, in der Minho-Stadt Braga, ein Stück reinen und unverkennbaren portugiesischen Barocks«. Im Direktorzimmer aufgestellt, blieb das kostbare Möbel nützlich, nur daß es anstelle von Heiligenbildern teure Flüssigkeiten aufbewahrte, auch sie Objekte ausgedehnter und heißer Andacht.

Der vornehme Kunstkritiker genoß ein Glas Portwein, Tropfen für Tropfen, Seufzer für Seufzer. Er hörte den bissigen Kommentar Professor Ferraz', der göttliche Geschmack – wie Samt! – erlaubte ihm nicht, beizustimmen oder zu widersprechen. Gewaltig, beschlagen, spitzbübisch, gerissen, eingebildet et cetera und so, doch niemand sprach Dom Maximiliano Kompetenz, Initiative und Autorität ab.

Ein Streifen Licht fiel auf das Glas feinen roten Weines in der vornehmen Hand Meister Celestinos. Die Glut der Dämmerung umgab die Kirche und das Kloster, drang durch die Fenster, ergoß sich golden über die Steinwände, die Sonne stürzte sich in den Garten zwischen die Akazien.

Der Übereifrige – »Was?« Fast ein Schrei, erregt die Frage die Aufmerksamkeit Guido Guerras, eines jungen Schreiberlings am Beginn der Karriere in Presse und Literatur, auf der Suche nach einem sensationellen Ereignis, das imstande ist, seinen Namen über die Grenzen der Provinz hinauszuschleudern. Mit weit aufgerissenen Augen und offenem Mund lauscht Dom Maximiliano von Gruden, dümmlich, aber er faßt sich, als er das Interesse des Chronisten vom »Diário de Notícias« bemerkt: Er schließt den Mund, senkt die Augenlider, hat sich unter Kontrolle. Die Journalisten stoßen auf die bevorstehende Ankunft der vielbesprochenen Heiligen an.

»Ich verstehe nicht ... Wiederholen Sie ... Bleiben Sie ruhig, wiederholen Sie!« Die Stimme kaum hörbar, beobachtet er aus den Augenwinkeln die Anwesenden, der unruhige Guerra bleibt aufmerksam. »Nein, es ist besser, daß Sie auf mich warten, ohne von da wegzugehen, ich komme sofort.« Er hört wieder zu, die Ungeduld zurückhaltend; er schließt mit gebieterischem Befehl: »Warten Sie dort auf mich, habe ich bereits gesagt.«

Er hängt ein, schaut auf die Gruppe, die sich nähert, jedes Wort kostet ihn Mühe, doch als er spricht, klingt die Stimme ruhig, fast harmonisch, zeigt Herzlichkeit, Dom Maximiliano gelingt es zu lächeln. Er sagt: »Ich bitte um Entschuldigung. Ich habe Sie hergebeten, damit wir hier gemeinsam das unvergleichliche Bild der heiligen Barbara, der des Donners, empfangen, das zum erstenmal seinen Altar in der Matriz von Santo Amaro verläßt, um in unserer Ausstellung gezeigt zu werden. Ich habe soeben erfahren, daß ein unvorhergesehener Faktor eine kleine Verzögerung in den festgelegten Fristen verursacht hat, und erst morgen werden wir unseren himmlischen Gast empfangen können« – er dehnte das Lächeln aus.

»Morgen, um welche Zeit?« Die Besorgnis von Leocádio Simas ist berechtigt. Als Kenner der von Dom Maximiliano für die Begegnungen mit der Presse im Museum aufgestellten Gewohnheiten weiß er, daß nachmittags Whisky serviert wird, während es morgens nur Fruchtsaft gibt, wenn auch variiert: aus Umbu und Cajá, Mangaba und Caju, Maracuja und Graviola. Einschließlich Pitanga, ein Vergnügen.

»Die Stunde kann ich noch nicht festlegen, doch ich werde sie den Redaktionen mitteilen, sobald ich genauere Informationen habe ...« Mit einer unauffälligen Geste weist er den Pedell an, die Tür des Hausaltars zuzusperren, bevor Leocádio, ein allbekannter Schwamm, sich von neuem bediene.

»Und was ist passiert, das die Verzögerung verursacht?« will der aufdringliche Guerra wissen, das Gesicht lüstern, die Nase eines Papageien, Spürsinn eines Schäferhundes: Er hat keinen Whisky getrunken, da er tropische Fruchtsäfte bevorzugt: Hätte er nur getrunken!

Was passiert war? Das ist es, was Dom Maximiliano wissen will, möglichst umgehend. Er geht auf den Vorlauten zu, schluckt Ungeduld und Gereiztheit hinunter, der Kopf arbeitet mit Volldampf auf der Suche nach einer wirksamen Rechtfertigung, imstande, den Klatsch, das Mißtrauen des gefährlichen Wirrkopfes zurückzuhalten. Äußerst gefährlich, gibt er überall dort seinen Senf dazu, wohin er nicht gerufen wird: War er es nicht, der das Loch in den Geldschränken der Maisgenossenschaft entdeckt hatte und dies in einer Reportage verbreitet hatte, die Epoche machte, einen monumentalen Skandal auslöste? Dom Maximiliano nimmt ihn beim Arm, zieht ihn weg von den übrigen, noch weiß er nicht, was er sagen soll; um Zeit zu gewinnen, tuschelt er ihm ins Ohr: »Wenn ich es Ihnen erzählte, wäre es morgen in der Zeitung und könnte ...«

»Ich verspreche, nichts zu veröffentlichen, es sei denn, mit Ihrem Einverständnis.«

Dom Maximiliano wringt sein Gehirn aus, er findet keine glaubwürdige Erklärung, doch der Journalist selbst, zum Detektiv geworden, kommt ihm zu Hilfe, indem er ihm einflüstert: »Ist es vielleicht eine weitere Forderung des Vikars?«

Guido hatte in seiner Zeitung die vom Pfarrer von Santo Amaro geschaffenen Schwierigkeiten hervorgehoben; er hatte übrigens eine sympathische Position eingenommen, indem er kritisierte, was er »eine knausrige und rückschrittliche Haltung« des Priesters nannte, der sich dem Verleihen des Bildes widersetzte. Dom Maximiliano nutzt das Stichwort, rückt vor – eine Unvorsichtigkeit, wie er bald darauf feststellen soll: »Behalten Sie die Information für sich, ich erzähle es Ihnen im Vertrauen, Sie müssen mir versprechen, daß Sie sie nicht verbreiten werden ...«

»Versprochen! Gott ist mein Zeuge.«

»Nun gut: Nicht zufrieden mit der Versicherung und den vom Museum gegebenen Garantien, hat der Vikar noch ein Schriftstück gefordert. Da das Bild so wertvoll ist, verweigere ich ihm nicht das Recht ... Ihr von der Presse verbreitet so viele Enten über das Museum und über diesen armen Gottesmann, der es leitet, und das ist das Resultat.«

»Enten, Dom Maximiliano? Welche?«

»Als wir das Bild des heiligen Reuigen Petrus der Kapelle von Monte Serrat zurückgaben, sagte da nicht jemand, daß wir eine Kopie überreichten, während wir das Original im Museum behielten ...?«

»Und das ist eine Ente, Dom Maximiliano?«

Dom Maximiliano lächelt, wiegt den Kopf, ohne die Herausforderung anzunehmen, doch Guido Guerra ist unersättlich, will wissen, was für ein neues Schriftstück der Vikar gefordert hat.

»Eine vom Património Histórico ausgestellte Kontrollgarantie.« Er erfand das im Augenblick, ohne zu wissen, wie. Er legt die Hand in freundschaftlicher Geste auf die Schulter des Reporters. »Bitte, Guido, nicht ein einziges Wort über diese Angelegenheit, der Vikar könnte es übelnehmen. Ich habe dem Freund eine vertrauliche Mitteilung gemacht, ich habe keine Nachricht an den Journalisten geliefert. Ich zähle auf Sie.«

Übelnehmen? Der Vikar, mißtrauend, durchdrungen vom größten Widerwillen, würde ihm auf der Nase herumtanzen, wenn die unschuldige Erfindung ihm unglücklicherweise bekannt würde – ein Feind mehr, ein tödlicher, auf der ausgedehnten Liste derer, die zur Beerdigung Dom Maximilianos zu erscheinen wünschten.

»Seien Sie unbesorgt, Meister. Ich bin ein Grab ...« – der Gesichtsausdruck klug, ehrerbietig: das Gesicht eines Heiligen, wäre er nicht häßlich wie der Teufel.

Niemals in seinem Leben hat es Dom Maximiliano so eilig gehabt, trotzdem hält er sich damit auf, einem Journalisten nach dem andern die Hand zu drücken, während er die für die Leute vom Fernsehen verlorene Zeit beklagt, mit all diesem Kram haben sie sich umsonst bemüht. Bedauerlich, wirklich sehr bedauerlich: Dom Maximiliano von Gruden ist dazu geboren, sich auf dem Bildschirm zu zeigen, die Kameras werten sein Aussehen und seine Eleganz auf. Er umarmt den portugiesischen Dichter, als hätte er die versteckten Absichten nicht bemerkt, die seine Schritte lenkten. »Wir werden uns noch unterhalten, teurer Antônio Alçada Baptista.« So gespannt, gelingt es ihm bei alldem noch, den Unverschämten zu ärgern, indem er seine Identität austauscht: Die Dichter sind sensibel, sie tragen die Eitelkeit auf der Haut. »Wir werden alle Zweifel aufklären.«

Er wartet, bis er sie durch die Tore gehen sieht, bis das Hin und Her mit den Fernsehmaterialien zu Ende ist, bevor er die Treppe hinunterstürzt. Gott im Himmel, was ist passiert? Am Telefon schien der kleine Edimilson verloren, er hatte nichts Vernünftiges gesagt, Ungereimtheiten wiederholt.

Das Fest

Oyá hatte die große Baracke betreten, in die Farben der Dämmerung gekleidet, auf dem Kopf den Abendstern, den frischen Duft des Meeres auf den Ebenholzbrüsten. Man erwartete sie nicht, aber es gab keine Überraschung und keinen Auflauf, nur der Ton der Atabaques wuchs an, und in der Runde der Heiligen verneigten sich Êbômins, Ekedes und Iaôs ehrfurchtsvoll. Unterwegs hatte sie Ungerechtigkeiten und Böses gesammelt, sie brachte sie in einem Bündel unter der linken Achsel, in der rechten Hand die Blitze und die Donner.

Aus einem Taxi gestiegen, wichen Maria Clara, der Bootsmann Manuel und der Obá von Xangô, Camafeu von Oxóssi zurück, um sie vorbeizulassen: Eparrei Oyá! Auch der Chauffeur verneigte sich grüßend. Er hieß Miro, er lachte stets, ein Spaßvogel; er erklärte sich für einen Sohn Ogums, aber böse Zungen verbreiteten tuschelnd, Herr über seinen Verstand sei Exu, Anzeichen und Beweise fehlten nicht. Die üblichen Intrigen in trägen und müßigen Kreisen, jedem steht frei, es zu glauben.

Auf Hüften und Unterarm gestützt, streckte sich Oyá zu Füßen der Mutter Menininha do Gantois aus, Mutter der

Güte und der Weisheit, Königin der stillen Wasser, ungeheuer und majestätisch. Groß genug, um am Busen von Tälern und Bergen die Klagen, Leiden und Bitten ihrer Söhne und Töchter, des Volkes von Bahia, zu empfangen. Auf einem ärmlichen Thron sitzend, einem Armsessel mit hoher Lehne, hat sie den Adjá ergriffen: die Töchter des Blutes, Carmen und Cleusa, eine auf jeder Seite, die übrigen Söhne und Töchter, die des Heiligen, draußen in der Welt. Menininha do Gantois, die schönste Oxum, die unvergleichliche. Oyá zu ihren Füßen ausgestreckt.

Die Iyalorixá berührte ihr die Stirn, und sie an den nackten Schultern fassend, hob sie sie hoch und drückte sie an die Brust.

Da richtete sich Oyá ganz auf, ließ den Körper kreisen, Brüste und Hinterteil, es war eine Freude, sie zu sehen und sie zu begehren, doch der Kriegsschrei forderte Ruhe, ließ den Kühnsten erzittern, wurde an den äußersten Enden der Stadt gehört: Sie war gekommen, um Krieg zu führen, alle sollten es wissen. Die Hände am Gürtel, erlöste sie die Runde und das Orchester, und danach erlöste sie einige Alte und Ehrwürdige, indem sie vor ihnen stehenblieb, um sie zu umarmen, Brust an Brust, Herz an Herz.

Miguel Santana Obá Aré sang zu ihrem Lobe ein Lied, an das sich nur noch wenige erinnern, in der Vergangenheit vergessen:

»Ialoiá é du aná tá
a mi arê arêê
ialoiá é du aná tá
ai mi arê arêê
ô lindé bochirê
é ialoiá
á ialoiá ô ô«

Als sie vor Obá Aré getanzt hatte, war Oyá befremdet, daß nicht der alte Babalaô an dem Platz saß, der ihm von Rechts wegen zustand, neben der Heiligenmutter. Dort hatte sich einer dieser modernen Afrikanologen niedergelassen, mittelmäßig in seinen Kenntnissen, unmäßig in seiner Eitelkeit, und bestätigte die Dummheiten des Ignorantengesindels, das ihn mit Fragen über Mystizismus, Parapsychologie und Negritüde eindeckte.

Warum an der Ecke einer Bank, die für gewöhnliche Besucher bestimmt war, und nicht auf einem der Rohrstühle, die den Ehrengästen vorbehalten waren? Wo er sich auch hinsetzen mag, da wird der Thron sein, sagte der Ogan-da-sala, indem er zu erklären versuchte. Oyá stimmte mit dieser richtigen Meinung überein, fand sich aber nicht mit der lumpigen Entschuldigung für die unentschuldbare Nachlässigkeit ab. Mit einer in die Luft gezeichneten Geste riß sie den Unverschämten, der es gewagt hatte, sich dort niederzulassen, vom Stuhl. Der gewisse Jemand sah sich heftig geschüttelt – Oyá, heftiger Wind, der Bäume ausreißt und sie weit fortschleudert –, hochgehoben und auf den Boden geworfen, er spürte einen Faustschlag in die Brust, einen anderen in die Magengrube, außerdem bekam er zwei Ohrfeigen ins Gesicht. Lächerlich geworden, stand er auf, atmete schwer: Er sammelte seine Truppe von Dummköpfen ein, er war Touristenführer, verdiente seinen Lebensunterhalt.

Oyá, sanfte Brise, die das Gesicht der Kinder und das der Alten streichelt, führte mit einem höflichen Schritt, mit respektvoller Verneigung, Miguel Santana Obá Aré, von Mutter Aninha, der unvergeßlichen, zum ehrwürdigen Obá erklärt, und ließ ihn sich setzen, wo es ihm zustand. Lächelnd, freudig übergab Mutter Menininha dem Babalaô den Adjá, er schwenkte ihn, um die Verzauberten zusammenzurufen. Das Fest gewann einen stärkeren Rhythmus, eine Fröhlichkeit zurückgehaltenen Lachens und stummen Beifalls, das Geschehene war nicht unbemerkt geblieben von denen, die der Wahrnehmung fähig waren, von denen, denen der Segen zuteil wurde und nicht nur ein Gute-Nacht-Gruß.

Bevor Oyá in den Kreis treten sollte, näherte sich ihr eine weiße Frau von etwa vierzig Jahren, blondierte Haare, sehr hübsch. Sie sprach, die Seele auf der Zunge, so groß war ihre Unruhe: »Seit einer Woche suche ich Sie, ich komme aus São Paulo. Schwester Grazia aus dem Zelt des Caboclo Pajeú in

Brás befahl mir, Sie zu fragen, wo mein Ring ist. Schwester Grazia ist ein sehendes Medium, sie hat sich mit dem Caboclo beraten, und er hat gesagt, daß, wenn ich den Ring habe, sich alles lösen wird: Marino kehrt geschwind zurück und verläßt mich niemals mehr. Geh nach Bahia, hat er zu mir gesagt, suche im Candomblé das Mädchen mit dem Abendstern, sie wird dir sagen, wo der Ring ist. Ich bin bis hierher gekommen, ich war schon auf mehr als zehn Plätzen, ich war drauf und dran, aufzugeben, morgen den Omnibus zu nehmen und zurückzufahren ... Aber ich erfuhr von diesem Fest ... Der Ring ist aus Kupfer mit einem Löwenkopf ...«

»Dein Ring ist bei jenem Mann mit dem weißen Hut«, antwortete Oyá und zeigte auf Camafeu de Oxóssi, der eben gekommen war, um sich an die Seite Miguel Santanas zu setzen, wie es ihm zukam.

Die Frau aus São Paulo lief zu ihm.

»Mein Ring, sagen Sie mir ...« Und sie beschrieb ihn.

»Er ist bei mir, ja, Senhora. Ich erhielt eine Sendung Ketten, Armbänder und Ringe, sie kam aus Lagos, ich habe alle Ringe verkauft, nur einer ist übrig, genau dieser. Kommen Sie morgen auf den Markt, und ich werde ihn Ihnen geben. Fragen Sie nach Camafeu de Oxóssi, alle kennen mich dort.«

»Und was wird er kosten?«

»Er wird nichts kosten, er ist ein Geschenk von Yansã; wenn Sie wollen, bringen Sie eine Gabe für sie, eine weiße Taube, lassen Sie sie am Kai frei.«

Sollte Oyá beabsichtigen, eines ihrer Pferde zu besteigen, in der Runde standen vier zur Verfügung, und unter den Besuchern sitzend, sah man Margarida do Bogum, Frau von Ogan Aurélio Sodré, Yansã Oiaci, eine Yansã und so groß, doch Oyá begnügte sich damit, mitten unter den Heiligentöchtern zu tanzen, Oxalá – dem Oxalá von Carmen, eine Pracht –, Omolu und Euá, Xangô und Oxum, Oxóssi und Yemanjá den Hof zu machen, eine kokettere Yemanjá als die der Maria Clara hat sich bis heute auf keinem Candomblé-Platz gezeigt, sei es in Bahia, sei es in Angola, in Kuba oder Benin.

Bevor das Fest zu Ende war, ging Oyá, sie hatte viel zu tun. Sie war in die Stadt Bahia gekommen, um eine im Januar begonnene Arbeit abzuschließen, am Donnerstag von Bomfim, sie hatte einen Vorsatz und eine Entscheidung: Manela aus der Gefangenschaft zu befreien und Adalgisa zu zeigen, aus wieviel Stangen ein Gestell gemacht wird. Ihre Pferde bestieg sie nackt, auf Adalgisa würde sie ein Gestell setzen und sie so besteigen. Um sie Toleranz und Freude, das Gute am Leben zu lehren.

Der herrenlose Hund

Edimilsons Visionen – Edimilson wiederholte weiterhin Ungereimtheiten gegenüber Dom Maximiliano von Gruden, der ratlos und verwirrt war, fast außer sich. Um keine Aufmerksamkeit zu erregen, war der Direktor mit seinem eigenen Käfer gefahren, dadurch vermied er, den Wagen des Museums zu benutzen. Er stellte ihn neben dem leeren Kombi ab. »Das Bild, sagen Sie mir! Geben Sie mir Rechenschaft über das Bild!«

Die magere Gestalt Edimilsons, die Schultern gekrümmt, verloren in der Einöde des Kais. Verloren alle beide, Dom Maximiliano beharrend, konkrete Fakten fordernd – hören Sie mit diesem Unsinn auf! –, der Assistent hilflos, mit den Händen fuchtelnd: zwei Hampelmänner unter Peitschenleuchten, deren schwaches Licht es nicht schaffte, die dichte Dunkelheit der feuchten und verschwiegenen Nacht zu zerstreuen. Ein fernes Geräusch von Gesprächen und Lachen kam von der Ladeira da Montanha, wo die Lebenslust in Kneipen und Freudenhäusern begann. Ein Stern ging an der Zitadelle auf.

Edimilson, am Rande eines Nervenzusammenbruchs, schwor bei Gott und allen Heiligen, daß er das Bild auf dem Gestell am Heck des Leichters gesehen hatte, als der »Reisende ohne Hafen« an der Rampa do Mercado einlief. Obwohl er sie im Widerschein der untergehenden Sonne gesehen hatte, als seltsame Figuren und Formen den Himmel durchzogen, sich im Meer auflösten, hatte er die heilige Barbara, die des Donners, erkannt: Mehrere Male hatte er Dom Maximiliano nach Santo Amaro begleitet, als er die Funktionen eines Beirats und Chauffeurs übernahm, und er hatte sie fasziniert in den Armen gehabt. »Sie war es, ja. Ich lege die Hand dafür ins Feuer.«

Ins Feuer der Hölle, wenn es nur ginge. Aber wie er in einem Bericht ohne Hand und Fuß erzählte, war das Bild plötzlich gewachsen, hatte sich verwandelt, und als er sich darüber klar wurde, da hatte er eine hübsche Brünette gesehen, ein Geschöpf aus Fleisch und Blut, gekleidet wie eine Bahianerin. Sie war an Land gestiegen und davongegangen. Er schwor es bei den Wunden Christi und bei der Jungfräulichkeit der heiligen Maria.

Erklären jedoch, das konnte Edimilson nicht, so sehr er auch auf den grimmigen, drohenden Dom Maximiliano eingehen wollte: Man kann nicht erklären, wofür es keine Erklärung gibt. Die Hände zitterten ihm, er schwitzte, empfand Kälte und Furcht, war nahe daran, zu weinen. Wunder Gottes oder Machenschaft des Teufels, er hatte sie gesehen – das ja, er hatte sie gesehen. Die heilige Luzia möge mich blind machen, wenn ich sie nicht gesehen habe! Er bestätigte es wieder und wieder, schwor bei der Seele der schon verstorbenen Mutter, unseliger Schwur. Das Unerklärlichste war, daß er es gesehen und sich nicht gewundert hatte. Wie konnte er? Ein Geschäft des Teufels, Dom Maximiliano, es gibt keine andere Erklärung.

Dom Maximiliano von Gruden glaubte nicht an den Teufel. An einem Tag der Vertraulichkeit hatte Edimilson ihm erzählt, daß er von Kindheit an Visionen gehabt hatte: Wenn die Nacht hereinbrach, verwandelten sich die Bäume in kränkliche Alte; schwarze Tüchter um die Schultern, liefen sie durch den Garten und prophezeiten Unheil. Das Universitätsstudium hatte ihn nicht geheilt, auch nicht die Kenntnis des dialektischen Materialismus, den er heimlich unter Einfluß Doktor José Luiz Penas, eines Vertretungsprofessors, eines herausfordernden Marxisten, studiert hatte.

Der vikar und die bevölkerung – In der Umgebung der Rampa fand der in Aufregung versetzte Museumsdirektor außer dem irreredenden Edimilson mit seinen Ammenmärchen niemanden, der ihm eine Hilfe hätte sein können, keinen Lebenden, der imstande gewesen wäre, eine wirksame Erklärung zu liefern. Guter Wille, flaues Gespräch: Bootsmann Manuel und Maria Clara, in Gesellschaft von Camafeu de Oxóssi – Euer Hochwürden wissen, um wen es sich handelt, Sie wissen es nicht? Alle kennen Camafeu, sogar der Gouverneur –, waren in einem Taxi weggefahren. Im Taxi von Miro, diesem Lebenskünstler. Die übrigen, die bei der Ankunft des »Reisenden ohne Hafen« hier gewesen waren, Früchtehändler, Herren des Strandes, das Liebespaar, waren weggegangen, jeder hatte seine Richtung eingeschlagen. Schließlich erfuhr er: Auf dem Mercado haben die Buden die letzten Türen geschlossen. Auf die Nonne und den Pater keinerlei Hinweis.

Als der Vikar telefonisch die Ausfahrt des Leichters mitgeteilt hatte, hatte er von einem Pater und einer Nonne gesprochen, Passagieren, deren Fürsorge er das hervorragende Bild anempfohlen hatte – gut, daß die göttliche Vorsehung über die Heilige wachte. Es war dringend erforderlich, sie zu finden, den Pater und die Nonne, um diese erste Vorstellung zu Ende zu führen. Es war sehr wahrscheinlich, daß das Bild bei einem der beiden Frommen in Sicherheit war. Und wenn es nicht so wäre, würde Dom Maximiliano aus dem Munde verantwortlicher Personen einen ernsthaften Bericht hören über das, was wirklich bei der Ankunft des Leichters geschehen war. Doch wie sie ausfindig machen, wenn man ihre Namen und Adressen nicht kannte, das Kloster der Nonne, die Herberge des Priesters?

Mit dem Vikar von Santo Amaro telefonieren, um ihn um Aufklärung zu bitten, während man ihm gleichzeitig erzählte, was vorgefallen war – Teurer Freund, unser unschätzbares Bild ist verschwunden, ist zum Teufel gegangen! –, daran wollte er nicht einmal denken. Der Maulheld würde verrückt werden, es in die Welt hinausschreien, Verwirrung stiften, den größten Rummel machen. Nur mit großen Schwierigkeiten hatte er der Leihgabe zugestimmt, Garantien und Versicherung hatten sein Mißtrauen nicht beruhigt, seine Ängste nicht verringert. Er hatte sich geweigert, solange er konnte, murrend hatte er schließlich unter dem Druck des Kardinals einer gebieterischen Auflage nachgegeben. Er hatte jedoch nicht den Widerstand verborgen, er hatte ihn in der Sonntagspredigt untergebracht. Sein Einspruch gegen die Verschickung des Bildes widerspiegelte das einmütige Gefühl der Bevölkerung der Stadt. Mit dem Vikar telefonieren, niemals, er war nicht verrückt. Die Angelegenheit mußte geklärt, das Bild wieder aufgetrieben werden, ohne daß die Nachricht vom Verschwinden nach Santo Amaro gelangte, sei es an den Priester, sei es an die Bevölkerung.

Von Kloster zu Kloster gehen auf der Suche nach einer Nonne, zum Kurie gehen, um herauszufinden, um welchen Pater es sich handelte? Um eine Audienz direkt beim Kardinal bitten? Sich an die Polizei wenden, um das Geschehene zu melden? Mit Manolo von der Casa Moreira sprechen, um ihn zu bitten, die Antiquitätenhändler zu benachrichtigen? Mirabeau Sampaio empfehlen, aufzupassen und die wichtigsten Sammler zu informieren: Wer das Bild kauft, wird sein Geld einbüßen. Spuren und Indizien hier und dort zusammentragen? Wo beginnen? Die Welt würde über Dom Maximiliano von Gruden herfallen und ihn zermalmen: Der sonnige Tag der Anerkennung und des Sieges verwandelte sich in eine Nacht der Schmach und Bitterkeit.

Verzweifelt streifte der berühmte Mönch über den leeren Kai, die Himmel anrufend. Ein herrenloser Hund begleitete ihn ein paar Minuten. Dann streckte sich das Tier auf dem Pflaster aus und heulte, zur Finsternis des Meeres gewandt – einziges Zeichen von Solidarität, das er erwirken konnte.

Die Dämonen – Welche Verbrechen hatte er verübt, welche schrecklichen Sünden hatte er begangen, um eine Strafe solchen Ausmaßes zu erleiden, im Leben einer so fürchterlichen

Prüfung unterworfen zu sein? Erbarmen, Herr! Das erstickte Flehen des Mönchs mischte sich mit dem Heulen des Hundes in der Stille der Nacht, in der Dunkelheit des Kais.

Das Leuchten von Irrlichtern, Edimilson, Engel in Panik, erblickt eine Rotte Dämonen, die auf den Schultern die Sünden Dom Maximilianos tragen. Prozession mit Pechpfannen, die sich zum Monte Serrat wendet, wo am Eingang der Kapelle neben dem Weihwasserbecken der heilige Reuige Petrus die Besucher empfängt – das wirkliche Bild, modelliert von Bruder Agostinho da Piedade, oder eine im Museum auf Befehl Dom Maximilianos von Gruden hergestellte Kopie, wer weiß es? Nicht einmal Edimilson selbst, vertrauensvoller Beamter, hat Gewißheit. Die Dämonen folgen einander in der Farandola der Sünden, Dom Maximiliano beugt die Schultern, die Last ist schwer.

Er beichtet verzeihliche Sünden, kapitale Sünden, doch was bedeuten Versuchung, Schwäche und Entgleisung für jemanden, der so viel getan hat – der so viel getan hat und so viel tut – zum Ruhme Gottes und seines Königreiches auf Erden?

Auch auf dieser Erde von Bahia, zu der das Schicksal ihn geführt hat, um hier zu leben und zu arbeiten. Eine Erde, wo alles sich mischt und vermengt, niemand ist imstande, die Tugend von der Sünde zu trennen, zu unterscheiden zwischen Gewißheit und Unsinn, die Grenzen zu ziehen zwischen Exaktheit und Schwindel, zwischen Wirklichkeit und Traum. Auf der Erde von Bahia übertreiben Heilige und Verzauberte die Wunder und die Zauberei, und marxistische Ethnologen sind nicht überrascht, wenn sie das Bild eines katholischen Altars am Spätnachmittag in eine aufgeputzte Mulattin verwandelt sehen.

Die Lederpeitsche

Adalgisa an der Tür zur Strasse mit den fünf Wunden Christi – Adalgisas Gezeter erschütterte die Fundamente der Avenida da Ave-Maria: »Sofort hinein, unverschämtes Miststück! Liederliches Weibsbild!«

Manela machte sich aus dem Staube, verschwand aus dem Blickfeld der Tante. Als Adalgisa den Arm zur Ohrfeige erhob, sah sie sie schon nicht mehr, gewiß war sie durch die stets weit geöffente Tür von Damianas Haus getreten – es schien geradezu ein Hurenhaus, dieses Hin und Her von Leuten, ein Kommen und Gehen.

Morgens bereitete Damiana Schüsseln mit Teig vor für die Puba-, Mais- und Aipim-Kuchen, die der vorlaute Trupp von Gassenjungen am Nachmittag, von Tür zu Tür, einer sicheren Kundschaft feilbot. Ausgezeichnete Konditorin, beschränkte sich das Aushängeschild Damianas vom Milchreis – ach! Damianas Milchreis, nur wenn man daran denkt, läuft einem das Wasser im Munde zusammen – nicht auf das Stadtviertel von Barbalho: Ihre Kundschaft dehnte sich in die vier Ecken der Stadt aus, und im Monat der Feste für den heiligen Johannes und den heiligen Petrus, dem Monat Juni, konnten die Bestellungen von Canjica, Maiskuchen und Manuê nicht befriedigt werden.

Ein fröhliches Haus mit viel Arbeit, es mit einem Hurenhaus zu vergleichen verlangte ein Übermaß an Böswilligkeit, aber Adalgisa fackelte nicht lange. Übrigens, Hurenhäuser kannte Adalgisa weder von innen noch von außen: Wenn es ihr passierte, einer Prostituierten auf der Straße zu begegnen, spuckte sie aus, um Abscheu und Ekel zu demonstrieren. Sie betrachtete sich als eine Senhora und nicht als irgendeine Gewöhnliche: Senhoras haben Prinzipien und zeigen sie.

Eine Meisterin in Tratschereien, senkte sie die Stimme nicht. Sie schrie sich die Kehle aus, damit die Nachbarin sie hörte: »Bei den Fünf Wunden Christi schwöre ich, daß ich mit dieser Liebschaft Schluß mache, selbst wenn es das letzte wäre, was ich in meinem Leben tue. Gott wird mir Kräfte geben, um diesem Gesindel entgegenzutreten, das ein Kind auf den schlechten Weg, ins Verderben führen will. Der Herr ist mit mir, ich habe vor nichts Angst, man hängt mir nichts an, bei mir gibt es keine Negerliebschaft, ich bin nicht von dem Schlag, ich vermische mich nicht aufs Geratewohl mit Leuten. Ich ziehe dem Miststück das Laster aus dem Körper, und wenn es mich das Restchen meiner Gesundheit kostet.«

Sie klagte stets über ihre schwache Gesundheit, denn trotz des gesunden Aussehens war sie häufigen Migränen ausgesetzt, einem beständigen Kopfschmerz, der sich oft Tag und Nacht hinzog und ihr die Laune verbitterte, sie außer sich brachte. Sie machte Bekannte und Verwandte, die ganze Nachbarschaft, vor allem die Nichte und den Mann für die Beschwerden, die ihr zusetzten und sie quälten, verantwortlich. Dona Adalgisa Perez Correia, von erklärtem spanischen Blut väterlicherseits und verborgenem afrikanischen Blut mütterlicherseits: der Alptraum, der Schrecken der Straße.

ADALGISAS HÜFTEN UND DER REST DES KÖRPERS – Es war nicht einmal eine Straße. Die Avenida da Ave-Maria war nicht mehr als eine Sackgasse, ein *cul-de-sac*, wie sich Professor João Batista de Lima e Silva hochtrabend ausdrückte: Zu jener Zeit bewohnte der Professor, noch ledig, obschon in den Vierzigern, das letzte der Landhäuser, das kleinste. Als er das Echo von Adalgisas heftigem Ausbruch hörte, kam er zum Fenster, nahm die Lesebrille ab, ließ den Blick auf den Hüften der reizbaren Nachbarin ruhen.

Reizbar, aber üppig, alles hat seinen Ausgleich. In der mittelmäßigen Landschaft der Gasse ohne Blumen und Gemüsegärten, ohne Bäume, war der größte Ausgleich Adalgisas Hinterteil, das die Schönheit des Universums von neuem bestätigte. Venushöhe, Aphroditenhintern, würdig eines Goyabildes, in den gelehrten und lasterhaften Nachtstudien des Professors – auch er ein Übersteigerter, wie man sieht.

Das übrige war auch nicht zu verachten, ganz im Gegenteil, überprüfte der Professor, sich ergötzend. Üppige und straffe Brüste, lange Beine, schwarze Zöpfe, die das längliche Spanierinnengesicht umgaben, in dem dramatische, wütende Augen glühten. Schade, daß der Ausdruck so aggressiv war: An dem Tag, an dem Adalgisa ihre dünkelhafte, ihre spöttische und verächtliche Art verlieren würde, die überlegene

Miene, wenn sie die Fünf Wunden Christi ruhen lassen und ohne Gehässigkeit ungeziert lächeln würde, ach!, ihre Schönheit würde die Herzen hinreißen, den Dichtern Verse inspirieren. In späten Stunden zählte Professor João Batista Silben, reimte Strophen, doch seine Musen waren andere als Adalgisa: harmlose Liebchen aus der Jugend in Sergipe.

Von väterlicher Seite, den Perez y Perez, kam Adalgisa in Buße von den Prozessionen der Karwoche von Sevilla beladen mit dem Kreuz Christi – sie zog nur diese Seite in Betracht, wollte nichts von einer anderen wissen, wenn es eine andere gegeben hatte. Sie war nicht stolz auf die Goya-Hüften, und wenn sie auch etwas über die Venus wußte, schön, aber an den Armen verkrüppelt, so hatte sie doch von Aphrodite niemals etwas gehört.

Der geringere Teilhaber – Die gehässige Drohrede erreichte den Höhepunkt des Zorns, als Adalgisa am Steuer des Taxis, das am Eingang des Landhauses hielt, Miro erkannte, den räudigen Hund, der ihr mit der Hand zuwinkte – zynisch, dreist, unverschämt, ein Hungerleider! Da sie sich vom Professor, einem achtbaren Bürger, Ordinarius, Journalist, beobachtet fühlte, glaubte sie sich verpflichtet, Erregung und schlechte Umgangsformen zu erklären: »Ich bin beladen mit meinem Kreuz, zahle für meine Sünden. Das hat man davon, wenn man das Kind anderer großzieht: Verantwortung und Aufregung. Diese Unglückliche frißt mich auf, ruiniert meine Gesundheit, bringt mich ins Grab. Wo hat man so etwas schon gesehen, ein Mädchen, das kaum siebzehn Jahre ist ...«

»Angelegenheiten der Jugend ...«, versuchte der Professor zu entschuldigen, ohne genau zu wissen, welches Manelas Vergehen war, aber an Hurerei mit dem Liebsten zweifelnd: Sollte sie sich schon hingegeben haben? Ein Mädchen von siebzehn Jahren? Die Tante war blind: Sie sah die fertige Frau nicht, aufgeweckt und sich in den Hüften wiegend, ein begehrenswerter Körper, bereit für das Bett. War sie nicht Kandidatin für Miss Irgend Etwas?

»Mit den jungen Leuten muß man Geduld haben ...«

»Aber was habe ich davon? Sie haben keine Ahnung, Professor ... Wenn ich Ihnen erzählen würde ...«

Wenn sie sich noch nicht hingegeben hat, verliert sie ihre Zeit, die Apotheken verkaufen die Pille, ohne daß ein Rezept nötig ist. Befreit von der Angst vor einer Schwangerschaft, genießen die Mädchen von heute, in einer entfesselten Eile, Feuer unter dem Hintern. Sie spiegeln sich nicht im Beispiel Adalgisas, keusch und ehrbar.

Alle sind es überdrüssig zu hören, weil sie es so oft wiederholt hat, aber Adalgisa hatte keinen Geliebten, bevor sie Danilo kennenlernte, den ersten und einzigen, der sie jungfräulich und rein zum Traualtar führte. Jungfräulich, kann sein, rein, das ist zweifelhafter. Es gibt keine Sittlichkeit, die imstande ist, ein Jahr des Brautstandes heil durchzustehen, ein paar Dreistigkeiten, so gering sie auch sein mögen, gibt es schließlich immer: Hand auf den Brüsten, Prügel auf den Schenkeln. Danilo Correia, ein zurückhaltender, wenn auch tatkräftiger Schreiber im Anwaltsbüro des bekannten Notars Wilson Guimarães Vieira, Ex-Kanone im Fußball, geschickter Gegner des Professors im Dame- und Tricktrackspiel, Glückspilz von Ehemann, ausschließlicher Herr dieser üppigen Hüften und des restlichen Körpers von Adalgisa, einer ehrbaren, tugendhaften Senhora – wie schade!

Professor João Batista de Lima e Silva täuschte sich: Er wußte sie ehrbar, aber er ahnte sie nicht schamhaft. Danilo war bestenfalls der geringere Teilhaber – wer selbst Adalgisas Körper befahl, ihr die Grenzen im Bett vorzeichnete, war Christus Unser Herr.

Historische Anmerkung – Es bleibt felsenfest versprochen: In Kürze wird man das glühende und strittige Thema der Schamhaftigkeit Adalgisas wieder aufnehmen, mit katholischem Lager, puritanisch, vom Beichtvater regiert. Wöchentliche Kontrolle sonntags im Beichtstuhl der Kirche von Santana, vor der Zehnuhrmesse und dem heiligen Abendmahl. Man wird Bekanntschaft schließen mit der spartanischen Persönlichkeit von Hochwürden Pater José Antonio Hernandez, Anhänger der Falange, unbestechlich, Herr der Höllenfeuer, Missionar in Brasilien – ich bekack mich in Gott, eine eher beschwerliche und widrige Mission! –, Wächter über Adalgisas Reinheit. Dann wird mit den notwendigen Einzelheiten von den Mißgeschicken und Kümmernissen des Sekretärs Danilo Correia, des unzufriedenen Opfers, berichtet.

Vorher jedoch drängt sich die Gestalt Manelas auf, kaum wahrgenommen, als sie aus dem Blickfeld der Tante verschwand, durch die sperrangelweit geöffnete Tür des Hauses der dicken Damiana. Aus Damianas Haus strömt ein appetitlicher Duft im Ofen backender Spezialitäten, mit Kokosmilch und geraspelter Zitrone gemischt: Vanille und Gewürznelke, Zimt, Ingwer, Erdnuß und Anakarden.

Über Manela gibt es nur Zweifel: erhoben vor allem durch die Nachtstudien Professor João Batistas: Warum will Adalgisa sie bestrafen, sollte sie noch Jungfrau sein, oder kennt sie schon den Geschmack dessen, was gut ist, ist sie zu Miss Irgend Etwas gewählt worden oder nicht? Welche Irgend Etwas? Es drängt, diese und andere Ungewißheiten zu klären, denn Seiten zuvor wurde angekündigt, daß einer der furchterregendsten Orixás, Oyá Yansã, die Iaba, die die Toten nicht fürchtet und deren Kriegsgeschrei Vulkankrater auf dem Gipfel der Gebirge entzündet, vor allem mit dem Ziel, Manela aus der Gefangenschaft zu befreien, gekommen war, die Stadt Bahia zu besuchen, und über der Schulter hatte sie den Beutel mit Blitzen und Donner. Also, Manela, um wen handelt es sich?

Manela, so, wie es geschrieben ist, und nicht Manuela, wie schon beim Lesen ihres Namens gefragt wurde und immer gefragt wird, wenn man ihn hört, weil man glaubt, daß es sich um einen Fehler in der Schreibweise oder in der Aussprache handelt. Ein von einer italienischen Urgroßmutter geerbter Vorname, ein von der Familie in Erinnerung gebrachtes Andenken, weil die Schönheit jener ersten Manela, eine aufsehenerregende und verhängnisvolle Schönheit, legendär geworden war. Ihretwegen hatten sich zwei feurige und törichte Oberstleutnants unter Mißachtung der Edikte geschlagen, ein Provinzgouverneur hatte sich in sie verliebt und Selbstmord begangen; ein Pater auf dem Wege der Ehre zum Bistum beging ihretwegen ein Sakrileg, verschmähte den Eminenztitel, gab die Soutane auf und lebte mit ihr zusammen.

Um alles über die ausgedehnte und bewegte Chronik Manela Belinis zu erfahren, genaue Einzelheiten über Namen und Daten, Diplome und Ämter, empfiehlt sich die Lektüre des Kapitels der »Beiträge zur Geschichte der Provinz Bahia«; ein Band von Professor Luís Henrique Dias Tavares, in dem die hier zitierten Ereignisse und noch andere auf Grund von Dokumenten dargestellt sind. Die Triumphe der Diva in den Theatern, als sie Opernarien für ein begeistertes Publikum sang, die todbringende Herausforderung durch den Degen, als die Ehre der Belini in Blut gebadet wurde – nur ein paar Tropfen, genügend –, die zahlreichen Gerüchte um den Selbstmord des Gouverneurs, die wilde Ehe mit dem Pater, aus der die bahianische Familie und die Tradition des Namens Manela hervorgegangen waren. Trotz des Titels eine heitere Lektüre.

Luís Henrique Dias Tavares, Historiker, der auch der Literat Luís Henriques war, Luís Henrique *tout court*, wie der Kollege und Busenfreund João Batista de Lima e Silva gesagt hat. Der Literat profitierte von der Episode des Paters und schuf über ihn den witzigen Schelmenroman – man weiß nicht, wen man in erster Linie loben soll, ob den Historiker, ob den Erzähler. In erster Linie sollte man beide lesen.

Eufrásio Belini do Espirito Santo, Abkömmling des Sakrilegs, erinnerte in den Runden bei Bier und Plauderei gern an die Geschichten der Urgroßmutter – eine herausfordernde Italienerin, die Haare auf den Zähnen hatte, ein Stück von einem Weib: An einem Tag, da er eine Tochter bekam, gab er ihr den Namen Manela. Er war romantisch und ein Freund von Festen.

Manelas prozession – Manela kam nicht im Gefolge des Toten Herrn am Karfreitag aus Sevilla. Ihre Prozession war die am Donnerstag von Bomfim, oder auch die der Wasser von Oxalá, die größte Bahias, die einzige in der Welt. Sie kam nicht in Zerknirschung und Buße eingehüllt, mit der schwarzen Mantilla bedeckt, die Litanei im finsteren Ton der Klappern rezitierend. Mea culpa! Mea culpa! bereute Tante Adalgisa, sich auf die Brust schlagend. Manela kam in Jubel und Lustbarkeit gehüllt, gekleidet in das betörende weiße Kostüm der Bahianerin. Auf dem Kopf, über dem Oberkörper im Gleichgewicht, brachte sie den Tonkrug mit dem Duftwasser für die Waschung der Kirche, sie bewegte sich tanzend vorwärts und sang Karnevalslieder zum unwiderstehlichen Klang des elektrischen Trios.

In diesem Jahr hatte Manela zum erstenmal ihren Platz unter den Bahianerinnen eingenommen. Um die Prozession zu begleiten – vor der Tante verheimlicht, man muß es nicht sagen –, hatte sie die Englischstunde im Ferienkurs des Amerika-Instituts geschwänzt. Sie hatte vorschriftsmäßig geschwänzt, denn die Gruppe hatte Bob Burnet, dem Lehrer, am Vorabend einmütig die Entscheidung mitgeteilt, nicht zum Unterricht zu kommen, um am Fest der Waschung teilzunehmen. Neugierig auf die bahianischen Bräuche, beschränkte sich der junge Bob nicht darauf, der Idee zuzustimmen, er schlug vor, ihnen Gesellschaft zu leisten, und er tat es mit seiner bekannten Wirkung: Unaufhaltsam tanzte er Samba unter der glühenden Januarsonne, überschwemmte sich mit Bier. Eine Sympathie von einem Menschen!

Manela hatte sich im Hause der anderen Tante, Gildete, im Tororó, umgezogen. Als Dolores und Eufrásio bei einem Autounfall umgekommen waren – sie waren im Morgengrauen von einer Hochzeitsfeier in Feira de Santana gekommen, Eufrásio, auf der falschen Fahrspur, hatte keine Zeit gehabt, dem mit Bierkästen beladenen Lastwagen auszuweichen –, nahm sich Adalgisa Manelas an, Gildete der ein Jahr jüngeren Marieta. Obwohl Gildete Witwe und Mutter von drei Kindern war, wollte sie beide behalten. Adalgisa war nicht einverstanden: Als Schwester von Dolores war sie ebenso Tante wie die Schwester von Eufrásio, tat ihre Schuldigkeit, würde ihre Pflicht erfüllen. Gott hatte ihr keine Kinder geschenkt, sie würde sich der Aufgabe widmen, aus Manela eine Senhora zu machen, eine Senhora mit Prinzipien, wie sie selbst.

Sie wahrte Zurückhaltung über das, was sie vom Schicksal dachte, das Marieta geboten war, verbannt in eine Umgebung, deren Gewohnheiten sie für tadelnswert hielt – und sie verlor keine Gelegenheit, sie zu tadeln. Gildete, die Witwe eines Marktbudenbesitzers, staatliche Lehrerin, war keine Senhora, bestenfalls eine gute Person, und das ist schon viel. Um nichts zu verbergen, lohnt sich ein kurzer Bezug auf die allgemeine Meinung, von Bekannten und Freunden zum Ausdruck gebracht, die darin übereinstimmten, daß in der Lotterie der Waisen Marieta das große Los gezogen hatte.

Manela hatte das Fest auf der Freitreppe der Kirche Conceição da Praia, Yemanjás Wohnung, begonnen. Sie war sehr früh am Morgen in Gesellschaft von Tante Gildete, Marieta und der Cousine Violeta gekommen, sie hatten sich mit Dutzenden von Bahianerinnen vermischt in der Erwartung, daß das Gefolge sich formierte. Wer sagt Dutzende? Es waren Hunderte von Bahianerinnen, die sich auf der Freitreppe der Kirche versammelten, alle schmuck in den weißen Ritualkostümen: weiter Rock, gestärkte Unterröcke, Kittel mit Spitze und Stickerei, Sandalen mit flachem Absatz. Sie trugen an Armen und Hals Silber-Balangandãs, Schmuck und Armbänder mit den Farben ihrer Heiligen. Topf, Kanne oder Krug über dem Turban auf dem Kopf: Duftwasser für die Verpflichtung. Mütter und Heiligentöchter aller afro-bahianischen Nationen – Nagô, Jeje, Ijexá, Angola, Kongo – und der Mischlingsnation, kokett und fröhlich. Manela, vielleicht die Schönste, erblühte in Lebhaftigkeit. Auf den Lastwagen ertönten die Atabaques und riefen das Volk zusammen. Plötzlich brach die Musik eines elektrischen Trios hervor, und der Tanz begann.

Von der Kirche Conceição da Praia, gleich am Elevador Lacerda, bis zur Basilika von Bomfim auf dem heiligen Hügel liegt die Entfernung ungefähr bei zehn Kilometern, ein bißchen mehr, ein bißchen weniger, das hängt von der Frömmigkeit und vom Schnaps ab. Tausende von Leuten, der Zug ist ein Menschenmeer, er dehnt sich aus, bis man ihn aus den Augen verliert. Autos, Lastwagen, Leiterwagen; Esel, mit Blumen und Blättern geschmückt, tragen auf dem Rücken volle Fäßchen: Es darf kein Duftwasser fehlen. Auf den Lastwagen angeregte Gruppen, ganze Familien, Blocks und Afoxés. Musiker nehmen ihre Instrumente: Baßgeigen, Akkordeons, Fiedeln, Tamburins, Capoeiratrommeln. Volkstümliche Komponisten und Sänger: Tião Motorista, Riachão, Chocolate, Paulinho Camafeu. Jerônimos Stimme, die von Moraes Moreira. Weite Hose, weißes Jackett, Stutzer, das Kraushaar aus Baumwolle, lächelt Batatinha und überquert die Straße. Sie drücken ihm die Hand, rufen seinen Namen, umarmen ihn. Eine Blonde – aus Nordamerika, Italien, São Paulo? – kommt angelaufen, küßt sein schwarzes, hübsches Gesicht.

Reiche und Arme mischen und drängen sich. In der Mestizenstadt Bahia existieren alle Farbnuancen in der Haut der Bewohner: von Schwarz, Blauschwarz bis Milchhell, Schneeweiß und die unendliche Skala von Mulatten – alle stellen sich ein. Wer ist kein Anhänger vom Senhor do Bomfim, die unzähligen Wunder, wer klammert sich nicht an Oxalá, die unfehlbaren Ebós?

Der Generalkommandant der Region, der Admiral der Marienebasis, der Fliegerbrigadegeneral, der Präsident der Versammlung, der des Obersten Gerichtshofes, der der Erlauchten Stadtverordnetenkammer, Bankiers, Kakaofazendeiros, Geschäftsleute, Senatoren, Deputierte. Einige ziehen in schwarzen Limousinen vorüber, andere jedoch – der Gouverneur, der Präfekt, der Kapitän der Tabakindustrie, Mário Portugal – begleiten den Zug zu Fuß, gemeinsam mit dem Volk. Auch die Bande der Demagogen, Kandidaten bei den nächsten Wahlen, fährt im offenen Wagen und verteilt Umarmungen, Lächeln und Schulterklopfen an die möglichen Wähler.

Der Zug wogt im Takt der Musik der Trios: religiöse Hymnen, vorgeschriebene Lieder, Sambas und Karnevals-Frevos. Die Begleitung wächst unterwegs, die Menge schwillt an: Leute rutschen an den Hängen herunter, der Markt von São Joaquim leert sich, Nachzügler steigen aus den Ferry-Boats und den Kähnen, kommen in Leichtern an. Als der Kopf der Prozession am Hügel den Fuß des Abhangs erreicht, erhebt sich vom elektrischen Trio von Dodô und Osmar eine bekannte und geliebte Stimme – es entsteht ein Schweigen, der Zug bleibt stehen, Caetano Veloso stimmt die Hymne auf den Senhor do Bomfim an.

Der Aufstieg den Hang hinauf beginnt zum Klang der Atabaques, zum Gesang der Afoxés, das sind die Wasser Oxalás. Die Volksmasse wendet sich zur Basilika, die auf Beschluß der Kurie geschlossen ist. Früher wurde die ganze Kirche gewaschen, Oxalá auf dem Altar Jesu gefeiert, eines Tages wird es wieder so sein. Die Bahianerinnen besetzen den Vorhof und die Freitreppe, die Reinigung beginnt, die Candomblé-Verpflichtung wird erfüllt: Exê-ê-babá!

Zur Kolonialzeit im gequälten Gelübde eines portugiesischen Schiffbrüchigen aus Portugal gekommen, Nosso Senhor do Bomfim; zur Zeit des Negerhandels von der Küste Afrikas auf den blutigen Rücken eines Sklaven gekommen, Oxalá. Sie schweben über der Prozession, sind am Busen der Bahianerinnen, tauchen in das Duftwasser ein und vermischen sich, sind eine einzige brasilianische Gottheit.

Die beiden Tanten – Dieser Donnerstag von Bomfim war entscheidend in Manelas Leben. Für die Bestimmung und die Veränderung kam alles zusammen, die Ereignisse und die Einzelheiten. Die Prozession, glückbringender Tag des Gesanges und Tanzes, der Pomp der Bahianerinnen, der Platz am Hügel mit Seidenpapier geschmückt, mit Kokospalmen herausgeputzt, die Reinigung des Basilikavorhofes, die Handlungen beim Empfang der Verzauberten, das heilige Ritual und das Essen mit den Cousins am Tisch des Liebsten, Essen und Trinken, das aus dem Mund zum Kinn triefende Dendé, die beschmierten Hände, das eiskalte Bier, die Batidas und der Ingwerschnaps, Zimt und Nelke, der Spaziergang um den Platz mit der Schwester, der Cousine und den

Jungen, die in den Familienhäusern Zögernden und der öffentliche Tanz auf der Straße, die elektrischen Trios, das Anzünden der Scheinwerfer, der farbigen Lampen an der Kirchenfassade, sie mitten in der Menge bummelnd und Miro an ihrer Seite, sie an der Hand führend. Ein Gefühl der Leichtigkeit, Manela fühlte sich imstande, davonzufliegen, eine freie Schwalbe in der Euphorie des Festes.

Am Morgen, als sie zur Kirche Conceição da Praia gekommen war, war sie ein armes, unglückliches Mädchen gewesen. Unterdrückt, ohne eigenen Willen, immer in der Defensive: furchtsam, scheinheilig, nutzlos, heuchlerisch, unterwürfig. Ja, Tante. Ich habe gehört, Tante. Ich komme schon, Tante. Wohlgelenkt. Sie war zur Prozession erschienen, weil Gildete es verlangt hatte, mit einem Ultimatum fürchterlicher Drohungen: »Wenn du nicht ganz früh hier bist, werde ich dich holen, und ich bin Frau genug, jenem Weibsbild das Gesicht einzuschlagen, wenn sie es wagt, zu sagen, daß du nicht mitgehen kannst. Wo hat man so etwas schon gesehen? Sie denkt, sie ist die Größte, sie ist nur hochmütig, eine Scheißeleckerin. Ich weiß nicht, wie Danilo so viel Widerwärtigkeit erträgt, man braucht viel Geduld.«

Die Hände am Gürtel, auf Kriegsfuß, ergänzte sie: »Ich habe Rechnungen mit dieser vorlauten Person zu begleichen, sie redet über mich, nennt mich eine Aufrührerin und Macumbeira. Eines Tages bezahlt sie mir dafür.«

Gutmütig, herzlich, liebevoll, eine Kokosspeise, war Tante Gildete nicht nachtragend; die angekündigten Vergeltungen, die versprochene Rache gingen nicht über Worte hinaus. Doch bei den seltenen Gelegenheiten, da sie wütend wurde, den Kopf verlor, verwandelte sie sich und war zum schlimmsten Unfug fähig.

War sie nicht fassungslos, wahnsinnig, ins Arbeitszimmer des Sekretärs für Erziehung vorgedrungen, anläßlich des Versuchs der Regierung, das Schulessen aus ökonomischen Gründen abzuschaffen? Bleiben Sie ruhig, Professora! – und mehr hatte der Sekretär nicht gesagt. Er hatte die Haltung verloren, überstürzt den Raum verlassen, aus Angst vor physischer Aggression, als er die robuste Gestalt Gildetes sah, im Zuge des Streites, kurz angebundene Worte der Anklage, im Namen der armen Kinder, den Sonnenschirm erhoben – so schnell wie möglich weg? In Panik geratene Beamtinnen versuchten sie zurückzuhalten, Gildete schob sie alle miteinander beiseite; fest entschlossen, ohne auf Proteste und Verbote zu achten, eilte sie durch die Vorzimmer, bis sie zum heiligen Bereich vordrang, in dem der Sekretär amtierte. Das Foto erschien in den Zeitungen und illustrierte die Nachrichten über das Projekt zur Streichung des Schulessens, das bis dahin geheimgehalten worden war; es kam zu einer solchen Protestwelle, zu Streikandrohung und Demonstration, daß die Maßnahme für ungültig erklärt wurde, und Gildete kam mit einer tadelnden Verwarnung auf ihrem Personalbogen davon. Anstelle von Tadel Lob, denn der Gouverneur nutzte das Ereignis, um sich von dem Sekretär zu befreien, an dessen politischer Aufrichtigkeit er zweifelte. Er schob ihm die Verantwortung der unglücklichen Idee zu und übergab ihn den Bestien.

Lob und eine gewisse Berühmtheit: In der Rede auf der Landesversammlung bezog sich Newton Macedo Campos, kämpferischer Abgeordneter der Opposition, auf den Zwischenfall, stellte Gildete heraus und zeichnete sie als »glühende Patriotin und vortreffliche Bürgerin, edle Vorkämpferin der Kinder, Führer der geopferten Lehrerklasse«. Übrigens wollte man sie in die Gewerkschaftsleitung aufnehmen, doch sie lehnte ab. Die Lobreden gefielen ihr, doch zum Führer oder Vorkämpfer war sie nicht geboren.

Aus der Not eine Tugend machend, gehorchte Manela, und früh am Morgen ging sie zu Tante Gildetes Haus, indem sie Adalgisas Abwesenheit nutzte, die, in Begleitung ihres Mannes, zur *Missa de Setimo Dia* der Frau eines Kollegen von Danilo gegangen war. Sie nahm die Englischhefte und -bücher mit, damit sie glaubten, sie sei im Unterricht, sie rechnete damit, zum Essen zurückzusein. Sie würde auf die Uhr sehen, die Prozession zeitig genug verlassen, um Kleider und Bücher zu holen, den Omnibus zu nehmen, alles wäre zeitlich abgestimmt. So, innerlich zitternd, erschrocken über die eigene Kühnheit, zog sie sich um, streifte die Unterröcke und den weiten Rock über, die nackten Brüste unter dem Kittel der Bahianerin – ach, wenn Tante Adalgisa etwas Derartiges sehen würde!

Zu sagen, daß sie nicht bereute, daß sie es wundervoll fand, ist wenig gesagt. Als sie den Heimweg einschlug, zu ungewöhnlicher Stunde, war sie eine andere Manela: die wirkliche Manela, jene, die sich nach dem Tod der Eltern versteckt hatte, in der Angst vor Strafe verloschen war. Vor der Strafe Gottes, der, allgegenwärtig, alles bemerkte und alles aufschrieb für die Abrechnung am Tag des Jüngsten Gerichts, und vor der Strafe Tante Adalgisas, die sie aufzog und erzog. Wenn die Tante, aufmerksam und zänkisch, etwas sah oder erfuhr, griff sie sofort schreiend zur Peitsche.

Als junge Pflanze krümmt sich die Gurke, Manela war dreizehn Jahre alt, als sie in die Gesellschaft von Onkel und Tante kam, sie war also nicht so jung, und Adalgisa zufolge, hatten sie die Eltern sehr schlecht erzogen. Ein Mädchen in der Pubertät, voller Tücken und Wünsche, im Umgang mit Gesindel, an schlechte Gesellschaft gewöhnt, ungebunden mit den Schulkameradinnen am Nachmittag ins Kino, vor dem Fernsehen bei Programmen, die vom Kindlichen nur den Namen hatten, zu öffentlichen Festen, sogar auf Candomblé-Plätze hatten sie sie mitgenommen, die Unverantwortlichen.

Adalgisa hatte ihr das Halfter angelegt, ihr strenge Zeitpläne diktiert, hatte ihr nicht erlaubt, auf die Straße hinauszugehen, und was Feste und Kino betraf, so durfte sie nur in Begleitung von Onkel und Tante hingehen. Von Heiligenplätzen ganz zu schweigen: Adalgisa empfand Entsetzen vor dem Candomblé. Ein heiliges Entsetzen, das Adjektiv drängte sich auf. Kurzes Halfter, harte Hand, sie hielt sie unter Kontrolle, strafte ohne Mitleid noch Erbarmen. Sie erfüllte ihre Pflicht als Adoptivmutter – eines Tages, im Leben eingerichtet, würde Manela es ihr danken.

Die mittagsstunde – Exê-ê-babá! Die geöffneten Handflächen in Brusthöhe, grüßte Manela die Ankuft Oxolufãs, des alten Oxalá, im Hof der Basilika von Bomfim. Sie verneigte sich vor Tante Gildete, als sie sie erzittern, die Augen schließen und den Körper auf die Knie sinken sah, besessen. Auf den Besen gestützt, improvisierter Paxorô, trat Gildete hervor und tanzte einen Schritt des Verzauberten: alt, gebeugt, aber schließlich frei von der Knechtschaft, vom Gefängnis, wo er ohne Prozeß noch Urteil gelitten hatte. Oxalá feierte die Freiheit. Als er sich auf dem Platz zeigte, verkündete das Glockenläuten die Mittagsstunde.

Die Stunde, zu der Manela gerechnet hatte zurückzusein in der Avenida da Ave-Maria, zum Mittagessen. Als Schülerin gekleidet, Rock und Bluse, die Brüste im Mieder gefangen, in der Hand die Mappe mit den Englischbüchern und -heften, als käme sie aus dem Unterricht im Institut. Guten Tag, Tante, wie war die Messe?

Sicherlich hatte sie es vergessen oder darauf verzichtet, und als sie die Glocken hörte, nützte es nichts mehr, sich zu erinnern, denn genau eine halbe Stunde nach zwölf setzte sich Onkel Danilo zu Tisch, und Tante Adalgisa servierte das Essen. Wenn Manela sich zufällig einmal verspätete, wurde das fertige Gericht in der Küche kalt: Sie kam zu spät, sollte sie kaltes Essen zu sich nehmen, damit sie lernte, pünktlich zu sein. An jenem Tage befaßte sich nicht einmal Adalgisa mit dem fertigen Gericht, und sie selbst probierte kaum das Pfannen-Beefsteak mit Mönchsbohnen – sie hielt beim ersten Bissen inne, Schrecken und Empörung schnürten ihr die Kehle zu. Der Mund bitter wie Galle, der Kopf am Zerspringen, stumm, ohne glauben zu wollen, was die Augen sahen – lieber wollte sie blind sein.

Die wasser Oxalás – Wer rückwärts geht, ist ein Krebs, hatte Tante Gildete am Vorabend festgestellt, als sie bei Redensarten, Geschichten und Rezitativen angekommen war, die Schmährede gegen Adalgisa abschließend. Während sie ihre normale Stimmung wiedergewann, zwischen den Nichten saß und ihre Tochter Violeta, die zu ihren Füßen hockte, streichelte, hatte sie sich auf die Sage von den Wassern Oxalás bezogen und sie erzählt – wenn ihr sie hören wollt, erzähle ich. Ob sie es mit irgendeiner Absicht tat, erklärte sie nicht. Sie räusperte sich und sagte, ein Wort mehr oder weniger, was folgt: »Die Alten erzählen, ich hörte es von meiner Großmutter, einer Grunci-Negerin, daß Oxalá eines Tages aufbrach und durch die Länder seines Königreiches und der Königreiche seiner drei Söhne, Xangô, Oxóssi und Ogum eilte, um zu erfahren, wie das Volk lebte, in der Absicht, Ungerechtigkeiten auszugleichen und die Bösen zu bestrafen. Um nicht erkannt zu werden, bedeckte er den Körper mit Bettlerlumpen und zog aus, um sich zu erkundigen. Er kam nicht weit. Der Landstreicherei angeklagt, war er gefangengenommen und durchgeprügelt worden. Als Verdächtiger war er ins Gefängnis gesteckt worden, wo er, unerkannt, jahrelang in Einsamkeit und Schmutz lebte.

Eines Tages, als Oxóssi zufällig an dem elenden Gefängnis vorüberkam, erkannte er den verschwundenen Vater, den sie tot geglaubt hatten. Eilig befreit, von Ehrenbezeigungen umgeben, wurde er, bevor er in den königlichen Palast zurückkehrte, gewaschen und parfümiert. Singend und tanzend hatten ihm die Frauen Wasser und Balsam gebracht und ihn gebadet; die schönsten hatten ihm das Bett, das Herz und die Glieder gewärmt.

›Ich habe am eigenen Fleisch erfahren, unter welchen Bedingungen das Volk in meinem Königreich und in den Königreichen meiner Söhne lebt; hier und da und überall herrschen Willkür und Gewalt, Regeln des Unterwerfens und des Schweigens: Ich trage die Zeichen an meinem Körper. Die Wasser, die das Feuer auslöschen und die Wunden waschen, werden den Despotismus und die Angst auslöschen, das Leben des Volkes wird sich verändern.‹ Er gab sein Wort, setzte seine Königsmacht aufs Spiel. Dies ist die Geschichte von den Wassern Oxalás, sie ging von Mund zu Mund, überquerte das Meer, und so gelangte sie zu unserer bahianischen Hauptstadt: Viele Leute, die die Prozession begleiten, die Töpfe und Krüge mit Duftwasser tragen, um den Fußboden der Kirche zu waschen, wissen nicht, warum sie es tun. Bewahrt die Geschichte und erzählt sie weiter, den Kindern und den Enkeln, wenn ihr welche habt. Sie ist hübsch und enthält eine Lehre.«

Gildete schwieg, lächelte die Tochter und die Nichten an. Manela an die Hand nehmend, drückte sie sie an ihre Brust und küßte ihr die Wangen, streichelte ihr das lockige Haar.

Oxalá war es nicht gelungen, das Leben des Volkes zu verändern, das ist leicht zu überprüfen. Trotzdem muß man zugeben, daß kein einziges Wort, das gegen Gewalt und Tyrannei ausgesprochen wird, umsonst und nutzlos ist. Wer es hört, kann die Angst überwinden und den Widerstand beginnen. Da ist Manela, und sie geht auf den Wegen Oxalás im Hof der Basilika von Bomfim, zu der Stunde, da sie zu Hause eintreffen sollte.

Die ekede – Als die Glocken läuteten, im Kummer um die verlorene Stunde, klammerte sich Manela an den Senhor do Bomfim, für den nichts unmöglich ist. In den Höhen der Sakristei ein ganzes Stockwerk voller Dankesbeweise und Ex-Gelübde, das außerordentliche Museum der Wunder, es bezeugt und beweist die Macht des heiligen Schutzherrn.

Zur gleichen Zeit, da sie den göttlichen Schutz anruft – Misericordia, mein Senhor do Bomfim –, beginnt Manela mit einer instinktiven, ererbten Geste das Ritual der Ekedes, begleitet von den Taten in der Sorgfalt der manifestierten Orixás: Sie wickelt vom Gürtel die makellose Schärpe, um mit ihr den Schweiß von Gildetes Gesicht zu wischen. Die Hände am Gürtel, die Fäuste geschlossen, murmelt Oxalá Befehle.

Manela war sich des Ausmaßes des begangenen Fehlers, der Größe ihres Vergehens bewußt. Größer konnte es nicht sein, ach, es konnte nicht! Sie mußte sich eine glaubwürdige Erklärung einfallen lassen, schlau eine annehmbare Entschuldigung erfinden, die den mitleidlosen Arm Tante Adalgisas aufhielt und ihr den Mund der Beleidigungen schloß – gewisse Beschimpfungen schmerzten mehr als ein paar Ohrfeigen. Es war schwierig, die Tante, mißtrauisch und grüblerisch, einzuwickeln, doch machmal gelang es Manela, sie zu überzeugen und der Predigt, dem Spott und der Lederpeitsche zu entgehen. Nicht daß sie von Natur aus falsch war, doch in Stunden der Panik und Demütigung konnte man nichts anderes tun als lügen. Schlimmer noch, wenn ihr nichts einfiel und ihr nur blieb, den Fehler zu beichten und um Verzeihung zu bitten: Verzeihung, Tante, ich tue es nicht wieder, niemals wieder, ich schwöre bei Gott, bei der Seele meiner Mutter. Die Bitte um Verzeihung vermied nicht die Strafe, bestenfalls schwächte sie sie ab – lohnte es sich?

Sie trocknete Tante Gildetes Gesicht, und ohne nachzudenken, als gehorchte sie Befehlen – vielleicht den von Oxalá gemurmelten Befehlen –, begleitete sie sie während des Triumphtanzes des Verzauberten, der an die eroberte Freiheit, an das Ende der Einsamkeit und des Schmutzes erinnerte. Sie taumelte, sie fühlte eine Lust in Armen und Beinen, versuchte sich ins Gleichgewicht zu bringen, es gelang ihr nicht, sie bog den Körper, ließ sich gehen. Wie im Traum nahm sie sich als eine andere wahr, in der Luft schwebend, und ihr wurde klar, daß sie keine Entschuldigungen zu erfinden, keine Lügen auszudenken brauchte, denn sie beging kein Verbrechen, keine böse Tat, keinen Irrtum oder Fehler, keine Sünde. Es gab keine Schuld einzugestehen, keinen Grund, um Verzeihung zu bitten oder Strafe zu verdienen. Im Schritt der Befreiung tanzte Manela vor Oxalá, Babá, Okê, dem Vater der Colina do Bomfim – schritten sie und Tante Gildete im Basilikahof inmitten von rhythmischem Händeklatschen der Bahianerinnen voran. Woher kannte sie jene Schritte, wo hatte sie diesen Takt gelernt, die Grundlage erworben? Flink und leicht, gegen die Gefangenschaft aufgestanden, lasteten auf ihrer Schulter nicht mehr Schuld und Furcht.

Oxolufã, der alte Oxalá, der größte von allen, der Vater, kam zu ihr und umarmte sie, und umarmt hielt er sie an seiner Brust, während er erzitterte und sie erzittern ließ. Als sie zurückwich, sprang sie sehr hoch, damit sie es wissen sollten:

Eparrei!, und die Bahianerinnen wiederholten, während sie sich vor Manela verneigten: Eparrei!

Yansã verschwand ebenso plötzlich, wie sie gekommen war. Sie trug den angehäuften Unrat, diesen ganzen Dreck mit sich fort, um ihn im Busch zu begraben: Kleinmut und Unterwerfung, Schmach und Heuchelei, die Angst vor Drohungen und Schreien, vor Schlägen ins Gesicht, vor der Lederpeitsche, die an der Wand hing, und, schlimmer als alles, vor den Bitten um Verzeihung. Oyá hatte Manelas Körper gereinigt, ihren Verstand eingenommen.

Dem Schreck und der Qual, die sie beherrscht hatten, als die Glocken die Mittagsstunde anzeigten, folgte vollkommene Erleichterung. Von Freude erfaßt, Joch und Halfter abgestoßen, die wiedererstandene Manela. So waren an jenem Donnerstag von Bomfim die Wasser Oxalás dahingeströmt. Sie hatten das Feuer der Hölle gelöscht, axé.

Der »coup de foudre« – An jenem Donnerstag von Bomfim, unter der glühendheißen und leuchtenden Januarsonne, am Ende der Waschzeremonie, lernte Manela Miro kennen.

Coup de foudre, wie der teure und angesehene Nachbar, Professor João Batista de Lima e Silva, sagen würde, wenn er von dem Fall Kenntnis erhielte, vertraut mit der französischen Sprache und Literatur, wenn er auch an der Universität Journalismus lehrte. Liebe auf den ersten Blick, was Manela betraf, denn, wenn man der Rede des Besagten Glauben schenkte, hatte er seit langem ein Auge auf sie geworfen, hatte er auf eine günstige Gelegenheit gewartet, sich zu erklären.

Manela stand erregt am Gitter des Vorhofes und besprengte die begeisterte Menge mit Duftwasser – Heiligentöchter in Not empfingen Orixás; siebzehn Oxalás schweiften im Hof umher, zehn Oxolufãs, sieben Oxaguinhãs, als sie jemanden ihren Namen aussprechen und sie mit Nachdruck rufen hörte: »Manela! Manela! Schau, hier bin ich.«

Sie schaute und sah ihn an das Gitter gedrückt, die bittenden Augen auf sie geheftet. Im schwarzen Gesicht zeigte der zu einem Lachen geöffnete Mund die weißen Zähne, und, so unglaublich es scheinen mag, in diesem erbarmungslosen Gedränge tanzten die Füße Samba. Manela beugte sich hinüber, und den Tonkrug leerend, schüttete sie die letzten Tropfen über das Kraushaar des Dreisten. Auf Black-power gekämmtes Kraushaar, letzter Schrei, lanciert von den nordamerikanischen Black-panther, Zeichen des antirassistischen Kampfes. Manela erinnerte sich nicht, ihn früher gesehen zu haben, welche Bedeutung hatte das?

Miro streckte die Hand aus und sagte: »Komm!«

DER FLUG DER SCHWALBE – Gefühl der Erleichterung, des Wohlbefindens, der einzige und dringende Wunsch zu leben, trügerische Euphorie, süßer Wahnsinn. Die freigelassene Schwalbe schlug mit den Flügeln, bereit, zum Flug aufzusteigen und die Welt zu entdecken: Manela lachte frei heraus.

Auf dem Platz um die Basilika herum und auf den Straßen am Fuße des Hügels leitete das Volk den Karneval ein. Eineinhalb Monate Rummel und Lustbarkeit, unaufhaltsames Fest, denn niemand ist aus Eisen, um das ganze Jahr lang die Bitterkeiten des Lebens, das Elend und die Unterdrückung, das niederträchtige und grenzenlose Unglück zu ertragen. Die Gabe, das Fest selbst unter solch unheilvollen Bedingungen zu feiern, unserem Volk eigen und ausschließlich, ist die Gnade des Senhor do Bomfim und des Oxalá. Die beiden zusammen ergeben einen, den Gott der Brasilianer, in Bahia geboren.

Blocks und Afoxés zogen vorüber, die »Söhne Gandhis« bildeten die erste Darstellung des Jahres, und die Musik der elektrischen Trios hallte an einem Horizont aus Pfahlblau und Schlamm wider, in der Fäulnis der Überschwemmten. Die Herren des Strandes durchzogen die Menge und handelten mit Bomfim-Bändern, Medaillen und Breven, bunten Heiligen, Amuletten und Weihblättchen.

Auf den duftenden Tabletts die Acarajás, die Abarás, gebackener Fisch, die Krebse, die Aratu-Moqueca im Bananenblatt, die Mais-Acaçá. In den übervollen Buden, geräuschvoll, die Kokos- und Dendê-Speisen: Caruru, Vatapá, Efó, die verschiedenen Bratgerichte und die unterschiedlichen Moquecas, so viele? Geflügelragout, Haussa-Reis. Das gut gekühlte Bier, die Batidas, die Lambreta-Brühe, unvergleichliches Aphrodisiakum. Die Früchtekörbe, verschwenderisch: Manga-Espada, Carlota, Coração-de-boi und Itiúba, Manga-Rosa, Sapotas, Sapotis, Cajás, Cajaranas, Cajus, Pitangas, Jambos, Carambolas, elf Sorten Bananen, Scheiben von Abacaxi und Wassermelonen. Alles für die Stunde des Todes, dennoch konnten die Buden die umfangreiche und gierige Kundschaft nicht zur Genüge versorgen – gefräßig bis zum Gehtnichtmehr.

In mehreren der für die Pilger bestimmten Häuser, für die Feste an Sommerurlauber vermietet, ermunterten kleine Orchester – Baßgeige, Akkordeon, Flöte, Tamburin, Fiedel – zögernde Familienangehörige. Unter den umschlungenen Paaren fehlten bejahrte Ehepaare nicht, alte Leutchen, die den Jungen Konkurrenz machten und die Sehnsucht nach den guten Zeiten stillten. Die große Mehrheit des Volkes tanzte noch im Freien, auf der Straße, zum elektronischen Klang der Trios: Frevos und Sambas, Karnevalsmärsche. »Nur wer schon tot ist, geht nicht hinter dem elektrischen Trio her«, sagte der Spielmann. Grenzenloser, ewiger Tanz, ewig und maßlos, nur wer es sieht, glaubt es.

Sie hörten nicht auf zu scherzen, ein begeisterter Schwarm von Possenreißern, die Luftsprünge zum Ausruf des Karnevalsbeginns am Donnerstag von Bomfim machten: die Schwester, die Cousine, die Cousins, verliebte Jungen und Mädchen, Bekannte und Unbekannte, die sich anschlossen. Manela war die Seele der Gruppe, niemand war so lebhaft wie sie. Krank an den Pforten des Todes, im Wunder der wiedergewonnenen Gesundheit, wollte sie alles genießen, worauf sie ein Recht hatte. Sie tanzte auf dem Asphalt den brasilianischen Tanz der Menge, integriert in das Fest des Volkes – der breiten Volksschichten, wie man zu sagen begann, um den ärmsten Teil der Bevölkerung zu bezeichnen. Im Wiegen der sanften Jazzmelodie der Batutas de Peripheri, umschlungen von den Armen des Liebsten, flatterte sie im Blues ihres Lebens. Sie tanzte Samba, Fox, Rock, Bolero, Rumba, Twist, sogar Schritte des argentinischen Tangos ersann sie – Miro war unberechenbar –, von Tanz zu Tanz, eng aneinandergedrängt, ein Bier hier, eine Batida da, dort ein Glas Likör, die Euphorie wuchs.

Die geweihte Kerze – Gildete war gekommen, das Fasten im Zelt Rainha do Mar abzubrechen, sie führte den Vorsitz am gastfreundlichen Tisch und beim widerspruchsvollen Geschwätz, lachte mit den Söhnen und Nichten, verkuppelte die Verliebten. Am Nachmittag zog sie sich zurück: Als Witwe und Fünfzigerin stand ihr das elektrische Trio nicht mehr zu.

Sie ließ die Tochter und die Nichten in der Obhut der Jungen: Álvaro, Medizinstudent im dritten Jahr, umwarb eine Kommilitonin aus der Fakultät mit der Absicht der Verlobung und Hochzeit; Dionísio, Leichtfuß von gutem Aussehen, kümmerte sich um die Bude auf dem Mercado Modelo, ein Hitzkopf, der immer von Frauen umgeben war. Am Tisch zwei Zwillingsmädchen, eine mit gebleichten Haaren, die andere brünett, sie stritten um seine Gunst, Dionísio betastete beide. Waren sie nicht Zwillinge? Na und? Zu Gildetes Söhnen kam in Manelas Begleitung der Bewerber Miro – er wich keinen Fußbreit von ihrer Seite.

An der Stirnseite des Tisches, das Krebsfleisch schlürfend, hatte Gildete versucht, im Gesicht der Nichte zu lesen, was in ihrer Brust vorging: Manela hatte nichts über die Zeit der Rückkehr nach Hause gesagt, sie hatte weder Aufregung noch Eile gezeigt. Während sie am Morgen besorgt schien, beharrlich auf die Uhr geschaut hatte, manchmal unruhig, die Gedanken abwesend, so wirkte sie vom Zeitpunkt der Reinigungszeremonie an nicht mehr beunruhigt.

Die Anzeichen der Unruhe hatten einer gewissen Überreizung Platz gemacht. Manela war geschwätzig, aufgekratzt, sie lachte mit oder ohne Grund, überließ die Hand Miros Hand. Miro übertraf sich mit dem Mundwerk, im Witz, in den Possen, in der Aufmerksamkeit. Sollte die Nichte den Schrei nach »Unabhängigkeit oder Tod« abgegeben haben? fragte sich die Tante. Als Volksschullehrerin gefiel es ihr, den Kindern Beispiele aus der Geschichte Brasiliens zu erzählen. Während sie vom Tisch aufstand, um zum Omnibus zu gehen, sagte sie beim Abschied Manela ins Ohr: »Willst du nicht mitkommen? Wenn du willst, kann ich dich zu Adalgisa begleiten, laß mich nur machen.«

»Danke, Tante, es ist nicht nötig. Ich möchte noch nicht gehen, ich bleibe bei den Mädchen, ich gehe mit ihnen. Mach dir keine Sorgen, Tante, alles okay.«

Gildete ließ den Blick auf Manelas Gesicht ruhen, und hinter der übermäßigen Lebhaftigkeit, dem Fieber des Festes und der Verliebtheit konnte sie den festen Sinn, den gefaßten Entschluß erkennen – es gab keinen Zweifel, sie hatte die Unabhängigkeit verkündet. Auf jeden Fall würde sie, Gildete, sich bereithalten für das, was geschehen und passieren könnte. Um einzugreifen, falls es nötig wäre. »Vergnügt euch«, empfahl sie, während sie den leeren Krug und den Besen nahm.

Nachdem die Pflicht der Reinigung beendet war, wurden die Pforten der Basilika für das Publikum geöffnet. Gläubige traten ein, bekreuzigten sich vor dem wundertätigen Bild des Senhor do Bomfim, baten um seinen Segen und Schutz. Bahianerinnen, kurz vorher in Trance auf dem Kirchplatz, knieten im Kirchenschiff nieder, um das Vaterunser zu beten. In der Sakristei zusammengedrängt, erwarben Touristen Eintrittskarten für das Museum der Wunder, fragten, ob es erlaubt sei, zu fotografieren, fotografierten. Betschwestern verkauften Kerzen, die Bruderschaft berechnete Geschenke und Almosen. Ein Pater, dunkel und bejahrt, das spärliche Kraushaar weiß, ging zur Tür, betrachtete den festlichen Platz. Er hatte die Zeit erlebt, in der die ganze Kirche gereinigt worden war: Niemals hatte er in der Zeremonie einen Mangel an Glauben, an Frömmigkeit, ein Zeichen von Mißachtung bemerkt. Niemals hatte er verstanden, warum seine Vorgesetzten eine so fromme und ergreifende Feier verboten hatten. Das Volk, das das Gotteshaus wusch. Eine Sache der Neger? Aber hatten nicht alle Bahianer Negerblut? Fast alle, mit Sicherheit, die Ausnahmen sind selten.

Als Gildete an der Basilika vorüberkam, unterbrach sie ihren Weg, trat ein, kaufte eine geweihte Kerze und zündete sie an. Sie bekreuzigte sich in der Reihe der Gläubigen, steckte die Kerze in einen der zahlreichen Leuchter vor dem Hochaltar. Sie kniete vor dem Bild Nosso Senhor do Bomfim nieder, murmelte ein Avemaria, bekreuzigte sich, und Krug und Besen nehmend, ging sie hinaus.

Die verliebten – Als Manela vom Kirchplatz herunterkam, nahm Miro sie an der Hand und führte sie zum Zelt Rainha do Mar, wo sich an dem Tisch, den sie durch Werk und Gunst der Beziehungen Dionísios bekommen hatten, schon die Cousins gütlich taten: Álvaro mit der Braut, die verrückte Keule mit den Zwillingen, sich um die eine wie die andere mit Einsatz, Geschick und Befugnis kümmernd. Als er ihn kommen sah, richtete Dionísio an Miro die Frage, wobei er die Stimme erhob, um sich inmitten des Krachs verständlich zu machen: »He, Mann! Was ist das für eine Geschichte? Deine Liebste ist Manela?«

»Weißt du von einer anderen?« forderte Miro ihn heraus.

Dionísio erklärte mit Rücksicht auf die Neugier, die sich im Gesicht der Cousine prägte: »Dieser Strolch hier hat gesagt, daß er die Liebste holen wolle, er kam mit dir. Ich wußte nicht, daß ihr euch kennt.«

Sie hatten sich zusammengedrängt an das Kopfende des Tisches gesetzt, der zu klein war für die Zahl der Gäste. Manelas Augen hatten sich auf die Miros geheftet, sie suchte eine Erklärung für die Frechheit. Doch der Teufel bestellte, bevor er das Rätsel löste, die Moquecas und die Batidas – für sie Moqueca aus weichen Siri und Maracuja-Batida, für ihn Arraia-Moqueca und Zitronen-Batida. Erst danach sprach er, während er sie mit einem solchen Ausdruck der Zärtlichkeit und der Verzauberung ansah, daß sie den Blick senkte und rot wurde – unter der blendenden Helligkeit der Sommersonne bemerkte niemand, daß Manela sich verfärbte, trotzdem soll die bedeutsame Einzelheit nicht übersehen werden.

»Du erinnerst dich nicht, aber ich habe dich vor ungefähr vier Jahren beim Candomblé do Gantois, auf dem Fest der Krüge von Oxóssi kennengelernt, du warst mit dem verstorbenen Eufrásio und der verstorbenen Senhora, deiner Mutter, Dona Dolores dort. Es scheint, als wäre es gestern gewesen. Du warst ganz jung. Danach habe ich dich aus den Augen verloren, aber niemals habe ich dich vergessen. Erst neulich habe ich erfahren, daß du die Cousine von Freunden hier und die Schwester von Marieta bist. Da habe ich mir gesagt: Jetzt hab ich sie, sie entkommt mir nicht mehr.«

Streben und Weihwasser schaden niemandem, stichelte Manela. Sie spottete, um zu spotten, fragte, um zu fragen, harmlose Frage und Spott würden nicht verhindern, was geschehen sollte. »Und wenn ich mich nicht in dich verlieben will?«

»Warum solltest du es nicht wollen? Es ist nicht eine Liebste, die mir fehlt, das walte Gott. Der Kreole hier ist der Liebling der Mädchen, das kannst du glauben. Was mir fehlt, bist du. Ich habe schon gesagt, daß ich dich nie vergessen habe und daß ich dich diese ganze lange Zeit gesucht habe. Du hast mich verhext.« Er lachte vergnügt, ein vertrauenerweckendes und überzeugendes Lachen, auch Manela lachte, die beiden lachten, Dionísio lachte, ohne zu wissen, warum, die beiden Mädchen fielen mit ein. Sie wurden von einem unkontrollierten *fou-rire* erfaßt – wie Professor João Batista erklären würde, wenn er hier wäre. Dionísio zeigte die Cousine und den Freund lachend den beiden Schwestern und Konkurrentinnen. Er hatte noch nicht entschieden, mit welcher der beiden er das Fest beenden würde. Vielleicht mit beiden, um sich auf dem Wellenkamm zu halten, der Welle der sexuellen Vermischung, gefühlvolle und lockende Forderung brüllender Schichten der Mittelklasse in lieblicher Zerrüttung. Als es ihm endlich gelang, das Lachen zu unterdrücken, kommentierte er: »Zwei Dummchen. Liebschaft eines Mischlings. Mit mir nicht, du Schlaukopf.«

Von da an hatten Manela und Miro einander nicht mehr losgelassen. Hand in Hand waren sie auf dem Platz umhergegangen, hatten einander Bomfim-Bänder um die Handgelenke geschlungen: drei Knoten in jedes Band, jeder Knoten ein heimlicher Wunsch. Miro schenkte ihr einen Strohhut, sie vor der Sonne zu schützen, und einen Pappfächer, sich zu erfrischen. Vor allem sprangen sie hinter dem elektrischen Trio her und merkten nicht einmal, wie der Tag zur Neige ging. Die Nacht erreichte sie im klagenden Rhythmus eines Blues, die Wangen aneinandergeschmiegt, ein romantisches Paar bei dem vom Journalisten Giovanni Guimarães und seiner Frau, Dona Jacy, gebotenen Tanz.

Dona Jacy sevierte feine Liköre, Nektar der Karmeliterinnen; Giovanni diskutierte mit Freunden über Politik: Diese Militärs sind zu ungehobelt, diese Unfähigen, die Diktatur zählte nach Tagen. Doktor Zítelman Oliva bestritt es: Entschuldigen Sie, Meister Giovanni, aber das glaube ich nicht. Unglücklicherweise kam dieses Pack von Besessenen, um lange zu bleiben. Unglücklicherweise, wiederholte er melancholisch und realistisch.

Um ein Gelübde einzulösen – ein inständiges Flehen, das erhört worden war –, mieteten die Guimarães jedes Jahr im Januar ein Haus auf der Colina und feierten ungestüm den heiligen Wohltäter. Wenn sie schwanger wird, verspreche ich, mein Senhor do Bomfim . . . Dona Jacy war schwanger geworden, hatte ein hübsches Mädchen zur Welt gebracht, auf den klangvollen slawischen Namen Ludmila getauft.

Um ein Gelübde einzulösen? Aber war Giovanni nicht Kommunist, und einer der überzeugtesten? Und wieso hindert das eine am andern? Wer wird hier ideologische Patrouille laufen? Raus! Schnell! Ab in die Gefilde der Hölle, zu der Hure, die sie hervorgebracht hat! Patrouillengänger passen nicht auf diese weltumspannenden Seiten.

Der Kuss – Vor dem langsamen, schmachtenden Blues waren sie im Rock und Swing herumgewirbelt, hatten sich bei Samba und Rumba angeschmachtet und waren in einer mit

Beifall bedachten Darbietung des Vororttangos aufgetreten. Miro tanzte wie ein Prinz oder ein Verhexter. Manela stand ihm nicht nach: ein Paar von Virtuosen, außerdem verliebt – rührend. Es ist schön, festzustellen, daß es in einer immer mehr von rohem Materialismus und egoistischen Interessen beherrschten Welt noch Gefühl gibt – kommentierte Dona Auta Rosa, die Gattin des Malers, bewegt, als sie sich an den belgischen Philosophen Michel Schooyans wandte, einen katholischen Priester, Professor an der Universität von Löwen, vornehmer Gast, ausländische Persönlichkeit. Wohlerzogen stimmte der Ausgezeichnete zu, ohne ein Fünkchen Ungeduld verbergen zu können: Seiner Neigung nach wäre er mitten auf der Straße und wohnte dem außergewöhnlichen Schauspiel des Volksfestes von Bahia bei. Er liebte das Volksfest, er bewunderte Bahia, und obwohl er ein Gegner (ein philosophischer) war, war er als moderner und aufgeklärter Pater kein Feind des Materialismus.

In der Liste der von der Tante, der Ziehmutter, aufgestellten Verbote war nicht der Tanz enthalten, eine überraschende Freizügigkeit. Vielleicht, weil Adalgisa gern getanzt und es mit Eleganz und Vergnügen getan hatte, als sie zu den Tanzabenden des »Spanischen Klubs« oder den Vergnügungen im Hause von Bekannten gegangen war. Es ist überflüssig, zu sagen, daß sie ausschließlich mit ihrem Ehemann tanzte.

Als Unverheiratete, bevor sie Danilo kannte, hatte Adalgisa den ersten Platz im diskutierten Paso-doble-Wettbewerb im Saal des Centro Galego gewonnen, wobei sie als Partner den geschickten Dmeval Chaves hatte, damals junger Angestellter in einer Buchhandlung. Adalgisa besitzt und trägt noch die goldene Brosche mit Amethysten, den Preis, der von den Galegos der Casa Moreira, einem angesehenen Antiquitätenhandel, gestiftet worden war. Als Manolo Moreira ihr das Geschenk überreichte, hatte er sie in einer kurzen, jedoch begeisterten improvisierten Rede mit Terpsichore verglichen und sie zur »bahianischen Muse des Tanzes« erkoren. Aus diesen und anderen Gründen hatte Manela auf Geburtstags-, Tauf- und Hochzeitsfesten, bei den Bällen des »Spanischen Klubs« Erlaubnis zu tanzen, innerhalb der Grenzen des Anstandes natürlich.

Grenzen des Anstandes, ach, da Adalgisa fehlte, wer konnte sie an einem Donnerstag von Bomfim ziehen, als schon die Nacht angebrochen war, nach so viel in den Buden getrunkenem Bier, den Batidas und den Caipirinhas, ganz zu schweigen von den Klosterlikören und, lieblicher noch und berauschender als süßer Wein, den ununterbrochenen Liebeserklärungen? Als im Saal das Licht ausging – war die Sicherung durchgebrannt, oder hatte irgendein Übermütiger es ausgeschaltet? Wer weiß! –, küßte Miro Manela auf den Mund und strich mit der Hand über ihre Brüste.

Die zügellose – Es war nach neun Uhr abends, als Manela am Eingang der Avenida da Ave-Maria auftauchte. Tante Adalgisa erwartete sie an der Tür. Der Schlappschwanz von Ehemann war ausgegangen, um die Szene nicht mitzuerleben, und überließ seiner Frau, dem armen kranken Wesen, die Sorge und die Verantwortung. Als Ziehmutter hatte Adalgisa Verpflichtungen übernommen und erfüllte sie, selbst wenn sie sich fühlte, wie sie sich fühlte, am Ende ihrer geringen Kräfte: Herzklopfen, einen bitteren Geschmack im Munde, der Kopf zum Zerplatzen.

Manela gelang es nicht, ein einziges Wort zu sagen. Komm mir nicht mit Lügen, schamloses Weibsstück, denn ich weiß alles. Zwei Ohrfeigen, eine auf jede Seite, die offene und schwere Hand der Tante, hier an der Haustür, unter den Augen der Nachbarn.

Unter Prügeln ging sie hinein. Klatschende Schellen und Adalgisas zornige Stimme, die sie mit den schlimmsten Namen verhöhnte. Sie warf ihr schlechte Triebe vor, die Anlage zur Macumbeira und Dirne, und sich nicht damit zufriedengebend, holte sie die Erinnerung an Eufrásio aus dem Frieden des Grabes. Nach wem mußte sie kommen, nach dem versoffenen Neger, dem Trinker, der meine Schwester umgebracht hat, die Ärmste. Sie ging über zu den Ursprüngen, zu Benehmen und Sitten der Schwester, der Ärmsten, wobei sie dem

Blut und dem Einfluß des Schwagers die beklagenswerten Neigungen zuschrieb, die hartnäckig versuchten, die Nichte vom guten Wege abzubringen und sie in Sünde und Verderben zu führen.

Sie vergaß, daß in ihrer Schwester Dolores die andere Seite, die afrikanische, überwog. Das spanische Blut, das in ihren Adern floß, hatte ihr keine Gesetze und Sitten aufgezwungen, sie nicht weiß gemacht. Am katholischen Arm des Vaters, Dom Francisco Romero Perez y Perez, in Anerkennung seiner Prioritäten in der weiblichen Materie Paco Negreiro genannt, ging Adalgisa die Wege der spanischen Kolonie und der Heiligen Mutter Kirche, ohne Abweichung. An der plebejischen Hand der Mutter, Andreza da Anunciação, genannt Andreza de Yansã, weil keine eine solche Anmut beim Empfang des Verzauberten des Donners im Kreise der Besessenen zeigte, ließ Dolores – ohne aufzuhören, die Galegos mit Wohlgefallen und die Messe mit Frömmigkeit zu besuchen – kein Fest auf dem Platz aus, keinen Karnevalsschrei, keine Candomblé-Verpflichtung. Beim jahrhundertealten Axé der Casa Branca hatte sie den Kopf gerieben, Euás geliebte Tochter.

Die afrikanische Seite von Dolores hatte sich in den Töchtern, kupferfarbenen Brünetten, verstärkt, denn Eufrásio war trotz der ungestümen romanischen Großmutter und des Beinamens Belini recht dunkel, ein Brasilianer aus vielem vermischten Blut – Belini Alves do Espírito Santo, Italiener, Portugiese und Neger. So viele weiße Burschen aus guter Familie, warum, zum Teufel, fragte sich die iberische Adalgisa, hatte Dolores den Mischling gewählt? Was hatte sie an ihm gesehen außer der Bratsche und der Singerei?

Als sie die Tante unangebracht gegen Eufrásio wettern und ihn als Trunkenbold und Mörder beschimpfen hörte, erst da öffnete Manela den Mund, hob die Stimme, unterbrach ihre Rede, die Flut von Galle aufhaltend: »Sprich nicht über meinen Vater, sprich über mich, sag, was du willst, es ist mir egal – du bist meine Tante, ich lebe in deinem Haus, du hast ein Recht. Aber nimm den Namen meines Vaters nicht in den Mund, der nicht am Leben ist, um sich zu verteidigen.«

Das war so unerwartet, so ungewöhnlich und absurd, daß Adalgisa schwieg, verwirrt. Außer sich, war sie sich nicht im klaren über die seltsame Haltung der Nichte, die bis dahin geschwiegen hatte; sie hatte die Prügel eingesteckt, ohne zu weinen. Auch hatte sie nicht um Verzeihung gebeten. Wo hatte sich die unterwürfige und schüchterne Manela verloren, die sich in Tränen und Schluchzern auflöste, auf die Knie fiel, um Gnade bittend? Genug, Tante, ich schwöre, daß ich es nicht wieder tue, ich schwöre bei meinem Seelenheil, bei der Seele meiner Mutter. Endlich hatte sie den Mund aufgemacht, die Stimme wiedergefunden, doch sie tat es, um der Tante Schweigen zu befehlen. Was war geschehen, imstande, sie so kühn zu machen, eine solche Dreistigkeit zur Schau zu stellen? Was ging vor?

»Ich werde dich lehren, Undankbare. Ich reiße dir die Zunge heraus, Unverschämte!«

Sie ging in den hinteren Teil des Zimmers, nahm die Lederpeitsche von der Wand.

Die Ein-Uhr-Nachrichten im Fernsehen – Adalgisa hörte den ganzen Tag über Radio, sie kannte die Zeiten der wichtigsten Sendungen auswendig, sie versäumte kein Amateurprogramm und keins mit Sertão-Musik, ihre Lieblingsprogramme. Sie trennte sich niemals von dem Transistorradio, trug es von Zimmer zu Zimmer: morgens ins Bad, auf die Frisierkommode im Schlafzimmer, in die Küche, wenn sie das Mittagessen vorbereitete, auf die Nähmaschine im Zimmer. Sie schaltete es am Abend ab, um die Fernsehfolgen zu sehen, sie sah sich zwei an, die um sieben und die um acht, die erste fast immer gemeinsam mit ihrem Mann, auch er ein Anhänger der Serien. Wenn Manela ihre Schulaufgaben fertig hatte, gesellte sie sich zu Onkel und Tante.

Der Fernsehapparat, ein teurer und edler Apparat, hatte nicht den gleichen Verschleiß, die gleiche Dienstbarkeit wie das Radio mit Batterie: Sie konnte ihn nicht von Raum zu

Raum tragen, nicht dem Programm Aufmerksamkeit schenken, während sie den Hausarbeiten nachging. Sie schätzte ihn vor allem abends: Inszenierungen, Kurzserien, Filme, Direktübertragungen wichtiger Ereignisse. Danilo bevorzugte Sportsendungen, ein Fußballfanatiker, Fußball war seine Leidenschaft. Er hatte im Impiranga gespielt, dem Klub seines Herzens, dem ersten und einzigen. In ihm hatte er schon als Junge angefangen, in ihm wurde er bekannt, gefeierter Mittelstürmer, populär. Er hatte Millionenangebote von Bahia und Vitória zurückgewiesen, niemals hatte er das Trikot gewechselt, bis sein Klub ihm infolge einer ernsten Prellung, die ihn für immer vom Rasen entfernte, den Abschied gab.

Ein anderes Primat des Ehemannes: Er ließ die Tagesnachrichten nicht aus, auch nicht die von ein Uhr mittags. Vom Tisch aus, an dem er aß, informierte er sich über das, was in Brasilien und in der Welt geschah, beginnend mit den Neuigkeiten von Bahia. Adalgisa blieb bei den Nachrichten unaufmerksam, die Zufälle der Politik und die Wege des Universums interessierten sie wenig, ausgenommen die Modenschauen und die Informationen über die europäischen Höfe, von Spanien, Monaco, England. Sie begeisterte sich für die englische Königsfamilie. Wie anmutig! rief sie aus, als sie die Königinmutter auf dem Fernsehschirm sah.

Nun, da geschah es, daß Adalgisa an jenem Tage, als sie wie gewohnt den Fernsehapparat angestellt hatte, damit Danilo die Nachrichten sehen konnte, fast einen kleinen Ohnmachtsanfall bekam, als sie auf dem Bildschirm ihre Nichte Manela mitten in der Bomfim-Reinigung sah. Die Entartete besprengte das Kraushaar irgendeines Landstreichers mit Duftwasser. Tage später entpuppte sich der Landstreicher als Taxifahrer; er parkte das Fahrzeug vor dem Eingang des Landhauses und hupte unerbittlich. Nur gut, daß Adalgisa Zeit blieb, sich zu setzen. Danilo rief: Aber das ist ja Manela, sieh mal, Dadá! Er fand das spaßig, der Unglückliche. Dadá murmelte: Ach, mein Gott! und legte die Hand auf das Herz, um zu verhindern, daß es zersprang.

Direkt übertragen von den Anhöhen der Colina do Bomfim, begann die Reportage über das Reinigungsfest damit, daß sie jenes sehenswerte Bild von Manela neben dem Gitter brachte, den Krug in der Hand – wer sie sah, vergaß sie nicht. Dann, nachdem der Gouverneur und der Präfekt gezeigt worden waren, wie der eine und der andere der Menge zuwinkte, bewegten sich die Kameras in einander folgenden Blitzen, einige wirklich vom Glück begünstigt, von den tanzenden Bahianerinnen zum Vorplatz der Basilika zu Ehren Oxalás. Adalgisa erkannte Gildete, die Violeta, Manela und Marieta im Gefolge hatte. Gildete und Violeta, reuelose Candomblé-Anhängerinnen Mutter und Tochter, genügte es ihnen nicht, in diese gottlosen und dummen Bräuche die Nichte Marieta, eine wehrlose Waise, hineinzuziehen, sie schleppten Manela heimlich mit, in Abwesenheit der Ziehmutter – sie erdolchten Adalgisa hinterrücks.

Eine der Kameras nahm Manela noch einmal ins Bild, um sie zur Schau zu stellen, wie sie unzüchtig die Hüften wiegte, das Gesicht im Glanz des Schweißes und der Schamlosigkeit, die Füße vom Teufel besessen. Nicht so sah es der Sprecher, der sich ausließ in Lobreden auf das Fest, auf die Bahianerinnen und auf Manela im besonderen. Er machte die Fernsehzuschauer auf die Reinheit des weißen Ritualkostüms aufmerksam, auf die Ketten und Armbänder, seiner Meinung nach authentischer Ausdruck einer Kultur; nach Adalgisas Ansicht barbarischer und schimpflicher Candomblé-Schmuck. Ein Satyr, zynisch und eingebildet, die Frechheit unter einem Che-Guevara-Bart verborgen, in Mode unter der widersprechenden und aufsässigen Jugend, erklärte sich der Sprecher für unfähig, »Manelas milchkaffeebraune Schönheit gebührend zu beschreiben, um es im richtigen Maße zu tun, brauchte man das Genie eines Dichters, die Inspiration eines Godofredo Filho, die Phantasie eines Carlos Capinam«. Dichter oder nicht, der Spitzbube begeisterte sich an der jugendlichen Anmut, an dem stolzen Ausdruck, an der Schönheit der Bahianerin, Blume der brasilianischen Rasse bei der Erfüllung ihrer Verpflichtung als Heiligentochter in der Wasserprozession von Oxalá. Mit welchem Vergnügen würde Adalgisa das Großmaul ohrfeigen, wenn sie ihn hier hätte, vor sich, in Person und nicht auf dem Bildschirm. Auf dem Bildschirm Manelas Gesicht, ausschweifend, wie eine Verlorene lachend, Manelas Füße, Macumba-Schritte tanzend, die Brust halbnackt in dem losen Kittel, Gesicht, Füße, Brust in den Nachrichten von ein Uhr mittags, ein von Hunderttausenden von Leuten gesehenes und gehörtes Programm; in der Hauptstadt und im Landesinneren. Was für eine Schande! Was für ein Genuß!

Manela hat alles! sagte Danilo, stolz wegen des Lobes auf die Schönheit der Nichte, das verdient war. Er kam nicht dazu, zu sagen, daß es verdient war, er verschluckte den Rest des Satzes, denn Adalgisa sah ihn in einer Art an, mit vor Wut und Schmerz tödlichen Augen, daß der gute Danilo sich im gleichen Augenblick entsetzt über die begangene Unbesonnenheit klar wurde und das kriminelle Ausmaß des Ereignisses erkannte: Manela hatte die Prozession aus freiem und spontanem Willen begleitet, ohne um Erlaubnis zu bitten, ohne Dadás Einverständnis und, was noch schlimmer war, Gildetes Einladung folgend. Und er, der Riesendummkopf von Onkel, applaudierte ihr.

Blüte der Rasse, jugendliche Schönheit, stolzes Gesicht! Adalgisa sah im Fernsehen das Gesicht schweißbedeckt, gemein, liederlich – das ist das richtige Wort –, auf vulgäre Weise schamlos: scheinheilig, niederträchtig, falsch, unredlich, Gesindel schlimmster Art, das sich dem ruchlosen Brauch der Zauberei hingibt. Durch Verrat erstochen, den Dolch in die Brust getrieben, erhob sich Adalgisa vom Kreuz im Röcheln des Todes, schaltete das Fernsehen ab. Danilo legte die Serviette hin, und ohne auf den Kaffee zu warten, ging er ganz leise hinaus.

Der Kopfschmerz unerträglich, einen Kloß im Magen, ein Gefühl von Übelkeit, wachsendes allgemeines Unbehagen, erhob Adalgisa die verlöschenden Augen zum Holzschnitt vom Herzjesulein, der im Zimmer thronte: Steh mir bei, Herr, in dieser Not! Gib mir Kraft, die Sünderin zu bessern, das verirrte Schaf in deine Herde zurückzubringen!

DER KODEX DER STRAFEN – Zu sagen, daß Manela im Hause der Eltern niemals Prügel bekommen hätte, wäre gelogen, das hieße die Angaben der Erzählung verfälschen, eine schlechte, heute alltägliche Sitte unter den bemerkenswerten Herren, die die GESCHICHTE schreiben – die große, mit Großbuchstaben. Sie tun es nach Geschmack, nach Maßgabe der Interessen der Herren an der Macht, und sie biegen die Fakten nach dem Gutdünken der Diktatoren zurecht. Es handelt sich nicht darum, erklären sie, die GESCHICHTE zu entstellen, sondern sie zu reinigen von Vorfällen und Personen, die ihre unerläßliche ideologische Reinheit in Gefahr bringen.

Das eine oder andere Mal heizten ihr sowohl Eufrásio als auch Dolores den Hosenboden wegen kühnerer Streiche auf. Einige wenige Klapse, sie sollten eher Wirkung zeigen als schmerzen. Sogar eine Tracht Prügel, dieses häßlichen Namens würdig, nur eine hatte Manela bekommen, und sie hatte sie verdient. Sie war zwölf Jahre alt und ging das erste Jahr auf das Gymnasium im Colégio Manuel Devoto. Sie gehörte zu einer Klasse, mit der schwierig umzugehen war.

Eingeladen, im Colégio zu erscheinen, traf Eufrásio mit anderen Vätern und Müttern im Zimmer des Direktors zusammen, und er wurde informiert, daß Manela und ihren anderen Kameraden wegen schwerer, am Vortage begangener Disziplinlosigkeit der Ausschluß drohte. Erst da erfuhren die Eltern von den Schwierigkeiten, einen freien Platz für die Kinder in einer offiziellen Einrichtung unentgeltlich zu bekommen. Den Platz für Manela verdankte Eufrásio dem einflußreichen Doktor Wilson Lins, der nicht nur Schriftsteller, sondern auch eine politische Größe war.

Entrüstet über die Note Null, die der Professor für sittliche und staatsbürgerliche Erziehung der gesamten Klasse aus purer Bosheit gegeben hatte, hatten die vierzig Schüler – zweiundzwanzig Jungen, achtzehn Mädchen – ihm auf das Zensurenheft eine beachtliche Menge von Dendê-Öl gegossen, und da in der Flasche noch etwas übrig gewesen war, hatten sie den Rest auf den Stuhlsitz ausgeschüttet, wo der Despot den mageren Hintern hinsetzte. Verwahrlost, unduldsam und langweilig, doch Major im Heer, drängte der Professor den Direktor an die Wand. Die Drohung des Ausschlusses ging nicht über den Schreck hinaus, es war unmöglich, eine ganze Klasse auszuschließen, zum Glück handelte es sich um einen verabschiedeten Major. Trotzdem ließ Eufrásio die Sache nicht in weißen Wolken vorüberziehen: eine ordentliche Tracht Prügel.

Das behagliche Leben in Liebe und Vertraulichkeit der Eltern, ohne Angst und ohne Lügen, war zu Ende, als sie nach der Tragödie des Autounfalls in das Haus von Onkel und Tante umgezogen war. Schelte und Strafen setzten ein. Streng und beständig, vor allem im Laufe des ersten Jahres, als Manela noch Launen zeigte, sich Adalgisas Anordnungen zu widersetzen. Bevor sie die Taktik wechselte und anfing zu heucheln und zu lügen, heimlich zu handeln.

Sie begannen und wurden fortgesetzt, Tadel zu hören und Schläge ins Gesicht zu bekommen wurde zur Gewohnheit, demütigend und schmerzlich, anfangs unvermeidlich. Adalgisa lernte von Pater José Antônio, der ihr Gewissen lenkte, das Wort Strafe nicht zu gebrauchen: Eine Mutter bestraft nicht, sie statuiert ein Beispiel, korrigiert. Sie sagte: Sie hat ein Korrektiv verdient, ich habe es ihr gegeben, ich habe meine Pflicht erfüllt, denn ich erziehe sie in der Achtung vor dem Gesetz Gottes, um aus ihr eine Senhora zu machen.

Von Danilo hörte Manela keine Klagen. Der Onkel hob niemals die Hand, um sie zu bestrafen, noch öffnete er den Mund, um sie mit Namen zu belegen, sie als Straßenmädchen, als undankbares Subjekt, als gewöhnlich, als Weibsbild zu beschimpfen. Wenn er aufhörte, sie vor der Strenge seiner Frau zu verteidigen – er hatte es versucht, doch dann hatte er es aufgegeben, er wagte nicht, seiner unberechenbaren Dadá zu widersprechen, ein Nervenbündel, wie sie sich herumschlug mit den ewigen Migränen –, so lehnte er gewiß im Innern die von der Ehegattin, rechtschaffen, fromm und jähzornig, angewandten Erziehungsmethoden ab. Übrigens, in Adalgisas Art, zu handeln und sich zu benehmen, gab es eine Menge Dinge, die er mißbilligte und beklagte.

Lustig und liebenswürdig, führte Danilo die Nichte in die Feinheiten des Dame- und Tricktrackspiels ein, lehrte sie Geduldsspiele und die Tricks beim Kartenspiel. Geduld und Tricks brauchte Manela, um die Vorschriften, die ihr Verhalten und ihr Leben beherrschten, zu ertragen und zu übertreten, um ihnen zu gehorchen und ihnen zuwiderzuhandeln, sie zu erfüllen und zu verletzen. Ein strenger und strikter Kodex, für jeden Fehler eine Strafe.

Die verschiedenartigsten Strafen, daß niemand etwas dagegen sagen kann. Nicht mit Onkel und Tante ins Kino gehen. Im Zimmer eingesperrt bleiben während der Fernsehfolge, während der Programme von Chico Anísio und Jô Soares, Verbot, Schulkameradinnen zu besuchen, den wöchentlichen Besuch bei Tante Gildete zu machen, keinen Nachtisch bekommen, den Rosenkranz laut und auf den Knien beten, das sind einige der geläufigsten Bestrafungen. Tadel, Kopfnüsse, an den Ohren ziehen, Klapse ins Gesicht, und wenn die Schuld, der Fehler, die Sünde über das Verzeihliche hinausgingen und kapital wurden, dann hing, um sie zu korrigieren, dort an der Wand die Lederpeitsche, alt, abgewetzt, abschreckend – wirkungsvoll. Die von Tante Adalgisa aufgestellte Liste der Todsünden, wesentlich umfangreicher als die des Katechismus, sicherte die Brauchbarkeit der Lederpeitsche. Ein Geschenk des Paters José Antônio, als er erfuhr, daß die teure Diözeseangehörige sich entschlossen hatte, die verwaiste Nichte großzuziehen: Sie wird Ihnen nützlich sein, haben Sie keine Skrupel, sie zu benutzen, denjenigen zu korrigieren, der seine Pflicht verletzt, ist keine Sünde, beleidigt Gott nicht, es ist nach seinem Wohlgefallen. Es steht in der Bibel, *mi hija*: Standhaft zu bestrafen ist eine der Arten, Barmherzigkeit zu zeigen.

Man soll keine Zeit verlieren, auf morgen verschieben, was heute getan werden kann: Am Tag nach der Beerdigung von Dolores und Eufrásio, als Manela aus dem Unterricht heimkam, die Augen noch geschwollen vom Weinen, brachte Adalgisa sie zur Beichte und betete ihr das Credo vor. Laßt uns die Gelegenheit nutzen und die Dinge ein für allemal klären, alles klarstellen, damit sie dann nicht sagt, sie habe es nicht gewußt. Wenn sie gehorsam und artig ist, wenn sie gute Noten in der Schule hat, wenn sie sich mit Anstand und Ehrgefühl benimmt, sich gottesfürchtig und fromm zeigt, Onkel und Tante keinen Kummer macht, wird es ihr an nichts fehlen, und sie wird ein Recht auf Vergünstigungen haben.

Welcher Art die Vergünstigungen wären, erfuhr sie niemals, doch sie lernte unverzüglich die umfangreiche Aufstellung dessen kennen, was ihr verboten war. Schlechte Gesellschaften besuchen; in Nachmittagsvorstellungen, in Studioveranstaltungen, zu Tanzvergnügen, Platz- oder anderen Festen gehen, es sei denn in Begleitung von Onkel und Tante; auf der Straße herumbummeln, mit Jungen schwatzen, sich verlieben. Von Candomblé, Umbanda, diesen Zaubereien, den größten Abstand halten, nicht einmal davon reden hören, das sind Zentren der Verderbnis, wo der Teufel sich der Christenseelen bemächtigt.

Sie hinderte sie nicht daran, die andere Tante, die Schwester des Vaters, zu besuchen, aber diese Besuche mußten begrenzt sein, nicht mehr als einmal in der Woche, und das war schon viel. Wenn die Schwester sie sehen wollte, sollte sie in Adalgisas und Danilos Haus kommen, waren sie nicht auch ihre Tante und ihr Onkel? Es war ein langer Monolog, immer wiederholt, die Stimme bald sanft und liebevoll, bald aggressiv und drohend. Adalgisa erregte sich leicht.

Der Zweck heiligt die Mittel, das lehrten schon Hitler und andere Väter des Vaterlandes, geniale Volksführer, zu ihrem Vorteil: Ich werde aus dir eine Senhora machen, koste es, was es wolle. Um die Darlegung mit goldenem Schlüssel abzuschließen, zeigte sie auf die Peitsche an der Wand, zwischen einem Holzschnitt der Heiligen Jungfrau und einem vergilbten Bild von Adalgisa und Danilo, glücklich am Tage der Hochzeit. Falls es nötig wäre, hätte sie, Adalgisa, Tante mit der Verpflichtung einer Ziehmutter, keine Skrupel, die Lederpeitsche zu gebrauchen, ohne Zögern noch Scham. Es wird zu deinem Guten sein, eines Tages wirst du es mir danken.

DIE FAST MISS – Manela lernte die Schwere der Lederpeitsche, den Geschmack der Knute kennen, scharf wie eine Messerschneide, als mehr als ein Jahr seit jenem anfänglichen und nachdrücklichen Gespräch vergangen war. Sie betrachtete sie seit langem als einen symbolischen Gegenstand, ohne anderen Gebrauch als zu warnen, einzuschüchtern.

Sie war ziemlich geschickt geworden in der Kunst, die Tante zu täuschen, ihr ein Schnippchen zu schlagen, ihre Wachsamkeit einzuschläfern, indem sie sie in ein kompliziertes Netz von Lügen und Erfindungen einwickelte. Um sie besser überzeugen zu können, gelang es ihr, in einer Art freundschaftlicher Konspiration Schulkameradinnen anzuheuern und sogar Nachbarn, die angesichts der auferlegten Einschränkungen und Strafen mit Manela Mitleid hatten, wehrloses Opfer unmenschlicher Wut. Nicht einmal die Mörder im Gefängnis verbüßen eine so harte Strafe – empörte sich Damiana, die Nachbarin unmittelbar nebenan, die gezwungen war, Wimmern und Ohrfeigen, das Flehen um Verzeihung mit anzuhören. Diese Frau ist eine Schlange, sie hat kein Herz, sagte sie laut zu jedem, der es hören wollte.

An Manelas Beichten gewöhnt – sie nahm die Vergehen auf sich, obwohl sie wußte, daß sie der Bestrafung nicht entgehen würde: Etwas Gutes hat sie, und ich erkenne es an, sie lügt nicht –, glaubte Adalgisa monatelang mit gewisser Leichtfertigkeit den Erklärungen, den Entschuldigungen für Verspätungen, den Gründen für Weggehen und Besuche. Weißt du, Tante, ich komme erst jetzt, weil ich Telma zum Portugiesischen Hospital begleitet habe, wo ihr Vater liegt; eine Krebsoperation, der Ärmste, er kommt nicht durch. Adalgisa interessierte sich: Krebs? Sag bloß. Hat er schon Metastasen? Operationen und Krankenhäuser, Krankheiten und Nöte waren Themen, die ihren Beifall fanden. In den von Manela erdachten Komplotten steckte immer ein Fünkchen Wahrheit, und wenn es der Fall war, begleitete ein Komplize die Lügnerin bis vor die Haustür, bereit, die Märchen zu bestätigen, vor allem die größeren Ausmaße.

Der Krug geht so lange zu Wasser, bis er bricht: Die Lügen

wurden größer und häuften sich derart, daß Adalgisa schließlich mißtrauisch wurde. Wie jemand, der nichts will, sich dumm stellt, unterwarf sie die Entschuldigungen, die Rechtfertigungen und die Schritte Manelas einer strengen Kontrolle. Es dauerte nicht lange, bis sie die Schwindeleien der Nichte entdeckte, sie verdoppelte die Dosis der Bestrafungen so, wie es ihr empfehlenswert und gerecht erschien, denn zum Fehlgehen summierte sich die Lüge, eine der sieben Todsünden des Katechismus.

Vom Wettbewerb zur Wahl der Miss Frühling erfuhr Adalgisa dennoch durch Zufall, noch zeitig genug, gelobt sei Gott!, um zu vermeiden, daß das Schlimmste geschah. Von der Überraschung überrumpelt, hatte sie untätig verharrt, erschrocken: ein paar kurze Sekunden, kaum wahrnehmbar. Dann faßte sie sich wieder und zog in den Krieg.

Eine Kundin, Dona Norma Martins, eine reiche Senhora, Vertreterin der High-Society, trotzdem ein natürliches Wesen, überdies eine fähige Gynäkologin, hatte ihre Aufmerksamkeit geweckt. Sie hatte bei ihr einen Hut bestellt, um ihn bei der Hochzeit der Tochter von Doktor Jorge Calmon, den von »A Tarde«, zu tragen, ein Ereignis, das Adalgisa Tag und Nacht arbeiten ließ, sechs Hüte von höchstem Luxus, die sie im Laufe der Woche liefern mußte.

Man schwatzt über dieses, man schwatzt über jenes, während das Meisterwerk mit künstlichen Blumen und diskretem Tüllschleier aufprobiert wird. Dona Norma, die keine Gelegenheit ausläßt, von ihrem Sohn, damals Oberschüler, zu sprechen, aber schon mit dem Hang zum Klavier – mehr als ein Hang, Begabung –, bezog sich auf Manela: »Rematinho ist Wahlführer Ihrer Tochter ...«

»Meiner Tochter?« wunderte sich Adalgisa, doch dann begriff sie, auf wen die Ärztin sich bezog: »Ach ja! Meine Nichte, meine Ziehtochter. Ich ziehe sie auf, seit meine Schwester gestorben ist. Ihr Sohn kennt Manela?«

»Ob er sie kennt? Aber ich sage Ihnen doch, daß Renatinho ganz begeistert ist, daß er für sie die Kampagne führt; er sagte mir, daß die Entscheidung zwischen ihr und jenem Mädchen fallen muß, das im Film von D'Aversa gearbeitet hat, der Name fällt mir nicht ein ...«

Eine Geschichte ohne Kopf noch Fuß, Adalgisa glaubte an einen Irrtum, eine Verwechslung der Person: »Macht eine Kampagne für Manela? Sind Sie sicher, Dona Norma? Kampagne wofür?«

»Für den Wettbewerb zur Wahl der Miss Frühling, ist Ihr Mädchen nicht die Kandidatin für die Zeitschrift von Ariovaldo? Die, die sonntags erscheint. Sie bringt gute Artikel, ist witzig, nur, daß sie nicht von Dauer sein wird: Sie macht die Regierung kräftig nieder ...« Sie lachte nachsichtig, als sie an Ariovaldos Zeitschrift dachte.

Adalgisa stützte sich auf die Stuhllehne neben dem Spiegel für die Hutprobe. Eine Schwäche in den Beinen, ein Hämmern im Kopf. Sie zwang sich zu einem Lächeln, brachte es fertig, auszusprechen: »Der Wettbewerb, ich weiß ...«

Glücklicherweise ging Dona Norma hinaus, um das Geld für das Material und den Macherlohn des graziösen und teuren Hutes zu holen.

»Er ist schön geworden, Dona Adalgisa, Sie sind eine Künstlerin. Ich wünsche Ihnen, daß Ihr Mädchen gewählt wird. Renatinho sagt, daß sie die Hübscheste von allen ist. Glückwunsch.«

Adalgisa mußte sich auch noch bedanken für die Glückwünsche und die Lobreden auf Manela: Die Freundlichkeit Ihres Sohnes, Dona Norma. Sie stürzte schäumend zu Dona Aydil Coqueijo, einer anderen Kundin, einer großen Klatschbase und Informationsquelle. Niemand war besser auf dem laufenden, was solche Unverschämtheiten von Misswettbewerben und Volksmusikfestivals betraf, als Dona Aydil und ihr Mann, eine vielseitige Gestalt; strenger Justizrat, geachteter Jurist, Professor der Rechte, liebenswürdiger Chronist, preisgekrönter Komponist, gut auf dem Klavier und der Bratsche, reine Stimme, Urheber und Förderer von Beziehungen und Erfolgen, Multipräsident.

Angriff und Verfall. Sie brauchte den Grund ihres Interesses nicht zu beichten: Kaum hatte sie auf den Wettbewerb angespielt, unterrichtete die Kundin Adalgisa umfassend, zuvorkommend und begeistert, für sie Anlaß lustiger Kommentare. Die Wahl der Miss Frühling wurde jedes Jahr im Monat September durchgeführt, die Kanidatinnen vertraten die verschiedenen Zeitungen der Stadt, die Förderer des Wettbewerbs, und einige Handelsniederlassungen, die zu den Kosten beitrugen, die Groschen einbrachten. Eine Jury, aus bekannten Persönlichkeiten zusammengesetzt, diktierte den Schiedsspruch nach dem Defilee: Folkloretracht, Abendkleid und Bikini.

Bikini? Zweiteilig? Amüsiert spottete Dona Aydil über das Entsetzen der Hutmacherin. Adalgisa, verziehen Sie nicht das Gesicht. Badeanzug ist eine veraltete Sache. Das Urteil wird am Sonntag verkündet, in zwei Tagen, im Teatro Vila Velha. Dona Aydil beabsichtigte hinzugehen, um die Teenager vorüberziehen zu sehen: Diese jungen Mädchen von heute, die niemand zurückhält. Haben Sie Interesse? Wenn Sie dabeisein wollen, kann ich eine Eintrittskarte für Sie und Ihren Mann beschaffen.

Über das Hetzblatt, das Manela vertrat, und über den Ort der Orgie frage sie nichts, darüber wußte sie vom Pater José Antonio. Sie hatte harte Worte der Verurteilung gehört. Die Wochenschrift träufelte das russische Gift ein, die Propaganda der Roten. Der redliche Priester fand keine Erklärung für die sinnlose Gleichgültigkeit der Behörden – warum hatten sie die Zirkulation dieses Wischs noch nicht verboten? Geleitet von einem Artikelschreiber mit schlechtem Ruf: Man sagte von ihm, er sei ein guter Schriftsteller, doch er war nichts anderes als ein Pornograph und ein Umstürzler, als Umstürzler hatte er gesessen, er unterschrieb mit Ariovaldo Matos.

Auf der Bühne des Teatro Vila Velha wurden die schlimmsten, die würdelosesten Darbietungen gebracht. Stücke, die gegen gute Sitten, Moral und Religion verstießen. Shows mit Protestmusik, respektlose und obszöne Humoristen, der Schauspielerball. Der von Oxum, diese Ausschweifung, das wüste Gelage. Ein Ort, wo sich der Abschaum der Intellektuellen versammelte – von Glauber Rocha bis João Ubaldo Ribeiro –, besitzlose Vagabunden, Feinde der bestehenden Ordnung und der heiligen Gebote des göttlichen Gesetzes.

Adalgisa ging mit gallebitterem Geschmack im Mund und schwerem Herzen nach Hause. Manela marschierte mit raschen Schritten in den Sumpf und die Lasterhaftigkeit, in den Abgrund – Dirnenviertel und Hölle erwarteten sie. Im Zimmer, ihre Arbeit unterbrechend, empfing Manela die Tante mit einem arglosen Lächeln und einer Bitte: »Am Sonntag, weißt du, Tante ...«

»Am Sonntag. Ich weiß, ja«, sagte Adalgisa, und sie ging zur Wand, an der die Lederpeitsche hing. Vielleicht war noch Zeit, Verfall und Fluch zu verhindern?

Manela war fünfzehn Jahre alt, hatte anderthalb Jahre Gefangenschaft hinter sich, die ihr nach dem Begräbnis der Eltern bestimmt war, als die Lederpeitsche eingeweiht wurde. Die Tante kannte weder Rücksicht noch Mitleid: Sie schlug sie auf den ganzen Körper, nur das Gesicht respektierte sie. Als ihr die Kräfte versagten und sie aufhörte zu schlagen, sperrte sie die Ex-Favoritin des Schönheitswettbewerbs bei Brot und Wasser ins Zimmer ein, vom Nachmittag jenes Freitags im September bis Sonntagnacht. Damit sie nachdächte und bereute.

Am Montag, als sie in die Schule kam, niedergeschlagen, der Körper wie gerädert, sie konnte sich kaum setzen, die Augen vom Weinen geschwollen, aufgelöst und mutlos, erfuhr Manela, daß Marilda Alves, das Mädchen aus dem Film, Kandidatin des Abendblattes »O Estado da Bahia« und des Chronisten Renot, einstimming zur Miss Frühling gewählt worden war.

Die lederpeitsche – Manela empfing den ersten Peitschenhieb, er erreichte sie in Höhe der Nieren, er schnitt ihr ins Fleisch. Schneidender und unerträglicher noch die von der Tante herausgeschleuderte Beschimpfung: »Schamlose!«

Adalgisa schwang den Arm, ließ die Lederpeitsche pfeifen, die in den zwei Jahren, die seit dem Wettbewerb um die Miss

Frühling vergangen waren, häufig gebraucht worden war, doch bevor sie ihn von neuem senkte, machte Manela einen Schritt nach vorn, und ohne zu schreien, die Stimme nur ein bißchen lauter als normal, jedoch ernst und gebieterisch, befahl sie: »Laß das, Tante. Gib diese Peitsche her, wenn du willst, daß ich dich noch respektiere.«

»Schamlose! Verfluchtes Weibsbild!«

Adalgisa bewegte den Arm, die Peitsche surrte in der Luft, doch dem zweiten Hieb gelang es nicht, das verfluchte Weibsbild zu erreichen. Pilgerin des Bomfim-Festes, den Körper rein, den Kopf reif, hielt Manela mit der rechten Hand das Handgelenk der Tante fest, mit der linken öffnete sie ihr die Finger. Sie nahm die Lederpeitsche und schleuderte sie weit weg. Mit großen Augen, ungläubig, verloren, wort- und tatenlos schaute Adalgisa die Nichte an, sie sah Satan vor sich – das Ende der Welt war gekommen.

»Niemals mehr schlägst du mich mit dieser Peitsche. Das ist vorbei, Tante. Wenn du willst, daß ich weiter in deinem Hause lebe und dir gehorche.«

Adalgisa zitterte vom Kopf bis zu den Füßen, sie legte beide Hände an das hochrote Gesicht, Geiferspuren in den Mundwinkeln, sie schloß die Augen, schnaufte tief, als entwiche ihr die Seele aus der Brust, sank zu Boden.

Der Körper in Verrenkungen, Zuckungen in Armen und Beinen, Schaum aus dem Munde tretend, den Kopf gegen den Fußboden schlagend, schien Tante Adalgisa in Trance, besessen.

Der Kreuzesweg

Der Sekretär für öffentliche Sicherheit – Sich im Drehsessel rekelnd, die Hand in einer eleganten und bestätigenden Geste erhebend, schaute Doktor Calixto Passos, Sekretär für Öffentliche Sicherheit des Staates Bahia, den beunruhigten Direktor des Museums für Sakrale Kunst an.

»Noch eins! Wenn das so weitergeht, wird nicht ein einziges Bild von Wert in Bahias Kirchen übrigbleiben. Weiß der teure Meister, wie viele in diesen letzten drei Monaten gestohlen worden sind? Sechzehn, nicht mehr, nicht weniger. Nicht vierzehn, nicht fünfzehn: sechzehn!«

Er lächelte pathetisch, es gefiel ihm, die eigene Stimme zu hören, bejubelter Volksredner schon in der Fakultät der Rechte, Redner seines Studienjahres, Advokat im Zivilrecht, der die Portefeuilles mächtiger Finanzorganisationen übernommen hatte, erfolgreicher Politiker. »Calixto Passos, das Talent im Dienste der Gerechtigkeit«, hatte ein Zeitungsschreiber auf dem Gipfel der Lobhudelei anläßlich der Wahl des neuen Polizeichefs geschrieben. Kommissar Parreirinha würde mit geschlossenen Augen die Meinung des Speichelleckers unterschreiben. Neben dem Tisch stehend, nickte er mit dem Kopf, den Behauptungen des Chefs zustimmend: Er hielt den Doktor Sekretär für äußerst scharfsinnig, ein Águia de Haia, ein Rui Barbosa. Dom Maximiliano von Gruden, im Gegensatz dazu, hielt ihn für eine Quelle der Unfähigkeit.

Doktor Calixto neigte sich zu dem Mönch, senkte die Stimme in vertraulichem und kumpelhaftem Ton: »Der Schuldige, die Schuldigen? Wir wissen es alle: ein gewisser Soundso von den Angelhaken-Kapuzen. Aber niemand wagt es, die Kapuze auf die Köpfe der Soundsos zu setzen. Wer wagte es zu tun, bei Tonsurköpfen?«

Ein ausgemachtes Rindvieh, ein vollgefressener Ochse, gestand sich Dom Maximiliano ein, dem die Verzweiflung jedwedes Restchen von Edelmut genommen hatte. Da kam er, der eingebildete Dummkopf, und wiederholte diese blödsinnige Litanei des »Verkaufs von Bildern unterderhand, die angeblich aus Kirchen und Kapellen verschwunden waren, unerlaubter, skandalöser Handel, von den Pfarrern in Landgemeinen selbst ausgeübt«. Arme Gemeinden, einige sehr arm, ohne Geld für die geringsten Bedürfnisse, und ein paar Stücke Holz, alt und geweiht, die in den Winkeln der Sakristeien herumstanden – wer würde sie nicht verkaufen? Dom Maximiliano schluckte Entrüstung, Spucke und Galle hinunter.

EINSCHUB, UM DOM MAXIMILIANO VON GRUDENS WELTLICHES NACHDENKEN ÜBER DEN VERKAUF – VERKAUF, NEIN, TAUSCH – VON HEILIGEN UND KULTGEGENSTÄNDEN AUFZUZEICHNEN, WÄHREND DER POLIZEICHEF SICH EREIFERT UND HOCHTRABEND DAHERREDET – Auf Rechnung bedeutender Antiquitätenhändler oder auf eigene Rechnung gehen wandernde Betrüger, geschäftstüchtige Geizhälse auf der Suche nach Ware ins Landesinnere auf Jagd. Sie gehen von Ort zu Ort, von Marktflecken zu Marktflecken, von Fazenda zu Fazenda, von Haus zu Haus, unermüdlich. Sie kommen zurück, die Koffer mit allem gefüllt: mit Kostbarkeiten und Müll.

Es kann vorkommen, und es kommt vor, daß ein besonderes Stück, ein Schatz, dabei ist, der genügt, einem Schacherer, der der göttlichen Protektion würdig ist, die Unabhängigkeit zu bringen. Hoch oben vom Himmel begleiten die Götter mit wohlwollender Sympathie das mühsame, aufreibende Tagewerk der in Rasse und Glauben bekehrten Gläubigen. Jahve, der in Sinai offenbarte Jehova, der gute syrisch-libanesische Gott der von den Türken unterworfenen libanesischen Christen und der barmherzige Jesus des Vatikans lenken die Schritte der unerschrockenen Wühler – jeder einzelne ihr Schützling – zu den Verstecken des Schreins oder des Hausaltars, wo das unvergleichliche Stück in Erwartung des unerschrockenen Vorkämpfers ruht: David, Salim oder João da Silva.

In Anbetracht der Gebete der Seelenhirten, die in Armut, in Not leben, zahlen sie, von der göttlichen Vorsehung geschickt, in bar, in flüssigem Geld, wiegen mit Gold auf. In der Tat zahlen sie einen Dreck, sie lügen, betrügen, täuschen, und wenn eine günstige Gelegenheit kommt, stehlen sie und eignen sich an. Wie dem auch sei, sie haben ihre Verdienste, denn mit den für jenen nutzlosen alten Plunder erhaltenen Groschen werden die wackligen Finanzen der Pfarren aufgefüllt, das Defizit der Kollekten, die Armseligkeit der Scherflein ausgeglichen.

Mit Unterstützung der Gläubigen und unter dem Beifall der Frommen erwerben die Pfarrer ansehnliche Gipsabdrücke, die blaue Farbe der Umhänge, die rote Malerei der Mitren und Tiaren noch frisch, die den wurmstichigen Plunder ersetzen, zur rechten Zeit eingetauscht – ein Heiliger wird nicht verkauft, er wird getauscht – gegen lebendiges Geld. Mit dem Ersatz gewinnen die Altäre. Die modernen Bildnisse machen eine bessere Figur; die Betschwestern freuen sich: Jetzt, ja, macht es Freude, sie anzuschauen. Überfällige Schulden werden beglichen, die Ausübung der Nächstenliebe, die Betreuung der Bettler und Notleidenden des Ortes, der Kranken, der Waisen und Witwen bleiben auf dem laufenden, und die magere Kost des frommen Hirten, des rechtschaffenen Vikars, der Gevatterin und der Patenkinder, der Ärmsten, wird aufgebessert. Die Gevatterin, in der Jugend die herausforderndste Versuchung der Gemeinde, bewahrt im gealterten Gesicht und im schlecht behandelten Körper noch Spuren einstiger Schönheit, begehrenswerten Zaubers, verführerisch.

Selbst bei makelloser Ausübung der Religion wird es in diesen Zeiten der Inflation und Krise zur Pflicht, sich umzusehen, sich verteidigen zu können, mit der brasilianischen Mode zurechtzukommen, sonst wird es keine Suppe für die Armen geben, und die für die äußerst arme Pfarrfamilie wird spärlich und knapp. In der Hauptstadt brüsten sich die kirchlichen Autoritäten, streng, drohend, mit Empörung, sprechen von Herzlosigkeit und Sakrileg, bezeichnen den Handel mit Heiligenbildern, mit der Kirche eigenen Gütern, als Verbrechen und Skandal. Was wissen diese verwöhnten Hochwürden im Genuß ihrer Pfründen der Erzdiözese von Entbehrung und Mangel der ins Landesinnere verbannten Priester, armer Teufel, die irgendwie überleben? Satanas predigt Fasten: Mit vollem Bauch läßt sich leicht kritisieren.

Wäre nicht die Zurückhaltung, die ihn zur Diskretion zwingt, würde Dom Maximiliano den Dummkopf von Sekretär in Verwunderung versetzen, indem er ihm erklärte, daß seiner Ansicht nach dieser böswillig ausgelegte Handel, im Lichte kultureller Interessen besehen, von offensichtlichem Wert, unleugbarem Nutzen war. Von umherziehenden

Händlern gestohlen oder zu einem Spottpreis gekauft, entgehen Stücke von beträchtlichem Wert der Zerstörung, zu der sie auf den Müllhaufen der Klöster und Pfarren verurteilt waren. Indem sie von Hand zu Hand, von Gewinn zu Gewinn wanderten, endeten sie heil und unversehrt, wohl gepflegt, in Privatsammlungen oder Museen.

Die Meinung eines ketzerischen Museologen? Als ketzerisch, ungläubig und gottlos hatten sie ihn schon etikettiert – Pater José Antônio Hernandez ging noch weiter: Für ihn war Dom Maximiliano von Gruden das vollkommene Beispiel dessen, was ein Priester nicht sein darf, er war Atheist und Anarchist. Äußerst gefährlich, denn er trat in der weißen Soutane der Benediktiner auf. In unseren Tagen der Unruhe und Respektlosigkeit, der Befreiungstheologie und anderer teuflischer Gotteslästerungen, verbergen sich die Feinde des Glaubens und der christlichen Doktrin unter Soutanen und Kutten, hüllen sich die Wölfe in einen Schafpelz.

DIE LACHSALVE – Dom Maximiliano wappnete sich mit Geduld – Geduld war nicht seine Haupttugend – und wartete auf den geeigneten Moment, die leichtfertige und langweilige Litanei des Sicherheitssekretärs zu unterbrechen und das Thema wiederaufzunehmen, das ihn hergeführt hatte. Über den Ernst des Falles und die Dringlichkeit geeigneter Maßnahmen, das Mysterium aufzuklären, die Verbrecher zu finden und festzunehmen und das Bild wiederzuerlangen, hatte er zu Beginn der Zusammenkunft mit Nachdruck und in Einzelheiten gesprochen. Er hatte auf dem geheimen Charakter der Nachforschung bestanden, einer unerläßlichen Geheimhaltung aus allen Gründen – Dom Maximiliano dachte an den Vikar von Santo Amaro und an seine Reaktion, wenn er von dem Verschwinden der Heiligen erführe: Er würde die Welt einreißen.

Er hatte vom inneren und äußeren Wert des Bildes gesprochen, ein Kleinod ohne Preis, Eigentum Bahias und Brasiliens. Aus dem achtzehnten Jahrhundert stammend, aus der gleichen Zeit wie die geniale Schöpfung Aleijadinhos: nur die Stücke seiner nachgewiesenen Urheberschaft konnten es nach Meinung der Fachleute übertreffen, und in Kürze, wer weiß?, würde es den gleichen Schätzwert erreichen. Es genügte, die Tatsache in Betracht zu ziehen, daß es das einzige Abbild der heiligen Barbara, der des Donners, war und daß es die Heilige mit einem Bündel von Blitzen anstelle des üblichen Palmzweiges darstellte. Die heilige Barbara, die des Donners, ein Wert, der unmöglich in Geld zu berechnen war: Die Museen Europas und der Vereinigten Staaten würden ohne Diskussion jede Summe in Dollar zahlen, um sie in ihrem Bestand zu haben.

Er hatte die Aufmerksamkeit auf das Datum der Vernissage der Ausstellung gelenkt, die zwei Tage später stattfinden sollte. Von da an würde der Wert des Bildes noch größer sein. Er sagte es, wobei er sich auf das Buch berief, das während der Feierlichkeit herausgebracht werden sollte, auf die kühne These, über die schon so viel in den Zeitungen geschrieben worden war: höflich und scheinheilig bestätigte der Sekretär, nachdrückliche Empfehlungen gehört zu haben.

Ob er sie gehört hatte oder nicht, war nicht von Bedeutung. Von Bedeutung jedoch war, festzustellen, daß der Schwätzer in keinem Augenblick daraufgekommen war, die Bedeutung der Angelegenheit zu erkennen, für ihn war es nichts anderes als einer mehr unter den zahlreichen Diebstählen heiliger Gegenstände, die im Inneren des Staates begangen wurden. Dom Maximiliano hatte Spucke und Latein verloren. Nichts hatte der aufreibende, genaue Vortrag genutzt, in der Absicht gehalten, dem Polizeichef begreiflich zu machen, daß es sich nicht, absolut nicht um einen weiteren Diebstahl von nicht gebrauchten Bildern handelte, von ungleichem Preis, wobei die Mehrheit keine anderen Vorzüge als Schimmel und Holzwurm zeigte.

Die Augen eines toten Fisches auf die blauen Augen Dom Maximilianos gerichtet – eine Anspielung, die flüsternd und kichernd umging –, vervollständigte Doktor Calixto Passos seine Gedanken: »In gewissen Fällen handelt es sich nicht eigentlich um Diebstahl, zumindest nicht durch einen von außen kommenden Gauner. Ich will sagen ...«

Er legte beide Hände auf den Schreibtisch, schaute zu Parreirinha, der sich vor Bewunderung besabberte – der Doktor hatte die Sache behauptet und bewiesen –, und er fuhr fort: »Ich will sagen ... Veräußerung ... die Stücke wechseln den Besitzer ... Zum Beispiel: Es ist noch nicht eine Woche her, da wurden zwei in Laranjeiras gestohlene Bilder im Lager einer Firma in der Rua da Independência entdeckt. Sie waren aus Sergipe hergebracht und hier verkauft worden ...« – er schwieg für den Bruchteil einer Sekunde, um die Spannung zu steigern –, »... von jemandem aus der Familie des Paters ...«

»Aber wie ich Ihnen schon sagte, Doktor ...«

Der Doktor hob die Hand, den Direktor des Museums für Sakrale Kunst unterbrechend, und fragte ihn: »Sagen Sie mir, teurer Meister, kennen Sie den Vikar von Santo Amaro gut? Sagen Sie mir im Vertrauen, hier unter uns beiden, wo niemand uns hört ...« – Parreirinha schaute aus dem Fenster, als sei er unaufmerksam –, »... halten Sie ihn, teurer Meister, für eine vertrauenswürdige Person oder ...«

Dom Maximiliano hatte den Gipfel der Unruhe und Nervosität erreicht, er machte eine übermenschliche Anstrengung, um nicht wie ein Wahnsinniger schreiend auf die Straße hinauszulaufen. Aber als er die vertrauliche Frage des Sekretärs für Öffentliche Sicherheit des Staates Bahia bezüglich der Ehrenhaftigkeit des Vikars von Santo Amaro hörte, platzte er mit der größten Lachsalve der Pfarre heraus.

Der Oberkommissar der Zivilpolizei – Das Treffen mit dem Oberst Raul Antônio Parreiras hatte zumindest ein praktisches Ergebnis gebracht: Dom Maximiliano bekam das Gestell wieder, das verlassen auf dem Leichter zurückgeblieben war, und nahm es mit ins Museum.

Auf Antrag des Kommissars der Zivilpolizei von Bahia war der »Reisende ohne Hafen« von Marineinfanteristen von der Rampa do Mercado zum Hafen der Kriegsmarine gebracht worden. Der Oberst hatte sich telefonisch mit der diensthabenden Marinebehörde verständigt und über das unmittelbare Schicksal des Schiffes, auf dem das Bild transportiert worden war, entschieden. Er bestimmte einen Polizeibeamten, der als Wache in der Nähe der Rampa bleiben sollte.

»Wenn der Leichter von der Marine beschlagnahmt ist, wird das Ehepaar auftauchen müssen. Wir werden sie anhören, sie ein bißchen zurechtweisen, gewiß kennen sie die Verantwortlichen, ich zweifle nicht, daß sie Komplizen sind. Wir werden es bald wissen.«

Er bezog sich auf den Bootsmann Manuel und Maria Clara. Ohne Zeit zu verlieren, hatte er einen Polizisten mit dem Befehl losgeschickt, den Bootsmann des Leichters und seine Frau festzunehmen – die Räume der Zivilpolizei waren am Hafen, in einem alten Lagerhaus zwischen dem Mercado und dem Kai der Bahia-Schiffahrt, zwei Schritte von der Stelle entfernt, wo der Diebstahl geschehen war.

Der Detektiv kam zurück und winkte ab: Die Bezeichneten waren nach der Ankunft in einem Taxi weggefahren, man wußte nicht, wohin. Eine von einem Budenbesitzer erhaltene Information, der einen Schwatz in Xispeteó angefangen hatte, einer Hurenkneipe im Dirnenviertel der Montanha.

Dom Maximiliano erholte sich wieder von der Entmutigung, in die ihn die Unfähigkeit und das leere Geschwätz des Sicherheitssekretärs geworfen hatten. Bei der Zivilpolizei hörte der Oberst den Museumsdirektor aufmerksam und interessiert an: Er schien von der absoluten Wichtigkeit des Problems überzeugt zu sein. In Zivil pflegte er bei Beginn des Gesprächs seine Nägel, indem er abwechselnd Schere, Zange und Sandpapierfeile für die delikate Arbeit benutzte: er schien nicht der Aufschneider zu sein, für den er gehalten wurde.

Er zeigte sich freundlich angesichts des Besuches des Mönches, eines bekannten und gerühmten Intellektuellen, er verstand die Gründe für die Bitte um Verschwiegenheit – nicht ein Wort, seien Sie unbesorgt; wir hier sind daran gewöhnt, im Schatten und in der Stille zu arbeiten, sonst wäre es unmöglich, Kriminalität und Terrorismus entgegenzutreten. Er sprach ohne Eile, er hatte die Nacht zu seiner Verfügung.

Über den Diebstahl legte er Ansichten dar, die Dom Maximiliano beeindruckten. Er verschwendete keine rhetorischen Bilder, er drückte sich in der Sprache eines Technokraten, fachmännisch, aus – überzeugend.

»Hier, bei der Zivilpolizei, haben wir diese Serie von Kirchenüberfällen mit der nötigen Aufmerksamkeit verfolgt, und wir führen eine umfangreiche Akte, die die Sache in detaillierter Form aus dem Zeitraum der letzten zwanzig Jahre enthält, vielleicht sogar aus einem größeren. Meiner Meinung nach steht eine sehr gut organisierte Mafia hinter diesen Verbrechen. Es handelt sich nicht um sporadische Diebstähle, wie sie in der Vergangenheit vorkamen.«

Der Sekretär für Sicherheit hörte gern die eigene Stimme, der Oberkommissar der Zivilpolizei liebte es, seine Kenntnisse zur Schau zu stellen: »Die Epoche der Amateure, der Überfälle von Künstlern auf das Landesinnere ist vorbei, da sie sich bis Sergipe und Alagoas vorwagten, um Heilige aus Klöstern und Kapellen zu stehlen. Die Künstler waren flink, sie lebten mehr von diesen Diebstählen als vom Verkauf von Bildern und Skulpturen. Heute sind sie alle steinreich, sie verdienen so viel Geld, wie sie wollen, sie brauchen keine Bilder stehlen, keine Klöster überfallen, sie sind wie Nabobs. Ich bedaure nur, daß ich nicht malen kann ... Die kriminelle Tätigkeit, der sie sich gewidmet hatten, wurde öffentlich bekannt, man braucht nur irgendeinen Artikel über Carybé oder Jenner Augusto zu lesen, der Jeep von Mário Cravo wurde Folklore, die von ihnen gestohlenen Heiligen sind fast alle in Sammlerhänden hier oder im Süden, in den Häusern der Steinreichen: Clemente Mariani, Odorico Tavares, Orlando Castro Lima.«

Bevor er die Zange mit Schere und Feile im Schubfach verwahrte, benutzte er sie, um die Spitze einer Suerdieck-Zigarre abzuschneiden, mit Methode, und er hielt sich damit auf, sie anzuzünden. Er sog eine Dunstwolke ein, atmete den Rauch, und während er sich zurücklehnte, läutete er das Glöckchen hinter dem Stuhl. Er fragte Dom Maximiliano, ob er nicht die Kehle mit einem eisgekühlten Bierchen erfrischen wollte – bei dieser unerträglichen Hitze! Er ließ Flaschen und Gläser bringen, und erst, nachdem er ihm eingeschenkt und sich selbst bedient hatte, fuhr er fort: »Gegenwärtig, Dom Maximiliano, ist die Situation viel ernster: Wir stehen einer verwegenen Bande gegenüber, die keine Folgen scheut, um ihre kriminellen Pläne voranzubringen. Ich lenke Ihre Aufmerksamkeit auf folgenden bewiesenen Fakt: Die Stücke von wirklichem Wert, sie verschwinden, tauchen nicht wieder auf. Warum? Weil sie außer Landes gebracht werden. Wir verfolgen die Spur einiger von ihnen: Auf die Urheber sind wir in Portugal und Spanien, in der Schweiz und in Frankreich gestoßen. Es gibt einen internationalen Antiquitätenhandel, Sie sind sicherlich im Bilde, das ist eine bekannte Sache. Hinter dem Verschwinden Ihrer berühmten heiligen Barbara werden wir, daran zweifle ich nicht, den Kopf dieser Bande, dieser Mafia entdecken. Wir müssen sehr schnell handeln, um zu verhindern, daß sie, wertvoll, wie sie ist, ins Ausland gebracht wird.«

Dom Maximiliano hatte es satt, Geschwätz, Klatsch über diesen mysteriösen Handel mit heiligen Gegenständen zu hören. Kürzlich hatte er im Gespräch aus dem Mund von Mercedes Rosa, der Direktorin des Costa-Pinto-Museums, und von Carlos Eduardo da Rocha, Direktor des Staatlichen Museums, zwei Größen, zwei Schwätzern, haarsträubende Dinge gehört, in die Leute von höchstem Ansehen verwickelt waren. Doch zum erstenmal hörte er von einer verantwortlichen Behörde die Nachricht von der Existenz einer organisierten und gefährlichen internationalen Bande. Das Museum für Sakrale Kunst selbst besaß Stücke dunkler, um nicht zu sagen verdächtiger Herkunft: Dom Maximiliano zog es vor, nicht zu wissen, wie sie in die Räume des Klosters Santa Tereza gekommen waren – wußte er es wirklich nicht?

Die Möglichkeit, daß die heilige Barbara, die des Donners, ins Ausland gebracht wurde – eine Vermutung des Kommissars der Zivilpolizei, keines Geringeren –, erledigte ihn schließlich vollends. »Oberst, Sie denken wirklich, daß Gefahr besteht, daß das Bild hinausgebracht wird ...?«

»Aber sicher, ich bin nicht der Mann, der mit ernsthaften Dingen scherzt. Ich denke jedoch, daß keine Zeit war, es bereits wegzubringen, es muß noch irgendwo in der Stadt versteckt sein. Wir müssen es finden, in vierundzwanzig Stunden, wenn möglich. Ich werde meine Leute unverzüglich ins Feld schicken, sofort handeln: Wir werden die Ausfahrten der Busse und Autos, Landstraßen und Flugzeuge kontrollieren. Wir haben die Maße des Bildes, wir werden alles durchsuchen, was verdächtig erscheinen könnte. Wir werden jeden Koffer und jede Kiste öffnen, die das Bild enthalten könnten. Seien Sie beruhigt, überlassen Sie das mir; ich werde Sie über den Fortgang der Untersuchung auf dem laufenden halten.«

Als er sich erhob, um Dom Maximiliano zur Tür des Büros zu begleiten, machte er ihm die letzte, erstaunliche, niederschmetternde Enthüllung: »Wissen Sie, wohin das durch Kirchenraub erworbene Geld fließt, vor allem die Devisen, die aus dem Ausland kommen? Sie wissen es nicht? Ich werde es Ihnen sagen: Es fließt in den Umsturz, den Terrorismus, die städtische Guerilla, zu den Kommunisten, in die Melonen-Pater, diejenigen, die außen grün und innen rot sind. Wundert Sie das? Ich könnte Ihnen Einzelheiten nennen, konkrete Beweise, ich tue es nicht, um die Nachforschungen, die wir gerade durchführen, nicht zu beeinträchtigen.«

Er legte die schwere Hand auf die empfindsame Schulter des Mönchs. »Es gibt zahllose Pater, die mit den Kommunisten unter einer Decke stecken, ich sage Ihnen gar nichts Neues, die Tatsache ist bekannt. Für mich, für uns, die wir für die Ordnung im Lande, für die nationale Sicherheit verantwortlich sind, sind diese Pater noch schlimmere Banditen als die Kommunisten. Außer daß sie Feinde sind, sind sie auch noch Verräter.« Er wiederholte das Wort, entrüstet, kategorisch: »Verräter! Aber wir werden Schluß mit ihnen machen, mit ihnen und mit den Kommunisten, mit diesem ganzen Schurkenpack. Mit ihnen allen.«

Die Unruhe, die Angst, der Ärger, die ihn verzehrt hatten, sollten noch nicht genug sein, Dom Maximiliano spürte eine Kälte in den Eiern. Die Herzlichkeit, die die Begegnung bestimmt hatte, verflüchtigte sich und machte einem bewölkten Klima der Warnung und Drohung Platz, wobei der Oberst plötzlich das Bild des Aufschneiders annahm, das man ihm nachsagte. Mit leichtem Druck der eisernen Finger auf die zerbrechlichen Schultern des Museumsdirektors sagte Oberst Raul Antônio Parreiras – Name eines traurigen Rufs –, während er ihm in die Augen schaute: »Ich weiß alles über Sie, Hochwürden« – er skandierte die Silben –: »Absolut alles! Ich weiß, daß Sie, wenn Sie auch unsere patriotische Regierung nicht offenkundig unterstützen, sie auch nicht bekämpfen, Sie halten sich am Rande der Politik, Sie arbeiten nicht gegen die Revolution, unsere verdienstvolle Revolution von 1964, die Brasilien vor dem Kommunismus gerettet hat. Machen Sie so weiter, und niemand wird Sie belästigen, das kann ich Ihnen garantieren. Halten Sie sich vom Umsturz fern, das ist der Rat, den ich Ihnen gebe.«

Seine Stimme wurde weicher, er lockerte die Finger, lächelte mit Mund und Augen, wieder liebenswürdig, ein freundlicher Bürger: »Dank für den Besuch, es war mir ein Vergnügen, Sie persönlich kennenzulernen und mit Ihnen zu sprechen.« Er streckte Dom Maximiliano die Hand hin. »Machen Sie's gut, bald werden Sie Nachrichten von mir haben, gute Nachrichten. Rechnen sie auf uns.«

Er beauftragte einen Polizisten, den berühmten Intellektuellen zum Wagen zu begleiten und das Gestell zu tragen. Intellektuelle, eine schlechte Gattung ... der Oberst spuckte auf den Zement, rieb mit dem Fuß darüber hin.

Der ehrwürdigste Herr Weihbischof – Den Kreuzweg Dom Maximilianos in jener Nacht der Prüfung hatte die Begegnung mit der kämpferischen und einflußreichen Gestalt von Hochwürden Rudolph Kluck, Weihbischof der Erzdiözese von Bahia, eingeleitet. Ein langes Gespräch in Deutsch, die Muttersprache der Kämpfer.

Nachdem er Edimilson zum Museum zurückgeschickt hatte, war der ratlose Direktor vom Kai zur Kardinalsresidenz am Campo Grande gegangen.

Vor allem mußte er den Kardinal informieren, mit ihm die zu treffenden Vorkehrungen beschließen, ihn um Rat und Hilfe bitten. Seine Eminenz hatte wirkliches Interesse für den Erfolg der Ausstellung gezeigt, und seine Vermittlung war für das Ausleihen des Bildes entscheidend gewesen.

Am Campo Grande erfuhr er, daß der Kardinal den Rektor der Universität nach Brasilien begleitete, in dem Versuch, von den verantwortlichen Behörden, wenn nicht die Umwandlung, so doch wenigstens die Abschwächung der drastischen Maßnahmen zu erwirken, die gegen die Studenten als Reaktion auf den Generalstreik und die Demonstrationen erlassen worden waren: um zu vermeiden, daß sie das Jahr verlören.

Da der Kardinal nicht erreichbar war, telefonierte Dom Maximiliano mit dem Weihbischof, der zweiten Person der Erzdiözese, und bat ihn um eine sofortige Audienz, denn die zu behandelnde Angelegenheit sei von größter Wichtigkeit. Wenn es tatsächlich so eilig ist, können Sie kommen, ich erwarte Sie, willigte Hochwürden ein.

Deutscher wie Dom Maximiliano, endete da, bei der Nationalität, jedwede Übereinstimmung zwischen den beiden Priestern. Im ürbigen entgegengesetzte Pole. Feuer und Wasser, Salz und Zucker, das Ei und der Spieß. Mager und groß, blaß, elegant, empfindlich, der Museologe; kräftig, untersetzt, vollblütig, sorglos, eine dicke Schale, der unerschütterliche Theologe.

Sie gingen gemessen und förmlich miteinander um, wenn sie sich von Zeit zu Zeit begegneten; sie tolerierten einander mit Mühe. Manche schrieben den Beinamen »Lefebvre der Armen«, auf Dom Rudolph Kluck angewandt, gelegentlich des Erscheinens eines weiteren Bandes seines schon beträchtlichen Theologenwerkes – vier dicke Bände –, in dem Rassenmischung und Synchretismus analysiert und verurteilt und die Reinheit des Glaubens, die Richtigkeit der Dogmen verteidigt wurden, der Bosheit Dom Maximilianos zu. Die Bissigkeit war auf unfruchtbaren Boden gefallen, denn abgesehen von einigen wenigen Prälaten und Professor José Calazans, der, außer daß er ein Seminar über das II. Vatikanische Konzil gehalten hatte, es nicht ertrug, eine auf portugiesisch gelesene Messe zu hören – eine Verdrießlichkeit aus Sergipe –, hatte niemand in diesen Breiten eine Idee, wer Hochwürden Marcel Lefebvre gewesen war und welche Rolle das Oberhaupt der französischen Integristen in den inneren Kämpfen der Kirche gespielt hatte.

Man sagte, daß Dom Rudolph zum Weihbischof ernannt worden war, um die Wahl des neuen Kardinals von Bahia, Primas von Brasilien, auszugleichen, er sympathisiere mit den fortschrittlichen Positionen eines gewissen Teils des Klerus – der sogenannten Kirche der Armen – in bezug auf Soziales und Politisches. Was die doktrinären Fragen betraf, neigte er zu den Konservativen, unterstützte er die Traditionalisten. Geläufiger Widerspruch in kirchlichen Kreisen, zerrieben zwischen dem Elend der Bevölkerung und den Dogmen und Glaubenslehren der Doktrin, zwischen der Agrarreform und der lateinischen Messe. Doch gehen wir voran, denn solch eine Metaphysik gehört nicht auf diese pyrrhonischen Seiten – man möge das komplizierte Wort entschuldigen.

Es wurde viel geredet, nicht immer Angenehmes, Dom Rudolph stellte sich schwerhörig und fuhr in seinem stürmischen Katechismus fort: Artikel und Interviews, Kanzelreden, Predigten, Vorträge im Radio – er nutzte emsig das Radio als volkstümlichstes Kommunikationsmittel. Von seinem Zellenfenster, aus der Höhe des Ursulinenklosters, in dem er wohnte, pflegte er die Landschaft der Stadt Bahia – Bahia, nein, der Stadt Salvador zu betrachten. Zweifellos schön, er leugnete das Offensichtliche nicht, aber bewohnt von heidnischen Götzendienern und Mestizen, die meisten von schwarzer Hautfarbe, die in Unkenntnis der Hegemonie von Rasse und Kultur die arische Rasse, die westliche Kultur, das Gesetz beschmutzten und das Evangelium verdarben, die Farben des Regenbogens mischten und im Bett unerlaubter Liebe Blut und Götter vermengten.

Es war dringend notwendig, die Spreu vom Weizen, das Gute vom Bösen, das Weiße vom Schwarzen zu trennen, Beschränkungen aufzuerlegen, Grenzen zu ziehen. Schade, daß man das Beispiel ohnegleichen in der Brust verborgen halten mußte, Dom Rudolph wagte nicht, es auszurufen, es wäre unpassend inmitten der Verwirrung, die seit dem Ende des Großen Krieges, der Niederlage herrschte: die Vollkommenheit der Welt hatte sich nach Südafrika geflüchtet.

Der Bischofsring – Die Unterhaltung fand in Deutsch statt, was sie noch spröder und schwerfälliger machte. Nachdem er, ohne ihn zu unterbrechen, den ausführlichen Bericht des Direktors vom Museum für Sakrale Kunst gehört hatte, berief sich der erste Kommentar Dom Rudolph Klucks auf Edimilsons Erklärung: »Sehen sie, Dom Maximiliano, wohin die Rassenmischung führt: zur Geistesschwäche, zur Idiotie. Dieser Ihr Assistent, entschuldigen Sie, daß ich es Ihnen sage, ist ein Idiot.«

Dom Maximiliano schluckte schweigend. Er beabsichtigte nicht, dem in der Hierarchie Vorgesetzten entgegenzutreten, seine Thesen zu diskutieren, seinen gewohnten Haß zu schüren: Der Weihbischof verzieh ihm die Unabhängigkeitsgelüste und die bissige Sprache nicht. Die Situation verlangte Besonnenheit und Respekt, der Mönch senkte den Kopf.

Dom Rudolph nutzte den winzigen Moment, um sich die Hände zu reiben, die Augen zu schließen und langsam zu sprechen, Silben und Pausen auskostend, das Gift Tropfen für Tropfen träufelnd: »Man hat mir erzählt von Ihrer ... Wie war doch der Satz? Ach ja! Der Schar der Museumsengel ... Das war es, was man sagte.«

Dom Maximiliano war sprachlos, er zwang sich zur Geduld, beugte den Rücken.

Dom Rudolph fuhr fort, unerbittlich: »Ich dachte, sie bezögen sich auf Bilder des Bestandes, Engel aus Stein oder Holz ... Ich habe mich getäuscht ... Die Engel sind die Angestellten ...« – er hob die Stimme –: »Wenn sie wenigstens fähig wären und keine Schwachköpfe ...«

Ohne seine Haltung zu verändern – der Tag der Abrechnung würde kommen, der Herr Bischof würde keine Zeit versäumen –, erwog Dom Maximiliano: »Wir können über die Angestellten des Museums zu jeder Gelegenheit sprechen, die Euer Hochwürden wünschen, ich werde die Kriterien erklären, die für die Verträge ausschlaggebend sind, die übrigens vom Rektor und nicht von mir gemacht wurden. Doch jetzt würde ich unser Gespräch gern auf das Problem des Verschwindens des Bildes der heiligen Barbara beschränken.«

Gesagt, getan: Der Weihbischof war bösartig und verleumderisch, aber niemand war wachsamer und verantwortungsbewußter, wenn es sich um die Doktrin und die Güter der Kirche handelte. Mit dem Finger, an dem der Bischofsring glänzte, berührte er die gebeugte Schulter des Mönchs. »Sie haben recht, die Angelegenheit ist ernst, befassen wir uns damit.«

In gemeinsamem Beschluß stellten sie einem Handlungsplan auf, Dom Rudolph diktierte Taktik und Strategie, analysierte jeden Schritt, der zu tun war, um so wirksamer, weil er sich mit einem Problem beschäftigte, dessen Lösung nicht die Erzdiözese anging, sondern die Bundesuniversität, der das Museum für Sakrale Kunst gehörte, das Lieblingskind von Edgar Santos, dem verstorbenen, wirklich großartigen Rektor, der es gegründet hatte.

Um den Pater und die Nonne würde sich der Weihbischof kümmern, es war nicht empfehlenswert, von ihnen zu sprechen. Dom Maximiliano sollte so tun, als wüßte er nichts von ihrer Existenz, er sollte es der Polizei überlassen, sie durch Information Dritter zu entdecken: so würde Zeit sein, damit die kirchlichen Behörden sie anhören könnten.

»Der Pater, ich weiß, um wen es sich handelt, er ist hergerufen worden, er ist für morgen vormittag zu mir bestellt, ins Erzbistum. Vielleicht haben Sie schon von ihm reden hören, von Pater Abelardo Galvão, Vikar von Piaçava, im Sertão, vor Conquista. Sie wissen nicht, wer er ist? Das ist einer, der an der Spitze einer bewaffneten Bande in die Ländereien des Obersts Joãozinho Costa eingefallen ist, er hat ein Problem geschaffen, das uns noch Kopfschmerzen bereitet. Das beste ist, man hält ihn so lange wie möglich von der Polizei fern. Was die Nonne betrifft, so weiß ich nicht, wer sie sein könnte, aber sie ist leicht ausfindig zu machen. Diese beiden gehen auf meine Rechnung.«

Er riet Dom Maximiliano, unverzüglich, ohne eine Minute zu verlieren, den Sicherheitssekretär und den Oberkommissar der Zivilpolizei aufzusuchen: Die Ratschläge Dom Rudolphs schienen eher Befehle. Er selbst sprach telefonisch mit den beiden Behörden, er bat und vereinbarte die Verabredungen. Er betonte die Notwendigkeit, die Untersuchung unter größter Verschwiegenheit durchzuführen. Wenn die Nachricht in Umlauf käme, entstünde eine teuflische Verwirrung. Hatte er schon an die Reaktion des Personals des Patrimônio Histórico gedacht? Dom Maximiliano hatte daran gedacht und sie gefürchtet, doch vor allem fürchtete er die Reaktion des Vikars von Santo Amaro.

Der Vikar von Santo Amaro? Auch Dom Rudolph Kluck, der seine Erfahrungen mit ihm hatte, erschrak. Er kannte die Schroffheit und die schlechte Erziehung des vulgären, unverschämten Hinterwäldlers, ein harter Knochen. Er hatte versucht zu erreichen, daß das Fest Nossa Senhora da Purificação von Unreinheiten, von fetischistischem Schmutz gesäubert wurde, die es so entwürdigten; er hörte ein glattes und respektloses: »Nein, die Heilige wird vom Volk gefeiert.« Euer Hochwürden werden noch schlecht fahren mit diesen Dummheiten der Unnachgiebigkeit, Strenge und Härte. Weder Katechismus noch Einschüchterung brachten ihn davon ab. Ernennen Sie einen anderen Vikar, wenn Sie frischen Wind hineinbringen wollen und das Fest in eine Buße verwandeln. An der Größe der Dummheit sieht man gleich, daß Hochwürden ein Gringo ist, Sie verstehen unsere brasilianische Nation nicht.

Sie konnten es nicht unterlassen, ihm das Geschehene mitzuteilen, aber sie konnten es hinauszögern, womöglich vermeiden, das Gott-steh-uns-bei, den Ausbruch der Ochsenherde.

»Es ist besser, es auf morgen zu verschieben, es kann sein,

daß man bis zum Mittag schon die Lösung dieser unangenehmen Sache hat ...«

Einmal im Leben stimmten Dom Rudolph und Dom Maximiliano in Melodie, Text und Instrument überein.

Der Herr Weihbischof drängte auf das Ende der Unterredung, die vom Polizeichef festgelegte Stunde, den Museumsdirektor zu empfangen, rückte heran.

»Empfehlen Sie Eile und Verschwiegenheit, sprechen Sie von unserer Besorgnis.«

Mit der Begabung zum Diplomaten verkündete Dom Maximiliano: »Morgen lasse ich Euer Hochwürden ein Exemplar des Buches meiner Autorschaft zukommen, das anläßlich der Ausstellung erscheinen wird. Eine Frucht der Forschung und des Studiums, ich glaube, daß ich damit die Polemik um das Bild der heiligen Barbara, der des Donners, abschließe.« – Er gab sich bescheiden: »Es ist nicht mein Triumph, sondern der der Kirche.«

Dom Rudolph sagte, er wisse schon von dem Buch und seiner Wichtigkeit, er dankte für das Exemplar, – »Vergessen Sie das Autogramm nicht« –, und da er in Sachen Gelehrsamkeit nicht nachstehen wollte, grübelte er beim Abschied: »Wenn wir vor der Erscheinung eines Gottes stünden, könnten wir von Theosophie sprechen. Aber da es sich um ein Verschwinden handelt, wie sollte man da sagen? Mir unterläuft das Wort Verzauberung. Die Verzauberung der heiligen Barbara, der des Donners. Was halten Sie davon, Dom Maximiliano?«

Er gebrauchte das richtige Wort, ohne es zu wissen, auch Dom Maximiliano wußte es nicht, ihm schien, als trample der Bischof auf seinem Leichnam herum. Er senkte den Kopf, Dom Rudolph hob die Hand und segnete ihn. Am Zeigefinger der Bischofsring, Zeichen von Rang und Macht kirchlicher Autorität.

DAS TRAGGESTELL – Das erste Stockwerk des alten Klosters Santa Tereza, zum Sitz des Museums für Sakrale Kunst der Bundesuniversität von Bahia umgewandelt, war erleuchtet, als Dom Maximiliano von Gruden fast um Mitternacht den

Käfer im Hof parkte und mit Hilfe des Pförtners das Traggerüst vom Rücksitz holte.

Unter Leitung des Architekten Gilberbert Chaves, der sich angeboten hatte, beim Aufbau der Ausstellung mitzuarbeiten, ordneten zwei Assistenten des Museums – zwei junge Mulatten, zwei Engel aus der Schar Dom Maximilianos, boshafte Erfindung Dom Rudolphs: Dieser Dom Rudolph taugte nichts, ein ungeschliffener preußischer Bauer von schlechtem Charakter, die Zunge einer Schlange – die Stücke in den Räumen, die gewöhnlich von den Beständen belegt waren. Dom Maximiliano begrüßte Gilberbert, erkundigte sich nach der Gesundheit Dona Sônias, und von den Anwesenden begleitet, begann er die Inspektion. Er blieb vor diesem Punkt stehen, der für das Bild der heiligen Barbara, der des Donners, bestimmt war. Unter dem aufmerksamen Blick des Architekten und der Angestellten hielt sich Dom Maximiliano damit auf, ihn zu betrachten.

»Stellen wir das Bild jetzt auf, Meister? Wo ist es?«

»Jetzt nicht. Wir werden es erst übermorgen aufstellen, ein paar Stunden vor der Eröffnung. Um zu vermeiden, daß Leute kommen und es sehen wollen und damit unsere Arbeit stören.« Um Einwände abzublocken, ergänzte er: »Es gibt Personen, denen wir den Zugang nicht verwehren könnten; das beste ist, jeden vorweggenommenen Besuch zu verhindern.« Er versuchte ein Lächeln und fuhr fort: »Die heilige Barbara ist gut aufgehoben.«

»Wo haben Sie sie aufgestellt, Meister? In der Kirche?«

»Nein. Weit von hier, in Sicherheit.«

Gilberbert Chaves betrachtete das Traggestell, das der Pförtner auf dem Fußboden abgesetzt hatte, und studierte die Einzelheiten: »Allein das Gestell ist schon ein Kunstwerk, eine Kostbarkeit. Es verdiente, ausgestellt zu werden.«

»In einer Ausstellung von Kunsthandwerk zweifellos, denn es ist wirklich ein Meisterwerk. In unsere paßt es nicht.« Dom Maximiliano wandte sich zum Pförtner um und ordnete an: »Verwahren Sie es im Lager, Almério, damit wir es zusammen mit dem Bild zurückgeben.«

Gefolgt von den drei Mitarbeitern, ging er durch die Räume, die Aufstellung der Stücke ging voran. Er lobte die Arbeit, doch im Vorübergehen nahm er Veränderungen vor, wechselte den Platz eines Kruzifixes, korrigierte die Stellung zweier Sockel, ließ einen Altar in den größeren Saal bringen. Einer der jungen Leute teilte ihm mit: »Ich vergaß zu sagen, daß der Vikar von Santo Amaro dreimal angerufen hat. Beim erstenmal fragte er, ob der Leichter schon angekommen wäre, ich antwortete mit ja und sagte, daß Sie, Meister, zum Kai gegangen wären, die Heilige zu holen. Er hat wieder angerufen, zweimal, und wollte wissen, ob Sie schon zurück wären. Es hinterließ eine Nachricht, damit Sie, Meister, anrufen würden, sobald Sie kämen.«

»Jetzt ist es sehr spät, es ist schon nach Mitternacht.«

»Er sagte, um welche Zeit auch immer.«

Nutzen wir das Stichwort, um darüber zu unterrichten, daß der Vikar von Santo Amaro auf den Namen Pater Teófilo Lopes de Santana hörte, aber alle Welt sagte Pater Téo, und Dona Marina, die Haushälterin, nannte ihn vertraut Teteo.

Gilberbert Chaves verabschiedete sich, die beiden jungen Leute nahmen die Einladung an und fuhren mit ihm, Dom Maximiliano blieb allein zwischen den Bildern, ging mit langsamen Schritten zurück, ließ den Blick auf jedem Stück verweilen. Eine wirklich außergewöhnliche Schau, bei wenigen Gelegenheiten ist in Brasilien ein ähnlicher Reichtum gezeigt worden: so viele Stücke, alle einzigartig. An Ehrenplätzen Skulpturen von Bruder Agostinho da Piedade und von Bruder Agostinho de Jesus und der Christus auf der Säule, erschütternd und faszinierend, von Chagas, dem Mischling, eine Leihgabe des Carmo-Museums. Nur in Minas Gerais wäre es dank Aleijadinhos Erbe möglich gewesen, etwas Vergleichbares zu realisieren. Dom Maximiliano spürte, wie ihm die Augen feucht wurden: Dies war sein Werk, Frucht seiner Arbeit, seines Wissens, seiner Liebe. Als der getrübte Blick jedoch auf dem leeren Sockel ruhte, der bestimmt war, das Bild der heiligen Barbara, der des Donners, aufzunehmen, krampfte sich das Herz des Mönchs zusammen.

Für ihn endete die fabelhafte, die unvergleichliche Ausstellung Religiöser Kunst in Bahia mit einem Mißgeschick, einem Mißerfolg, einem Unglück, sie setzte das Ende seiner Karriere fest, das Ende seines Lebens. Nein, er dachte nicht an Selbstmord, doch er dachte schon daran, zurückzutreten und zurückzukehren in die Zelle und in das Kloster in der Abtei São Bento.

Die wohnung – Hungrig: Seit dem kargen Mittagessen – ein Glas Milch, ein kleines Käseomelett, eine Mamão-Scheibe – hatte er keine Nahrung angerührt. Erschöpft von der Plackerei des Tages und dem Kummer der Nacht. Gequält stand Dom Maximiliano vor der steilen Treppe, die zum Dachboden führte, wo das Lager des Museums und die kürzlich gebaute Wohnung des Direktors waren: ein kleines Zimmer, ein geräumiger Raum, ein komplettes Bad. Meine Einsiedlerzelle, sagte er, das Lachen unterdrückend.

Im Zimmer übervolle Regale, Haufen von Büchern auf dem Boden, in fünf Sprachen, Latein nicht mitgezählt. Auf dem englischen Schreibtisch mit Geheimfächern die Reiseschreibmaschine, eine von den kleinsten, unbeschriebenes Papier, Federhalter, Bleistift und Radiergummi – er benutzte einen Bleistift, um die Texte zu korrigieren – und ein Brieföffner aus Jade, eine Erinnerung an China. In dem Raum zwei schwarze Ledersessel, modern, bequem. Ein kostbares Tischchen aus Jaqueiro-Holz, Arbeit und Geschenk des Handwerkers João dos Prazeres; darauf, in einem Uringlas aus dem siebzehnten Jahrhundert, weiß und blau, Steingut aus Macau, blühte ein Stengel seltener grüner Rosen, den die geschätzte Amtsschwester Amália Hermano Teixeira aus Goiás geschickt hatte. Historikerin, Museologin und Botanikerin. Schüssel und Krug aus portugiesischer Keramik, aus dem Kloster zu Mafra stammend, vom Künstler José Franco gebrannt, bemalt von seiner Frau Helena: blaue Blumen und Vögel. Eine handgearbeitete Samtdecke, ein Luxus, über einem Ehebett aus Elfenbeinholz.

Nicht ein einziger Druck, nicht ein Bild. An den Wänden

nur eine alte Fotografie zwischen zwei mit Büroklammern zusammengehaltenen Glasscheiben: in der Landschaft von schneebedeckten Tannen das deutsche Dorf; und in einem sehr alten, restaurierten Rahmen ein moderner farbiger Holzschnitt von Emanuel Araújo, ein muskulöser und geschmeidiger Kater auf Freiersfüßen in der brasilianischen Nacht. In der Ecke, auf einem Betstuhl aus der Kolonialzeit, eine recht große italienische Reproduktion des David von Michelangelo, dem Göttlichen.

Dom Maximiliano von Gruden betrat die Suite, *garçonnière de bon vivant*, Einsiedlerzelle, kniete neben dem Bett nieder, senkte den Kopf, so daß er fast die Samtdecke berührte, betete, schlug die Faust gegen die Brust, bat Gott um Verzeihung.

Giroflê

Vieles von dem, was während Yansãs Besuch in der Stadt Bahia geschah, wird man niemals erfahren: wo sie geschlafen hat, mit wem sie das süße Spiel gespielt hat, an welcher geliebten Brust sie den Kopf barg in der späten Stunde der Ruhe, des Schlafes der Tüchtigen. Nicht wegen der Dunkelheit, im Gegenteil, die übergroße Helligkeit ließ es nicht zu, mit den Augen, die die Erde eines Tages verschlingen wird, zu sehen.

Geschwätz, Gerüchte, Klatsch gab es zuviel auf Kultplätzen und in Universitäten, in Altarnischen, kulturellen Zentren, auf Rummelplätzen und Märkten. Prahlerei, widerspruchsvoll. Schwarz auf weiß hat es keiner erfahren. Reden, um zu reden, das kostet weder Mühe noch Geld.

Wie zum Beispiel die erlebte oder eingebildete Verwirrung des Fotografen Bruno Furer in Prosa und Vers glossiert wurde und schließlich zu einer vom Troubadour Rodolfo Coelho Cavalcanti niedergeschriebenen Kitschgeschichte wurde. Für die künstlerische Qualität der Arbeit des besagten Professionellen des Objektivs braucht man keine Reklame zu machen, sie ist zur Genüge und jedem bekannt. Es wird dennoch ein wenig verbreitetes Detail vermerkt: Furer ist heute zum Alleinvertreter des Malers Carybé (Hector Julio Páride de Bernabó, Name eines venezianischen Marquis oder eines Conferenciers aus Buenos Aires) geworden, dessen Werk zu dokumentieren ihm in jahrzehntelanger Arbeit gelungen ist – zu diesem Zweck reiste er von Pontius zu Pilatus, über die fünf Kontinente, durch die Einöden Patagoniens und den Winter von Leningrad, auf Rechnung des Pinselmagnaten.

Nun, in jener ersten Besuchsnacht, unter dem Arm eine riesige Mappe, vollgestopft mit Dias und Fotokopien, über die Schulter die beiden Kameras gehängt, von denen er sich niemals trennte, kam Bruno Furer gegen Mitternacht zum Hause Meister Carybés, um ihm das für den Londoner Händler bestimmte Material zu übergeben – eine Kollektion von fünfundvierzig Reproduktionen der neuesten Bilder und des Gemäldes von Iguatemi. Bruno war bei der letzten Leinwand, schrecklich müde, er hatte bis zu dieser Stunde gearbeitet, um den Auftrag zum festgelegten Termin fertigzustellen und zu übergeben – der Engländer würde am nächsten Morgen das Flugzeug nehmen.

Er fand das Haus leer, Carybé und Senhora Nancy waren zum Bankier Victor Gradin essen gegangen. Grace war gerade mit dem Modellieren einer Reihe von Keramikstücken fertig geworden, sie wollte die Meinung des Oberhauptes der Künste einholen, bevor sie sie in den Brennofen brachte: obschon Millionärin, war sie hervorragend in ihrem Fach. Da er nicht warten konnte und die unvernünftigen Gewohnheiten des Ehepaares kannte – niemals riegelten sie die Türen ab, sie glaubten nicht an Diebe –, trat Bruno ins Zimmer ein.

Carybés Villa in Boa Vista de Brotas wirkt eher wie ein Museum, von solcher Art und Klasse ist das, was darin zu sehen ist. Es genügt, an das spanische Altarbild aus dem sechzehnten Jahrhundert zu erinnern, das eine ganze Wand im Besuchszimmer einnimmt. Er bewahrt praktisch unversehrt die zwölf Originalbilder von Mejias El Zurdo auf, nur eins von ihnen, das siebente, ist ein wenig beschädigt. Ein außergewöhnliches Stück, das nur in Brasilien sein konnte dank einer Verschwörung von Freunden, an der sich Antiquitätenhändler, Schriftsteller, Unternehmer und Zöllner beteiligten – Luiz Forjas Trigueiros, Nuno Lima de Carvalho und sein Bruder, der Pater, der mächtige Journalist José Carlos de Vasconcelos, der Schauspieler Raul Solnado und der Bischof von Braga, außerdem Zollbeamte dreier Länder, deren Namen aus einleuchtenden Gründen der Sicherheit nicht genannt werden.

Wir werden hier nicht Kunstwerke anführen, die das Vermögen des Künstlers ausmachen, aber in der Absicht, eine blasse Vorstellung von der Wichtigkeit der Sammlung zu vermitteln, lohnt es sich, einige Dinge hervorzuheben.

Die griechische Karyatide, von dem Sammler João Agripino Doria aus São Paulo im Tausch erstanden gegen ein Ölbild und drei Aquarelle von der Hand des Hausherrn, und der kroatische São Jorge, eine Skulptur in Granit, monumentale Stücke, die sich im Atelier befinden. Im Speiseraum drei Votivbilder, von Toilete de Flora in der Mitte des vorigen Jahrhunderts gemalt, und die Ikonen: die russische, die mazedonische und die bulgarische, wobei die letzte ein Original des Ikonenmalers Krastu Zakhariev aus Triavna ist, 1824 datiert. São Jorge und São Dimitri gemeinsam, in roten, weißen und goldenen Tönen. Wie waren diese sehr alten orthodoxen Heiligen aus ihren so fernen Vaterländern, diese nicht exportierbaren Güter, in das Viertel von Brotas, nach Bahia, geraten? Die Frage bleibt ohne Antwort. Es schickt sich nicht, bei Geistlichen und Künstlern von Gaunereien zu sprechen, Machenschaften, Komplizen, Fälschungen, Bestechung und Schmuggel zu enthüllen. Das verursacht Verlegenheit. Carybé fehlte es nicht an List und Erfahrung, wie weiter oben der Kommissar der Zivilpolizei, eine fähige Autorität, schon mitteilte.

Ebenfalls auf illegalen Wegen war aus dem Ausland der prächtige Hausaltar gekommen, der von dem Maler in der Mansarde des herrschaftlichen Hauses der Urgroßmutter des bahianischen Politikers Manuel Castro entdeckt wurde. Carybé redete mit Engelszungen, honigsüße Worte, brachte den

Hausaltar im Gepäck mit, um ihn dem vornehmen brasilianischen Urenkel zu übergeben, bescheidenes Andenken an die portugiesischen Verwandten. Würde er nicht verletzt sein wegen dieser Gaunerei? hatte sich die Urgroßmutter beunruhigt. Opfer eines Rückfalls von Gedächtnisschwund, vergaß der Überbringer, das »bescheidene Andenken« auszuhändigen, bis heute weiß Castro nichts von der Existenz des Hausaltars. Er glich jedoch die Zerstreutheit aus, indem er ihm die neuesten Nachrichten und Einzelheiten von den unbekannten Familienangehörigen aus Übersee brachte, gastfreundlichen und sympathischen Adligen.

Niemand war durch die Schamlosigkeiten verletzt: Szenen aus dem Leben der ägyptischen heiligen Maria überzogen das Innere der Nische, von einem unbefangenen mittelalterlichen Künstler gemalt – naiven Künstler, korrigierte Professor João Batista während eines Essens mit Olivenspeisen zu Ehren des Geburtstages der jungen Senhora Nancy. Merkwürdige Szenen, schamlos, ausschweifend, um alles zu sagen. Sie stellten die Glückselige als ganz junges, fröhliches Mädchen zur Schau, wie sie im Bordell ihr Amt ausübte, ohne allegorischen Schleier, ganz und gar nackt; sie zeigten sie später, eine unglückliche Alte, mit einem groben Gewebe bedeckt, unter der Geißel büßend, in Wehklage und Blut.

Damit die Malereien gesehen und geschätzt werden konnten, wie es ihnen zukam, bewahrte Carybé den Altar leer und mit stets geöffneten Türen. Darüber hinaus belohnte er die ägyptische heilige Maria mit dem Posten der Schutzheiligen der Huren, so liebevoll im Harem, so brummig im Kloster.

Als er die Lichter des Kristallkronleuchters anzündete, um die Mappe mit den Reproduktionen und den Slides auf den Mittelfußtisch zu legen, stieß Bruno überrascht auf das Bild der Heiligen in der Nische, genauer gesagt, einer erstaunlichen heiligen Barbara: ein Wunder von einem Bild! Carybé hatte sie so in den Altar gestellt, daß sie die burlesken Züge der betrüblichen Biographie der ägyptischen verdeckte. Das hatte ihn nicht gekümmert. Wo und wie würde er sie bekommen haben? Das war kein Stück, das man bei einem Antiquitätenhändler entdeckte, ausgestellt zum Verkauf, und noch am Vorabend war sie nicht dort gewesen.

Er näherte sich, um sie besser bewundern zu können: Ohne Spezialist zu sein, wußte er genug über Antiquitäten, er lebte von Sammlern umgeben, es gab kaum einen Tag, an dem er nicht Reliquienschreine, Bilder, Möbel, Papierdrucke fotografierte – er stand vor etwas Sensationellem. Abrakadabrisch! hätte er gedacht, um seine Empfindungen zu definieren, wenn er den Ausdruck gekannt hätte, doch, da er ihn nicht kannte, dachte und rief er: Donnerwetter!

Er hatte den Eindruck, die Heilige schon gesehen zu haben. Wo, mein Gott im Himmel? Im Wagen, auf dem Wege nach Boca do Rio, wo er wohnte, kam ihm die Erleuchtung von Vieira, gelang es ihm, sie einzuordnen: Es war die heilige Barbara, die des Donners, das so berühmte Bild aus der Matriz von Santo Amaro. Wie zum Teufel sollte es in den Hausaltar gekommen sein, in Carybés Besuchszimmer?

Als er nach Hause kam, weckte er Gardênia, erzählte ihr, was er gesehen hatte, bat um ihre Meinung. Bei Carybé weiß man nie, sagte sie. Erinnerst du dich nicht an das Bild von Jenner, das er in Mirabeaus Büro geklaut hatte, zur Stunde des größten Betriebes, vor den Augen der Angestellten, und niemand hat es gesehen? Bei Carybé ist alles möglich. Aber daß er die heilige Barbara, die des Donners, vom Altar in Santo Amaro stiehlt, das ist zuviel, du bist verrückt geworden, ich kann das nicht glauben.

Später, im Morgengrauen, drang Pergentino Quarta-Série in den Garten des Hauses ein und brach Carybés Ateliertür auf. Er beabsichtigte, sich des Schatzes aus dem Morgenlande zu bemächtigen. Im Gefängnis hatte er in einem Vortragslehrgang, der das intellektuelle Niveau der Häftlinge heben sollte, von dem Essayisten Claudio Veiga die Behauptung gehört – und er hatte sie nicht in Zweifel gezogen –, daß in Carybés Atelier, in der Truhe von Goa, der Schatz des Orients verborgen war. Pergentino rühmte sich, kein Analphabet zu sein, das Gymnasium bis zum vierten Kurs besucht zu haben, die Oberstufe hatte er nicht zu Ende gebracht, weil der Vater gestorben war und er die Arbeit übernehmen mußte: gewagt, jedoch frei von festen Zeiten, von Einkommenssteuer und Chefs, denen man gehorchen mußte. Außer daß er gebildet war, war Quarta-Série Individualist.

Den Schatz Ali Babas an sich gerissen, hatte er eine andere Information, von Professor Veiga in der urkundlich belegten Vortragsreihe übermittelt, nicht in Betracht gezogen, und das bekam ihm schlecht: Präsident des Axé do Opô Afonjá, dem Candomblé der Mutter Aninha und der Mutter Senhora, der Einzigartigen, der Babalaôs Martiniano Eliseu do Bomfim, Edison Carneiro und Pierre Farumbi Verger, der Weisen – saravá! –, ist Carybé einer der zwölf Obás von Bahia, er nennt sich Obá Onã Xocun, auf dem Kultplatz setzt er sich zur Rechten der Mutter Stela de Oxóssi, der Jyalorixá.

Der unerwartete Besucher, dessen Augen gewohnt waren, im Dunkeln zu sehen, eine berufliche Notwendigkeit, erkannte schwach die Gestalt einer schlafenden nackten Schwarzen auf der Holzbank. Einen Fuß vor den anderen setzend, näherte er sich: Bildschön! Sie schien ihm eine Göttin, doch er erkannte Oyá Yansã nicht - wie sollte er sie vermuten? Im Atemrhythmus erzitterten die Brüste ungeniert, und das hoheitsvolle Hinterteil ragte über die ziemlich weiten Grenzen des improvisierten Bettes hinaus, ein Hinterteil, jeden Sterblichen verrückt zu machen. Quarta-Série wurde verrückt, niemals hatte er solche Freigiebigkeit gesehen. Vor allem zogen ihn die halbgeöffneten pupurroten Lippen an, die Zähne zum Beißen zeigten, und das Büschel der Haare, die den Mund der Barmherzigkeit umgaben, die schönsten Dinge!

Die Stange hart, vergaß Pergentino Quarta-Série die Truhe von Goa und den Schatz des Morgenlandes, öffnete den Hosenschlitz der Jeans und bereitete sich zum Handeln vor: diese Modelle, die nackt für Maler posieren, sind leicht ins Bett zu kriegen, sie schlagen keinen Krach, machen keinen Skandal wegen solch einer Kleinigkeit. Im übrigen war sich Quarta-Série seines Wertes bewußt: Er war der Liebling der Braunen und Blonden von Matatu de Brotas.

Er kam nicht einmal dazu, die Dame zu berühren, die Wärme und die Zärtlichkeit des Mundes und der Liebesgrotte zu spüren, denn im gleichen Augenblick, da er die Rute ergriff, sprang der in Granit gehauene São Jorge, ohne von seinem weißen Pferd zu steigen, vom Feuerdrachen gefolgt, aus der Höhe des Regals zu ihm herab, ging mit der auf den Sack und die Rute des Dienstmädchenliebhabers gerichteten Lanze zum Angriff über.

Flink wie ein Gedanke, eine andere berufliche Notwendigkeit, erreichte Pergentino in einem Satz die Tür, stürzte die Treppe hinunter, São Jorge, in der offensichtlichen Absicht, ihn zu kastrieren, hinter ihm her. Eingehüllt in die Flammen des Drachens, wahnsinnig geworden, schreiend und um Hilfe rufend, rannte Quarta-Série durch den Garten, erreichte die Straße, erst auf der Bezirkswache, auf der er sich stellte, hörte er auf zu rennen. Man hielt ihn für betrunken, und da man ihn kannte, ordnete der Stellvertreter des Kommissars an, man solle ihn unter die Brause stellen und ihm eine kalte Dusche geben.

Was den Fotografen Furer betrifft, so wurde er, da er am folgenden Tag plauderte, zu Kommissar Parreirinha auf die Wache für Raub und Diebstahl gerufen, um auszusagen. Ein alter, gerissener Hund, bestätigte er die Geschichte ohne Kopf noch Fuß nicht: Wenn sie im Munde des Volkes war, so war es nicht seine Schuld. Ach, wer es ihm möglich machte, dem Bild der heiligen Barbara, der des Donners, zu begegnen, ob sie sich im Hause Carybés oder wo auch immer zeigte, um sie nach Belieben fotografieren zu können, er wünschte sich nichts anderes. Wenn Sie herausfinden, wo sie ist, bitte rufen Sie mich an, Herr Kommissar, ich komme mit der Leica angerannt.

In der frischen Luft auf einer Bank in den Gärten der Philosophischen Akademie von Bahia sitzend, faßte der Poet Carlos Cunha, nachdem er die Gerüchte gehört hatte, das Durcheinander in einem Wort zusammen: Giroflê. Wenn jemand das Warum des Reimes wissen möchte, so braucht er nur den Dichter um den Schlüssel des Rätsels zu bitten.

Brautstand und Hochzeit

VERSPRECHEN UND SCHULD – Es wurde versprochen, auf einer gewissen Höhe der Handlung die Spitze des Schleiers zu lüften, mit dem Adalgisa ihr eheliches Leben bedeckte.

Wir wollen die Einschränkungen enthüllen, die die Religion Danilo Correia auferlegte, einem feurigen und unterdrückten Vierziger, Schreiber in einem Notariat, Ex-Hoffnung des ganzen bahianischen Fußballs: Einen Tag früher oder später würde er zur brasilianischen Auswahlmannschaft berufen werden, prophezeiten die Fachchronisten in seiner Glanzepoche.

Die Stunde ist gekommen, das Versprechen einzulösen, die Schuld zu bezahlen, während die Polizei – die Zivile, die des Staates und die der Erzdiözese, eine jede mit eigenen Spuren und Theorien – versucht, die Koordinaten herzustellen, die imstande sind, sie zu den Dieben zu führen und das Bild der heiligen Barbara, der des Donners, wiederzuerlangen. Werden die gerissenen salvadorianischen Sherlocks das Komplott aufdecken, die Verantwortlichen ins Gefängnis bringen, Dom Maximiliano von Gruden aus der ewigen klösterlichen Verbannung, von der er sich bedroht sieht, retten?

Dom Maximiliano leidet an Klaustrophobie, er wurde für die weiten Räume des Zusammenlebens, des gelehrten Gesprächs und der lustigen Plauderei, der Auseinandersetzung, der Zusammenkunft, der Abendgesellschaft geboren, für Gerücht und böse Zungen, für den Glanz der Gesellschaft. Einer der beständigsten Namen in der Rubrik Gesellschaft, von July, in »A Tarde«, wo der Chronist die Mode diktiert, Sonne und Regen befiehlt.

Man wird die Ergebnisse, hoffentlich positive, der Untersuchungen und Nachforschungen, die Bestätigung irgendeiner der Theorien oder aller Theorien schon erfahren. Doch da es noch nichts Konkretes gibt bei der Verfolgung der Gauner, über die Spur der Heiligen, wird die Ruhepause für Schwindel und Klatsch, für Verleumdung genutzt. Verwicklungen von Liebschaften und Liebenden, Handlungen von Leid und

Glück, von Sehnsucht und Jubel, Melodrama und Happy-End.

Der träumer – In einer blauen Pyjamahose mit kürbisfarbenen Streifen, die Brust entblößt, behaart, kommt Danilo aus dem Badezimmer, wo er gerade die Zähne geputzt hat. Im Bett, in die Laken eingerollt, schließt Adalgisa die Augen.

An müßigen Nachmittagen im Bordell, neben Danilo auf der weichen Matratze aus Wollbaum ausgestreckt, flüsterte Isabel Boca de Ouro, während sie mit der Hand leicht durch die schwarzen Haare fuhr: »Das ist wie Samt berühren, das weckt in mir eine Erregung . . .« Adalgisa berührt selten die Brust des Ehemannes, und sie weiß nicht, was Ausdrücke wie eine Erregung empfinden oder wecken, einer Senhora unwürdig, bedeuten.

Danilo hat die Brille auf den Nachttisch gelegt, die Pantoffeln nebeneinandergestellt. Er geht ins Bett. Bevor er das Licht am Kopfende löscht, hebt er die Decke hoch und betrachtet, mit der gleichen Gier wie in der ersten Nacht, Adalgisas Hinterteil, das der Schlüpfer zu verbergen sucht, ohne daß es ganz gelingt – Schlüpfer, ein nicht mehr gebrauchtes Wort, Bezeichnung für einen antiquierten Lumpen, aus der Mode, in einem feinen Geschäft schwer zu finden. Über Adalgisa gebeugt, bittet Danilo – um nichts anderes als das Alltägliche –, sie verweigert: »Heute nicht, ich habe schon gebetet.«

Danilo versucht noch, sich zu nähern, den Körper anzuschmiegen, sie zu umarmen, Adalgisa rückt ab, legt sich auf den Bauch, Brüste und Scham schützend: »Wenn du nicht beten willst, bekreuzige dich wenigstens vor dem Schlafen. Ketzer.«

Heftig stößt sie den Arm des Ehemannes zurück: »Nimm die Hand da weg. Schweinigel!«

Im Traum schnappt er sie sich, nur ein Traum. Das geht seit neunzehn Jahren so, die Zeit der Ehe.

Der schlappschwanz – Neunzehn Jahre Ehe, ein Jahr Verlobung, abgesehen von den Monaten der Werbung, zwanzig Jahre der Entbehrung. Danilo Correia, gut aussehender Mulatte, sanfter Natur, ruhig und höflich, den die Freunde weiter Príncipe Danilo nannten, nicht mehr wegen der Dribblings und Tore, sondern weil er gut angezogen und wortgewandt war, er mußte auf Schnaps und Huren zurückgreifen, heilige Mittel für Leiden dieser Art.

Warum hat ein so zärtlicher und liebenswerter Mensch sein Schicksal an einen so strengen und schmähsüchtigen Rockzipfel gekettet? Nun, warum! Die Dreißig überschritten, dicht an den Vierzig war Adalgisa trotz des Widerstrebens eine appetitliche Frau in den besten Jahren, ein gut gebautes Weib. Wenn sie eins der Sonntagskleider aus dem Schrank nahm und es anzog, um zur Zehn-Uhr-Messe in die Piedade zu gehen, zu eleganten Kundinnen, zum Essen in die Wohnung Doktor Artur Sampaios - steinreicher Freund Danilos seit der Schulbank –, zu den Tanznachmittagen des »Spanischen Klubs«, beim Flanieren auf der Straße, immer zog sie gierige Blicke auf sich. Wiegende und ungewöhnlich üppige Hüften. Ein unwirsches Frauenzimmer, ein heiliges Hinterteil, prächtig, meditierte Professor João Batista, als er sie an der Haustür sah, wie sie die Menschheit angriff und drohte, der Nichte das Fell über die Ohren zu ziehen.

Er suchte weniger beim Schnaps Zuflucht als bei den Huren. Es mangelte nicht an Leuten, die halb im Ernst, halb im Spott, in lobendem oder tadelndem Ton, die meisten sich vor Neid zermürbend, auf den Eifer anspielten, mit dem Príncipe Danilo die Mädchen besuchte, mindestens zweimal in der Woche: Spätnachmittage im Bordell, sich ergötzend. In den letzten Bordellen von Bahia, verdienstvollen Akademien, auf dem besten Wege, auszusterben.

Nachbar und Partner bei den Steinen des Tricktrack, auf dem Dame-Brett, gleichermaßen heimisch in diesem liederlichen Lebenswandel, war es Professor João Batista gewohnt, mit Danilo Eindrücke auszutauschen über Benehmen, Aussehen und andere Einzelheiten, über die Tugenden und Geschicklichkeiten der Bordellbewohnerinnen, die beide kannten und schätzten. Niemals hatte er jedoch gewagt, ihm eine Frage zu stellen, die ihm auf der Zunge brannte: Wie erklärte man sich, daß man ihn so oft in den Bordellen sah, da er zu Hause eine Frau von der Kategorie Dona Adalgisas zur Verfügung hatte, ein Prügel, das Gewerbe zu schließen, diese Entweihung. Wenn er, João Batista de Lima e Silva, statt Junggeselle zu sein, mit einem ähnlichen Prachtweib verheiratet wäre, würde er kein Geld im Hurenbett verschwenden, er würde zu Hause das Alltägliche und das Besondere essen, die Vorspeise, das Hauptgericht und den Nachtisch. Dona Adalgisa, verwegene Brüste, märchenhafte Hüften, Prachtweib, üppiges Bankett, *repas exquis*.

Niemals fragte er, niemals wußte er ganz sicher, wenn er auch an einem gewissen Punkt der Ereignisse mißtrauisch wurde, welches die Gründe waren, die das ausschweifende sexuelle Leben des vortrefflichen Nachbarn regierten. Ein vortrefflicher Nachbar, in der einmütigen Meinung der Avenida da Ave-Maria.

Damiana hielt Danilo für einen Heiligen, der Altar und Kult verdiente, denn einzig und allein ein Heiliger könnte die schlechten Eigenarten, die Launen Adalgisas ertragen – ich an seiner Stelle würde sie in die Tiefen der Hölle schicken, wo sie zerbersten sollte. Alina, die Nachbarin von der anderen Seite, fand eine göttliche Erklärung für Danilos Geduld: Sie ist die Buße, die Gott ihm auferlegte, dem Ärmsten. Während ihr Ehemann, Deolindo, Unteroffizier bei der Militärpolizei, ein kämpferischer Protz, die absurde Toleranz Danilos kritisierte, er sei ein Schlappschwanz. Die Frau hatte die Hosen an, befahl und widersetzte sich, sie tat, was sie wollte und für gut hielt, und obendrein forderte sie noch die Geduld der Leute heraus, diese Hurentochter. Wenn ich an seiner Stelle wäre, würde ich zweimal schreien, zwei Ohrfeigen austeilen, alles angemessen festsetzen. Mit einer Frau darf man nicht verhandeln, die geringste Dreistigkeit zulassen. Wenn der Mann einen Finger bietet, nimmt die Frau gleich den ganzen Arm. Mit mir nicht, mein Lieber.

Deolindo, ein herausforderndes, sich aufspielendes Männchen, Donnerstimme, unfreundliches Gesicht. Alina hörte schweigend zu, dem Anschein nach gleichgesinnt und ergeben, im Innersten über die Hörner des Ehemannes lachend; so großspurig er war, so zahm war er auch, der größte Geweihträger aus der Briosa.

Eine Schweigeminute – Auf Bitten einflußreicher Persönlichkeiten dieses Unternehmens – des Professors João Batista de Lima e Silva, des Journalisten Leocádio Sima, des unglücklichen Príncipe Danilo und anderer, deren Namen aus verständlicher Diskretion nicht genannt werden, eifrige und dankbare Besucher der zum Verschwinden verurteilten Bordelle, durch Motels großer Betriebsamkeit und Massagehäuser übertroffen, aber nicht ersetzt – wird eine Pause eingelegt, eine Schweigeminute zum ehrenden Gedenken an diese angenehmen Orte des Zusammenlebens und der Unterhaltung, bestimmt zur ergötzlichen Ausübung der Hurerei.

In den Bordellen der Stadt Bahia vergnügten sich aufeinanderfolgende Generationen von Reichen, Armen und nicht Unbemittelten, Bürgern aller Berufe und Ideologien, Lehrern und Studenten, Künstlern und Kunsthandwerkern, Buchhaltern und Bankiers, Kaufleuten und Verkäufern, Hochwürden und bescheidenen Priestern, Farmern, Abgeordneten, Persönlichkeiten aus Politik und Beamtentum, hohen Offizieren und Unterleutnants, Ärzten, Zahnärzten, Tierärzten, Apothekern und Ingenieuren, kurzum, Adel, Klerus und Volk. Als demokratische und kulturelle Institutionen wirkten sie mit an Erziehung und guten Sitten, einige von ihnen würden sicherlich die Aufnahme ins Patrimônio Histórico e Artístico verdienen. Erinnern wir uns mit Sehnsucht und Seufzern an das Bordell von Josette la Rouquine, die Nachahmung eines *maison close* und eines literarischen Salons, wo der Dichter Bráulio de Abreu, Verfasser von Sonetten seltener Reime, zelebrierte.

Unter der mütterlichen Anweisung erfahrener Bordellbewohnerinnen empfingen und unterhielten die Mädchen die

Kundschaft, servierten Bananenkompott in Scheiben, Pitanga- und Kakao-, Rosen- und Veilchenliköre, in Papierfiltern von Nonnen in den Klöstern gefiltert. In wohlriechenden Laken durchlief man mit Sachkenntnis, Phantasie und Wohlwollen die unendliche Skala der Freuden, der Zärtlichkeiten, die vorbereiten, entfachen und zum höchsten Augenblick führen, in dem Leben und Tod sich vermischen.

Viele kamen und suchten in der Stille der Bordelle, im feurigen Schoß der Konkubinen die Entschädigung für die Wonnen, die moralische Vorurteile ihnen im ehelichen Bett verweigerten. Sie kamen ausgeruht heraus, entspannt, hatten die Lebensfreude wiedergefunden. Womit die Harmonie der Gatten, die Stabilität der Ehen, die Beständigkeit der Familieninstitution gesichert wurde, eine Grundlage der christlichen und westlichen Gesellschaft, na also.

Man zahlte einen übertriebenen Preis für einen schlecht verstandenen Fortschritt: Vernichtung, Gewalt, Zerstörungswut. Man identifiziert Wachstum mit Entwicklung, der Mensch wird zur Einsamkeit der Motels, der Massagehäuser verurteilt, die Lebensfreude wird degradiert.

In den Bordellen, es ist noch nicht lange her, übten Künstlerinnen größter Kompetenz, einheimische und ausländische – ach, die romantischen Französinnen, die geheimnisvollen Polinnen –, das unsterbliche Amt der Anmut und Phantasie aus, Priesterinnen der Wollust, wie die Literaten geschrieben haben. In den *hôtels-de-passe* ist alles häßliches Geschäft, Pornographie und Lieblosigkeit, *les marieuses* und *la délicatesse* sind vorbei.

Nicht einmal, indem er *hôtels-de-passe* und *délicatesse* sagte, in Französisch, der Sprache der erotischen Praktiken, der Raffinesse im Bett, der Liebesdinge, nicht einmal so gewöhnte sich Professor João Batista, verführter Bordellbesucher, an die Motels, an die Massagehäuser, Ladentafeln, auf denen die Konsumgesellschaft mit Sex handelt, in den Grenzen des Lasters und der Angst. Der Romanze, des Bananenkompotts in Scheiben, des Nonnenlikörs, des Salons der Unterhaltung und des Liebeswerbens, der Poesie beraubt. Ach, die guten alten Zeiten!

DER SPIELER – Obwohl der schmeichlerische und wortreiche Sylvio Lamenha in der Rubrik »High Society« des »Diário de Notícias« die »Vermählung der anmutigen Zigeunerin Adalgisa, reizende Zierde der hiesigen Gesellschaft, einem Lorca-Vers entsprungen, heißgeliebte Tochter unseres Abonnenten, des Caballeros Don Francisco Romero Perez y Perez, führende Persönlichkeit der verdienstvollen iberischen Niederlassung, mit dem eleganten Danilo Correia, dem beliebten Príncipe Danilo, bedeutender Athlet in den Fußballkämpfen der Spielautomaten«, gebührend hervorgehoben hatte, war die Zeremonie einfach und wurde in der Intimität der Wohnung des Brautvaters, ohne kirchlichen Pomp vollzogen. Da die Lage heikel war, erlaubte sie keine leichtsinnigen, verschwenderischen Kosten.

Um Paco Negreiros Finanzen stand es schlecht, es wurde schlimmer und schlimmer. Das Spiel fraß den Kolonialwarenladen auf, verbrauchte die Aktien der Banco Econômico und die der Banco da Bahia, die Obligationen vom Tesouro; die Dürre trug dazu bei, die Rinderherde zu dezimieren. Paco hatte die rissige Schale der Fazenda für einen Pfifferling verkaufen müssen. Die Fazenda Catalunha, ein teures, flüchtiges, gescheitertes Abenteuer, pure Angeberei. Die Eitelkeit, sich in der Pokerrunde des »Englischen Clubs« als Landbesitzer zu rühmen, als Baumwollpflanzer und Viehzüchter, Kollege des Kakaoplantagenbesitzers Raimundo Sá Barreto, des Latifundisten Almir Leal und anderer Landbesitzer, der Mächtigen der Welt. Äußerst selten hatte er den Fuß auf jene verlorenen Schollen im Sertão gesetzt: Die Fazenda Catalunha hatte einen einzigen Nutzen gehabt, sie hatten den Flitterwochen von Dolores und Eufrásio gedient.

Als jüngere Schwester hatte Dolores sehr früh geheiratet, zwei Jahre vor Adalgisa, inmitten von Prunk und überstürzt. Der Segen der Catedral Basílica wurde von Seiner Hochwürden, dem Bischof von Aracaju, gegeben, einem Freund der Familie Perez, auf der Durchreise in Bahia. Orgelmusik, Frauenchor, Hochzeitsmarsch von Mendelssohn. Der Zug durchquerte das Kirchenschiff zwischen Körben mit echten Blumen, voran ein halbes Dutzend Engelchen, herzige Kinder, drei Mädchen, drei Jungen, Orangenblüten auf dem Wege der Braut ausstreuend, Ehrendamen trugen die sehr lange Schleppe des Kleides aus weißem Organdy, über und über bestickt, jungfräulich. Dolores am Arm des Vaters, Andreza in Tränen aufgelöst, goldene Ringe, alles, wie es die Modezeitung vorschreibt. Vor der Kirche drängten sich Neugierige, um zu sehen. Trotz der Aufregung, der Eile, mit der die Hochzeit beschlossen und durchgeführt wurde, war es Doña Esperanza Trujillo gelungen, ihr all jenen Aufwand zu verleihen, eine ungewöhnliche Gala, und niemand wunderte sich: Man kannte ihre Tatkraft.

Die Rennerei war der Tatsache zu verdanken, daß Dolores im zweiten Monat schwanger war. Sogar bevor sie verlobt waren, hatte Eufrásio, gut in der Serenade und flink, ihren Resonanzboden hinter dem Leuchtturm von Barra vernascht, ein günstiger Ort: Damals wohnten die Perez noch in einem eigenen Haus, einer Villa mit Veranda in Barra, das Meer vor Augen.

Auch die Villa löste sich in Schulden auf, von dem aufsehenerregenden Reichtum blieb nur der Trödler, in Água dos Meninos ausfindig gemacht, in den Paco, als stiller Teilhaber, aus Spaß Geld gesteckt hatte, um einem jungen und unternehmungslustigen Landsmann, Javier García, zu helfen. Der Landsmann hatte sich mit dem Geschäft befaßt und es aufblühen lassen.

Javier García spielte nicht, er war allergisch gegen Casinos, Cabarets, Bars und Bordelle, er ging die Ladeira de Água Brusca zu Fuß zweimal am Tag hinauf und hinunter, um die Centavos für die Bahn von Pilar zu sparen. Er war vor sieben Jahren mit leeren Händen aus Teneriffa gekommen, er vergrößerte seine Ersparnisse durch Haushalten und Entbehrungen und mit den geschickten fünf Fingern, wodurch er den kapitalistischen Teilhaber in den Hintergrund drängte. Javier García war kein Spieler, er war ein Gauner.

Die predigt – Ohne Pomp, ohne Basilika, ohne Bischof, war auch Adalgisas Hochzeit kein Fehlschlag, kein Fest von armen Schluckern, man hatte den Schein gewahrt.

Ein übervoller Tisch mit Süßigkeiten und Gesalzenem, köstlichen Getränken: spanische Weine und Kognaks, Manzanilla und Jerez. Man stieß mit Champagner auf das Glück des Brautpaares an. Das Ehepaar Amélia und Benito Fernandez, Trauzeugen auf dem Standesamt, hatten außer einem wertvollen Geschenk, ein schönes Service zum Abendessen, ein halbes Dutzend Flaschen Champagner geschickt. Halt, was ist das, Champagner? Champagner ist ein im brasilianischen Süden hergestelltes Getränk, da es sich um *vin blanc mousseux*, französisch, handelt, muß man *Champagne* schreiben und sprechen, wie Professor João Batista de Lima e Silva uns lehrt: um Verwechslungen zu vermeiden, die aus der Überteuerung des Lebens und der Verderbnis des Gaumens folgen.

Die Zeremonie begann um fünf Uhr nachmittags an einem Sonnabend im Mai, nachdem die Stunde Verzögerung, die bei eleganten Ereignissen zum guten Ton gehört, vorüber war. Es wäre korrekter, von Zeremonien zu sprechen, der religiösen, abgehalten von Hochwürden Gaspar Sadock, und der standesamtlichen, geleitet von Doktor José Alves Ribeiro, Familienamtsrichter. Es erschien nicht die Riesenmenge von Leuten, die die Kathedrale zwei Jahre zuvor umlagert hatte, zur Hochzeit von Dolores, doch die Wohnung in Graça war trotzdem von Gästen überfüllt. Paco Negreiro wurde wegen seiner guten Eigenschaften geachtet und nicht nur wegen des Geldes, das er schon nicht mehr hatte. Abgesehen davon, daß es gemietet war, war das Appartement klein. Die Anwesenden drängten sich im Wohnzimmer, drangen in die Schlafzimmer ein, schnüffelten in der Küche herum, während sie über den Niedergang des Vermögens von Paco Perez y Perez tuschelten. Spiel und Ruin bilden ein unzertrennliches Paar, wetterte sonntags der beredte Pater Barbosa von der Kanzel der vornehmen Vitória-Kirche: Einen besseren Beweis gab es nicht.

Ein duftiges Tüllkleid im Renaissancestil, Modell und Anfertigung von Maria Zilda, ein Geschenk des Ehepaares Cotrim, Lourdes und Jonas, kirchliche Trauzeugen, Schleier, Kranz, Orangenblüten im Überfluß, die Jungfräulichkeit der Braut bezeugend – diesmal war die Jungfräulichkeit der Verlobten echt: Sie war nicht schwanger, und nicht einmal die Schwanzspitze des turtelnden Verlobten hatte ihre unversehrte Grotte leicht berührt. Er hatte die Früchte der Wollust nicht gekostet, eine Sache, die selten ist in unseren fortschrittlichen Tagen, eine Tatsache, die der Erwähnung und des Lobes würdig ist.

Adalgisa wischte eine Träne ab, als Hochwürden in seiner Rede an zwei kürzlich verstorbene fromme Geschöpfe erinnerte: an die Mutter der Braut, die gute Andreza, und an die geliebte Patin, die beschützende Fee, Dadás Lehrerin, Doña Esperanza Trujillo, »Schafe aus der Herde des Herrn, der sie in seinen Schoß gerufen hatte, von wo aus sie die Tochter und Schülerin am glücklichen Tag der lieblichen Vermählung segneten«. Hochwürden Gaspar Sadock, unübertroffen in einer Hochzeitspredigt.

Das Brautbukett – Eine zu langatmige Predigt in Danilos kritischer Meinung. Die gleiche Einschränkung machte er zur ausgefeilten Ansprache des Doktor Juiz, eines bedeutenden Poeten, der Adalgisa mit solchen und so vielen Lobesworten auf die »blendende, verschwenderische, brasilianische Schönheit, hervorgegangen aus dem Schmelztiegel, in dem die Rassen sich vermischen« verwöhnte, die eher eine Liebeserklärung zu sein schien; als Bräutigam könne er Verdacht schöpfen: Poeten verdienen kein Vertrauen. Danilo trat von einem Fuß auf den anderen.

Es handelt sich nicht um die Kraft des Ausdrucks: Die neuen Lackschuhe drückten ihn an den Füßen, die Stunde, sie auszuziehen, war nicht abzusehen. Er sah die Stunde nicht, da er mit Adalgisa allein wäre in dem Häuschen am Strand in Morro de São Paulo, gemietet von einem Freund des Schwiegervaters, dem reichen Industriellen Fernando Almeida, damit sie dort die Flitterwochen genießen könnten.

Nachdem die Zeremonien vorüber waren, begann das Anöden mit Glückwünschen: Die Reihe machte die Runde durch das Zimmer. Küsse für die Braut, Umarmungen für den Bräutigam, zwei Wörtchen, Gratulationen, Glückwünsche, anzügliche Witze, nicht enden wollend. Danilo hört Wünsche und Spott, dankt, lächelt, umarmt, läßt los, die Gedanken fern.

Fern, nein. Die Gedanken nah, denn er denkt an nichts anderes als an Adalgisas Jungfräulichkeit, hier, neben ihm, in seiner Reichweite. Die so behütete Jungfräulichkeit hat jetzt freien Zugang, volles Recht nach dem Segen des Paters und der Unterschrift des Standesbeamten auf der Heiratsurkunde. Endlich – Gott ist mehr! – wird er Adalgisa vernaschen. Die Jungfräulichkeit und den Rest.

Adalgisa zwischen Küssen und Tränen, zweideutigem Gekicher der Freundinnen; Neid und Witz und Bosheit entwikkeln sich im Raum, als die Glückwünsche vorüber sind, von Gast zu Gast, von Freundin zu Freundin. Danilo erträgt so viel angestaute Erregung nicht mehr. Aber er muß für das Bild posieren. Für die Bilder: den Arm reichen, den Ring aufsetzend, die Braut küssend. Im Augenblick des Kusses hält er es nicht mehr aus, alles ergießt sich.

Adalgisa trennt sich von dem Bukett aus Orangenblüten, wirft es in Richtung der erwartungsvollen Gruppe der unruhigen Heiratsfähigen: Diejenige, die das Bukett fängt, wird im Laufe des Jahres heiraten.

Das ehrbare Mädchen – In einem Jahr Verlobungszeit kommt, so wurde schon bemerkt, durchweg irgendeine Schweinerei vor, so schamhaft und hartnäckig das Fräulein auch sein mag: Hand auf den Brüsten, Knüppel an den Schenkeln. Wenig fehlte daran, daß die Verlobungszeit von Adalgisa und Danilo der hier genannten allgemeinen Regel entkam. Sie dauerte ein Jahr, fast auf den Tag, vom Datum des

Antrages bis zur Hochzeit: Dadá kam als Jungfrau zu dem im Wohnzimmer improvisierten Altar, und sie kam fast makellos, so spärlich war die Ausschweifung gewesen.

Nicht aus Mangel an Gelegenheit: Es gab reichlich Möglichkeiten. Die beiden blieben den größten Teil der zwei Stunden von acht bis zehn Uhr abends allein, während derer sie täglich ihre Verlobungszeit auskosteten, indem sie über Filmpremieren, Rundfunkprogramme, neue Musik, Sänger und Sängerinnen sprachen – Adalgisa schwärmte für Angela Maria, Danilo zog Dalva de Oliveira vor, beide Anhänger von Elizete Cardoso –, sich an Schüsse der glänzenden Fußballaufbahn der Ex-Kanone von Ipiranga erinnerten, Zukunftspläne schmiedeten. Paco Negreiro ging in die illegalen Casinos, Schlupfwinkel zweifelhafter Rouletts, gezinkter Karten: Die Spielsäle des »Palace Hotels« und des »Tabaris«, in sehnsüchtiger Erinnerung, gab es bereits nicht mehr. Danilo kam, Paco ging, sie sagten sich guten Abend, tauschten ein freundliches Wort, Andreza sicherte die Wache über die Verliebten für ein paar Minuten, dann verließ sie sie, es blieb noch eine Menge zu tun, sehr viel.

So saßen sie allein auf dem Sofa im Wohnzimmer, wenn sie nicht Hand in Hand eine Runde spazierengingen, die sie ausdehnten bis zum Bahianer Tennisplatz, zum Jachtklub, während sie den ins Meer getauchten Vollmond von der Höhe der Jesuitenresidenz an der Ladeira de Santo Antônio da Barra bewunderten, günstige Orte für eine Liebschaft, empfehlenswert. Im Stockdunkeln oder im Mondschein hätte Danilo Adalgisas Feige in der größten Ruhe vernaschen können, ohne das Risiko einer Störung, fern von indiskreten Blicken, wenn sie eingewilligt hätte – Dadá willigte nicht ein.

Sich vor der Ehe hinzugeben, daran wollte sie nicht einmal denken, sie würde den Tod vorziehen. Dolores' Beispiel, die sich beeilt hatte, die Beine breit zu machen, griff nicht auf Adalgisa über. In diesem besonderen Fall und in vielen anderen waren die beiden Schwester wie Wasser und Feuer, sie dachten und handelten in einer mehr als unterschiedlichen Art, völlig entgegengesetzt. Mit siebzehn Jahren hatte Dolores einen Sohn zur Welt gebracht, sie hatte geheiratet, als sie mir Perivaldo schwanger war, der nur kurze Zeit den schönen, am Taufbecken erhaltenen Namen genoß: Er starb mit acht Monaten an der Ruhr.

Sich den Zweiundzwanzig nähernd, die Ältere, an der Schwelle zur alten Jungfer, weil sie als eingebildet und stolz galt, verriegelte sich Adalgisa in ihren Prinzipien, die sie von der Patin, Doña Esperanza Trujillo, einer duldsamen und unbescholtenen Witwe, geerbt hatte. Die Prinzipien diktierten ihr Verhalten, Doña Esperanza hatte sie erzogen, eine Senhora zu sein. Dadá gab nicht nach. Das Getöse der sexuellen Revolution ließ sie gleichgültig, sie nahm die Pille nicht zur Kenntnis. Ein ehrbares Mädchen – kommentierten die Gevatterinnen in den Kirchen.

HAND AUF DEN BRÜSTEN, PRÜGEL AN DEN SCHENKELN – Was Genuß, Ausschweifung, Unkeuschheit und Zügellosigkeit im eigentlichen Sinne angeht, so war die Zeit des Verliebt- und Verlobtseins äußerst zurückhaltend, wenig erregend, sehr platonisch. Wäre die Liebste, die Verlobte, eine andere gewesen, und Danilo, ein hübscher Bursche, der Príncipe Danilo der Fußballstadien, Idol der Menge, umworben von der holden Weiblichkeit, wäre wie Baba-de-moça und Biskuitkuchen behandelt worden, aber Dadá ging bei dem täglichen Treffen nicht über Küsse hinaus: Je näher der Abschied kam, desto länger und glühender wurden sie, beim Weggehen dieser Schmatz wie im Film. Küssen gefiel ihr.

Die Hand auf den Brüsten gab es sicherlich, in Augenblikken größter Freigebigkeit. Im allgemeinen die Hand auf dem Kleid, niemals unter dem Hemd, geschweige denn unter dem Büstenhalter. Auf den Schenkeln auch, sehr selten. Fast immer über dem Unterrock; das eine Mal im Leben, das andere im Tode, über dem Schlüpfer, wobei er die Umrisse der Mooskuppe erreichte, die er als gut behaart mehr erriet, als daß er es feststellte. An einem Tag größter Verwegenheit und unerwarteten Einverständnisses fühlte er sie feucht – was genügte, ihn Wonne empfinden zu lassen und die Unterhose zu überschwemmen. Ohne zu warten, bis er nach Hause kam, wie sonst, für die dringende Erleichterung, oder ins Dirnenviertel, um sich in ein Mädchen seiner Beziehungen zu entladen. Er war beliebt im »Maciel« und in der »Gameleira«, der Liebling der Huren.

Den Knüppel auf den Schenkeln, die unternommenen Versuche während dieses Jahres der Bemühungen und der Enthaltsamkeit konnte er an den Fingern abzählen. Adalgisa erschrak beim Kontakt mit der eisernen und ungeduldigen Rute; sie schreckte jäh zurück, wenn sie sie auf dem Schlüpfer fühlte, um die Schamhafte zu suchen. Niemals machte Danilo ihr einen Angelhaken, noch umschloß ihn ihre Hand.

Dadá berührte mit der ängstlichen Hand kaum die Kampfeswaffe, erahnte nicht ihr Kaliber und ihre Länge, ihre Größe. Sie wunderte sich über den Tautropfen in ihrer Handfläche: Als sie ihn abwischte, kam er ihr wie Gummiarabikum vor.

Der dialektische Widerspruch – Eine mühsame und unangenehme Aufgabe, die Grenzen zu schildern, zu beschreiben, was hätte getan werden sollen und nicht getan wurde, vom Negativen und Unerfreulichen zu erzählen, langweilige Prosa, trostlose und niederschmetternde Buchführung. Aber der Chronist kann nicht vor der Wahrheit fliehen, das Häßliche und Traurige verheimlichen, irgendwohin ausweichen und Vorteile rühmen, sagen, daß Danilo sich vorwagte, den Widerstand zu brechen, während der arme Junge in Wahrheit einen steinigen Weg ging, am Rand der Glocke nagte, den Sand der Wüste durchquerte, Hunger und Durst litt, bei Brot und Wasser gehalten wurde: wenig Brot und wenig Wasser...

Adalgisa war entspannter, milderte die Wachsamkeit, ließ sich nur gehen, wenn sie in den Armen des Bräutigams tanzte, bei improvisierten Bällen im Freundeskreis, in der Nachmittagsveranstaltung des »Centro Galego« oder beim Tanzabend im »Spanischen Klub«. Berauscht von der Musik, vor allem von den langsamen und romantischen Rhythmen, den beliebtesten, beschwerte sie sich nicht, wenn er sein Bein zwischen ihre Schenkel schob, sie schien sich des Kontaktes, der langsamen und beständigen Reibung, nicht bewußt zu werden. Sie lächelte hingerissen, die Augen halb geschlossen, sie tanzte gern. Aber es gab nicht alle Tage Hausball bei Freunden, Nachmittagsveranstaltung bei den Galegos, noch weniger ein Fest im Klub: Was gut ist, ist selten und von kurzer Dauer.

Angesichts dieser Kümmernisse, die hier ungewollt erzählt werden, kann man sich die physischen und moralischen Bedingungen vorstellen, unter denen Danilo zur Hochzeit kam: Die Rute schmerzte. Ungeduldig und lüstern, gierig und rasend, ertrug er die Augenblicke mit Mühe. Morgen würde ein anderer Tag sein: Jegliche Beschränkungen für die volle Befriedigung seiner Wünsche, so verrückt sie auch sein mochten, hörten auf zu bestehen. Alles würde ihm gewährt werden, er würde gesättigt aufstoßen.

Einen ernsthaften Irrtum wird begehen, einer wesentlichen Täuschung wird verfallen, wer auf dieser Höhe der Erzählung, hinkend, aber ehrlich, schlußfolgert, daß Danilo, der Notleidende, außer Verlangen nichts für Adalgisa empfand – das verleumdete fleischliche Verlangen –, Anfang und Ende dessen, was nicht über eine verzehrende und kurzlebige Leidenschaft hinausgehen würde. Eine solche Meinung, leichtfertig und beschränkt, grenzt die wirklichen Gefühle Danilos ein und verfälscht sie. Er liebte sie tief, eine wahre Liebe, die sich als endgültig bewies.

Gefangen von der Eleganz und der Ausstrahlung, der physischen Schönheit, der Vollkommenheit von Dadás Körper. Die wohlgeformten Beine, die rundlichen Schenkel, die Wespentaille, die stolze Büste, die schwarzen Zöpfe. Gewohnt, im Gebrauch von Phrasen zu glänzen, ereiferte sich Danilo nun bei der Wahl von Substantiven und Adjektiven, um das iberische Gesicht zu beschreiben, die afrikanischen Hüften Adalgisas zu schildern. Er verbrannte sich die Wimpern, griff zum Wörterbuch, zu Gesellschaftschroniken, triumphierte: Malagueña-Gesicht einer Zigeunerin. Was das ungewöhnliche, erstaunliche Gesäß betraf, so schien ihm der volkstümliche Ausdruck »Hinterteil einer geflügelten Ameise« zu prosaisch und geringschätzig. Er widmete sich der Meditation und der Forschung; wer hätte ihn für fähig gehalten, die Aufzeichnungen von Antônio Houaiss durchzusehen? Denn er tat es und wurde belohnt, endlich fand er den passenden Ausdruck, das Gegenstück zum Malagueña-Gesicht: »Hottentottenhinterbacken«. Spanien und Afrika vereint in der brasilianischen Geographie Adalgisas.

Danilo eignete sich Formen, Sprüche, Redensarten und vielleicht auch schwierige Wörter, seltene Ausdrücke aus den mitreißenden Rundfunkübertragungen von Fußballspielen an und gebrauchte sie bei der Analyse von Spielrunden, Abspielen, Elfmeterschüssen und Toren, in erhitzter Diskussion mit anderen fanatischen Fußballanhängern. Ungewöhnliche Vokabeln, die für ihn vornehm und anmutig klangen, wandte er bei Dadá an, in den Stunden des Verliebtseins und der Komplimente. Er nannte sie brünett, schwarzbraun, kokett, hübsch, vornehm, andalusisch, schönärschig.

Er war gefangen von den häuslichen Fertigkeiten der Verlobten: Sie kochte schmackhafte Gerichte, spielte Klavier, nähte und stickte, war eine erfahrene Hutmacherin. Von einem Charakter, den er als rechtschaffen, makellos, diamantrein bezeichnete. Solch ein Charakter war äußerst selten zu finden. Gefangen auch vor allem von ihren moralischen Vorzügen, ihren Tugenden, die zahlreich waren. Die größte, die er am meisten schätzte, die über allen anderen stand, war die Schamhaftigkeit. Er war stolz auf Dadás Ehrgefühl, die Vorsicht bei den Zärtlichkeiten, den unbändigen Widerstand gegen seine Überfälle: Hand auf die Brüste, Prügel auf die Schenkel.

Ein deutlicher, offensichtlicher Widerspruch, er läßt sich nicht verbergen oder bestreiten. Dialektisch, ist der Widerspruch ein wesentlicher Bestandteil des Lebens, auch wenn er uns unerklärlich, absurd erscheint. Danilo erlitt im Fleisch die Folgen, aber er bewunderte die Zurückhaltung und Mäßigung, die Adalgisa sich und ihm auferlegte, und er war stolz darauf. Er hätte sie nicht mit so großer Liebe geliebt und hätte dieses Jahr der Verlobungszeit nicht durchgestanden. Und was sollte man von den neunzehn Jahren sagen, die die Ehe schon dauerte?

PAUSE ZUR MEDITATION – Über die neunzehn Jahre, die die Ehe schon dauerte, werde ich vorläufig nichts sagen, wir nutzen die tolle Fahrt der Neuvermählten auf dem Wege nach Valença, wo sie das Boot zu den Flitterwochen in Morro de São Paulo nehmen werden, und machen eine Pause im Bericht über ihre Liebe – wie sie nennen? – feurig und keusch.

Die Geschichte, die auf diesen Seiten erzählt werden soll, ist verwickelt, die Räume und Zeiten, in denen der Roman des Lebens spielt, sind zahlreich, man muß den Geist anstrengen, um nicht alles durcheinanderzubringen, um sich nicht das Gesicht einzuschlagen im Tumult an der ersten Ecke, nicht irrezugehen an den Kreuzungen der Ebós.

Niemand verliert, wenn er wartet. Später wird das Thema des Sex- und Gefühlslebens der Ex-Fußballkanone und der Hutmacherin wieder aufgenommen, und es wird mit der nötigen Muße und Wirklichkeitstreue erzählt werden, wie die Hochzeitsnacht und die Flitterwochen verliefen in »keuscher und glühender Liebe«, was man als einen scheinbaren Widerspruch verstehen wird. Es genügt nicht, zu erzählen, man muß es mit Lineal und Zirkel tun, wie es das Vorbild verlangt. Jedes Thema zur richtigen Zeit und eine Tonart für jedes Geschöpf. Wer denkt, daß das leicht ist, der soll es wagen.

Nun werden wir uns um andere Fronten der Schlacht kümmern, Angelegenheiten wieder aufgreifen, die liegengeblieben sind, Personen ins Bild bringen, die ebenso führend sind. Dom Maximiliano von Gruden zum Beispiel: In der kummervollen Nacht hat er wenig geschlafen, es ist nicht gerecht, ihn länger auf Nachrichten warten zu lassen. Auf gute Nachrichten, wie es wünschenswert wäre.

Gibt es jedoch jemanden, der es eilig hat, zu erfahren, wie sich die Hochzeitsnacht abspielte, gierig auf lüsterne, erregende Einzelheiten, der braucht nur ein paar Seiten zu überspringen, und er wird die vollständige Beschreibung finden, er wird Punkt für Punkt erfahren, auf welche Weise das Fräulein die Jungfräulichkeit verlor: Niemand ist gezwungen, das ganze Buch zu lesen.

Die Telefongespräche

DIE SENSATIONELLE JOURNALISTISCHE SCHLAGZEILE ODER RUHM UND SCHEISSE – Selbst wenn er in nächtlichem Studium über die Bücher gebeugt oder im Lärm einer durchfeierten Nacht im Freundeskreis bis zum frühen Morgengrauen aufgeblieben war, stand Dom Maximiliano von Gruden sehr früh auf, beim Hahnenschrei aus der Proletarierstraße, neben dem Kloster.

Während er am Fenster die Zähne putzte, beobachtete der Direktor des Museums für Sakrale Kunst die morgendliche Bewegung der Bevölkerung des Häuserblocks: Männer, die zur Arbeit gingen, schläfrig und eilig, Frauen, die, schon müde, die häusliche Emsigkeit begannen. Mühsames und geringschätziges Leben, mittelmäßig, so anders als das seine. Dom Maximiliano konnte es nicht verstehen, sich nicht solidarisch fühlen mit den Schwierigkeiten dieser unbedeutenden Leute. Er verachtete sie nicht, weil sie arm waren, der Reichtum spielte bei ihm nicht die Rolle, er verachtete sie, weil sie gewöhnlich waren, Plackereien und Qualen ausgesetzt, die in keiner Weise der Ruhelosigkeit und den intellektuellen Sorgen des Museologen ähnlich waren. Doch am Donnerstagmorgen, zwölf Stunden nach der Nachricht vom Verschwinden des Bildes der heiligen Barbara, der des Donners, nachdem er die Nacht schlaflos verbracht hatte, glaubte er sich ihnen gleich oder noch unglücklicher, ohne einen Ausweg. Oder wenn es einen gab, so war es die enge Pforte der Amtsniederlegung und der Verbannung.

Bevor er den dem Priesterstand eigenen religiösen Pflichten nachging, las Dom Maximiliano jeden Morgen die Zeitungen, die Nelito vor die Zimmertür gelegt hatte, der kleine

Boy, auch einer der Engel, auf die sich der Weihbischof bezogen hatte, der Mistkerl: Botenengel, ein sehr dunkler Schwarzer, eine Zierde. Auch am Donnerstag setzte er sich kraft der Gewohnheit und im Drängen nach Wissen in einen der schwarzen Ledersessel, der mit der weißen Soutane kontrastierte, die Zeitungen auf dem Fußboden in der Reihenfolge übereinandergelegt, in der er sie zu lesen pflegte.

Er sah sich gleich auf der ersten Seite von »A Tarde«, stehend, lächelnd, die deutsche Ausgabe des Buches über das umstrittene Bild durchblätternd. Ein Foto von Vavá: klein, aber ausgezeichnet. Vavá war ein wirklicher Freund, er suchte den richtigen Winkel und den genauen Augenblick, um auf den Auslöser der Kamera zu drücken, er mußte ihm ein Exemplar der brasilianischen Ausgabe schicken, mit einem sympathischen Wort der Widmung. Er betrachtete sich wieder auf dem Foto, fand sich gut, das Lächeln bescheiden und klug. Hübsch, warum die Wahrheit verheimlichen?

»Morgen, Museum für Sakrale Kunst – Ausstellung und Buchpremiere – Das berühmte Bild der Heiligen des Donners ist angekommen«, der fettgedruckte Aufruf verwies den Leser auf Seite drei des ersten Heftes, auf den Artikel über das kollektive Interview und die Informationen über die Ereignisse und die Ankunft des Bildes. In drei Spalten oben auf der Seite aufgemacht, konnte die Sache weder besser noch vollständiger sein. Aufgenommen hatte das Interview, und den Text mit der gewohnten Lebhaftigkeit redigiert, der Reporter José Augusto Berbert, jung an Jahren, alt im Beruf, er war als Junge in die Redaktion von »A Tarde« gekommen. Er war korrekt und befähigt, und obwohl exkommuniziert, schätzte Dom Maximiliano ihn – der verstorbene Kardinal Da Silva hatte ihn exkommuniziert, in den Dreißigern, den Juristen Epaminondas Berbert de Castro, den Vater von José Augusto, und die ganze Familie, *ad eternum*, doch das ist eine andere Geschichte: Sie würde übrigens einen vergnüglichen Schelmenroman abgeben.

Obwohl er sich zurückgezogen hatte, bevor Edimilsons Telefongespräch dem Treffen mit der Presse ein Ende gesetzt hatte, schilderte José Berbert in dem Artikel ausführlich und genau die Vorfälle, breitete sich in Informationen aus, bewertete die Anwesenheit des portugiesischen Dichters »in besonderem Auftrag von ›O Jornal‹ aus Lissabon geschickt, um die großen Ereignisse hervorzuheben: die Ausstellung und das Buch«. Was das Buch betraf, so zitierte er den Titel in Portugiesisch und in Deutsch: »Ursprung und Schöpfer des Gnadenbildes der heiligen Barbara, der des Donners«. Er feuerte Raketen ab: »prachtvolle grafische Gestaltung, großzügig illustriert«. Was den Inhalt betraf, so berief er sich auf die Meinung Antônio Celestinos, einer Autorität auf dem Gebiet, im Laufe des Interviews eingeholt. »Ein monumentales und entscheidendes Werk«, hatte der Hochgelehrte verfügt.

Übrigens kündigte die Zeitung für den darauffolgenden Samstag einen Artikel des hervorragenden Kritikers an, des »gelehrten Chronisten des Hofes der Künste«, über den Band des Direktors des Museums für Sakrale Kunst, noch nicht auf den Ladentischen der Buchhandlungen ausgelegt und schon gesegnet. Er gab ihm vorab den Titel »Das Buch Dom Maximiliano von Grudens, ein bedeutendes Werk«.

Die Reportage gab einen anderen Schnappschuß wieder: der Museumsdirektor im Gespräch mit dem Lissaboner Dichter und Journalisten. Dom Maximiliano war großartig getroffen – das Buch für Vavá durfte er nicht vergessen.

Betroffen, die Moral fast aufgerichtet, das Herz fast erhoben, spiegelte sich Dom Maximiliano in der Stille des Zimmers, nur vom Gezwitscher eines Pärchens einheimischer Kanarienvögel auf der Fensterbank unterbrochen: Selbstkritik, *mea culpa*. Er war ungerecht gewesen gegenüber dem Freund Celestino, hatte Komplotte vermutet, Hinterhalt, Schäbigkeit, er hatte Grobheiten geknurrt, Ironie verschwendet, während der gute Portugiese, aller Adjektive der Widmung würdig, sich auf der Schreibmaschine plagte, um den Ruhm des Autors des »bedeutenden Werkes« zu mehren. Bedeutendes Werk, dieser Antônio Celestino verstand etwas von den Dingen: Dom Maximiliano sah Ruhmesspritzer auf der Soutane.

Auch dem Dichter Pacheco gegenüber war er ungerecht gewesen. Als er ihn auf dem Foto sah, herzlich und ehrerbietig, wurde ihm klar, daß die Frage, die ihn am Vorabend so erzürnt hatte, kein Auftrag J. Coimbra Gouveias gewesen war, sie barg keinen Unterton, enthielt kein Gift, entsprach keiner Machenschaft aus Übersee. Alles war nichts anderes als Einbildung, unbegründeter Verdacht, Phantasie, und alles wäre in der besten aller Welten, wäre nicht das geschehene Unheil. Nichts nutzte da die Schlußbemerkung des Berichterstatters, unglücklicherweise falsch, mit der er die Ankunft des Bildes der heiligen Barbara, der des Donners, aus Santo Amaro kommend, im Museum bestätigte: Der Reporter war beim Anlanden dabeigewesen – Zé Berbert übertrieb manchmal, in dem Bestreben, gut und mehr zu informieren. Dom Maximiliano jedoch war so gerührt von der Reportage, daß ihm ein Hoffnungsschimmer das Herz erwärmte: Wer weiß, vielleicht hatten zu der Zeit die Staats- oder die Zivilpolizei oder die Kurie selbst das Geheimnis enthüllt, das Bild gefunden, die Diebe festgenommen, falls es Diebe gab. Das konnte gut sein.

Aber ach! Das geschehene Unglück prangte auf der ersten Seite des »Diário de Notícias«, wo Dom Maximiliano auch ein Foto von sich entdeckte: Wie hatten sie es bekommen, die Elenden? Am Kai, die Arme ausgebreitet, das Gesicht verzerrt, im Hintergrund der Kombi und Edimilson. Die Schlagzeile nahm den oberen Teil der Seite ein, unter dem Titel der Zeitung: DAS VERSCHWINDEN DES BERÜHMTEN BILDES DER HEILIGEN BARBARA, DER DES DONNERS. Unter dem Foto der Text: »Neben der Rampa do Mercado der Direktor des Museums für Sakrale Kunst in Panik, als er vom Raub des berühmtesten Bildes Brasiliens erfährt.« »Ungeheuer berühmt und äußerst wertvoll«, so klassifizierte es die Reportage, die die Hälfte der ersten Seite des Morgenblattes einnahm. Guido Guerra hatte sie unterzeichnet, aber hätte er sie nicht unterzeichnet, würde sich Dom Maximiliano auch nicht im Verfasser des Textes irren, es genügte die boshafte Anspielung auf die Forderungen des Vikars von Santo Amaro, um darauf hinzuweisen, wer die Zeilen geschrieben hatte. Guerra berichtete nacheinander über die Schritte des Museumsdirektors, von Mercado zum Bischof, vom Sicherheitssekretär zum Kommissar der Zivilpolizei und zurück zum Kloster Santa Tereza mit dem leeren Gestell. Eine sensationelle journalistische Schlagzeile, Guido hatte Scheiße in den Ventilator geworfen. Spritzer auf der Soutane? Dom Maximiliano fühlte sich bedreckt.

DAS ERSTE TELEFONGESPRÄCH – Die von Dom Maximiliano gebetete tägliche Messe war kurz, er war gerade damit fertig, als er ans Telefon gerufen wurde.

»Die Zivilpolizei, Meister.«

Student im letzten Jahr der Fachrichtung Museologie, als Praktikant in Santa Tereza, wunderte sich Oscar Mafra über die Hast, mit der der Direktor, gewöhnlich so gemessen in seiner Art, lief, um das Gespräch entgegenzunehmen. Er stolperte über die Soutane. Ein Anruf von der Zivilpolizei, frohe Botschaft! Am Vorabend hatte der Oberst ihm gute Nachrichten in kurzer Frist versprochen, er erfüllte das Versprechen mit lobenswerter Schnelligkeit und bewies die Leistungsfähigkeit der Gilde, der er vorstand. Dom Maximiliano beeilte sich, die Neuigkeit zu hören, die aus dem Donnerstag den Tag der Auferstehung machen würde: Frohe Botschaft! Halleluja! Er sprang die Treppe hinunter, kam atemlos ins Arbeitszimmer, nahm den Hörer: »Hier Dom Maximiliano.«

»Einen Augenblick, Oberst Raul Antônio wird sprechen.«

Er hörte die anonyme, rauhe Stimme sagen: Der Mann ist schon da, Chef, und darauf tobte der Oberkommissar der Zivilpolizei in den Apparat, ohne überhaupt guten Tag zu sagen: »Warum haben Sie mir gestern nicht mitgeteilt, daß mit dem Bild Pater Abelardo Galvão auf dem Leichter gekommen ist? Sie haben vor der Polizei einen Fakt von größter Wichtigkeit verborgen, Sie haben es unterlassen, eine grundlegende Angabe zu machen. Warum haben Sie das getan? Antworten Sie mir.«

»Einen wichtigen Fakt? Ich...«

»Ich, was?«

»Da es sich um einen Priester handelte, dachte ich...«

»Sie haben weder zu denken noch nicht zu denken, sondern, das ja, mit uns zusammenzuarbeiten. Sie haben die Existenz des Paters verschwiegen. Des Paters Galvão! Warum haben Sie das getan? Mit welcher Absicht?«

»Keiner. Ich hatte keine Absicht. Wie konnte ich annehmen, daß ein Priester damit zu tun hätte...«

»Damit zu tun hätte? Dieser Pater ist der Schlüssel des ganzen Komplotts. Wenn er nicht einer der Chefs der Bande ist, ist er ein maßgebender Komplize.«

»Komplize? Bandenchef? Herr Jesus!«

»Kommen Sie mir nicht und sagen mir, daß Sie nicht wissen, wer Pater Abelardo Galvão ist.«

»Ich weiß es wirklich nicht, Oberst. Ich höre diesen Namen zum erstenmal.« Tatsächlich hatte er ihn am Vorabend aus dem Munde des Weihbischofs gehört, in Verdacht und Tadel verwickelt. »Ich wußte nur, daß ein Pater und eine Nonne mit dem Leichter gekommen waren...«

»Und Sie haben uns nichts gesagt, weder über den Pater noch über die Nonne. Hören Sie gut zu, Dom Maximiliano, ich werde es nicht mehr wiederholen: Versuchen Sie nicht, uns zu täuschen, das wird nichts nützen.«

»Ich...«

»Vergessen Sie nicht, daß wir alles über Sie wissen.« – Wie er es am Vorabend getan hatte, trennte er die Silben: »Absolut alles.«

Er knallte den Hörer hin, ohne sich zu verabschieden.

Dom Maximiliano, in Eile, die gute Nachricht zu hören, hatte im Stehen abgenommen, neben dem Arbeitstisch. Er sank in den Drehstuhl. Der Praktikant, der ihn begleitet hatte, sorgte sich, als er ihn so aufgelöst sah – eine Wachsfigur, die in Schweiß zerfloß, die Hände bedeckten das Gesicht –, und er wagte es, ängstlich zu fragen: »Fehlt Ihnen etwas, Meister?«

Der Mönch reagierte auf die Sorge des Jungen, faßte sich

im Stuhl, versuchte zu lächeln, es gelang ihm nicht. »Es geht schon, Oscar, danke. Gehen Sie an Ihre Pflichten, lassen Sie mich allein. Aber vorher bringen Sie mir ein Glas Wasser, bitte.«

Aus der Tasche der Soutane zog er das ovale Döschen aus sorgfältig gearbeitetem Email – auf dem Deckel eine Miniatur der Dreifaltigkeit, von Andrei Roublex, die drei Engel am Tische Abrahams –, in ihm bewahrte er die Pillen auf, die ihm den Sympathikus in Ordnung hielten, er legte eine auf die Handfläche. Er überlegte, und die Lage in Betracht ziehend, verdoppelte er die Dosis: Er würde zwei schlucken, sobald das Wasser käme. Was hatte der Bischof über den Pater gesagt? Ein guter Charakter war er nicht, der Mann. Deshalb hatte Dom Rudolph ihm befohlen, über seine Anwesenheit auf dem Leichter zu schweigen und über die der Nonne, zum Ausgleich. Unnötige Empfehlung: Sie, die von der Zivilpolizei, wissen alles, absolut alles.

Das zweite und das dritte Telefongespräch – Dom Maximiliano nahm den zweiten Anruf nicht entgegen. »Sagen Sie, daß ich nicht da bin, daß ich weggegangen bin und Sie nicht wissen, wann ich wiederkomme«, wies er Oscar an, als der Praktikant das Ferngespräch aus Santo Amaro ankündigte.

Sicherlich ereiferte sich der Vikar, denn der junge Mann, in Teufels Küche, wiederholte: »Nein, es ist keine Lüge, Hochwürden, der Direktor ist weggegangen. Nein, er ist nicht hier und hat nicht befohlen zu sagen ... er ist gerade weggegangen...« Er hielt ein, um zu hören, machte große Augen. »Das soll ich ihm sagen? Ah! Das sage ich nicht, nein.«

Oscar legte auf, stammelte: »Der Vikar...«

»Sie brauchen es nicht zu wiederholen, Oscar, ich kann mir vorstellen, was er gesagt hat.« Dom Maximiliano beugte die Schultern, ein schweres Kreuz, er schloß die Lippen, ein bitterer Kelch.

Der dritte Anruf war vom Sekretär der Staatssicherheit. Doktor Calixto Passos, im Gegensatz zum Oberst Raul Antônio, zerfloß er in Liebenswürdigkeiten, die Stimme mit Vaseline eingeschmiert: »Einen recht schönen Tag, teurer Meister.« Nach dem Austausch von Freundlichkeiten, der sich einige Augenblicke hinzog, kam der Polizeichef zum Thema: »Ich rufe an, um Ihnen Nachricht zu geben, wie versprochen. Ich habe die Lösung unseres kleinen Problems noch nicht, aber wir handeln, wir haben schon verschiedene Spuren, eine von ihnen sensationell...« Er wiederholte: »Sensationell! Übrigens, dazu würde ich Sie gern hören...«

Dom Maximiliano dankte für die Gefälligkeit, stellte sich zur Verfügung, etwas weniger verärgert: Lieber mit einem Idioten verhandeln als mit einem Henker. Ohne Erschrecken steckte er die Frage Doktor Calixtos ein.

»Der geschätzte Meister wußte, daß auf dem gleichen Leichter und auf der gleichen Fahrt, auf der das ... Objekt, das uns interessiert ... kam, Pater Abelardo Galvão war?«

»Gestern, als ich bei Ihnen war, wußte ich es noch nicht, aber heute früh erhielt ich diese Nachricht.«

»Der Meister kennt Pater Galvão?«

»Ich kenne ihn nicht persönlich, ich kannte ihn nicht einmal dem Namen nach. Erst heute habe ich den Namen dieser Person gehört. Zum erstenmal.« Um seinen Wunsch deutlich zu machen, zum Erfolg der Untersuchung beizutragen, setzte er hinzu: »Wie man mir heute gesagt hat, war auch eine Nonne auf dem Schiff.«

»Ja, wir haben die Information.« Die Stimme entfernte sich vom Hörer. Er sucht die Notiz mit der Information, dachte Dom Maximiliano; er hörte ihn murmeln: »Wo ist sie? Ich hab sie, hier ist sie...« Die Stimme wurde lauter: »Es handelt sich um die Schwester Maria Eunice aus dem Kloster der Büßerinnen... Sie wird noch heute angehört werden. Ein reines Nachschlagewerk, wir werden es schon feststellen. Während das des Paters Galvão ein schwerwiegendes Nachschlagewerk ist, teurer Meister: Der Mann ist ein gefährlicher Aufwiegler...« Er schwieg plötzlich, weil er sicherlich fand, daß er zuviel sprach.

Obwohl er neugierig war – man sagte ihm Klatschsucht nach –, stellte Dom Maximiliano keine Fragen zur Rolle und

Gefährlichkeit des Paters. Der Bischof hatte sich auf Ländereifragen bezogen, soweit er sich erinnerte. Invasion auf Fazendas... Das war es: Invasion auf Fazendas, Aufregung der Besitzer, Umsturz. Mein Gott, in welche Tiefen sah er sich hineingezogen, umgeben von welcher Art von Leuten...! Die modulierte Stimme des Sicherheitssekretärs ließ sich wieder hören: »Darüber werden wir persönlich sprechen. Sobald ich die Untersuchung vorangetrieben habe, werde ich Sie, teurer Meister, bitten, mir die Ehre Ihres Besuches für ein Gespräch zu geben, in dem wir gemeinsam die Lage analysieren werden. Noch heute, wenn alles gut läuft.«

»Ich stehe zu Ihrer Verfügung, Doktor Calixto, wann Sie wollen. Ich bitte Sie, nicht die Dringlichkeit einer Lösung zu vergessen, die Eröffnung der Schau ist für morgen vorgesehen, und es ist unmöglich, sie zu verschieben. Bis dahin muß es wiedergefunden sein, das...«

»...das Objekt...«, fiel der Polizeichef ihm ins Wort. »Ich glaube doch, daß wir es zur Zeit haben werden. Die Bestätigung meiner These, die ich gestern anstellte...«

»Ja...«

»Über diese Art krimineller Handlung, erinnern Sie sich? Sie offenbarte sich als äußerst richtig. Die Urheber ... der Heldentat ... sind noch immer nah, es gibt einen leichten Zugang zum ... Objekt...«

Er erwartete die Billigung, vielleicht den Beifall des Gesprächspartners, doch da das Schweigen auf der anderen Seite der Leitung anhielt, fragte er ein wenig ärgerlich: »Hören Sie mir zu, Meister?«

»Mit großem Interesse, Doktor. Aber ich weiß nicht, ob ich Ihre Gedanken richtig verstehe. Sie sprechen über die Urheber...«

»...der Heldentat... Passen Sie auf: Dieser Pater Galvão ist Priester in einem Pfarramt im Sertão, wo er übrigens von sich reden machte. Als er in die Hauptstadt fuhr, hat er einen riesigen Umweg gemacht, um über Santo Amaro zu fahren, im Recôncavo, und sich auf dem Leichter zusammen mit dem Bild einzuschiffen. Scheint Ihnen das nicht sonderbar, teurer

Meister? Santo Amaro, sehen Sie wohl, ich sage Santo Amaro da Purificação...«

»Santo Amaro da Purificação, was ist damit? Ich verstehe nicht...«

»War es nicht Santo Amaro, wo diese sehr alte Monstranz aus massivem Gold verschwand, die danach unter den Geschenken auftauchte, die dem Papst überbracht wurden? Erinnern Sie sich, teurer Meister? In diesem Zusammenhang wurde viel über den Vikar geredet, erinnern Sie sich. Nun addieren Sie die Posten und machen die Probe...«

WIR ÖFFNEN EINE NEUE KLAMMER FÜR DIE INTRIGE DER GOLDENEN MONSTRANZ – In der anarchischen Struktur des Berichts, vom Kommen und Gehen, von umfangreichen *flashbacks* unterbrochen, die verschiedene und abweichende Erzählräume enthalten, *plein de longueurs*, würde Professor João Batista sagen, wenn er ihn lesen oder analysieren würde, wird noch einmal, und es wird nicht die letzte sein, eine Klammer geöffnet. Um der ungesunden Neugier der Indiskreten entgegenzukommen, die gierig sind, zu erfahren, was das für eine Geschichte ist, die der Sicherheitssekretär, oder auch Polizeichef des Staates Bahia, erwähnt hat: Monstranz aus massivem Gold – sehr alt, teurer Meister! –, ein prächtiges Stück, großartig. Gestohlen aus der Kirche von Santo Amaro, tauchte sie in der Aufstellung der Geschenke auf, die dem Papst durch einen hohen kirchlichen Würdenträger beim Besuch im Vatikan überreicht wurden.

Dom Maximiliano von Gruden hatte um der Gerechtigkeit willen versucht, die Informationen Doktor Calixto Passos' zu korrigieren, aber die Autorität hatte ihm keine Zeit gelassen, hatte sich verabschiedet, nachdem sie ihm empfohlen hatte, die Posten zu addieren und die Probe zu machen. Wenn doch irgendeine Wahrheit in der Erzählung steckte, so waren die Einzelheiten irrig. Die fragliche Monstranz gehörte nicht der Matriz von Santo Amaro, sondern einer anderen Pfarre im Recôncavo, und Pater Teófilo Lopes de Santana, der skandalöse Pater Téo, wenn er auch Kritik wegen unverschämter Ansichten, vulgärer Manieren und geschmackloser Wörter verdiente, mit der magischen Überfahrt des heiligen Hostienschreins vom Fluß Paraguaçu zum Fluß Tiber hatte er jedoch nichts zu tun. Denn er war, wie hinreichend bekannt ist, ein übertriebener Verteidiger des Besitzes seines Vikariats. Aber wer überzeugt schon einen Polizeichef, den absoluten Herrn der Wahrheit! Um die Diebstähle religiöser Gegenstände zu erklären, hatte Doktor Calixto Passos, das Genie von Haag, eine glänzende und einfache Theorie aufgestellt, in der täglichen Praxis bestätigt. Er selbst betrachtete sie als ein Kunstwerk, er und Kommissar Parreirinha. »*Cherchez le prêtre*«, rief er, wenn er erfuhr, daß ein Kirchengut sich verflüchtigt hatte, wobei er mit dem französischen Zitat Professor João Batista nachahmte: Doch welcher Unterschied in der Aussprache!

Dom Maximiliano hielt sich übler Nachrede nicht fern; seinen Abneigungen entsprechend übte er sie häufig. Wer also den Rest der Geschichte mit Genauigkeit und einem Überfluß an Einzelheiten erfahren will, Fakten über die Gemeinde, die Frömmigkeit der Matriz, aus der man die prunkvolle Monstranz gestohlen hatte, den Goldwert, den Wert in Dollar und das hohe Alter des Stückes, den Namen des Vikars und den der Eminenz, die den Papst mit einer so christlichen Gabe, kostspielig und schön, beschenkte, wer all das und noch mehr wissen möchte, sollte auf die Kenntnisse des Direktors des Museums für Sakrale Kunst der Universität von Bahia zurückgreifen, denn auf diesen frommen Seiten werden Lästerzungen, Gerüchte, Verleumdungen nicht zugelassen.

Das Wahrscheinlichste ist, daß die Geschichte von A bis Z nichts weiter als eine Lüge schmählicher Feinde der westlichen Zivilisation ist. Skrupellose Individuen bedienen sich aller Mittel, um ihre bösen, häßlichen Ziele zu erreichen. Wenn man für das Bellen der Hunde, das Heulen der Wölfe taube Ohren hat, kann man ohne Hemmungen garantieren, daß der Aufruhr in der Presse, die Meldungen und Anspielungen, Enthüllungen und Dementis, Schlagzeilen von Reportern und die plötzliche Stille, der Schwatz an den stillen Ecken der Stadt, das Epigramm von Clóvis Amorim und die Broschüre der populären Autorin Edilene Matos Schwindel und Betrug waren, um einen Skandal zu provozieren. Nur gut, daß die Bundeszensur rechtzeitig handelte, dem Komplott ein Ende setzte. Nichts weiter als ein Komplott, das kann man beschwören, wenn es notwendig ist. Finstere Verschwörung, um die Institutionen zu unterhöhlen.

Nein, die Hand ins Feuer zu legen, das ist zuviel verlangt: Es ist ein großer Unterschied, ob man eine Behauptung wagt oder ob man eine Verwegenheit begeht. Nicht einmal, um heilige Interessen zu verteidigen, muß man in Übertreibung abrutschen, man kann sich dabei die Hand verbrennen.

DIE ÜBRIGEN TELEFONGESPRÄCHE, VIELE – Die übrigen Telefongespräche waren zahllos, sie eines nach dem anderen hervorzuheben hieße Zeit verlieren und Papier verschwenden: genug Geschwätz. Die meisten kamen von Zeitungsredaktionen und Rundfunkstationen auf der Suche nach Informationen. Redaktionssekretäre, Redakteure und Reporter, gierig, mit Dom Maximiliano zu sprechen oder, bei seiner Abwesenheit, mit irgendeinem Museumsangestellten, vorzugsweise Edimilson, einem Augenzeugen. Während des ganzen Morgens hörte das Telefon nicht auf zu klingeln. Das sind die Posaunen des Jüngsten Gerichts, dachte der blonde Praktikant, doch er verschluckte die Dreistigkeit, der Meister war nicht zu Witzen aufgelegt. Was Edimilson betraf, so hatte er sich verflüchtigt. Er war in die Ferien gefahren, wohin er gegangen war, sie zu genießen, wußte man nicht. »Ich werde diesen Kerl ausfindig machen, und wenn es am Arsch der Welt ist«, brüllte Napoleão Sabóia, Korrespondent von »O Estado de S. Paulo«, in die Muschel des Apparates, während er Trommelfell und Zartgefühl des jungen Mafra zerriß – was der arme Junge an diesem Tage hörte, wird nicht geschrieben.

Guido Guerras Reportage provozierte ein Erdbeben in den Redaktionen von Bahia, es fand ungestüm Widerhall in denen des Südens und des Nordwestens des Landes. Journalisten, die vorher niemals etwas von dem Bild der heiligen Barbara, der des Donners, gehört hatten, folgten seiner Spur, ein Modell in der Hand, entschlossen, das Publikum gut zu informieren und das Mysterium des Diebstahls zu enthüllen, der ebenso sensationell wie kühn gewesen war, ausgeführt bei der Ankunft des Leichters an der Rampa do Mercado, vor der Nase verschiedener Personen, die nichts gemerkt hatten. In São Paulo, in Rio de Janeiro, in Recife versuchten sie eilig die namhaftesten Spezialisten zu interviewen: Pietro Bardi und seine Frau, die Architektin Lina Bo, Exdirektorin des Museums für Moderne Kunst in Bahia, Joaquim Cardoso, Renato Soeiro, Joaquim Falcão, Aloisio Magalhães, Marcos Vinícius Vilaça, um nur die größten zu erwähnen.

Jedoch selbst nicht den Reportern von Bahia, seinen Bekannten, nicht einmal dem Freund José Augusto Berbert, nicht einem einzigen Journalisten gelang es, mit Dom Maximiliano von Gruden in Verbindung zu treten, und er, und kein anderer, war das von der lokalen und nationalen Berichterstattung *au grand complet* gesuchte und verlangte große Tier – die Mutmaßungen zogen sich schon zu lange hin. Durch alle Überschriften: Direktor des Museums, in dem das Bild – das herausragende Stück, der Höhepunkt der Ausstellung für Religiöse Kunst – am nächsten Tag gezeigt werden sollte, dazu war es aus Santo Amaro gekommen, und Autor eines berühmten Buches über das heiße Thema. Wo sollte man ein Exemplar finden? Es wurde bekannt, daß »A Tarde« das aus Antônio Celestinos Besitz requiriert hatte, und darüber gebeugt, zog sich Cruz Rios, ein As, den Leitartikel aus dem Gehirn: Ihn zu redigieren, erforderte Wissen und Urteilsfähigkeit. Dom Maximiliano war nicht in die Ferien gegangen, aber er hatte sich in Rauch aufgelöst, ebenso wie Edimilson. Der gereizte Mafra wiederholte am Telefon die gleiche Litanei: Der Direktor war sehr früh weggegangen, nachdem er die Messe zelebriert hatte, ohne zu sagen, wohin er gehen würde, er würde bald zurückkommen, sicherlich, um welche Zeit, da hatte er keine Ahnung – und mehr als rasch legte er auf, um die Unverschämtheiten abzubremsen.

Er legte auf, und im gleichen Moment nahm er einen anderen Anruf entgegen: Zeitungen und Rundfunkstationen aus Bahia und aus dem ganzen Land, über die Zweigstellen oder als Ferngespräche. Einschließlich des Telefonats des Korrespondenten der »New York Times« in Brasilien, Edwin McDowell, der sich in Rio de Janeiro niedergelassen hatte. Merkwürdige Einzelheit, im Gegensatz zum größten Teil der brasilianischen Kollegen wußte der Amerikaner von der Existenz des Bildes und von seinem Wert. Aber nicht einmal für ihn war Dom Maximiliano da: Willkommen zu jeder anderen Gelegenheit, wenn er liebevoller behandelt wurde, auf ein Podest gestellt, aber nicht in dieser bitteren Stunde – galliger Geschmack im Munde des Mönchs, den Dolch in die Brust gestoßen. Ach, die »New York Times«, ach, Leidensweg der Heimsuchungen, Allmächtiger Herrgott!

Er nahm nur das Gespräch des Rektors der Universität entgegen, der aus Brasilia anrief, wo er und der Kardinal sich noch aufhielten, doch der Flug war schon für den späten Nachmittag gebucht, nach einem letzten Treffen mit dem Minister. Nicht mit dem Minister für Erziehung und Kultur, der nichts geklärt hatte, sondern mit dem Kriegsminister: Dieser ja, er konnte über das Schicksal der Studenten entscheiden. Die Audienz, mit viel Mühe erwirkt, hinderte den Rektor, der beunruhigt war durch die von den Rundfunkstationen verbreiteten Nachrichten, die Rückkehr nach Bahia vorzuverlegen. Dafür hielt er sich am Telefon auf.

Ein schwieriges Telefonat, schwer verdaulich. Öffentlich tauschten der Rektor und der Direktor Freundlichkeiten und Lobreden aus, machten sich Erklärungen der Bewunderung und Wertschätzung. In Wahrheit verabscheuten sie sich. Den Rektor, einen praktischen Mann mit eindeutigen Haltungen, verwirrten und störten die Phantasie und die Verzückungen des Mönchs. Der Direktor beklagte sich über die Geringschätzung, die der Rektor gegenüber dem Museum zeigte; er weigerte sich, die im knappen Haushaltsplan der Universität dafür bestimmten Gelder zu verdoppeln.

Dom Maximiliano berichtete das wenige, was er wußte, er

verbarg den Ernst des Geschehens nicht, der Rektor betonte: »Ernster Fakt? Ich würde sagen, sehr ernst, mit unvorhersehbaren Folgen für das Museum und die Universität.«

Er wies Dom Maximiliano auf seine Verantwortung hin: »Sie, der Sie das Mögliche und das Unmögliche getan haben, um das Bild zu bekommen, werden jetzt mit der gleichen Hartnäckigkeit handeln, um es wiederzubekommen.« Sonst würden sie, das Museum und die Universität, Zielscheibe der schärfsten Kritiken und Tadel, der demoralisierendsten Unterstellungen sein. »Das Museum, wie Sie wissen, genießt keinen guten Ruf, man spricht von auf verdächtige Weise erworbenen Stücken, von der Rückgabe der Kopien anstelle von...« Und da kam die Anekdote vom Büßenden heiligen Petrus. Er erinnerte: »Der Vikar von Cachoeira wollte nicht...«

»Von Cachoeira, Rektor?« Dom Maximiliano rächte sich: »Sie wollen sagen, von Santo Amaro...«

»Von Cachoeira, von Santo Amaro, was für einen Unterschied macht das? Sie haben unangemessen gehandelt...«

So setzte er das Telefonat mit Hindernissen fort. Dom Maximiliano nahm den Hörer vom Ohr. Mit dieser Litanei wollte der Rektor ihm keinen anderen Ausweg lassen als die Demission, sofern das Bild nicht zur Zeit wiedergefunden wurde. Sollte er ihm sagen, daß er schon entschlossen war, sein Amt niederzulegen, wenn ein solches Unheil geschähe? Er hielt sich zurück. Warum sollte er dem Rektor diese Freude vor der unausweichlichen Stunde machen? Als es ihm gelang, das Wort wieder zu ergreifen, beriet er sich mit dem Rektor wegen des Datums der Vernissage: Sollten sie es aufrechterhalten oder verschieben?

»Ich sehe keinen Grund, es zu verschieben, schließlich reduziert sich die Ausstellung nicht auf dieses Bild, es gibt viel mehr zu sehen. Wir werden das Bild nicht haben, aber wir werden das Buch haben, das Sie darüber geschrieben haben, die eine Sache ersetzt die andere, ist es nicht so?« Die Bezugnahme auf das Buch, eine boshafte Spitze, hatte er sich bis zum Schluß aufgehoben. Dom Maximiliano schluckte sie schweigend. »Wir werden morgen zur vorgesehenen Zeit eröffnen. Der Minister hat seine Anwesenheit zugesagt.« Er meinte den Erziehungsminister, der Kriegsminister hatte etwas anderes zu tun.

Zwischen dem Gespräch mit dem Sicherheitssekretär und Dom Maximilianos Weggehen – aufsehenerregend! – zum erzbischöflichen Palast rief der Vikar von Santo Amaro dreimal an, erbittert und aggressiv, *echando pestes:* Nun beginnen nach so vielen Gallizismen auch noch die Hispanismen, Gott steh uns bei! Schlecht angewandt übrigens, denn Pater Téo spie seine Unverschämtheiten in der Sprache des Volkes von Bahia aus, vervollkommnet von den Höllenschlünden, von Gregório de Matos bis James Amado, eine verdammt gute Sprache für den Gebrauch der Wahrheit.

DIE UMZINGELUNG – Das Telefon war noch das Geringste. Skeptisch in bezug auf die Abwesenheit Dom Maximilianos, belagerten die Journalisten den Hof, den Eingang des Klosters Santa Tereza, sie standen vor der Kirche und vor der Museumstür. Eine verschlossene Tür: Wegen der Ausstellungsvorbereitungen waren die Bestände nicht für das Publikum zugänglich. Ein verwegener Reporter versuchte durch eins der Fenster im ersten Stock einzudringen, aber er verlor das Gleichgewicht, als er an der Wand hochklettern wollte, verletzte sich beim Fallen, ein häßlicher Sturz. Als Dom Maximiliano von dem Unfall erfuhr, hielt er ihn für gerecht, eine kleine, aber befriedigende Freude.

In den Korridoren des Sekretariats der Sicherheitspolizei und in den Räumen der Zivilpolizei drängten sich erfahrene Journalisten und Anfänger. Der Polizeichef, in dem Wunsche, ihnen zu gefallen und auf diese Weise sein Bild einer fähigen und herzlichen Autorität zu bewahren, versprach, sie später zu empfangen, mit konkreten Nachrichten. »Vielleicht kann ich Ihnen noch am Vormittag eine wichtige Enthüllung machen, gedulden Sie sich zum Vorteil der Gesellschaft«, sagte er in einem kurzen *speech*, mit dem Lächeln eines Zauberkünstlers vom Zirkus, der bereit ist, das Kaninchen aus dem Zylinder zu ziehen. Kommissar Parreirinha streckte den Daumen der rechten Hand hoch, um die Bedeutung der versprochenen Information zu betonen.

Oberst Raul Antônio hatte einem Polizisten befohlen, sie wegzuschicken: Nichts zu erklären, und sie sollten die Geduld dessen nicht überfordern, der arbeitet, sie sollten abrükken. Sie rückten ab von dem in eine öffentliche Dienststelle verwandelten früheren Lagerschuppen, aber sie hielten sich in der Nähe auf. Sie richteten das Hauptquartier auf dem Mercado ein, wo sie alte Nachrichten zusammentrugen – der »Reisende ohne Hafen« in der Nacht zum Marinearsenal abgeschleppt, im Morgengrauen das Gefängnis für Maria Clara und Bootsmann Manuel –, und überschwemmten sich mit Gerüchten, hörten erstaunliche Geschichten aus dem Munde von Camafeu de Oxóssi, der mit einer aus São Paulo gebürtigen Frau und einem nigerianischen Ring zurückgekommen war. Sie brachten Batidas und Lambretas in die Trinkbuden.

Eine solche Bewegung der Nachrichtenorgane könnte glauben machen, daß das Verschwinden des Bildes der heiligen Barbara, der des Donners, das wichtigste Ereignis war, das einzig tatsächlich wichtige, das in den letzten Tagen im Lande geschehen war. Man erinnere sich, daß sich die in dieser Chronik – arm an Glanz, reich an Wahrhaftigkeit – erzählten Fakten in den schlimmsten Jahren der Militärdiktatur und der strengsten Pressezensur abspielten. Es gab eine verborgene Wirklichkeit, ein geheimes Land, keine Nachrichten. Zeitungen, Rundfunk- und Fernsehsender waren im informativen Sektor auf im allgemeinen wenig brennende Fakten eingeschränkt. In ihren Ansichten reduziert auf uneingeschränktes Lob des Regierungssystems und der Regierenden. Totales Verbot irgendeines Nachrichtenteils, der geringsten Anspielung auf die Alltäglichkeit der Gefängnisse, der Foltern, der politischen Morde, der Verletzung der Menschenrechte, der Kommentare über die Zensur von Theaterstücken und Büchern. Ebenso war es verboten, über Streiks, Kundgebungen, Demonstrationen, Proteste, Massenbewegungen und Versuche von Guerillakämpfen zu berichten. Nichts von all dem geschah im glücklichen Vaterland unter der Führung der Generäle und Obersten, wenn man der Zeitungslektüre glaubte. Einige Zeitungen füllten die leeren Seiten, wegen des Beschnitts brennenden Materials, mit der Publikation von Kochrezepten – »O Estado de S. Paulo« druckte in der Mitte der ersten Seite ein Rezept für Quitandê ab, ein wenig bekanntes bahianisches Gericht –, von Gedichten, Balladen, Oden und Sonetten klassischer Dichter, Gesängen aus den »Lusiaden«. Die Leser verstanden und beunruhigten sich, sie versuchten zu erraten, was im Lande geschah.

Kritiken an der Politik Francos und Salazars waren nicht erlaubt, auch nicht Kritiken an den ruhmreichen lateinamerikanischen Generälen, die mit gleicher Sicherheit und Unfähigkeit die Macht in Argentinien, Paraguay, Uruguay, Chile und Bolivien ausübten, Kollegen unserer Ruhmreichen – weder in der Presse noch auf irgendeiner anderen Tribüne. Auf der Tribüne der Bundeskammer hatte der Abgeordnete Francisco Pinto in Ausübung seines Mandats Pinochet als Tyrannen eingestuft. Er hatte sein Mandat verloren und wurde ins Gefängnis gesteckt. Zwei französische Pater, die von der Kanzel ihrer Kirchen gewagt hatten, die Leibeigenen auf den Lehnsgütern Amazoniens zu verteidigen, hatten sich in Untersuchungshaft wiedergefunden, mit einem Prozeß am Halse.

Zensur, Korruption und Gewalt waren die Regeln der Regierung, man muß daran erinnern, denn es gibt Leute, die es schon vergessen haben. Eine Zeit der Schmach und der Angst: überfüllte Kerker, Folter und Folterknechte, die Lüge vom brasilianischen Wunder, pharaonische Werke und unsauberer Profit, Betrug und Gewinnsucht – es gibt Leute, die sich zurücksehnen, das ist natürlich.

Nun, man weiß, daß die guten Taten, die glücklichen Ereignisse, Normalität und Freude keine beliebten Themen bei den Redaktionen sind. Je größer das Unglück, desto besser die Meldung. In das Ersticken und Abstumpfen der brasilianischen Presse dieser Zeit fiel das Verschwinden des Bildes der heiligen Barbara, der des Donners, wie ein Geschenk vom

Himmel. Die Professionellen der Polizeichronik glaubten in ihrer Mehrheit an einen geplanten Raub, ausgeführt von auf Tempel und Abteien spezialisierten Gaunern, sie bezogen sich auf Banden und Hehler, doch einige schlossen die Hypothese einer Mittäterschaft von Pfarrern und Bischöfen nicht aus und verteidigten sie sogar. Mittäterschaft oder Täterschaft.

Der Chef der Zweigstelle des »Jornal do Brasil«, Florisvaldo Matos, ein geschätzter Dichter – wie es Dichter gibt auf dieser gesegneten Erde von Bahia, Gott im Himmel! –, schamlos, unterstellte, als er den Hörer auflegte, ohne daß es ihm gelungen war, mit Dom Maximiliano zu sprechen, daß möglicherweise der Schlüssel des Mysteriums in den Händen des listigen Mönches läge. Früher oder später würde das Bild im Bestand des Museums katalogisiert auftauchen, und dort könnte man es dann in seiner Pracht und Würde sehen. Zum Austausch werde man auf den Altar der Matriz von Santo Amaro eine Kopie aus Gips stellen, nach Maß gearbeitet, heilige Barbara, die des Donners. Phosphoreszierend, farbig.

Die Flucht – Die Arbeiten zur Anordnung der Ausstellung gingen unter der Leitung des Architekten Gilberbert Chaves voran, mit dem ein weiterer Architekt zusammenarbeitete, der auch Maler war, Lev Smarchevski. Dom Maximiliano gab die Koordinaten, leitete an: anspruchsvoll wie immer, aber schweigsam, wenig Worte und kein Lachen, die Kehrseite des glänzenden Plauderers, den Assistenten und Freunde gewohnt waren. Lev hatte eine Anspielung auf das Thema des »Diário de Notícias« gemacht; lakonisch hatte der Direktor mit einem einzigen Wort erwidert: verantwortungslos. Man sprach nicht mehr über die Angelegenheit; nur der leere Sockel erinnerte an das Verschwinden der Heiligen.

Dom Maximiliano wählte aus der Mitte anderer Gegenstände auf einem Regal die Vollendung eines goldenen Kelches slawischer Herkunft, mit Edelsteinen besetzt, um ihn zu schätzen und ihn gesondert auf einen Sockel zu stellen, als Oscar Mafra aus dem Arbeitszimmer kam, wo er Telefondienst hatte, um ihm eine dringende Nachricht zu überbringen.

»Meister, Pater Soares hat angerufen.« Es handelte sich um den Sekretär des Weihbischofs. »Dom Rudolph bittet den Meister, unverzüglich im Palast zu erscheinen. Pater Soares bittet darum, daß Sie nicht auf sich warten lassen.« Er imitierte die näselnde Stimme Hochwürdens: »Sagen Sie ihm, er möge sofort kommen, Seine Hochwürden warten.«

Dom Maximiliano hob eine Ecke des Vorhangs und begutachtete den von Journalisten und Fotografen überfüllten Hof. Wie sollte er es anstellen, bis zum Tor zu kommen? Es schien unmöglich. Selbst mit dem Rücken zum Raum bemerkte er die Unterbrechung der Arbeit. Ohne sich umzudrehen, sagte er: »Machen Sie bitte weiter. Es gibt noch viel zu tun, und die Zeit drängt. Bis morgen mittag muß alles fertig sein.«

Er schaute immer noch durch den Fensterspalt, endlich drehte er sich zum Raum um, ging zwei Schritte auf Lev zu. »Lev, sagen Sie mir, der Wagen, der auf der anderen Straßenseite steht, an der Tür von Roques Werkstatt, ist Ihrer, nicht wahr?«

»Es ist meiner, ja, Dom Maximiliano. Er steht zu Ihrer Verfügung.«

»Danke, Lev. Ich danke Ihnen und nehme an. Hören Sie gut zu. In fünf Minuten wird die Museumstür geöffnet werden, und die Journalisten sind eingeladen, hereinzukommen, um zu sehen, wie die Arbeiten laufen. Wenn der Eingang freigegeben ist und sie die Treppe heraufkommen, gehen Sie, Lev, hinunter, Sie gehen zwischen ihnen hindurch, ohne Eile, und gehen zu Ihrem Wagen. Sie lassen den Motor an und warten auf mich. Ich gehe durch die Kirche hinaus, steige in den Wagen, Sie gehen mit dem Fuß auf das Gas.« Er überflog den Raum mit einem Blick, es gelang ihm nicht, zu lächeln, doch der ausgedachte Schwindel, um die Journalisten anzuführen, tröstete ihn für einen Augenblick.

Gesagt, getan, der Plan funktionierte wunderbar. Nelito öffnete die Eingangstür des Museums, Oscar Mafra übermittelte die Einladung an die Reporter: «Dom Maximiliano läßt sagen, die Herren können eintreten.« Sie überstürzten sich, überrascht und siegreich: Der Mönch hatte kapituliert. Das war ein Wettlauf die Treppe hinauf. Sie trafen auf Lev. »Die Ausstellung wird eine schöne Sache«, kam der Architekt ihnen zuvor, ohne auf die Fragen nach Dom Maximiliano zu antworten. Der Direktor, wo ist er? Die Fernsehkameras beschlossen den Marsch.

Durch den geöffneten Flügel der Kirchenmitteltür tretend, begann Dom Maximiliano mit raschen Schritten den leeren Hof zu überqueren. Plötzlich erschien an einem der Fenster ein Neuling, um eine Zigarettenkippe hinauszuwerfen, und erkannte ihn. Laut schreiend gab er Alarm: »Da geht er, er flieht!« Auf Haltung verzichtend, ergriff Dom Maximiliano den Saum der Soutane, fing an zu laufen. Laufend kreuzte er das Tor, verschwand im Wagen, Lev schoß die Ladeira da Preguiça hinunter.

Der verdacht – Schlag elf am Vormittag waren bei den Zeitungen auf krummen Wegen die ersten Gerüchte über die Verwicklung des Paters Abelardo Galvão in die Geschichte mit dem Heiligenbild eingegangen. Anonyme Anrufe informierten die Chefredakteure oder die Redaktionssekretäre über die Existenz der Fährte, die gleiche bei der Zivilpolizei wie beim Sicherheitssekretariat, die den Pfarrer von Piaçava als Verdächtigen Nummer eins bezeichnete. Sie sollten auf ihrem Posten bleiben, wurde empfohlen, denn neue und größere Nachrichten würden übermittelt werden. Sonderbares Detail: Die Anrufe, das war leicht zu beweisen, kamen nicht von den Dienststellen der Polizei, aber es gab auch kein Dementi, weder im Gebäude des Largo da Piedade noch im Lagerhaus am Cais do Porto.

Das Verschwinden der heiligen Barbara, der des Donners, nahm von da an einen wirklich sensationellen Charakter an, außergewöhnlicher, unerwarteter Zusammenhang. Die Beteiligung Pater Galvãos stellte eine Verbindung zwischen dem Diebstahl des ungewöhnlichen Bildes und dem Problem der Kämpfe der Besitzlosen gegen den Großgrundbesitz her, den Überfällen auf die Fazendas, den Reaktionen der Grundbesitzer, den Leichnamen von Bauern, von Kugeln durchbohrt, der Aktion – verdienstvoll oder kriminell, das hängt davon ab, wer liest und urteilt – der Pater aus der Kirche der Armen, ein explosives Thema.

Das Wirken des Pfarrers von Piaçava fand Raum in den Archiven und wurde auf den Seiten der Zeitungen hervorgehoben. In den letzten Monaten war sein Name bei mehr als einer Gelegenheit in Fettdruck, in Großbuchstaben, erschienen. SCHÜLER VON DOM HÉLDER, GRÜNDET PATER ABELARDO EINE KOMMUNE – DER PFARRER VON PIAÇAVA FÜHRTE DEN ÜBERFALL AUF DIE FAZENDA SANTA ELIODORA – FAZENDEIRO KLAGT PATER GALVÃO DER BRANDSTIFTUNG AN.

In einem Skandalwurstblatt, ohne genaues Publikationsdatum – es erschien, wenn irgendein Interessierter die Schnur des Geldbeutels lockerte –, meldete die Titelseite ein lustiges Thema: PATER ABELARDO GALVÃO, RASPUTIN DER ARMEN. Der Untertitel erwähnte den Namen Patrícia.

Der Ebó

Am frühen Morgen jenes Donnerstags wurde Oyá in Straßen und Gassen gesehen, im Zentrum und in der Umgebung der Stadt Bahia, während sie von Axé zu Axé ging, als Besuch. Wenn sie jemand an den Büffelhörnern oder dem Feuerspeien erkannte, zeigte er kein Erstaunen, machte kein Aufsehen, warf sich ihr nicht zu Füßen, rief nicht einmal ihren Namen aus. Er grüßte sie verschwiegen, mit einem Murmeln des Mundes nach innen, nur sie und sonst niemand könnte es bemerken: Eparrei! Wer mehr weiß, spricht weniger, Prahlerei und Protzerei sind Hilfsmittel der Unwissenden und Scharlatane. Oyá ging stolz und schön vorüber, mit einem Tuch bekleidet; auf den nackten Schultern, an den Armen und an den Knöcheln weinfarbene Ketten und Armbänder. Frühaufsteher und Nachtschwärmer hatten sie gesehen.

Sei es, wie es sei, etwas sickerte durch. Ein Gerücht ging um, breitete sich aus. In den Heiligenhäusern, im Gedränge der Mädchen, im Verborgenen der Candombléheiligtümer hörte man anzügliche Gespräche, tauschte Klatsch aus, und am Mercado de Santa Bárbara, in der Baixa dos Sapateiros, erwachten verschiedene Buden, geschmückt mit Girlanden, Seidenpapierwimpeln, Kreppapierblumen, wenn auch das Fest Yansãs noch fern war, das hier am 4. Dezember gefeiert wird. Folia-Tänzerin ohne Konkurrenz, improvisierte Jacira do Odô Oyá einen bescheidenen Caruru aus 12 Gros Quiabos zum Feiern. Um was zu feiern, sagte sie nicht, man fragte sie nicht einmal.

Oyá war wegen Adalgisa und wegen Manela gekommen, um einzutreiben, was ihr geschuldet wurde, denen ein Exempel zu statuieren, die ihr gegenüber gefehlt hatten, um das Recht auf Leben und Liebe zu verkünden. An Festen würde sie sich mit dem des Vorabends begnügen, als sie an Land und zum Gantois gegangen war: verbindlich, denn Mittwoch ist ihr Wochentag. Doch wenn es andere gäbe, würde sie sie nicht verschmähen. Es geschah indessen, daß das Unvorhergesehene ihr neue Arbeit brachte: Als zärtliche Mutter kann sich Oyá ihren Töchtern nicht verweigern. Sie war nicht zu den Festen gekommen, doch bei so vielen Verpflichtungen ist eine Feier unvermeidlich.

Wie man sagt, hat Oyá mit dem Axé von Alaketu begonnen, in der Nachbarschaft von Carybés Haus – von Boa Vista nach Matatu ist es ein Sprung, es liegt alles in Botas –, wo einige bestätigen, daß sie die Nacht in fröhlicher Gesellschaft verbracht hat. Sie führen als Beweis die Leinwand an, auf der man eine in Mysterium und Poesie schlafende Schwarze sieht und, um den schlanken und erstaunlichen Körper herum, die Landschaft von Bahia, das Gebirge, das Meer, das Volk. Die Gesichtszüge betrachtend, stellt man leicht die Ähnlichkeit mit Olga, der mächtigen Iyalorixá, fest: Olga von Alaketu, Olga der Zeit, Olga von Yansã.

Die Heiligenmutter hatte die Verpflichtungen des Tages begonnen, indem sie die Hörner blies, um den Verzauberten anzurufen, den Ebó aufzustellen und den Kummer des Mädchens zu übermitteln, die Bitten, einfach die einen, die anderen schwierig zu erfüllen, als Oyá sich zeigte und die Morgenröte am Fuß des Alaketu-Hügels anzündete. Olga lächelte: Meine Mutter ist persönlich gekommen, gegrüßt sei der gesegnete Tag! Die Ziege, hinter der Baracke an einer Leine angebunden, blökte bekümmert.

Vor der Schüssel mit Acarajés hockend, bemerkte das Mädchen kaum das Licht der Morgenröte, das die Finsternis durchbrach, doch sie sah granatfarbene Blitze, weinrote Streifen, und sie nahm sie als günstige Zeichen. Von der Gunst hing ab, wer beladen wurde mit Sorgen, Ehrgeiz, Entbehrungen, den Beutel gefüllt. Eine große und umfangreiche Bitte, würden für so viel Not und so viel Dringlichkeit zwei Dutzend Acarajés und eine junge Ziege genügen, selbst wenn sie aus dem Sertão mitgebracht wurde?

Niemals hatte sich das Mädchen so elend gefühlt, denn dieser Tag war plötzlich entscheidend für ihre beginnende Laufbahn geworden, aber sie war ehrgeizig und hartnäckig, sonst wäre sie nicht Yansãs Tochter. Bald würde sie drei Jahre Handlung beenden, vom Namensfest an hatte sie bei keiner Verpflichtung gefehlt, sie hatte den Kalender der Muschel sorgfältig erfüllt. Die Heilige hatte ihr bei den Vorprüfungen und beim Debüt vor dem Mikrofon des Teatro Castro Alves geholfen, wo sie mit Anmut und Lob die Rolle der Dona Pasta in einem Kinderstück von João Jorge, jener Schamlosen, gespielt hatte. Haar einer Indianerin, schwarz und glatt, blaue Augen einer Weißen, volle Lippen einer Schwarzen, schwarzbraune Farbe, brachte das Mädchen die Bitte hervor.

Sie flehte um Gerechtigkeit für die Ausgebeuteten, bat um Mut und Können vor den Kameras und sehnte sich danach, in ihren Armen den Mann zu empfangen, der ihr Blut verzehrte. Eine junge Studentin, die mit den verbotenen Dingen sympathisierte, eine Schauspieleranfängerin auf den Bühnen der Teatros de Arena, die arm, provisorisch, verfolgt waren, eine heiße Ziege, die vor glühender und unterdrückter Leidenschaft stöhnte. In das gleiche Bündel der Anliegen steckte sie das Fernsehprogramm, das großartige Französisch, einen hübschen und keuschen Pater und drei Kadaver, die sie in der Ferne verwesend gesehen hatte. Die andere Ziege, die sie als Gabe mitgebracht hatte, hatte sie aus den Herden des Fazendeiros gestohlen, was ihr einen höheren Wert und größeren Verdienst verlieh.

Während Olga die ungestüme Litanei hörte, verflüchtigte sich Oyá in der Stimme des Mädchens, durchlief das Latifundium und die Siedlung, verwahrte die Last der Unglücklichen, nahm Kenntnis von den bösartigen Absichten, den teuflischen Plänen, erfuhr von der Verurteilung zum Tode. Oyá kannte den Pater, den Reisegefährten bei der Überfahrt über den Paraguaçu, er war ein hübscher, kräftiger junger Bursche, hatte ein edelmütiges und unruhiges Herz. Der Rest der Bitte des Mädchens, französische Ausdrucksweise und Theaterspiel, würde keine Anstrengung erfordern. Sie würde die parallelen Linien nehmen, um einen Kreis zu ziehen.

Das Mädchen kam zum Ende der Bitten. Oyá, zurückgekehrt und entschlossen, bestieg Olga, ihr Lieblingspferd, ergriff den Säbel und zog tanzend aus. Dreimal spuckte sie Feuer, bevor sie die Bittstellerin an der Brust empfing und den Ebó annahm. Die Schüssel mit den Acarajés wurde auf den Peji gestellt, doch als, heiß und rot, das Blut aus dem Hals der Ziege strömte, saugte Oyá es gierig ein. Sie befahl, die Stücke des Tieres zu kochen, und nachdem ihre Portion weggenommen worden wäre, sollte das übrige dem Volk des Axé am späten Nachmittag zum Schmaus dienen. So wurde es gemacht.

Die Ereignisse vom Donnerstagmorgen

AUF GUT GLÜCK, WIE AUCH IMMER – Vom Donnerstagmorgen an, dem Vortag der Vernissage der Ausstellung für Religöse Kunst, wie man nun schon lange weiß, hatten sich die Ereignisse überstürzt, sie überschlugen sich, zusammenhanglos, wie es schien: Sie machten die Verwicklung noch verworrener, ein Labyrinth.

Zu den bekannten Personen kamen neue Figuren hinzu, inländische und ausländische, einige von finsterer Befugnis, sie schlichen sich bei liebenswürdigen Wesen ein, drängten sich zwischen Berühmtheiten. Ohne von der Menge Volk zu sprechen, die sich einfand, es war nicht nötig, sie herbeizurufen.

Es wird schwieriger, den Faden des Knäuels zu lösen und die Enden zu verknüpfen. Es ist die Gewohnheit, auf gut Glück zu erzählen, aufs Geratewohl, wie man in den guten Zeiten sagte.

Vielleicht muß man Zeiten und Räume in der Folge der Episoden mischen und die Harmonie unterbrechen, die herzustellen beabsichtigt war, um die Geschichte zu erzählen. Wer weiß, inmitten des Wirrwarrs und Gedränges wird sich ein günstiger Weg finden lassen, der zum Abschluß des Abenteuers führt.

Wenn es nicht möglich sein sollte, wird man das Gesagte als nicht gesagt ansehen, und Schluß: Trickbetrug.

DIE ZWILLINGE – Am Morgen dieses Donnerstags, da Pater Abelardo Galvão, als Mann gekleidet, aber Vorhemd und Kragen aus Zelluloid, die Insignien seines geistlichen Standes tragend, sich dem Eingang des Erzbischöflichen Palastes näherte, begegnete er einer großen und schlanken Schwarzen von stolzer Haltung, mit farbigen Tüchern geschmückt. Als sie an ihm vorüberging, lächelte ihm die Schwarze vertrauensselig zu.

Obwohl er sie nur flüchtig sah, schien sie ihm bekannt, woher, erinnerte er sich nicht. Er drehte sich um in der Absicht, sich zu vergewissern, aber er sah sie schon nicht mehr, sie war in der Menge verschwunden, im Stimmengewirr der Praça da Sé. Versunken in die Frage, wo er sie schon gesehen hatte und wem sie ähnelte, hörte er nicht auf den Jungen, der ihm laut schreiend eine Zeitung zum Kauf anbot.

»Lesen Sie die Nachricht von der Heiligen, die aus der Kirche verschwand!«

Der Weihbischof ließ ihn eine gute halbe Stunde im Vorzimmer warten, obwohl er ihn zu Datum, Stunde und Minute bestellt hatte und mit der Ermahnung, sich nicht zu verspäten. Punkt halb elf. Der Seminarist, der ihn empfangen hatte und gegangen war, ihn anzumelden, kam nicht einmal zurück. Während er bedauerte, die Zeitung nicht gekauft zu haben, um sich das Warten mit der Lektüre zu verkürzen, versetzte sich Pater Abelardo, seinen Gedanken überlassen, in den Sertão, nach Piaçava. Wären nicht die Geräusche der Praça gewesen, die das große alte Gebäude überfluteten, die Musik, das Ausrufen von Bekanntmachungen, hätte er sich in die Einöden der rauhen Landschaft versetzt gefühlt, in das Land der Palmen, der Pflanzungen von Faserpalmen und Dendê, das armselige Dörfchen, den verlassenen Weiler.

Im Vorzimmer zeigte das hohe Schlagwerk die Stunde an: Um diese Zeit, eine Minute früher oder später, überquerte Patrícia auf dem Pferd den kleinen Platz gegenüber der Kirche, im Galopp, der sie an die Ufer des durch die Dürre ausgetrockneten Flusses brachte. Sie kam in sanftem Trott zurück, stieg vor dem Laden der Indianerin Milá ab, hinter dem Musikpavillon. Sie legte die Zügel auf den Reitstock des Sattels, lockerte das Geschirr, das Pferd suchte von selbst den Schatten des Vordachs.

Von der Kirchentür aus verfolgte Pater Abelardo jede Bewegung, jede Geste der Amazone. Anstelle von Reithosen trug sie ausgeblichene Jeans, anstelle von Stiefeln ein Paar Tennisschuhe. Eine unwandelbare Erinnerung an die Kindheit in den Pampas kam ihm ins Gedächtnis. An der Stalltür bewegten sich die Großmutter, die Indianerin und die Tiere. Schmucklose Bilder, sie vermittelten ihm indessen das gleiche Gefühl vollkommenen Lebens. Das Geschehen wiederholte sich an jedem einzelnen der Tage – ach, es waren recht wenige! – von Patrícias Besuchen im Hause der Eltern. Die Besuche waren häufiger und ausgedehnter geworden, so schien es ihm. Oder täuschte er sich? Pater Abelardo Galvão, der sich auf des Messers Schneide hielt, trug das Gewicht des Universums auf dem Rücken.

Kaum daß er angefangen hatte, über die Gründe nachzudenken, die imstande waren, das Verhalten des Mädchens zu bestimmen, die Zeiten des Gehens und Kommens und der Dauer, wurde der Pater von einem unerwarteten Wahn ergriffen. Die Schwarze, der er auf dem Weg vor dem Palast begegnet war – wo hatte er sie vorher gesehen? –, als pechschwarze Negerin, die sie war, erinnerte sie ihn an Patrícia. Patrícia, ja, an sie und keine andere. Physisch ähnlich, eine Ähnlichkeit, die in der Stille des Vorzimmers mit jedem Augenblick größer wurde, waren sie nicht doch gleich? Gleich, auf welche Weise? War es die Haltung, waren es die Gesichtszüge, wer weiß? Die schlanke Figur, die Größe, der Schneid, das zweideutige Lächeln: vertrauensselig und ausweichend. Da war noch irgend etwas, er wußte nicht, was. Er hatte die Schwarze nur flüchtig gesehen, aber er hatte sie vollkommen und für immer gesehen.

Patrícia gleich, als wären sie Zwillingsschwestern, aber aus verschiedenen Familien, von unterschiedlicher Herkunft und Abstammung. Die geheimnisvolle Ähnlichkeit mit Patrícia erinnerte ihn dann, wo und wie er sie gesehen hatte, die Schwarze. Es war am Vortag gewesen, an der Rampa do Mercado, bei der Ankunft des Leichters. Sie war an ihm vorbeigegangen, eine Mulattin und wie eine Bahianerin gekleidet. Sie hatte ihm zugezwinkert. Die Größe, das Lächeln, die Eleganz, das Aussehen, die Haltung von Patrícia. Noch etwas, aber was? Er hatte es bei der Gelegenheit nicht bemerkt, so beschäftigt, wie er war mit der Aufforderung des Weihbischofs. Aber jetzt, im Vorzimmer des Erzbischöflichen Palastes, identifizierte er sie, Zwillingsschwestern. Zwei oder drei? Wie viele? Die Vorahnung wurde ihm bewußt. Vorahnung, Unsinn oder Wahn, der unruhige Pfarrer von Piaçava kam damit nicht weiter. Vor ihm stehend, die Hände über dem Umfang des Bauches gekreuzt, ihn von oben bis unten prüfend, kündete ihm Pater Soares mit näselnder Stimme an, daß Seine Hochwürden ihn erwarteten.

Der Bischof am Fenster – Als er in den Raum trat, wo Dom Rudolph empfing und entließ, sah Pater Abelardo ihn an einem der Fenster stehen, die sich nach der Praça öffneten. In seinen Holzpantinen – da er von kleiner Statur war, trug er hohe Absätze –, oben auf dem Kopf das rote Käppchen, in kriegerischer Pose. Pater Abelardo stattete die Übermacht des Weihbischofs immer mit dem militärischen Waffenrock aus. Aber er gestand ihm nicht die Sterne des siegreichen Generals auf den Schlachtfeldern zu, nur einen herrschsüchtigen und intoleranten Zugführer. Er blieb dicht am Schreibtisch stehen, räusperte sich, um sich anzukündigen.

Dom Rudolph schenkte dem Geräusch des Räusperns ebensowenig Aufmerksamkeit wie dem der Schritte, er blieb abwesend, beobachtete. Der Samtvorhang bewahrte ihn vor der Indiskretion der Vorübergehenden. Die Gestalt der Schwarzen, die in der Mitte der Praça stand, im Funkeln der Sonne, eine Statue, beeindruckte ihn. Trotz der Entfernung war ihm, als ob sie ihn von Angesicht zu Angesicht anschaute, sah er, daß die Augen der Schwarzen blitzten, zwei brennende Kohlen, eine wahre Glut, und zweifellos war er es, über den sie lachte, ausschweifend. Noch schlimmer war, daß ihn solcher Unsinn nicht aus der Fassung brachte. Wenn er ihn auch beunruhigte, in seinen Vorsätzen gestört.

Da verschwand die Schwarze plötzlich. Er starrte sie an, sie verschwand. Sie ging nicht von dem Fleck weg, sie bewegte sich nicht, sie löste sich nicht in Rauch auf, sie verflüchtigte sich nicht: Sie hörte auf, dazusein und zu existieren. Der Platz der Statue blieb leer.

Dom Rudolph wandte die Augen ab, und zufällig richtete er sie auf einen Kerl, der auch auf die Fassade des Palastes starrte: abgerissen, trug er Bastschuhe wie einer aus dem Sertão, der Hut mit breiter Krempe bedeckte sein Gesicht, und trotz der glühenden Sonne trug er einen Regenmantel. Gleichgültig wandte sich der Bischof vom Fenster ab, sicherte den anfangs schwankenden Schritt, ging zum Tisch. Bevor er sich setzte, schenkte er sich Wasser ein, trank zwei Schlucke, wischte den Schweiß von Gesicht und Hals. Er steckte das Taschentuch ein, verbarg seine Verstimmung nicht: tödliche Hitze der Tropen, widerliche Feuchtigkeit, klebrig, und einen schlechten Pater vor sich. Er spürte ein Unbehagen im Nacken, die Stirn noch umwölkt.

DAS HEER CHRISTI, WELCHES VON IHNEN? – Pater Abelardo hatte nicht mit einem begeisterten Empfang gerechnet, nicht einmal mit einem herzlichen, er kannte die Position des Weihbischofs in bezug auf die Probleme der Gemeinde von Piaçava, Widerspiegelung der sozialen Probleme, die den brasilianischen Klerus spalteten. Er hatte sich jedoch nicht vorgestellt, daß die Begegnung von solcher Schärfe begleitet sein würde. Anstatt Gesprächspartner zu sein in einem dornenvollen, jedoch höflichen Dialog, Zitieren der doktrinären Texte, Bezugnahme auf das II. Vatikanische Konzil, auf den Hirtenbrief der Erde und die letzten theologischen Bücher, sah er sich auf der Anklagebank sitzen und eine trockene Anklageschrift hören. Wenig, fast keinerlei Recht der Verteidigung wurde ihm zugestanden. Seine Hochwürden erlegte ihm Schweigen auf bei jedem Versuch, den er machte, um die Wahrheit der indessen offensichtlichen, zum Himmel schreienden Fakten darzulegen.

Heuchelei zählte nicht zu den Fehlern Dom Rudolphs. Er hatte nicht die Gewohnheit, seine Gedanken zu verheimlichen, Wertschätzung zu heucheln, wenn er verachtete. So machte er, als er sich setzte, nur ein Zeichen mit dem Kopf in Richtung des Paters. Er empfing ihn nicht in brüderlicher Umarmung an der Brust, streckte ihm nicht die Hand hin, reichte ihm nicht den Ring zum Küssen. Er war ein Krieger und kein Diplomat. Er wies auf den Stuhl an der anderen Seite des Schreibtisches, den Finger ausgesteckt wie eine Lanze in der Faust. »Ich sehe, daß Hochwürden vergessen haben, Sie haben meiner Ermahnung, die ich zur Würde der priesterlichen Tracht ausgesprochen hatte, als wir uns das letzte Mal sahen, nicht pflichtschuldig Rechnung getragen.«

»Ich habe ihr so sehr Rechnung getragen, daß ich als Clergyman gekleidet bin, den Befehlen Eurer Hochwürden gehorchend.«

In dem korrekten Satz, in der respektvollen Geschmeidigkeit, spürte Dom Rudolph Anzeichen von Spott, er hob die Stimme: »Ich habe gesagt: in der Soutane. In gutem Portugiesisch. Das nächste Mal will ich Sie in der Soutane sehen. Oder sollte die Soutane Sie drücken oder Ihre Bewegungen hemmen?«

Nicht immer gut, das Portugiesisch, der gutturale Akzent machte den Tadel bitterer, den Befehl gebieterischer. Zwischen dem Weihbischof der Erzdiözese, Primas von Brasilien, und der unbekannten Pfarre von Piaçava stellte sich das Heer Christi in Kampfesformation auf. Das Heer oder die Heere? Sehr verschieden das eine vom andern, das des Bischofs, das des Pfarrers: entgegengesetzt, feindlich.

Für Dom Rudolph gab es keinen Zweifel, und er versicherte es, autoritär: »Das Heer Christi mit seinen auf fünf Kontinenten errichteten Schützengräben hatte die Mission, das Recht auf Eigentum der herrschenden Klassen zu unterstützen, wie es das durch die Jahrhunderte hindurch getan hatte. Übergriffe, wenn es sie gäbe, würden von der Nächstenliebe korrigiert werden: Dazu gibt es die Nächstenliebe, Pater Galvão, eine der drei theologischen Tugenden. Die Kirche ist eine Stütze der Ordnung und nicht Anstifterin zur Unordnung. Üben Sie Nächstenliebe, Pater.«

Pater Abelardo hingegen meinte, daß diese Kirche der Unterwerfung und des blinden Gehorsams, im Dienste der Reichen und Mächtigen – für sie die Güter der Erde, für die Armen die Hoffnung auf das himmlische Königreich –, die Negation des Messiaswortes war: Die Kirche mußte der Gerechtigkeit und den Bedürftigen dienen. Das authentische Heer Christi, angeworben in den Armenvierteln der Städte und im Elend der Länder der Dritten Welt in Verzweiflung, durch die Pater und die Bischöfe, die Träger einer neuen Predigt, mußte die aufsässige Aktion, den Widerstand und den Kampf unterstützen.

Die beiden Formationen einander gegenüber, wenn auch

beide in der Uniform der traditionellen Soutane, unmöglich, nicht zu unterscheiden zwischen dem Alten und dem Neuen, ein Widerspruch, der unerbittlich zum Fortschritt der Gesellschaft führt. Genug der Rede, denn was hier gewünscht wird und getan werden soll, ist lediglich, einen kurzen und unparteiischen Hinweis auf die Auseinandersetzung zu geben, in die sich der Weihbischof und der Pfarrer aus dem Landesinnern eingelassen hatten. Ohne daß Partei ergriffen wird oder versucht wird, die kluge Diskussion zu beeinflussen. Dom Rudolph definierte die Ketzerei: »Sie, Pater, sind ein Ochlokrat. Es gibt keine schädlichere Ketzerei in unseren Tagen, als die Ochlokratie in die Kirche einführen zu wollen. Das ist es, was Sie tun wollen.«

Dom Rudolph war ein Brunnen von Wissen, Pater Abelardo war ein Ochlokrat, und darüber hinaus kannte er noch nicht einmal den Ausdruck und seine Bedeutung. Er wünschte nur, daß die Rechte der Pflanzer und Pächter respektiert würden, doch auch er brachte seine Belesenheit an: Er war ein fleißiger Seminarist gewesen, man hatte ihn für glänzend gehalten, ihm eine Zukunft mit Priesterkäppchen und Würden vorausgesagt. Dom Rudolph schnitt ihm das Wort mitten in einem Zitat des heiligen Ambrosius ab, den Pater Abelardo mit dem üblichen Pathos des Grenz-Gauchos deklamierte: »Die Erde ist allen gegeben und nicht nur den Reichen, das Gut, das du an dich reißt, ist allen gegeben für das Gemeinwohl.« Er kam nicht zum Ende des Satzes, Dom Rudolph warf ihm die Bibel an den Kopf. Er wurde auf lateinisch zum Schweigen gebracht: *»Redde Caesari quae sunt Cesaris, et que sunt Dei Deo.«*

DAS ULTIMATUM – Der Weihbischof hatte der Bitte des Grundbesitzers der Fazenda Santa Eliodora, Joãozinho Costa, nicht stattgegeben – Dona Eliodora Costa war ein Pfeiler der Kirche, majestätisch –, mit der er das Entfernen, das unverzügliche Ersetzen des Pfarrers von Piaçava verlangt hatte: Der Kardinal würde sein Einverständnis nicht geben.

Nach Meinung des Kardinals rührten die Konflikte von

Piaçava, wie so viele andere im Lande draußen, vom äußersten und schändlichen Elend her, und der Pfarrer konnte sie nicht wegzaubern. Mit Vorsicht und sicher handeln, aber sie nicht verleugnen. So hatte er es zum Weihbischof gesagt, als sie verabredet hatten, Pater Abelardo Galvão herbeizuzitieren, um ihm »die Flügel zu beschneiden, aber nicht den Hals«.

Dom Rudolph hatte als Gegenleistung versprochen, der subversiven Handlung des Paters Einhalt zu gebieten – subversiv nach Aussage des Fazendeiros. Während des behutsamen Gesprächs nach dem königlichen Mahl, das die Familie versammelt hatte, um die Firmung der jüngsten Tochter Marlene zu feiern, hatte es der Bischof vorgezogen, die Handlung des Pfarrers als unklug, als unangebracht einzustufen. Bei der Gelegenheit hatte Joãozinho Costa beiläufig auf die verdächtige Verbindung Hochwürdens mit einem gewissen Fräuleinchen, der Tochter des Landessteuereinnehmers, angespielt. Unter dem Vorwand, die Eltern zu besuchen, erschien diese, ganz sicher eine Plaudertasche, unerwartet in Piaçava, um auf den Ländereien der Fazenda, in den Häusern der Pflanzer herumzuschmeicheln, wenn sie nicht mit unserem frommen Mann zusammen war, hinter verschlossenen Türen, in der Kirche. Das war auffallend.

Nach der Ochlokratie und dem Latein war die Stunde des Ultimatums gekommen: »Hören Sie mir aufmerksam zu, damit Sie später nicht sagen, daß ich Sie nicht gewarnt habe, Pater Galvão.«

Wenn der Pater wünschte, weiter den Dienst des Herrn in Piaçava auszuüben, mußte er aufhören, Seinen Namen sinnlos zu benutzen, ein für allemal und vollständig das subversive Handeln aufgeben – subversiv und nicht unklug: Dort, allein mit dem Pfarrer, war das Gespräch ein anderes, er mäßigte die Adjektive nicht – die marxistische Predigt, eines Priesters unwürdig, mußte sich verändern, für die Rettung der Seelen und nicht für das Kommando von Messerhelden. Gott und die Erzdiözese hatten ihn zum Pfarrer bestimmt, es hing von ihm, Pater Galvão, ab, in Piaçava weiterzumachen oder nicht. Sein Wirken würde Schritt für Schritt verfolgt werden. Sorgen Sie sich um die Seelen und üben Sie Nächstenliebe. Er sprach heftig und überzeugt, im Befehlston. Er gab keine Ratschläge, er diktierte Befehle. Er machte eine Pause, bevor er hinzusetzte: »Außerdem empfehle ich Ihnen Zurückhaltung bei Ihren weiblichen Bekanntschaften. Sie erregen Aufsehen.«

»Weibliche Bekanntschaften? Welche, sagen Sie mir das. Ich möchte es wissen.«

»Es ist nicht wichtig, welche, ich frage Sie nicht, noch werde ich Ihnen antworten. Stehen Sie noch nicht auf, wir haben noch eine andere Angelegenheit zu besprechen.« – Das explosive Kapitel abgeschlossen – die Flügel beschnitten, den Hals noch nicht –, verlor die Stimme des Weihbischofs die Aggressivität: »Wissen Sie etwas bezüglich des Bildes der heiligen Barbara, der des Donners, das auf dem gleichen Schiff kam...«

Die Frage blieb unvollendet in der Luft. An der Tür, die ins Wartezimmer führte, bat Pater Soares um die Erlaubnis, eintreten zu dürfen; in der Hand schwenkte er ein Blatt Papier.

Die Anklage – Pater Soares legte Dom Rudolph die Nachricht hin und wartete stehend, die Hände über dem Bauch gekreuzt. Der Bischof hob den Blick. »Ist er am Apparat?«

»Noch nicht. Er befahl anzurufen.«

»Sagen Sie, daß ich abnehmen werde.«

Während Pater Soares, wieder im Vorzimmer, ankündigte: »Seine Hochwürden werden abnehmen, Sie können die Verbindung herstellen«, nahm Dom Rudolph das Telefon an einer Ecke des Schreibtisches ab und wartete. Er zögerte nicht lange, er entfaltete sich eifrig: »Guten Tag, Oberst, wie geht es Ihnen? Welcher Angelegenheit verdanke ich die Ehre, Sie zu hören?« – Er horchte, runzelte die Stirn: »Wichtig und dringend? Sagen Sie, bitte.« Gleich darauf unterbrach er den Gesprächspartner, um zu bestätigen: »Ich bin im Bilde, ja. Ich war es, der ihm riet, Sie aufzusuchen, Oberst. Erinnern Sie sich, daß ich Sie bat, ihn zu empfangen?« – Er lächelte in

Erwartung einer guten Nachricht, doch fast sofort verschwand das Lächeln: »Was haben Sie gesagt? Ja, ich kenne ihn, natürlich...« Er hob die Augen, heftete sie auf den Pfarrer von Piaçava. »Einen Augenblick, Oberst... Ich verstehe schlecht, ich werden den Apparat wechseln.«

Er stand auf, wandte sich zum Vorzimmer. Im Vorübergehen wies er Pater Abelardo an: Warten Sie auf mich, ich bleibe nicht lange. Doch er blieb lange, das Telefongespräch zog sich hin. Auf eine Geste des Bischofs hatte Pater Soares die Verbindungstür zwischen den beiden Zimmern geschlossen. Der Priester, allein, dachte über die erhaltenen Befehle nach. Lang war der Arm, schwer war die Hand der Herren des Landes.

Er erschrak, als er den Weihbischof vor sich sah, wie er wütend etwas über das Bild wissen wollte, zu dem er eine Frage begonnen hatte, bevor er an das Telefon gerufen worden war. Jetzt jedoch klang Dom Rudolphs Stimme belegt, fassungslos, er stellte bereits keine Frage mehr, sondern erhob eine Anklage, die sonderbarste: »Und die Heilige, welches Ziel haben Sie ihr gegeben?« Er ließ ihm nicht einmal Zeit, zu erschrecken, er überfuhr ihn: »Das Bild der heiligen Barbara, der des Donners, das unter Ihrem Schutz von Santo Amaro kam, wohin haben Sie es gebracht, wo haben Sie es versteckt, warum haben Sie es gestohlen, wer sind Ihre Komplizen? Pater Galvão, Sie sind zu weit gegangen.«

FLASH VON PATRÍCIA BEI TAGESLICHT – Wer sich die Mühe macht, zum Beginn der Geschichte zurückzukehren, wird sich erinnern, daß Pater Abelardo Galvão von Patrícia nur das Kristall der Stimme, das Rätsel des Lächelns, die Koketterie der Augen kannte. Übrigens wußte man über Patrícia nicht viel mehr. Es drängt, die dumme Auslassung in Ordnung zu bringen und auf jeglichen nutzlosen Versuch einer Rechtfertigung, auf jegliche Bitte um Entschuldigung zu verzichten. Unmöglich, die Nachlässigkeit zu erklären, ohne zu Trick oder Schwindel zu greifen.

Sicherlich hat sie jemand beim Axé von Alaketu wiedererkannt, als sie einen Ebó aus Blut für Yansã, die Herrin ihres Kopfes, bereitete. Sie hatte die Augen in dem Moment geschlossen, da das spitze Messer, vom Axogun gehandhabt, Leben und Blöken des Zickleins durchschnitt. Tatsächlich: Das Mädchen war Patrícia, und die Ziege stammte aus den Herden Joãozinho Costas.

Der gleiche Joãozinho Costa, Feudalherr, der, ohne ihren Namen zu nennen, doch genaue Einzelheiten liefernd, imstande, sie sofort und ohne Irrtum zu identifizieren, sich in einer behutsamen, vertraulichen Unterhaltung mit dem Weihbischof der Erzdiözese auf sie bezogen hatte, an dem Festsonntag, an dem Seine Hochwürden Marlene nach der Elfuhrmesse in der Catedral Basílica gefirmt hatte. In der Predigt hatte Dom Rudolph die Tugenden gepriesen, die dieses christliche Heim schmückten.

Im Galopp hatte Patrícia zu Pferde den Warteraum des Erzbischöflichen Palastes durchquert, war in der Nähe des Kirchleins von Piaçava abgestiegen, vor den getrübten, lüsternen Augen Pater Abelardos. Dem Pater war es zu danken, daß Patrícias Name in den Zeitungen erschienen war, außerhalb des für Theaternachrichten und -kritiken reservierten Raumes.

Wie man sich erinnert, wurde darüber hinaus nichts über sie erzählt. Es bleiben einige Adjektive – schön, elegant, stolz. Allgemeine Adjektive, verdiente Lobesworte, die sie hervorheben, sie aber nicht schildern, sie nicht beschreiben, weder physisch noch moralisch.

Groß oder klein, dick oder dünn, ernst oder heiter, große Brüste oder kleine, das Hinterteil, wie war es? Nicht einmal die Hautfarbe war geklärt. Da sie eine Mischung aus Indianern, Schwarzen und Weißen war, sprach man von einer dunklen Farbe, was wollte man damit sagen? Es kam die Gelegenheit, und sie kam schon spät, Patrícia in vollem Tageslicht vorzustellen, nachdem sich der Nebel im Morgengrauen zerstreut hatte und bevor sie sich geschmückt, gekämmt, geschminkt unter dem Glanz der Scheinwerfer zeigte.

Was die verbrannte Farbe betrifft, hätte man sie als

schwarzbraun beschreiben müssen, so muß man es lesen: schwarzbraune Farbe der Jambo – Verzeihung für den Gemeinplatz, doch es gibt keinen besseren Vergleich. Die langen glatten Haare, schwarz und glänzend, das ovale Gesicht, orientalisch, Erbe der Pataxó-Urgroßmutter: vorspringende Backenknochen, mandelförmige Augen. Mandelförmig, aber von einem durchscheinenden Blau, wie das Wasser des Meeres – und da ist ein anderer Gemeinplatz –, die Augen einer Gringa, einer Europäerin. Kokette Augen, hatte Pater Abelardo sie definiert, und er traf ins Schwarze, trotz seines eingeschränkten Mitspracherechts in bezug auf Frauen: Schuld der Keuschheitsgelübde, wird hier ein für allemal versichert, um Mißverständnisse zu vermeiden. Besäße er etwas mehr Urteilsfähigkeit, so würde er sehen, daß Patrícias Koketterie sich von den Augen über den Körper hinweg ausbreitete, offenkundig im Schaukeln der Brüste, die Brustwarzen drängten sich gegen die Batistbluse, offensichtlich auch im Auf und Ab des vom Minirock kaum bedeckten Hinterteiles. Das Hinterteil war das einer Schwarzen, gottlob!

Sie hatte den Kurs für französische Literatur an der Philosophischen Fakultät abgeschlossen, aber sie hatte die Universität nicht verlassen, denn sie hatte sich in der Theaterschule eingeschrieben, wo sie der Liebling des Direktors Nelson Araújo war, Dramaturg und Autor, der ihre Begabung entdeckt, ihren Namen verändert hatte und ihre Zukunft voraussah: Die hält niemand auf, sie ist für das Rampenlicht geboren.

Patrícia hatte zwei Jahre zuvor auf der Bühne debütiert, in einem Kinderstück, sie hatte nicht mehr aufgehört. In diesen zwei Jahren hatte sie von allem etwas gemacht: weitere Kinderstücke, Musiktheater, Kolportagetheater, Dramen und Komödien, Kitsch, nationale und ausländische Autoren, sie führte auf, was erschien – der kleine Theaterbetrieb der Stadt erlaubte keine Wahl. Beim Film hatte sie – durch Vermittlung von Nilda Spencer, einer anderen einflußreichen Person, die auf sie setzte und sie protegierte – eine winzige Rolle erhalten, eine Nebenrolle, im Film von Nelson Pereira dos Santos, nach einem bahianischen Roman. Sie rettete die Szene, wie Walter da Silveira, eine Autorität der Filmkritik, schrieb: Wäre die Rolle tragender gewesen, hätte sie den Film gerettet.

Mit Kommilitonen der Universität, die sich für den Kampf gegen die Militärdiktatur einsetzten, hatte sie an der Gründung des »Teatro de Arena« von Bahia teilgenommen, von kurzem, aber bewegtem Leben – eines Tages kam die Polizei und verfrachtete die Truppe in den Überfallwagen, es ging direkt ins Gefängnis. Die Mädchen wurden Stunden danach freigelassen, die Jungen mitten in der Nacht. Gefängnis, begründet durch die Beharrlichkeit der Studenten, ein von der Zensur verbotenes Stück zu inszenieren. Sie haben weiter geprobt und an der Theaterfassade ein provokatorisches Plakat angebracht, das das Premierendatum verkündete. Von den Polizisten von der Wand gerissen, wurde das Plakat zerfetzt, die jungen Leute erlebten den Augenblick des Heldentums, mit dem Recht auf eine Karteikarte bei der Staatsanwaltschaft für Politische und Soziale Ordnung und dem Recht auf Drohungen.

Sie besuchte die »Aliança Francesa«, sagte Gedichte von Eluard auf – »*Liberté, j'écris ton nom*« –, träumte von einem Stipendium in Paris, wenn sie nicht von Pater Abelardo träumte. Es geschah, daß sie den Pater und Paris in ein und demselben Traum vereinte. Sie sah sich mit ihm, wie sie, einander an den Händen haltend, im Schnee den Boul'Mich hinuntergingen inmitten der verrückten Bewohner des Quartier-Latin. *Des tourtereaux,* würde Professor João Batista sagen. Um von Professor Batista zu reden, wo ist er? Wieso verschwand eine so sympathische Figur aus der Handlung? Der Professor kannte übrigens Patrícia und gehörte zu ihren Bewunderern, wobei er ihre französische Aussprache, ihren Charme und ihre schauspielerische Begabung lobte. Er prophezeite: Eines Tages wird sie noch die »Phädra« von Racine spielen.

PATRÍCIA IN DER KÜNSTLERLOGE – Nicht wegen der Skrupel, der Schüchternheit oder der Trägheit Patrícias kannte Pater Abelardo von ihr nur das Kristall der Stimme, das Rätsel des Lächelns, die Koketterie der Augen. Ach, wenn es von ihr abhinge, nur von ihr! Obwohl sie sich bemühte: die Stimme, die sich mitten im Satz brach, der verlorene Blick, das zweideutige Lächeln, Melancholie und Seufzer.

Niemals war sie leicht zu erobern gewesen, sie verlangte, daß man ihr den Hof machte, daß man sich in sie verliebte und sie verführte, sie gab sich nicht einfach so mir nichts, dir nichts hin, sie ging nicht sofort mit ins Bett. Ein einziges Mal war es vorgekommen, daß sie sich vor Begierde verzehrte, unfähig zu denken, zu überlegen. Eine Leidenschaft, ähnlich wie diese jetzt, für den Pater; sie hatte eine bahianische Spielzeit eines Stückes von Boal gedauert: Außer daß er hübsch war, war der Liebhaber nur eingebildet gewesen. Abelardo hingegen war, außer daß er hübsch war, eine wunderbare Person, Patrícia kannte niemanden, der sich mit ihm hätte vergleichen können. Ein reines und edles Herz, leuchtende Intelligenz, konsequent im Kampf, um die Ursachen des Elends abzuschaffen, was für eine klangvolle und überzeugende Stimme, verwirrend. Und der Schopf eines Gauchos! Eine Lust, mit den Fingern durch das blonde wellige Haar zu fahren, ihn zu kraulen. Aber dieses liebenswerte Wesen, ach, es hielt sich fern und kühl, merkte nichts von dem Fieber, das Patrícias Leib verschlang.

Geboren aus dem Interesse, das sie den Lebensbedingungen der Pflanzer und Pächter entgegenbrachten, den Landlosen, genährt in endlosen Gesprächen über Politik und Literatur, Musik, Kino und Theater, über die Ereignisse in der Welt und die Not des brasilianischen Volkes, die Gefängnisse, die Folter, den Widerstand, die Predigt des Erzbischofs von Olinda und von Recife, die Unternehmungen des städtischen Guerilleros Carlos Marighela, waren die Beziehungen zwischen der Studentin und dem Pater vertraut und herzlich geworden, doch von einer Vertrautheit und einer Herzlichkeit, die zwischen Geschwistern besteht. Verwandte Seelen, sagte er.

In flüchtigen Augenblicken glaubte Patrícia einen Schimmer von Begierde zu sehen, einen Funken von Verlangen im Blick des Paters, im Zittern der Stimme, vor allem im plötzlichen Schweigen. Strohfeuer, ohne Dauer. Gleich nahm er wieder die Wege der Brüderlichkeit. Als ob er das Wogen der Brüste nicht bemerkte, nicht den Bogen im Ausschnitt sähe, nicht die Berührung des Knies spürte, den beschleunigten Hauch des Atems. Verstand er nicht, oder wollte er nicht verstehen? Gleichgültig, gefühllos gegenüber ihren Reizen als Frau oder schüchtern, ängstlich, verhindert?

Patrícia hatte niemals geglaubt, daß ein Pater den Verpflichtungen des Zölibats treu sein könnte, um so weniger ein moderner Pater in Jeans und Blümchenhemd, der sich mit sozialen Problemen herumschlug, an der Spitze einer gemeinschaftlichen Aktion, im Zorn gegen Latifundienbesitzer und Bürgerliche, ein Mann der Linken. Zölibat? Sache einer ausgelöschten Vergangenheit, ebenso wie die Jungfernschaft der Mädchen vor der Ehe. Vorurteile.

In der Künstlerloge, als sie Röcke, Blusen, lange Hosen, das weiße Kleid der Bahianerin sortierte, Kostüme, die sie während der fünf Tage der Dreharbeiten mit der französischen Equipe tragen würde, empfand sie sogar eine Kälte im Unterleib, als sie an das Fernsehprogramm dachte. Am Morgen jenes Donnerstags, zur gleichen Stunde, da Pater Abelardo Galvão mit dem Weihbischof über die Doktrin diskutierte, brachte Patrícia seinen Namen ins Gespräch, in der Unterhaltung mit Sylvia Esmeralda, einer Kommilitonin aus dem Kurs, ihrer Freundin und Vertrauten.

Sylvia Esmeralda, kriegerischer Name einer herausragenden Zierde der Gesellschaft, befallen vom Theatervirus, begleitete die spannenden Augenblicke der geduldigen Leidenschaft mit vergnügter Neugier. Patrícia wußte von nichts anderem zu sprechen, als wäre der Pater das letzte männliche Wesen auf der Erde. Gerade als sie eine Mannschaft von Franzosen zu ihrer Verfügung hatte: Das Oberhaupt, sehr berühmt, war die Krönung, in Hochform, ein Prachtexemplar! Allein wegen des Namens war er ein Verhältnis wert, eine Verbindung, die imstande war, die Biographie jedwedes Theatersterns aufzuwerten.

»Nach meiner Rechnung«, sagte Patrícia, »müßte er angekommen sein. Er hat versprochen, micht zu besuchen. Er ist imstande, hier...«

»Was?«

»Du sollst wissen, Sylvia, daß ich diesen Pater vernaschen werde, selbst wenn ich ihn am Handgelenk packen muß. Einen dümmeren Kerl habe ich nie gesehen.«

Sylvia Esmeralda streckte die Hand zum Licht, prüfte die dunkelrot lackierten Fingernägel. »Das ist keine Dummheit, nein, Mädchen. Es ist das Dogma der Keuschheit, ein Vorhängeschloß, es gibt da keine Hintertür. Du wirst sehen, er ist noch unberührt.«

»Unberührt?«

Es schien unmöglich. Ein solcher Mann, er mußte an die Dreißig sein. Aber recht bedacht, konnte er es sogar sein: Das Unglaubliche geschieht, wenn man es am wenigsten erwartet. Patrícia biß sich auf die Lippen, mit zerstreutem Blick, in Gedanken versunken.

»Unberührt, der Ärmste...« – die Stimme schwach, matt –: »Nun, wenn er unberührt ist, wird er aufhören, es zu sein, ich schwöre es beim Heil meiner Seele.«

Sie legte die Finger zum Kreuz, küßte das Kreuz. »Gott muß mir helfen.«

»Ketzerin!« sagte Sylvia Esmeralda, um irgend etwas Intelligentes zu sagen, die Gedanken bei dem Franzosen.

DAS CHANSON VON BAHIA – Der berühmte Franzose, die Krönung in Hochform, der Sylvia Esmeraldas Gedanken durcheinanderbrachte, war Jacques Chancel. Höchstpersönlich zwischen den Windungen des historischen Ensembles herumstreifend, die letzten Einzelheiten für die Filmarbeiten einer weiteren Sendung von »Le Grand Echiquier« festlegend: Er würde die Aufzeichnung am Nachmittag dieses Donnerstags beginnen. Eine Sendung von zwei Stunden und fünfzehn Minuten, ganz dem Leben und den Bräuchen der Stadt Bahia gewidmet: Candomblé, Capoeira, Kreissamba, Afoxé-Blocks, die Wohnviertel, das Meer, das Volk und die Musik. Das »Chanson von Bahia«, hatte Chancel in einem Interview bei seiner Ankunft angekündigt.

Drei Jahre vorher, als er mit einer Gruppe von Filmstars des RTF, des Französischen Rundfunks und Fernsehens, nach Brasilien gereist war, um an der Verleihung der Molière-Preise teilzunehmen, in Rio und in São Paulo, hatte sich Chancel in Bahia aufgehalten, ein kurzer Aufenthalt von zwei Tagen. Mit dem Ziel, Vinicius de Moraes zu interviewen, der damals in Itapuã wohnte, für ein anderes seiner Programme, das im Radio, »Radioscopie«. Im Hause des Dichters hatte er Dorival Caymmi getroffen, seine Seemannslieder und Sambas gehört, er war bezaubert.

Als er erfuhr, daß Caymmi der Patriarch einer großen Herde von Komponisten war, bat er Nilda Spencer, für die er einen Brief von Madeleine Archer von der Fluggesellschaft mitgebracht hatte und in deren Haus er ein Olivenölgericht essen würde, daß sie es ihm ermöglichte, einige Musikstücke dieser so berühmten bahianischen Musiker kennenzulernen. Nilda wählte etwa zehn Langspielplatten aus, und vor und nach dem Caruru und dem Vatapá blieb der Verehrte neben dem Plattenspieler sitzen und hörte die Stimmen Maria Betânias, Gal Costas, Maria Creusas und der Komponisten selbst, ein fabelhaftes Festival.

Die Anwesenden, die eingeladen waren, um mit ihm zu plaudern, mögen seine mangelnde Aufmerksamkeit entschuldigen: Am späten Nachmittag würde er nach Rio starten, wo er in das Flugzeug nach Paris umsteigen würde, er mußte die Zeit nutzen. Die wenigen Minuten des Gesprächs lohnten jedoch die Mühe, denn der wichtige Mann nutzte sie, um der Stadt eine großartige Liebeserklärung zu machen, die ihn betört hatte durch ihre alte Schönheit, ihre magische Atmosphäre und die Kraft des volkstümlichen Lebens. Er sagte Wunderdinge von der Musik, die er gerade gehört hatte, und tat seine Absicht kund, die Stadt und das Volk von Bahia dem französischen Publikum zu zeigen, indem er ihnen eine der nächsten Sendungen von »Le Grand Echiquier« widmen würde, ein Programm, das den Rekord an Zuschauern hielt, worüber die Freunde sicherlich unterrichtet waren.

Absicht, nein, unwiderruflicher Entschluß, hier, in dieser Stunde gefaßt: Sobald er in Paris angekommen wäre, würde er auf die notwendigen Maßnahmen drängen und sofort zu den Dreharbeiten zurückkommen. Nilda Spencer klatschte Beifall, begeistert, der Franzose beauftragte sie mit einer Reihe von Vorarbeiten. Zuerst sollte sie sich mit Vinicius de Moraes treffen, damit er mit der erforderlichen Eile das Drehbuch des Programms in allen Einzelheiten studierte. Nachdem er das gesagt hatte, verabschiedete sich der berühmte Besucher unter Küssen und Umarmungen: *à bientôt!*

Am nächsten Tag lachte Vinicius über Nildas Unschuld, als die Schauspielerin ihn hastig mit dem Auftrag des Drehbuchs aufsuchte – der Mann bittet um größte Eile, Dichterchen. – Meine liebe Nilda, vergessen Sie das, treiben Sie keinerlei Meldung voran, übernehmen Sie keine Verpflichtungen, verschwenden Sie Ihre Zeit nicht, setzen Sie Ihr Ansehen nicht aufs Spiel. Wenn Sie es tun, werden Sie es verletzen. Er nahm ihre Hand und küßte sie zärtlich, bevor er weitersprach.

Wußte sie denn nicht, wie das mit diesen Gringos lief? Sie kommen nach Brasilien, begeistern sich, steigen in Bahia aus, bewundern, beschließen, alles mögliche zu tun, künden Musiktheater, Fernsehprogramme, Kinofilme, Unglaubliches an, und sie lügen nicht: Die Begeisterung ist echt, die Absicht tatsächlich vorhanden. Nur, kaum daß sie den Fuß in das Flugzeug zurück nach Paris oder New York gesetzt haben, sind sie schon woanders, und niemals mehr hört man von ihnen. Jacques war entzückt von Bahia, und sicherlich würde er gern ein Programm mit der Musik der Bahianer machen, er hat nicht geblufft, als er davon sprach. Doch zu dieser Stunde, in Paris, erinnerte er sich nicht einmal mehr des Gesprächs vom Vortage. Selbst wenn er sich erinnern wollte, er hätte keine Zeit, mit tausend Dingen beschäftigt, meine Nilda.

Nilda erinnerte sich noch an »Orpheus«, den Film von Marcel Camus nach dem Stück von Vinicius. »Die Ausnahme, die die Regel bestätigt«, wandte er ein. »Sie wiederholt sich nicht. Aber seien Sie nicht traurig, meine Schwarze, hören Sie sich dieses Lied über Itapuã an, das ich und Toquinho gerade komponiert haben.« Er trank einen Schluck Whisky, nahm die Gitarre.

Die Schauspielerin folgte dem Rat des Dichters, doch sie tat es todtraurig. Das Projekt einer Bahia gewidmeten Sendung in einem so wichtigen Programm wie »Le Grand Echiquier« schien ihr das Höchste, und diese geniale Idee war während eines Essens in ihrem Haus geboren worden, sie empfand es als ihre Sache, wollte sie realisiert sehen. Doch Vinicius hatte Erfahrung, er war beschlagen, Nilda zögerte nicht, sich schuldig zu bekennen: Sie wartete nicht mehr auf ein Wort des Franzosen, nicht einmal auf ein Lebenszeichen.

Sie hatte die Angelegenheit schon vollständig vergessen, die Enttäuschung überwunden, als sie plötzlich, drei Jahre nach dem Olivenölessen, ein Telegramm aus Paris erhielt, unterzeichnet von Jacques Chancel, das ihr die Ankunft eines gewissen Guy Blanc, Film- und Fernsehtechniker, in vier Tagen in Bahia ankündigte, verantwortlich, die Produktion von »Le Grand Echiquier« vorzubereiten. Chancel selbst würde eine Woche später mit dem Rest der Equipe kommen. Das lange Telegramm sprach von dem Projekt, als wären nur wenige Tage und nicht drei Jahre seit dem Essen und dem anfänglichen Gespräch vergangen. Er bat sie, mit Vinicius Kontakt aufzunehmen und ihn zu informieren, von ihm das Drehbuch zu holen. Nilda fiel aus allen Wolken, überglücklich. Sie sagte gern, daß das Leben häufig surrealistisch sei. Einziges Mißgeschick, Vinicius war nicht in der Stadt, er war zu einer Exkursion durch Argentinien und Uruguay abgereist, sie konnten nicht mit dem Dichter rechnen.

Maßgebend, flink, verlor der Produktionsdirektor keine Zeit; kaum war er angekommen, setzte er das Projekt beschleunigt in Gang. In Miros Taxi kreiste er durch die Stadt.

Es war vertraglich vereinbart, daß das Taxi der Equipe zur Verfügung stand. Nilda, die bekannt und beliebt war, hatte Verbindungen, die ihm eine große Hilfe waren. Der Gouverneur, der Präfekt, der Kardinal und die Heiligenmütter erwiesen ihr Ehren, Künstler und Komponisten waren ihre Freunde, sie erreichte alles und noch mehr. Sie gab zwei Anregungen, die gleich von Guy Blanc akzeptiert wurden: Nelson Araújo mit dem Drehbuch zu beauftragen und Patrícia da Silva Vaalsberg als Dolmetscherin im Dienste der Mannschaft unter Vertrag zu nehmen.

Als Jacques Chancel ankam, billigte er die getroffenen Anordnungen, abgesehen von denen, die sich auf Patrícia bezogen. Kaum hatte er sie gesehen, schwarzbraun und mit blauen Augen, Pataxó und Holländerin, und sie ein munteres Französisch mit einem unwiderstehlichen brasilianischen Akzent sprechen hören, beförderte er die wundervolle Patrícia zu seiner Assistentin. Er erkannte sie als sinnliche und exotische Schönheit, verschwiegen und auffallend, und er erklärte: Es gab keine andere so vollkommene Schönheit, die ihm als Partner bei der Darbietung des Programms dienen könnte: *Tout le monde sera envouté.*

OLÍMPIAS TUGENDEN – Eine schlichte Seele, ein aufrechter Mann, Joãozinho Costa, Eigentümer der Fazenda Santa Eliodora und anderer städtischer und ländlicher Besitzungen, von denen hier nicht die Rede sein soll, mit Rücksicht auf die Erwägung des Großgrundbesitzers: Sei es aus natürlicher Bescheidenheit, sei es aus verständlicher Vorsicht wegen der Einkommensteuer, es gefiel ihm nicht, einen Bericht über seine Güter zu geben.

Wer ihn mit solcher Strenge des Ausdrucks einstufte, war der geschätzte Schwiegersohn und Ratgeber, Doktor Astério de Castro, siegreicher Unternehmer öffentlicher Arbeiten, glücklicher Ehemann Olímpias, der ältesten Tochter des Fazendeiros, großartig und ungeniert. Als er sie im Gewühl eines Cocktails im neuen Sitz der Firma Castro Imobiliária e Construtora Ltda. kennenlernte, ging dem Journalisten Augusto Bastos, bekannter unter dem Namen Gugu Bosta, alle Vorsicht verloren, er war herausgekommen und hatte gerufen: »Sie ist eine Wucht, eine Wucht!« Im Auftrag des Unternehmers verfaßte der Federheld Lobeshymnen auf die Regierung; Doktor Castro unterzeichnete sie und publizierte sie als Leserzuschriften in den Zeitungen. Diese Artikel und Olímpias Opferbereitschaft waren die beiden Hauptschlüssel, auf die er zählte, um die verschlossenen Türen zu öffnen, die Tresore des Staates aufzubrechen.

Obgleich Olímpia im Sturzflug in der Geschichte landete, wird von ihr ausschweifend gesprochen; die Einzelheiten der Unterhaltung, die zwischen Schwiegervater und Schwiegersohn eine Woche früher stattgefunden hatten, werden vertagt, trotz des Leitfadens der Handlung, wie man sehen wird. Weil sie eine Frau, weil sie ungestüm ist und sich durchzusetzen versteht, verdient Olímpia den Vorzug, den Vorrang. In der Predigt zu Marlenes Firmung hatte Dom Rudolph die persönlichen Tugenden jedes Familienmitgliedes nicht im einzelnen dargelegt, hätte er es getan, wüßte man schon von der Selbstlosigkeit, vom Aufopferungsgeist Olímpias, ihrer grenzenlosen Hingabe gegenüber ihrem Mann.

Da sie eine Wucht war, eine große Frau in jedem Sinne, in der erhabenen Statur – sie kam nach dem Vater –, im prächtigen Äußeren, im aufsehenerregenden Körper, im unerschrockenen Charakter, zeigte sich Olímpia umgeben von Anwärtern, die sie begehrten – nicht ihre Hand, das ist offensichtlich, sie war seit über drei Jahren verheiratet –, die ihre Büchse begehrten. Man wußte, daß sie freigebig war und der Ehemann sich die Ohren zuhielt, dazu die Augen schloß, ganz ruhig. Sie hätte zwischen den jungen und feurigen Zuchthengsten den wählen können, der ihr am besten gefiel. Zeugen jedoch betonten die Sorgfalt, mit der Olímpia die Liebhaber aussuchte. Die Schönlinge und die Gerissenen verschmähend, suchte sie sie immer in den hohen Sphären der Macht: in der langen Liste die größten Sterne, einen Gouverneur, einen Minister und einen aktiven General, Truppenbefehlshaber.

Man komme nicht mit einem falschen Moralismus, der elitären Auswahl die Tugend abzusprechen. Eine ergebene Gattin, opferte sich Olímpia im Bett, um ihrem Mann die gesegneten Verträge zu ermöglichen, die Neidern und Verleumdern so viel Anlaß zum Reden gaben. Ein Opfer, ja, denn mit einigen dieser abscheulichen Herren ins Bett zu gehen und den Beischlaf und das Drumherum zu praktizieren, erforderte Mut. Mut und Charakter. Olímpia besaß beides, nachweislich. Als sie Astério de Castro heiratete, wußte sie, was sie tat. Er war zwar nicht das, was man einen gutaussehenden Mann nannte, aber Astério rühmte sich, ein ethischer Mensch zu sein, das heißt imstande, alles, was seinem Ehrgeiz diente, zu akzeptieren und zu verdauen.

Um sich für die wiederholte Selbstaufopferung zu entschädigen, vernaschte Olímpia Jünglinge: Jungen in Gymnasiastenuniform – Gymnasiastenuniform gibt es nicht mehr, das möge man noch rechtzeitig korrigieren –, Jungen beim ersten Gesang, ganz jung. Sie war zur Lehrerin berufen und verstand etwas von der Materie. Olímpia, eine Wucht.

Die heiligen Missionen – Doktor Astério de Castro schaute den Schwiegervater – eine schlichte Seele, ein ehrlicher Mann – mit den Glotzaugen einer Kröte an.

»Zieh deinen Revolverhelden zurück, bezahl ihm das Schweigen und schick ihn weg.«

Die Kometenz des Schwiegersohnes drängte sich auf. Die hervorspringenden Augen und der Spott in der Stimme brachten Joãozinho Costa mitten im Jähzorn eines ehrlichen Mannes zum Schweigen. Doktor Astério verwechselte den Wert, die Bedeutung der Wörter, er täuschte sich leicht, er fand keinen Unterschied zwischen ehrlich und gefährlich, vielleicht wegen des Reimes. Er bemühte sich, der impulsiven Wesensart des Fazendeiros zu begegnen, der Übereilung, mit der er zu handeln pflegte, wobei er zu äußersten Mitteln griff. Eher ein Fehler als ein Vorzug. Die Achtung Doktor Castros für den Schwiegervater würzte sich mit einem Fünkchen Verachtung. Zwischen beiden eine historische Distanz. Joãozinho Costa verharrte in einem mittelalterlichen, halbfeudalen Brasilien, in dem Kraft und Gewalt genügten. Doktor Astério de Castro mußte in einem modernen, industrialisierten Brasilien, das im Entwicklungsprozeß stand, konkurrenzfähig sein, und um zu gewinnen, brauchte man den Kopf, die Faust nur in letzter Instanz.

»Nur in letzter Instanz, und mach keinen Unfug. Du wirst einen Märtyrer hervorbringen, wenn du einen Tartüff, einen Schuft demaskieren sollst. Benutz den Kopf.« Er stieß eine Rauchwolke aus, die der kubanischen Zigarre entstammte, kostspielige Schmuggelware, Privileg der Finanzkräftigen und der hohen Persönlichkeiten der Regierung. »Hast du mir nicht gesagt, daß der Pater sich mit einem Liebchen abgibt, das im Theater auftritt? Ich selbst habe veranlaßt, ihren Namen zusammen mit dem dieses Priesterkerls in das Schundblatt von Gugu Bosta zu setzen. Du hast mich darum gebeten, erinnerst du dich? Hochwürden geriet in Schwierigkeiten... Neulich sah ich dieses Mädchen im Theater. Sie ist geschickt. Sie sagt jedes Wort mit dem reinsten Gesicht der Welt... und sie hat einen Körper, meine Herren, ich sage nicht mehr... Sie tauchte halb nackt auf...« Er schnalzte mit der Zunge im welken Mund, preßte die Krötenaugen zusammen, machte ein anstößiges Gesicht, unzüchtig. »Zieh den Revolverhelden zurück, Seu Joãozinho, überlaß den Pater mir.«

Joãozinho Costa hatte keine andere Möglichkeit gesehen außer dem Revolverhelden, als er sich im Gespräch mit dem Weihbischof davon überzeugte, daß Pater Galvão nicht von Piaçava versetzt werden würde. Hinzu kam die Ankunft des Priesters in der Hauptstadt, so würde das Ereignis nicht im Sertão stattfinden, in den Grenzen der Fazenda, es wurde schwieriger, ihn als Auftraggeber anzuklagen. In den kirchlichen Basisgemeinschaften, in den Messen während des Evangeliums machten rote Pater ihn für den Tod der drei Banditen verantwortlich, die der Vertreibung von den Ländereien von Santa Eliodora Widerstand geleistet hatten. Er hatte Zé do Lírio, einen alten Bekannten, einen vertrauenswürdigen

Mann, Träger eines unbefleckten Dienstblattes, in der Zona da Mata in Pernambuco suchen lassen.

»Seu Joãozinho, hast du dir schon das Gesicht von Dom Rudolph vorgestellt, wenn er das Foto von Hochwürden und dem Mädchen bekommt, die beiden nackt, in einem Motelzimmer? Sein Gesicht und das des Kardinals. Täusche dich nicht, es ist dieser Leisepisser, der den Umsturzpatern die starke Hand bietet.« Er lachte in seinem Zigarettenrauch, er genoß im voraus die Reaktion des in die Enge getriebenen Kardinals. »Er wird keine andere Möglichkeit haben, als ihn in irgendeinem Kloster zu verstecken, ihn weit fort zu schikken. Wenn nötig, wird das Foto in Bostas Zeitung veröffentlicht. Auf der ersten Seite, Seu Joãozinho, ganz deutlich.« Er dehnte das Lachen aus, der Mund schlaff. In der teigigen Stimme bekam die angekündigte Nacktheit ein obszönes, schmutziges Aussehen.

»Und wer wird diese Schnappschüsse machen? Wie sollen der Pater und das Fräulein in einem Motel absteigen? Sie sind doch nicht verrückt.«

»Was dir fehlt, ist Phantasie, mein lieber Schwiegervater und Freund. Laß das meine Sache sein, wie ich dir schon gesagt habe, und mach dir keine Gedanken. Für diese heilige Mission verfüge ich über geeignetes, erfahrenes Personal.«

Joãozinho Costa schluckte die Fragen hinunter, er zog es vor, nichts zu wissen. Er fürchtete, sich in gewisse Aktivitäten des Schwiegersohnes einzumischen, in eine dunkle Zone vorzudringen, beunruhigend: Es gingen Gerüchte um, hinter vorgehaltener Hand, bezüglich der Verbindungen des Unternehmers zu dem SNI. Welche Rolle spielte er in den unterirdischen Gefilden der höchsten Macht, geheim und unwiderruflich? Chef oder einfach Informant? Joãozinho Costa wußte es nicht, das war besser so.

»Mafioso und Spitzel«, ohne Anführungsstriche, gedruckt in Großbuchstaben, dies der Titel des Artikels von Ariovaldo Matos über Doktor Astério de Castro, auf der ersten Seite des Wochenblattes. Die politische Laufbahn, von der abtrünnigen kommunistischen Jugend zum maßgebenden Mann beim

Militärputsch, zu einem seiner führenden Köpfe in Bahia, die blühenden Geschäfte, das öffentliche Leben. Bestechung, Korruption, die Mafia der öffentlichen Arbeiten, und eine Menge Beweise: ein Greuel. Es gab keinen direkten Bezug auf den Nationalen Informationsdienst – Ariovaldo war närrisch, aber so verrückt doch nicht –, das war nicht nötig, es war offensichtlich. Wem diente der Spitzel, für wen arbeitete der Denunziant? Es gab auch keine Anspielung auf Olímpia, direkt oder indirekt, nicht einmal den Schatten einer Andeutung. Gesunder Menschenverstand oder stockdumm, Ariovaldo war ein Gentleman.

Bei der Gelegenheit kündigte Joãozinho Costa, empört über die Schmähschrift, dem Schwiegersohn die Absicht an, daß er veranlassen würde, daß dem Journalisten ein paar Kopfnüsse verabreicht würden. Astério hatte gedankt und abgelehnt. Er hatte ihm doch schon gesagt: »Laß das meine Sache sein.« Es dauerte nicht lange, und das Wochenblatt war aus dem Verkehr gezogen, was niemanden verwundern mußte, denn schon einige Zeit vorher hatte Senhora Norma Martins in einem Gespräch mit Adalgisa eine solche Maßnahme vorausgesehen. Noch nicht vorausgesehen hatte sie das Gefängnis, in das der Journalist gesteckt wurde, noch den Prozeß, in dem er sich zu verantworten hatte. Wenn auch im Zusammenhang mit solchen Maßnahmen nicht von dem explosiven Artikel die Rede war, so wurden andere Gründe genannt: Verwicklung in den Studentenkongreß, illegal, und der Preis der blutigen Unterdrückung, Hetze zum Streik des städtischen Transportwesens, völlig illegal, Joãozinho Costa ließ sich nicht täuschen. Er spürte den Finger Astérios bei der Entmündigung des Zeitungsschreibers und bei der Inhaftierung des Direktors: einen dicken Finger, die Hand eines Gauners.

Wieder fuhr der Schwiegersohn dazwischen, um Joãozinhos Ungestüm aufzuhalten, sein Handeln zu verhindern, sich ihm entgegenzustellen. Diesmal ging es nicht um Kopfnüsse, das Urteil war ein anderes, dem vom Pater verübten Verbrechen gleichwertig. Nicht ganz überzeugt, stimmte Joãozinho

Costa zu. Auch er amüsierte sich, wenn er an das Gesicht des Kardinals, der bekanntlich schamhaft war, dachte, wenn dieser das Foto bekäme. Besorg mir eine Kopie, ich will sie dem Volk von Piaçava zeigen, diese Dummöpfe brauchen nur noch São José vom Altar zu nehmen und den Pater an seine Stelle zu setzen.

Der tiefe grund – Immerhin, was die andere heilige Mission betraf, die er Zé do Lírio übertragen hatte, so hielt sie Joãozinho Costa nicht für ausgeschlossen. Er schob sie vorläufig auf. Warten wir ab, was Astérios Plan ergibt, diese verrückte Idee. Er ordnete an, daß der Revolverheld auf neue Anweisungen warten sollte, Zé do Lírio teilte ihm mit, daß er die Verzögerung nutzen wolle, um sich das Gesicht des Auserwählten gut ins Gedächtnis einzuprägen. Er konnte sich Gesichter nicht gut merken, seine einzige berufliche Schwäche. Die Erinnerung an das in Caruaru Geschehene machte ihn vorsichtig und aufmerksam.

In der Wertschätzung Joãozinho Costas für den Schwiegersohn lag auch ein bißchen Verachtung. Er erkannte seine Qualitäten an, viele und nützliche, die verkündenswerten verkündete er in alle vier Winde. Über einige bewahrte man besser Stillschweigen. Für den Geschmack eines ehrlichen Mannes und einer schlichten Seele, eines Chefs im Sertão, eines Herrn über Ländereien, war Astério de Castro zu zerfasert: Er war ein Kriecher, Speichellecker, Liebediener. Den tiefsten Grund für seine Vorbehalte gegenüber dem Schwiegersohn jedoch bewahrte Joãozinho in seiner Brust, er machte niemals eine Anspielung und vermied, darüber nachzudenken, so heikel war er. Trotz des Kompromisses mit der Wahrheit, von der diese Sittenchronik geleitet wird, zögert man, ihn zu verkünden, und wenn man es tut, wird um Verschwiegenheit gebeten. Joãozinho Costa war allergisch gegen Hahnreihe, Gehörnte, schlappe Ehemänner, eine beliebte Zielscheibe für Spott und Hohn. Die Kehle passiert, blieb ihm das Familiengeweih im Halse stecken. Er beschuldigte nicht Olímpia. Sie hatte von ihm die Statur und die Hemmungslosigkeit geerbt, er beschuldigte den Schlappschwanz von Ehemann, unfähig, sie zu befriedigen und sie im Zaum zu halten.

In dem Artikel hatte Ariovaldo Matos glühende Worte gebraucht: fürchterlich, unheimlich. Das fürchterliche Äußere eines Ochsenfrosches, der unheimliche Charakter eines Vampirs. Ein Ehrenmann, ein wandelnder Ritter, hatte Olímpia, die treue Gattin, dem Chronisten von der »Semana do Jet-Set« geantwortet, der sie gebeten hatte, den Ehemann mit einem Satz zu charakterisieren. Ein ethisches Wesen, charakterisierte er sich selbst. Doktor Astério de Castro, was für eine Persönlichkeit!

Der vorhang – Im leeren Zimmer des Palastes, im ersten Stock, stand Dom Rudolph in Gedanken versunken am Fenster: Da war die Schwarze, am gleichen Fleck, eine Statue. Sie zeigte die Zähne, lachte über ihn. Seine Hochwürden ließ den Vorhang los, erschauerte, Schweißtropfen traten ihm auf die Stirn. Unglücklicher Morgen, voller Probleme aller Art: die »Seelsorge für die Welt«, die kirchlichen Basisgemeinschaften, das verschwundene Bild, der Skandal in der Zeitung, die Verdächtigungen der Polizei, die Entrüstung des Paters, die Aussicht auf das Zusammentreffen mit Oberst Raul Antônio – der Weihbischof zwischen Kreuz und Weihwasserkessel, in Zweifeln verloren. Wie weit könnte ein Geistlicher auf dem Wege der Ketzerei gehen? Im Taumel der Versuchung, im Gift marxistischer Doktrin, würde er den heiligen Charakter der Gebote noch respektieren? Für den Katechismus der Ochlokratie betend, besaß Pater Galvão bei all dem eine Tugend: Er verbarg weder seine Gedanken, noch vertuschte er seine Handlungen, er gab seinen Standpunkt bekannt. Er log nicht.

Seine Hochwürden befahl, Dom Maximiliano zu bestellen, schließlich war der Direktor des Museums für Sakrale Kunst der für das Bild Verantwortliche; wäre sein Eigensinn nicht gewesen, von der Eitelkeit diktiert, wäre die heilige Barbara, die des Donners, in Frieden in der Matriz da Purificação in Santo Amaro. Langsam, ängstlich hob er wieder den Zipfel des Vorhangs und spähte: Die Schwarze streckte ihm die Zunge heraus, Kreuz, Teufel!

Das gefolge – Pater Abelardo Galvão kam aus dem Erzbischöflichen Palast, durch die gleiche Tür trat Pater Eliseu Madeira, der von den Frommen Werken, eilig und lächelnd ein. Sie hatten sich mit einem Kopfnicken gegrüßt, sie kannten sich nicht. Im Umkreis auf der Lauer, hatten sich einige Leute bewegt, als sie den Pfarrer von Piaçava sahen. Elói, der diensthabende Seminarist, nutzte das Kommen und Gehen, um einen Blick auf die Bewegung des Platzes zu werfen: eine wunderschöne Schwarze, Donnerwetter! Bené, der Küster, hatte ihm zugeraunt, daß die Kreolinnen die feurigsten seien... Der Junge kam näher, er rannte.

Noch verwirrt, beschloß Pater Abelardo, sich umzuziehen, bevor er Patrícia aufsuchte: Du findest mich leicht in der Theaterschule. Er ging in Richtung Misericórdia, fünf Personen folgten seinem Weg, in mehr oder weniger großem Abstand, ein buntes Gefolge, das ihm auf den Fersen war.

Kommissar Parreirinha führte die Gruppe, in den Zähnen stochernd, um nicht erkannt zu werden, der Revolver beulte den Jackettsaum aus, der Lauf blieb sichtbar. »Da geht Kommissar Parreirinha auf der Spur eines Unglücklichen«, sagte der Haschischraucher und zeigte ihn seinen Polizeikollegen. Sie waren in der abschüssigen Straße um die Ecke gebogen.

Zwei Polizisten der Zivilpolizei, einer nachlässiger als der andere – sie gingen getrennt, um die Aufmerksamkeit nicht zu wecken –, blieben im Kontakt dank modernster japanischer Walkie-Talkies, letzter Schrei auf dem Gebiet der Ausstattung: Ein Summen überraschte, erschreckte die Vorübergehenden. Dahinter, den Zug abschließend, der Kerl mit dem Regenmantel und dem breitkrempigen Hut. Er hatte der klassischen Kleidung eines Revolverhelden die dunkle Brille hinzugefügt, auf der Spur des Paters, um ihn aus der Nähe zu sehen. Zé do Lírio wollte kein Risiko eingehen, falls er Befehl erhielt, die Abmachung zu erfüllen.

Die Schwarze ging bald an der Spitze, überholte den Pater,

bald lief sie im Gleichschritt mit den Beamten der Zivilpolizei – man hörte die hochempfindlichen Walkie-Talkies knacken –, bei einem Zusammenstoß warf sie beinahe Kommissar Parreirinha um. Man konnte annehmen, daß sie sich großartig amüsierte. Als Pater Abelardo am Rathaus ankam, war sie ihm vorausgegangen und wartete an der Promenade des Elevador Lacerda, sie saß am Tisch der Bar mit Blick auf den Golf und genoß ein Pitanga-Eis.

Während der Pfarrer von Piaçava stehenblieb, um den Stadtpalast zu bewundern – welche Vollkommenheit! –, warteten die Komparsen: die Polizeibeamten in strammer Haltung, der Revolverheld abwartend, der Kommissar unruhig. Die Polizeibeamten folgten dem Pfarrer, um seine Unterkunft herauszufinden, zu wissen, wohin er ging, mit wem er sich traf. Sie wollten neue Spuren sammeln, bevor sie ihn festnahmen. Der Mörder beobachtete ihn scharf, um ihn im Schußfeld zu behalten.

Dann stieg die Schwarze auf die Balustrade, breitete die Arme über dem Meer und der Stadt aus. Am sonnigen Morgen, klar, strahlend – plötzlich das ungewöhnliche Leuchten eines Blitzes, ein Dolchstoß. Der Himmel färbte sich violett, mit den Farben der Ketten und Armbänder von Oyá, bedeckte sich mit dichten und schweren Schatten. Die Schwarze löste sich in Finsternis auf.

Das Grollen des Donners rollte über die Paläste, bestäubte die Welt. Hinter dem Pater völlige Nacht; der Pater verschwand im Licht. Oxente!

Die Hochzeitsna(e)cht(e)

Einladung zur Entjungferung – Nutzen wir die auf dem Marktplatz entstandene Verwirrung, wo in der stockdunklen Finsternis Kommissar Parreirinha Vorübergehende anrempelt, die Beamten der Zivilpolizei versuchen, elektrische Lampen, von den Yankees, von der CIA geschenkte Taschenlampen, anzuzünden, die Lampen funktionieren nicht, sie haben die Batterien vergessen, und wo der Revolverheld eine Beschwörungsformel betet, nutzen wir die mittägliche Finsternis, um die Neuvermählten wiederzufinden. An der Anlegestelle von Valença, in Erwartung des Bootes, beide nervös, Hand in Hand. Die Nacht senkt sich zur Stunde genau herab, Nacht ohne Mond, verlassen.

Es gibt Leute, die mit hemmungsloser Ungeduld dieses Kapitel der Handlung, das der Jungfernschaft, erwarten. Nun, es soll nicht länger dauern, und es soll erzählt werden, wie es ablief, ohne eine Einzelheit auszulassen. Wenn jemandem die Beschreibung der Hochzeitsnacht zu langatmig erscheint, wird er aus eben den gleichen Gründen für zahlreiche andere Kapitel dankbar sein: Nicht nur mit Priestern und Bischöfen schmückt sich die Geschichte, sie nährt sich nicht nur von Theologien. Es wird eine gute Geschichte beschrieben, in der Sex nicht ausdrücklich oder versteckt vorkommt, sondern ein Faktor der Freude und des Leides ist, eine Quelle des Lebens: Nicht einmal die Bibel kommt daran vorbei. Ganz im Gegenteil.

Der Fall zieht sich über die Erwartungen hinaus, damit ist das Geschriebene lang, einverstanden. Doch die Schuld liegt bei Adalgisa, die nicht wollte, oder bei Danilo, der nicht konnte, sicherlich bei beiden, was die Erfüllung des Ritus in der gebührenden Zeit betraf. Das Ideale wäre gewesen, es vor der Hochzeit getan zu haben, in der Verlobungszeit, doch wie bereits hervorgehoben wurde – und warum sollte man es wiederholen –, setzte sich der Puritanismus durch und verhinderte es. Nun jedoch sind sie verheiratet, mit Trauschein und Ring, die erwartete Zeremonie der Entjungferung wird beginnen, die Einladung ist ausgesprochen. Wer nicht dabeisein möchte, mag die Seiten überspringen.

Das Transistorradio – Glücklicherweise hatte er nach Morro de São Paulo das Transistorradio mitgebracht, ein kleines Radio, das er seit dem Ende seiner Laufbahn als Torschütze auf die Fußballplätze mitnahm. Er sah dem Match zu und hörte dabei den barocken Bericht und die aggressiven Kommentare von França Teixeira, in jenen Zeiten junger Reporter, schon populär, aber noch arm, begeisterter Fan von »Ipiranga«. Als Danilos Bewunderer und Freund, hatte er ihm immer die größte Stärke gegeben, über Gebühr dazu beigetragen, seinen Namen populär zu machen: Er rühmte sein Spiel, schrieb ihm Siege zu, hatte den geweihten Beinamen »Danilo, der Príncipe des Rasens« erfunden. Mit dem Talent zur lyrischen Stimmung nannte er ihn »Príncipe Danilo, den zärtlichen und ewigen Geliebten des Balles«, oder er rühmte ihn in der Begeisterung für einen gekonnten Treffer, an einem Tag der Inspiration, am Mikrofon: »Príncipe Danilo übertraf sich, war bestechend, ist über sich selbst hinausgewachsen.«

Nicht umfangreich, ging Danilos Gepäck in eine Reisetasche: eine Badehose für das Meer, zwei Shorts, zwei Pullis mit dem Wappen vom »Ipiranga«, um im Ort spazierenzugehen, mit den Sommerurlaubern zu verkehren, ein Pyjama, ein Paar japanische Sandalen. Zum Ausgleich hatte Adalgisa den Reisekoffer des Vaters gefüllt, als dauerten die Flitterwochen einen Monat und spielten sich in Copacabana oder Honolulu ab. Eine Menge Kleider für den Vormittag, den Nachmittag, den Abend, drei Paar Schuhe, eins mit hohen Absätzen, zwei funkelnagelneue Badeanzüge und ein Bikini, ein Geschenk von Dolores: Hör auf, so altmodisch zu sein, niemand trägt mehr einen einteiligen Badeanzug. Eine Vielfalt von Schlüpfern, Hemden, Unterröcken, Blusen und Röcken, ein halbes Dutzend Nachthemden – und er, der sie nackt im Bett wollte, ohne einen Fetzen, der auch nur die geringste Einzelheit ihres Körpers verdeckte! Im letzten Augenblick hatte Danilo das Radio zwischen die Sachen gesteckt, eine Eingebung des Himmels.

So hatte er den Sonntagnachmittag damit verbringen können, die Übertragung der zwischenstaatlichen Herausforderung Bahia Santos mit Pelé zu hören, der seine Form verlor: drei Tore, eins unmöglicher als das andere, vom dritten wurde nicht einmal mehr gesprochen. França Teixeira hatte schließlich den Faden verloren... Sie waren so bemerkenswert, daß es ihnen gelungen war, Danilo daran zu hindern, den tiefen Schlaf zu stören, in den Adalgisa nach dem Essen gesunken war. Auf dem Sofa eingeschlafen, seufzte sie, ihre Brust hob sich: Büstenhalter und Bluse verhinderten, daß man das von den gierigen Lippen hinterlassene Zeichen sah, einen blau-violetten Fleck, der von der linken Brustwarze ausging.

So genial die Tore des Königs Pelé, daß sie Danilos Gedanken von den Vorfällen der vergangenen Nacht ablenkten. Die Vorfälle der vergangenen Nacht, der Hochzeitsnacht, ach. Ach!

RONDO AUF DER BARKASSE – Die Dunkelheit war auf das Meer herabgesunken, als die Barkasse, aus Valença kommend, sie an dem kleinen Kai absetzte, am Hang von Morro de São Paulo: *O morro,* der Hügel, gab der entzückenden Insel den Namen.

Tiefe Finsternis, Neumond, er reichte kaum, um im Innern des Bootes die Menge verspäteter Reisender auf der letzten Fahrt am Samstag zu sehen. Sie alle Wochenendbewohner der Häuser am Strand, Kilometer feinen, weißen Sandes, von den Wellen bespült, man konnte ihn nur mit dem Paradies vergleichen. Sie kannten sich alle, die einen und die anderen, sie unterhielten sich angeregt und sprachen Programme für den Sonntag ab. Danilo zog sich mit Adalgisa auf das Heck des Schiffes zurück. Eine Frau Soundso stieß die Nachbarin an, tuschelte: Neuvermählte, sie lachten beide.

Die Maibrise, seit dem Spätnachmittag frischer geworden, veranlaßte Adalgisa, Zuflucht an der athletischen Brust des Bräutigams zu suchen – nicht mehr Bräutigam, jetzt Ehemann mit Trauschein und Ring am Ringfinger der linken Hand. An die männliche Brust des Ehemannes geschmiegt – ihr Ehemann, ihr Geliebter, ihr Herr, ihr Mann, dachte sie –, um Kraft, Wärme und Sicherheit zu finden. Den Kopf auf Danilos Schulter gelegt, schloß die so leicht zu erkennende Neuvermählte die Augen und versuchte zur Ruhe zu kommen.

Danilo nahm ihren zitternden Körper unter die Jacke des

neuen Anzugs, tropisch-blau, für die Hochzeit nach Maß genäht vom Schneider der Familie Sampaio, Gustavo Reis, überlaufen und teuer. Die Rechnung bezahlte Doktor Artur Sampaio, betuchter Pate. Als er es ihr bequem machte, nutzte Danilo die Gelegenheit und legte seine Hand auf die Brust, die sich unter der Seidenbluse wölbte, Adalgisa hatte sich vor der Abreise umgezogen, sie hatte das Hochzeitskleid auf dem Ledigenbett liegenlassen. Bei der Berührung erschrak sie, ihre Brust zuckte, als hätte sie einen elektrischen Schlag bekommen. War ihr nur kalt oder zitterte sie vor Angst? Adalgisa drückte Danilos Arm. Listig führte er ihre Hand vom Arm zum Schenkel bis zur Höhe des Hosenschlitzes und legte sie flach auf die Turteltaube, die die Knöpfe zu sprengen und sich zu befreien drohte, so sehnsüchtig und bereit, wie sie war. Adalgisa war sich nicht sofort klar, wo sich ihre Hand niedergelassen hatte, sie fühlte sich sogar ermutigt durch die angenehme Wärme, die sich da konzentrierte, doch als sie unter den Fingern das nervöse Pulsieren spürte, begriff sie, daß unter der Hose etwas mehr war als der Schenkel. Rasch zog sie die Hand zurück und führte sie zum Mund, um einen Ausruf zu unterdrücken – einen Klagelaut, hu! –, weniger zurückweisend als erstaunt. Unverbesserlicher Danilo. Er nutzte die Bewegung der Erschrockenen, um ihr mit der Zunge übers Ohr zu fahren, außen und innen, eine neue Kühnheit, niemals vorher war das geschehen. Ein Schauer durchlief Adalgisas Körper von oben bis unten, und mit schwacher Stimme sagte sie: »Bitte, die Leute gucken...«

»Unfug! Niemand sieht es.«

Doch sie schaute ihn mit so flehenden Augen an, daß Danilo sich zurückhielt, und während einiger Minuten geschah nichts Bemerkenswertes. Er beschränkte sich auf ehrliches und verliebtes Reden, ausdrucksvolle, geschraubte Worte, durchwoben von romantischen Platitüden aus dem Rundfunk, die sie mit offensichtlichem Wohlgefallen und wachsender Versuchung hörte. »Dadá, du bist die Mittagssonne meiner Tage, der Polarstern meiner Nächte«, rezitierte er mit warmer und verführerischer Stimme.

Als die Barkasse am Kai der Insel einlief, hatte Adalgisa, erschöpft vor Ergriffenheit, wieder den Kopf an die Brust des Ehemannes gelehnt und ihre Arme um seinen Hals gelegt. Danilo begann sie sanft aufs Gesicht zu küssen, und langsam, von Kuß zu Kuß, errreichte er das Ohr, gebrauchte die Zunge, nahm das Ohrläppchen in den Mund, ein Bonbon. Dadá verhinderte es nicht, sie protestierte nicht einmal, als er sie ganz leicht ins Ohr biß.

Das Schiff drückte sich gegen den Felsen, die Passagiere erhoben sich, Adalgisa raffte sich auf, erregt. Danilo reichte ihr die Hand, um ihr beim Hinüberspringen zu helfen. Sie streckte die Finger aus, lächelte verlegen: Die Zeit der Überfahrt schien ihr kurz.

Die unstimmigkeiten – Kleine Seefahrt voller Kühnheiten und Zustimmungen, schwierige Lehrzeit in den Pflichten einer Ehefrau, in der Eroberung des Genusses: Adalgisa hatte geseufzt, als sie an Land ging.

Für Danilo vierzig lange Minuten in der Einsamkeit des Meeres, zurückgehaltene Begierde. Er hatte die Zügel durchgekaut, um den Zaum nicht in die Zähne zu nehmen, hatte die Zeit mit Liebeserklärungen herumgebracht, lüstern, die erworbenen Rechte einzutreiben, sich den Besitz der Reize und Schamgefühle Dadás zu sichern, sie einzuweihen, sie zur Frau, zu seiner Frau zu machen. Auf der Barkasse unmöglich.

Wenn sie beide allein im Schlafzimmer sein würden, dann gäbe es keine Zeugen, Beschränkungen, Forderungen, flehende Blicke mehr. Die spärlichen Erfolge auf der Fahrt betrachtete er nicht einmal als Aperitif, Vorspeise. Bei der Lage der Dinge waren ihm Appetitshappen überflüssig, er wollte mit dem Hindernis-Gericht beginnen, das kein anderes war als Adalgisas Jungfräulichkeit. Nicht daß er die Raffinessen, die Delikatessen, die Feinheiten verschmähte und sich ihrer enthielt. Im Gegenteil, er schätzte sie sehr und praktizierte sie beständig, doch um sie mit Dadá zu genießen, gab es genügend Zeit, das ganze vor ihnen liegende Leben.

Sich den Reizen der Scham und der Zurückhaltung der Braut unterwerfend, sie achtend und schätzend, hatte er, während er viel litt, mehr als ein Jahr auf den Augenblick gewartet, »im Garten der Schönheit und der Unschuld die Blume der Jungfräulichkeit zu pflücken«, wie es im Vers eines Dichters seiner Beziehungen hieß, oder auch den Resonanzboden der hübschesten und keuschesten Jungfrau von Bahia zu vernaschen. Es hatte ihn außer der bitteren Abstinenz den Preis der Freiheit gekostet. Er hatte einen Posten bekommen, war ein ernsthafter Mensch geworden, hatte Verantwortungen übernommen, hatte den Ausschweifungen, dem guten Leben, den Streifzügen ade gesagt. Er hatte ein Recht, und er hatte es eilig.

Was wird geschehen, wenn sich die beiden endlich im Zimmer, auf dem Schafott des Bettes, in der Stunde der Wahrheit gegenüberstehen? fragte sich Dadá auf dem schaukelnden Schiff. Die Patin, Doña Esperanza, hatte ihr etwas erklärt, als Danilo Arbeit im Notariat bekommen hatte und sie beschlossen hatten, ein Datum für die Hochzeit zu bestimmen. Dann verschoben, Heiratsaufgebot und kirchliche Bekanntmachung, wegen des plötzlichen Todes der Patin, ach, was für ein Unglück! Man kann gar nicht sagen, wie sehr sie ihr fehlte.

Sie hatte ihr Gehorsam und Geduld im entscheidenden Augenblick empfohlen – der physische Schmerz verstärkte die Entehrung: Bereite dich auf das Leiden vor, *hijita mia* ... in dem die Frau auf das in Gottes Augen Wertvollste verzichtet, die Reinheit des Körpers, die Jungfräulichkeit. Der Besitz der Ehefrau durch den Ehemann ist nicht in der Liste der Sünden verzeichnet, weil das Sakrament der Ehe ihn heiligt, aber trotzdem bleibt es ein grausamer und unzüchtiger Akt.

Sie sollte vor allem auf die von der Heiligen Mutter Kirche auferlegten Verbote und Beschränkungen in den sexuellen Beziehungen der Gatten achten, um sie nicht zu praktizieren, nicht das Risiko einzugehen, sich plötzlich exkommuniziert zu sehen. Es gibt verderbte Männer – die Mehrheit, *mi niña* –, die die Unschuld der armen Wesen mißbrauchen und sich nicht scheuen, die eigenen Ehefrauen auf den Weg der Unzüchtigkeit, der Ausschweifung zu ziehen, als wären sie Prostituierte. Das sind Wege der Schande, der Verdammnis. Denk an deinen Schutzengel, immer an deiner Seite. Er ist bei allem, was du tust, dabei. Die Patin klärte nicht über Erlaubtes und Verbotenes auf, und Adalgisa hatte nicht gewagt zu fragen, sie war schamhaft.

Etwas indessen wußte sie, Marilu, eine der entwickeltsten Kommilitoninnen, lustig und geschwätzig, die versucht hatte, sie in die Marihuana-Quellen einzuführen, hatte vorgeschlagen, sie großherzigen Geschäftsleuten vorzustellen: Verschwenderisch zahlten sie einen großen Schein für Bumsen, Abschlecken, Wichsen – die lebhafte Marilu gab ihre Kenntnisse weiter, die theoretischen und die praktischen. Spärliche Theorie. Außer der schäbigen Bearbeitung des »Kamasutram« in billiger Ausgabe hatte sie die ungestümeren Seiten der Übersetzung des »Sexus« von Henry Miller gelesen, und sie hatte von Freud reden hören. Praxis hatte sie reichlich, zum Verschenken und zum Verkaufen.

Adalgisa verfiel nicht dem Haschisch-Laster, noch hielt sie den Hintern hin. Sie rauchte ein einziges Mal, es schmeckte ihr nicht, und kein Geschäftsmann sah ihr Gesicht, geschweige denn ihren Körper, doch durch die Mitschülerin erfuhr sie, was das für Sachen waren und wie man sie tat. Sie hörte ihre Kritiken und ihren Spott in bezug auf die Ehepaare, die die sexuellen Anstürme auf die reine und einfache Übung der als »Papa und Mama« bezeichneten Position beschränkten, von hervorragenden Sexualforschern, Spezialisten in der Materie, in Programmen großen Publikums in Rundfunksendern lächerlich gemacht. Klassische Position, nach diesen Größen, und darüber hinaus vom Kanon der Kirche erlaubt, die die Liebesvereinigung akzeptiert und sogar segnet – das Bumsen, übersetzte Marilu, Gelehrsamkeit versprühend –, wenn sie mit dem ausschließlichen Ziel der Fortpflanzung der menschlichen Art praktiziert wird. Abgesehen davon, ist alles übrige Sünde und Schande. Für Marilu, die weise Oberschülerin, war es das Beste, was man im

Inneren des Sarges in der Stunde des Begräbnisses davontrug.

Die beiden Hälften der gleichen Orange, sagte man von Adalgisa und Danilo, wegen der Gleichheit des Geschmacks, der Art, wie die Brautleute dachten und handelten, immer im Einklang. Was jedoch die sexuellen Beziehungen betraf, da war der Widerspruch total und vollständig. Zwei Auffassungen von Leben und Liebe – eine alte Auseinandersetzung, tausendjährig. Es lag nichts Künstliches oder Scheinheiliges in Adalgisas Benehmen, die Patin hatte sie spanisch und puritanisch erzogen; auch nicht im Verhalten Danilos, er war das Produkt beherrschender Männlichkeit. Was für sie nicht über die peinliche Pflicht der Ehefrau hinausging, bedeutete für ihn die Vollkommenheit des Gattenbundes. Das Wort, das ihm gerecht wurde, war Gattenbund: Die übrigen, Hochzeit, Heirat, Ehe, Verlöbnis, schienen ihm nicht passend. Für sie – schmutziger und schädlicher Genuß, Schuld und Sünde. Für ihn – reine und gesunde Übungen, Verdienst und Wonne. Für Dadá die Hölle, für den Príncipe das Paradies.

Auf der Insel angekommen, stellten sich die Mißverständnisse ein, die Idylle machte der Zwietracht Platz. Die Hochzeitsnacht, die sich sanft und heiter in der Dunkelheit der Barke angekündigt hatte, glitt von der Verführung zur Gewalt, Danilo in Wut; vom schüchternen Lächeln zum krampfhaften Weinen, Adalgisa in Verzweiflung.

Frau soundso – Frau Soundso, blond, mit breitem Mund und lüsternem Blick, erbot sich, das Haus von Senhor Fernando Almeida zu zeigen. Sie machte eine scherzhafte Bemerkung: »Doktor Fernando vermietet das Haus immer für die Flitterwochen. Man sagt sogar, die Hochzeitsnacht hier verbracht, das bedeutet mit Gewißheit neun Monate später, Tag für Tag gezählt, ein Kind...«

Beim spärlichen Licht der elektrischen Lampe maß sie Danilo von Kopf bis Fuß. Nachdem sie ihn erkannt hatte, beglückwünschte sie Adalgisa: »Ja, Senhora. Dribbelkanone, denkwürdiger Torschütze. Sie sind zu beglückwünschen.«

Sie ging voran, zeigte ihnen den zwischen Felsblöcken verlaufenden Weg; andere Reisende beobachteten sie neugierig. Am Ende des holprigen Pfades hörten sie das Brausen des Meeres, die Wellen brachen sich an der Unermeßlichkeit des Strandes. Man sah weder Anfang noch Ende. Die Blonde wies auf das Haus in der Ferne. Sie erblickten ein zweistöckiges Gebäude, von einer Hütte hatte es nicht einmal das Aussehen. Den Schritt verhaltend, bedauerte sie: »Schade, daß keine Vollmondnacht ist. Ich kenne die ganze Welt, einen hübscheren Ort als Morro de São Paulo müßte ich erst noch finden. Ideal für die Flitterwochen.« Eine Pause, kurz: »Noch besser für einen Ehebruch.«

Sie blieb stehen und schaute und lauschte, geistesabwesend, dann wandte sie sich an Adalgisa: »Ich brauche nicht gute Nacht zu wünschen, mit Sicherheit wird es eine unvergeßliche Nacht sein. Das ist es, was ich Ihnen wünsche, meine Schöne.« Wieder maß sie Danilo von oben bis unten, biß sich auf die Lippe. »Und Ihnen auch, Sie Leckerbissen.«

Frau Soundso lachte, und den Schritt beschleunigend, ließ sie die beiden zurück. Knacken von Muscheln – das Lachen erstarb am Strand.

Das Abendessen – Die Hausangestellte, eine kräftige Mulattin mit grauem Kraushaar, empfing sie lächelnd und aufmerksam an der Tür: »Ich heiße Marialva, ich werde Ihnen das Zimmer zeigen. Während Sie die Hände waschen, stelle ich das Abendessen auf den Tisch.«

»Abendessen?« Danilo wurde unruhig. »Wir dachten nicht...«

»Eine Kleinigkeit. Sie werden nicht nüchtern ins Bett gehen.«

Ins Bett gehen: Hatte sie den Ausdruck hervorgehoben, hatte sie ihn absichtlich gebraucht? Verwundert schaute Danilo das Mädchen an, doch er entdeckte keine Boshaftigkeit in dem wohlwollenden Gesicht, in dem herzlichen Verhalten. Eifrig begleitete sie sie zum Zimmer, ins obere Stockwerk. Sie stellte den Koffer auf ein Bänkchen, öffnete die

Schubfächer der Kommode, wo sie ihre Wäsche hineinlegen konnten, zeigte den Schrank, um die Kleider aufzuhängen, prüfte, ob fließendes Wasser aus den Hähnen kam, ließ eine der Petroleumlampen neben dem Krug mit Blumen auf der Konsole, trug die andere ins Badezimmer. Nach einem letzten Rundblick ging sie hinaus, schloß die Tür, sie hörten ihre Schritte auf der Treppe. Danilo nahm Dadá in die Arme und bedeckte sie mit Küssen. Er unterbrach die so angenehme Beschäftigung und sagte: »Ich werde überhaupt nichts zum Abendbrot essen. Ich will nicht einmal vom Essen reden hören.«

Doch Adalgisa war nicht einverstanden, sie brachte vor, daß es keinen guten Eindruck machte, wenn sie die Gerichte auf dem Tisch kalt werden ließen, schließlich hatte sich die Hausangestellte die Mühe gemacht, das Abendessen vorzubereiten, sie mußten sich wenigstens zeigen. »Und ich sage dir außerdem: Ich sterbe vor Hunger, die Seeluft hat mir Appetit gemacht.«

Danilos Appetit war ein anderer, aber er wollte kein Problem schaffen.

Dadá hatte recht, er erkannte es an. Es war nicht angebracht, den Ruf schlechter Erziehung zu hinterlassen, Grund für Gerede und Spott zu liefern.

»Also gehen wir gleich. Aber wir werden nicht lange unten bleiben, hörst du?«

Er drückte mit der Hand auf die Matratze, um ihre Weichheit und Elastizität zu prüfen: von erster Güte, es würde ein Fest werden. Er reichte Adalgisa den Arm, gemeinsam stiegen sie die Treppe hinab, unter dem mütterlichen Blick von Marialva, die unten stand und sie erwartete.

Auf dem Tisch, auf dem gestickten Leinentischtuch, eine Extravaganz in einem Strandhaus, selbst wenn es im Besitz eines reichen Industriellen war, boten sich die Moquecas – aus Fisch, Austern, Krabben – appetitlich, in Kokosmilch und Dendê angerichtet, dar. Brei aus Maniokmehl, afrikanische Pfeffersoße mit Zitrone, Zwiebel und Koriander zubereitet, eine Flasche portugiesischer Vinho Verde, in einem verchromten Metallkübel, eisgekühlt. Danilo machte große Augen. Die grenzenlose Freundlichkeit des Hausherrn bewies das Ansehen von Francisco Romero Perez y Perez bei den Freunden: Es blieb dauerhaft, trotz der Vermögensschwankungen.

Adalgisa hatte sich als ausgehungert bezeichnet, dennoch bediente sie sich zurückhaltend. Sie hielt Diät, um nicht dick zu werden, und sie hatte Angst, zuviel Ölgerichte zu sich zu nehmen, vor allem abends. Danilo, der nicht zu Tisch hatte gehen wollen, widerstand nicht, er stürzte sich gierig auf die Moquecas, die einladend und mit einem Überfluß an Pfeffer angerichtet waren, aß sich satt, trank die Flasche aus – Adalgisa probierte den Verde nur –, und als Marialva lächelnd die Porzellanschüssel mit der »Männerspeise« hereinbrachte, Kokoscreme mit Schokoladensoße, hielt er sich nicht zurück, begrüßte, Beifall klatschend, seinen Lieblingsnachtisch, lokkerte den Gürtel. Was es alles gibt!

Die Miederhose – Er wirbelte um Adalgisa herum, während er versuchte, sie auszuziehen und zu beherrschen. Erster Buffo einer komischen Pantomime. Die Mitspielerin entkam, entwand sich seinen Händen, indem sie vom offenen Koffer über das Bänkchen zur Kommode und zum Schrank huschte, ins Badezimmer; sie entzog sich ihm und wahrte den notwendigen Mindestabstand. Sie lachten beide, drollige Personen.

Danilo wechselte zwischen Ausgelassenheit und Verdruß, groben Worten und Kosenamen, Schmeichelein und Klagen, knurrte Ausrufe, die Arme ausgebreitet, in dem Versuch, sie zu fassen, in der Absicht, sie aufs Bett zu werfen und sich zu bedienen. Dadá bewegte sich zwischen Spott und Schrecken, aufgeregt, vergnügt, sich knapp aus den Klauen des Übereiligen rettend. Sie hatte schon die Bluse verloren, die gewaltsam heruntergerissen wurde, einer der Knöpfe war abgesprungen und hinter der Kommode verschwunden.

In Augenblicken größter Gefahr, wenn sie den Fingern entwischte, die versuchten, ihr den Rock herunterzuziehen, spottete sie über den Mißerfolg des Ehemannes, zeigte ihm herausfordernd die Zunge. Sie machte sich über ihn lustig, schien sich mit diesem Blinde-Kuh-Spiel zu amüsieren, im Grunde starb sie vor Angst vor dem, was geschehen könnte, wenn es ihm gelänge, sie auszuziehen und sie auf dem nach Lavendel duftenden Laken hinzustrecken. Während des Abendessens hatte die Hausangestellte die gehäkelte Paradedecke, mit Atlas abgefüttert, zurückgeschlagen, das Bett gerichtet. Fertig und bereit.

Der dritte Gaukler ließ sich nicht sehen, doch Adalgisa wußte ihn anwesend und in Aktion: Es handelte sich um ihren Schutzengel. Für Dadá verantwortlich, für die Reinheit des Körpers und das Heil der Seele, auf die zahllosen Bedrohungen achtend, die sich in der Hochzeitsnacht, der verhängnisvollen Nacht, gegen die Unschuld des Mündels richteten. Bereit, die Pflicht des Ehren- und Tugendwächters zu erfüllen, irritierte er Danilos Schritte, lenkte seine Hände ab, ließ ihn über das Geringste stolpern, als wäre er betrunken. In den schwierigsten Augenblicken, als ihr die Kräfte fehlten und sie schon keinen Ausweg mehr wußte, nahm Adalgisa zu ihm Zuflucht, murmelte: Rette mich, mein Schutzengel! Sie kam heil davon.

Heil, in Grenzen. Die sichtbaren und die unsichtbaren Mißgeschicke überwindend – Dadás Gewandtheit, die Benommenheit in den bleischweren Beinen –, gelang es Danilo, ihr den Rock auszuziehen, eine komplizierte und mühsame Arbeit. Unter Drohungen – Ich zerreiße diese Schweinerei! – gab sie mit den Armen nach, um zu ermöglichen, daß der enge Rock über den Kopf gezogen wurde. Danilo brauchte sie nur noch vom Unterrock zu befreien, denn Schlüpfer, Büstenhalter, Strümpfe würden kein Problem sein, wenn er sie packte. Er wollte das entscheidende Unternehmen beginnen, doch anstelle eines jubelnden Siegesschreis entstieg seinen Eingeweiden ein ungehöriger Rülpser. Wenn Adalgisa ihn hörte, überzeugte er nicht. Für einen Augenblick war der Príncipe gehemmt.

Nachdem er sich wieder gefaßt hatte, erwischte er den Hemdsaum und hielt ihn fest, und da die Drohungen Dadá nicht zur Mitarbeit bewegt hatten, beschloß Danilo entrüstet, die Drohungen zu verwirklichen. Funkelnagelneu, rollte das feine Stück der Aussteuer, zerfetzt von oben bis unten, in Stücke gerissen, der Jungfrau zu Füßen und stellte die Nacktheit des Rumpfes zur Schau. Der schöne Oberkörper, die Brüste in der Transparenz des Spitzenbüstenhalters sichtbar, der glatte Leib wie eine Moringa, rundlich, das dunkle Mysterium des Nabels. Aber sie zeigte ihm nicht das Hinterteil, ach, nein!

Unter dem Hemd, sich von den Knien bis zum Gürtel ausdehnend, die beiden Seiten des Universums festhaltend und zusammendrückend, die erhoffte, begehrte Sicht verhindernd – nach so langem Warten hätte sie endlich das Auge erquickt –, breitete sich eine scheußliche Elastikmiederhose aus. Ein Keuschheitsgürtel, Danilo hatte ihn schon in den letzten Monaten der Verlobungszeit unter den Fingern gespürt, er empfand Entsetzen und Ekel vor ihm. Endgültiges, unerbittliches Breve gegen die Zügellosigkeit, er brauchte ihn nur zu berühren, und seine Erregung schwand.

Adalgisa hatte sich davon überzeugt, daß der Gebrauch einer Miederhose sie hübscher, schlanker aussehen ließ und vor allem dazu beitragen würde, den provozierenden Umfang des Hinterteils zu verringern. Verbürgte Garantie auf der ganzseitigen Anzeige einer Zeitschrift von São Paulo; Damen der vornehmen Gesellschaft, superelegant, hatten die gleiche Meinung geäußert. Der Rat von Madame Nadreau, einer weitgereisten Französin, war entscheidend gewesen, daß Dadá in das Geschäft von Seu Miguel Najar stürzte und das Elastikmieder kaufte. Sie hatte gleich zwei gekauft. Niemals mehr hörte sie auf, es zu tragen.

Der niederschmetternde und hassenswerte Anblick der Miederhose schlug ihn vernichtend. Opfer wiederholter Entmutigung, schüttelte der Príncipe des Rasens melancholisch den Kopf, senkte die Arme, setzte sich auf das Bett. Das nutzte die Braut, um sich ins Bad einzuschließen, und sie nahm das Nachthemd mit. Nicht irgendeines, sondern jenes, das, um es von den anderen zu unterscheiden, als »das« Nachthemd bezeichnet wird, das der Hochzeitsnacht. Ein

Kunstwerk aus Crêpe de Chine, ein weißer Schaum, leicht, flatternd, durchsichtig, Kragen und Saum aus Spitze, der Saum knapp unter dem Knie, auf beiden Seiten offen, kam Adalgisas Nachthemd aus der »Boutique Laura Alves«, aus Ipanema, in Rio de Janeiro. Mit den Entschuldigungen von Dona Gloria Machado, ihr sei es unmöglich, zur Hochzeit zu erscheinen, da sie sich auf einer Thailand-Exkursion befand, in Begleitung ihres Ehemannes, des Big Boss.

Danilo streifte die Lackschuhe ab, seufzte erleichtert, massierte die schmerzenden Füße. Er zog die Sachen aus, Stück für Stück, streckte sich nackt auf dem Bett hin, in der Erwartung, daß die Gemahlin aus dem Bad käme und er sie endlich vernaschen könnte. Den Kopf auf dem Kissen ruhend, die Manneskraft auf halbmast, schloß er die Augen, um das Döschen besser zu sehen, wo sich eingebettet die Feige verbarg, was für eine hübsche Sache. Er schlief ein.

Die herausgeputzte – Es irrte sich vollkommen, fiel aus allen Wolken, machte sich lächerlich, wer allzu schnell auf Danilos Kosten gelacht und ihn zur Zielscheibe von geschmacklosen Scherzen gemacht hatte, in der Annahme, er schliefe fest bis zum nächsten Morgen und verlöre Stunde und Gelegenheit. Sicherlich hätte man das Verb schlummern gebrauchen müssen anstelle von einschlafen, wie geschrieben worden ist, was zu übereilten und irrigen Schlußfolgerungen führen konnte.

Danilo ruhte, ohne richtig zu schlafen, die Gedanken bei dem, was man weiß. Hin und wieder jedoch öffnete er die Augen, stellte fest, daß die Tür des Badezimmers noch geschlossen war, klappte die Wimpern wieder herunter. Er tat es mehrmals, denn Adalgisa blieb eine gute halbe Stunde, um aus sich eine Schönheit zu machen, und als sie ins Zimmer zurückkam – als sie den Rasen betrat, wie die Fußballchronisten schrieben, wenn sie vom triumphalen Auftritt des Príncipe auf dem Kampfgelände sprachen –, war sie einfach betörend, die Prinzessin aus einem Feenmärchen oder aus dem Fürstentum Monaco, der Vergleich bleibt jedem einzelnen zur Wahl.

Herausgeputzt von oben bis unten. Sie hatte die für die Zeremonie benutzte Schminke abgewaschen, hatte eine Dusche genommen, um sich vom Schweiß zu befreien, hatte das Gesicht mit Lavendelwasser erfrischt, den Körper mit Kölnischwasser parfümiert – dem »Original Eau de Cologne« aus Köln am Rhein, sie hatte eine Flasche als Geschenk erhalten, eine Aufmerksamkeit einer Neureichen, Dona Eva Adler, Konsulin von Österreich und Kundin von Doña Esperanza –, sie hatte die Haare gelöst und trug sie in Locken um den Hals, in der Mode gewisser mittelalterlichen Bilder, hatte den Büstenhalter, die Miederhose abgelegt und Brüste und Hinterteil befreit, sie hatte die Geschlechtsteile, einschließlich der Spalte und des Hinterns, mit einem speziellen Desodorant gewaschen, das Dolores ihr empfohlen hatte: Um die Muschel zu baden, Mädchen, gibt es nichts Ähnliches, die Schamlose bleibt in Form, sauber, duftend, schlüpfrig – verwirrend! Luxus von Dolores, ihrer Schwester, die von Kind an zu diesen Schamlosigkeiten neigte.

Sich herausputzen ist das Gegenteil, etwas ganz anderes als das, was oben berichtet wurde, heilige Unwissenheit! Sich herausputzen heißt eine trügerische Schminke auftragen – violetten Lidschatten, Wimperntusche, Augenbrauenstift, Lippenstift, Rouge, eine herausfordernde Maske! –, heißt eine ungewöhnliche Frisur zur Schau stellen, erdacht und ausgeführt von einem angesehenen Fachmann wie dem großen Severiano oder von einem anderen *coiffeur des dames* gleicher Feinfühligkeit, heißt sich mit Wissen und Kunst parfümieren, wobei man einen französischen Duft benutzt, teuer und aufreizend, sexy: einen geil riechenden Tropfen in den Flaum des Haarbüschels. Heilige Unwissenheit! Der Tadel wird angenommen, die Rüge wird akzeptiert von jemandem, der es weiß, Selbstkritik wird geübt, eine respektvolle Bitte um Verzeihung wird formuliert. Aber, so oder so, wie auch immer, herausgeputzt oder einfach frisch gemacht, frei von Künstlichkeiten, war Adalgisa noch hübscher, noch appetitlicher. Keine Prinzessin aus einem Feenmärchen oder aus dem Fürstentum Monaco konnte ihr das Wasser reichen.

Sie zögerte, als sie das Nachthemd anzog, kurz, flatternd

und durchsichtig, auf beiden Seiten bis zur Mitte der Schenkel offen, ein Geschenk Dona Glorias. Sie fürchtete, herausfordernd zu wirken, anbietend, schamlos. Es gab keinen Ausweg, das andere, von Doña Esperanza genäht, hatte sie in der Kommode verwahrt, aus Atlas, prächtig, mit Einsätzen aus englischer Spitze, ordentlich, am Hals geschlossen, mit breiter Schärpe am Gürtel, lang bis zu den Füßen, mit Morgenrock und Schlüpfer aus dem gleichen Stoff, würdevolles Beiwerk. Das von Dona Gloria war ein einziges Stück, ohne Slip, geschweige denn mit Schlüpfer und Morgenrock.

Nachdem Adalgisa aus der Hand der Patin die drei Stücke, in Geschenkpapier eingewickelt, entgegengenommen hatte, öffnete sie mit Einwilligung der Schenkenden das Päckchen und zog das Nachthemd über das Hemd, um zu sehen, wie es am Körper fiel: perfekt! Sie hielt den Schlüpfer hoch, um ihn mit den Augen zu messen, sie brauchte ihn nicht zu probieren, auch er perfekt. Die Perfektion Doña Esperanzas auf der Nähmaschine. Lob- und Dankesworte des Patenkindes unterbrechend, sprach Doña Esperanza einen Satz aus, dessen vollständiger Sinn Adalgisa entging. Der kastilische Akzent wurde noch unverständlicher, wenn sie sich, vor sich hin brummend, auf bestimmte Themen bezog. Vermutlich hatte sie gesagt, daß das Nachthemd der letzte Schützengraben war, der die Bastion der Jungfräulichkeit deckte, deren Eroberung in der Hochzeitsnacht sich in der Folge von Manövern und Listen ergeben mußte, die aus der Unterwerfung der Festung einen Sieg und keine Niederlage machten. Rätselhafte Sprache einer schamhaften Witwe. Dadá hatte nicht begriffen, um welche Machenschaften und Anschläge es sich handelte, wo und wem Niederlage und Sieg gehörten. Daran dachte sie, als sie das lockere Nachthemd überstreifte, das Geschenk der steinreichen Dame aus Rio.

Die Bewegung der Klinke, als sich die Tür öffnete, weckte Danilo. Er sah Adalgisa beim matten Licht der Petroleumlampe, eine unwirkliche Erscheinung, paradiesisch. Er glaubte noch zu schlafen, machte große Augen, um sich wach zu fühlen, setzte sich mit einem Gebrüll auf, sprang aus dem

Bett, die Männlichkeit hochgerichtet, mächtig und angriffslustig, eine Ramme. So forsch, daß Dadás Schutzengel auf den Flügeln schwankte, und keinen Zweifel hegend über das, was passieren würde, machte er sich aus dem Staube, um nicht mehr wiederzukommen. Er entkam durch den Fensterspalt, durch den die Meeresbrise ins Zimmer eindrang und den Saum von Adalgisas Nachthemd anhob.

DIE BRISE – Die nächtliche Brise vergnügte sich damit, Adalgisas Nachthemd emporzuwirbeln, es über die Knie zu heben und ein Stück des Schenkels zu zeigen. In einem unerwarteten Aufruhr wurde es bis zur Höhe der Furche des Hinterteils hochgeblasen. Obwohl er bei dem spärlichen Licht der Petroleumlampe schlecht sehen konnte, fühlte Danilo einen Stoß in der Brust, und ohne die Folgen zu fürchten, ließ er einen Kriegsschrei hören – mitreißender Hörnerklang.

Die Verheiratete versuchte die Brise zurückzuhalten, das Hemd unter Kontrolle zu bringen, den Blick gesenkt, mit ängstlichem Lächeln, ohne zu wissen, wie sie handeln, was sie tun sollte. Niemals hatte sie ihn so gesehen, vollkommen nackt. Am Strand hatte sie ihn in der Badehose bewundert – im Badeslip, eine neue und gewagte Mode –, hatte die Muskulatur der Brust und der Arme leicht berührt, die Zeitungen lobten die athletische Natur der Kanone vom »Ipiranga«, und sie war stolz. Doch da sah sie ihn ohne Hose, ohne Slip, ganz behaart, und diese entsicherte Waffe. Rette mich, Nossa Senhora da Purificação!

Es war nicht gut, angesichts der schamlosen Nacktheit die Reinste Jungfrau, die Unbefleckte, anzurufen, dachte sie, noch verwirrter. Was hatte Doña Esperanza gesagt, als sie von dem Nachthemd sprach? Von dem anderen, nicht von diesem anstößigen Fetzen, der sie, anstatt sie zu bedecken, zur Schau stellte. Die Brise lief ihr über die Beine, stieg ihr zwischen den Schenkeln hoch, hauchte die Schnecken der Scham an, ein feiner Reiz. Schaudernd versuchte sie es unangenehm zu finden, es gelang ihr nicht.

Auf der anderen Seite des Schützengrabens machte sich der

Eroberer bereit, vom Wort zur Tat zu schreiten, als er im Ungestüm des Angriffs innehalten mußte, um einen Rülpser zurückzudrängen, ihn vorsichtig und diskret herauszulassen. Schwierige Verdauung, einen Kloß im Magen. Scheiße.

Ein leichtes Unbehagen würde seinen Enthusiasmus nicht einschränken, die Intensität des Verlangens nicht verringern, ihn nicht in die Ecke stellen. Er rannte los, mehr als entschlossen und ungestüm: nicht aufzuhalten, als ob er auf das Tor zustürzte. Jetzt oder nie. Er erwartete keine Schwierigkeiten, keinen Widerstand, keinen Einspruch. Das Hindernis ... aber das Hindernis war das anvisierte Ziel, das Beste, die zu erobernde Trophäe, Adalgisas Jungfernschaft.

Das Ansehen des Zuchthengstes – Danilo besaß einige Erfahrung, während seines Fußballruhms hatte er zwei Jungfernschaften gepflückt. Foto in den Zeitungen, romanisches Profil eines Filmliebhabers, reichliches Lob in Rundfunksendungen, aufsehenerregende Beschreibungen von Torschüssen, Príncipe hier, Príncipe da, er hätte so viele Jungfrauen an die Brust drücken können, wie er wollte, wäre nicht die Befürchtung gewesen, sich in einen Skandal verwickelt zu sehen, Schlagzeile in den Zeitungen: Fußballidol, vom Tode bedroht, heiratet im Amt der Sittenpolizei. Guter Stoff für Armando Oliveira, den gut gelaunten Chronisten, der Tausende von begeisterten Lesern hat. Es konnte kein besseres Thema geben, um sich zu amüsieren. Darüber hinaus bot sich die von Danilo in der Mannschaft belegte Position als Stürmer zum Wortspiel an, ein echtes Geschenk für Armando Oliveira. Gott bewahre mich davor, in eine Falle dieser Art verwickelt zu werden! Er ging keine Risiken ein: Wenn er offenkundig Gefahr lief, eine Dummheit zu begehen, brach er die Liebschaft ab, verschwand, verzog sich.

Die Früchte, die er pflückte, waren reif gewesen: einfach und ruhig beide. Unerwartet bei Albertina, einundzwanzig Jahre alt, Beamtin im öffentlichen Dienst, mit gutem Gehalt, Herrin über sich selbst, danach drängend, sich hinzugeben. Warum sie sich nicht vorher hingegeben hatte, niemand weiß es. Doch nachdem sie begonnen hatte, fuhr sie eifrig fort und erzielte Rekorde. Als Danilo sie ins Bordellbett von Aurinha Cu de Grega mitnahm, hielt er sie seit langem für durchbohrt, wie groß war seine Überraschung, als er sie jungfräulich fand, unangetastet. Als er ein unbenutztes Hindernis spürte, unterbrach er die heilige Arbeit, nahm sie in die Beichte: »Sag bloß . . .«

Albertina gab zu, halb stolz, halb verlegen: »Ich bin Jungfrau, ja. Du bist der erste . . . Ich schwöre.«

Eine reife, jedoch unberührte Pflaume, wie sich durch das Blut bewies, das die Glatze von Hochwürden Beichtvater krönte. Ruhmreicher Nachmittag, markantes Datum. Der üppige Sommerregen wusch die Straßen der Stadt Bahia, während Albertina Carvalhaes, bis dahin einfache Verwaltungsbeamte am Arbeitsgericht, in der Gemütlichkeit des Bordellzimmers die Karriere einer der befähigtsten und erfolgreichsten Huren begann, von denen man Kenntnis hat. Unter der Führung des Príncipe Danilo, dem sie in der Ermattung im Bett dankbar zuschnurrte: »Ach, mein Clark Gable, du bist zu gut.« Albertina Carvalhaes, grundhäßlich im Gesicht, der Körper denkwürdig.

Etwas weniger ruhig und viel weniger unberührt die Jungfräulichkeit von Benzinha. An dem Vorfall war nichts Schmeichelhaftes. Benzinha hatte sich angeboten, sich hingegeben, die Beine breit gemacht, ohne daß er sie darum gebeten hatte, in Pedra do Sal, nahe dem Sommerhaus von Miss Switt, die nordamerikanischer Kulturattaché war. Benzinha arbeitete dort als Zimmermädchen. Eine unruhige Liebschaft, denn die Kleine hatte sich mit Isaías Formigão verlobt, dem Torschützenveteran, auf dem besten Wege, die Fußballschuhe auszuziehen, ein Eifersuchtsbrunnen, ein grober Athlet. Formigão übte äußerste Wachsamkeit über die Braut, an deren Treue zu zweifeln er reichlich Gründe hatte, Benzinha war eine volkstümliche Figur im traditionellen Gafieira do Barão.

Der hastigen Begegnungen überdrüssig, getrübt von Rennerei und Entbehrung, mit dem Wissen, daß Isaías in der Anspannung des Klubs am Vorabend eines wichtigen Matchs festgehalten wurde, suchten die heimlich Liebenden die Einsamkeit des Strandes gegenüber dem Erholungsaufenthalt des Kardinals Primaz, ein idealer Winkel für eine gute Hurensitzung. Das war Hurerei, als Benzinha, die ja gebunden war, die Fassung verlor und sich umsonst hingab. Sie legte sich auf den Strand, hob das Kleid, sie gebrauchte keinen Slip, zeigte die Grotte: Vernasch mich, Príncipe, ich will mich nicht für den Hahnrei von Isaías aufheben. Danilo zog die Hosen herunter, befriedigte ihren Wunsch mit Vergnügen, doch wenn er sich der Heldentat erinnerte, spielte er sie herunter. Viele Turteltaubenköpfe hatten den Zugangsweg ausgedehnt, und wenn niemand durch ihn eingedrungen war und spärliche Reste der Jungfernschaft respektiert worden waren, so war das der Furcht zu verdanken, die Formigão einflößte: ein Riese und Maulheld, mit ungeheuren Händen. In einiger Entfernung nutzten die Nonnen, die sich erholten, die halbe Stunde der nächtlichen Pause, um am Strand zu spielen, die Füße in den Wellen zu benetzen. Beim Widerhall ihres unschuldigen Lachens vernaschte Danilo das, was von Benzinhas Jungfräulichkeit übriggeblieben war.

Er durchlebte sorgenvolle Wochen, beunruhigt, ängstlich, daß der Hahnrei von Isaías, rückfälliger Angreifer von Richtern und Gegnern, wenn er den Weg geöffnet fand, nach der Hochzeit einen Skandal machen würde, für die drei Zwanziger Unschuld der Braut kassieren käme. Drei Zwanziger? Nicht einen Groschen wert war die Unschuld. Benzinha, Rita Benta de Lima, Koketterie eines dunklen Gesichts, provozierendes Lachen, wogendes Hinterteil.

Poetische Pause – Nachdem der Rülpser verabschiedet, die Klammer der von unserem Helden beinahe zufällig praktizierten Entjungferungen geschlossen ist, wird der Faden der Geschichte wiederaufgenommen, genau in dem Augenblick, da Danilo in Adalgisas Richtung losstürzt und sie in die Arme nimmt: der entscheidende Augenblick. Diesmal handelt es sich nicht um eine reife Pflaume, erfahren in ausschweifender

Praxis, durch die Berührung von Fingern, Zungen, Turteltauben auf die Hälfte reduziert. Niemals von einem lasterhaften Finger, einer geschickten Zunge, geschweige denn von einer Rute angetastet, von Danilo oder irgendeinem anderen, denn er war Dadás erster und einziger Liebhaber.

Wäre unser Príncipe ein Leser von Poesie, nach dem Beispiel des Chronisten Lamenha, hätte er in dieser Situation, um ihr einen romantischen Ton zu geben, den zauberhaften Lorca-Vers rezitieren können, von Studenten und mittelmäßigen Literaten wiederholt, »grün, ich möchte dich grün«, oder andere, weniger abgegriffene, »im Schneckenhaus des Bettes der Blume und der Brise entblößt«, sie alle für die Zeremonie geeignet. Doch aus Wahrheitsliebe, die diesen Bericht streng leitet, muß man die bemerkenswerte Unwissenheit des Verlobten auf dem Gebiet der Poesie, besonders der Poesie der iberischen Halbinsel, offenbaren: Von der spanischen kannte er nichts, von der portugiesischen kannte der Camões vom Hörensagen, in der Lektüre ging er nicht über spärliche Sonette von Bocage hinaus, Gewöhnliches.

Überstürzung und abseits – Er hatte sie in die Arme genommen und ihr mit einer einzigen Geste das Nachthemd bis zu den Schultern hochgezogen. Ungestümer Kuß, die Hände auf den Brüsten, die Körper aneinandergedrückt, Schenkel gegen Schenkel: Seine Hoheit drückte die Rigellocken der Prinzessin. In einer heftigen Bewegung warf Danilo Dadá auf das Bett und streckte sich auf ihr aus. Er nahm die Hände von den Brüsten, zeichnete die Kurven der Hinterbacken nach, wobei er sie kräftig festhielt, er öffnete ihr die Schenkel und versuchte sich für den Angriff günstig zu plazieren. Da der eroberte Spielraum nicht ausreichte, verstärkte er den Druck der Finger, um sie zu zwingen, die Beine noch mehr auseinanderzuschieben und den Weg zur Grotte freizugeben.

Adalgisa stöhnte, Danilo erstickte den Protest, indem er ihr die Lippen quetschte, sie in einem endlosen Saugen der Zunge und Zähne verschlang. Da sie glaubte zu ersticken, kämpfte sie, er drückte sie unter seinem Körpergewicht nieder, hielt ihre Handgelenke fest auf der Matratze. Um ihre Handgelenke zu fassen und ihre Arme ruhig zu halten, ließ er ihre Schenkel los. Ganz schnell kreuzte Dadá sie, einen über den anderen, das Tor deckend, versperrend, den eiligen Mittelstürmer ohne Spielfeld lassend. Mehrere Male hatte França Teixeira am Mikrofon, direkt aus dem Stadion, die Voreiligkeit des Torjägers kritisiert, zum Gaudium der Fans der gegnerischen Mannschaft: Príncipe Danilo ist nach vorn gestürmt, ohne den Paß abzuwarten. Der Schiedsrichter pfiff Abseits und gab Freistoß.

Die zweifel – So begann und setzte sich die erbarmungslose Nacht fort, demütigender Kampf, Übermacht und Verweigerung. Erklärter Krieg zwischen Todfeinden und nicht, wie es hätte sein sollen, Hingabe der Liebenden, zärtlicher Wahn. Danilo, der versuchte, sie unbeweglich, mit gespreizten Beinen festzuhalten, sie sich wehrend, Widerstand leistend. Harter Kampf, quälend, der sich zu Gewalt und Entsetzen steigerte, die Ruhe verloren, die Kaltblütigkeit erschöpft, dem Liebeswerben folgten schroffe Worte, dem Flehen der Befehl, der Zärtlichkeit der Streit, der Verführung die Gewalt.

Zappelnd, mit tränenüberströmtem Gesicht und angstvollem Herzen fragte sich Dadá: Liebt er mich, oder will er nur meinen Körper genießen? Warum will er mich zwingen? Warum hat er nicht die Geduld zu warten? Die Lippen taten ihr weh, die oben und die unten, gebissen die einen, gemartert, gestoßen, gepeinigt die anderen, in der beständigen Reibung, in den unaufhörlichen Versuchen, den Widerstand der Jungfräulichkeit zu brechen. Sie war müde, niedergeschlagen, ihre Kräfte begannen zu schwinden, sie war ein Angstbündel.

Wie sollte ein brasilianischer Bürger, vor Priester und Richter in zwar schlichter, jedoch anständiger Zeremonie verheiratet, nach sechs Monaten Liebeswerben und einem weiteren Jahr der Verlobungszeit, in Zuneigung und Einverständnis verbracht, wie sollte er begreifen können, daß die

Ehefrau sich in der Hochzeitsnacht verweigert, enthält, kämpft, die Beine zusammenkneift und anfängt zu weinen? Während der Zeit des Verliebtseins und des Verlobtseins hatte Danilo es akzeptiert, sich mit den von Dadá auferlegten Beschränkungen abgefunden, weil sie von der frommen Patin im strengen Kanon der Kirche erzogen worden war, und diese Prinzipien hatten ihm sogar gefallen, es waren Beweise der Rechtschaffenheit und Ehrbarkeit. Aber alles auf der Welt hat Grenzen, sie waren getraute Eheleute, die Begriffe Unmoral und Schande waren unpassend, empörend. Sollte ich mich getäuscht haben, und sie liebt mich nicht, sie verliebte sich in mich und akzeptierte mich als Verlobten nur aus Eitelkeit, um sich auf der Straße am Arm des Torjägers, des Príncipe des Rasens, sich mit dem Idol der Menge zu zeigen?

Um seine Verstimmung zu vervollständigen, die Demütigung zu vergrößern, fühlte er sich vollgestopft, verdaute mühevoll, ein Durcheinander im Magen, einen säuerlichen Geschmack im Mund, ein Brennen im Bauch, aufsteigende Rülpser lähmten seine Initiativen, machten es Adalgisas Starrsinn leicht. Schwitzend, gereizt, traurig sah er die Stunde kommen, da er den Kopf verlieren und Gewalt anwenden würde.

Der ausweglose Schmerz – Spät in der Nacht, nach peinlichen Beschimpfungen, gab es eine kurze Phase der Beruhigung. Adalgisa schien einverstanden, war bereit, das Hemd auszuziehen, ließ sich anschauen, sie bat ihn nur um Vorsicht und Ruhe: langsam, um Gottes willen. Er schwor es bei Gott.

Stärker noch als die ergebene Einwilligung, tapfer die eheliche Pflicht zu erfüllen, war der Schreck, der sie erfaßte, als sie fühlte, wie die maßlose Schwellung der so engen, so kleinen, so verschlossenen Spalte Gewalt antat, niemals würde es möglich sein, das zu schaffen, ohne sie für immer zu verstümmeln. Je verschlossener, kleiner, enger, um so wünschenswerter, ersehnter für Danilo: Die Öffnung zur Welt, die seine Augen kaum ahnten, und die Rute fuchtelte auf der Suche nach einem Durchgang zu einem Universum des Genusses, einem Ozean der Wonnen. Zwischen Niedergeschlagenheit und Erregung versuchte Danilo in einer plötzlichen Aufwallung die Einfahrt mit Gewalt zu nehmen. Adalgisa schrie: »Au!«

Sie war müde, verschreckt, die Kräfte begannen ihr zu schwinden. Die Überraschung jedoch war so groß, so schneidend der Schmerz, der sie traf, daß es ihr gelang, sich loszumachen, unter Danilo hervorzukommen und aus dem Bett zu springen. Den Schmerz, der sie durchfuhr und sich in ihr einnistete, fühlte sie nicht in den Schamteilen, denn Danilo war nicht dazu gekommen, den Angriff zu vollenden. Er hatte das Ziel verfehlt, er war um den Genuß gekommen. Es war jener Kopfschmerz gewesen, der sie seit der Jugend verfolgte, sich beharrlich wiederholte, mitunter unerträglich, ihr die Hirnhaut in Stücke riß, eine Flamme, eine Feuerzunge, die ihr die Augen durchbohrte, sie blendete, drohte, sie wahnsinnig zu machen. Er peinigte sie, seit sie mit vierzehn Jahren die erste Regel gehabt hatte, wiederholte Migräne. Kein Arzt hatte einen Ausweg gefunden, die Hausmittel der Gevatterinnen nutzten nichts. Wenn sie heiratet, geht das alles vorbei, prophezeite Doktor Elsimar Coutinho, Arzt der Familie, der die Ehe verschrieb. Wie man sah, war das Rezept nicht sicher.

Im Ungestüm der Flucht rannte Dadá ins Bad, schloß sich ein, die lauten, schmerzlichen Schluchzer hallten im Zimmer wider. Danilo hörte auf, mit der Faust gegen die Tür zu trommeln und zu schreien: »Komm heraus, komm heraus, bevor ich eine Dummheit begehe!« Er ließ die Arme sinken, blieb stehen, nackt, pathetisch, idiotisch. Die Rute welk, zu einem sinnlosen Ding verkleinert, schlaff und häßlich und darüber hinaus aufgescheuert, schmerzend.

Die Tür zum Bad – Durch die verschlossene Badezimmertür fand die Versöhnung statt, sie schlossen Frieden, schworen sich ewige Liebe. Anfangs lag noch ein anklagender, verletzter, enttäuschter, trügerischer Ton in den abgehackten Stimmen, so unzufrieden, wie sie einer mit dem anderen waren.

Doch bald überwogen Skrupel des Mitleids und Erbarmens, die sie bereitmachten für Verzeihen und Hoffnung. Nachdem die Faustschläge an der Tür, die Schluchzer, der Austausch von Beleidigungen und Unverschämtheiten aufgehört hatten, milderten sich die Worte, lösten sich die Drohungen in Klagen, die Forderungen in Bitten.

»Ich halte es nicht mehr aus, der Schmerz im Kopf durchbohrt mich. Wenn du mich liebst, laß es für morgen.«

»Wenn ich dich liebe? Zweifelst du noch? Dummkopf!«

»Dann tu mir den Gefallen, du Rohling. Hab Geduld mit mir.« Sie wiederholte: »Rohling!«

Sie flehte demütig, und Danilo wußte, wie die Kopfschmerzen sie peinigten. Aber sie bezeichnete ihn als Rohling, er reagierte: »Wer mich nicht liebt, bist du, du hast mich nur getäuscht...«

»Sag nicht so einen Unsinn... Warum hätte ich dann heiraten sollen? Bitte...«

»Und morgen? Läßt du es zu? Wirst du es nicht wie heute machen?«

»Ich schwöre, daß ich es morgen zulasse. Ich schwöre es!« Mehr als jede Bestätigung überzeugte ihn die schmerzvolle Stimme: »Hab Mitleid mit mir, mein Schatz...«

Mein Schatz gab sich geschlagen: »Es ist recht, Dadá, es bleibt für morgen. Du kannst herauskommen.«

»Du wirst mich nicht packen?«

»Ich habe schon gesagt, daß es für morgen bleibt. Aber morgen ganz bestimmt, ja!«

Sie forderte eine letzte Garantie: »Schwörst du bei der Seele deiner Mutter?«

»Bei der Seele meiner Mutter.«

Doch auch dann kam Adalgisa nicht gleich heraus, und er sah sich gezwungen, von neuem gegen die Tür zu trommeln. »Komm raus! Komm schnell raus! Los!«

»Warum so schnell?« Ängstlich, trotz des hochheiligen Schwures.

»Weil ich rein muß, Dadá. Schnell!«

Gerade noch Zeit, sich über das Toilettenbecken zu beugen, der hemmungslose Strom beschmutzte ihm das Kinn. Er steckte den Finger in die Kehle, erbrach Moqueca und Schokoladencreme, säuerliches, ekliges Durcheinander, Maniokbrei und Wein. Adalgisa kroch ins Bett, verschwand unter dem Laken, rollte sich darin ein, stellte sich tot. Danilo öffnete das Fenster, atmete gierig die frische Luft. Arme Seele in hochzeitlicher Einsamkeit.

Die unvergessliche nacht – Ach, es hätte die beste Nacht seines Lebens sein müssen, eine himmlische, erhabene, erfreuliche Nacht, ein Grund zu Ruhm und Stolz – die Eroberung des Titels eines bahianischen Fußballchampions übertreffend, Championat, das er, der allgemeinen Ansicht der Sachverständigen nach, dem »Ipiranga« gegeben hatte, liebliche Erinnerung, unvergeßliche Nacht! Ach, es war die schlimmste von allen, die unglücklichste, er wollte sie aus dem Gedächtnis löschen. Weil sie unheilvoll und bitter, verhängnisvoll und demütigend gewesen war: Nacht des Zornes und der Gewalt, der Enttäuschung und Lächerlichkeit. Unvergeßlich!

An das zum Strand hin geöffnete Fenster gelehnt, beobachtete Danilo, wie die hell schimmernde Morgenröte aus der Dunkelheit des Horizonts geboren wurde, und als er sich endlich wieder hinlegte, schloß er die brennenden Augen, und der Schlaf hielt ihn bis zum späten Sonntagmorgen fest. Er war nicht mehr vollgestopft, er war demoralisiert, bedeckt von Schamgefühl und Enttäuschung. Gänzlich, von Kopf bis Fuß. Von Kopf bis Fuß, gänzlich in das Laken eingehüllt, am äußersten Betttrand, ließ Dadá nicht eine Nagelspitze sehen, kein Haarfädchen, zusammengerolltes Schreckensbündel. War es ihr gelungen, einzuschlafen, oder tat sie so, damit er Mitleid hatte und sie in Ruhe ließ? Adalgisa hatte wenigstens die Angst, die sie erfüllte. Er war leer, verzweifelt. Als Clown verkleidet, verkleidet, nein: splitterfasernackt, in lächerlicher und verhöhnter Würde. Daß es keine Zeugen gab, spielte keine Rolle, Mißgeschicke lassen sich erraten.

Die täubchen – Danilo öffnete die Augen mit dem Gefühl, sie vor fünf oder zehn Minuten geschlossen zu haben, denn der bittere Geschmack im Mund und in der Brust, das Gefühl der Mutlosigkeit dauerten an. Er erschrak. Das Zimmer von Sonne durchflutet, das Bett leer – wo würde Dadá sein? Hastig schaute er auf die Armbanduhr auf dem Nachttisch. Fünfundzwanzig Minuten nach neun, er schloß sich im Badezimmer ein. Den Bauch erleichtert, den Bart rasiert, beobachtete er durch das Fenster den Betrieb der Badenden am Strand, während er die Hose überzog. Ins Meer tauchen, ein guter Einfall, um Körper und Moral aufzurichten, aber wie sollte er sich nach dem, was geschehen war, vorstellen, daß Adalgisa bereit wäre, an den Strand zu gehen und im Meer zu baden? Wo würde sie hingegangen sein?

Auf der Treppe säuberte Marialva das Geländer. Sie wünschte ihm guten Tag, und als Antwort auf die besorgte Frage unterrichtete sie ihn, daß die liebe Braut ihn unten erwarte: die Senhora, berichtigte sie lächelnd. Sie war früh heruntergekommen, hatte Milchkaffee getrunken, hatte Mais-Kuskus und Biskuitkuchen gegessen, hatte sich auf die Veranda gesetzt. Ein schöner Tag zum Baden im Meer, sich in der Sonne auszustrecken und sich auszuruhen. Danilo sprang die Stufen, zwei auf einmal, hinunter.

Da war sie, im Liegestuhl ausgestreckt. Hübsch, mein Gott, wie hübsch sie war! Barfuß, die Beine übereinandergeschlagen, die Schenkel eingehüllt in den geblümten Pareô, der Umfang der Brüste unter dem Badeanzug, die Haare mit einem Seidentuch zusammengebunden, Sonnenbrille. Als sie ihn sah, nahm sie die Brille ab und lächelte. Verquollene Augen, geschwollene Lippen. Danilo näherte sich mit klopfendem Herzen. Er küßte sie leicht auf den Mund, sah gleich das Mal der Zähne auf der Unterlippe. Mit zärtlichen Fingern berührte er ihr Gesicht. Er fragte, um ihr die Entscheidung zu überlassen: »Willst du zum Strand gehen? Oder nicht?«

Adalgisa nickte zustimmend mit dem Kopf. Als Danilo sich über sie beugte, zog sie ihn an sich und bot ihm den Mund zu einem neuen Kuß, tatsächlich war sie es, die ihn küßte, und sie tat es nachdrücklich und langsam. Als geschähe es absichtlich, als Bestätigung, ohne sich um den Zustand der schmerzenden Lippen, um die Schwellung und den Bluterguß zu kümmern. Beweis der Liebe, Danilo war sich darüber im klaren und mißbrauchte ihn nicht, trotz des Schauers, der ihn durchlief, als er spürte, wie Dadás Zungenspitze seine Zähne berührte. Er streckte die Hand aus, um ihr beim Aufstehen zu helfen: »Gehen wir.«

»Trink erst Kaffee.«

Neben dem Tisch stehend, stürzte er eine halbe Tasse Kaffee hinunter, kaute ein Stück Biskuitkuchen, den Kuskus probierte er nicht, obwohl er ein von ihm bevorzugter Leckerbissen war. Der überdachte Hof führte auf den unermeßlich weiten Strand, der Sand war weiß und sauber, auf dem Abschnitt vor dem Haus überfüllt. An den Händen gefaßt, gingen sie hinaus. Adalgisa schien frei von Sorgen, selbstsicher und angeregt.

»Ist es besser mit dem Kopfschmerz, Dadá?«

»Es ist vorbei, Gott sei Dank.«

Danilo wunderte sich nicht. Unerwartet und schrecklich, so, wie er kam und unvermeidlich war, genauso verschwand der Kopfschmerz, war plötzlich weg. Sie gingen an Blicken und Lächeln vorüber, in einer Spur von Getuschel, auf der Suche nach einem ruhigen Ort, wo sie die Matte ausbreiten konnten. Fast rennend erreichte Marialva sie mit den Handtüchern und der Strohmatte. Obwohl er seit mehr als einem Jahr nicht mehr spielte, weckte Danilos Berühmtheit die Neugier der Badegäste, die noch immer auf Adalgisas üppige Formen und auf den unmodernen Badeanzug starrten. Bedauernd, daß jemand, der so viele Schätze zur Schau zu stellen hatte, sich so bedeckte.

Sie gingen ein gutes Stück, bis die Badegäste seltener wurden. Sie breiteten die Matte auf dem Sand aus, fern von Betrieb und Gedränge, von Neugier und Aufmerksamkeit. Sie blieben in der Sonne, bevor sie sich den Wellen entgegenwarfen; Danilo, ein guter Schwimmer, durchkreuzte die Fluten in Richtung der in der Ferne verankerten Barkassen und Boote, Dadá beschränkte sich auf ein paar Züge.

Ruhiger Morgen der Liebe, zärtlicher Gespräche und angenehmer Zurückhaltung. Sie tauschten Küsse. »Ich habe eine Negerlippe«, sagte sie, aber sie sagte es nicht anklagend, lächelte sogar. Sie schaute sich um, zog den Ausschnitt des Badeanzugs herunter, um den violetten Fleck am Busen zu zeigen, Ergebnis eines Kusses. »Sieh, was du mir gemacht hast, du Rohling.« Die Stimme war kokett.

Dann, im Genuß dieses Morgens in Sonne und Zärtlichkeit, bezog sich Adalgisa, zerknirscht, flüchtig auf die Erfolge oder Mißerfolge der vergangenen Nacht. Sie bat um Entschuldigung und Geduld. Danilo stand nicht nach. Er gab zu, daß er mit zu viel Durst zum Krug gekommen, grob gewesen war, sie solle verzeihen. Verzeihen? Wer um Verzeihung bitten mußte, war sie, denn sie hatte sich feige und töricht gezeigt, unfähig, die Situation einer Verheirateten anzunehmen, wie es sich gehörte, worauf sie im übrigen die Patin vorbereitet hatte. Doch wenn er sie verstünde und ihr vertraute, würde sie eine gute Ehefrau werden, und das Heim, das sie sich mit Gottes Segen aufbauen würden, würde ein glückliches Heim sein, dessen wäre sie gewiß. So wird es sein, versicherte Danilo. Sie schnurrte, aufgelöst in Koketterie: »Schwörst du, daß du mich liebst?«

Danilo kam nicht dazu, zu schwören, weil sich ein sympathisches Ehepaar einmischte, um seine Gefälligkeiten anzubieten. Laura und Dário Queiroz wohnten in Valença, aber sie hatten ein Haus in Morro, wo sie die meiste Zeit des Jahres verbrachten. Als Fußballfanatiker, wenngleich »Vitória«-Anhänger, wußte Dário alles über die Karriere des Ex-Príncipe des Rasens und begann ein Gespräch; warum hatte er die Fußballschuhe ausgezogen, wenn Fußball noch mehrere Jahre möglich wäre? Er wollte an klassische Herausforderungen und denkwürdige Tore erinnern, Dona Laura erlaubte es nicht: «Gehen wir, die Täubchen wollen ihre Ruhe haben.«

Der Kopfschmerz – Danilo wunderte sich nicht, und niemand soll sich wundern oder vermuten, daß Adalgisa eine List anwandte, um vor dem Eisen in der Glut zu fliehen. Unverhofft und schrecklich, wie er kam und sich aufdrängte, verschwand der Kopfschmerz auch wieder, war plötzlich weg. Es ist der Mühe wert, das zu wiederholen, damit sich der Verdacht eines Schwindels nicht hält.

Wenn Danilo sie von einem Migräneanfall niedergeworfen fand – das kam häufig vor –, überlegte er immer, ob Dona Teodolina nicht recht hatte, wenn sie behauptete, es handle sich um einen Geist: Das ist irgendein verschleppter Geist, der sich auf die Ärmste stürzt. Da die Unpäßlichkeit übernatürlichen Ursprungs war, war sie leicht zu heilen: Nach einigen wenigen Sitzungen in der Tenda das Águas do Jordão, dem Zelt der Jordanwasser, mit Gebeten, Befragungen des Außerirdischen und der Bildung von positiven Gedankenströmen, würde Schwester Fátima, jene Heilige, den Verwirrten, nachdem sie ihn erleuchtet hatte, in die Kreise des Alls zurückschicken, aus denen er gekommen war.

Doña Esperanza hörte schweigend Dona Teodolinas Litanei an, aus Achtung gegenüber der begüterten Kundin, aber sie kam nicht auf den Rat und die Heilige zurück. Das Patenkind zu einer spiritistischen Sitzung zu bringen, Zuflucht zu Medien zu nehmen, schien ihr ein Beweis von Unwissenheit und Rückständigkeit, abgesehen davon, daß es eine Todsünde wäre. Sie verurteilte solcherart Aberglauben und Unsitte heftig: Schlimmer als die spiritistische Sitzung und das Medium war nur der Tumult von Candomblé und Macumba.

Ohne sich ausdrücklich auf die Ehe zu beziehen, teilte sie die Meinung Doktor Elsimar Coutinhos: Eines Tages ist all das vorbei.

Die Frist – Danilo bat Marialva, sie möge zum Abend nur ein einfaches Essen servieren. Das Mittagessen war üppig gewesen, mit frischer Languste, Fischbrühe und Krabbenpfanne, ohne von den Appetithappen aus Krebsbeinen zu sprechen, alles begossen mit Bier und Guaraná. Als die Neuvermählten hungrig vom Strand kamen, hatten sie der Mahlzeit die verdiente Ehre erwiesen. Danilo versuchte eine Einladung ins Zimmer, doch Adalgisa streckte sich auf dem Sofa aus, im selben Augenblick versank sie in Schlaf, schlief den ganzen Nachmittag.

Marialva hatte versprochen: »Überlassen Sie es mir, ich werde einen schnellen Imbiß reichen, etwas Leichtes.«

Das aufmerksame Lächeln in dem freundlichen Gesicht veränderte sich nicht.

Marialva hatte eine eigentümliche Auffassung davon, was ein spärlicher Imbiß war: ein einfacher Milchkaffee, hatte sie gesagt. Um den einfachen Milchkaffee zu begleiten, hatte sie Maniok, Yamswurzel, Maiskolben gekocht und einen Tapioka-Kuskus mit Kokosmilch zubereitet; diesen, der nicht auf das Feuer kommt. Vorher jedoch hatte sie ein gebratenes Hähnchen mit weißem Reis serviert. Alles leicht, man konnte es nicht leugnen. Dadá war nervös, sie kostete kaum. Und die Erinnerungen an den Vorabend hielten Danilos Gefräßigkeit zurück.

Adalgisas Unruhe wuchs, seit sie am späten Nachmittag, bei Sonnenuntergang, erwacht war. Sie hatte die Augen gerieben, Danilo vor sich gesehen – auf der Lauer, dachte sie schaudernd. Sie ließen eine Zeit wie Katze und Maus vergehen, voller Schweigen, voller Absichten, arm an Worten. Dadá stand vom Sofa auf, noch mit dem Schweißgeruch des Strandes und der Mittagsruhe, und wandte sich zur Treppe, er drohte sie zu begleiten.

»Ich komme gleich wieder.« Sie hinderte ihn daran und bat ihn, auf sie zu warten.

Sie blieb ziemlich lange, aber sie kam frisch herunter, in einem einfachen Kleid, wie man es im Hause trug. Die Dusche hatte sie von der Mattigkeit befreit, doch nicht von der Nervosität. Die Nacht hatte sich auf den Hügel gesenkt, überfüllt lief die Barke vom Kai zum Festland aus. Marialva fragte, ob sie das Essen servieren könne.

»Ja, Sie können«, antwortete Danilo, ohne daß es ihm gelang, die Aufregung zu verbergen: Eine närrische Küchenschabe ist nicht imstande, den Stuhl zu wärmen.

Wäre es nach ihm gegangen, so wären sie ins Zimmer hinaufgegangen, kaum daß sie die Bestecke niedergelegt hatten und vom Tisch aufgestanden waren. Aber Adalgisa schlug eine Runde entlang der Häuser vor, um die Verdauung zu fördern. Was für eine Verdauung, wenn sie fast nichts gegessen hatten? Doch da sie die Einladung im Beisein der Hausangestellten ausgesprochen hatte, hielt Danilo seine Ungeduld zurück, diskutierte nicht, reichte ihr den Arm, sie gingen über den überdachten Hof.

»Ich werde das Bett aufschlagen . . .« Wie Marialvas arglose Stimme eine gute Nacht wünschte, das weckte wieder Verdacht bei Danilo. »Wenn Sie zurückkommen, brauchen Sie nur die Türklinke herunterzudrücken, hier gibt es keine Diebe.«

Auf der Straße war wenig Betrieb, einzelne Spaziergänger, einige Ehepaare, die einen Verdauungsspaziergang machten, wünschten gute Nacht, erkannten die Täubchen und verfolgten sie mit neugierigen und wohlwollenden Blicken. Der Wind wirbelte den Sand auf, aus verschiedenen Häusern drangen Musikklänge: Tänzchen und Canasta – und Pokertische, hatte die Hausangestellte erklärt, als sie über Sitten und Gebräuche der Sommerfrischler informierte. Unter den Sternen durchschnitten die leistungsstarken Boote der Reichbegüterten mit hoher Geschwindigkeit das Meer des Whiskys und der Privilegien.

Eine Stille, die nur unterbrochen wurde von freundlichen Grüßen oder von Motorengeräusch, wenn die Boote vorüberzogen. »Diese Leute verstehen, das Leben zu genießen!« sagte Danilo mit Neid, womit er versuchte, ein Gespräch in Gang zu bringen. Adalgisa antwortete nicht, angespannt, die Zähne zusammengebissen. Sie gingen bis dahin, wo der Anstieg zum Kai begann, kamen auf dem gleichen Wege zurück, den er zu beschleunigen versuchte und den sie hinauszuzögern sich bemühte. Bei der Rückkehr, als sie vor dem Hause Doktor Fernando Almeidas ankamen – im Wohnzimmer die brennende Petroleumlampe, die Marialva dort zurückgelassen hatte –, blieb Danilo stehen und sagte: »Gehen wir.« Er wartete nicht auf Zustimmung, er bestand darauf.

Adalgisa senkte die Augen, die Patin hatte ihr Unterwerfung und Mut im entscheidenden Augenblick empfohlen, sie stammelte: »Gehen wir.«

Aus der Dunkelheit tauchte der Fußballfan Dário Queiroz auf, bereit, Pelés Tore zu kommentieren. Danilos Verlegenheit nutzend, er entschuldigte sich – lassen wir es für morgen, morgen bestimmt –, entwischte Dadá ins Zimmer. Als er heraufkam, atemlos, hatte sie sich gerade ins Bett gelegt, unter die Laken. Sie hatte das von der Patin genähte Nachthemd angezogen, das des Opfers.

ENDLICH, UFF! – Danilo schraubte den Docht der Petroleumlampe zurück, die Dunkelheit verband sich mit der Stille. Adalgisa kniff die Augen zusammen. Im Traum, während der nachmittäglichen Ruhe, hatte der Schutzengel sie mit den Flügeln bedeckt und beschützt. Der Schutzengel, recht betrachtet, war es Danilo selbst – der Ehemann ist der Hüter des Heimes, der Verteidiger der Ehefrau. Eine Verwirrung, mein Gott, wie sollte man das begreifen!

Im Zimmer konnte sie nicht einen Gedanken fassen, von Angst überwältigt. Der entflammte Engel, ein glühender Teufel, riß die Decke herunter und schleuderte sie weit weg, begann ihr das Nachthemd am Körper hochzuschieben. Der Draufgänger verlangte, daß sie das Hinterteil hob, damit das Hemd vorbeirutschte – er ordnete mit Bestimmtheit an, es war nicht angebracht, zu diskutieren.

Dadá hob nicht nur das Hinterteil, sondern auch die Arme und streckte den Kopf hoch. Es hätte genügt, ein klein wenig zu schwanken, und die Bestimmtheit hätte sich in Schroffheit verwandelt. Bereit, die Ratschläge der Patin zu befolgen, gehorchte sie. Das Nachthemd folgte in der Spur der Decke. Ebenso wie in der vergangenen Nacht war sie nackt, und die Stunde war gekommen. Sie biß die Zähne zusammen.

Danilo schob ihr die Beine auseinander, öffnete die Schenkel, legte sich auf sie, küßte ihre Lippen mit Glut, aber ohne Raserei, wegen ihrer entzündeten Lippe. Getäuscht durch diesen Beweis der Rücksichtnahme, ließ Adalgisa ihm Bewegungsfreiheit, er nutzte sie, um die Lanzenspitze zur Zufriedenheit zu plazieren: flammend, prunkend, blitzend, munter, leuchtend, begehrenswert, vortrefflich, die Wahl des Adjektivs bleibt den Damen überlassen, nur wer sich bedient und sich bereichert, kann einschätzen und rühmen. Aufgestellt, die Lanzenspitze an den jungfräulichen Lippen der Muschel: Danilo stieß kräftig und entschlossen zu.

Auch Adalgisa war sich im klaren über den glühenden Stachel, der sie verletzte, bereit zum Angriff, und hatte gewartet, mit angespannten Nerven und klopfendem Herzen. Sie war bereit, alles zu ertragen, wie sie es bis hierhin getan hatte, ergeben und stoisch, ohne eine einzige Klage, ohne irgendeinen Protest. Doch als er zustieß und der Schmerz fürchterlich wurde, vergaß sie ihren Entschluß, schrie und warf sich hin und her. Sie kratzte ihn auf dem Rücken, versuchte ihn zu beißen.

Im Gegensatz zum Vorabend gelang es ihr nicht, sich loszumachen, er hielt sie niedergedrückt und geöffnet fest, und von neuem stürmte er los, heftig, unkontrolliert. Sie sagte unter Schreien und Schluchzern: »Au, hör auf, hör um Gottes willen auf, hör auf, ich halte es nicht aus, ich werde sterben, ach, ich werde sterben!« Er machte noch einen Satz, endgültig und erbarmungslos, drang in die Grotte ein.

Wenn irgendein Lüstling, der Adalgisa schreien hörte, »... ach, ich werde sterben«, gedacht hätte, Adalgisa schmelze dahin im Genuß, so hätte er sich getäuscht: Zerrissen, zerfetzt, empfand Adalgisa nur Schmerz, Schmerz und nichts weiter. Sie stöhnte, unaufhörlich, während Danilo sich der Festung bemächtigte, Besitz ergriff, sich einrichtete, sich stürmisch und schnell bewegte. Auch er stöhnte, Achs! entfuhren ihm, seine, ja, aus reinem Genuß. Mit den Freudenseufzern mischte sich Triumphgeheul. Auch er sagte: »Ach, ich sterbe«, als er sich in sie ergoß, und erschöpft fiel er über Dadá zusammen und küßte sie. Er hob den Kopf und verkündete: »Meine Frau!« Ihr und der Welt tat er das kund.

Er zog den Krieger aus dem eroberten Bollwerk, aus der endlich unterworfenen Festung zurück, Adalgisa stöhnte laut, schrie. Danilo säuberte sich am Laken. Wenn die Hausangestellte, die scheinheilige Marialva, sich während des Zimmeraufräumens gewundert hatte, als sie das Bettzeug unbefleckt fand, ohne Spur der Entjungferung, so hatte sie am nächsten Morgen keinen Grund mehr für Verdacht und Zweifel, der Beweis des Blutes war gegeben. Heilig und geweiht: Blut im Überfluß. Endlich, uff! Es wurde auch Zeit, ein schwer zu erobernder Krater.

Postskriptum – Um das Geschehene und seine Folgen, über die später gesprochen werden soll, recht zu verstehen, ist es zweckmäßig, zwei Details zu schildern, so unbedeutend sie scheinen mögen.

Zuerst wird kurz und kommentarlos erzählt, daß Danilo, der sich mit der schwierigen Vereinigung – für Adalgisa eine Pein – nicht zufriedengab, zum Angriff zurückkehrte, ohne die Bitten der Vergewaltigten zu achten, in sie eindrang und sich in langsamem und ausgedehntem Besitzergreifen ergötzte. Und er nahm sie noch ein drittes Mal. Enge Grotte, ein Geschenk Gottes.

Beim drittenmal hielt er inne, nicht daß er gesättigt gewesen wäre oder es ihm an Spannkraft gefehlt hätte: daß niemand ihn solchermaßen beleidigte, sondern er wollte Adalgisa eine Ruhepause gönnen. Er hatte keine Eile, ihnen blieb noch eine Woche Honigmond, in Morro de São Paulo zu genießen: Strand und Bett.

Es wird weiter erzählt, daß Dadá, ergeben in den Laken, kraftlos, zu Widerstand unfähig, weiter stöhnte, doch mit dem Stöhnen vermischte sich eine kaum hörbare Kantilene. Danilo näherte sein Ohr: Mit geschlossenen Augen und gefalteten Händen bewegte Adalgisa die Lippen, er vermutete ein Gebet: Dadá betete. Danilo lächelte, als er sah, wie sie dem Herrn dankte, daß sie zur vollkommenen und richtigen Frau, zur Gattin und Geliebten geworden war. Ein Dankgebet, nur das konnte es sein.

Es konnte auch sein, daß sie Gott dem Allmächtigen das Opfer darbrachte, um die Sünden zu büßen, die fleischlichen Sünden, während der Verlobungszeit begangen, indem sie versprach, nicht wieder in Versuchung zu fallen. Wegen der Zweifel – hier das Postskriptum.

ADALGISAS BETT UND ALTAR – Neunzehn Jahre waren nach den Flitterwochen, den unvergeßlichen Tagen in Morro de São Paulo, vergangen, wie man in den besten Feuilletons schreibt, und die Situation war, wie man weiß, folgende: Danilo vergnügte sich in den Bordellen, um den Mangel auszugleichen, in dem er lebte, um die Spannung abzubauen, von der Ehefrau herausgefordert und zurückgedrängt. Neunzehn Jahre nach den unvergeßlichen Ereignissen, das Adjektiv wird wiederholt, unvergeßlich für ihn wie für sie, schmeckte das knappe Bett für den Ex-Príncipe des Rasens noch immer bitter: verlängerte Fristen, wenige Spielarten. Die knappe und spärliche Übung, im Durchschnitt einmal in der Woche, auf das klassische Papa und Mama beschränkt, Zielscheibe der Kritik und des Spotts der klugen Marilu, heute die würdige Senhora Liberato Covas Albufeira, ein Tugendbrunnen, Patronin barmherziger Werke. So ist die Gelegenheit gekommen, die Gelegenheiten zu suchen, durch die die Moral der Geschichte begründet wird, Krönung jedweder Geschichte, die auf sich hält.

Als sie vom Boot gingen, um das Hochzeitszimmer im Hause Doktor Almeidas zu beziehen, hatte der Príncipe Aperitifs für überflüssig gehalten, um sich ausschließlich auf das Gericht des Widerstandes zu stürzen, und er verspeiste es blutig, mit der Gier eines Hungrigen und der Grobheit eines Wilden. Neunzehn Jahre später war er sich immer noch nicht über den begangenen Irrtum im klaren, er erkannte ihn nicht, er hatte keine Verbindung zwischen Arsch und Hosen hergestellt.

Appetithappen, Vorspeisen, Nachtisch, seltene Köstlichkeiten, dem Gaumen angenehm, Genüsse für die Zunge, Zucker, Ingwer und Pfeffer, die Leckerbissen im Bett, er hatte sie in den Flitterwochen nicht gekostet, so bekam er sie auch nicht im Ehebett. Er versuchte Adalgisa mit Überredungskünsten und List, mit Köderworten oder Wutausbrüchen zu überzeugen, niemals erreichte er, daß sie bereit war, an einem Bankett oder einem Gaudium teilzunehmen, Kaviar oder *fromage camembert bien fait* – danke, teurer Professor João Batista – zu servieren. Streng erzogen, servierte sie nicht, noch verzehrte sie etwas anderes als das magere Alltägliche, schon ohne *la sauce au poivre* – noch einmal merci, Meister Batista – der Jungfräulichkeit, die den Appetit anregen könnte. Schwierige Auseinandersetzung, vor allem in den ersten Monaten.

Das anfängliche Klima der Flitterwochen, liebevoll, verschlimmerte sich bald, es wurde zum Geschrei der Beschimpfungen, Beschuldigungen, Beschwerden, Tadel und in der Folge zur wiederholten Migräne. Die gefeierte Harmonie der Verlobten ging zum Teufel, und mit ihr zerfiel beinahe die Ehe. Noch in Morro de São Paulo, an einem sehr mißlichen Tag, hatte Adalgisa unter Schluchzen gedroht: »Du liebst mich wirklich nicht, ich finde es besser, wenn ich gehe. Zu meinen Eltern zurückkehre. Allein.«

Danilo ging in sich, breitete sich in Entschuldigungen, in Liebesschwüren aus. Wie viele Male, am Strand oder im Bett, hatten sie Frieden geschlossen und sich auf dem Gipfel der Leidenschaft geküßt? Auf dem Gipfel der Leidenschaft, in der Hitze des Kusses, Sanftmut mit Fügsamkeit verwechselnd, bat er von neuem, lehnte sie von neuem ab: »Wenn du mich liebst, schlag dir diese Sachen aus dem Kopf, das ist keine Liebe.«

Der Irrtum, der in Morro begonnen hatte, verstärkte sich bei der Rückkehr in die Stadt, und wenig fehlte, und das Unabänderliche wäre geschehen. Schwüre und Beschwörungen, Kopfschmerzen, Eifersucht, schließlich, schon in Bahia, gewann Adalgisa die Oberhand, obwohl Danilo sich weigerte, die Niederlage als endgültig anzusehen. Es gelang ihr, ihn in den Grenzen des von der Patin und vom Beichtvater Erlaubten zu halten, ohne ihm den geringsten Spielraum für irgendeinen Übergriff zu lassen. Die Patin hatte sie auf die Gefahr des ersten Schrittes auf dem schlüpfrigen Hang der Unschicklichkeiten aufmerksam gemacht: Der erste Schritt ist verhängnisvoll, *hijita*. Pater José Antonio sorgte im Beichtstuhl dafür, sie wachsam zu halten: Nichts über die für die Reproduktion der menschlichen Art notwendige Beziehung hinaus. Die Stimme Pater José Antonios, gewöhnlich erörternd, mächtig, wurde schwächer, leise, heiser, bebend, wenn er das heikle Thema streifte: aus Scham sicherlich.

DIE PUPPE – Korrekt, weigerte Adalgisa sich nicht, die Pflicht der Gattin zu erfüllen. Während der Flitterwochen hatte sie sich jede Nacht, ausnahmslos, und außerdem an Nachmittagen, um Streit und Zwietracht zu vermeiden – Danilo verrückt im Fordern –, ergeben und ihn empfangen. Nach und nach wurde es leichter, weniger unangenehm bei jeder Vereinigung, es war schon nicht mehr der äußerste Schmerz der Vergewaltigung, aber es hörte erst auf, weh zu tun, nachdem ein Monat vergangen war.

Danilo begnügte sich nicht mit einem Orgasmus, er verlangte die Wiederholung, und es geschah, daß die Wiederholung wiederholt wurde. Adalgisa lenkte ihre Gedanken auf andere Dinge. Das Wort Orgasmus und seine Bedeutung hatte Dadá aus Marilus Mund gehört und gelernt, von wem sonst konnte es sein? Aber die Mitschülerin, angehende Expertin in Fragen Sex, hatte ihr nicht gesagt, daß auch die Frauen des Orgasmus und des Genusses fähig sind.

Der Gattenpflicht unterwarf sie sich, wenn auch nicht mit Wohlgefallen, so doch wenigstens ohne Widerstand und sogar mit einem Hauch von Hoffnung. Nicht, dahin zu kommen, Genuß an dem Eindringen und dem Auf und Ab zu empfinden, denn sie wußte nicht einmal, daß die Frau Vergnügen an der sexuellen Vereinigung finden könnte, aber mit der Hoffnung und dem Wunsch, schwanger zu werden. Sofort, wenn möglich. Als sie vom Schiff gekommen waren, hatte Frau Soundso eine gute Nachricht gehabt: Flitterwochen in Doktor Almeidas Haus, neun Monate später, Tag für Tag gezählt, ein Kind.

Der größte Traum ihres Lebens war, ein Kind zu haben, vorzugsweise ein Mädchen, deshalb hatte sie geheiratet.

Während die supermoderne Marilu an Veranstaltungen teilnahm, zu heimlichen Verabredungen ging, spielte Adalgisa, unreif, mit Puppen. Sehr große, aufsehenerregende spanische Puppen, die laufen und sprechen konnten und die Paco Perez, der zärtliche Vater, in den Zeiten des Überflusses von seinen Reisen mitgebracht hatte. Es war die Tochter, blond, rosenfarben, hübsch, der Lieblingspuppe ähnlich, auf die Dadá, die Schmerzensreiche, die Gepeinigte, ihre Gedanken richtete, wenn sie sich, um sie zu empfangen, unterwarf, während Danilo sich in der Begattung abmühte. Begattung, häßliches Wort. Beim Bumsen, würde Marilu sagen, wie man schon hörte. Marilu nahm kein Blatt vor den Mund und war voller Launen.

Vorzeitig kam die Regel in der letzten Nacht der Flitterwochen und enttäuschte Adalgisa. Frau Soundso hatte sich in der Vorhersage geirrt: dreist und trügerisch.

Die fanatikerin – Adalgisa wußte zweifelsfrei, daß sie, um schwanger zu werden, ein Kind zu empfangen, keine anderen Maßnahmen im Bett nötig hatte als jene, deren täglicher Befolgung sie sich überlassen hatte, während alles andere nur der teuflischen Befriedigung des Fleisches diente. In der Verlobungszeit und noch auf der Überfahrt von Valença nach Morro de São Paulo war sie drauf und dran gewesen, der Versuchung zu erliegen, einen Irrtum zu begehen, sich verderben zu lassen. Sie hatte die Sünden mit dem Opfer – grausig! – ihres Körpers in der Hochzeitsnacht gebüßt, in der zweiten, denn das Massaker hatte zwei Nächte lang gedauert, wie hatte sie das nur ertragen können? Der Herr, der sie beschützt hatte, ihr Kraft und Mut gegeben hatte, die Ehepflicht zu erfüllen, würde ihr beistehen, ihr Kraft und Mut geben, die Pflichten einer eifrigen, Gott fürchtenden Katholikin zu erfüllen.

Während der Flitterwochen mußte sich Danilo mit dem Gericht des Widerstandes begnügen, ansonsten – vollkommene Enthaltsamkeit. So ging es weiter, als sie in die Hauptstadt zurückkehrten, und bald war es noch schlimmer. Solange sie Hoffnung hatte, schwanger zu werden, gab sich Adalgisa hin, ohne sich zu zieren, doch als Doktor Elsimar Coutinho, basierend auf den von Doktor Brenha Chaves vorgenommenen Laborprüfungen, Danilos Sterilität diagnostizierte – die sicherlich aus der Aktivität auf den Fußballfeldern resultierte, ein Schuß in die Kräftigen, erklärte der Ex-Fußballer; angeboren, unheilbar, vertraute Doktor Elsimar der tränenüberströmten Ehefrau an –, reduzierte Dadá den Eifer der bescheidenen sexuellen Beziehungen. Außer daß sie bescheiden waren, wurden sie spärlich.

Zu so unglücklichen Situationen, die häufiger sind, als man im allgemeinen denkt, führt der religiöse Fanatismus. Nicht nur der religiöse, auch der politische, die Dogmen jedweder Sekte, ohne irgendeine Ausnahme. Sie beschränken, entstellen, entwürdigen, kastrieren. Ist das die Moral der Geschichte? Zum Teil ja, aber sie muß noch ergänzt werden. Ein bißchen Geduld bitte, wir werden schon gemeinsam zum Schluß dieser langweiligen Betrachtungen kommen.

Das Mannsbild – Ohne den Einfluß herabsetzen zu wollen, den die päpstlichen Dogmen auf das Leben des Ehepaares ausübten, ist es im Eifer, die Moral der Geschichte vollkommen korrekt zu begründen, wohl recht, zu fragen, ob Danilo, ein brasilianisches Mannsbild, nicht auch schuld hatte.

Nach den Erfahrungen der schönen Verlobungszeit hatte Adalgisa nicht gedacht, daß sich die Flitterwochen in Enttäuschung und Entzauberung verwandeln würden, ein Konflikt, der sich in Bahia zu einer kritischen Periode der Tränen, der Gereiztheit, der Vorwürfe und Drohungen ausdehnte. Sie drohte sogar damit, die Ehe zu beenden. Überzeugt, daß der Ehemann sie nicht liebe, nach einer peinlichen Szene – ihr zersprang fast der Kopf –, sprach sie, den Finger warnend erhoben, ernsthaft, bereit, mit der unerträglichen Situation ein für allemal Schluß zu machen: »Was denkst du? Wie kannst du wagen, mir die Schweinereien vorzuschlagen? Denkst du, ich bin eine Lebedame, eine Prostituierte? Wer sich zu solchen Widerlichkeiten hergibt, das sind die Mädchen aus dem

Bordell. Eine Frau, die auf sich hält, entwürdigt sich nicht damit. Zwischen uns ist alles zu Ende. Ich halte es nicht mehr aus, nimm deine Sachen, geh fort.«

Sie wohnten in der Wohnung von Graça, zusammen mit Paco.

Ohne es zu wissen, rettete Adalgisa schließlich die Ehe. Danilo wurde nachdenklich, verwundert saß er da, mit verlorenem Blick.

»Und ich, der ich niemals daran gedacht habe . . .«
Sie hatten sich nicht getrennt, Danilo versprach, sich zu benehmen, das tat er immer, mit Nachdruck und Schwüren, versprechen war nicht schwer. Versöhnt waren sie ins Kino gegangen und hatten einen dieser tränenreichen Filme, die Adalgisa liebte, angesehen.

Wenn die Grenzen durch die Gesetze des Katechismus gesetzt waren, so rührte die Gefühlskälte, in die Dadá sich einschloß, allen Anzeichen nach von der Art her, wie von ihr Besitz genommen wurde: Gewalt, Blutbad der Entjungferung. Blutbad, ein schwerwiegender Ausdruck, er stammt aus dem bemerkenswerten Essay der Ärztin Graciela de la Concha Carril, einer argentinischen Psychoanalytikerin, auf deren Kenntnisse zurückgegriffen wird – es ist immer ratsam, sich Unterstützung bei jemandem zu suchen, der Autorität und Kompetenz hat. »Die Dreistigkeit«, schreibt die gefeierte Sexualforscherin, »die Unwissenheit, die Nötigung, die Herrschsucht des Mannes und Herrn, ungeduldig, die mit der Ehe erkaufte Jungfräulichkeit in Besitz zu nehmen, sind verantwortlich für die Horde der Frauen, die im Ehebett das Leben durchqueren, ohne die Freuden des Sex zu kennen, ohne sie zu genießen« (Doktor Graciela de la Concha Carril – »Die frigide Frau, ein männliches Verbrechen« – Übersetzung von Fanny Rechulski – Diaulas Riedel, Verleger – São Paulo).

Die Wissenschaftlerin hat reichlich Grund: Riesig ist die Legion der Brasilianerinnen, für die das Aufeinandertreffen im Bett nicht über monotone Gattenpflicht hinausgeht. Niemals haben sie den Orgasmus erreicht, niemals haben sie genossen. Sie enden frostig, apathisch, traurig, kummervoll, gereizt. Lustobjekte, Opfer der puritanischen Dogmen und der männlichen Gewalt. Unglückliche.

Beunruhigt, hatte Adalgisa die Versuchung erwähnt, auf dem Schiff, während der Überfahrt – erinnert Ihr Euch? –, sie war nahe daran gewesen, sich ins Verderben zu stürzen. Wäre Danilo bei der sanften und gefälligen Eroberung geblieben, hätte er vielleicht die Mauer des Puritanismus niedergerissen: Das gibt es.

Wenn man über die beiden Seiten der tragischen Realität nachdenkt, kann die Moral der Geschichte von Nutzen sein, obwohl heutzutage, mit der antikonzeptiven Pille und der Hippy-Revolution, schon keine Jungfrauen mehr für die amtlich bestätigten Hochzeitsnächte übrigbleiben. Wenn die Bräutigame eine geöffnete Tür aufstoßen, verspeisen sie eine aufgewärmte Mahlzeit. Auf alle Fälle wird hier eine Lektion erteilt, sie ist es wert, gelernt zu werden: Die Jungfräulichkeit muß nicht verwegen, sondern mit Ritterlichkeit, Zärtlichkeit und Höflichkeit gepflückt werden. So kommt dieses Kapitel der Handlung zum Abschluß, das Kapitel der Jungfernschaft, das man sich fröhlich und heiter wünschte, voller Liebkosungen und Liebesseufzer: Es führte zu dem, was man gesehen hat.

Einleuchtende Erklärung – Blieb noch etwas zu erklären? Was? Auf welche Weise Adalgisa die Ehe rettete, als sie drohte, sie für immer aufzugeben? Aber die Erklärung ist einleuchtend, ist offensichtlich, zu einfach, wie ist es möglich, daß jemand sie nicht wahrgenommen hat?

In der Empörung ihrer Rede sagte Adalgisa wortwörtlich: »Wer sich zu solchen Widerlichkeiten hergibt, sind die Mädchen aus dem Bordell.« Richtig? Und dann? Ohne es zu wissen und ohne es zu wollen, zeigte sie Danilo den sicheren Hafen, das eheliche Schiff zu verankern, das im Begriff war zu sinken.

Am nächsten Tag, am Nachmittag, kehrte der Príncipe, an den man sich sehnsüchtig erinnerte, nach vier Monaten Abwesenheit ins Bordell von Fadinha in der Ladeira de São Francisco zurück. In den Spielpausen konnten die Pärchen durch die offenen Fenster des Erdgeschosses die Frommen und die Touristen sehen, die in die Kirche São Francisco hineingingen, die ganz in Gold gehalten war.

»Wer lebt, taucht immer wieder auf...«, rief Astrud aus und warf sich ihm in die Arme.

NOTABENE – Es gab Klammer und Postskriptum, fehlt noch das Notabene, und es kommt im rechten Augenblick, um Eifersuchtsszenen und Proteste, Verdrießlichkeiten zu verhindern. Im Laufe der Handlung wurden einige der von den Brautleuten erhaltenen Geschenke und die Namen der Freunde, die sie schickten, genannt. Die Ehepaare Fernandez, Cotrim, Machado – das indiskrete und warum nicht sagen aufreizende Nachthemd, Auswahl und Aufmerksamkeit von Dona Gloria –, die Frau Konsulin Adler, der Kaufmann Artur Sampaio.

Die Gaben jedoch hatten sich nicht auf diese wenigen beschränkt, es gab noch andere, und aristokratische. Wegen des hohen Preises lohnt es, die der Ehepaare Lúcia und Paulo Peltier de Queiroz, Ana und Ângelo Calmon de Sá, Regina und Newton Rique zu nennen, und wegen des Malerischen die Maultrommel, die Meister Pastinha überreichte, mit der Danilo Capoeira-Lektionen genommen hatte.

Ein ausgedehntes Verzeichnis, es ist unmöglich, alle zu nennen, doch jedem einzelnen schickte Adalgisa eine reizende Karte – oben zwei von einem Pfeil durchbohrte Herzen, von Cupido abgeschossen –, um für die Geschenke zu danken und den Wohnsitz bekanntzugeben. Die Adresse war die gleiche wie die von Paco Perez, das junge Ehepaar hatte kein Geld für Miete. Im Notariat, als gewöhnlicher Angestellter, verdiente Danilo einen Dreck. Nur gut, daß Dadá bei der Patin den Beruf der Hutmacherin gelernt hatte.

Die Ereignisse vom Donnerstagnachmittag

Die Klausur der Büßerinnen – Es vergingen keine sechs Stunden an der Uhr vom Largo São Pedro zwischen der Entdekkung der Nachricht und Manelas Einweisung in das Kloster von Lapa, in die Klausur der Büßerinnen.

In früherer und auch in jüngster Zeit schloß der Vater einer Jungfrau, die den Fehltritt begangen und den Namen der Familie in den Schmutz der Schande gezogen hatte, die entartete Tochter dort für den Rest des Lebens ein: Abtei finsterer Berühmtheit. Tot und begraben für die Welt, Besuche nicht einmal von der weinenden Mutter, nicht einmal das Andenken dauerte fort. Bilder vernichtet, Gesicht ausgelöscht, Erinnerungen gestorben, Name verboten, als wäre die Entehrte niemals geboren worden, als hätte sie niemals existiert.

So unsinnig es scheinen mag, die Strafe des ewigen Gefängnisses in der Klausur des Klosters bedeutete einen liberalen Fortschritt gegenüber der vorangegangenen Praxis, dem Urteil, das in den Städten geläufig war, obligatorisch im Landesinneren: das Todesurteil. Nur die bestätigte Bekanntmachung der Hinrichtung der Verbrecher, des verfluchten Mädchens und des niederträchtigen Verführers, reinigte die Ehre der Familie, gab ihr Würde und Stolz unversehrt zurück. Gewisse ehrliebende Väter rissen dem Abwegigen, in der Sorge um Gerechtigkeit, bevor sie ihm das Leben entrissen, die Eier heraus.

Noch heute kommt das vor, obgleich es in unseren fortschrittlichen Tagen üblich ist, daß der aufmerksame Vater den Liebhaber des Tages im Hause empfängt, ihn großzügig beköstigt und zum Bett der Tochter führt, ohne daß ein Pater und ein Standesbeamter nötig sind. Es wechseln die Zeiten und die Sitten, aber die Ausnahmen bleiben bestehen: zu Diensten dieser letzten unerbittlichen Väter und Vormunde bleibt die Klausur der Büßerinnen geöffnet. In Manelas Fall war das Unabänderliche nicht geschehen, die Einweisung würde vorbeugend und nicht ewig sein. »Sie wird nach Hause zurückkehren, sobald sie sich den räudigen Hund aus dem Kopf geschlagen hat, nichts mehr von dem Schimpansen wissen will«, sagte die Tante zur Mutter Superiorin.

Als sich das Tor schloß, schlich sich eine Träne in Adalgisas Augenwinkel, schnell wischte sie sie weg, bevor Pater José Antonio dieses Zeichen von Schwäche bemerkte.

Das zerrissene Briefchen – Zufällig, nein. Geführt von der Hand Gottes, sah Adalgisa ein kleines Stück Papier im Bad, hinter dem Nachtgeschirr, und hob es auf, Fragment eines Briefchens, zerknüllt, aber leserlich. Es war sicherlich aus Manelas Hand gerutscht, ohne daß sie es gemerkt hatte. Nachdem sie die Nachricht zerknüllt und zerfetzt hatte, hatte das Miststück sie in die Toilette geworfen, um sie im starken Strahl der Spülung verschwinden zu lassen.

»Ach, mein Vater im Himmel!«

Adalgisa hatte die Schrift des räudigen Hundes erkannt. Wiederholt durchforschte sie das Zimmer der Nichte haargenau, auf der Suche nach Indizien. Sie fand Briefe und Nachrichten des Schimpansen. Als räudigen Hund und Schimpansen bezeichnete Adalgisa Miroel da Natividade, Miro für alle Welt, der sich im Briefwechsel mit Manela als »ihr zukünftiger Gatte, Mirinho do Bem-Querer« betitelte. Überzeugt von der Existenz eines Fluchtplanes, den die Verliebten ausgeheckt hatten, mit wahrscheinlicher Unterstützung Damianas und anderer Nachbarn, unter eindeutiger Teilnahme Tante Gildetes – die Liste der Komplizen war nicht umfangreich –, widmete sich Adalgisa vollkommen der Aufdeckung von Spuren und Beweisen, bereit, die Ausführung des teuflischen Planes auf irgendeine Art, wie auch immer, im Guten oder Bösen, zu verhindern.

Im Guten, darauf hatte sie die Hoffnung verloren. Nichts hatten Gespräche, Warnungen, Ratschläge, Moralpredigten genützt, nicht einmal Bitten. So weit war sie gegangen. Manela hörte in feindlichem Schweigen zu, machte den Mund nicht auf, auch nicht, um zu widersprechen oder zu diskutieren. Nur, als sich die Tante gegen den räudigen Hund, den

Schimpansen, ereiferte, wiederholte Manela, ohne die Stimme zu verändern: »Ich liebe diesen räudigen Hund, ich werde diesen Schimpansen heiraten, ob er nach deinem Geschmack ist oder nicht, meine liebe Tante.« Vom Kopfschmerz durchbohrt, von der Migräne besessen, schäumte Adalgisa vor Wut. Manela hatte Erbarmen und umarmte sie: »Bitte mich, um was du willst, Tante, nur nicht um das eine.«

Auch im Bösen konnte sie die Ausführung des Planes nicht verhindern, denn nicht einmal von der Peitsche konnte sie Gebrauch machen. Nach dem verhängnisvollen Bomfim-Donnerstag hatte sie sie benutzen wollen, um einzuschüchtern und zu züchtigen, die Dinge in die richtigen Grenzen zu zwingen, es war ihr nicht gelungen. Als hätte sie die Handhabung verlernt, gelang es ihr nicht, als sie die Peitsche in die böse Hand nahm, sie festzuhalten, der Arm schien aus Blei. Der Peitsche beraubt, tat sie das wenige, was ihr zu tun blieb. Sie sperrte Manela im Hause ein, als Strafe, verbot ihr, mit Klassenkameradinnen und Freundinnen auszugehen, begleitete sie bis zur Tür des Instituts oder ließ sie von Danilo begleiten, holte sie am Ausgang ab, machte sich zur Sklavin der Pflichten des Vormunds, der vor Gott und dem Jugendrichter für Manelas Ehre verantwortlich war. Solange sie unter ihrem Schutz stünde, würde Adalgisa nicht erlauben, daß die Nichte ins Verderben liefe, schlimmer noch, daß sie sich mit dem Schimpansen verbände, einem Schwarzen niedriger Herkunft, einem Taxichauffeur. Heiraten konnte sie nicht ohne ihre und Danilos Zustimmung, deren Vormundschaft die Waise anvertraut worden war.

Miro war Besitzer eines Wagens, eines DKW aus zweiter Hand, na und? Er war nur ein armer Schlucker. Für die Nichte wollte sie einen ehrbaren Mann, wenn möglich akademisch gebildet, der es im Leben zu etwas gebracht hatte oder zumindest eine verheißungsvolle Karriere vor sich hatte, die den Namen der Familie hob. Dafür hatte sie sie in strengen Regeln und allem anderen erzogen, was man schon weiß. Während sie wartete, daß sich ein Anwärter von Niveau einfand, bemühte sie sich, Manela abseits der sexuellen Verwilderung der Jugend, der ausschweifenden Praktiken zu halten, die Studentinnen zu Konkurrentinnen der Huren machten: zu unlauteren Konkurrentinnen, denn sie gaben sich umsonst hin. Sie stülpte Manelas Schubladen und Taschen um auf der Suche nach antikonzeptiven Pillen.

In der zitternden Hand den Fetzen Papier, fragte sich Adalgisa, ob noch Zeit wäre, einzugreifen und das Unabänderliche zu vermeiden. Vielleicht, wenn sie unverzüglich und wirksam handelte. So ein Glück: Durch das Werk der göttlichen Vorsehung enthielt der Fetzen außer der Mitteilung genaue Hinweise zur Flucht, zu Tag und Stunde. Der räudige Hund würde sie im Wagen erwarten, um sieben Uhr abends des gleichen Tages. Der Schimpanse hatte keine Ausflüchte gebraucht: »Heute wirst du das Gute und das Beste kennenlernen, es wird eine wunderbare Nacht sein, meine Liebe. Du kannst nicht weiter abhängig sein von dieser . . .« Dieser was? Es war nicht schwierig, es zu erraten, Miro bezeichnete Manelas Lebensbedingungen als Sklaverei, sie, Tante und Vormund, als Unmenschen und Folterknecht.

Wer sollte ihr in diesem entscheidenden Augenblick helfen, wenn nicht Gott? War Er es nicht gewesen, der ihr das Stück von dem Briefchen gezeigt hatte? Für Adalgisa war der persönliche und glaubwürdige Vertreter Gottes in der Stadt Bahia der Pater José Antonio Hernandez, ihr Beichtvater seit langer Zeit, Führer ihres Gewissens. Sie zog sich rasch an und ging los. Sie war so bedrückt, daß sie vergaß, die Tasse Kräutertee zu trinken, die die Migräne abschwächen sollte, die sich heftig ankündigte.

Adalgisa nährte zwei Hauptträume. Einen alten, den des eigenen Hauses. Damit sie ihn eines Tages verwirklichen konnte, hinterlegte sie jeden Monat die Ersparnisse, die sie ihrer Kunst der Anfertigung von Luxushüten verdankte, auf der Sparkasse. Der andere war im Januar entstanden. Sie träumte davon, den räudigen Hund, den Schimpansen, im Gefängnis zu sehen. Dafür betete sie jede Nacht ein Ave-Maria und ein Vaterunser. Sie vertraute den Zinsen der Sparsamkeit und der unendlichen Güte des Herrn.

DER JUGENDRICHTER – Am frühen Nachmittag dieses Donnerstags, von Pater José Antonio begleitet, wurde Adalgisa vom hochverdienten Doktor Liberato Mendes Prado d'Ávila, dem Jugenrichter, empfangen. Sie legte die Angelegenheit dar und erhielt Genugtuung.

In Rio Vermelho, in der pompösen Sakristei der neuerbauten Kirche Sant'Ana – wundervoll! begeisterten sich die Frommen, scheußlich! äußerten betroffen die Künstler –, hatte Adalgisa dem Pater ihre Befürchtungen anvertraut, daß das Schlimmste geschehen könnte, das unwiderrufliche Übel, sie bat ihn um Rat und Beistand. Die Ehre des Zöglings und die Verantwortung des Vormunds standen auf dem Spiel.

Pater José Antonio hörte zu mit gesenktem Kopf und getrübten Augen. Die Sünden des Fleisches griffen ihn derart an, daß sie Gesicht und Stimme veränderten. Er stellte Fragen: Glaubt sie, daß Manela sich noch nicht hingegeben hat? Wie weit würde sie auf dem Weg des Lasters vorangeschritten sein? – Mit Gewißheit hat sie sich nicht hingegeben und kann in der Schamlosigkeit noch nicht weit gegangen sein, ich halte sie am kurzen Zügel, ich habe ihr keine Gelegenheit gegeben. Was tun? Die für diese Nacht geplante Flucht vereiteln, eine leichte Sache; es genügte, Manela im Zimmer einzusperren, sie daran zu hindern, zur Verabredung zu erscheinen, das Komplott würde sich im Nichts auflösen. Aber dann?

Selbst wenn sie sie aus der Schule nahm, und Adalgisa war bereit, diese äußerste Maßnahme zu ergreifen, konnte sie das Mädchen nicht für immer im häuslichen Gefängnis festhalten, denn das würde der Nachbarschaft Gesprächsstoff liefern, Tante Gildete dazu bringen, sich einzumischen, zu protestieren, Skandal und Tumult auszulösen. Was tun, um Manela während der nötigen Zeit von der Versuchung und der Gefahr fernzuhalten, gegen die Anschläge gefeit? Bis sie entschlossen war, mit der Liebschaft Schluß zu machen, dem Taxichauffeur den Laufpaß zu geben, den Unseligen zu vergessen? Wenn sie die Nichte von dem Irrtum befreite, würde auch Adalgisa sich von der Abhängigkeit befreien, in die sich ihr Leben verwandelt hatte. Wenn sie so weitermachte, würde sie im Spital enden.

Ohne Antworten, die imstande gewesen wären, das Urteil zu erleichtern, hob der Missionar Schultern und Augenbrauen, ziemlich verlegen, gewann die feierliche und strenge Stimme wieder, die die Frommen so begeisterte, voller Trost und Vorsorge. Gott auf seinem Thron aus Licht in der Himmelshöhe bezeugte das Bemühen des guten Schafes, das keine Opfer scheute, um die Gebote der Heiligen Mutter Kirche zu erfüllen. Sie solle nicht verzweifeln, denn er, Pater José Antonio, war da, auf Befehl des Herrn, um ihr zu helfen, die Gefahr zu überwinden, die Pläne des Feindes zu vernichten, ihn zu schlagen, während sie die Unschuld der Jungfrau rettete oder das, was davon geblieben wäre, es würde nicht viel sein, dachte er, aber er sagte es nicht, wozu auch. Im tragikomischen Rechtsstreit der verbotenen Liebe von Manela und Miro übernahm Pater José Antonio Hernandez in Gottes Namen das Kommando der Operationen. Soldat der Tugend, gab er sich nicht mit der Theorie zufrieden, er setzte sie in die Praxis um.

»Bleib ruhig, meine Tochter, Manelas Ehre ist in Gottes Händen.« Er sprach mit Adalgisa Spanisch, wäre da nicht die Üppigkeit einer Sarazene, gäbe es keine reinrassigere Valencianerin.

Schließlich gab Gott ihm die Lösung ein. Im Kloster von Lapa würde Manela außerhalb jeglicher Gefahr, fern jeglicher Versuchung sein. Im Frieden der Klausur, im Zusammenleben mit den heiligen Schwestern, in der Vertrautheit mit Gott, Braut Jesus, würde sie in Ruhe nachdenken können, sich darüber klarwerden, wie dieser Wahnsinn ihr schadete. In kurzer Zeit würde sie Liebe und Geliebten aufgeben, der Tante danken. Mit freiem Kopf und reiner Seele kehrte sie nach Hause zurück, machte ihr keine Schwierigkeiten mehr.

»In das Kloster der Büßerinnen?«

»Ja, meine Tochter, der geeignete Ort für Buße und Überzeugung.«

Er selbst, Pater José Antonio, würde es übernehmen, sofort mit der Mutter Superiorin zu sprechen. Doch da es sich um eine Minderjährige handelte, war es notwendig, die Genehmigung vom Richter einzuholen, um Manela einzuweisen. Das wird kein Hindernis darstellen: »Doktor d'Ávila«, versichterte der Priester, »wird die Gründe des Vormunds verstehen und die Entscheidung billigen, er ist ein Spartaner, ein Bollwerk der Moral.«

Spartaner, Bollwerk der Moral, Erzieher, Züchtiger der irregeleiteten Jugend, diese Geißel unserer Zeit, strich der Hochverdiente nicht mit der Hand über den Kopf der jugendlichen Missetäter, sondern er benutzte sie, um Einweisungen in die Besserungsanstalten zu unterschreiben, Zöglinge für diese mustergültigen Schulen des Verbrechens und der Zerstörungswut zu liefern. Ein anderer Hochverdienter, Doktor Agnaldo Bahia Monteiro, ein Gerichtskollege, in vieler Hinsicht sein Gegner, war maßlos in Worten, um ihn als Rückständigen, Voreingenommenen, Reaktionär, Faschisten zu bezeichnen. Die Gattin, Dona Diana Teles Mendes Prado d'Ávila, die uns unter dem Kriegsnamen Sylvia Esmeralda bekannt ist, fleißlose Schülerin der Theatergeschichte, Amateurschauspielerin in Abwesenheit des Justizrats, was sich bis dahin auf die Bühne der Schule beschränkte, vertraute den intimen Freundinnen an, daß außer der aristokratischen Abstammung – die Familie aus dem Recôncavo, ruiniert, stammte von den Garcia d'Ávila ab – die beiden hervorstechenden Qualitäten des Ehemannes die Dummheit und die Disziplin wären. Alles übrige ergab sich daraus: Gemeinheit, Scheinheiligkeit, Lobhudelei gegenüber den Mächtigen, Gewalt gegenüber den Untergeordneten und den Armen im allgemeinen, leere Rhetorik, Dünkel – und das Geweih.

Pater José Antonio stellte Adalgisa dem Hochverdienten mit herzlichen Worten vor: ein eifriges und frommes Schaf des Herrn, ein Beispiel an Tugend, sie hat das Kreuz einer widerspenstigen Nichte auf sich genommen, deren Vormund sie seit dem Tode der Eltern ist. Der Richter bat, sie solle die Fakten darlegen, er hörte ernsthaft zu, zeigte sich verständnisvoll, schrieb die Anordnung aus. Eingewiesen auf Anordnung des Jugendrichters, würde Manela während der Zeit im

Kloster bleiben, die der Vormund bestimmte, und kein Nachbar oder Verwandter, selbst ein naher, hätte das Recht, zu protestieren oder sich einzumischen.

Wenn der Satyr, der Taxichauffeur, der Minderjährigen etwas Böses getan hatte, so würde Doktor d'Ávila ihn ins Gefängnis stecken lassen, und er würde es mit Genugtuung machen, aber es war nicht der Fall. Er versprach jedoch, ihn vorzuladen, um ihn zu informieren, daß das Gericht ihn im Auge behielte, und um ihn über die Strafen in Kenntnis zu setzen, denen sich ein Verführer Minderjähriger aussetzt, ein Schänder von Jungfrauen. Um ihm ins Gewissen zu reden, ihn zu beunruhigen.

Der Falangist – Nur gut, daß kurz vor dem Tode Doña Esperanzas Gott den Pater José Antonio Hernandez auf ihren Weg geschickt hatte. Der Missionar nahm die Fortsetzung des von der Patin begonnenen Werkes auf sich, nämlich Adalgisa in der fanatischen und puritanischen Strenge des spanischen Katholizismus zu erziehen, aus der Tochter des Francisco Romero Perez y Perez eine Dienerin Christi zu machen, eine makellose Katholikin, eine prächtige Spanierin, die sich gegen Ausschweifung und leidenschaftliche Liebe einsetzte.

Pater José Antonio ging auf die Dreißig zu, als er mit einer Gruppe von Priestern in Brasilien landete, die vom Vatikan in die Länder Lateinamerikas entsandt worden waren, wo die Doktrin der Kirche verdorben wurde, die Prinzipien ins Wanken gerieten, heidnische Riten die Anbetung der Heiligen in den Hintergrund drängten. Feuriger Falangist, stürmischer Träger des unfehlbaren Papstwortes, bestimmt für die Heiden im allgemeinen, Träger der Befehlsworte des Generalissimus Franco, diese im besonderen an die Spanier von Bahia gerichtet, die auf den Gebieten des Vaterlandes oder der Kolonie geboren waren. Bei Kriegsende, mit der Niederlage von Hitler und Mussolini, unvergeßlichen Helden und Märtyrern, schwankte das Vertrauen gewisser Landsleute, Treue und Abgaben gingen zurück, das republikanische Gesindel hob den Kopf. Pater José Antonio hatte im Gepäck die Fahnen der Falange mitgebracht, die er gepackt und durch die Straßen Valencias geführt hatte: Viva Cristo-Rei! Hoch lebe Spanien!

In seinem bahianischen *Curriculum-vitae* rechnete er mit nachdrücklichen Siegen, und die Niederlagen lähmten ihn nicht, die Seele in den Franco-Aufmärschen gestählt. Unter den Feldzügen, die er unternahm, wobei er mächtigen Feinden entgegentrat, verdienen zwei Erwähnung und Kommentar auf diesen Seiten. Wenn wir über die Person informieren, können wir gleichzeitig über die Ereignisse in der Stadt Bahia erzählen: Alles, was in ihr geschieht, ist von allgemeinem Interesse.

Der Bau der neuen Kirche Sant'Ana in Rio Vermelho, ein Epos! Ein glänzender Sieg. Es war gelungen, den großen, den eindrucksvollen Tempel zu bauen, der Mutter Maria gewidmet; bis dahin war die Andacht beschränkt gewesen auf die schäbige Kapelle, die traditionell mit Straßenfesten und Candomblé-Zeremonien verknüpft war. Ein eindrucksvoller Sieg, Höhepunkt einer wahnsinnigen Kampagne, die sechs Jahre Bemühungen und Kollekte gefordert hatte, jedoch nicht vollkommen gewesen war, denn Pater José Antonio hatte geplant, den neuen Tempel auf den Trümmern der volkstümlichen und synkretistischen Kapelle zu errichten, die mitten auf dem Largo de Sant'Ana stand.

Er hatte sich um die ausdrückliche Unterstützung des Kardinals für den notwendigen Abriß bemüht, sie aber nicht erhalten. Eine Bande von Verantwortungslosen im Dienste Moskaus, hatten die Intellektuellen die Seiten der Zeitungen belegt, um gegen das Projekt zu protestieren – Pedro Moacyr Maia schrieb einen mit Beweisen angefüllten Artikel über die Traditionen des Largo und der Kapelle, der Dichter Wally Salomão veröffentlichte die »Unwürdige Schmähung der Kapelle von Ana Yemanjá«, eine tadelnde Ode –, sie verteidigten den Bestand des Kirchleins, das den Bewohnern des Viertels teuer war und auf Bildern von José de Dome, Willys, Cardoso e Silvas und Licídio Lopes dargestellt wurde. Es war unwichtig, daß die Kirche keinen historischen Wert hatte, sie war ein Gut des Volkes der Stadt, arm und schlicht, genauso wie dieses. Die Erzdiözese schwankte, der Kardinal wusch sich die Hände in Unschuld, das Kirchlein ist bis heute auf dem Largo geblieben und empfängt in der Anmut seiner Schlichtheit zum Fest der Senhora Sant'Ana und zur Prozession von Yemanjá.

Die neue und majestätische Kirche wurde in der von Pater José Antonio vorgesehenen Dimension und Architektur zwischen dem Largo de Sant'Ana und dem Largo da Mariquita errichtet, gleich neben der Fischerkolonie. Ein gleichermaßen günstiger Ort, denn hoch und breit, wie sie war, würde die Kirche – so hatte der Priester gedacht – den Peji von Yemanjá, in der »Casa do Peso« gelegen, erdrücken. Dort legte das Volk die Geschenke für die Meeresgöttin nieder, von hier aus starteten die Schiffer am zweiten Februar, dem Dona Janaína gewidmeten Tag: Janaína, Inaê, Sereia Mukunã, Dadalunda, Marabô, Kaiala, Dona Maria, Prinzessin von Aioká, unterschiedlich und mannigfaltig sind die Namen und die Nationen von Yemanjá, Braut und Mutter der Fischer.

Pater José Antonio hatte seine Kirche mit prächtigem und feierlichem Tedeum eingeweiht, unter dem Vorsitz des Kardinals, in Gegenwart des Kommandanten der Region, des Admirals der Marinebasis, des Generalmajors des Luftstützpunkts, des Staatsgouverneurs und des Präfekten, angesehener Leute der Stadt und der gesamten spanischen Kolonie. eine Feier, die Franco-Spaniens würdig war, rehabilitiert. Adalgisa, am Arm des Gatten hängend, schwarze Mantilla auf dem Kopf, frohlockte. Sie hatte einen Rosenkranz aus Perlmutt gewonnen, einen Preis, der bestimmt war für den Helden der Sammlung von Schenkungen und Geldern für den Kirchenbau. Der Missionar hatte unter den Damen der Pfarre zu einem Wettbewerb aufgerufen. Sie hatten Tombolas, Lotterien und Basare veranstaltet.

Eine Woche später versammelten sich die Leute aus dem Volk, die Masse der Schwarzen, auf Einladung der Bewohner des Viertels, angeführt von Flaviano, dem Präsidenten der Fischerkolonie, um dem Klang der Atabaques und Ioruba-Gesänge eine Statue von Yemanjá einzuweihen, die zwischen der Kirche und der »Casa do Peso« aufgestellt wurde, eine Schöpfung von Manuel do Bomfim, dem Bildhauer, dessen Atelier in der Gegend war: eine unerhörte Frechheit, erschreckend! In der Sonntagspredigt sprach Pater José Antonio zornig von Sakrileg und Barbarei.

Zur Zeit der Zügellosigkeiten von Manela und Miro stürzte sich der Prediger in eine andere, gleichermaßen wilde und zweckmäßige Schlacht. Er plante, den Candomblé aus dem Engenho Velho, den Ilê Iya Nassô, den ältesten und ehrwürdigsten fetischistischen Tempel Bahias, auszumerzen, zugrunde zu richten – Wissensdurstige datieren ihn auf 1830, aber es gibt Leute, die geben ihm dreihundert Jahre oder mehr, genau weiß es niemand. Pater José Antonio appellierte an das Ehrgefühl und die Gier der Grundbesitzer und der Kapitäne der Immobilienindustrie. Oben auf dem Hügel der Kultplatz, die »Casa Branca«, unten, in der Avenida Vasco da Gama, das Schiff Oxums mit der magischen Last der Fundamente und Axés. So viel Geld ging verloren, so viel Platz wurde verschwendet, wobei man doch auf ihm ein gutes Dutzend Wolkenkratzer bauen könnte.

Bald sah man vor Oxums Schiff eine Tankstelle auftauchen, die es vor dem Blick der Passanten verbarg, und schon sprach man davon, den Rest des Geländes aufzuteilen, den Candomblé-Kultplatz und die Häuser der Verzauberten, einschließlich die von Oxalá und von Exu, abzureißen. Alarmiert, erhoben die Intellektuellen, schlecht bemäntelte Agenten des Teufels und des Kremls, noch einmal ihre Stimme in die Welt, und nicht zufrieden damit, die in Gang befindliche Operation aufzuhalten, wagten sie es, dem »Património Histórico e Cultural« vorzuschlagen, das gesamte Gelände unter Denkmalschutz zu stellen, Häuser, Baracken, Kultplatz, Oxums Schiff. Es war ein geheiligter Platz, geschichtsträchtig, Symbol des Kampfes der Neger gegen die Sklaverei. Niemals hat man eine ähnliche Unverschämtheit gesehen, entsetzte sich Pater José Antonio: Als wäre der Candomblé-Kultplatz die Kirche von São Francisco, das Kloster von Carmo oder die Catedral Basílica. Gegen eine solche Unwürdigkeit schrieb Pater José Antonio Hernandez Briefe an die Zeitungen, wandte sich an zivile und militärische Behörden, an die militärischen vor allem, protestierte laut in den Predigten, in dem Versuch, die Fahnen der Falange in Bahia hochzuhalten – ein wenig auf halbmast, im Lande der Täuschungen und Irrtümer.

In diesem Lande der Mißverständnisse waren die Schafe in seiner Herde von Fanatikern und Puritanern selten, doch er umzingelte sie mit Aufmerksamkeit. Man erlebt eine Zeit der Verweigerung und der Unmoral, wenn die Pater die Soutane durch Jeans, das Latein durch Portugiesisch, die Reichen durch die Armen ersetzen, wieder das Ende des Zölibats fordern, sich mit kommunistischen Guerilleros einlassen. Pater José Antonio hielt sich treu an den Faschismus und die Dogmen. Er erfüllte die Gelübde der Keuschheit, eine schwierige Pfründe, sie kostete ihn Mut und Kraft. Er träumte von Dalila, Salome, Maria Magdalena, von Lots Weib, von der Königin von Saba, er besudelte die Laken im Junggesellenbett. Es war schon vorgekommen, daß er von Adalgisa träumte.

Der abicun – Die Mutter und die Patin starben im gleichen Jahr, vor der Heirat Adalgisas. In der Ansprache an das Brautpaar hatte Monsignore Sadock an die Verstorbenen erinnert, zwei heilige Geschöpfe. Doppelt Waise, hatte Adalgisa, die Hand im weißen Handschuh, eine Träne der Wehmut abgewischt, während sie die Abwesenheit der beiden beklagte, mehr noch die von Doña Esperanza als die von Andreza.

Nicht daß sie eine schlechte Tochter war, die nicht den Tod der Mutter bedauert hätte. Neben dem unbeweglichen Körper hatte sie eine schreckliche und seltsame Krise gehabt. Erstickt in Schluchzern, als wäre sie schuld. Sie schien eine andere Person, hatte Schaum vor dem Mund.

Anders die Verzweiflung beim ebenso unerwarteten Hinscheiden der Patin. Sie trauerte um sie mit dem Rosenkranz in der Hand, die über die Perlen glitt, sie kniete schweigend neben dem Sarg, hob hin und wieder das Tuch, das über das Gesicht der Toten gelegt war. Sie schaute sie an und ließ den Tränen freien Lauf. Seit sie sie zum Taufbecken getragen hatte, hatte Doña Esperanza sie in ihre Obhut genommen und sie gelehrt, das Zeichen des heiligen Kreuzes zu schlagen und das Vaterunser zu beten. Dann hatte sie sie in der Kunst des Nähens von Hüten, Stoffzierat, Blumenbuketts und Spitzenbesatz unterrichtet. Doch vor allem hatte sie ihr die Richtung gezeigt, der sie folgen sollte, hatte sie erzogen, aus ihr eine Senhora gemacht. Selbst arm, in der Avenida da Ave-maria wohnend, war Adalgisa eine Senhora. Sie betrachtete sich im Spiegel Doña Esperanzas. Die Patin hatte es verstanden, sich vom Gesindel fernzuhalten und über ihm zu stehen – die Señora! –, obwohl sie gezwungen war zu arbeiten, um zu essen. Alles verdankte sie der Patin, wiederholte das Patenkind, wenn es sich ihrer erinnerte. Sie war der Mutter dankbar, daß sie ihr das Leben geschenkt hatte: Zweimal hatte sie es getan, doch Adalgisa wußte nicht, daß sie geboren und wiedergeboren worden war.

Zwischen Adalgisa und Andreza hatte es immer eine Distanz gegeben, ein Mißverständnis, das sich im Laufe der Jahre allmählich vergrößert hatte. Dolores hatte die Röcke der Mutter nicht losgelassen, ihr bei den häuslichen Aufgaben geholfen. Sie hatte sie zu Besuchen bei Verwandten und Bekannten begleitet – breite Skala von Verbindlichkeiten und Freundschaftsriten –, zu den Verpflichtungen gegenüber den Heiligen, Xangô-Amalás, Carurus von Cosme und Damião, Doburus von Obaluayê, Blätterbädern, Terreiro-Festen, sie war die ständige Begleiterin, die ergebene Tochter, sicherlich die bevorzugte. Dennoch empfand Andreza für Adalgisa eine ungewöhnliche Hochachtung, eine Art Wertschätzung oder Ehrerbietung, als verdiene die ältere Tochter aus irgendeinem Grunde besondere Aufmerksamkeit.

Adalgisa verbrachte den größten Teil der Zeit im kleinen Appartement der Patin, Wohnung und Werkstatt, eingeklemmt in eines dieser Gebäude, die auf den Abhängen der

Hügel gebaut worden sind, vier Stockwerke nach oben, vier zur Straße hinunter: Im untersten, wo sich kaum ein Sonnenstrahl am Morgen sehen ließ, wohnte und plagte sich Doña Esperanza. Dafür stand das Gebäude im Graça-Viertel, die aristokratischste Adresse der Stadt.

Andreza und Paco Perez hatten ohne Einladungen, ohne Zeitungsanzeige geheiratet, in Anwesenheit der Paten und eines halben Dutzends von Freunden, als sich der Geschäftsmann nach mehr als zehn Jahren freundschaftlicher Verbundenheit – die beiden Töchter waren schon geboren – unter dem Vorwand, einem Autounfall entkommen zu sein, und in der Furcht, plötzlich zu sterben und das Mädchen und die Kinder ohne Recht auf ein Erbe zu hinterlassen, in Elend, entschloß, den Bund zu legalisieren. In Wahrheit war er verliebt in die Töchter und in Andreza, die er als ganz junges Mädchen kennengelernt hatte, eine betörende Schäferin des »Reisado Flor da Soledade«. Er verliebte sich. Paco Negreiro war bedrohlich wie ein Geier, Sperber, Raubvogel, der hier und da jagte, ohne Rast noch Ruhe – wenn die Lust befriedigt war, ließ er die Beute los. Doch mit Andreza war es anders: Es kostete ihn Mühe, sie zu vernaschen, sie war Jungfrau, als er sie entdeckte, mit Seidenpapier geschmückt, die Laterne in der Königsgruppe tragend, und sie war es, die ihn wegschikken wollte, als sie sah, wie er ein Auge auf Esmeraldina, die Tochter Omolus, warf, die entfesselt in der Sambarunde tanzte, ein Schiff im Sturm.

Weil sie mit einem weißen und reichen Spanier befreundet war, verachtete Andreza die schwarzen und armen Leute nicht, sie besuchte weiter Candomblés, erfüllte Heiligenverpflichtungen und Freundschaftsnormen. Als sie ihn kennenlernte, hatte sie gerade mit der Mutter Aninha Erfolg gehabt, vom Axédo Opô Afonjá, die sich zurückziehen würde in das Gemach auf dem nächsten Schiff der Iaôs, um den Kopf zu schaben und Yansã zu empfangen, ihre Orixá. So ließ sie ihn leer ausgehen, während sie an den Fingern die Tage der «Aufnahme« abzählte. Sie wußte nur nicht, daß sie im Bauch das Produkt der Liebe zu dem Gringo trug, der sie verführt und ihr ein Haus eingerichtet hatte: Sie war mit Adalgisa schwanger. Als sie es entdeckte, war es schon zu spät: Iaô de éfun vollständig, geschabter Kopf, bemalter Körper, Maionga-Bäder, der Verzauberte in ihr zusammen mit dem Abicun. Das Kind, das in ihrem Bauch zuckte, würde ihr nicht gehören, es gehörte der Heiligen. Am Tag des Ôrunkó, des Namensfestes, war Andreza zweimal gesprungen, hatte zwei Namen gegeben, einer war der ihre, der andere der des Abicun.

Als Adalgisa noch ein kleines Mädchen war und die erste Etappe, die der ersten sieben Jahre, überschritten hatte, hatte Andreza ihr das Geschehene in allen Einzelheiten erzählt und sie über den besonderen Stand der Abicuns aufgeklärt. In den folgenden Jahren fing sie wieder davon an und wiederholte: Der Abicun gehört dem Verzauberten, und wenn er leben will, muß er einen übermäßigen Wert an Schulden zahlen. Adalgisa wollte von nichts wissen, löschte die Sache aus dem Gedächtnis, den Namen, die Einzelheiten, die Drohung. Nachdem sie unter ungeheuren Opfern das Überschreiten des vierzehnten Lebensjahres bezahlt hatte, versuchte Andreza noch einmal, der Tochter das Risiko klarzumachen, das sie einging. Adalgisa weigerte sich, zuzuhören, ihr Glaube war ein anderer, andere waren ihre Heiligen, ihre Gebote und Pflichten, ihre Grundsätze. Es nützte nichts, ihr den Preis zu nennen, den sie bezahlte, wenn sie den Abicun in den beiden Grenzen ersetzte, mit sieben und mit vierzehn Jahren: bei der letzten, mit einundzwanzig, war der Preis der Tod. Adalgisa, eine Spanierin, hatte andere Verpflichtungen, die Dornenkrone, das Kreuz Christi, sie verachtete Aberglauben und Zauberei.

Sie erfuhr nicht, daß Andreza am Vorabend des verhängnisvollen Geburtstages Oyá den Tausch der Köpfe vorgeschlagen hatte, damit das zu vollziehende Urteil den Abicun nicht zerschmetterte: Am Tag des Festes der Volljährigkeit der ältesten Tochter war sie im Morgengrauen gestorben. Adalgisa wußte nicht, was Tausch der Köpfe war, und das Wort Abicun sagte ihr nichts.

In bestimmten Situationen jedoch spürte sie ein unsichtbares Wesen neben sich, einen bekümmerten, untröstlichen Schatten. Am Nachmittag jenes Donnerstags, als sie mit Manela in Richtung des Klosters von Lapa ging, wo Pater José Antonio sie erwartete – Manela ging sorglos mit, die Tante pflegte sie in die Häuser der Kundinnen mitzunehmen, um sie Reichtum und Lebensart zu lehren –, hatte Adalgisa das Gefühl, eine Gestalt begleite sie. Diese berührte ihr Gesicht, drückte ihr die Hand, erschwerte ihre Schritte. Warum dachte sie an Mutter Andreza? Und an wen sonst sollte sie denken? Es würde nicht die Patin, Doña Esperanza, sein, die sie auf dem Weg der Pflicht zurückhalten würde: Reiß das Böse mit der Wurzel aus, solange Zeit ist, *hija mia*.

·Selbst wenn es den Tausch der Köpfe gegeben hat, ist die Freiheit des Abicun begrenzt und abhängig. Nur wenn der Abicun die Verpflichtungen in strenger Hingabe an die Größe des Orixá erfüllt, wird er eine den anderen gleiche Person sein, mit Vergünstigungen und Rechten. Wenn er jedoch seine Lage nicht anerkennt, wenn er sie leugnet, die Gebote nicht hält, mittags und abends verbotene Nahrung zu sich nimmt, den Verzauberten nicht rettet, ihm nicht den und den Zauber bietet, wird er ein Verdammter, ist Trostlosigkeit und gesundheitlichen Störungen unterworfen, findet keine Ruhe, genießt keinen Frieden und keine Freude, hört nur, was schlecht ist, sieht nur, was häßlich ist. Als Mann wird er schon als junger Zuchthengst eine welke Turteltaube haben, nutzloses schlaffes Fleisch, als Frau wird sie in der trockenen Grotte niemals den feuchten Tau der Freude spüren. Der Abicun, der dem Orixá abschwört und ihn nicht kennt, geht durch die Welt, als wäre er blind, taub und unmenschlich, ein Verdammter, ein Roboter, ein Monstrum, ein Cazumbi, anstelle eines Herzens hat er einen Stein in der Brust.

Die Liebchen – Pater Abelardo kam nicht dazu, durch die Tür der Theaterschule zu gehen. Patrícia kam gerade heraus, warf sich ihm an den Hals, küßte ihn flüchtig auf jede Wange, strich ihm leicht mit der Hand über das Gesicht. Während sie sich an die Freundin wandte, die sie begleitete, erklärte sie: »Habe ich dir nicht gesagt, Sylvia, daß er kommt ...«

Sie hielt ihn in der Umarmung fest, die Brüste unter der Batistbluse drückten sich gegen den Brustkorb des Paters, der frei war von Vorhemd und Zelluloidkragen. Frei von der Tracht des Klerus, war Pater Abelardo zu Jeanshose und offenem Hemd zurückgekehrt. Vom Auto aus drängte Nilda Spencer zur Eile, sie kamen viel zu spät, das Essen war für dreizehn Uhr festgesetzt, die Mehrheit der Gäste mußte schon dasein. Patrícia zog Pater Abelardo an der Hand. »Komm mit. Steig in den Wagen ...«

Der Wagen, Miros DKW, wartete mit laufendem Motor. Außer dem Fahrer saßen auf dem Vordersitz Nelson Araújo, der einen Packen mit Maschine beschriebenen Papiers hielt, und ein Hippymädchen, frech, mit dichtem zerwühltem Haar. Sie trug eine Hindu-Tunika, bedruckt und kurz, die ihre Schenkel zeigte. Auf dem Rücksitz rekelte sich besagte Sylvia neben Nilda, Patrícia schob den Pater hinein. »Steig schnell ein... Wir werden ein bißchen zusammenrücken müssen, aber die Fahrt ist kurz. Mach die Beine zusammen, Sylvia... Es fehlen noch zwei ...«

Sie drückten sich alle vier zusammen, Patrícia saß außen, es war unbequem. Miro, die Hand auf der herausfordernden Hupe – sie schlug den Refrain von »La Cucaracha« an –, gab das Zeichen zum Start. Er lenkte den Wagen, winkte zum Abschied, startete stürmisch. Am Eingang zum Campo Grande änderte er jäh die Richtung, um ein Loch zu umfahren, Patrícia fiel auf Pater Abelardo. Sie war gerade beim Vorstellen: »Pater Abelardo Galvão, der Robin Hood der Wildnis... Dies hier, Abelardo, ist Nilda Spencer, du weißt, wer sie ist...«

»Den Segen, Pater...«, scherzte Nilda und streckte die Hand aus.

»Die neben dir sitzt, ist Sylvia Esmeralda, eine Schulkameradin, die vorn sind Meister Nelson Araújo, unser Direktor, mein zweiter Vater, neben ihm Arlete Soares, eine Freundin, die in Paris lebt, und der Chauffeur ist Miro, eine volkstümliche Figur...«

»Und die Barrikaden, was machen sie? Haben sie sich über viele Ländereien ausgebreitet?« Nelson Araújo sah sich verpflichtet, nett zu sein, doch blätterte er weiter in dem Papierkram, wobei er plötzlich Gegenstand und Gesprächspartner wechselte: »Nilda, was denkst du? Schieben wir die Interviews der Persönlichkeiten zwischen die Auftritte der Musiker, oder aber ...«

»Es ist besser, wenn Jacques selbst entscheidet. Meinst du nicht?«

Das Mädchen Soares, den Kopf nach hinten geworfen, die Finger in die Haare geschoben in dem Versuch, sie noch mehr zu zerwühlen, beobachtete den Pater verblüfft. »Sag mir doch, Freund: bist du nicht zufällig verwandt mit einem Pater Herbert, aus München? Herbert Heuel. Niemals habe ich so eine Ähnlichkeit gesehen, das Gesicht des einen, die Schnauze des anderen. Ich kenne ihn von Paris her«, erklärte sie der ganzen Truppe, »ein reicher Typ. Er macht seinen Doktor an der Sorbonne, wißt ihr, wie das Thema der These ist? Das Theater von Brecht, ihr könnt es glauben. Wenn er nach Paris kommt, steigt er in der Cité ab, genießt das Studentenleben. Ein Narr.«

»Er steigt in deinem Zimmer ab, Schatz?« Unbefangenes Lächeln im unschuldigen Gesicht Sylvia Esmeraldas. »Er ist dein *petit ami*, nicht wahr?«

»Und wenn er es wäre, sag mal, was macht das?«

»In mir ist kein deutsches Blut, nicht einmal spanisches«, erklärte Pater Abelardo, »obwohl ich an der Grenze zu Uruguay geboren bin. Ich habe schon von den Arbeiterpatern reden hören, ich weiß einiges über sie. Gute Leute.«

»Erzähl mehr von deinem Schatz, Arlete«, beharrte Sylvia ungeduldig.

Der Wagen ging schnell in die Kurve, Patrícia, die nichts hatte, woran sie sich festhalten konnte, rutschte vom Sitz. Als sie wieder aufstand, setzte sie sich dem Pater auf den Schoß, seelenruhig, als wäre es die natürlichste Sache der Welt. Niemand achtete darauf, höchstens der Pater selbst. Gott unterwarf ihn einer erbarmungslosen Prüfung. Erbarmungslos, ist das das richtige Wort? In dem dahinsausenden Taxi lehnte sich Patrícia an den Pfarrer von Piaçava, machte es sich bequem und nahm seine Hand: Die langen Haare kitzelten ihn im Gesicht. Lebhaft diskutierten die Koketten über Liebschaften, Nelson Araújo schlug sich weiter mit den Papierblättern herum, Miro saß aufmerksam am Steuer – sie fuhren auf der Ladeira do Contorno –, der Pater war stumm und still. Um alles auszudrücken, die Kälte und das Fieber, die Panik und die Verwirrung, den Abgrund, da war erbarmungslos nicht das treffende Wort, ach nein.

Der morgendliche Schwatz – Sylvia Esmeralda nahm das Telefongespräch von Olímpia entgegen, ungewöhnlich zu dieser Stunde, im Professorenzimmer, ohne indiskrete Zeugen. Ein Schwatz mit Olímpia de Castro – eine andere Lokomotive der High-Society, Busenfreundin, Komplizin und Vertraute – durfte nicht von Dritten belauscht werden, das war ein Risiko. Sylvia war mit der Berufung zur Vertrauten geboren worden, sie fand es herrlich, die Berichte von Liebschaften und Leidenschaften zu hören, von der ersten und der letzten Verabredung, von Begierde und Widerwillen.

Jeden Morgen, noch vor Geschäften und Zeitvertreib des Tages, hielten sich die beiden am Telefon auf und hechelten das Leben anderer durch, tauschten Verleumdungen über Skandale aus, die nach außen gedrungen waren, und über noch verborgene Fälle – wenn sie etwas nicht wußten, errieten sie es –, sie äußerten Meinungen, stellten Hypothesen auf, nahmen den Alltag der Neureichen auseinander. Lockere und gefühlvolle Kameradinnen, flüsterten sie sich Geheimnisse über das letzte Abenteuer zu: Olímpias Launen, Sylvias heftige Leidenschaften, unter Kichern, Ausrufen, Seufzern. Glühende und erregende Themen, vertraulich sprachen sie über Besonderheiten, Fähigkeiten und Merkmale der Partner, physische und moralische Einzelheiten, vertraute und ungewöhnliche, im gegenwärtigen Sprachgebrauch, klar und deutlich, wie es zwischen Mädchen und Frauen geläufig ist, sie lachten sich tot darüber. Sie berieten sich: Wenn du Gelegenheit hast, Mädchen, verlier sie nicht, Telésforos Zunge ist göttlich, deshalb nennen sie ihn Blumenkuß, der beste Knutscher des Jahrhunderts. Gilbertinho, Kind, ist ein Maßloser, er hat einen Eselsknüppel, ich dachte, er käme nicht rein. Und ist er reingekommen, Mädchen? Ganz und gar, Kindchen, bis zur Wurzel der Eier. Und so ging es weiter beim morgendlichen und instruktiven Schwatz, Kindchen hier, Mädchen da, Zunge, Knüppel, Arschloch und Turteltaubenpapst.

An der einen Seite der Strippe die Wucht Olímpia, am andern Ende Sylvia, ein erleuchtetes Karussell, in der Metapher des Dichters Joca Teixeira Gomes, einer der ersten, der Beziehungen zu ihr hatte. Sylvia frisch verheiratet, er Gymnasiast. Der Vergleich muß nicht ohne Sinn sein, die Gründe der Dichter, wie die Reime, sind mitunter geheimnisvoll. Ein Perkussionsorchester, meinte ein anderer Dichter, Paulo Gil – zwei weitere Dichter für die Anthologie Bahianischer Poesie, beide übrigens erstklassig –, der sich sicherlich auf Stöhnen und Brunstgeschrei bezog, in das sich Sylvia Esmeralda auflöste, wenn sie das Halleluja durchbrach.

DIE JÜNGLINGE – Es war Sylvia, die befugte Gattin des Jugendrichters, die Olímpia in das Reich der Jünglinge eingeführt hatte. Die Freundin übertraf sie bald, sie verwandelte sich in eine angesehene Spezialistin – angesehen, das Adjektiv sagt alles und klingt gut.

Während sie einen besonderen und einmaligen Zauber ausübten, zeigten die Grünschnäbel jedoch unterhaltsame Einschränkungen und ernsthafte Schwierigkeiten. Einschränkungen bei Zeit und Geld, denn sie waren von Stundenplänen und Stipendien abhängig. Doch alles auf den Kopf stellen, um sie zu unerwarteten Gelegenheiten empfangen zu können, war das wenigste; ihnen diskret einen Fünfhunderterschein in die Tasche stecken, ein zusätzliches Vergnügen. Die Schwierigkeiten jedoch wurden belastend. Schrecklich besitzergreifend, wie sie alle waren, kamen sie oft ungelegen, wurden aufdringlich. Infolge ihres Alters unsicher, wurden sie aggressiv, unverschämt. Wenn ein Typ, sich unersetzlich dünkend, unerträglich wurde, suchte Sylvia bei Olímpia Hilfe, und umgekehrt: Sie tauschten Liebenswürdigkeiten und Jünglinge aus.

Als ausgehungerter Seminarist, dessen jugendlichem Appetit sich Olímpia, ein saftiger Leckerbissen, in freien Stunden anbot, zeigte Elói sich jedesmal fordernder und rücksichtsloser. Obwohl sie ihm gesagt hatte, daß sie ihn an diesem Donnerstag nicht treffen konnte – ein Nachmittag, für den Senator reserviert, der extra aus Brasilia kam und entscheidend war für die Freigabe der Gelder, die Pflicht kam vor allem anderen –, hatte Elói vom Erzbischöflichen Palast telefoniert, er hatte schnell und leise gesprochen, aus Angst, überrascht zu werden. Er wollte ihr mitteilen, daß er zur rechten Zeit am vereinbarten Punkt sein würde und daß er sie liebe. Was für ein Punkt, was für eine Zeit, was für eine Geschichte ist das? Ort und Zeit des Briefchens, sagte er, und er wiederholte, wo und wann – er legte sofort auf und ließ sie ärgerlich und verwirrt zurück. Sie hatte keine Verabredung vereinbart, keine Zeit bestimmt, sicherlich war alles nichts als eine Erfindung des kleinen Schwindlers, um sie zum Erscheinen zu zwingen. Nachdem er die Koordinaten durchgegeben hatte, unterbrach er die Verbindung, bevor sie diskutieren und ablehnen konnte.

In einer Anwandlung von Wut entschied Olímpia, ihn in der Sonne von Itapuã verschimmeln zu lassen, um ihm beizubringen, daß er nicht lügen durfte. Nachdem die Wut jedoch vorüber war, hatte sie Mitleid. Wenn der Ärmste diese List erfunden hatte, so hatte er es getan, weil das Internatsleben im Seminar nicht leicht war und man den freien Tag nutzen mußte. Sie sah keinen Grund, ihn zu bestrafen, und hatte den Ausweg bei der Hand: Sie rief Sylvia an, bat sie, an ihrer Stelle zu gehen, sich von dem hungrigen Elói vernaschen zu lassen. Ein paar Monate vorher war es umgekehrt gewesen: Auf Bitten Sylvias, die der vielen Forderungen müde war, hatte Olímpia den hochroten Jonga in ihren Armen und Beinen empfangen, einen Matrosen von der Jacht des sympathischen Millionärs Tourinho Dantas.

Um sich zur Schau zu stellen, sich international zu geben, machte sich Sylvia ein bißchen interessant: Ich begleite die Franzosen von »Antenne 2«. Sie kam schließlich mit ihr überein, sie würde die Gelegenheit nicht versäumen, sich von einem Seminaristen vernaschen zu lassen, sie hatte noch keinen gehabt: Für dich, Kindchen, was würde ich für dich nicht tun? Beim Abschied offenbarte Olímpias Stimme doch einen Anflug von Ärger: »Sag ihm, da ich nicht kommen kann, habe ich meine beste Freundin geschickt, mich zu entschuldigen, er möge sich einen schönen Nachmittag machen. Du bist glücklich, Mädchen, zur gleichen Zeit werde ich am weichen Ende des Senators saugen, das verursacht mir Brechreiz.«

»Und der Lausejunge, ist er es wert?«

»Ob er es wert ist? Ein Bumser?« stöhnte Olímpia de Castro, »gebremste Wucht.«

Rechtzeitig – Um zu vermeiden, daß Ungerechtigkeiten begangen werden, die aus unsicheren Informationen entstehen, wird beizeiten darauf hingewiesen, daß die beiden bemerkenswerten Landsmänninnen in der morgendlichen Prosa nicht nur an Spöttereien Vergnügen fanden. Außer daß sie hurten und klatschten, waren sie gebildet und engagiert, ließen sich über Kunst und Literatur aus. Ich war in der Ausstellung von Jenner Augusto, Mädchen: Jenner ist ein toller Kerl! Ich habe ein paar Verse von Fernando da Rocha Perez gelesen, Nandinho, Mädchen, ist Balsam für die Augen. Sie interessierten sich für die politischen Ereignisse in Brasilien und im Ausland, sie diskutierten darüber in ständiger Uneinigkeit.

Auf ideologischem Gebiet, auf dem beide stark, unnachgiebig, parteilich waren, waren sie gegenteiliger Meinung. Olímpia, rechte Hand des geschäftstüchtigen Ehemannes, unterstützte die Diktatur, fand die Militärs ganz anständig, sie retteten Brasilien vor dem Abgrund und dem russischen und gottlosen Kommunismus. In der weiten, unruhigen Welt waren ihre Idole Franco, Tschiang Kai-schek, Somoza und Pinochet; sie stellte ihre goldene Uhr nach der Uhr von Washington, Kompaß beider Amerikas. Sylvia Esmeralda, eine Bohème-Natur, Schülerin der Theaterschule, sympathisierte mit der Linken, doch konnte sie sich nicht kämpferisch behaupten, wegen ihrer Ehe und der Achtbarkeit der Senhora Diana Teles Mendes Prado d'Ávila. Doch sie schwor auf Mao, begeisterte sich für die Studentenbewegung 1968 in Frankreich: Kindchen, Daniel ist eine Kokossüßspeise. Was für ein Daniel, Mädchen? Daniel Cohn-Bendit, der Held der Sorbonne, er ist in einem Fernsehprogramm aufgetaucht, er ist eine Wucht! In einem Winkel der Tasche, in der Brieftasche verborgen, bewahrte Louis Vuitton ein Bildchen von Che Guevara auf, das João Jorge, dieser Schamlose, ihm an einem glühenden Spätnachmittag schenkte, nachdem er mit ihm geschlafen hatte, er verdrehte ihm den Kopf.

Der streich – Die Sambarunde zog alle Aufmerksamkeit auf sich, als Sylvia Esmeralda vom Tisch aufstand und heimlich hinausging. Wenn sie noch fünfzehn Minuten bliebe, käme sie zu spät nach Itapuã. Zwischen zwei literarischen Eminenzen sitzend, dem Essayisten Ordep Serra und dem Erzähler Hélio Pólvora, hatte sie mit Kopfnicken und klangvollen Ausrufen an der brillanten Debatte über Universitätskritik und phantastische Schöpfung teilgenommen. Ein Gespräch oder, besser, eine Auseinandersetzung auf hohem Niveau, doch ziemlich ermüdend, sie war nicht den Verlust des Seminaristen wert. Sie hatte ihre Anwesenheit beim Essen des Gringo-Fernsehens schon bezeugt, sie wurde aus der Ferne, in der Nähe und in Großaufnahme gefilmt, vielleicht wurde sie in Paris gesehen, sicherlich würde sie in den Gesellschaftskolumnen erscheinen. Während der Aufnahmen mit Caetano und Gil, Betânia und Gal, am Abend, im »Teatro Castro Alves«, würde sie die Mannschaft wieder treffen. Sie hatte den Preis für die Kultur schon gezahlt, den Rest des Nachmittags würde sie guten Taten widmen: sich vernaschen lassen, um einer lieben Freundin einen Dienst zu erweisen, im Bett eines Seminaristen die Seele reinigen und den Körper segnen, ein Fest der Nächstenliebe. Da gerade die Rede davon war, der Pater von Patrícia, was für ein Kerl von einem Gaucho!

Für den Beginn der Filmarbeiten zur Sendung »Le Grand Echiquier«, Bahias Ruhm in den Videos des unsterblichen Frankreich, hatte Nilda Spencer in Absprache mit Chancel beschlossen, auf dem Mercado Modelo, im Restaurant »Maria de São Pedro« – Ehre dem Gedenken an die große Dame der bahianischen Kochkunst, deren Name diese bescheidene Sittenchronik ehrt und illustriert –, die gefeiertsten Persönlichkeiten des intellektuellen Lebens der Stadt zu vereinen, dazu die Komponisten des Mercado und Berimbau- und Atabaque-Spieler. Höhepunkt sollte die Vorstellung des von Zilá Azevedo geleiteten gesamten Sambakreises sein: sehenswerte Schwarze, sensationell, die Tänzerinnen in der Runde.

Die Atmosphäre des Mercado, der Rhythmus der Musiker, die Berimbausolos von Camafeu de Oxóssi, das Atabaque-Orchester entzückten den Franzosen, die Sambarunde ließ ihn schwärmen: »*Avec ça, ils vont craquer, les gars!*« Was die Intellektuellen betraf, so dienten sie als Rahmen für das Bild, man würde einige hören, den einen oder anderen Satz über Bahia nutzen oder nicht. Über Bahia, die Originalität seines Volkes, die Komplexität seiner Mischkultur, mit dem bereits aufgenommenen *speech* von Pierre Verger würde es ausreichen.

Patrícia hatte den Dialog mit den Persönlichkeiten geführt, Erklärungen von Professor Germano Tabacof, von dem Dichter Hélio Simões, von dem Chronisten Raimundo Reis, von Sônia Coutinho aufgenommen – die Kamera hatte dabei verweilt, das hübsche Gesicht der Schriftstellerin zu filmen –, von dem Akademiker Itazil Benício dos Santos, von Professor João Batista, der sich in einem grammatikalisch absolut korrekten Französisch mit der singenden Aussprache von Sergipe ausdrückte, von verschiedenen anderen stolzen Größen. Über die Sambarunde breitete sich der Portugiese Assis Pacheco, Lyriker, in berauschenden Sätzen aus, die glasigen Augen auf die Mulattinen der Truppe gerichtet.

Nach Abschluß der Interviews, das Mikrofon in der Hand,

zog Patrícia einen Stuhl heran und setzte sich neben Pater Abelardo, drohte, ihn über den Charme der anwesenden Frauen zu interviewen, die alle in ihn verliebt waren, die dreiste Sylvia machte sich nicht die Mühe, es zu verbergen. Patrícia zeigte die Fäuste: Wenn eine die Nase rümpft, haue ich der Närrin ein paar hinter die Löffel. Pater Abelardo lachte nervös, verwirrt, in Teufels Küche.

Bei der Gelegenheit erzählte Patrícia dem Pater, daß kurz vor dem Mittagessen jemand versucht hatte, ihr am Telefon einen Streich zu spielen. Er hatte gesprochen, als wäre er der Pater, er hatte ein Treffen für den Nachmittag dieses Tages verabredet. Es hatte genügt, die Stimme zu hören, und sie war sich über den schlechten Scherz im klaren gewesen. Von der unnachahmlichen Stimme Abelardos, eines Gauchos von der Grenze, kannte sie jede Modulation, und er sagte zu ihr nicht »Liebste«, auch nicht »mein Schatz«, er behandelte sie als Göre. Sie erinnerte sich bereits nicht mehr an den Ort des Treffens in der Gegend von Itapuã.

Unter dem Beifall der Anwesenden tanzten die Bahianerinnen von Zilá Azevedo in ihren weißen Blusen und ihren bunten Rüschenröcken bei der Samba aus der Runde. Sie holten die berühmten Herren von der Akademie und der Universität einen nach dem anderen vom Tisch und führten sie in die Runde, sie sollten an Drehung und Bauchtanz teilnehmen. Doktor Thales de Azevedo erhielt Applaus. Weder Alter noch Titel zügelten sein Ungestüm. Der Arbeitsrichter Carlos Coqueijo Costa, er war vom Fach, er spielte Gitarre und hatte die Samba in den Füßen. Man sah Fernando Assis Pacheco, wie er mit portugiesischem Einsatz die Biegsamkeit der Lenden probierte, ohne Erfolg zu haben. Chancel bewies, daß er Talent hatte, doch wer die Runde beherrschte, war Miro do Bem-Querer, der Prinz der Tanzfeste.

Die Kameras surrten, in einem Monat würden die Bilder vom Fest im französischen Fernsehen sein. Das Fest von Bahia: Nilda Spencer, glücklich, Wärme im Herzen, einen Knoten in der Kehle, hätte am liebsten geweint.

DER ABWESENDE – Nilda Spencer bedauerte, daß Dom Maximiliano von Gruden nicht am Mercado-Essen teilnahm. Abgesehen davon, daß er eine erstklassige Bildung besaß, war der Direktor des Museums für Sakrale Kunst eine auffallende Erscheinung: die weiße Soutane, die Eleganz der Gesten, die Pose eines Schauspielers. Sie hatte ihn überall gesucht, niemand wußte etwas von ihm.

Niemand wußte etwas von ihm, besorgt spürten ihm Journalisten und Polizisten nach. Als es ihnen gelungen war, die Route des Wagens von Lev Smarchevski zu rekonstruieren, hatte sich Dom Maximiliano schon lange aus dem Palast der Erzdiözese verflüchtigt, ohne eine Spur zu hinterlassen, ähnlich dem Bild der Heiligen.

Der Weihbischof hatte ihm die Informationen des Kommissars der Zivilpolizei zur Kenntnis gegeben: Oberst Raul Antônio war überzeugt, daß der Pfarrer von Piaçava in die Sache verwickelt war, im Dienste der Finanzen des Umsturzes. Kostbare Stücke, in den Kirchen gestohlen, gegen harte Währung im Ausland verkauft, nährten das Pfaffentum auf dem Lande und die Guerilla in der Stadt. Dom Maximiliano war nicht überrascht. Der Oberst hatte ihn am Morgen angerufen, aggressiv, unverschämt: »Es fehlte nur, daß er mich der Mitschuld anklagte. Auch der Sicherheitssekretär meint, daß Pater Galvão schuldig ist. In Absprache mit Pater Teófilo von Santo Amaro, stellen Sie sich das vor. Also wer . . .«

Dom Rudolph hob den Blick von der deutschen Ausgabe von Dom Maximilianos Buch über das Bild der heiligen Barbara, der des Donners, in dem er blätterte, während er über den Diebstahl nachdachte, bei dem einen und dem anderen Paragraphen verweilend. »Ich kann garantieren, daß die Anklage keine Grundlage hat. An diesem Verbrechen ist Pater Galvão unschuldig, seine Schuld ist eine andere, die ebenso schwerwiegend ist. Mit dem Verschwinden des Bildes hat er nichts zu tun. Zufällig reiste er auf dem gleichen Schiff, das es herbrachte.«

»Euer Hochwürden bestätigen es mit viel Überzeugung. Woher wissen Sie?«

»Ich habe ihm die Beichte abgenommen.«

»Ach!«

»Und Sie, Direktor, was haben Sie ermittelt? Schließlich liegt die Angelegenheit in Ihrer Verantwortung. Was für Nachrichten bringen Sie mir? Ich höre.«

Als einzige Antwort ließ Dom Maximiliano die Arme in einer Geste sinken, die das Ausmaß seiner Hilflosigkeit bekundete. An jenem Morgen böser Ereignisse war die Niedergeschlagenheit des Museumsdirektors, Eingeständnis der Niederlage, fast eine Bitte um Gnade, ein Balsam für den Weihbischof. Im Genuß des Triumphes mäßigte er den Ton der Stimme, wechselte das Thema. Zu dem Buch zurückkehrend, kommentierte er: »Ich werde Ihre Arbeit mit der nötigen Aufmerksamkeit lesen, doch als ich die Seiten überflogen habe, fiel mir schon auf, daß Sie Aleijadinho, dem ›Verstümmelten‹, die Urheberschaft dieses Bildes der heiligen Barbara zuschreiben. Das scheint mir eine verwegene Behauptung, Dom Maximiliano. Worauf stützen Sie sich, um eine so polemische These aufzustellen?«

»Eine kühne Behauptung, ich negiere es nicht. Wenn Sie die Lektüre beendet haben, werden sich Euer Hochwürden darüber klar sein, daß dieses Buch das Ergebnis mühsamer Forschung ist, auf die ich fünf Jahre verwendet habe. Ich habe Hunderte von Dokumenten durchgesehen, habe Schlußfolgerungen gefunden, habe Fährten aufgespürt. Alles führt zu Ouro Preto, dem ›Schwarzen Gold‹, und zu Antônio Francisco Lisboa, dem genialen Aleijadinho ...« Da es sich um ein Thema handelte, das ihm teuer und nahe war, erhitzte sich Dom Maximiliano, vergaß die Heimsuchungen, die Anklagen, die Drohungen. »Doch das, was mir die Gewißheit gibt, daß die heilige Barbara, die des Donners, eine Schöpfung von ihm ist, ist etwas anderes ...«

»Und was?«

»Die Tatsache, daß Aleijadinho Mulatte war. Nur ein Mestize hätte sie modellieren können, ein Mulatte, mit weißem und schwarzem Blut.«

Der Weihbischof verzog die arische Miene, schüttelte den

Kopf. »Dom Maximiliano von Gruden und die Leidenschaft der Rassenmischung«, Titel der Behauptung eines sogenannten Antônio Olinto kürzlich in einem Kolloquium über Synkretismus. Als er das Programm der Tagung erhielt, hatte Dom Rudolph sich neugierig gefragt, ob die Behauptung nicht einen doppelten Sinn enthielt, eine boshafte Anspielung. Sie enthielt sie nicht, bestätigte er beim Lesen des Presseberichtes über das Kolloquium: leeres Geschwätz, entartete Thesen, verdächtige Schlußfolgerungen. Er legte das Buch beiseite; als er wieder sprach, ließ er die Angelegenheit der Vaterschaft des Bildes fallen, um das besorgniserregende Thema wiederaufzunehmen: »Ich habe am Telefon mit Doktor Odorico gesprochen, um mein Erstaunen über die giftige Reportage heute im ›Diário de Notícias‹ auszudrücken. Alles, was ich erreicht habe, war, daß er uns die Seiten aus der Zeitung zur Verfügung stellt. Er fragte, ob Sie nicht ein Interview geben wollten.«

Er warf einen Blick aus dem auf die Praça geöffneten Fenster, er erinnerte sich der schwarzen Gestalt, boshaft. Verfluchtes Land, Boden Verdammter: »Entweder dieses Heiligenbild taucht auf, oder ich weiß nicht, was in diesem gesegneten Erzbistum von Bahia geschehen wird...«, in Deutsch gesagt, aus dem Munde eines Zugewanderten, klangen gewisse Vokabeln – heilig, gesegnet – wie Flüche. »Wir werden alle im Gefängnis enden, als Diebe und Kommunisten angeklagt. Haben Sie mir noch etwas zu sagen, Dom Direktor?«

»Ich habe, ja, Herr Bischof.«

Er teilte ihm die Entscheidung mit. Wenn das Bild nicht bis zur Vernissage der Ausstellung entdeckt wurde, würde er, Dom Maximiliano von Gruden, sein Demissionsgesuch einreichen, unwiderruflich, und er würde Bahia verlassen. Er hoffe, auf Dom Abade, den Abt, zählen zu können, um die Versetzung zu erhalten. In der Abtei von Rio de Janeiro würde er versuchen, in Stille und Vergessenheit das ermüdende Werk des Museologen fortzusetzen, das einige Befriedigung und so viel Kummer brachte.

Dom Rudolph beeilte sich, zuzustimmen und zu applaudieren: Die Entscheidung schien ihm die einzig korrekte, imstande, die Interessen der Universität, der Kirche und Dom Maximilianos selbst zu berücksichtigen. Billigung und Beifall gruben sich in das verwundete Herz des Demissionärs, des Direktors des Museums für Sakrale Kunst.

Der see und der kaiman – Pater Soares hielt sein Mittagsschläfchen, als die Journalisten den Palast überrannten und ihn im Sturm einnahmen, Mikrofone und Fotoapparate in der Hand. Der Seminarist Elói, dessen Dienst sich dem Ende näherte, sah sich mit Fragen eingedeckt, und Pater Soares wurde fotografiert, mit erschrockener Miene, den Mund offen.

Sowohl der Seminarist als auch der Sekretär des Weihbischofs schworen hartnäckig, daß sich Seine Hochwürden nach dem ersten langen Dienstgespräch aus dem Palast zurückgezogen hätten und erst am späten Nachmittag zurück sein würden. Dom Maximiliano war vorher schon weggegangen, Pater Soares wußte nicht, wohin: Das Lügen war ein Teil der Verpflichtungen eines maßgebenden Sekretärs. Schade, denn er hätte den Journalisten gern erzählt, daß Dom Maximiliano, niedergeschlagen, gedemütigt, enttäuscht, nicht jener Brunnen von Hochmut schien, der Pater Soares bei den seltenen Gelegenheiten, da er ihn im Palast sah, lächelnd, geistvoll, überlegen, dazu brachte, zu murmeln: »Laß nur, Kaiman, eines Tages wird der See austrocknen, und ich werde den Kaiman tanzen sehen.« Unterwürfig war Dom Maximiliano die Innentreppe hinuntergegangen, in die Garage, wo er in den Wagen des Weihbischofs gestiegen war. Er war in Begleitung Seiner Hochwürden weggefahren, in seinem Schatten verborgen.

Der See war ausgetrocknet. Der Kaiman tanzte.

Der vorwand und der wert – In der heftigen Betriebsamkeit der Polizei, der staatlichen und der zivilen, beide auf Kriegsfuß, ist es angenehm, die Nachricht von der Freilassung des Bootsmannes Manuel und Maria Claras am späten Nachmittag zu verzeichnen. Sie wurden weggeschickt, jedoch ohne das Recht, die Stadt zu verlassen. Sie würden jederzeit wegen neuer Aussagen oder Gegenüberstellungen wieder gerufen werden können, das Gefängnis der Schuldigen stand drohend im Hintergrund.

Im Arbeitszimmer des Oberkommissars erwartete sie der Publizist Epaminondas Costalima – ein anderer Dichter, ja, Herr, in Bahia gibt es an jeder Ecke zwei oder drei. Er hatte von der Verhaftung gehört, er kam, um sich zu erkundigen, bot Garantien. Er kannte sie seit langem, den Bootsmann Manuel und seine Frau Maria Clara, arme Leute, aber unfähig zu einem Diebstahl, was es auch wäre. Der Kommissar sagte, daß er schon entschieden hatte, sie freizulassen, weil nichts gegen sie ermittelt worden war. Ulkig: ein einfacher Bootsmann, aber mit sehr guten Beziehungen. Außer Epaminondas Costalima, der persönlich gekommen war, hatte eine hohe Persönlichkeit aus Brasilia angerufen, aus dem Kabinett des Erziehungsministers, niemand Geringerer als der Schriftsteller Herberto Sales, Mitglied der Brasilianischen Akademie, Direktor des Nationalen Buch-Instituts. Er wollte den Grund der Festnahme von Mestre Manuel und Maria Clara, seinen Freunden, erfahren. Seine Freunde, so hatte er gesagt, mit Nachdruck in der Stimme. Auch er, Herberto Sales, übernahm die volle Verantwortung für das Bootsleute-Ehepaar, er appelliere heftig und so weiter und so fort. Der Kommissar versprach, das zu berücksichtigen, und ohne zu lügen, erklärte er sich als seinen Leser. Wirklich hatte er als junger Kadett mit linken Tendenzen einen Roman von diesem Sales über Diamantensucher gelesen. Seitdem hatte er sich entwickelt, er hatte Tendenzen und Romanlektüre aufgegeben.

Nur den wirklichen Grund für die Freilassung des Bootsmanns und seiner Gefährtin aus dem Gefängnis hatte er nicht genannt. Er ließ sie frei, um ihre Schritte zu verfolgen, in der Hoffnung, an die übrigen Komplizen Pater Galvãos zu gelangen. Garantien und Bitten, nützliche Vorwände, der Oberst zeigte sich empfänglich: Er würde seine Aussage berücksichtigen, würde das Mögliche tun, seiner Bitte zu entsprechen. So wollte er sich den Ruf eines Liberalen und Gefälligen sichern. Tatsächlich besaßen Beziehungen und Kautionen für den Kommissar nicht den geringsten Wert. Intellektuelle, eine schlechte Rasse. Er spuckte aus, scheuerte mit dem Fuß darüber hinweg.

RONDO DER GEHEIMPOLIZISTEN – In den Straßen der Stadt rannten sich Beamte des Sekretariats der Staatssicherheit, Leuchten der Zivilpolizei gegenseitig um, auf der Suche nach Indizien und Verdächtigen, auf der Jagd nach Mittelsmännern und Hehlern, nach Verstecken, Spelunken und Spitzbuben, geheimen Einrichtungen des Umsturzes.

Die Geheimen tauchten an den Ecken auf, verkleidet, spionierten hinter Patern her, fragten Antiquitätenhändler und Sammler aus. Mirabeau Sampaio, ein Bildhauer, der leicht die Fassung verlor und in Zorn geriet, warf den Detektiv Expedito Faz-se de Besta zur Tür hinaus, als er sah, wie er das Bild, das er aufgestellt hatte, in Holz geschnitten, von Frei Agostinho da Piedade signiert, einzigartiges Schmuckstück seiner Sammlung, vom Postament nahm. »Raus, bevor ich dir den Kopf durchlöchere und dir einen Schuß ins Gesicht verpasse, du Hurensohn!« Diese Geschichte vom Raub des Bildes der heiligen Barbara, der des Donners, eine List des Direktors des Museums für Sakrale Kunst, wurde abscheulich, und keine Geduld hielt das aus. Dreimal in seiner Arbeit unterbrochen, wird Mirabeau die vom Bankier Jorge Lins Freire bestellte Madonna, das Geburtstagsgeschenk für Dona Elcy, nicht in der vorgegebenen Frist fertigstellen. Liefertermin und Barzahlung waren vereinbart. Dieser Dom Maximiliano war tödlich!

Kommissar Parreirinha verglich, nachdem er die Spur des Pfarrers von Piaçava verloren hatte, die bei den Antiquitätenhändlern zum Verkauf angebotenen Bilder mit dem Foto einer barocken heiligen Barbara, verehrt in der Kirche der portugiesischen Stadt Guimarães. Das Foto war eine Reproduktion in einem Buch über Minho, das im Lager des Sekretariats zwischen tausend nutzlosen Dingen liegengeblieben war. Ein anderer Kommissar, Ripoleto, wegen seines Spürsinns ein berühmter Fährtenhund – wo es etwas zu stochern gab, da war er mit der Gabel in der Hand zur Stelle –, hatte die Richtung nach Santo Amaro eingeschlagen, mit dem Auftrag, den Vikar zu vernehmen, das Ehepaar Veloso anzuhören, Dona Canô und ihren José, und jedes weitere Individuum, das imstande wäre, Hinweise zu liefern: Vergessen Sie nicht das Mädchen des Vikars. Doktor Calixto Passos bestätigte noch einmal seine Schlußfolgerungen: Pater Teófilo hatte den Diebstahl geplant, Pater Galvão hatte ihn ausgeführt. Unter der Soutane verborgen, gerissen, agierten bei dem Handel mit antiken Heiligen, ihn leitend, Pfarrer und Vikare, Hochwürden.

Was die Agenten des SNI betraf, finstere Abkürzung, aus Brasilia gekommen mit dem Ziel, die Operation »Siri Buceta« zu eröffnen und durchzuführen, so sah man sie nicht, noch ahnte man sie. Sie arbeiteten im Busch, im Schatten der Verkleidungen, inkognito. Irgendwo wurde ein Labor für die Entwicklung von Fotos eingerichtet: Madame Lia, Besitzerin des Motels, hatte keine Einwände erhoben, ganz im Gegenteil. Spezialisten von gepriesener Befugnis, mit Praktikum bei CIA und PIDE, die Supermen vom SNI, prahlten mit Lebensläufen, die James Bond neidisch gemacht hätten. In der Leitung der Mannschaft einer der Sterne des Dienstes, im Geheimcode Agent Sieben Sieben Null, unter den Kollegen bekannt als Coice de Mula, »Maultiertritt«. Es genügte, seinen Namen zu hören, und der Angezeigte machte in die Hosen.

Nachmittagsveranstaltung – Aus dem noch fahrenden Taxi sah Sylvia Esmeralda ihn, in die Soutane gekleidet, in der Sonne, wie er Rauchwolken aus der Zigarette zog. Sie fand ihn hübsch und rührend. Im Vorgeschmack der Gefühle der Nachmittagsveranstaltung gab sie dem Chauffeur ein dickes Trinkgeld in die Hand, ein Kavalier: »Amüsieren Sie sich, Sinhá Dona, denn das Leben ist kurz.« Sie wartete, bis das Taxi sich entfernte, um auf Elói zuzugehen und ihm die Nachricht zu überbringen: »Elói? Guten Tag, Elói. Olímpia kann nicht kommen, und da sie keine Möglichkeit hatte, Sie zu benachrichtigen ...« Sie lächelte mit lüsternem Blick, mit der Zunge die Lippen anfeuchtend. Sie hatte keine Zeit, den Satz zu beenden.

Zwei Männer stiegen aus dem großen schwarzen Wagen, die Gesichter vermummt, sie zeigten Eile, legten die Revolver an. Tarzan zog Sylvia in Richtung der Limousine. »Los, Schöne, schnell und still, wenn du nichts abkriegen willst.« King Kong hielt Elói am Arm und verdrehte ihn heftig, während er ein fast herzliches Lächeln lächelte.

Elói stöhnte laut. »Ruhe«, sagte King Kong und unterstrich den Befehl mit einer Ohrfeige.

Sylvia Esmeralda und der Seminarist wurden in das Auto geschoben, wo ein dritter Mann, ein Maschinengewehr in der Hand, neben dem Fahrer sitzend, das Oberhaupt zu sein schien. Der Wagen fuhr los, es war nicht weit. Das Motel war in der Umgebung, geschützt von hohen Mauern, die Tore offen, in Erwartung.

Quico Promessa, das knochige Gesicht länglich, wie eine Maske, hatte, als er aus Elóis Händen die Liste der abendlichen Dienstangelegenheiten empfing, den Kollegen gefragt, ohne seinen Neid zu verbergen: »Du siehst dir ein Filmchen an, nicht wahr? Im ›Popular‹ spielen sie einen tollen Film: Null Null Sieben gegen Doktor No.«

Elói lächelte rätselhaft, träumerisch und überlegen. »Mein Null Null Sieben ist ein anderer ...«

Er hat es nicht gewußt.

Luv – Bootsmann Manuel und seine Frau Maria Clara gingen mit dem Freund Epaminondas Costalima schwatzend zum Marine-Arsenal, wo der »Reisende ohne Hafen« untergebracht worden war.

»Dieser mein Leichter«, rühmte der Bootsmann, aus seiner gewöhnlichen Zurückhaltung heraustretend, »ist so leicht zu steuern, daß ich mich nicht wundern würde, wenn ich ihn eines Tages wie einen Zeppelin oder eine Sternschnuppe in den Lüften segeln sähe.«

Etwas anderes sah man nicht, als es Abend wurde an diesem Donnerstag. Die Segel gebläht, überflog der »Reisende ohne Hafen« das Fort des Meeres, teilte die Wolken, als teile er die stillen Wasser des Golfs. Er kam von den Anfängen Brasiliens, aus den Kolonialzeiten, hatte die niemals vorher befahrenen Meere durchkreuzt, portugiesische und afrikanische, war in den Hafen von Viana do Castelo gefahren, in die Reeden von São Vicente, in Cabo Verde, von Dakar, in Senegal, die Laderäume voll Haß, Liebe und Poesie, Frachten des Lebens und des Todes.

Als Küstenschiff auf den Wasserwegen von Bahia Aller Heiligen kreiste der »Reisende ohne Hafen« über den Inseln, überflog Maragogipe und Cachoeira, setzte die Helden der Unabhängigkeit in Itaparica ab. Am Steuer eine nackte Schwarze, bald in das Gold der Sonne, bald in das Silber des Mondes gekleidet: Kraushaar aus Samt, Brüste aus Ebenholz und das Hinterteil größer als das Heck des Leichters. Sie maß mindestens sieben Meter, die Füße an der Hafeneinfahrt des Paraguaçu, den Kopf in den Dünen von Itapuã, in den dunklen Wassern des Abaeté.

»Der Reisende ohne Hafen« fuhr auf dem Kurs der Klöster und der Kultplätze, und in ihnen allen stieg Barbara Oyá, schwarzweiß, weißschwarz, vom Schiff und blieb auf der Erde. Im Kloster von Desterro tanzte sie mit Vilhena beim ausschweifenden Tanz der Nonnen und Edelmänner, ach, was für ein angenehmes Vergnügen! Im Kloster der Büßerinnen tuschelte sie mit den Entjungferten bei Vesper und Mette, kanonische Stunden. Sie öffnete die Tore der Abtei von São Bento für die verfolgten Studenten, für die als Parteigänger der Verschwörung denunzierten Pater.

Sie nahm den Segen von Mutter Menininha von Gantois, Oxum von Bahia, Mutter der Güte, entgegen, rettete Stela de Oxóssi auf ihrem Thron des Opô Afonjá, und auf dem Kultplatz von Portão drückte sie Mutter Mirinha, die den Caboclo Pedra Preta aufnahm, in ihren Armen. Sie fuhr in die Kellergeschosse der Stadt, in die Ströme der Erinnerung, in das Licht des Mittags, in die Dunkelheit der Mitternacht, sie war die Phantasie und das Gewissen, der Traum der Poeten und der Romanschreiber.

Vom Mast des Leichters löste sich Donner und kündigte den erbarmungslosen Krieg an. Wieder ging der Verzauberte an der Rampa do Mercado an Land, dem Hafen des Mysteriums. Er zog die Nacht aus dem Beutel und breitete sie über die Stadt: Er zog aus zu Kampf und Fest, zu Schlacht und Scherz. In der Klausur der Büßerinnen war die Nacht Manelas eine andere, eine Nacht der Sklaverei, schlimmer als der Tod.

Mestre Manuel schätzte übermäßigen Stolz nicht; es war nicht seine Art, mit Größe zu prahlen, doch er bestätigte noch einmal, weil es wirkliche Wahrheit war, erprobt und bewiesen: Seinem Leichter glich nicht der von Guma, auch nicht der von Rufino, nicht einmal der von Querido de Deus, keiner in den Wassern des Aioká.

»Er ist imstande, durch die Lüfte zu segeln.«

Giroflá

Oyá, nächtliche Brise, Mondstrahl, Jasminduft, Refrain einer Volksweise, Blumenblätter einer Rose, schillernder Vogel, weißer Kakadu, Meerkatze, Königssittich, blaue Eidechse, grüner Salamander, Glasschlange, zwölf vielfarbene Perlen und ein Tritonshorn aus Perlmutt. Oyá erschien in tausend Verkleidungen bei den Künstlern, einem von ihr sehr bevorzugtem Volk, denn ebenso wie diese verrückten Schönen spie auch sie Feuer, schleuderte Flammen aus dem Mund. Sie bummelte von Atelier zu Atelier, sah und beurteilte, und wo sie vorüberkam, hinterließ sie eine Spur, eine Inspiration, einen Funken. Damit sie die Fremde ahnen, sich ihrer erinnern und sie neu schöpfen: ein Pinselstrich auf der Leinwand, eine Linie auf dem Papier, ein Schnitt am Holz, eine Flamme am Metall. Sie war eitel, sie wußte sich schön und liebte es, ihr Sinnbild in den Spiegeln zu sehen.

Zu Beginn der achtziger Jahre, zehn Jahre nach den in diesen Erinnerungen geschilderten Ereignissen, hatte die Museologin Sílvia Athayde ihre Aufmerksamkeit dem zugewandt, was ihr ein überraschendes Zusammentreffen, ein ungewöhnlicher Umstand schien, der Untersuchung, der Aufklärung und des Kommentars würdig. Sie befaßte sich mit dem Rätsel, fragte, zögerte, forschte, bewegte Welten, verbrachte Monate damit, die Enden des Knäuels zu verbinden. Bei Abschluß der mühsamen Arbeit schrieb und veröffentlichte sie einen kleinen Essay, »Kunst zur Zeit der Iaô«, und sie veranstaltete eine seltsame und herausfordernde Ausstellung mit geliehenen Stücken, die vom Norden bis zum Süden des Landes Diskussionen auslöste und die Kunstkritiker beunruhigte. Der alte Polemiker Antônio Celestino schrieb: »Der Synkretismus bestätigte sich wieder als Schöpfer der Kunst, und die brasilianische Originalität trat hervor.«

Die Museologin entdeckte und bewies, daß in den siebziger Jahren im kurzen Zeitraum einiger Tage die wichtigsten Bildhauer des Landes – so unglaublich es scheinen mag, in Bahia übersteigt die Zahl der Maler die Dichter – Skulpturen, Ölbilder, Schnitzereien, Zeichnungen, Gravuren, Monotypien mit ähnlicher, wenn nicht identischer Thematik entwarfen und ausführten, alle inspiriert vom Mythos Yansãs oder vom Kult der heiligen Barbara. Direktorin des Kunstzentrums der Entwicklungsbank des Staates Bahia, gelang es Sílvia Athayde, in dem geräumigen Ausstellungsraum sechs Skulpturen zu vereinen, drei aus Metall, drei aus Holz, zwei Schnitzereien, einen Gobelin, eine Kachelplatte und einunddreißig Bilder – Ölbilder, Aquarelle, Gravuren, Zeichnungen und ein Pastell. Zur Stunde der Eröffnung, an einem klaren und wolkenlosen Nachmittag, kreuzten Blitze über das Gebäude des »Desenbanco«, und das Grollen des Gewitters tönte grüßend, jubelnd. Man beklagte das Fehlen einiger in dem Essay genannten Stücke: Es war nicht möglich, die große Skulptur von Carybé aus Rio de Janeiro zu holen, und der Sammler Edwaldo Pacote verlieh nur nach vielem Zureden eine einzige der sieben Yansãs von Tati Moreno. Er hatte eine bittere Erfahrung gemacht, er hatte einen Siron

Franco abgetreten, damit er in der Schweiz ausgestellt wurde, er hatte ihn niemals wiedergesehen.

Zehn Jahre waren vergangen seit dem Morgen, an dem Altamir Galimberti das perlmutterne Tritonshorn und die zwölf vielfarbigen Muscheln einsammelte, die er auf seinem Arbeitstisch gefunden hatte, und er verwendete diese Kostbarkeiten für einen Rahmen, der aus Muschelschalen vom Strand von Pedra do Sal gefertigt war: In der Nacht davor war Vollmond gewesen. Aufmerksamkeiten von Dona Zélia, dachte der Künstler, als er das Tritonshorn nahm, die gute Nachbarin interessierte sich für seine Arbeit und brachte ihm von den Reisen afrikanische Seeschnecken, Muscheln aus Polynesien mit, Raritäten. Rahmen im genauen Maß für ein Bild, das Meister Carlos Bastos noch nicht gemalt hatte. Doch als er es am Nachmittag jenes gleichen Tages malte, brachte er die heilige Barbara, die des Donners, auf die Leinwand, wie sie aus einem antiken Hausaltar steigt, um die Freiheit der Straßen zu gewinnen – die heilige Barbara, die des Donners, die Cacá Bastos gelegentlich eines Festes in der Matriz von Santo Amaro da Purificação bewundert hatte. Am nackten Fuß der Heiligen eine blaue Eidechse.

Die heiligen Barbaras und die Yansãs folgten einander in den Skulpturen und auf den Bildern, die im Saal der Bank ausgestellt waren. Auf dem Gemälde von Juarez Paraíso, gewaltig, mit Orchideen und Rosetten, in Gold und Kupfer, verschmolzen die Heilige und der Verzauberte, einer aus dem anderen hervorgehend, einander durchdringend. Die beiden Hälften bilden ein Ganzes aus Kontrasten und Harmonien. Zweideutig die heilige Barbara, die des Donners, von Agnaldo, in Brasilholz, von Geweihen gekrönt; sie erhebt sich über Büffelhörnern, und aus dem Holz ragt die Silhouette des Krummsäbels von Yansã heraus. Von der rechten Seite aus sieht man die Heilige, von der Linken den Verzauberten, von vorn die eine und den anderen, vereint. Die heilige Barbara von Antônio Rebouças, einem ungewöhnlichen Künstler, ist ein kleines Meisterwerk in rostfreiem Stahl: die Mulattin in einer Tanzdrehung.

Dreizehn Gravuren von Hansen-Bahia, zwölf davon auf

Bestellung gefertigt, um das Buch von Dom Maximiliano von Gruden zu illustrieren, und eine ungeheure, riesenhaft: »Die heilige Barbara im Krieg der Donner«, von dem Graveurmeister in den stürmischen Tagen ausgeführt. In jenen Tagen einmaliger Inspiration hatte Ilse, die junge Ehefrau von Hansen, ein fröhliches Schiff von Heiligen und Orixás gemalt, eine koptische Ikone. Die prächtige Schnitzerei von Zu Campos, dem Künstler der Ladeira de Santa Tereza, nannte sich »Die heilige Barbara, die von Eiru«.

Das Ölbild von Jenner Augusto, eine Arbeit in der Perfektion des Künstlers, der sein Handwerk versteht, zeigt die heilige Barbara, die des Donners, in den Alagados, wie sie eine improvisierte Brücke überquert, unsicher, über den Schlamm. Eine Gruppe von Meßdienern begleitet sie. Mager und hungrig, tragen sie in den Händen Kupfersäbel und Eirus. Die Yansã von Sante Scaldaferri schreitet zwischen Pilgern voran, auf einem Gelände der Wunder, eine Ziegenherde in der Caatinga. Der Eiru ist ein Bündel giftiger Schlangen, anstelle eines Degens, ein Banditengewehr. Kadaver verwesen am Boden, Knechte der Erde, ermordet. Zwischen fröhlichen Fahnen, auf dem rotbraunen Besatz die Yansã von Jamison Pedra. Im Meer von Lev Smarchevski steuert Yansã zwischen Goldfischen, Amuletten.

Aus dem Schrott von Autos schmiedete Mario Cravo eine herrliche Yansá de Igbalé, eine kühne Kriegerin, die Arme ausgestreckt, zu ihren Füßen der Tod, vernichtend geschlagen. Yansá fürchtet den Tod nicht, sie bewacht die Pforten des Jenseits für die Eguns. Tati Moreno hat in das Metall eine ganze Folge von Yansãs geschnitten, in Größe und Aussehen unterschiedlich, alle wollüstig. Calasans Neto, genannt Meister Calá, König von Itapuã und Umgebung, benutzte die Presse und chinesische Pinsel. Auf der Monotypie die heilige Barbara, die des Donners; in der Schnitzerei Oyá; auf dem Ölbild beide: die heilige Barbara, die des Donners, auf einem Walfisch reitend, Yansã auf dem Raubvogel, im Meer und im Himmel von Abaeté. Das Gesicht der Heiligen war das der berühmten Senhora Auta Rosa, der Inselbewohnerin; die

Hüften des Verzauberten waren die von Aíla, der hervorragenden Köchin. José de Dome im Atelier vom Largo de Santana, schrieb auf die Rückseite der Leinwand den Titel seines Bildes, das die unendlichen Variationen von Gelb enthält: »Die heilige Barbara von den Donnern und die Ziege Yansãs«. Die Ziege hatte er weinfarben gemalt. Sein Nachbar und Freund, Rômulo Serrano, hatte ein lyrisches Stilleben mit Palmen und Eirus, auf ein gestreiftes Baumwolltuch gestellt, entworfen. Hochrote Engel umkreisten Yansã, überflogen die Kolonialhäuser auf dem Ölbild von Helio Basto.

Genaro de Carvalho hatte einen Gobelin entworfen, auf dem sich das Zubehör des Verzauberten mit den Symbolen der Heiligen mischte. In verschiedenen Schriften der Gruß Orixás: Eparrei Oyá! Im Hintergrund der Largo do Pelourinho und der Elevador do Taboão. Es war die letzte Arbeit Genaros, bald danach starb er. Nair stellte die heilige Barbara, die des Donners, in ein Blumenfeld, fröhlich und sorglos, mit Kindern spielend. Die heilige Barbara von Jorge Costa Pinto steht schon auf dem Altar der Matriz von Santo Amaro zwischen angezündeten Kerzen und Silberleuchtern.

Willys dachte sich die heilige Barbara aus, wie sie im Zelt von Alfredo Santeiro schwatzte, im Cabeça, auf den Etageren Heilige und Orixás im Überfluß. Lígia Milton sah Yansã und die heilige Barbara auf dem Hausaltar des Osterkreuzes, wie sie sich die Hände reichten. Licídio Lopes malte Oyá im Niger-Fluß, wie sie, aus Afrika kommend, in Rio Vermelho an Land ging. In einen Jaqueira-Stamm schnitzte Manuel Bomfim eine Yansã mit prallen Brüsten und üppigen Hüften, die Blitze schleuderte. Cardoso e Silva, Kirchenmaler in der Stadt Bahia, reproduzierte auf der Leinwand die Matriz von Santo Amaro. Niemals hatte er sie gesehen, aber für Cardosinho, Maler, Poet, Philosoph, Mathematiker, Astronom und Astrologe, sehendes Medium, bedeutete eine solche Unkenntnis keinen Nachteil. Er schloß die Augen und sah die gesamte Kirche, von außen und von innen, die Fassade und das Schiff, den Kirchplatz und die Sakristei, den Hochaltar und den Altar der heiligen Barbara, der des Donners. Niemals hatte jemand die Matriz von Santo Amaro mit solcher Genauigkeit gemalt, noch wird sie jemals wieder so gemalt werden.

In allen Abstufungen von Granatrot, von der Farbe der Kirsche bis zur Farbe des dunklen Weines, öffnen sich die unzüchtigen Blumen von Fernando Coelho rings um den Eiru, Pferdeschwanz, Frauenhaar. Außer dem Granatrot verwendete Fernando Weiß und leuchtendes Rot, die Farben von Xangô, Yansãs Mann. Floriano Teixeira, ein Indio aus Maranhão, Bürger von Ceará, bahianischer Künstler, ein Japaner, entwarf mit der Technik des Pastells ein Traggerüst für die heilige Barbara, die des Donners, von seinen lieben Freunden auf die Schulter genommen: von Milton Dias, James Amado, Wilson Lins und dem Möbeltischler Armando Almendra. Im oberen Teil der Leinwand öffnete er acht Fensterchen mit schlüpfrigen Szenen – Yansãs Liebschaften im Bett, im Fluß und im Wald, mit dem Gatten und mit den Liebhabern: Was das Darstellen von Schamlosigkeiten betrifft, gibt es keinen Maler, der sich mit Floriano vergleichen kann, er denkt an nichts anderes.

Luís Jasmin zeichnete in großem Format und mit außerordentlicher Feinheit das Bild der Mutter Menininha, wie sie sich vor Yansã verneigt. Es hängt im Candomblé von Gantois. Rubem Valentim nahm das Zubehör und die Waffen von Yansã, zerlegte sie und setzte sie neu zusammen in der Doppeleigenschaft als Meister der Malerei und als Ogan des Axé von Opô Afonjá, erhoben von Mutter Senhora. Aus Holzsplittern schuf Emanuel Araújo eine abstrakte Form, doch wer in dem Gegenstand etwas sehen wollte, sah Yansã, wie sie in den Krieg zog. Wenn von Emanuel gesprochen wird, spricht man von der von Valdeloir Rego gefertigten Kette, die würdig ist, um den Hals der schönsten Tochter Yansãs gelegt zu werden. Oyá, auf den Kacheln von Udo Knoff, nennt sich Dana.

Die heilige Barbara, die des Donners, von Mirabeau Sampaio, der Glanz des Bildes der Heiligen der Donner über Goldblättchen, trug einen Heiligenschein in der Farbe des

Weines, ein Unsinn. Er hatte sie nicht auf Bestellung gemalt, und jahrelang blieb er halsstarrig dabei, sie nicht zu verkaufen. Aber wie sollte er das von Antônio Carlos Magalhães gemachte Millionenangebot abschlagen? Als er das Bild sah, beschloß der politische Chef, es mit nach Hause zu nehmen, koste es, was es wolle. Deshalb und aus anderen Gründen nannte man ihn Toninho Malvadeza, »Toninho Bosheit«. Er legte bares Geld, sehr, sehr viel, in Mirabeaus Hand. Selbst wenn man reich und eigensinnig war, wie sollte man dieses Heidengeld übersehen, es verachten? Der Künstler beugte sich der Unverschämtheit von Malvadeza, trennte sich von dem Bild, das Geld verflüchtigte sich, Mirabeau bereut es bis heute.

Das Gemälde von Carybé – eine ungeheure Schwarze mit Gesicht, Körper und Eleganz der Olga de Tempo, Yalorixá von Alaketu – wurde schon früher erwähnt. Aber es wurde noch nicht von der Yansã in Beton gesprochen, vom Künstler durch die Präfektur von Rio de Janeiro, in Verwaltung von Marcos Tamoyo, erworben und im Park von Cantagalo aufgestellt, neben anderen bedeutenden Skulpturen. Ein monumentales Stück, wurde es zu einem geheiligten Gegenstand, einem Kultaltar. Man legte Ebós am Sockel nieder, man bot ihr Tabletts mit Acarajés dar, und an den nahen Bäumen wurden Ziegen und Zicklein angebunden.

Mehrere andere Künstler hatten das Thema verarbeitet, aber die Liste ist schon lang, es ist Zeit, die Eintragungen abzuschließen. Die Museologin wurde kritisiert, weil sie sich nicht auf die wertvollsten Stücke beschränkt hatte. Doch für Sílvia war in dem Falle die Quantität der Werke ebenso wichtig wie die Qualität. Daher war die Auswahl des Materials, das in der »Schau Magischer Gleichzeitigkeit« ausgestellt war, das dem Publikum in den Räumen des »Desenbanco« zugänglich war, nicht mit äußerster Strenge getroffen worden. Eröffnet am Tag des zehnten Jubiläums der Vernissage der erwähnten Ausstellung Religiöser Kunst im Museum für Sakrale Kunst der Bundesuniversität. Daß alles zusammenpaßte, war Sílvia Athayde zu verdanken, die aufmerksam und darüber hinaus fähig und eifrig war. Sie hatte es so eingerichtet, weil die Forschungen sie zu der Schlußfolgerung geführt hatten, daß die Tatsachen, die um dieses Ereignis herum geschehen waren, direkt verantwortlich gewesen waren für das gleichzeitige Entstehen so vieler Yansãs und so vieler heiligen Barbaras, für die magische Gleichzeitigkeit.

Als Myriam Fraga von der Schau in ihr Sommerhaus am Strand von Mar Grande zurückkam, faßte sie für Orlando und Beatriz, ihre Eltern, Albérico, ihren Schwiegervater, ihre vier Kinder, das Mädchen und die drei Jungen, für Carlos, ihre Liebe, die brennende und bissige Debatte zusammen, in die sich Künstler, Kritiker und Scharlatane gestürzt hatten. Giroflá, sagte sie, um auszudrücken, daß solche Ungereimtheiten häufig in Bahia vorkommen, sie rufen keine Verblüffung hervor, sie sind unser Alltag.

Rosa-der-Winde, Tagundnachtgleiche des Frühlings, Geheimnis der Poesie, Myriam gab das Zeichen und wiederholte es, und dann hatten alle die Relativität, das Partizip und den Mehrwert und das Warum der Dinge verstanden, giroflá!

Die Ereignisse von Donnerstagnacht

DER ZWIST – Danilo wunderte sich über Manelas Fehlen am Abendbrottisch. Sie verbüßte keine Strafe, denn die Zimmertür war offen, wohin hatte Dadá ihr erlaubt zu gehen? In letzter Zeit war Adalgisa hart, sie hielt die Nichte am kurzen Halfter. Nichts war mit abends Weggehen unter dem Vorwand, im Hause einer Klassenkameradin zu lernen. Nach Tisch die aus dem Kolleg mitgebrachten Aufgaben, die Gebete, und ins Bett. Sie schlief im abgeschlossenen Zimmer, der Schlüssel war in der Hand der Tante, die überzeugt war, daß Manela sich darauf vorbereitete, zu fliehen. Wenn Dadá sich eine Sache in den Kopf gesetzt hatte, handelte sie folgerichtig: das Mädchen einsperren, eine unnötige Bosheit. Danilo grämte sich, doch er vermied Kommentare, die Strafe pflegte dann noch schlimmer zu sein.

»Wo ist Manela?« fragte er beiläufig, während er sich ein Stück dampfende Yamswurzel auflegte.

Adalgisa unterbrach das Auftragen der Gedecke, schaute den Gatten an, und dann erzählte sie ihm die Überraschungen des Tages. Das Finden des Briefchens, was darin gestanden hatte, die für diese Nacht vorgesehene Flucht, das Eingreifen Pater José Antonios, der Besuch beim Jugendrichter, die Einweisung Manelas in das Kloster von Lapa, eine wahnsinnige Rennerei, das glückliche Ende. Gott hatte sie beschützt und unterstützt.

»Du hast Manela bei den Büßerinnen eingewiesen? Ist es das, was du mir gerade sagst?« Seine Stimme klang rauh, so groß war das Entsetzen, das ihn unvorhergesehen traf. Mit ungläubigem Gesicht schüttelte Danilo den Kopf, er konnte nicht glauben, was er hörte.

»Eben das. Ich habe es geschafft, mit Gottes Hilfe.«

»Dadá, bist du dir darüber im klaren, was du gemacht hast? Bist du verrückt geworden?«

»Ich habe getan, was ich tun mußte, um zu verhindern, daß sie aus dem Hause geht, um sich mit diesem räudigen Hund zu prostituieren. Gott hat mir geholfen, das Komplott rechtzeitig zu entdecken, aber ich allein weiß, was das für eine Lauferei war. Jetzt ist alles beschlossen, sie befindet sich unter dem Schutz Unseres Herrn Jesus Christus.«

»Dadá, was hast du getan? Bist du wahnsinnig geworden, oder hast du kein Herz? Wie kannst du so boshaft sein?« Er schob den Teller weg. »Schnell! Steh auf, wir werden Manela jetzt gleich holen. Ich werde nicht zulassen, daß die Ärmste die Nacht dort verbringt.«

»Dort kommt sie nur heraus, wenn ich es beschließe. Sie wird bleiben, bis sie den Schimpansen vergessen hat, wie lange das auch dauern mag. Und sprich leise, ich will nicht, daß es die Nachbarn wissen, am besten, wir sprechen nicht darüber. Wenn sie nach ihr fragen, sag, daß sie für ein paar Tage weggefahren ist, zu Itassucê gefahren ist, nach Olivença.« Itassucê war eine reiche Cousine Danilos, mit einem Kakao-Fazendeiro verheiratet, sie pflegte die Verwandten für längere Zeit auf die Fazenda oder in das Thermalbad von Olivença einzuladen.

Danilo hörte verblüfft die von Adalgisa diktierten Anweisungen. Sie reagierte streng wie immer, aber gelassen, seit sie Manela außer Gefahr vor Miros Verführung, die Jungfräulichkeit in Sicherheit wußte. Im Kloster konnte Manela nichts Böses geschehen, ganz im Gegenteil. Aufgenommen in eine fromme Umgebung, die Stunden des Tages ausgefüllt mit der Andacht, dem göttlichen Feuer anvertraut – Messen am Morgen, Segen am Nachmittag, Gebete in jedem Augenblick, Prüfungen des Gewissens, religiöse Zurückgezogenheit –, der Aufenthalt bei den Nonnen käme einem heiligen Bad für die schmutzige und hartgesottene Seele gleich, die im Laster unterzugehen drohte. Befreit von den schlechten Gedanken, erhaben über die Versuchungen, erleichtert von der Last der Sünden, dankbar, bereit zu Gehorsam und Respekt, würde die Nichte in das Heim zurückkehren können, das sie versucht hatte zu verlassen und zu beschimpfen. Adalgisa strahlte Zufriedenheit über die erfüllte Pflicht aus: Ich habe meine Pflicht erfüllt, Gott ist Zeuge. Sie hob die Kanne, um die Milch einzuschenken.

Danilo stand auf. »Wir werden Manela holen, Dadá.«

»Ich habe schon gesagt, du sollst es vergessen. Sie ist im Kloster auf Befehl des Richters, niemand holt sie da heraus, nur ich, ihr Vormund. Setz dich her und trink deinen Kaffee, ich hatte keine Zeit, die Suppe vorzubereiten. Und halt den Schnabel, ich möchte kein Gerede von diesem Gesindel aus der Straße.«

»Ich bin ebenso Vormund wie du. Wenn du nicht gehen willst, gehe ich allein.«

»Du gehst nirgends hin. Hör damit auf, habe ich dir gesagt. Misch dich nicht ein, wo du nicht gerufen bist: Wer über Manela entscheidet, das bin ich und niemand sonst, hast du gehört? Jetzt füg dich und hör auf, mich zu ärgern.«

Sie tauschte die Kanne für die Milch mit der für den Kaffee. Zum Nachtmahl servierte Adalgisa keine gesalzene Speise, bestenfalls einen Teller Suppe, eine leichte Hühnerbrühe. Im allgemeinen begnügten sie sich mit einem Milchkaffee, Brot, Butter und zwei oder drei Leckerbissen: süßem Maniok, Yamswurzel, Brotfrucht, Maniok- oder Maiskuchen, Tapioka-Kuskus, Biskuitkuchen, gebackenem Käse. Danilo war verrückt nach Bataten, doch Adalgisa bereitete sie nur selten zu. Sie verursachten Gase, und Danilo hatte mit dem Alter unter Blähungen zu leiden. Jedes Ereignis, das ihn von der täglichen Routine entfernte, griff seine Eingeweide an. So geschah es am Abend dieses Donnerstags. Der Zwist brachte ihn durcheinander, und er konnte die Entladung der Winde, kraftvoll, reichlich, laut tönend, nicht zurückhalten.

»Was ist das, Danilo? Gleich am Tisch? Schämst du dich nicht?«

Das Familienoberhaupt – Wer war der Herr im Hause in der Avenida da Ave-Maria? Adalgisa, das ist eindeutig, offensichtlich; stellte man die Frage der Nachbarschaft, erhielte man keine andere Antwort. Die Megäre befiehlt und kommandiert, der Ärmste hat eine Hiobsgeduld, alles, was er wünscht, ist, in Frieden zu leben.

Adalgisa hatte das Steuer schon in den Anfängen des Ehelebens an sich gerissen, indem sie die Situation der Unterlegenheit nutzte, der Danilo in den ersten Jahren gegenüberstand. Hilfskraft im Notariat, fast Laufjunge, bekam er einen miserablen Lohn. Er erklomm die Treppe der Ämter Stufe für Stufe, bis er dahin gelangte, wo er jetzt war, erster Schreiber mit Hoffnung und Zusage, eines Tages zum stellvertretenden Notar ernannt zu werden: Der Amtsinhaber, Eustáquio Lago, hatte sich noch nicht zur Ruhe gesetzt, so widerwärtig, wie er war, er hielt sich kaum auf den Beinen.

Aus den Flitterwochen zurück, wohnte das Ehepaar, weil es am Geld zum Bezahlen der Miete mangelte, bei Paco, belegte Adalgisas Zimmer: Nur, daß das Ledigenbett einem Ehebett Platz machte. Da es Adalgisa gelungen war, die Kundschaft der Patin zu halten und noch zu erweitern – Donã Esperanza wählte die Kundschaft peinlich genau aus, sie arbeitete nicht für irgendwen –, trug sie in entscheidendem

Maße für ihre Ausgaben und die des Ehemannes bei, die nicht groß waren. Sie hatten Wohnung und Essen umsonst. Paco Perez ließ nicht zu, daß die Tochter und der Schwiegersohn auch nur mit einem Centavo an den Ausgaben für die Ernährung teilhatten. Je ärmer, desto großspuriger und dünkelhafter.

Adalgisa hatte den Kundenkreis erweitert, obwohl ihre Hüte teuer waren, sie erhöhte die schon hohen Preise, die von der Patin kassiert wurden. Sie setzte sich durch, denn die Konkurrentinnen im Handwerk der Luxushüte konnten ihr nicht das Wasser reichen, was Qualität und Eleganz der »Arschdeckel« betraf, wie Danilo die Meisterwerke spöttisch nannte. »Für wen ist dieser rosafarbene Arschdeckel?« fragte er unehrerbietig und scherzhaft, wenn er sah, wie sie die Vollkommenheit eines Buketts sorgfältig prüfte. Sogar aus Rio de Janeiro erhielt sie Aufträge, und wenn die Chronisten die Kleidung der Neureichen bei großen Zeremonien beschrieben, zitierten sie als Beweis eines guten Geschmacks, der Gewähltheit, die von den Koketten gezeigten Hüte, »mit der Handschrift Adalgisa Correias, *la modiste distinguée*. In »Sete Dias« erklärte Tereza de Mayo am Rande, daß *»modiste«* ist, wer Hüte macht; wer Kleider macht, ist *»couturier«*.

Danilos niedriger Lohn, die kostenlose Wohnung, dazu die Sterilität des Exfußballers, vom Spezialisten bescheinigt, vor allem aber der Dünkel der Vornehmheit, den Adalgisa weiterhin zeigte, ohne sich der Schicksalsschläge Paco Negreiros bewußt zu werden, der auf die Brosamen des Altwarenhändlers angewiesen war, ermöglichten der arbeitsamen und eitlen Ehefrau, die Leitung des Hauses zu übernehmen, das letzte Wort bei Entscheidungen zu sprechen. Als sanfte Natur und umgängliches Geschöpf, akzeptierte Danilo ohne offensichtlichen Zwang, zumindest ohne Protest, die ihm von der teuren Ehehälfte auferlegte Situation.

Alles gut, sofern er sich einige Vorrechte, wenige und kleine Vergünstigungen, die letzten Barrikaden des Mannestums bewahren konnte: die abendlichen Ausgänge, zwei- oder dreimal in der Woche, für den Schwatz mit Freunden in den Cafés des Zentrums, die Fußballeidenschaft, er versäumte kein Spiel des »Ipiranga«, auch nicht die Tricktrack- und Damespiele an den Sonnabendnachmittagen im Hause Professor João Batistas, mit Bier angefeuchtet. Er verzichtete nicht auf das Baden im Meer am Sonntagmorgen. Die fleißigen Besuche in den Bordellen fielen nicht ins Gewicht, er machte sie am späten Nachmittag, mit der notwendigen Vorsichtsmaßnahme: Er kam pünktlich zum starken Kaffee und zur Hühnersuppe nach Hause, die Schlag sieben Uhr serviert wurden.

Auch im Bett setzte sich Adalgisa durch: Niemand braucht zu erschrecken, wir werden nicht noch einmal Kleinlichkeiten, Einschränkungen, Platonisches untersuchen – Verirrungen! –, die schon berichtet und sicherlich von allen verurteilt worden sind, das schmerzliche Bett Adalgisas. Es wird betont, daß der geduldige Danilo, ein hartnäckiger Optimist, obwohl fast zwanzig Jahre Kampf vergangen waren, immer noch ausschweifende Absichten hegte, Illusionen von Unzüchtigkeiten. Während er von einem Wunder träumte, fuhr er ihr, wenn er sie zur Stunde des Schlafengehens im Nachthemd sah, mit der Hand über das Hinterteil: Dein Tag muß kommen, spitzbübisches Hinterteil! Er hatte den Satz in einer Zeitschrift mit schlüpfrigen Anekdoten gelesen, er war begeistert. Er ging nicht über die rasche Geste und das Zitat hinaus, Adalgisa machte sich nicht einmal die Mühe, mit ihm zu schimpfen, sie rollte sich in die Decke ein, um zu schlafen. Der Wolf verliert das Fell, aber nicht das Laster. Was eine lodernde Flamme gewesen war, die Anlaß zu Streit, Diskussionen, zum Austausch von Unverschämtheiten gegeben hatte und in Gereiztheit endete, war zu einer schwachen Flamme geworden, gedämpftes Kerzenlicht, verursachte keinen Ärger. Sie hatte den Wolf gezähmt.

Der Tod Paco Perez' machte die ökonomische Situation des Ehepaares noch heikler. Er war plötzlich eingetreten, kurz nach dem ersten Hochzeitstag, den sie in Familie gefeiert hatten. Sie hatten Wein zum Abendessen geboten und waren mit Dolores und Eufrásio ins Kino gegangen, um einen mexikanischen Film von Cantinflas zu sehen, sehr lustig. Der blitzartige Infarkt überfiel Paco, als er sich endlich über die Gemeinheit von Javier García klar wurde. Einige Freunde hatten ihn zwar gewarnt, indem sie ihm rieten, in der Sache mit dem Altwarenhändler reinen Tisch zu machen. Paco stellte sich taub, der Landsmann verdiente sein ganzes Vertrauen, denn er verdankte ihm alles, angefangen bei dem Geld, das er ins Geschäft gesteckt hatte. Paco war mit dem Kapital eingetreten, als stiller Teilhaber. Als geschäftsführender Teilhaber besaß Javier nicht einen durchlöcherten Zwanziger, er besaß nur die Fähigkeit, zu arbeiten und nach Besitz zu streben.

Eines Nachmittags, als Paco wegen ein paar Groschen für das Spiel nach Água dos Meninos gegangen war, hörte er von Javier García, daß ihm keinerlei Recht auf Entnahme mehr zukäme, auch nicht die monatliche Zuwendung, die Gewinnanteile und Zinsen entsprach. Javier hatte ihm nichts mehr zu zahlen. Im Gegenteil, er war vom Gläubiger zum Schuldner geworden: Er schuldete der Firma ein Heidengeld, wie durch das Kassenbuch und die unterschriebenen Gutscheine, die der Elende ihm zeigte, bewiesen sei. Francisco Romero Perez y Perez verlor Farbe und Sprache, er wurde bleich, bekam keine Luft, die Augen trübten sich, er schwankte auf den Beinen, dort auf dem Schrottplatz fiel er tot um, dort, wo er selten aufgetaucht war; alles war schmutzig, verstaubt, war wenig nach seinem Geschmack. Exbesitzer eines edlen Handels, feine Gewürze, importierte Weine, Jerez und Malaga, Käse aus La Mancha, Sardinen aus Vigo, Miesmuscheln. Javier García beteiligte sich mit einem bescheidenen Betrag an der Spendenliste der Freunde für die Beerdigungskosten. Das Begräbnis erster Klasse ging von der Privatkapelle auf dem Campo Santo aus, es gab eine Messe mit Aufbahrung, Predigt, Luxussarg, stark besuchte Totenwache mit schmerzlichen Erinnerungen und pikanten Geschichten, Abenteuern des Verstorbenen. In einem Winkel der Kapelle betete am frühen Morgen eine noch junge Schwarze, die letzte Eroberung, für die Seele des Spaniers, bekümmert, mit feuchten

Augen. Großes Geleit, Rede des spanischen Konsuls beim Hinabsenken des Sarges. Die Trauerfeier, wie für einen reichen Kaufmann, war ein Trost für Adalgisa.

Das durch den Verkauf der wenigen Wertgegenstände, die Francisco Romero Perez y Perez gehört hatten, erzielte Geld reichte kaum, die Mietrückstände für die Wohnung zu bezahlen. Dokotor Carlos Fraga, Rechtsanwalt der Familie, geschickt, frech und engagiert, gelang es, einen vernünftigen Vertrag für die Auflösung der Altwarengesellschaft auszuhandeln, Javier García forderte und diskutierte, rückte aber schließlich doch ein paar magere Groschen heraus. Doktor Carlos verzichtete auf die Honorare: Er hatte sie in höherem Maße verdient, als er die Angelegenheiten des Begüterten in den Zeiten der dicken Kühe verhandelt hatte. Adalgisa tastete die von dem Exteilhaber gezahlte Summe nicht an. Sie hinterlegte sie auf der Sparkasse, schon damals träumte sie von einem eigenen Haus.

Während einiger Monate wohnten sie in einem Pensionszimmer, bevor sie sich in einer Einraumwohnung einrichteten – Wohn- und Schlafzimmer miteinander verbunden, Dusche, Waschbecken, Herd. In der Avenida da Ave-Maria waren sie seit mehr als zwölf Jahren, es war ein kleines, aber angenehmes Haus. Adalgisa würde sich nicht beklagen, wenn nicht die Nachbarschaft wäre, Gesindel ohne Niveau – Professor João Batista war die Ausnahme. Durch das Haushalten waren die Ersparnisse mit den Jahren angewachsen, Dadá hatte begonnen, die einschlägigen Anzeigen in der Zeitung zu studieren.

Eine Sache hatte sie nicht verkaufen wollen, auch als sie bedürftig war: den Titel der Teilhabermitgliedschaft im »Spanischen Klub«, der von Pacos Namen auf den Danilos übergegangen war, und sie zahlten weiter den monatlichen Beitrag im »Centro Galego«. Auf die Stellung einer Senhora verzichtete sie nicht, sie folgte dem Beispiel Doña Esperanzas. Die Patin hatte sich den Gewohnheiten der Armut nicht gebeugt, selbst wenn es ihr sehr schlecht ging, bewahrte sie Haltung.

Zu den Unannehmlichkeiten, Nöten und chronischen Migränen kam die Vormundschaft für die Nichte; diese Manela, die von einer Spanierin recht wenig hatte, wies ihre Bestimmung zu einer Senhora zurück, verleugnete die guten Prinzipien, hatte sich wahnsinnig in einen Taxichauffeur verliebt. Eine ernste Verantwortung, eine schwierige Aufgabe, doch Adalgisa würde sie mit Gottes Gnade zu Ende führen: Man mußte ihren Starrsinn brechen und ihre Seele retten.

Der aufsässige – Um die Seele der Verdammten zu retten, den Auftrag zu erfüllen, den Gott und der Jugendrichter ihr und Danilo erteilt hatten, als Schwester und Schwager starben, mußte Adalgisa allein handeln, in eigener Verantwortung, der Ex-Príncipe des Rasens war keine Hilfe, arbeitete nicht mit. Er beteiligte sich nicht an dem ständigen Gezänk, blieb in seinem Winkel. Er muckste sich nicht, wenn Tante und Nichte sich in die Haare bekamen. Wenn die Diskussion heftiger wurde, zur Quälerei ausartete und Adalgisa zwang, den Bestrafungskodex anzuwenden, nahm Danilo schweigend, fast heimlich, seinen Hut und ging weg. Geschah das an einem Tag der Fußballübertragung, sah er sich das Spiel im »Quincas Berro d'Água« an, einer Fanatikerkneipe, in der ein Fernsehapparat lief.

Nicht, daß er den Vorfällen gegenüber gleichgültig blieb, die Adalgisa und Manela aneinandergeraten ließen, die Tante anklagend, die Nichte um Verzeihung bittend: Sie quälten sich. Er billigte nur die von seiner Frau angewandten Methoden der Besserung und Erziehung nicht – und sie wußte es. Als er die anfänglichen Verweise, die ersten Bestrafungen miterlebte, hatte er reagiert und die Heftigkeit der Rede und die Strenge der Strafen verurteilt. Über die Lederpeitsche hatten sie erregt und heftig diskutiert. In dem Streit gebrauchte er das Wort »Stiefmutter«, um sie zu bezeichnen: »Du bist die schlechteste Stiefmutter der Welt.«

Er hatte den Ausdruck nicht wieder verwendet, niemals mehr. Er hatte nicht gedacht, daß Adalgisa die Bezeichnung übelnehmen würde, in so verzweifelter Weise reagieren würde, im schlimmsten Kummer, schmerzlich und gekränkt.

Danilo ließ sich beeindrucken, stammelte Entschuldigungen, Adalgisa weigerte sich, sie zu hören. Unter Tränen, beleidigt bis auf den Grund der Seele, machte sie eine Krise durch, die die ganze Nacht anhielt, Herzklopfen. Aus dem Klopfen tauchte sie zu einem Klagegesang auf, ungerecht behandelt von dem, der sie am meisten ermutigen und loben müßte, denn Danilo war ebenso wie sie, Adalgisa, verantwortlich für das Schicksal der Nichte. Indessen übernahm die Tante allein die Lasten der Vormundschaft, und während sie versuchte zu verhindern, daß diese Hitzköpfige auf schlechten Wegen versank, erhielt sie zum Lohn die schlimmste aller Beleidigungen: Stiefmutter! Sie biß in das Kissen, rief den Tod an.

Da er die Verschlechterung der friedlichen und zärtlichen Beziehung, der angenehmen und behaglichen Harmonie, die trotz aller Kümmernisse bis dahin das Eheleben charakterisiert hatten, fürchtete, entschied Danilo, das Schiff aufs Geratewohl segeln zu lassen, er wusch seine Hände in Unschuld. Wie Pilatus beim Glaubensbekenntnis, betonte Pater José Antonio Hernandez: Mann und Beichtvater waren sich nicht gut gesinnt. Ohne zu wissen, aus welchem Grund, bekam Danilo, wenn er den inquisitorischen Pater traf, Lust, ihn zu ohrfeigen, ihm das Gesicht einzuschlagen, ihn in die Hoden zu treten.

Das Zusammenleben zwischen Onkel und Nichte, weder vertraulich noch innig, verlief in einem Klima der Liebenswürdigkeit und Zuneigung, war erstarkt unter dem Zeichen gegenseitiger Achtung. Danilo hatte versucht, sie für den Fußball zu interessieren, mit mittelmäßigem Ergebnis; dagegen hatte sie sich im Dame- und Tricktrackspiel als glänzende Schülerin, als gefährliche Partnerin erwiesen, und sie zeichnete sich aus im Legen von Patiencen, die Spielkarten auf dem Eßtisch ausgebreitet, erreichte sie sensationelle Ergebnisse, stellte den Onkel in den Schatten. »Onkel Danilo«, erklärte Manela Miro, »ist ein Lieber, ich habe ihn sehr gern, nur gefällt mir nicht, daß er bei Tante Adalgisa nichts zu sagen hat, ich denke, er hat Angst vor ihr.«

Ob Danilo aus Angst handelte oder es aus von der Liebe

diktierter Vorsicht tat, sein zurückhaltendes Benehmen führte dazu, daß Adalgisa sich derart an das Einverständnis des Mannes gewöhnte, daß sie den Blähungen größere Wichtigkeit beimaß. So hielt sie die ungewöhnliche Drohung für zweitrangig: »Wenn du nicht mitkommst, gehe ich allein, jetzt gleich.« So, von Überraschung gepackt, begleitete sie mit dem Blick, ohne eine Geste, ohne ein Wort, Danilos Schritte durch den Raum: Er band die Krawatte um, zog das Jackett an, setzte den Hut auf. »Es gibt eine Grenze für alles, Dadá. Ich komme nur mit Manela zurück.«

Er blieb an der Tür stehen, das Gesicht zu einer schmerzlichen Miene verzogen – physisch und moralisch, wie man feststellt –, hob das Bein, ein Schwarm vielfältiger Töne flatterte in den Raum, der den gebieterischen Befehl Adalgisas einhüllte: »Komm schon zurück an deinen Platz!«

EINE FAMILIE, DIE ZUSAMMEN ZU ABEND ISST, HÄLT ZUSAMMEN – Auf der Fazenda oder in der Stadt, Joãozinho Costa stellte Normen auf, führte bestimmte Gewohnheiten ein, von denen er nicht abging. Das Abendessen in Familie an Donnerstagen war eine davon. Die Familie vereint um den großen Peroba-Tisch, im Herrenhaus von Corredor da Vitória, der schottische Whisky, Gin-Tonic für Olímpia, portugiesischer Wein, die von Pretinha, der aus dem Sertão mitgebrachten Köchin, zubereiteten Leckerbissen. Hin und wieder erweiterte sich die Gruppe um irgendeinen nahen Verwandten, der auf der Durchreise in der Hauptstadt war, doch in der Regel blieben die Hausherren unter sich, der Schwiegersohn und die beiden Töchter, die Erbinnen des Vermögens, eines der größten von Bahia. Elf Jahre trennten Olímpia von Marlene, in der Zwischenzeit hatte Dona Eliodora einen Sohn zur Welt gebracht, der nur kurz gelebt hatte, die Ruhr hatte ihn vor seinem ersten Geburtstag dahingerafft, ein ungeheuerer Kummer für Joãozinho Costa. Der Fazendeiro bestand auf dem Wunsch nach einem Sohn, doch als Dona Eliodora wieder schwanger war, kam sie nach sieben Monaten einer komplizierten Schwangerschaft mit Marlene nieder.

Meine Herde, sagte der Herr der Ländereien, Förderer traditioneller Werte: Die Familie ist die Basis der Gesellschaft. Er verlangte, daß Olímpia und Astério jedwede Verpflichtung für die geheiligte Stunde des Abendessens an Donnerstagen ablehnten, er ärgerte sich, wenn ein nicht zu umgehender Umstand Grund für die Abwesenheit des Ehepaares gab. Die Familie steht über dem Gouverneur, forderte er. Es war nicht der Gouverneur, Väterchen, es war der General.

An jenem bewegten Donnerstag wartete die Familie in der Bequemlichkeit des nach dem Garten und dem Schwimmbad offenen Wohnzimmers auf Astério, der sich sehr verspätet hatte. Aufreizend mit einem Minirock bekleidet, fand sich Marlene, ein widerspenstiges junges Mädchen, nicht mit der Verzögerung des Schwagers ab, ein Mangel an Rücksichtnahme. Sie schaute nach der Zeit auf der Armbanduhr, aufgeregt, sie hatte eine Verabredung um halb neun Uhr abends, an der Pforte des »Teatro Castro Alves«, wo die französische Equipe Caetano Veloso, Gilberto Gil, Maria Betânia und eine Neue, die im Kommen war, Gal Costa, aufnehmen würde. Marlene war von Georges Moustaki eingeladen worden, bei den Filmaufnahmen dabeizusein, sie hatten sich am Vorabend kennengelernt, sie hatten sich nicht mehr losgelassen. Klein, braun und fröhlich, war Marlene gerade fünfzehn Jahre alt geworden, die Gesellschaftschroniken hatten den Festlichkeiten große Beachtung geschenkt: Die Zeremonie der Firmung in der Matriz, das große Essen, der Ball im Jachtklub, der Walzer, mit dem Vater getanzt, »ein Landedelmann, eine aussterbende Art« (Terezinha de Mayo, »Sete Dias«). Fünfzehn Jahre, das von dem griechischen Spielmann bevorzugte Alter. Wie Moustaki meinte, beginnen die Frauen nach dem fünfzehnten Lebensjahr zu altern. Jacques Chancel hatten den Komponisten von »Joseph« und »Le Métèque« mitgebracht, damit er in dem Programm die Lieder sang, zu denen Bahia ihn inspiriert hatte: »Bahia de São Salvador« und »Bye bye, Bahia«, in Paris komponiert, nach der Rückkehr von früheren Reisen. Marlene sah die Zeit vergehen, verbarg ihre schlechte Laune nicht. Denkt Astério, daß wir nichts zu tun haben? Wofür hält er uns? Moustaki an der Tür zum Theater warten zu lassen, zur Verfügung einer Masse überspannter Frauen, eine Unvernunft: Das konnte sie nicht machen.

Noch nervöser das Familienoberhaupt: Joãozinho Costa hielt es nicht an einem Fleck, er ging hin und her, beobachtete die Eingangstür, spitzte die Ohren, um die Ankunft des Käfers wahrzunehmen. Astério fuhr in dem kleinen Volkswagen. Der Mercedes mit Chauffeur in Uniform stand Olímpia zur Verfügung. An diesem Spätnachmittag jedoch war Olímpia im Taxi gefahren, sie war direkt aus dem Appartement gekommen, das dem Senator durch einen der Staatssekretäre, seinen politischen Günstling, gemietet worden war. Der Senator war unsympathisch.

Mit Juwelen behangen, allein die Kette hatte den Wert einer Ochsenherde, nahm sich Dona Eliodora, die Büste einer Diva, die Kurven des goldenen Zeitalters in den Miedergürtel gezwängt, einen Fruchtcocktail, während Olímpia die Neuigkeiten aus Brasilia erzählte. Toll, ihre Tochter, wie gelang es ihr, so viele Dinge zu erfahren und derartig unverzüglich? Zum Beispiel die letzten Mißgeschicke des Leutnants Elmo – dieser Schönling, der mit General Abdias hier war, erinnerst du dich, Lenoca? Was mit ihm geschehen ist? Ich werde es erzählen: Er ließ es sich gut gehen im Bett m, mir persönlich die tauchte der General ohne vorherige Ankündigung auf, das Leutnantchen wurde an die kolumbianische Grenze geschickt, er wird sich mit den Indianern einlassen, denen, die Lippen wie Untertassen haben, der Ärmste. In der Küche, ein Bierchen trinkend, während er die Befehle des Chefs erwartet, vertraute Zé do Lírio dem Mädchen Pretinha die Sehnsucht nach der Indianerin Momi, seiner Frau, an: Ohne ihresgleichen, um Lymphdrüsenschwellungen zu besprechen und Keuchhusten zu heilen.

In der Hand einen grauen, anonymen Umschlag, trat Astério durch die Tür: »Ich bin im Büro aufgehalten worden . . .« Während er sich entschuldigte, verteilte er Küsse an Schwiegermutter, Schwägerin, Gattin. »Unser Senator legte

Wert darauf, mir persönlich die Nachricht von der Zustimmung des Ministers zu meinem Vorschlag zu überbringen, der Vertrag für die Autobahn ist sicher. Das werden wir feiern.«

Olímpia lächelte scheu und diskret, sie senkte die Augen zu Boden. Der gezahlte Tribut war der Mühe wert gewesen, der Nachmittag im faden und ermüdenden Senatorenbett. Seine Exzellenz hatte angekündigt: »Von hier aus werde ich unseren guten Astério besuchen.« – »Astério besuchen, wozu?« hatte sie überrascht gefragt. »Um mir sein Geweih anzusehen, Schönste.« Während sie sich opferte, hatte Olímpia an Sylvia und den kleinen Elói gedacht, diese Glückspilze. Sie verbrachten den glänzenden Nachmittag im Vergnügen der Hurerei und allem Dazugehörigen, während sie sich beim Abschlecken abmühte, um den Knüppel des Senators hoch zu bekommen. Als sie erfuhr, daß ihre Mühe belohnt worden war, indem Astério die geschuldete Vergütung erntete, segnete Olímpia die Stunden der Belastung, lächelte ihrem Mann zu. Mit den Froschaugen schaute er sie an und sah sie schön und ergeben, eine untadelige Ehefrau, unvergleichlich. Olímpia hatte den Familiensinn vom Vater geerbt.

DAS IM MOTEL AUFGENOMMENE FOTO ODER DER KÜNSTLERISCHE AKT VERSION SNI – Astério winkte dem ungeduldigen Schwiegervater mit dem Umschlag zu: »Ich hatte nicht einmal Zeit, ihn aufzumachen.«

Joãozinho Costa schlug in die Hände und befahl seiner Frau und den Töchtern gebieterisch: »Los, los, zu Tisch, wir kommen gleich ...«

Während sich die Frauen ins Eßzimmer begaben, traten Schwiegervater und Schwiegersohn an den Lampenschirm, sicherlich um die Nacktheit Pater Abelardo Galvãos und der koketten »Patrícia von den Blumen« bei Licht besser zu sehen. Astério öffnete den Umschlag, der weder den Namen des Adressaten noch den des Absenders trug, er zog das Negativ und ein Farbfoto 18×24 heraus. Bevor er es angesehen hatte, riß es ihm Joãozinho Costa hastig weg, um des Gesicht des Primas', des heiligen Chamäleons, zu genießen. Ins Gesicht Eifer und übertriebene Höflichkeit, Dankbarkeit – wie geht's der Fazenda, Oberst? Danke für das Fäßchen Dendê, verflüssigtes Gold –, hinter dem Rücken Stütze der Melonenpater.

Da waren sie, splitterfasernackt, nur daß sie es nicht waren. »Was zum Teufel ist das? Dieser Junge ist nicht der Pater.«

Astério de Castro nahm das Foto, schaute es an, explodierte: »Schwachköpfe! Unfähige! Hurensöhne!«

Weder Pater Galvão noch das Mädchen vom Theater. Auf dem Foto, gut belichtet, erkannte der Unternehmer nicht nur die Frau des Jugendrichters, sondern auch den Seminaristen, mit dem Olímpia sich herumtrieb: Das Horn hinterging Olímpia. Astério schäumte vor Empörung, nicht wegen der Treulosigkeit des Jungen, in dem Fall war das von geringster Bedeutung. Er hielt sich aus dem Zeitvertreib der zärtlichen Gattin heraus, er mischte sich nicht ein, es sei denn, einer von ihnen erschien ihm unpassend, imstande, Projekte und Geschäfte zu stören. Er gab es ihr zu verstehen, machte dem Spaß ein Ende.

Entrüstet, zornig, weil man ihm von Brasilia telefonisch die Auswahl und Sendung vertrauenswürdiger und äußerst befähigter Agenten angekündigt hatte. Die Anwesenheit des Agenten Sieben Sieben Null im Chefbüro sicherte die perfekte Ausführung der Operation »Siri Buceta« ab, ein Irrtum, ein Scheitern war unmöglich. Sieben Sieben Null, das As der Asse.

»Und diese Scheißer sind es, die über die Kommunisten siegen wollen! Sie können nur Schläge austeilen, sie sind nur für Prügeleien zu gebrauchen. Scheißkerle!«

Das Gebrüll des Ehemannes ließ Olímpia in das Wohnzimmer zurückkehren, interessiert. Als er sie sah, hielt Astério sich zurück, versuchte das Foto wegzustecken, aber sie kam ihm zuvor, und mit einer raschen Geste bemächtigte sie sich des Umschlags. Sie wollte sehen, was den Mann so aus der Fassung brachte, der sich als unempfindlich rühmte.

Sie sah es und konnte nicht glauben, was ihre Augen sahen.

Sie hielt die Hand vor den Mund, erstickte den Ausruf des Schreckens: Ach, mein Gott, was ist das? Sie schloß die Augen unter den getuschten Wimpern, öffnete sie wieder, um zu sehen. Auf der Farbkopie, noch feucht vom Labor, Sylvia Esmeralda und der kleine Elói, nackter als Adam und Eva, Soutane, Unterhose, Kleid, Hemd und Höschen vor dem runden Bett, einem typischen Motelbett. Die beiden Seite an Seite, von vorn fotografiert, sie mit weit aufgerissenen Augen, tot vor Angst, er mit weinerlichem Gesicht, die Turteltaube schlaff. Nicht einmal das gepriesene Merkmal der Schönheit Sylvias, provozierend in der Höhe der Schamhaare – es hatte den Debütanten Joca zu einem Sonett inspiriert –, rettete den künstlerischen Akt vor der Mittelmäßigkeit.

Eine äußerst beruhigende Sache, äußerst intrigant, Olímpia wußte nicht, was sie denken sollte. Sie schloß wieder die Augen, und dann begriff sie, und sie mußte sich beherrschen, um die Ruhe zu bewahren. Sie wurde sich schließlich über die Gefahr klar, die ihr gedroht hatte und aus der sie durch das Rendezvous mit dem Senator gerettet worden war. Alles schien ihr wasserklar. Wäre die Verpflichtung nicht gewesen, an Sylvias Stelle wäre sie es gewesen, die als Eva für den SNI posierte. Ein Werk des SNI, das war offensichtlich, übrigens eine Wiederholung: Aus Anlaß der Wahlen hatten sie mit der Ehefrau des Parlamentariers das gleiche gemacht, jetzt war sie, Olímpia, die Anvisierte. Sie hatten ein Komplott geschmiedet, Elói in ihrem Namen eine Nachricht überbracht, in der Stunde und Ort des Treffens angegeben waren, er war wie ein Dummkopf darauf hereingefallen, auch sie wäre darauf hereingefallen, hätte sie nicht die Verabredung mit dem Senator gehabt. Sylvia war ausgelassen und fröhlich als Frau in diese Falle gegangen, sie mußte verzweifelt sein. Aufgeklärtes Geheimnis: Sie wollten Astério demoralisieren. Aber warum wandte sich der SNI plötzlich gegen ihn? Irgend etwas Ernstes war in ihrer Abwesenheit passiert, war ihr nicht zu Ohren gekommen. Gewöhnlich informierte Astério sie über Geschehnisse und Probleme, warum hatte er ihr nichts erzählt?

»Astério, was bedeutet dieses Foto? Ich möchte es wissen.«

Es war der Vater, der antwortete, schnell und ratlos: »Weiter nichts, Limpinha, ein Scherz, den man machen wollte. Ein Spaß...« Er versuchte zu lachen, es gelang ihm nicht.

Olímpia wandte den Blick nicht von Astério, er fühlte, daß sie erschrocken war, machte ihr, vor dem Schwiegervater verborgen, ein Zeichen, um sie zu beruhigen. Joãozinho Costa schlußfolgerte, sich von der Enttäuschung erholend, halb gereizt, halb spöttisch: »Wer hätte wohl gesagt, daß Doktor Prado d'Ávila, so scheinheilig, sich zum Hahnrei eignet. Man kann niemandem mehr trauen. Geht zu Tisch, ich komme gleich.«

Er ging in Richtung Küche, Olímpia und Astério blieben allein. Sie hatte den Umschlag mit dem Foto und dem Negativ gerade in die große weiße Christian-Dior-Tasche gesteckt. Da sie das Negativ nicht behalten hatten, seltsames Vorgehen, könnten sie keine neuen Kopien machen. Wie viele würden sie schon in politischen und geschäftlichen Gefilden verteilt haben? Sylvia und ihr Schönheitsmerkmal, der Welt ausgesetzt: das Berühmte. Olímpia trat an ihren Mann heran: »Weißt du etwas davon?«

»Alles. Zu Hause erzähle ich es dir. Es ist nicht wichtig.«

»Belüg mich nicht, Astério. Sie haben es auf dich abgesehen, nicht wahr? Warum?« Sie flüsterte, obwohl der Raum leer war.

»Nein. Nichts dergleichen, sei ruhig. Nur ein Irrtum. Zu Hause...« Er reichte ihr die Hand, an den Händen gefaßt, gingen sie zum Abendessen, der Ochsenfrosch und die Wucht.

Am Tisch verschlang Lenoca, sehr unruhig, mit zwei Gabeln die schmackhafte Krebskruste, verzichtete auf den Fisch mit Krabbensoße, auf das Filet mit gebratenen Kartoffeln, auf die verschiedenen Nachspeisen, einschließlich der Götterspeise. »Ich habe keinen Hunger, Mamachen.« Sie wartete nur, bis der Vater kam, um ihn um Erlaubnis zu bitten und loszurennen, in die Arme des *»métèque«*: *»Avec ma gueule* *de métèque, de juif errant, de pâtre grec . . .*« Marlene kannte Text und Melodie des Liedes auswendig. Ach, Georges Moustaki, kannte die Leidenschaft, der Hauch der weißen Haare, der Ruf, der Ruhm – an der Theatertür wartend. Papachen, warum bleibst du so lange weg?

Gemessenen Schrittes wandte sich Joãozinho Costa zur Küche. Nur gut, daß er Zé do Lírio noch nicht verabschiedet hatte, er hatte ihn noch nicht nach Pernambuco zurückgeschickt, wie der Schwiegersohn geraten hatte. Er schüttelte den Kopf: Astério mit seinen verrückten Ideen. Er prahlte mit Befugnis, rühmte sich fast unbegrenzter Macht, ein großes Tier, eine Autorität. Er hatte etwas sehen und nicht den Dummen spielen wollen, den Getäuschten, den . . . Hahnrei, der Jugendrichter, wer hätte das gedacht?

EIN ARGUS IN AKTION – Kommissar Ripoleto stieg bei Einbruch der Dunkelheit in Santo Amaro aus, und kaum war er aus dem Bus gesprungen, hatte jemand sein Amt und seine Verdienste erraten: »Hier geht einer von der Polizei um und macht auf Tourist.«

»Und das ist einer . . . Er wollte gleich etwas über die Hure des Vikars wissen. Siá Marina als Hure zu bezeichnen, man stelle sich das vor!«

In einen sprichwörtlichen Regenmantel gehüllt, unter der dunklen Brille versteckt und die Hutkrempe heruntergeklappt, infolgedessen inkognito, führte der Kommissar den Auftrag aus, den der Sicherheitssekretär ihm übertragen hatte, eine heikle und gefährliche Aufgabe. Auch wenn er Zielscheibe für Spott, Täuschung und Gewalt war, kam der Kommissar zu einer genauen und objektiven Schlußfolgerung. Das Volk von Santo Amaro hatte zu den Waffen gegriffen und machte sich bereit, in den Krieg zu ziehen.

Das Wirken Kommissar Ripoletos war um so verdienstvoller, als er offensichtlicher Böswilligkeit, gehäuften Schwierigkeiten, zahllosen Hindernissen entgegengetreten war. Jeder andere hätte aufgegeben, er hatte Ausdauer und beharrte. Er hörte lächerliche Antworten auf die sachliche Frage, die er

Seu José Veloso, Dona Canô und anderen verdächtigen Persönlichkeiten des aufgewühlten Marktfleckens stellte. Er hörte Spottgelächter hinter seinem Rücken – ist er als Sherlock Holmes oder als Messerheld Tenório Cavalcanti verkleidet? –, schluckte Unverschämtheiten hinunter, von seiten der Haushälterin der Pfarre, Siá Marina, ein Weibsstück mit rötlichem Gesicht und starkem Bartflaum. Umgeben von der Achtung und dem Respekt der Mitbürger, ungeheuer beleidigt durch die Aufdeckung des Verborgenen, hätte die Gevatterin des Vikars ihn beinahe verprügelt. »Ich sehe keine Befriedigung darin, etwas aus meinem Leben preiszugeben, laß mich in Ruhe, du aufdringlicher Kerl, geh und frag deine Mutter, wie viele Väter jedes ihrer Kinder hat.« Sogar Drohungen knurrten sie gegen ihn: »Hier wird ein Spion schwimmend nach Bahia zurückgeschickt.«

Die Revolte breitete sich in den Straßen aus, und die Bevölkerung war auf Kriegsfuß. An den Ecken sammelten sich Gruppen, marschierten in Richtung der Praça da Matriz, es ertönten Hochrufe auf den Vikar, auf Seu José und Dona Canô, die Eltern der Jungen. Boten zogen auf Land- und Wasserwegen in die übrigen Städte des Recôncavo – mit Autos, Lastwagen, Ochsenkarren, mit Motor- und Fahrrädern, Pferden, Eseln, Barkassen, Leichtern, Booten, Kähnen und einer Jolle aus dem Besitz des Meisters Dori Zarolho. Sie hatten den Auftrag, über den befreienden und strafenden Feldzug zu informieren, hochheilig, Schiffe und Admirale, Soldaten und Matrosen einzuteilen, sie unter der Standarte der heiligen Barbara, der des Donners, anzuwerben. Am ganzen Lauf des Paraguaçu ertönten die Trompeten des Jüngsten Gerichts, liefen die Leute lärmend und eilig herbei: »Die Heilige gehört uns!«

Mit dem Schiff, der »Bahiana«, kamen nach dem Morgenfahrplan täglich Exemplare des »Diário de Notícias« und von »A Tarde« nach Santo Amaro da Purificação, für Abonnenten bestimmt. An jenem Donnerstag wurden sie kollektives Eigentum, vergesellschaftet, sie gingen von Hand zu Hand. Alle, die lesen können, lasen die Reportagen von Guido

Guerra und José Berbert de Castro; die eine besagte, daß die Heilige auf der Reise verschwunden wäre, die andere beschrieb die Ankunft des Bildes am Kai von Bahia, in Anwesenheit des Reporters.

Welcher der beiden so widersprüchlichen Nachrichten sollte man glauben? Nun, was für eine Frage! Es gab da keine Meinungsverschiedenheit: »A Tarde« brachte keine Falschmeldungen, publizierte keine Enten, man konnte insgesamt die Wahrheit dessen beschwören, was in ihren Spalten zu lesen war. Was die Sensationslust des Redakteurs Guerra im »Diário de Notícias« betraf, war alles nichts als Schwindel, von A bis Z erfunden, sicherlich auf Verlangen irgendeines einflußreichen Mannes, der interessiert war, Verwirrung um das Schicksal der heiligen Barbara, der des Donners, zu stiften – waren sie nicht ein Herz und eine Seele, der umstrittene Direktor des Museums für Sakrale Kunst und Doktor Odorico Tavares, Direktor des »Diários Associados na Bahia«?

Kein Geheimnis, das zu enthüllen war: Das Bild war von einem Betrüger aus der Hauptstadt gestohlen worden, wenn der Aufruhr vorbei wäre, würde es unauffällig in den Bestand des Museums einverleibt werden. Das war nicht der erste Fall, es würde nicht der letzte sein. Den vollständigen Namen des Diebes, des Betrügers aus der Hauptstadt? Namen preiszugeben schließt ein, sich in Gefahr zu begeben, doch hier ist eine aufklärende Spur: Als er sich auf den allgemein Bekannten bezog, bezeichnete Pater Téo ihn als Dom Mimoso.

Eine andere Version, diese von offensichtlicher oppositioneller Beziehung, gab zu verstehen, daß der Gouverneur der Auftraggeber des Diebstahls gewesen sei, in der Absicht, die Heilige des Donners, die einzige Existierende, dem General, Anwärter auf die Präsidentschaft der Republik, anzubieten. Ein Gerücht, das auf vorangegangenen Vorkommnissen basierte, vielfältig und bewiesen. Bei der Gelegenheit kam der Fall jenes ungestümen Obersts, eines Bewunderers antiker Heiliger, zur Sprache. Er plünderte den Staat Alagoas, raubte die Heiligen, unter Mitwisserschaft der örtlichen Politiker, sieben Monate lang, während derer er das Kommando über die Heerestruppe in Maceió hatte. Viel später, zum General befördert, in die Reserve versetzt, in den Pyjama der in den Ruhestand geschickten Offiziere gesteckt, als er Verwaltungsämter und Eitelkeit verloren hatte, wurde er liberal. Er verwendete den Gewinn aus der Plünderung in Alagoas zum Kauf einer teuren Wohnung in São Conrado, in Rio de Janeiro. Sich der Zeiten der Amtsgewalt erinnernd, der Plünderung in Klöstern und Kirchen von Penedo und São Miguel dos Campos, erklärte er, daß er das Luxusappartement mit Hilfe Gottes und der Kirchenheiligen erworben hätte. Undankbar, behandelte er Lobhudler und Schmeichler schlecht.

Kommissar Ripoleto spürte Pulvergeruch in der Luft, bemerkte Anzeichen der Unruhe, verdächtige Bewegungen, kriminelle Hetze, doch bis zur Stunde des Abendessens, so sehr er sich auch bemüht hatte und herumzog, die einen und die anderen zu befagen, war es ihm nicht gelungen, Ausdehnung und Charakter des aufgekommenen Durcheinanders zu bestimmen. In einer Kneipe nahm er ein schlechtes und karges Abendbrot zu sich. Der Kellner war nicht nur dämlich, sondern auch noch ungeschickt. Er war nicht imstande gewesen, auf irgendeine seiner mannigfachen Fragen zu antworten. Er goß ihm den faden Inhalt der Schüssel auf die Brust und verschmutzte das Jackett und das fast reine Hemd des Geheimen mit Fett und Brühe. Es schien sogar Absicht.

DAS VOLK IN WAFFEN – Die Bewohner der Stadt, praktisch alle, ohne Unterschied des Geschlechts und Alters, Pflanzer, die in großer Zahl aus der Umgebung kamen, einige trugen Macheten zum Schnitt von Zuckerrohr, versammelten sich in dieser Nacht beim Licht der Fackeln. Der Platz vor der Matriz war überfüllt. »Wir wollen die Heilige!« schrien sie.

Kommissar Ripoleto mischte sich unter das Volk, und um nicht bemerkt zu werden, gehörte er zu den begeistertsten Teilnehmern, zu guter Letzt führte er den Chor der in Trance geratenen Frommen, wobei er das hysterische Geschrei der Betschwestern mit seiner dröhnenden Stimme vergrößerte: »Die Heilige gehört uns!« Da er nie lebhafte Intelligenz besaß, den Spürsinn einer Bulldogge, Gaben, die die neidischen Kollegen ihm nicht verziehen, wurde dem Kommissar klar, daß er aktiv an der vorbereiteten Versammlung einer Demonstration, wenn nicht an einer schlimmeren Sache teilnahm, womit er eine illegale und verurteilungswürdige Handlung beging.

Ein mehr als ausreichender Grund für Gefängnis und Prozeß, wenn darüber vom Ermittler der Polizei befunden würde. Die Folgen wären noch viel schlimmer, würde er von einem Militäragenten festgenommen: halbtot geprügelt, ausgesuchte Foltersitzungen, bis man das vollkommene Geständnis der Verbrechen gegen das Vaterland, die Namen der Komplizen und der Anführer erhalten hatte, ein langer Aufenthalt in den Kellern der Sicherheitsapparate, die DOICODIS des Lebens, das heißt des Todes.

Kommissar Ripoleto erschrak, wenn er nur an die genannte Abkürzung dachte, doch er beruhigte sich, als er sich erinnerte, daß er hier im Dienst war. Als Raufbold getarnt, eine meisterhafte List, des begnadeten Intellekts, wie es seiner war, würdig. Er geriet in Euphorie, als er sich den fabelhaften Bericht vorstellte, den er dem Doktor Sicherheitssekretär vorlegen würde, mit dem er sich zum Kandidaten für die nächste Beförderung machte: Auftrag erfüllt, Chef. Er war nicht nur schlau gewesen, er war auch vorsichtig, beharrlich, bestimmt, aufklärend, unverschämt, opportunistisch gewesen, er war glänzend und positiv gewesen, hatte dem Namen der Innung Ehre gemacht.

Aus dem Innern der Kirche kommend, umgeben von runzligen Betschwestern und gereizten Journalisten, erschien oben auf der Freitreppe der Vikar von Santo Amaro, Pater Teófilo Lopes de Santana, der volkstümliche Pater Téo, Teteo im Munde der Liebe und der Gier von Siá Marina, wenn Hochwürden nach den Andachten und Qualen des Tages die Soutane ablegte und das Nachthemd anzog, auf dem Kragen rosafarbene Blümchen.

Vom Kirchhof, Bühne und Empore, wandte sich der dreiste Priester an die Menge. Mit Entrüstung und in Einzelheiten erzählte er in kräftigen, mitunter groben Worten die gemeine Geschichte. Die Bitte um Ausleihe des Bildes, die Ablehnung, das Drängen, der Druck, schließlich der höhere Befehl, die Einschiffung und das Verschwinden. Der Verantwortliche, der Urheber des machiavellistischen Planes, der Auftraggeber für den Diebstahl, auch er war verschwunden. Während dieses Tages, genauer seit dem Abend des Vortages, hatte Pater Téo verzweifelt versucht, telefonisch mit dem Museumsdirektor zu sprechen, ohne daß es ihm gelungen war, seine honigsüße Stimme zu hören: Dom Mimoso hatte sich aus dem Staube gemacht.

Wohin hatte sich Dom Maximiliano verkrochen, ein Bürger, der als Blüte der Höflichkeit geschätzt wurde, von dem man sagte, er sei empfindsam wie nicht einmal eine Dame? Der Bürger war verschwunden, die Dame hatte sich verflüchtigt und die heilige Barbara, die des Donners, unsere heilige Beschützerin, mit sich genommen. Am Schluß der Rede, mit der bösartigen Zunge von Pater Antônio Vieiras auf der Kanzel der »Kathedrale von Bahia« gesprochen, wenn er sich auf die Kunst des Stehlens der portugiesischen Herren bezog, jubelte die Masse ihrem Seelsorger zu: »Es lebe Pater Téo, unser Verteidiger! Es lebe die Heilige des Donners! Nieder mit den Kirchenräubern! Nieder mit Dom Mimoso!« Kommissar Ripoleto fragte sich, wer dieser sogenannte Dom Mimoso wäre, und solange er es nicht herausbekam, schrie er mit dem empörten Chor: »Nieder!« Raketen explodierten in der Luft und erleuchteten den Himmel: Pulvergeruch.

Ein noch größerer Jubel begrüßte Dona Canô, klein, hager, zerbrechlich, eine Heilige aus Jade. Als Tochter Yansãs verwandelte sie sich in eine verwegene Aufwieglerin, in eine Führerin der Revolte, eine Anführerin der Krieger. «Wir werden unsere heilige Barbara, die des Donners, befreien, sie gehört dem Volk von Santo Amaro, sie steht uns zu!« Sie sagte es mit sanfter und unerbittlicher Stimme, und das Volk trug sie auf den Armen. Wieder das Feuerwerk.

Umstürzlerische Aktion in Gang – das gewann Kommissar Ripoleto als Erkenntnis, sein Spürsinn schärfer als jemals. Er ließ den Blick über die Menge der Kommunisten gleiten, um die genaue Zahl der auf der Praça versammelten Umstürzler festzustellen. Eine sich hinziehende Überprüfung, denn sie hing von mathematischen Berechnungen ab, und Multiplizieren war nicht seine Stärke, noch dazu im Kopf. Mittlerweile leerte sich der Kirchplatz, da der Herr Vikar und die Hauptpersonen verschwunden waren, Seu José Veloso, der Goldschmied Araújo, der Memoirenschreiber aus Maragogipe, Osvaldo Sá, der Küster Miltinho und die aus Bahia gekommenen Reporter und Fotografen, von allen Zeitungen geschickt, einschließlich Gervásio Batista von der Zeitung «Manchete« aus Rio de Janeiro, vor kurzem aus dem Vietnam-Krieg zurückgekehrt.

Sie waren verschwunden, um sich heimlich zu verschwören oder um ein üppiges Abendessen zu genießen – wo ein Journalist ist, gibt es ein loses Mundwerk, das ist unvermeidlich. Kommissar Ripoleto beschloß, den Ort des Verbrechens, der Verpflegungsstelle, zu entdecken, und es schnell zu tun, bevor die Verschwörung und die Maniçoba zum Ende kämen. Maniçoba, die Spezialität des Recôncavo, das bevorzugte Gericht.

Die einzige Möglichkeit, etwas zu erfahren, war, zu fragen, es gab keine andere. Der Kommissar begann die Leute auszufragen, die die Praça nach der Manifestation verließen. Die Fragen, mit Autorität, doch ohne größeren Ernst, mit wenig Nachdruck, keinerlei Durchsetzungsvermögen gestellt, riefen indessen eine unangenehme Reaktion hervor. Ein paar energische Jungen umringten den Detektiv, nahmen ihm den Revolver ab, beschimpften seine Mutter, brachten ihn mit Gewalt zum Hafen für Leichter und Kanus. Zuerst badeten sie ihn, ohne ihm die Sachen auszuziehen, im Flußwasser, eine gute Tat, denn die Hitze war tödlich. Danach brachten sie ihn in einem kleinen Kanu, das weder Steuer noch Ruder hatte, auf das Wasser – sie ließen ihn auf der Strömung treiben, verspielte Jungen.

Der unerfahrene Seemann fuhr keine große Strecke. Ein Stück weiter, wo der Fluß in einer Kurve breiter wurde, strandete das Kanu in einer ausgedehnten Kolonie von Baronesas – ein Moskito-Königreich – zwischen den in Wahrheit nahen Ufern. Stürzte sich der Kommissar in den Paraguaçu und erreichte mit wenigen und schnellen Armstößen festen Boden? Er tat es nicht? Hier, unter uns, wo uns niemand hört, wird in verschwiegener Vertraulichkeit geflüstert: Der Argus der Staatspolizei konnte nicht schwimmen. Möge diese Besonderheit für immer unbekannt bleiben, mögen die Schurken des Sekretariats niemals davon Kenntnis erhalten, sie würden unseren Helden auf den Leidensweg schleppen.

Die durchnäßte Kleidung am Körper trocknend, das erbarmungslose Summen der Moskitos, niemals hatte er so viele gesehen – der Hut, der ihn hätte schützen können, war stromabwärts gesegelt, ein beträchtlicher Verlust –, der Wind, der blies, die undeutlichen Schatten, die unheimlichen Geräusche, das Unvermögen, die Angst, mit einem Wort, die Einsamkeit des Intellektuellen. Kommissar Ripoleto, wegen seines Spürsinns und seiner Fähigkeiten im Sonderauftrag nach Santo Amaro da Purificação entsandt, durchquerte die Nacht, niesend und vor Kälte zitternd, trotz der herrschenden Hitze. Er tat es, um Lob und Beförderung zu verdienen. Falls er der Lungenentzündung oder anderen drohenden ernsthaften Krankheiten entging: Blattern, Wechselfieber, Rheumatismus.

Die aufgeregten – Als er zwischen Winden und Protesten die Avenida da Ave-Maria verlassen hatte und sich auf der Straße sah, vom abendlichen Betrieb umgeben, wurde sich Danilo darüber klar, daß er nicht wußte, was er machen sollte. »Ich werde erst mit Manela zurückkommen«, hatte er geschrien – ein sehr männlicher Satz, und nun?

Es war ihm in den Sinn gekommen, den Jugendrichter aufzusuchen, doch, die Stunde bedenkend, hatte er gleich darauf verzichtet. Außerdem, was sollte er im Hause des Jugendrichters machen, allein, ohne Dadá? Sagen, daß er mit der Einweisung der Nichte nicht einverstanden war? Angeheiratete Nichte, während Adalgisa blutsverwandt war, welchem der beiden Vormunde würde der Hochverdiente recht geben?

Sicherlich der Tante, Moralistin und wachsam, gegründet auf ihren Scheißkram einer Senhora. Wie auch immer, erst am folgenden Tag könnte er versuchen, einen Gegenantrag des Richters zu erwirken. Indessen hatte Danilo sich entschlossen, Manela noch an diesem Abend zu befreien, und in der Hitze der Diskussion hatte er es kategorisch versichert.

Schwieriger, als er es sich vorgestellt hatte, als er aus Dadás Mund die Nachricht über den unsinnigen Entschluß, das schreckliche Urteil gehört hatte. Empört war er aufgebraust, hatte die Worte nicht gemessen, sich blamiert. Er blieb auf dem Bürgersteig unter dem Lichtmast stehen, mit einfältiger Miene. In dieser Verlegenheit erinnerte er sich Gildetes, der anderen Tante, genauso blutsverwandt mit Manela wie Dadá, Vormund von Marieta, der jüngeren Waise. Er beschloß, sie aufzusuchen, ihr das Geschehene zu berichten, mit ihr über die notwendigen Maßnahmen zu sprechen. Gildete hatte immer gute Ratschläge und war entschlossen. Dadá würde toben, wenn sie erfuhr, daß ihr Ehemann sich mit dieser Pest zusammengetan hatte – sie bezeichnete sie als Pest und Schlimmeres –, aber Danilo stand ein für das, was er gesagt hatte, sollte Dadá sich zum Teufel scheren. Er nahm den Omnibus nach Tororó.

Bei Gildete traf er Miro, die fragliche Hauptperson. Danilo hatte zur Genüge gehört, wie »Damiana vom Milchreis«, die Nachbarin gleich nebenan, die Qualitäten des Taxichauffeurs gerühmt hatte, wobei sie die ständige und ansteckende Fröhlichkeit hervorhob, seine besondere Charaktereigenschaft.

»Das ist ein guter Junge, Seu Danilo. Hätte ich eine Tochter, wünschte ich mir keinen anderen Mann für sie.«

Mißtrauische Miene, in Miros verschlossenem Gesicht hatte die Sorge den Platz der Fröhlichkeit eingenommen. Als er kurz vor sieben Uhr mit dem Auto am Treffpunkt gehalten hatte, war er schon mit Zweifeln gekommen. Im Hause seiner Schwester, wo er wohnte, hatte er am späten Nachmittag eine Vorladung des Jugendrichters vorgefunden, die ihn aufforderte, am nächsten Tag um fünfzehn Uhr zu erscheinen – der

Grund war nicht angegeben. Miro verwahrte das Papier in der Tasche, worum könnte es gehen?

Wegen der Schwierigkeiten ihrer Verbindung hatten Miro und Manela eine Abmachung getroffen: Wenn sie nach einer halben Stunde Wartezeit nicht erschien, ging er weg, wissend, daß Tante Adalgisa die List entdeckt hatte oder mißtrauisch geworden war und die Nichte unter Strafe stellte, sie im Zimmer einschloß. Das kam relativ häufig vor. Doch an jenem Donnerstag fand sich Miro nicht damit ab, er hatte darauf gezählt, Manela mitzunehmen, die Gelegenheit war einmalig, und sie durften sie nicht versäumen. Er wachte am Eingang der Avenida da Ave-Maria, vielleicht würde Manela eine Möglichkeit finden, würde entkommen.

Professor João Batista erzählte ihm, daß er Manela gesehen hatte, als sie mittags aus der Schule gekommen war. Begeistert hatte sie ihm die Verabredung mit Miro anvertraut, heimlich natürlich, und den Entschluß, unbedingt zu erscheinen, niemand würde sie zurückhalten. Durch Damiana wußte er, daß Manela nicht im Zimmer eingesperrt war, die Zuckerbäckerin hatte es persönlich festgestellt: Kurz vor dem Abendessen war sie im Hause der Nachbarin gewesen, um ein paar feuchte Sagokuchen zu bringen, Naschwerk, das Manela abgöttisch liebte. Sie hatte das Zimmer unverschlossen gesehen, die Tür sperrangelweit offen. Manela war zu Rízia lernen gegangen, hatte Adalgisa erzählt. Damiana war nachdenklich geworden, aus zwei Gründen, wie sie Miro erklärte. Sie war Zeuge gewesen, daß Tante und Nichte am Nachmittag weggegangen waren, es mochte noch nicht vier Uhr gewesen sein, Manela hatte ihr im Vorübergehen zugewinkt, »bis gleich« gesagt. Zufällig war Damiana an der Tür gewesen, als Adalgisa allein zurückgekommen war, ungefähr eine Stunde danach. Seitdem hat niemand dort Manela gesehen. Die andere Sache, die auf sie Eindruck gemacht hatte, war Adalgisas Fröhlichkeit gewesen, eine hemmungslose Fröhlichkeit. Adalgisa wußte sich nicht zu lassen, zufrieden, aber nervös, überspannt.

Die übrigen Nachbarn wußten nichts von Manela. Beunruhigt fuhr Miro zu Rízia und traf sie mit ihrem Schatz vor dem Fernsehapparat. Manela? Sie war mit ihr in der Schule gewesen, sie hatten nicht vereinbart, gemeinsam zu lernen, eine Lüge Manelas, um die Tante zu täuschen und mit ihm, Miro, ausgehen zu können. Waren sie heute abend nicht verabredet? Sie hatte es ihr aufgeregt erzählt. Immer besorgter, war Miro zu Gildete gefahren.

WAS TUN? – Danilo war neben Alvaro, dem Medizinstudenten, der ihm die Tür geöffnet hatte, stehengeblieben und hörte den Schluß von Miros Ansprache. Er sprach laut, gestikulierte viel, er war so besorgt, daß er der Verpflichtung bei den Franzosen nicht nachgekommen war, ohne sich auch nur zu entschuldigen.

»Gevatterin Damiana sah die beiden am Nachmittag zusammen weggehen, und sie stand an der Tür, um die Kuchenplatten abzugeben, als Dona Adalgisa allein zurückkam. Niemand konnte mir sagen, wo Manela sein kann. Außer dem, was ich schon erzählt habe, gibt es nichts mehr, was ich hinzufügen könnte.«

»Guten Abend...«, grüßte Danilo, während er ins Zimmer trat.

Die beiden Mädchen, Violeta und Marieta, kamen, um seinen Segen zu bitten. Miro machte eine Geste mit dem Kopf. Er kannte den Onkel seiner Freundin nur vom Sehen. Gildete stand aus dem Faulenzer auf. »Was ist passiert, Danilo? Miro ist hier, ganz bekümmert. Er hatte eine Verabredung mit Manela, sie ist nicht gekommen, sie ist nicht im Hause eingesperrt, sie ist mit Adalgisa weggegangen, aber nicht mit ihr zurückgekommen. Du hier um diese Zeit, das ist ein Zeichen für Neuigkeiten. Was weißt du?«

»Ich weiß alles...« Er blickte um sich, sprach mühsam, verlegen: »Dadá hat Manela im Kloster der Unbefleckten Empfängnis untergebracht.«

»Und was für ein Kloster ist das? Ich habe niemals davon gehört...«, wollte Gildete wissen, doch sie wartete nicht auf die Antwort, begriff: »Sag mir nicht, daß sie das Mädchen...«

»Ins Kloster von Lapa gesteckt hat, genau das.«

»Zu den Büßerinnen? Ah, das ist zuviel! Das halte ich nicht aus.«

»Was?« Miro ging auf Danilo zu. »Zu den Büßerinnen?«

»Und der Schuldige bist du«, überbot Danilo ihn, »ich finde, daß Dadá schlecht gehandelt hat, und deshalb bin ich hier. Aber schuld ist dieser junge Mann...« Er zeigte auf Miro. »Dadá hat ein Briefchen von ihm an Manela erwischt, auf dem die Zeit angegeben war, zu der sie heute abend fliehen wollten. Sie hat sich aufgeregt, ist zum Richter gegangen, hat erzählt, er hat die Anordnung verfügt.«

»Ich? Ein Briefchen, das die Stunde der Flucht angab? Was ist das für eine Geschichte? Wer hat diese Lüge erfunden? Sagen Sie mir das, los! Zeigen sie die Beweise!«

»Ich habe den Fetzen von dem Brief gesehen, in dem das Treffen ausgemacht war, widersprich mir nicht. Es konnte nicht deutlicher sein: Du wirst, wie war es doch, wie heißt es ... das Gute und das Beste kennenlernen... Das Gute und das Beste, jeder weiß, was das heißen soll.«

»Ach, dieses Briefchen.« Miro beruhigte sich nicht ganz, aber seine Erregung sank etwas. »Ich habe ein Briefchen geschickt, das ist wahr. Ein Treffen um sieben Uhr vereinbarend, das ist auch wahr. Ich wollte Manela mitnehmen, um die Aufzeichnung des Programms der Franzosen im »Castro Alves« mitzuerleben. Das Gute und das Beste, was es gibt, also das: Caetano und Gil, Sie haben schon von ihnen reden hören, nicht wahr? Sie sind das Beste, was es gibt, oder nicht? Die Aufzeichnung muß gerade beginnen«, erklärte er, weniger hitzig. »Ich stehe der Equipe der Franzosen mit dem Wagen zur Verfügung, gute Leute, sie sind nicht hochmütig wie manche, die ich kenne. Ich habe Dona Nilda gebeten, sie war einverstanden, daß ich Manela mitbringe. Niemand hat von Flucht gesprochen.«

Die Augen flammten von neuem auf, er trat vor Danilo hin. »Ich werde Manela heiraten, mit oder ohne Einverständnis von Ihnen und Dona Adalgisa, aber niemals haben wir daran gedacht, zu fliehen. Noch nicht.« Wieder empört, den

Finger ausgestreckt: »Das heißt, daß Sie sie ins Lapa gesteckt haben, als wäre sie eine Nutte, wie erbärmlich! Und jetzt, sagen Sie mir, was werden Sie tun, um sie da rauszuholen?«

Danilo antwortete nicht, er blieb ruhig, er wurde nicht wütend auf Miro. Er verstand die Unbeherrschtheit des Jungen, das Ungestüm, die Revolte. Er wandte sich an Gildete: »Deshalb bin ich hier, Gildete. Damit wir sehen, was wir tun können, um die Ärmste zu befreien. Ich hatte einen häßlichen Wortwechsel mit Dadá, alles, was ich möchte, ist, Manela nach Hause zurückzubringen. Aber ich weiß wirklich nicht, was ich tun soll. Zum Richter können wir erst morgen gehen, und ich fürchte, er wird Dadá recht geben, nicht mir. Es kann unsinnig scheinen, aber sie handelt im Glauben, es sei zum Wohl der Nichte.«

»Ich beschwöre dich...« Gildete hielt sich nicht zurück.

»Das sind ihre Gesichtspunkte, laß es gut sein. Was ich wissen möchte, ist, ob du etwas vorzuschlagen hast. Deshalb bin ich gekommen. Du, Álvaro, vielleicht dieser Junge... Das ist nicht der Moment, zu streiten, Manela wird Höllenqualen ausstehen... Ich denke nicht gern daran.«

»Du hast recht... Du warst immer gut zu ihr.« Gildete wiegte den Kopf, bedrückt, fühlte sich nutzlos, unbrauchbar. »So auf Anhieb fällt mir nichts ein... Aber es muß etwas geben, was auch immer. Setzen wir uns, denken wir gründlich nach, bis wir eine Möglichkeit, einen Ausweg entdecken. Wir müssen etwas finden, was es auch sei.«

Violetta und Marieta weinten und umarmten sich, ein unterdrücktes Weinen, verzweifelt. Álvaro schlug einen Rechtsanwalt vor. »Wir können mit Doktor Orlando Gomes sprechen, er ist für Familienrecht zuständig, war nicht er es, der das Gesetz gemacht hat? Die Zeitungen sprechen nur davon. Er war ein Freund vom Alten, er behandelte Mama mit sehr viel Ehrerbietung. Willst du ihn nicht anrufen, Mutter?«

Miro setzte die Mütze auf. »Entschuldigen Sie mein schlechtes Benehmen, Seu Danilo. Sehen Sie, ich danke Ihnen sogar. Ihnen auch, Tante Gildete. Nur ich kann nicht hierbleiben, um mir den Kopf zu zerbrechen, während sie leidet. Ich muß Manela aus dem Kloster holen, und es muß noch heute sein. Noch heute!« wiederholte er.

Er verschwand durch die Tür, Álvaro stand auf, folgte seiner Spur. »Ich gehe mit, damit er keine Dummheit macht.«

Die festung gottes – Polizisten und Journalisten, zahlreich die einen wie die anderen, begegneten sich in den Straßen, stiegen die Hänge hinauf und hinunter, bogen in die Gassen ein, auf der Suche nach zwei katholischen Priestern. Einem Mönch und einem weltlichen Pater.

Raufbold, Eindringling in Ländereien, Bilderdieb, Weiberheld, der weltliche: So informierten wiederholte Anrufe die Redaktionen. Die Sicherheitsorgane erhielten Beweise, die die Verwicklung Pater Abelardo Galvãos, des Pfarrers von Piaçava, in den Angriff auf in diesem Gemeindebezirk liegende Fazendas zur Genüge belegten, an der Spitze von Landarbeitern, die er als Cangaceiros bewaffnet hatte. Sie stellten Indizien zusammen, die ihn als Hauptverdächtigen für den neuen und spektakulären Raub des Bildes der heiligen Barbara, der des Donners, bezeichneten. Sie identifizierten ihn als einen der Chefs der auf Kirchenplünderung, auf Diebstahl von Bildern und Kultgegenständen spezialisierten Mafia, die im ganzen Nordosten tätig war. Anonym, jedoch genau unterrichtet über das öffentliche und private Leben Hochwürdens, gab der Anrufer eine andere Seite der komplexen Persönlichkeit Pater Galvãos zur Kenntnis: Als Verführer von Jungfrauen, als Besucher von Motels war der Gauner zu einem Weiberhelden geworden. Seine Pfarrkinder empörend, war er im Bett und am Tisch einer Anstoß erregenden Theaterschauspielerin abgestiegen, was das anbetrifft, versprach der unerkannte Informant in Kürze neue und sensationelle Enthüllungen. In der Redaktion von »A Tarde« forschten Renato Simões und Jorge Calmon nach dem Ursprung der Telefonanrufe. »Einfach«, sagte der Chefredakteur, »es genügt, zu bedenken, wer Großgrundbesitz in Piaçava hat, ich kenne nur einen.« Renato Simões stimmte zu: Wenn es nicht von ihm kam, kam es vom Schwiegersohn.

In einem regionalen Ausschnitt der Zwanzig-Uhr-Nachrichten zeigte eine Meldung des Fernsehens Szenen des Essens am Mercado: die Bahianerinnen in der Sambarunde, den Gallier Chancel, wie er ihnen Beifall klatschte, einige der anwesenden Persönlichkeiten. Oberst Raul Antônio, Luchsauge, entdeckte Pater Galvão zwischen einem Gescheiterten, dem Ex-Abgeordneten Fernando Santana, und dem Novellisten Dias Gomes, einem bei der Polizei registrierten Kommunisten. Die Zivilen hielten ihn für verschwunden, er speiste in aller Ruhe in Gesellschaft von Umstürzlern, posierte als Galan für das Fernsehen. Die Zähne fletschend, Drohungen knurrend, außer sich angesichts so großer Unfähigkeit, versammelte der Oberkommissar die Unbrauchbaren und verlangte unter Drohungen: »Ich will sofort Nachrichten über den Pater haben, noch heute!« Er ordnete an, die Wachsamkeit zu verdoppeln, den Böswilligen ausfindig zu machen, seine Schritte zu verfolgen: bis ins Bett, wenn es nötig sein sollte. Die Polizisten hatten seine Spur vor dem Mittagessen verloren, dem Pater war es gelungen, sie zu täuschen, man wußte nicht, wie: die vom Sicherheitssekretariat wußten es ebensowenig wie die von der Zivilpolizei. Kommissar Parreirinha hatte, um es zu erklären, eine Sonnenfinsternis erfunden, die ihm die Sicht verdunkelt hatte. Als Entschuldigung eine der unmöglichsten.

Erst um elf Uhr waren die Journalisten alarmiert worden; was Pater Abelardo Galvão betraf, sie hatten ihn nicht einmal lokalisiert, sie schlugen sich mit einem anderen Verschwundenen herum, Dom Maximiliano von Gruden. Reportern und Fotografen, die nach der Abfahrt des Direktors des Museums für Sakrale Kunst zur Erzdiözese gekommen waren, war es nicht gelungen, etwas über ihn zu erfahren. Sie besaßen eine einzige Gewißheit. Dom Maximiliano war nicht zum Kloster Santa Tereza, dem Sitz des Museums, zurückgekehrt. Es kursierten widersprüchliche Gerüchte über das Schicksal des Mönchs. Er war auf dem Flughafen gesehen worden, nach Rio de Janeiro startend; er war festgenommen worden, unerreichbar, in der Kaserne des Heeres.

Im Museum sahen diensthabende Journalisten in Erwartung des Direktors gähnend den Aufbauarbeiten der Ausstellung Religiöser Kunst zu. Zu Gilberbert Chaves und Lev Smarchevski gesellte sich ein dritter Architekt, Silvio Robato, mit Fingerspitzengefühl und begabt im Anekdotenerzählen: Er half den Professionellen von der Presse bei der Aufgabe, die Zeit totzuschlagen. Im »Teatro Castro Alves«, auf dessen Bühne die Anlagen von »Antenne 2« aufgebaut waren, schlichen Polizisten herum, Aufnahmen und Filmarbeiten, Eingänge und Ausgänge beobachtend, ein Auge auf Patrícia, der Spur zu Pater Abelardo Galvão. Patrícia, Oberkörper und Schmuck wie Carmen Miranda, zeigte alles, was die Bahianerin hat, viel Manege für einen einzigen Pater.

Die beiden Hochwürden, der Pfarrer von Piaçava und der Meister Museologe, hielten sich, der eine wie der andere, ziemlich nahe beim Theater auf, in der Abtei São Bento, auf dem Hügel über der Praça Castro Alves. Da logierte Pater Abelardo jedesmal, wenn er in die Hauptstadt kam. Er war Dom Abade durch Dom Hélder Câmara empfohlen worden, den berühmten Erzbischof von Recife, das Oberhaupt der Protestpater, den Prior der Melonen, nach Meinung der machthabenden Militärs. Sie haßten ihn.

Dom Maximiliano von Gruden, der gequälte Direktor des Museums für Sakrale Kunst, eine herausragende Figur im intellektuellen Leben, verbindlich anwesend bei den Geprängen der hohen Gesellschaft, war, wie alle wissen, aber niemand sich erinnert, berühmtes Mitglied der Benediktinergemeinschaft. Er hatte in der Abtei seine Mönchszelle behalten, bescheiden und nüchtern wie alle übrigen. Sie unterschied sich von ihnen nur dadurch, daß Dom Maximiliano an der Wand eine deutsche Reproduktion, des Originals würdig, der »Vier Evangelisten« von Jordaens angebracht hatte.

Man könnte sich vorstellen, daß Dom Maximiliano irgendwo in der Stadt Zuflucht gesucht hat, sein Freundeskreis war groß, zahlreich die Orte, wo ihn die intellektuelle Neugier und die Sehnsucht nach Leben hinführten. Es würde nicht verwundern, ihn im Atelier eines Malers, in der Wohnung eines Bankiers, im Hintergrund einer Buchhandlung, in einer Wohngemeinschaft von Studenten, in der Altarnische eines Candomblé zu finden. Niemals würde jemand auf den Gedanken kommen, ihn in seiner Zelle in der Abtei São Bento zu suchen.

Oben auf der Anhöhe errichtet, dem Meer zugewandt, eine Festung Gottes, die Abtei São Bento: Denkmal des Vaterlandes, Schützengraben der Freiheit, Zuflucht der Verfolgten.

DAS THEATER DES POETEN – Im »Teatro Castro Alves« wimmelte es von Polizeibeamten. »Es ist brechend voll mit Polente«, sagte Nilda Spencer zu Nelson Araújo. Polizisten, Kommissare, Detektive, Geheimagenten, nach der Mode gekleidet: Mantel, Schlapphut, das Volumen des Revolvers; Militärs in Zivil, die Spitzel vom SNI fehlten nicht. Von den verschiedenen zivilen und militärischen Organen der Sicherheitsgemeinschaft dazu bestimmt, die Dreharbeiten von »Le Grand Echiquier« zu begleiten, die für diesen Donnerstagabend auf der Bühne des »Teatro« angezeigt waren. Unmöglich, ihnen den Zutritt zu verweigern. Diejenigen, die den ausdrücklichen Auftrag hatten, den Aufenthaltsort Pater Abelardo Galvãos zu entdecken, überwachten jede Geste Patrícias. Sie würde sie letzten Endes zum Melonenpater führen.

In den Manteltaschen, in den Falten der Jacketts verbargen sie scheinheilig Aufnahmegeräte, importiert aus den Vereinigten Staaten, aus Japan, aus Deutschland, minimal in der Größe, maximal in der Perfektion, das Nonplusultra auf dem Gebiet der Elektronik. Diese hervorragenden Geräte stiften, wie man es schon in den Hauptstraßen der Stadt erlebt hat, mit äußerster Leichtigkeit Verwirrung, sicherlich hatte Oberst Raul Antônio recht, als er die Schuld für solches Versagen den nationalen Kräften zuschrieb, die sie handhabten. In den Händen der Japaner oder Yankees funktionierten sie, daß es eine Freude war. Das Ideale, schlußfolgerte der

Oberst, wäre, auch das Menschenmaterial zu importieren. Er machte indessen eine Ausnahme bei den Folterern, Spezialisten, die den grausamsten und gerissensten Fachleuten der Länder der ersten Welt, den zivilisierten, nichts schuldig blieben.

Der Umfang der polizeilichen Mitwirkung, um so offensichtlicher, da das »Castro Alves« an jenem Abend für das Publikum geschlossen, der Zutritt nur einigen wenigen Geladenen erlaubt war, ergab sich aus der Entscheidung von »Antenne 2«, die Aufnahmen dort mit vier Sternen der brasilianischen Musik, zwei Komponisten und zwei Interpreten, zu machen. Jenen, die Miro in dem unseligen Briefchen an Manela als »das Gute, das Beste« bezeichnet hatte: Caetano Verloso, Gilberto Gil, Maria Betânia, Gal Costa. Die Größten des »Tropicalismo«, eine musikalische Bewegung, die von der Diktatur wegen aufrührerischer Aktion angeklagt wurde, etikettiert als entartete, umstürzlerische Protestkunst.

Die »Tropicália« war Gil und Caetano, den beiden Chefs der Reihe, teuer zu stehen gekommen; mit Gefängnis und Exil hatten sie die Lieder bezahlt, die Hoffnung weckten, Mut machten, sie waren Fahnen der Jugend. Sie waren kürzlich aus London, aus der Verbannung, die der Gefängniszeit, der Gewalt und Demütigung gefolgt war, zurückgekommen. Die Haare abrasiert, die Gitarren verstummt, die Münder schweigend. Sie kamen zurück, gekrönt mit dem Nimbus von Helden, umgeben von der Liebe der Leute und der ständigen Wachsamkeit der Polizei.

Mit den superscharfsinnigen Aufnahmegeräten beabsichtigten die Kraftprotze, zur Kenntnisnahme und Betrachtung durch die zuständigen Autoritäten, die Erklärungen aufzuzeichnen, die die beiden Komponisten in das Mikrofon der französischen Sendestation abgeben würden. Was einen beträchtlichen Verzug bei den Aufnahmen hervorrief, wegen der sonderbaren, wenn nicht außergewöhnlichen Verbindung: Während sie die Lieder aufzeichneten oder sich über Musik ausließen, alles gut, doch kaum begannen Caetano und Gil auf von Chancel gestellte politische Fragen zu antworten, funktionierten die Empfangsgeräte, von den Geheimen bedient, nicht richtig, die Statik der Welt hallte betäubend im »Teatro Castro Alves« wider. Es war nicht möglich, auch nur ein Wort zu hören oder zu verstehen. Hinten im Saal, in der letzten Reihe, schien sich eine Schwarze, mit ähnlichen Fetzen bekleidet wie Patrícia, großartig über die Nebengeräusche und den Krach zu amüsieren. Auf dem Stuhl daneben lachte ihr Freund Exu Malé laut heraus. Er war auf ihren Anruf hin gekommen, mit ihr die Rosen der Nacht zu entblättern.

Nach gemeinsamem Übereinkommen hatten Chancel und die »Tropicalistas« beschlossen, die Interviews – die so viel Gesprächsstoff lieferten, als sie in Paris ausgestrahlt wurden – an einem anderen Tag und einem anderen Ort aufzunehmen, die weniger atmosphärischen Störungen unterworfen waren. Aber wenn man auf die Film- und Musikaufnahmen verweist, die an jenem Abend gemacht wurden, lohnt es sich, an die Titel der dort interpretierten Melodien zu erinnern, denn nur die Brasilianer, die in Frankreich waren, hatten den Vorzug, die Bahia gewidmete Sendung von »Le Grand Echiquier« zu erleben.

Der erste, der aufgenommen wurde, war Gilberto Gil. Er sang die Samba, mit der er sich von Brasilien verabschiedet hatte, als er ins Exil ging, »Aquele Abraço«: »Bahia gab mir schon Lineal und Takt.« Es zog die Assistenten von den Stühlen, auf denen sie saßen, sie begannen zu tanzen, mitgerissen vom unwiderstehlichen Klang. Es folgte Maria Betânia, eine Stimme des Zorns und der Revolte, ein Kriegslied, »Carcará«: »Carcará packt, tötet und verschlingt, Carcará wird nicht Hungers sterben.« Die Haare verwühlt, Hakennase, ein Raubvogel, war sie zur gleichen Zeit die Sanftmut der Welt, Dona Janaína, Inaê, Yemanjá, Betânia.

Freude! Freude! explodierte Caetano: »Er lief gegen den Wind, ohne Tuch, ohne Dokument«, und sogar die Polizisten, Herzen aus Dreck, Blut einer Kakerlake, erzitterten, spürten den Atem des Lebens und der Schönheit. Gal Costa übernahm das Mikrofon, sie war noch ein schüchternes Mädchen. Mit dieser Stimme, die Gott ihr zum Verführen und Herrschen gab, nahm sie ein Lied auf, das Caetano für sie komponiert hatte. Es hieß »Baby«: »Du mußt von mir erfahren, mich aus der Nähe sehn, Baby, Baby.«

Auf der Bühne lächelte Patrícia in die Kameras, als Assistentin Chancels, Candomblé-Figur, überragend, feenhaft. Doch die sehnsüchtigen Augen versuchten in der Dunkelheit des Saales zwischen den Anwesenden ihren Pater, ihren hübschen Jungen, zu entdecken. Er hatte versprochen zu kommen, warum war er nicht da? Gefangen in Ketten, in Gittern, im Gelübde des Zölibats, ach! Patrícia hätte nie gedacht, daß ein derartiger Feudalismus in der heutigen Zeit fortdauern könnte.

Auch auf der Bühne, schweigend, verzaubert von diesen brasilianischen Rhythmen, diesen tropischen Aufrührern, verfolgte Georges Moustaki die Aufnahmen. Zu seinen Füßen hockend, den Kopf an seine Knie gelehnt, Marlene, in Bewunderung. Die modebesessene Lenoca, ausgelassener Carcará, ungeduldiges, betörtes Baby – »... mußt von mir erfahren, pack, töte und verschling mich, Baby, Baby.«

NACHRICHTEN AUS PERNAMBUCO – Nein, es waren nicht die Ketten des Zölibats, die in Porto Alegre gesprochenen Gelübde bei der Weihnachtszeremonie, die das Erscheinen Pater Abelardos zum Treffen mit Patrícia im »Teatro Castro Alves« verhinderten. Um bei den Aufnahmen dabeizusein, um den Freiheitsgesang von Gil und Caetano zu hören, die hinreißenden Stimmen von Betânia und Gal und alles andere.

In der Tugend der Keuschheit, bindend, hatte er bei der Rückkehr vom Essen auf dem Mercado wieder und wieder nachgedacht: schwerwiegende Verpflichtung, eine mehr als verhängnisvolle Abhängigkeit, unselig. An jenem Abend jedoch überhäufte ihn Gott mit einer anderen Prüfung, die ihn in den Grenzen der Abtei São Bento festhielt. Die Nachricht war aus Pernambuco gekommen, sie war fürchterlich. Gemeinsam mit Mönchen und Freunden widmete sich der Pfarrer von Piaçava dem Gebet und dem Nachsinnen im Gedenken an einen Pater, der Tage zuvor in Recife von den Häschern der Polizei ermordet worden war. Sie hatten ihm die Hände abgeschnitten, bevor sie ihn getötet hatten, so erzählte der Abgesandte von Dom Hélder Câmara, ein Senhor Paulo Loureiro, er selbst erst aus dem Gefängnis gekommen.

Das Opfer hieß Pater Henrique Pereira, vertrauenswürdige Hilfe des Erzbischofs von Recife und Olinda. Einer der Idealisierer der Landgemeinschaften, aber vor allem eine einflußreiche Persönlichkeit bei der Jugend, die, ideologische Unterschiede überwindend, sich um ihn herum im Kampf gegen den militaristischen, autoritären Staat organisierte. Unermüdlich in seiner demokratischen Predigt, war Pater Henrique zum Symbol des Widerstandes gegen die Diktatur geworden. Er war verschwunden, als er von einer Versammlung mit Studenten zurückkam, der Körper wurde Tage später im Winkel einer Gosse gefunden, die Hände abgeschnitten, das Gesicht eine blutige Masse. Paulo Loureiro hatte Fotos von dem Leichnam mitgebracht. Man sah die Spuren der Folter auf dem nackten Körper des Paters.

Verrat und Roheit kennzeichneten die politische Unterdrückung in Pernambuco. Klein und mager, zerbrechlich in der weißen Soutane, ein Vögelchen, leistete Dom Hélder Câmara den Drohungen und Grausamkeiten gegenüber Widerstand, enthüllte die Greuel der Militärdiktatur, mit seinem Beispiel nährte er den Mut der Kämpfer, warb er neue Anhänger. Als unerschrockene Stimme der Anklage überstieg sie die Grenzen des brasilianischen Vaterlandes, ertönte auf den fünf Kontinenten, war zu hören von Völkern und Regierungen. Der Abgesandte des unbequemen Erzbischofs war in Begleitung einer Frau in die Abtei gekommen, die, nachdem sie mehr als eine Dreiviertelstunde allein mit Dom Abade gesprochen hatte, gegangen war, um eben Gil und Caetano nach den Aufnahmen im »Castro Alves« zu treffen, sie kannten sich aus dem Europa der Verbannten und Flüchtlinge.

Senhor Loureiro, ein bräunlicher Sertanejo im mittleren Alter, hielt sich in Gesellschaft der Mönche von São Bento auf und berichtete von Wendungen des Kampfes in Pernambuco. Er erzählte von Gregório Bezera, achtzigjährig, Handschellen an den Gelenken, einen Strick um den Hals, ein durch die Straßen von Recife gezerrter Esel. Alle sahen, wie die Niedertracht geschah, am hellichten Tage, in der Rua Nova, am Cais das Princesas, auf der Praça de São Pedro dos Clérigos, in der Rua da Imperatriz und in der Rua da Aurora, im ganzen Zentrum der Stadt. Er brachte Nachrichten von Ariano Suassuna: standhaft sie alle. Marionettentheater war verboten worden, ebenso wie gewisse Karnevalsumzüge.

Eingeladen und solidarisch, begleitete Senhor Paulo Loureiro die Benediktiner zur Kirche, um für die Seele Pater Henrique Pereiras zu beten, hingeschlachtet als Opfer der Diktatur. Er betete nicht, weil er Atheist war, aber er fühlte sich getröstet.

Die meister der Angola-Capoeira – Auf dem Largo do Pelourinho, in der Schule für Angola-Capoeira von Meister Pastinha, ließ sich am Abend jenes Donnerstags das »Erste Große Treffen der Meister der Angola-Capoeira« nieder. Ergebnis langer Vorbereitung und ungeheurer Anstrengungen. Meister Pastinho wollte nicht sterben, ohne den Ehrenkodex derer, die die sogenannte Spielerei praktizierten, auf das Papier gebracht und in den Zeitungen verkündet zu haben.

Vom folgenden Morgen an, in Kommissionen aufgeteilt, würden die Meister die verschiedenen Probleme diskutieren, die zu Studium und Praxis der Angola-Capoeira in Bahia gehörten, in der Zeit der Industrialisierung und des Tourismus. Vorzüge und Nachteile, besonders die Gefahr der Verwässerung, imstande, den nationalen Kampf in eine folkloristische Vorführung zu verwandeln, prunkvoll oder bedeutungslos, reich oder arm an Gewandheit und Schlauheit, ein Schauspiel, das Engländer sahen, Argentinier beklatschten, Amerikaner fotografierten. Sie planten, eine Organisation auf die Beine zu stellen, mit Sitz in Bahia, die die Meister des ganzen Landes um ein Capoeira-Statut vereinte, das Verhaltensnormen, Regeln, Verpflichtungen, Vorschriften aufstellte. Der

Vorentwurf dieses Ehrenkodexes wurde von Meister Pastinha skizziert und von dem Erzähler Vasconcelos Maia redigiert; er selbst und zwei seiner Söhne, der Rechtsanwalt und der Ingenieur, waren Capoeira-Spieler.

Eine Waffe der Verteidigung, in den Senzalas geboren, Schöpfung der Banto-Sklaven, war die Capoeira der wildesten Verfolgung unterworfen: ihre Ausübung verboten, die Ausübenden verfolgt. Sie wurde ebenso wie der Candomblé als Ausdruck der Barbarei betrachtet. Die ganze afrikanische Quelle der brasilianischen Kultur war damals verstoßen, ihre Kenntnis ausgelöscht, ihre Demonstration verboten. Die Capoeira bestand noch, als kollektiver Tanz getarnt, zum Klang der umgehängten Berimbaus, sie behauptete ihre Wirkung und ihre Schönheit, ein Ballett magischer Schritte, ein Kampf todbringender Schläge, sie gewann die Foren der Kunst. Täglich wurden neue Schulen geöffnet, hervorragende Meister profilierten sich. Es hatte Arbeit gekostet, sie zu vereinen, aber Meister Pastinha war gewohnt, Schwierigkeiten zu überwinden, und niemand bestritt seine Meisterschaft ohnegleichen und seine äußerste Rechtschaffenheit. »Als ein menschliches Wesen des Edelmutes und der Zivilisation ist er einer der Großen, einer der Berühmten von Bahia«, hatte Glauber Rocha über ihn in der Zeitung »Mapa« geschrieben, das Volk verehrte ihn.

An diesem Donnerstag, dem Abend der Eröffnung des »Ersten Großen Treffens», und am Abend des Abschlusses, am Sonntag, würden die Meister zum Spaß der Anwesenden im Schulsaal auftreten. Am Sonnabendmorgen würden sie auf dem Gelände des Mercado Modelo sein, der traditionellen Bühne des Wettstreits, wo die Mannschaft von »Le Grand Echiquier« sie filmen würde.

Mit vollendeten neunzig Jahren, blind und gebeugt, kaum wiederhergestellt nach halbseitiger Lähmung, doch schon sicher auf den Beinen, mit klarem Kopf und Kommandostimme, grüßte Meister Pastinha den großen Schwarm, der von den sieben Toren Bahias gekommen war, von der Insel Itaparica, aus den Städten des Recôncavo, und empfing ihn.

Seine Frau Romélia, Verkäuferin von Acarajés und Abarás, von Kuskus und Wichskuchen und verschiedenen Kokossüßspeisen, verkündete den Namen jedes Teilnehmers, Meister Pastinha wiederholte ihn und hieß ihn willkommen: Er kannte sie alle, kannte ihre Art zu prahlen und ihr Selbstvertrauen.

Das Stichwort wird genutzt, um hier die Namen der Meister einzutragen und auf die Weise die Seiten dieser bahianischen Chronik religiöser und weltlicher Sitten zu illustrieren und sie zu erweitern. Nicht, weil unter ihnen Doktoren, Intellektuelle, Millionäre und Politiker sind, sondern weil die Meister, die Angola-Capoeira lehren und bewahren, Künstler der brasilianischen Kultur sind.

Beginnen wir, wo man beginnen muß, das heißt, wir wollen an die Großen der Vergangenheit erinnern und ihre unsterblichen Namen zitieren: Besouro, Chico Porreta, Zé Dou, Tibiri da Folha Grossa, Pantalona, Quebra-Ferro, Sessenta, Biluaca, Gasolina, Cazumbá, Najá, der starb, als er fünf mit Fischmesser bewaffneten Cabras am Fort von Santa Maria entgegentrat. Sie hatten die Zeiten der Verfolgung erlebt, sie kannten Peitsche und Gefängnis, die Angst kannten sie nicht.

Der Aufforderung Pastinhas folgten die Meister, deren Namen, die richtigen oder die Kriegsnamen, hier in der Reihenfolge ihrer Ankunft vor der Schule aufgeführt sind, wo Romélia und der größte Meister sie empfingen, und sie nahmen am »Ersten Großen Treffen« teil. Von Gott geliebt war der erste, Waldemar da Liberdade kam in Gesellschaft von Traíra und Bom Cabelo. Meister Bimba, Schöpfer der regionalen Capoeira, kam, von Schülern umgeben, die ihn in der Spaltung unterstützten. Camafeu de Oxóssi, in großer Aufmachung, mit Krawatte und breitkrempigem Hut, Cobra Coral, Gato, Cangiquinha, Paulo dos Anjos, erfahrene Meister. Jaime do Mar Grande, Caiçara, Jorge Satélite, René, Gigante, Falcão, King Senac, Jairo Petróleo, Tamoinha, Senavox, Angola, Zé Poeta, Dois de Ouro, Bobo, Miguel da Lua, Mala, Diogo, Bola Sete, Bola Branca, Bola Preta und Bolinha

Caramelo, Mangueira, Vermelho da Moenda, Bira da Pomba, Medicina, Burro Inchado, Luiz Gutemberg, Vigílio Costa, Milton Macumba, Cacau, Índio Poty, Gajé, Americano, Dinola, Boca Rica, João de Barro, João Pequeno, João Grande, João da Maricota, João Luanda und Joãozinho, Lua de Bobó, Nô, Aristides, Boa Gente, Itapuã, Geni Loló, Alabama, Cobra Mansa, Cobrinha Verde, Carrapeta, Daladé, Toninho Murici, Macau, Piauí, Curitó, Azulão, Dinelson, Exequiel, Ferreirinha von Santo Amaro, Mário Bom Cabrito, Benivaldo, Zé do Lenço, Zé da Tripa, Zé Macaco und Zezito da Varig, Batista da Embasa, Decente, Queixada, Bozó, Emanuel Filho de Deus, Choriça, Urubu, Birro, Augusto Sarará, Marreta, Vivi do Caminho, Raimundo, Almir Loló, Lazinho, Sinval, Salis, China, Daltro, Lucio Dendê, Lázaro, Edinho Aratu, Tonho Matéria und Doktor Manu. Wenn jemand vergessen wurde, möge er dem Unwissenden die Ungeschicklichkeit verzeihen, wie es das durch Wahl bestätigte Statut anordnet.

Als besondere Gäste erschienen ein paar Diplomaten mit Anspruch auf den Titel, wenn sie den Beruf auch nicht ausübten. In der Mehrheit Ex-Schüler von Meister Pastinha; einige von Meister Bimba. Unter letzteren der reiche Fazendeiro aus Itabuna, Moysés Alves, unter den ersteren der Schriftsteller Wilson Lins. Vasconcelos Maia wurde schon genannt, doch die anwesenden Schriftsteller beschränkten sich nicht auf ihn und auf den Autor von »Os Cabras do Coronel«. Verschiedene andere, ebenso bekannt, waren gekommen, dem »Großen Treffen« Ansehen zu verschaffen: Waldir Freitas de Oliveira, Vivaldo Costa Lima, Ildásio Tavares, Antônio Loureiro de Souza, Antônio Risério, Luís Ademir, Jeovah de Carvalho und Cid Teixeira, der es in einer gelehrten Reportage für die Katholische Universität unter Mitarbeit von Rui Simões dokumentierte. Man sah noch Intellektuelle verschiedener Herkunft: den Theaterregisseur Alvinho Guimarães, den Filmregisseur Guido Araújo, den Publizisten Fernando Hupsel, den Bildhauer Mário Cravo, den Maler Carybé – dieser Typ taucht überall auf, er wartet nicht, bis er gerufen wird –, den nordamerikanischen Professor John Dwyer und Bruno Amado, einen jungen Galan. All diese kann man in einem von Siri gedrehten Dokumentarfilm sehen, produziert von dem Unternehmer Renato Martins, einem berufenen und erfahrenen Mäzen.

Komponisten und Dichter von Mercado priesen:

»Bahia, Bahia mein,
Bahia do Salvador,
wer Capoeira nicht kennt,
ihren Wert nicht nennt,
jedem geht sie ein:
Mag er General und sogar Doktor sein...«

Doktoren, Leute von Film und Theater, Ethnologen, Professoren, Steinreiche, große und kleine Schriftsteller, Künstler von Meißel und Pinsel, alle sah man im festlichen Saal der Schule. Doch wo ist der General? Den General hat unterwegs die Katze gefressen: Die Prophezeiung jedoch muß sich erfüllen, und man wird noch einen General mit vier Sternen sich der Capoeira rühmen sehen, wenn er zur umgehängten Berimbau greift, die Hände löst, die Beine im Rhythmus von Martelo und Galopp, von São Bento Pequeno, wenn nicht gar von São Bento Grande bewegt. Alle können es lernen.

Von den zur Eröffnungsfeierlichkeit des »Ersten Großen Treffens der Meister der Angola-Capoeira« geladenen Gäste hatte nur Danilo Correia gefehlt, die Ex-Fußballkanone vom »Ipiranga«, Ex-Schüler Pastinhas, den der Meister sehr gelobt hatte: besser noch im Halbmond, in der Handstanddrehung, im Segen, im Kopfstoß, im Streifenschwanz als im Torschuß, im Dribbeln, im Überraschungsschuß.

Der ehrenkodex – Der Betrieb war groß, der Saal vollgestopft, die Fernsehkameras hatten das Ereignis schon für die Zwanzig-Uhr-Dreißig-Nachrichten aufgezeichnet, Siri mit seiner Equipe – Siris Mannschaft war seine Frau – filmte aus verschiedenen Winkeln die Champions bei den kühnsten Würfen.

Waldemar und Camafeu, zwei der größten Solisten, gaben eine ungewöhnliche Berimbau-Demonstration, im Rhythmus des Caxixi und der Vintém-Münze. Camafeu de Oxóssis tiefe Stimme ertönte im Saal, breitete sich auf Grund des Pelourinho und des Maciel aus, sie erlosch für die Kapellen des Carmo und des Terreiro de Jesus:

»Aruandê
ê aruandê, Kamerad.
Der Hahn sang, Kamerad
cocorocô.«

Waldemar, dessen Berimbau-Handwerkskunst in der Estrada da Liberdade keine Konkurrenz zuließ, löste die Kehle zum Capoeira-Refrain:

»Kameradin, ê!
Kameradchen,
Kamerad...«

Kameradschaft freier Männer, Gevatternschaft von Freunden:

»Er kehrt aus der Welt zurück, eh!
Er kehrt aus der Welt zurück, ah!«

In der Mitte des Saales Traíra und Bom Cabelo, einer geschickter, mehr Herr seiner selbst, listiger und überraschender, betörender als der andere. Wer sie das Spiel spielen sah, wird die Schelmerei und die List, die Schläge, die Ballettschritte schwierigster Art waren, nicht vergessen: Capoeira bringt einen um! Sie stimmen klassische Lieder an, alte Lieder aus der Zeit der Sklaverei, der Zeit des Krieges von Paraguay, Camafeu und Waldemar vereinten die feurigen männlichen Stimmen:

»Ich war dort im Haus,
ohne zu denken, ohne zu ahnen,
als sie mich holen kamen,
zu helfen beim Sieg
im Paraguay-Krieg.

Kameradin, ê!
Kameradchen,
Kamerad...«

Beifall erklang, um eine Bewegungsfolge von Bom Cabelo zu bejubeln, als Miro an der Tür auftauchte, es schien sogar, als begrüßten sie seine Ankunft. Was nicht verwunderlich wäre, denn er war gern gesehen in der Schule und im Heim von Romélia und Pastinha, sie schätzten ihn wie einen nahen Verwandten, Pastinha war seinen Schülern ein zweiter Vater. Wenn der Greis sich in die Stadt begeben mußte, holte Miro ihn mit dem Taxi ab und fuhr ihn hinunter und hinauf, er verlangte nichts von ihm, nicht einmal den Benzinpreis. Was kassieren? Der Schuldner bin ich.

Von Álvaro begleitet, kam Miro verwirrt, zornig. Der Beifall für Bom Cabelo verstummte, das Händeklatschen des Neuangekommenen setzte sich fort, um Aufmerksamkeit zu erwirken für das, was er mitteilen würde:

»Ich bitte um Erlaubnis, Meister Pastinha, die Herren mögen mir diese Unterbrechung verzeihen, aber die Angelegenheit ist sehr ernst, es geht um Leben und Tod. Ich bitte euch um Hilfe.«

»Wer ist es?« fragte Pastinha Romélia. »Ich kenne die Stimme.«

»Es ist Miro. Mirinho do Bem-Querer.«

»Was führt dich her, mein Sohn? An der Stimme höre ich, daß du aufgeregt bist. So sprich, schütte dein Herz aus.«

Miro war Schüler Meister Pastinhas gewesen, er hatte seine Handstanddrehungen mit Anmut ausgeführt, aber er war nicht zum Ende des Kurses gekommen, fehlte die Zeit? Die Zeit reichte nicht für so viele Verpflichtungen und so viele andere Vergnügungen.

Traíra und Bom Cabelo hielten in der Herausforderung inne, Waldemar de Oxôssi und Camafeu da Liberdade setzten die Berimbaus ab.

In überstürzter Rede erzählte Miro von Manela, seiner

Liebsten, die mit Gewalt in das Kloster von Lapa gebracht worden war, eine schlimmere Klausur als das schlimmste Gefängnis. Sie hatte kein Verbrechen begangen, sie hatte niemanden geschädigt, weder jemanden bedroht noch etwas entweiht. Wenn es eine Sünde war, jemanden gern zu haben und diesen Jemand eines Tages heiraten zu wollen, dann war das ihre Sünde. Die tückische Tante, eine grimmige Seele, intolerant, kastilisch, kastilisch, nein, die fanatische Seele einer Franco-Anhängerin, rassistisch, faschistisch, die stiefmütterliche Tante stellte sich gegen die Heirat, weil er nicht nur mittellos ist, ein Taxifahrer, sondern auch ein dunkler Mulatte. Manela war eine helle Mulattin, Studentin am Gymnasium, sie besuchte die Bälle der Kolonie und die Kirmessen der neuen Kirche Sant'Ana. Vollwaise, unter dem eisernen Absatz des Vormunds, der Tante.

Romélia kannte sie, hatte ihr den Segen gegeben, und sie hatten gewitzelt über den wirklichen Namen des sogenannten Studentenküchleins.

»Wie ist er denn, Tante Romélia?« – »Du weißt es nicht, mein Mädchen? Nun, du weißt es recht gut, der Name ist Wichskuchen, Studentenküchlein ist der Ausdruck einer Betschwester. Wichskuchen, und ebenso schmackhaft wie das andere.« – »Das andere, was für ein anderes, Tante Romélia, bitte sag es mir.« – »Du weißt es gut genug, stell dich nicht dumm.«

Sie lachten beide, Manela aß eine Abará, mit ziemlich viel Pfeffer, meine Tante.

»Ach, was haben sie mit meinem Mädchen gemacht, die bösen Leute!«

»Das darf nicht sein«, sagte Meister Pastinha und wiederholte: »Das darf nicht sein, ich lasse es nicht zu. Ich lasse es bestimmt nicht zu.«

Der Ehrenkodex der Capoeiristas besagt gleich im ersten der siebzehn Artikel, aus denen er besteht, daß es Pflicht derer ist, die Angola-Capoeira praktizieren, den zu unterstützen, der um Hilfe bittet, dem beizustehen, der leidet, den Verfolgten zu helfen. Das Licht der Freiheit ist das Leuchtfeuer der Meister, die den brasilianischen Kampf studieren, praktizieren und lehren, denn die Capoeira wurde aus dem Kampf der Sklaven gegen die Sklaverei geboren – so heißt es in der Einleitung des mutigen Dokuments.

»Wir werden sie da rausholen!« rief Querido de Deus, gewöhnt an die Weite des Meeres, er war Bootsmann auf einem Leichter und auch Capoeirista.

»Und gleich«, vervollständigte Cobra Coral, der keinen anderen Beruf hatte, als vertraulich zu schwatzen, Lambreta-Brühe auf dem Mercado zu trinken, dort auch Rochen-Moqueca zu essen und Domino mit dem Araber Merched zu spielen und am Strand zu lieben.

»Wir überfallen dieses Kloster, das kann nicht schwierig sein«, meinte der Mestize Traíra mit gemessener Stimme, der sehr für Tumult war, bei der Polizei als Unruhestifter bekannt. Er lehnte das Feuer nicht ab, wenn es nötig war.

Mário Cravo, der Bildhauer, lachte unter dem wilden Schnurrbart, auch er war ein Freund der guten Rauferei und eben deshalb ein Idol Traíras. Früher hatte er Kirchen und Klöster überfallen, um Bilder herauszuholen, warum nicht für den Bräutigam eine Jungfrau herausholen?

»Ich gehe in mein Atelier und hole ein Brecheisen, damit man das Tor öffnen kann, ohne Alarm zu schlagen. Und einen Knüppel.«

Der allbekannte Carybé rieb sich die Hände aus reiner Zufriedenheit. Das letzte Mal, als er eine von der Familie eingesperrte Jungfrau befreite, das war in Salta gewesen, in Argentinien, das war viele Jahre her. Dona Nancy erzählt, daß der Liebhaber, um die Heldentat zu begehen, sich in einen roten Mantel hüllte und ein rotbraunes Pferd bestieg. Das könnte sogar wahr sein.

Álvaro trennte sich von den letzten Zweifeln, Gildete, seine Mutter, würde die Maßnahme billigen: »Nun, also gehen wir.«

»Macht schnell«, bat Miro do Bem-Querer.

Meister Pastinha streckte die Hand aus, Romélia reichte ihm den Arm.

»Schnell, meine Leute, denn die Zeit der Leiden ist zu lang. Wer wirklich Capoeirista ist, soll mir folgen.«

Er übernahm das Kommando, wandte sich zur Treppe. Wenn jemand Angst hatte und sich davonschlich, die Annalen der Schule haben seine Feigheit nicht registriert: Mit einem Wort, was zählte, war der einmütige Entschluß. Auf diese Weise sah sich der Ehrenkodex in die Praxis umgesetzt, noch bevor er in der feierlichen Schlußsitzung bestätigt wurde.

Auf dem Largo do Pelourinho, auf dem berühmten Platz, erhob Camafeu den Berimbau, öffnete die Brust zu einem alten Gesang:

»Was verkaufst du hier, Negerin?
Ich verkaufe Reis mit Krabben drin.
Die Herrin gab Befehle
zu verkaufen an Salomons Höhle.«

Manela in Salomons Höhle, die Zeit des Leidens ist lang, noch länger als die des Wartens, Nacht ohne Ende. Der Chor der Capoeiristas erschütterte den dunklen Boden mit den glatten Steinen vor der Kirche »Nossa Senhora do Rosário dos Pretos«:

»Kameradin, ê!
Kameradchen,
Kamerad...«

An Romélias Arm führte Meister Pastinha das Volk an. Neunzigjährig, blind und gelähmt, unerschütterlich. Mit seinem Ehrenkodex, Flagge Bahias.

Die Frage – Und Manela? Ungeduldige Frage, ungestüm ausgesprochen und wiederholt.

Gildete telefoniert mit Rechtsanwälten, Danilo sucht einen Justizrat auf, Damiana und Professor João Batista unternehmen Schritte, während die Capoeiristas das gute Spiel spielen. Und Manela?

Warum so viel Nachlässigkeit, dieses vollkommene Schweigen um die Unglückliche? Ist sie denn nicht der Angelpunkt der Verwicklung? Sie wird nicht der einzige sein, doch sie ist einer der ersten, von ihr geht der Knoten aus, zu ihrem Besten bewegen sich Verwandte, Anhänger, Nachbarn, Bekannte und Unbekannte, Spitzenfiguren der Justiz und der Gesellschaft, aber von ihr selbst wird nicht gesprochen. Nicht genug damit, daß sie in die Klausur gesperrt wird, wird die Höhle mit einer Ruhepause zugemauert. Absurde Abgeschiedenheit, unannehmbare Zurückhaltung: Man möchte Manelas Verhalten erfahren, wie erträgt sie die Krise, wie begegnet sie ihr, die Verurteilte?

Schließlich wurde sie am Nachmittag heimlich in das »Kloster der Unbefleckten Empfängnis« gebracht, und schon nähert sich Mitternacht. In Kürze wird es Freitag sein – Tag der Vernissage der Ausstellung, erinnert ihr euch? –, und bis jetzt wurde nicht gesagt, wie sie reagierte, die bahianische Tragödie der Capulets, die Julia der Avenida da Ave-Maria. Tragödie der Capulets, immerhin eine literarische Anmerkung, wenn es auch nicht leicht sein mag, sich Miro in der Rolle des Romeo vorzustellen, es fehlen ihm das romanische Profil und der krankhafte Hang zum Selbstmord. Dafür besaß er zur Genüge die Bereitschaft, den Vorurteilen der vornehmen Verwandten der Geliebten entgegenzutreten und sie zu besiegen: Heirat, ja, Selbstmord, niemals! Manela oder Julia, wie verhält sich die verfolgte Jungfrau?

Wer die Geschichte erzählt, muß sie vollständig erzählen, ohne Einzelheiten zu verheimlichen, ohne die Handlung auf ihren Gewinn oder auf die Seitenzahl des Bandes zu beschränken. Um schlecht zu erzählen, in lückenhafter Nachlässigkeit, gibt es genug Schlaue, die magere Romane verfassen, modern eingefärbt, zur Begeisterung der Kritiker. So wichtigtuerisch und unfähig sie auch sein mögen, es gibt noch Hoffnung: Falls sie bestehen werden, werden sie letzten Endes lernen. Wie es den Doktoren mit der Angola-Capoeira geht.

Die Frage liegt in der Luft, drückend. Sie fordert eine baldige Antwort. Und Manela?

DIE MUTTER SUPERIORIN – Also soll die Antwort nicht hinausgeschoben werden, und sie soll nicht nur unverzüglich, sondern auch klar und genau gegeben werden, gewissenhaft in allen Einzelheiten. Die Einzelheit ist das Geheimnis des Romans, wie man erfährt, wenn man den »Don Quijote« von Cervantes liest.

Das Volk lernt, daß viel erträgt, wer leidet, und Meister Pastinha, Stimme der Volksweisheit, hat gerade gesagt, daß die Zeit des Leidens lang ist, der Leidende sieht ihr Ende nicht. Deshalb beschleunigt der Meister den Schritt an der Spitze der Capoeiristas, die sich nach Lapa bewegen, wo das »Kloster der Unbefleckten Empfängnis« liegt. Um diesen schlecht gezogenen Linien noch eine Spur von Gelehrsamkeit zu geben, die Erzählung veredelnd, wird offenbart, daß den Mauern der Einsiedelei gegenüber sich das Haus von Júlia Feital erhebt, die mit einer goldenen Kugel von ihrem Verlobten ermordet wurde, weil er aus Eifersucht den Kopf verlor. Selbst um sie zu töten, wollte er das Beste, eine einzige Kugel aus massivem Gold, von ihm geprägt mit dem Übermaß an Liebe.

Schleppend gingen Manelas Stunden dahin, sie waren lang, bestanden aus Rosenkranzbeten in der Klosterkapelle der klein gewordenen Gemeinschaft – einige wenige alte und müde Nonnen. Ein Mädchen, das eingeschlossen wurde, weil es dem Bräutigam oder dem Geliebten den Zugang zum Kelch erleichtert hatte, gab es keines mehr. Als Jungfrau hier aufgenommen, um die von der Zufälligkeit eines schlüpfrigen Schweifs bedrohte Jungfräulichkeit zu bewahren, nur Manela. Die Mutter Superiorin erschrak, als Adalgisa – nachdem sie Manela im Kreuzgang gelassen hatte, ich gehe dort hin, ich komme gleich wieder – ihr im Arbeitszimmer die Anordnung des Jugendrichters zeigte. Pater José Antonio war vorher schon gekommen, hatte die Nachricht übermittelt.

»Es ist Jahre her, daß wir das letzte Mädchen aufnahmen, es kam aus dem Baixo São Francisco, der Vater hatte ein Empfehlungsschreiben des Herrn Bischof von Barra mitgebracht. Sie ist hier gestorben, die Ärmste, an Tuberkulose. Oder an Melancholie, Gott allein weiß es.«

»Dieses Haus Gottes wurde von den Vorfahren gegründet, um die Tugend zu bewahren und das Laster zu bestrafen, vergessen Sie das nicht, Mutter«, bekräftigte der Priester. »Die Mutter müßte sich freuen, da sich eine Gelegenheit ergibt, das Gebot des Herrn zu erfüllen.«

Die Mutter Superiorin senkte den Kopf, sie diskutierte nicht über die Anordnung des Jugendrichters, doch sie zeigte keine Begeisterung: »Ich hoffe, daß die Senhora sie nicht lange hierläßt. Das ist ein Mangel an Nächstenliebe.«

Mutter Leonor Lima, so hieß die Superiorin, befahl Schwester Eunice, Manela vom Kreuzgang zu holen, wo sie, auf einer kachelverzierten Bank sitzend, die Zeit damit verbrachte, im voraus das Vergnügen zu genießen, ins »Castro Alves« zu gehen und neben Miro ihre Idole zu hören, in einer mehr als geschlossenen Veranstaltung. Hinreißend, die Schulfreundinnen würden vor Neid sterben. Aadalgisa und der Beichtvater vermieden, den Kreuzgang zu durchqueren, sie zogen sich durch das Gebüsch zurück, heimlich. Manela begleitete die Nonne, gewiß, die Tante an der Tür zum Ausgang wiederzutreffen.

Mutter Leonor bot ihr einen Stuhl an, prüfte sie mit einem Blick und sagte: »Ich werde dir eine schlechte Nachricht überbringen, meine Tochter, sei stark.« Manela brauchte lange, um zu begreifen, was die Superiorin ihr mitteilte. Als sie sich schließlich überzeugte, daß die Tante sie in die »Klausur der Büßerinnen« eingeliefert und dazu die Anordnung des Jugendrichters erhalten hatte – die Mutter hatte ihr die Anordnung gezeigt, man sah die Unterschrift des Justizrates –, stand Manela auf, außer sich, sie tobte: »Hier bleibe ich nicht. Ich gehe jetzt sofort weg.« Sie schrie, trommelte mit den Fäusten auf die Schreibtischplatte, schlug die gütige Hand aus, die Schwester Eunice ihr hinstreckte, fing ein Gebrüll an, wie man es seit Jahrzehnten nicht im Kloster von Lapa gehört hatte. Das Mädchen aus der Stadt Barra, die letzte Büßerin, hatte mit geschwollenen Augen ein sanftes, trostloses Weinen geweint. Die ungeheure Verzweiflung dauerte einige Minuten an, gezählt mit dem

Ticktack der großen alten Standuhr in einem Mahagonikasten.

Die Mutter Superiorin – die weißen Haare quollen aus der sie bedeckenden Haube, das Gesicht war mager, die Hände knochig – blieb ruhig, sie befahl ihr nicht, zu schweigen. Sie ließ sie fluchen, die Tante anklagen und beleidigen, sagen, was sie von Pater José Antonio dachte – der Schatten eines Lächelns flog über die Lippen der Mutter Superiorin –, dem Geliebten ewige Liebe schwören. Bei der Liebeserklärung, als die Stimme der Wut und der Revolte sich mit dem Tau der Zärtlichkeit überzog, sprach die Mutter Leonor Lima endlich, mit der unerwarteten Stimme einer Freundin: »Höre für einen Augenblick zu, ich möchte dir etwas sagen, meine Tochter. Denke nicht, daß ich dich hierbehalten möchte. Ich möchte, daß du so wenig Zeit wie möglich hier verbringst, ich hoffe bei Gott, daß dein Vormund die getroffene Entscheidung zurücknimmt, meiner Ansicht nach eine unglückliche Entscheidung, gegen die ich aber nichts machen kann, du bist hier auf Anordnung des Jugendrichters.«

Sie bat Manela, ihr ihre Geschichte zu erzählen, Manela erzählte unter Schluchzen, sprach von den Eltern, von dem Autounfall, von den beiden Tanten, Gildete und Adalgisa, die erstere Vormund von Marieta, ihr war die zweite zugefallen, die war... Sie schwieg, es war nicht leicht, die Tante zu beschreiben, einzuordnen, bald gut, bald böse, zärtlich und aggressiv, so widersprüchlich. »Ich denke, sie ist krank.«

Sie erwähnte Onkel Danilo – ein gutmütiger Mensch, aber er fürchtete sich vor den Zornesausbrüchen seiner Frau. Tante Gildete jedoch bot ihr die Stirn. Miro war die Sonne in Manelas Leben, eine Freude, Mutter, eine Sympathie, sie würde ihn heiraten. Tante Adalgisa stellte sich dagegen, weil er arm und dunkel war, ein hübscher Kreole, Mutter. Als ob Manela und die Tante selbst nicht Mulatten wären, die Tante bemerkte es nicht... Dachte sie etwa, sie wäre eine Weiße? Bei großer Nachsicht könnte sie eine weiße Bahianerin sein, wie man aus Scherz sagt.

Mutter Superiorin ergriff das Wort, und das magere Gesicht öffnete sich sanft, die müden Augen, die viel Trauriges gesehen hatten, wurden lebendig, die Stimme überzeugend, mütterlich. Manela hatte recht, wenn sie sich als Opfer fühlte und protestierte, doch wenn man es wohl bedachte, gab es keinen Grund zu verzweifeln, keinen Anlaß, sich schlimmen Gedanken zu überlassen. Sicherlich würden der gütige Onkel, die kriegerische Tante, der verliebte Jüngling, wenn sie vom Geschehen erführen, sich bemühen und regen, um sie aus der Klausur zu holen, die Anordnung des Richters rückgängig machen. Die Anordnung rückgängig machen, sonst wäre nichts zu machen.

Vielleicht wäre es schon zu spät, um ihre Freilassung noch an diesem Tage zu erwirken, doch am nächsten Tag würden sie ganz bestimmt kommen, um sie zu holen, vielleicht Tante Adalgisa selbst, bereuend. Wenn dies nicht geschähe, würde sie, Mutter Leonor, zum Herrn Kardinal gehen, um den Fall darzulegen und um seine Vermittlung zu bitten. Eine Nacht sei leicht zu verbringen, sie solle Geduld und Glauben an Gott haben. Diese Prüfung würde ihr im himmlischen Rechnungsbuch gutgeschrieben. Eines Tages, später, würde Manela lachen, wenn sie an das Geschehene dächte. Das Beste, was zu tun war, wäre, sich zu beruhigen, geduldig zu warten, ohne sich noch mehr zu quälen. Schwester Eunice würde sie in die Zelle führen, die die ihre wäre, solange der kurze Aufenthalt im Kloster dauerte – »Er wird kurz sein, meine Tochter, ich werde zum Kardinal gehen, wenn es nötig ist.« Manela nahm die Hand der Schwester Eunice.

In der Knechtschaft Gottes, in Salomons Höhle, selbst freundlich aufgenommen mit so vielen augenscheinlich richtigen Argumenten, war es nicht leicht, die Nacht zu verbringen. Viel erträgt, wer leidet, die Zeit des Leidens wird nicht an der Uhr gemessen, sie zählt im Inneren und im Herzen.

Massnahmen – Gildete befolgte den Rat Álvaros und rief in der Wohnung Professor Orlando Gomes' an. Man sagte ihr, daß der Jurist sich in Portugal befände, auf einer ruhmreichen Reise, er würde die Ehrendoktorwürde der Universität

Coimbra in Empfang nehmen. Dionísio, der andere Sohn, war soeben von der Arbeit auf dem Mercado heimgekommen, die Mutter unterrichtete ihn von dem Geschehen. Im allgemeinen gutmütig, ruhig, wurde der Junge wild: »Ich werde sie da rausholen, mit einer Prügelei!«

Gildete bat ihn, ruhig zu bleiben, es genügte, wenn sie aufgeregt war, es hielt sie kaum in der Wohnung. Dionísios Kommen hatte Danilo an einen gemeinsamen Freund, Doktor Tibúrcio Barreiros, erinnert: Außer daß er ein namhafter Verteidiger war, war er auch ein Kamerad. Dionísio stimmte der Idee zu, Tiburcinho kannte die halbe Welt, hatte einen langen Arm und einen guten Kopf, er würde ihnen sagen, was zu tun wäre, wenn er selbst nicht das Nötige tat. Danilo suchte die Nummer im Telefonbuch, wählte; der Rechtsanwalt war zu Hause, er würde nicht weggehen, würde den teuren Príncipe erwarten. Príncipe? Eine Sache der Vergangenheit... Wer einmal König war, bleibt immer eine Majestät, erinnerte der Rechtsanwalt.

Dionísio wollte nicht einmal zu Abend essen: Ich komme mit. Ich auch, entschied Gildete. Ich halte es nicht aus, hierzubleiben und nichts zu tun. Das Schwierige war, Violeta und Marieta zu überzeugen, dazubleiben und zu warten. Gildete versprach, zurückzukommen, um sie zu informieren, doch sie hörten nicht auf zu weinen.

Tibúrcio Barreiros, ein lustiger Vierziger, begrüßte sie überschwenglich: »Ich erwarte einen Freund, ich habe drei empfangen, wie komme ich zu der Ehre?« Er rückte einen Sessel für Gildete heran: »Setzen Sie sich hierher, meine Heilige.« Die Hausherrin, Dona Dagmar, eine charmante Dunkle, sehr schick, sogar zu Hause und um diese Zeit, entschuldigte sich und ging, ein Käffchen zu machen. Gildete legte den Fall dar, bald von Danilo unterbrochen, der Entschuldigungen für Adalgisa suchte, bald von Dionísio, den Mund voller Beschimpfungen und Drohungen. Als sie aus der Küche mit einem Tablett mit Tassen und Kaffeekanne zurückkam, hörte Dona Dagmar verblüfft zu. »In der Klausur der Büßerinnen? Das gibt es noch?« Als Leiterin eines Englischkurses, weit gereist, Geschäftsfrau, verstand sie den Grund der Einweisung nicht, veraltete schimmlige Vorurteile. Was für eine Unwissenheit!

Der Rechtsanwalt sagte, daß er nicht wüßte, wie sie Manela in dieser selben Nacht befreien könnten. Der Jugendrichter, dieser besagte Doktor d'Ávila, war keiner, dem man vertrauen konnte, nicht gut angesehen in Justizkreisen, aber umschmeichelt und gefürchtet, weil er ein Vertrauter der Gorilas war, ein Reaktionär der schlimmsten Sorte, ein großer Faschist – die linken Sympathien und die Vulgarismen in der Sprache Doktor Barreiros waren bekannt. Ein Hahnrei mit schlechtem Charakter, außerdem scheinheilig, maßte sich Euer Ehren an, ein Verfechter der Moral zu sein, aber er lebte in den Bordellen, unterhielt Konkubinen. Falsch wie nicht einmal Judas, hatte er die Beziehungen zu Tibúrcio vor mehr als einem Jahr abgebrochen, wegen einer dummen Sache, er erklärte nicht, warum. Danilo schlußfolgerte, daß es eine Auseinandersetzung um eine Frau gewesen sei, das würde er bei einer anderen Gelegenheit herausbekommen.

In jener Nacht könnten sie als Maximum versuchen, eine Genehmigung – nicht vom Richter, sondern von den Nonnen im Kloster – für einen Besuch von Onkel und Tante bei Manela zu erwirken. Die Anwesenheit der Verwandten wäre Trost und Stärkung für das Mädchen: Wissen, daß sie sich um sie kümmerten, daß sie nicht verlassen war. Danilos Stellung war von erstrangiger Bedeutung. Da er Vormund war und nicht einverstanden mit der von der Ehefrau getroffenen Maßnahme, konnte er Berufung einlegen, sie zurücknehmen, die Annullierung der Anordnung des Jugendrichters beantragen. Das würde nicht leicht sein, der gehörnte d'Ávila, heilige Kuh und anmaßend, pflegte nicht zurückzuweichen. Aber sie sollten nicht vergessen, daß der Mann der Kopf eines Ehepaares ist.

»Morgen werden wir sehen, was zu tun ist, ich brauche eine Vollmacht des Príncipe. Unterdessen werden wir uns um den Besuch bemühen, ich kenne die Superiorin des Klosters nicht, ich weiß nicht, wer es ist. Laßt mich jemanden ausfindig machen, der uns helfen kann.«

Er hatte sich der Angelegenheit angenommen, ohne anderes Interesse als das, nützlich zu sein, so handelte Tibúrcio Barreiros während seines ganzen Lebens. Er ging zum Telefon, erledigte eine Anzahl Gespräche. Nachdem Dona Dagmar die Täßchen mit dem heißen Kaffee verteilt hatte, setzte sie sich in die Klagerunde: »Ich dachte, diese altmodische Sache gibt es gar nicht mehr. Altmodische Sache der Vergangenheit.«

Keine fünf Minuten vergingen, und der Rechtsanwalt kam ins Zimmer zurück. »Gehen wir zu Doktor Monteiro, dem Richter für Familienangelegenheiten. Ein vortrefflicher Mann, und er kennt die Mutter Superiorin.«

Doktor Agnaldo Bahia Monteiro empfing sie an der Tür, entschuldigte sich, daß er im Pyjama wäre, er hätte ja nicht gewußt, daß Freund Tiburcinho in Begleitung einer Dame kam, er führte sie ins Arbeitszimmer, wo er Prozeßakten studierte und Urteilssprüche entwarf. Im Eßzimmer spielte die Familie Biriba, man hörte Lachen, Ausrufe.

Obwohl er ein Amtsbruder war, widersprach Doktor Monteiro nicht, als Tibúrcio den Jugendrichter als Fiesling charakterisierte. Die beiden Würdenträger waren sich nicht hold gesinnt, seit es dem Richter für Familienangelegenheiten zugefallen war, Doktor d'Ávila in der Ausübung des Amtes des Jugendrichters zu vertreten, als der Mandatsträger verhindert war. Eine kurze Zeitspanne, doch ausreichend, damit Doktor Monteiro einen großen Teil des durch den Amtsträger entschiedenen Elends rückgängig machte. Die Freunde können es sich nicht vorstellen: Dummheiten und Willkür in Menge!

Manela noch in dieser Nacht besuchen? Es könnte sein, wer weiß, obgleich er Zweifel hätte wegen der vorgerückten Zeit, da es sich um ein Nonnenkloster mit seinen Normen und Regeln handelte. Doch wenn sie es versuchen wollten, würde er ihnen eine Karte mitgeben, durch die sich Danilo und Gildete, Onkel und Tante des Mädchens, der Mutter Superiorin gegenüber ausweisen könnten. Er kannte sie seit der Bestandsaufnahme des Besitzes der Schwester: Mutter Leonor ist eine rechtschaffene Frau, von Charakter. Sie hatte mit ihrem Teil der Erbschaft den barmherzigen Werken der Schwester Dulce eine Schenkung gemacht. Die Augen des Justizbeamten begannen zu leuchten, sie widerspiegelten seine Gedanken. »Diese Schwester Dulce ist zu viel, meint ihr nicht? Eine Heilige, dreimal heilig!«

Er kritzelte die Nachricht auf eine Karte, steckte sie in den Umschlag, adressierte ihn: Mutter Leonor de Lima zu Händen, er übergab ihn Danilo: »Ich glaube, sie wird die Erlaubnis geben, aber ihr müßt so bald wie möglich gehen.«

Das »so bald wie möglich« verzögerte sich, denn Gildete wollte zu Hause vorbeigehen, um das Versprechen, das sie den Mädchen gegeben hatte, zu erfüllen, und diese bestanden darauf, sie bei dem Besuch zu begleiten. Unterdessen waren Damiana und Professor João Batista aufgetaucht, um Neuigkeiten zu erfahren. Die Zuckerbäckerin war in Tränen aufgelöst, der Professor verstimmt. Er fluchte auf französisch: *»Mais non! Merde alors!«*

Bevor Verwandte und Nachbarn sich gemeinsam zum Kloster von Lapa auf den Weg machen, berichten wir im Vertrauen, wie die Nachricht zu den Bewohnern der Avenida da Ave-Maria gelangte. Damiana erfuhr sie durch Professor João Batista und dieser – man staune! – vom Jugendrichter selbst. Was für ein Bindeglied, sagt mir, kann es geben zwischen der Stütze der autoritären Ordnung und der bürgerlichen Moral und dem frankophilen und liberalen Professor, *bon vivant* – der Ausdruck stammt von ihm –, Antipoden, das verschlossene Gesicht und das freie Lachen?

Nun, es existierte, und es war ein Ort der Muße, ruhig und angenehm. Es handelte sich um das Bordell von Anunciata, gelegen in der Gegend von Brotas, in einem alten, jedoch gut erhaltenen Landhaus, von Bäumen umgeben, geschützt vor indiskreten Blicken. Hier begegneten sich in den ersten Abendstunden der berühme Justizbeamte und der gefeierte Journalist, beide gute Kunden des gastfreundlichen und behaglichen Harems. Der Professor kam aus den rundlichen Armen von Mocinha da Briosa, Muse der Militärpolizei, der

Würdenträger kam aus den Schenkeln von Prudência Buceta Doce, der sehr Geschätzten. Im Flur begegneten sie sich und tauschten einen Guten-Abend-Gruß. Mit der Miene dessen, der eine vortreffliche Nachricht hat, verriet der Jugendrichter, Doktor Liberato Mendes Prado d'Ávila, dem Entspannungskollegen, daß er am Nachmittag des gleichen Tages angeordnet hätte, eine Minderjährige in die Klausur der Büßerinnen einzuweisen, vielleicht kannte sie der teure Freund, denn beide wohnten in der gleichen Straße: Eine Kleinstadt, nicht wahr? Die Tante, eine verantwortungsbewußte Frau, hatte sich an ihn gewandt, bevor die Minderjährige sich ins Verderben stürzte. Er sagte ins Ver-der-ben, wobei er die Silben betonte.

Die Züge münden in der Avenida Joana Angélica – Der eine vom Pelourinho, der andere vom Tororó kommend, mündeten die beiden Schwärme im gleichen Takt in der Avenida Joana Angélica, einen Steinwurf vom Kloster Lapa entfernt. Sie vereinten sich schließlich, ein riesiger Zug, eine kleine Prozession, geräuschvoller Vorbeimarsch, er ähnelte einem Karnevalsblock.

Nachdem sie den Terreiro de Jesus, die Praça da Sé und die Misericórdia überquert hatten, stiegen die Capoeiristas die Ladeira da Praça hinunter, zogen am Corpo de Bombeiros vorbei, überquerten die Praça dos Veteranos, stiegen die Ladeira da Independência hinauf, besetzten den Campo da Pólvora, wo Bruder Caneca, der Revolutionär, standrechtlich erschossen worden ist.

An jeder Ecke wuchs die Karawane, wurde auf dem Marsch umfangreicher. Neugierige und Bummler vergrößerten sie, Studenten, Huren und Bohemiens, Spieler, Wissenschaftler, die aus der Versammlung über die Entwicklung der Technologie kamen, mittelmäßige Literaten und Touristen und die Stadtverordnete Amabília Almeida. Sie folgten ihr, ohne zu wissen, wohin noch warum, angezogen vom Klang der Berimbaus und dem Gesang. In der Nachhut zeigten die Herren des Strandes Capoeiraschläge, Rochenschwänze,

Halbmonde, ihnen steckte die Meisterschaft im Blut, sie war ihnen vererbt, auch die Schelmerei. Sicherlich würde es ein ungewöhnliches Turnier geben, irgendwo, niemand wollte das Schauspiel verpassen.

Die aus der Verwandtschaft gebildete Gruppe, durch die Nachbarn angewachsen – Damiana hatte sie eilig geworben –, zog von Gildetes Haus auf dem Tororó de Cima los. Onkel und Tanten, Vettern und Freunde beschleunigten den Schritt, um rechtzeitig dazusein. Als Gegenleistung für ein glückliches Ende hatte die abergläubische Nachbarin Alina der kleinen Sklavin Anastácia, einer neuen Heiligen der volkstümlichen Blumenlese, einen Monat sexuelle Enthaltsamkeit versprochen; Der Unteroffizier Deolindo hatte die Uniform der Briosa angezogen, um Respekt einzuflößen.

In der Avenida Joana Angélica mischten sich die beiden Heere, sie verschmolzen ohne vorherige Verabredung, aber nicht zufällig: Alles, was in dieser Nacht geschah, hatte eine Regentschaft, Folgerung und Tragweite, der Richtplan erfüllte sich buchstäblich.

Denn es war in diesem Augenblick der Verbrüderung, da beim Spiel der Solisten die Kriegs-Berimbaus lauter tönten und der Capoeira-Gesang die Bewohner an die Fenster zog, als die heilige Barbara, die des Donners, die Glocke des uralten Tores am »Kloster der Unbefleckten Empfängnis« läutete, wo auf Anordnung des Jugendrichters die Klausur der Büßerinnen von neuem eingeweiht worden war.

Die vom Jugendrichter, Doktor Mendes d'Ávila, unterzeichnete Anordnung – Wächterin vom Dienst an der Klostertür, öffnete Schwester Eunice, als sie die Klingel hörte, das Fensterchen, schaute hinaus, erkannte die Heilige, sie waren zusammen von Santo Amaro nach Bahia gereist. Bei der Ankunft hatte die Glückselige den Mantel zusammengerafft und war in die Welt hinausgegangen.

Unverzeihliche Nachlässigkeit, unerklärliche Unterlassung – *me culpa! mea culpa! mea maxima culpa!* –, nicht miteinbezogen in die Ereignisse jenes Donnerstagmorgens wurde ein Hinweis oder eine Anspielung auf den folgenden Fakt: Sehr früh hatte Schwester Eunice im Kloster den Besuch Kommissar Parreirinhas erhalten. Der maßgebende Polizeibeamte verkündete, gekommen zu sein, um sie in einer geheimen Angelegenheit der Justiz zu befragen. Er wollte wissen, wer das Bild gestohlen hatte. Gestohlen? Wer hatte von Diebstahl gesprochen? Die Heilige war auf ihren eigenen Füßen davongegangen, sie hatte sogar »Adeus« zu ihr gesagt. Der Kommissar verzichete: Blödsinn, sie sagt nichts Vernünftiges, die Klöster sind voll von hinfälligen Alten. Überdies eine Untersuchung ohne Hand und Fuß, widerspruchsvoll.

Als sie die heilige Barbara, die des Donners, draußen auf dem Bürgersteig erblickte, lächelte Schwester Eunice, verschwand mit dem Gesicht vom Fensterchen, zog den Riegel zurück, öffnete die kleine, in die Klostertür eingelassene Pforte. Die Heilige erwiderte das Lächeln.

»Guten Abend, Eunice. Der Frieden Gottes sei mit dir.«

»Den Segen, heilige Barbara. Sie hier? Kommen Sie, die Nacht hier zu verbringen? Treten Sie ein, das Haus gehört Ihnen.«

Die heilige Barbara, die des Donners, gab ihr den Segen und hielt ihr dann das offizielle Papier hin, mit Stempel, Datum, Unterschrift, den bürokratischen Erfordernissen.

»Ich übergebe deinen Händen den Befehl – vom Jugendrichter unterzeichnet –, das Mädchen Manela Perez Belini freizulassen, das auf Grund eines vorangegangenen Befehls von ihm selbst heute nachmittag hier eingewiesen wurde. Ist Mutter Leonor noch wach?« fragte sie, um den Dialog fortzusetzen, sie wußte gut genug, daß die Superiorin in den ersten Schlaf, den schwersten, versunken war.

»Sie hat sich schon zur Ruhe begeben, sie müßte schlafen. Doch ich rufe sie, wenn Sie möchten.«

»Es ist nicht nötig. Leg die Anweisung auf den Arbeitstisch der Mutter, am Morgen wird sie sie sehen. Schnell, bring das Mädchen, jetzt gleich, ich warte. Es lohnt nicht, hineinzukommen.«

Schwester Eunice nahm die Anweisung, sah mechanisch auf Datum und Unterschrift, ein Kritzel, sie ging rasch mit ihren winzigen Schritten, sie glitt beinahe dahin, sie war zufrieden. Wie gut! Der Vormund hatte bereut, der Richter hatte einen neuen Befehl ausgestellt, den vorherigen, den schlechten, aufhebend, die heilige Barbara, die des Donners, war in eigener Person gekommen, sie mußte die Taufpatin des Mädchens sein. Schnell, sie durfte sie nicht warten lassen. Weder die Heilige noch das Mädchen: Die Ärmste, nachdem sie die Novizinnentracht angelegt hatte, hatte sie nicht einen einzigen Bissen vom Essen gekostet; in der Kapelle, als sie mit den Nonnen betete, hatte sie die letzten Tränen geweint. Angezogen, wie sie war, hatte sie sich ausgestreckt, sie akzeptierte sich nicht im Ordenskleid einer Novizin, Manela war vergangen, hatte aufgehört zu existieren. Bei dieser Vesper hatte Schwester Eunice sie auf dem bitteren Weg begleitet, das Herz blutete ihr vor Mitleid mit dem Mädchen. Sie beschleunigte den Schritt, während sie ein Dankgebet murmelte.

Manela machte sich nicht die Mühe, die Kleidung zu wechseln, Zeit zu verlieren. Sie lief los, freudig erregt, auch sie dachte, Adalgisa bereue, die Tante war unberechenbar, sie handelte impulsiv, ohne zu überlegen, sie hatte sich über die begangene Unmenschlichkeit klar werden müssen. Schwester Eunice öffnete ihr die Tür, Manela küßte ihr die Hand, ging durch den Türflügel. Mit einem dumpfen Knall schloß sich die Tür von selbst, die Klinke schnappte ein und blokkierte mit einemmal. Die Nonne blieb verblüfft zurück. Da sie sich nicht von der heiligen Barbara, der des Donners, verabschieden konnte, betete Schwester Eunice für sie ein Lied, das ihre Großmutter, Iá Kaçu, sie gelehrt hatte:

»Heilige Barbara der Kraft,
die Blitz und Donner schafft,
drei Groschen borge mir,
meine Freiheit zu kaufen dafür,
heilige Barbara der Donner.«

Die Schwarze, in weinfarbene Fetzen gekleidet, wunderschön, lächelte Manela auf der Straße zu, gab ihr den aus Roßhaar gemachten Eiru und löste sich ins Nichts auf.

Die novizin – Geschenk des Meeres an die in Hitze versunkene Stadt Bahia, bewegte die nächtliche Brise ausgelassen die geliehene schlaffe Novizinnentracht, die Tote war größer gewesen.

Starke Brise, fast ein Orkan.

Überreizt, holte Manela tief Luft, sie war frei. Sie hatte das gleiche Gefühl einer überschäumenden Kraft, von der sie im Januar, am Bomfim-Donnerstag, besessen war, als sie im Vorhof der Basilika Miros Kopf mit den Wassern Oxalás besprengt hatte. Schade, daß Miro sie nicht in der Novizinnen-Kluft sehen konnte, er hätte laut gelacht, der Lebenskünstler. Er mußte ärgerlich sein, sie hatte ihn warten lassen, war nicht zur Verabredung erschienen. Ich konnte nicht kommen, Mirinho, sie haben mich in der Klausur der Büßerinnen festgehalten. Sie blickte um sich und suchte die Schwarze, die ihr den Eiru gegeben hatte, die Schwarze hatte sich aufgelöst, wen sie vor sich sah, war niemand anders als Miro, untergehakt mit Romélia. Die Menge drängte auf den kleinen Platz, wo das Kloster von Lapa einen Winkel mit dem »Colégio da Bahia« bildete.

Verstummt, langsam, sangen die Capoeiristas nicht mehr, noch schlugen sie die fröhlichen Berimbaus. Sie gingen vorwärts, unruhig, denn die Stunde des Handelns rückte näher, und niemand konnte den Verlauf der Heldentat voraussehen, weder Miro noch Meister Pastinha selbst. Aus dem wirren Auflauf hoben sich, eilig, die Gestalten Tante Gildetes und Onkel Danilos ab, Tante Gildete schwenkte einen Umschlag in der erhobenen Hand: Der von Doktor Agnaldo an die Mutter Superiorin gerichtete Brief. Miros Schrei, als er Manela vor der Klostertür sah, erschütterte die Erde, bewegte den Himmel: »Manela, ach! Manela!«

»Manela? Wo?« fragte Meister Pastinha.

»Dort, als Nonne gekleidet.« Romélia zeigte auf Manela. Diese hatte kaum Zeit, dem Liebsten zuzulächeln, Onkel Danilo zu erkennen, Tante Gildete zu ahnen. Als sie sie rufen, auf ihre Leute zugehen wollte, war sie schon nicht mehr Herr über ihren Mund und ihre Füße, Yansã durchdrang und bestieg sie.

Sie tanzte auf dem Bürgersteig vor dem Kloster dahin, stieg zum Largo hinunter, da ging sie davon. Meister Pastinha, er konnte es nicht sehen, aber er konnte es erraten, hob die Hände, neigte den Kopf, als ordne er die Verpflichtung an, grüßte den Orixá: »Eparrei, Oyá!«

Das Volk unterstützte ihn im Chor, Händeklatschen in Höhe der Gesichter, dem Verzauberten zugewandt: Eparrei, Yansã, Mutter des Donners! Eparrei, Oyá! Manelas Gesicht strahlte, der Körper gelöst in der Novizinnentracht, in den Wirbeln des Tanzes, so schön hatte Miro sie nie gesehen: Er verneigte sich tief, ehrfürchtig.

Yansã durcheilte den Raum des Largo im Takt, dem Volk den Tanz der Kriegerin vorführend, vor der es keine Angst hat, denn sie stellte sich dem Tod und besiegte ihn. Sie hielt vor Meister Pastinha inne und empfing ihn an ihrer Brust, sie dehnte die rituelle Umarmung aus, Schulter gegen Schulter, Gesicht gegen Gesicht. Sie ging, ihre Lieben grüßend, die Würdigen.

Sie begann bei Gildete, öffnete die Arme, um in ihnen die Tante und Beschützerin zu empfangen. Gildete schwankte auf den Füßen, spie nach den Seiten, riß die Schuhe herunter, und es war Oxalá, der Yansãs Umarmung erwiderte: Er war gekommen, um der Iaô in Trance beizustehen. Oyá hielt Onkel Danilo ans Herz gedrückt und übergab ihm den Eiru, um zu bedeuten, daß er ihr kleiner Vater sein und in der Sklavenversteigerung die Freiheit der Iaô für zehn Réis gefilterten Honig kaufen sollte. Endlich kam die Reihe an Miro. Ehrfürchtig, achtungsvoll wartete er. Oyá tanzte für ihn die Schritte des Krieges und des Sieges. Der Körper des Verzauberten erzitterte, der Mund füllte sich mit Spucke, die Stimme tobte aus Liebe, Göttin und Geliebte. Sie stellte Miro sicher auf die Beine, und Ogã de Yansã hielt ihn hier vor dem Kloster zurück. Als Novizin gekleidet.

Unaufhaltsam tanzend, geleitet von Oxalá, nahm Oyá die Straße, wandte sich zum Candomblé von Gantois, wo Mutter Menininha sie erwartete, um, erst da, das Messer zu halten und den Anker des Schiffes zu heben. Das Volk begleitete sie in Richtung der Federação bis zum Largo de Pulquéria. Die Brise wuchs an zum Orkan, Blitz und Donner zerrissen den klaren Himmel, die ruhige Nacht in der Verkündigung der Freiheit. Oyá Yansã tanzte in den Straßen der Stadt Bahia.

DAS SCHIFF DER IAÔS – Tanzend stieg Yansã die Stufen zur Tür des Candomblé von Gantois hinauf. Auf dem fast dunklen Terreiro – nur eine Lampe mit wenigen Kerzen verbreitete ein winziges und blasses Licht – empfing Mutter Menininha sie, auf ihrem Thron sitzend, assistiert von Cleusa und Carmen, Iyakekeré und Iyalaxê. Das bunte Gefolge war auf dem Largo de Pulquéria stehengeblieben, es verstreute sich nach und nach.

»Ich habe auf Sie gewartet, meine Mutter.«

Mutter Menininha berührte mit den Fingern den Kopf der Iaô, die zu ihren Füßen ausgestreckt war. Im Spiel der Muscheln, im Rosenkranz von Ifá, hatte die Iyalorixá geschaut und war gekommen. Oyá befahl, Platz für ihre Tochter zu reservieren in der Besatzung des Schiffes, das in dieser Nacht zum Mysterium der Altarnische, zu den Häfen der Einweihung startete.

Die übrigen waren schon versammelt. Es gab eine Oxum, ähnlich der Heiligenmutter, einen Ogum, eine Euá, zwei Xangôs, einen Oxumarê, zwei Oxalás, einen alten und einen jungen, und, eine Sache, die selten vorkam, einen Ossãe, der aus dem Busch kam. Es erschien kein Oxóssi, alle mit der Hochwildjagd im Wald beschäftigt. Auch nicht Omolu oder Obaluayê, im Sertão von Xique-Xique war eine Blatternepidemie ausgebrochen. Obá, wie er sagte, war nicht gekommen, um eine Begegnung mit Yansã zu vermeiden, mit der er eine Auseinandersetzung aus Eifersucht hatte. Ein volles Boot, in ihm fuhr Manela, um den Heiligen zu machen.

Mutter Menininha von Cantois nahm das Messer, sie würde die gewaltige Macht nutzen, den Kopf der Auserwählten herzurichten, sie zu rasieren, die Wege zu öffnen für die Offenbarung der Orixás. Die Berührung der Adjá brachte das Getöse des Donners zum Schweigen, die auf dem Peji angezündete Kerze löschte den hellen Schein der Blitze.

Der lang dauernde Karfreitag

KRIEGSVORBEREITUNGEN – Am frühen Morgen, schlaflos, fiebrig, schmutzig, die Kleidung feucht, das Gesicht von Moskitostichen geschwollen, der Magen leer, der Mund ausgetrocknet, verfolgte Kommissar Ripoleto vom gestrandeten Kahn aus die ungewöhnliche Bewegung von Schiffen und Leuten im Hafen, auf dem Fluß.

Dem Ruf des Vikars von Santo Amaro folgend, liefen vom ganzen Flußlauf des Paraguaçu, aus den Städten und Dörfern des Recôncavo, Leichter und Schoner ein, versammelten sich dort und verwandelten sich in Kriegsschiffe. Die »Unbesiegbare Armada« machte sich vor den Augen des Kommissars, vor seiner Nase, zur Abfahrt bereit.

Bewaffnete Gruppen erhielten Befehle vom kriegerischen Pater Téo. Die Frauen mit Rosenkränzen, Gebetbüchern, Blumen, die sie in den Hausgärten gepflückt hatten, um auf der Rückfahrt das Traggestell der heiligen Barbara, der des Donners, zu schmücken; die Männer, bewaffnet mit Dendê-Palmzweigen und Zuckerrohrgerten. Dona Canô verteilte unter den Freiwilligen bunte Heiligenbilder. Auf der Vorderseite, farbig reproduziert, das Bild der Heiligen, auf der Rückseite anfechtbare Daten, von zweifelhaftem historischen Wert, ein Rest des vergangenen Festes, Werbekampagne einer Getränkefabrik, spezialisiert auf Jurubeba-Likör. Junge Leute, uniformiert mit Jeanshosen und verschiedenen Oberteilen – T-Shirts, Lederblousons, grellen Hemden –, sie sangen Lieder von Caetano, einem hier geborenen Jungen, voller Tricks.

Im labilen Gleichgewicht des Kahns, unter ungünstigen Bedingungen, noch unter dem Eindruck der schlechten Behandlung und der Beleidigungen, legte Kommissar Ripoleto die Kennzeichen eines erstklassigen Forschers mit mehr als zwanzig Jahren Dienst bei der Polizei nicht ab, er hielt sich auf Posten, gebeugt, aber wachsam. So viele Schiffe an der Reede versammelt, das beständige Kommen und Gehen von Leuten, dieser ganze morgendliche Betrieb schien ihm äußerst verdächtig, Hunger und Moskitos verfeinerten seine Wahrnehmung. Besessen versuchte er, Einzelheiten, Vorfälle, Voraussetzungen, Höhe des Wassers, Stärke der Strömung, Geschwindigkeit und Leistungsfähigkeit der Mücken im Geiste aufzunehmen, um sich eine sichere Meinung zu bilden und sie, wenn möglich, dem Sekretär für Staatssicherheit zu übermitteln.

Sich aus der Falle befreien, einen Transport in die Hauptstadt bekommen, sich bei seinem Vorgesetzten melden, ihm Rechenschaft geben über den erhaltenen und zu Ende geführten Auftrag, dies waren die augenblicklichen Ziele des Kommissars. Infolge des Handicaps – das Geheimnis kennen wir – war es nicht leicht für ihn, den Kahn zu verlassen, das Ufer zu erreichen. Er begann zu verzweifeln, als alles sich löste. In Grenzen, das ist wohl wahr.

Die unausstehlichen Jungen, die ihn am Vorabend entdeckt und ausgesetzt hatten, kamen ihn holen und führten ihn auf einen der Leichter, die sich für die Strafexpedition vorbereiteten, so schickten sie ihn los. Nicht nur, daß sie Kommissar Ripoleto aus dem Boot retteten, von der Bank der Baronesas, sie boten ihm, ohne daß er darum gebeten hatte, eine Fahrt in die Hauptstadt. Eine vollkommene Lösung, wäre da nicht der besondere Umstand der auf dem Rücken gebundenen Arme, der gefesselten Füße. Er fuhr als Geisel, der Kommissar.

ZEITUNGSLEKTÜRE: 1 – DIE BEKANNTMACHUNG – An diesem Freitag veröffentlichten die Tageszeitungen der bahianischen Hauptstadt, sie alle, eine aufsehenerregende Bekanntmachung, ganzseitig, in der Mitte ein Foto der heiligen Barbara, der des Donners, in großem Format reproduziert (ohne Genehmigung) nach dem Buch Dom Maximiliano von Grudens. Der Band war noch nicht im Verkauf in den Buchhandlungen, aber einige Exemplare waren Kritikern und Freunden durch den Autor überreicht worden.

Der Titel in Großbuchstaben: »DIESE HEILIGE IST VERSCHWUNDEN!«, fesselte die Aufmerksamkeit, weckte die Neugier der Leser. Aufgemacht mit der Akkuratesse erstklassiger Professioneller – das Layout war von Vera Rocha –, gab die Bekanntmachung, in der Schriftgröße acht auf zehn Punkt, eine kurze und genaue Information über das Bild, wobei sie seinen unschätzbaren Wert hervorhob: Seine Urheberschaft wurde Aleijadinho zugeschrieben, von einem, der etwas von diesen Vaterschaften verstand, Dom Maximiliano von Gruden, ein hervorragender Meister, eine Berühmtheit. Um sich eine Idee von der Bedeutung des verschwundenen Bildes zu machen, genügt es, zu sagen, daß der Direktor der Sakralen Kunst darüber ein ganzes Buch in Deutsch geschrieben hatte.

Unter dem Foto, in Fettdruck und Großbuchstaben, las man die Frage und das Versprechen: »Wenn Sie irgendeine Spur oder Information besitzen, die imstande sind, zur Entdeckung des Bildes zu führen, das man auf dem Foto sieht, gewinnen Sie ... [Gesamtsumme in Cruzeiros], Belohnung geboten von ... [Name der erzgewaltigen und dienstbeflissenen Firma], ein Unternehmen, das, nachdrücklich für den Fortschritt unseres Vaterlandes arbeitend, mit gleicher Begeisterung die Bewahrung unserer Größe verteidigt: Das Bild der heiligen Barbara, der des Donners, ist unveräußerlicher Bestandteil der Größe Brasiliens.« Der Redakteur der Agentur, ein preisgekrönter Werbefachmann, übertraf sich, der Chef, Doktor Sérgio, gratulierte ihm für Gedrängtheit und Qualität des erarbeiteten Textes.

Aus diesem mustergültigen Text wurde die Summe der Cruzeiros weggelassen, denn mit der haltlos verschlingenden Inflation, einer galoppierenden Inflation, würde der Wert der Belohnung, damals sehr hoch, lächerlich erscheinen. Man las auch nicht den Namen des Unternehmens, das die fabelhafte Anzeige finanzierte, die eine Menge kostete, das heißt, einen kleinen Bruchteil der gewaltigen Gewinne, eine Ausgabe, die man übrigens in der Ertragssteuer verschwinden lassen konnte – sie kostete eine Menge und erschien umsonst. Ist es nötig, zu erklären, warum der Name ausgelassen wurde? Auch wenn der Grund einleuchtend ist, wiederhole ich gern: Niemals werden die unscheinbaren, jedoch erhabenen Seiten dieser Chronik religiöser und kultureller Ereignisse als Hilfsmittel, wenn auch unterschwellig, für die Werbung der Multinationalen dienen. Unterschwellig und, es wird hinzugefügt, kostenlos. Keinerlei Vorschlag ist uns in die Hände gekommen.

Wenn jemand weitere Informationen hinsichtlich der Anzeige wünscht: Wert der Prämie, Firmenname des für die Schirmherrschaft verantwortlichen Unternehmens, ob Anwärter auftauchten, ob die Belohnung gezahlt wurde, ob dieser Aufruhr, dieser Lärm etwas nützte oder über Rummel oder Irreführung nicht hinausging, muß der Interessierte sich an Senhor Sérgio Amado, einen Siegreichen, wenden. Direktor der Agentur, verantwortlich für den Outdoor und seine Verbreitung, ist er es, der aufklären, genau informieren kann, und nicht der arme Schreiberling, der sich bemüht, mit zwei Fingern auf der Schreibmaschine hämmernd – eine dieser alten, mechanischen, die niemand mehr benutzt am Ende dieses Jahrhunderts der Elektronik und der Computer –, um schwer durchsetzbare Autorenrechte, die die Einkommensteuer, ach, auf die Hälfte reduzieren wird, zu verteidigen, im Grunde: auf weniger als die Hälfte, auf eine Kleinigkeit, auf den Staub eines Fingerhutes.

ZEITUNGSLEKTÜRE: 2 – DAS INTERVIEW MIT DEM VIKAR VON SANTO AMARO – Außer der Seite, mit dem von der Multinationalen bezahlten Gegenstand besetzt, widmeten die Freitagszeitungen einen beträchtlichen Raum dem Verschwinden des Bildes der heiligen Barbara, der des Donners. Fettgedruckte Überschriften auf der ersten Seite, Leitartikel, Kommentare, Gemeinplätze und spezielle Artikel.

Erwähnung verdient der grundlegende Artikel des »Diário

de Notícias«, kursiv, oben auf der dritten Seite; in ihm beglückwünschte die Direktion der »Diários Associados na Bahia« die Leser für die sensationelle Nachricht des Vortages. Das »Diário« war das einzige Blatt der Stadt, das den Schleier des Mysteriums, in den sich die Ankunft des Bildes am Kai von Salvador hüllte, gelüftet hatte. Während die Konkurrenten die offizielle Version bekräftigten – das Bild landete im schönsten Frieden, der Direktor des Museums hatte es in Anwesenheit der Reporter (sic!) empfangen, ein wesentliches Stück, es würde in der Ausstellung stehen –, hatte »Vosso Jornal« die Verzweiflung des berühmten Museologen bezeugt und festgehalten, einschließlich exklusiver Fotos, als er das Verschwinden der Heiligen feststellte.

Wäre die Reportage des »Diário de Notícias« nicht gewesen, wüßte die bahianische Bevölkerung noch nichts vom Diebstahl des Bildes – es handelte sich um Diebstahl, was könnte es anderes gewesen sein? Kühne Heldentat, bei Tageslicht ausgeführt, die Direktion des Museums hatte versucht, es zu verheimlichen, um die Wahrheit zu unterschlagen, die Presse in den Mond gucken zu lassen: in die Sonne, in dem Falle, geeigneterer Ausdruck. Eine internationale Bande, wie Oberst Raul Antônio, Chef der Zivilpolizei, behauptete, oder eine weitere Verlagerung von alten Altarbildnissen von armen Kirchen und Kapellen in die Millionärshäuser der Sammler, wie der Sicherheitssekretär bekräftigte? Um solche Zweifel zu lösen und alles aufzuklären, um den Lesern recht zu dienen, bemühte sich die Reportage des »Diário de Notícias«, ohne Kräfte zu schonen. Die Zeitung, die informiert und es korrekt tut, betonte siegesbewußt der Leitartikel.

Held des Tages, vom Direktor persönlich beglückwünscht – Doktor Odorico Tavares hatte ihm auf die Schulter geklopft: »Glückwünsche, Seu Guido, Sie haben es getroffen« –, Kandidat für Gehaltserhöhung, ruhte sich Guido Guerra nicht auf seinen Lorbeeren aus. Ein Exemplar der Zeitung unter dem Arm, machte er sich ganz früh auf den Weg nach Santa Amaro, in der Absicht, ein Exklusiv-Interview mit dem

Vikar zu erhalten. Dort kam er vor jedem anderen Journalisten an, begleitet von dem Fotografen Gervásio Batista Filho – dem Sohn des berühmten, dem von der »Manchete«, Hintern des einen, Gesicht des anderen –, der den Käfer der Redaktion steuerte.

Pater Téo empfing ihn mißtrauisch, dieser Lump hatte eine Chronik geschrieben, ihn von der ersten bis zur letzten Zeile schlechtgemacht, mit dem größten Mangel an Respekt, eine totale Unverschämtheit, niederschmetternd. Ihn kritisierend, weil er sich dem Verleihen des Bildes für die Ausstellung widersetzt hatte, gab ihn der Taugenichts der Lächerlichkeit preis, behandelte ihn als rückschrittlich, rückständig, knausrige Mentalität, »mittelalterliche Seele, überheblich, unfähig, die kulturellen Bedürfnisse der Masse zu begreifen«, er verdiente es weder, Vikar der Pfarre von Santo Amaro zu sein, Land der Veloso, noch ein Bild dieses Wertes zu hüten. Er hatte ihm den Namen »Soutanen-Aasgeier« verpaßt.

Pater Téo war nicht der Mann, eine Unverschämtheit nach Hause zu tragen. So, als Guido sich ankündigte, ganz geschniegelt, sagte der Vikar, noch bevor er ihm guten Tag wünschte: »Guido Guerra?« Er maß das zerbrechliche Gerippe: »Das hab ich mir sogar gewünscht, Sie zu sehen. Um Ihnen zu sagen, daß ein Soutanen-Aasgeier Ihre verehrte Frau Mutter ist.« Er schleuderte ihm Fetzen der bissigen Chronik, die komisch wirken sollte, in die Visage, vor allem schmerzte ihn die Anzüglichkeit über die Kultur: Er, Pater Téo, mittelalterlich und überheblich! Das fehlte noch! Er verweigerte das Interview.

Guido Guerra war nicht der Reporter, der sich mit einer Absage besiegt gab, noch dazu begleitet von grausamen Ausdrücken der Verachtung und des Mißfallens: Unverschämt, aufdringlich, unfähig. Guido tat Buße, gab zu, leichtfertig gewesen zu sein: bei der Abfassung der Chronik, niemals bei der Reportage, Reporter tadelloser Korrektheit. Er appellierte an die Unkenntnis: Seine Stelle stünde auf dem Spiel, eine klassische Lüge, entweder er bekäme dieses Interview, oder er würde sie verlieren; entlassen, wie sollte er seiner Frau und den beiden unschuldigen Kinderchen das tägliche Brot garantieren? Er erfand die Familie dort im Moment, er hatte gerade erst begonnen, sich in Celi zu verlieben, doch mit dem Weinen der kleinen Kinder wickelte er schließlich den hochherzigen Pater ein. Der »Diário de Notícia« eröffnete das Interview auf der ersten Seite mit einer zweiten Überschrift:

DAS VOLK VON SANTO AMARO WIRD KOMMEN
UND DAS BILD HOLEN
DER PLATZ DES BILDES IST HIER
UND NICHT IM BESTAND DES MUSEUMS

Die berufliche Rechtschaffenheit brachte Guido dazu, seiner Uneinigkeit mit gewissen Erklärungen des Interviewten einen Platz einzuräumen. Er bereinigte seine Situation, kompromittierte sich nicht: Morgen würde man ihn nicht als lügnerisch und falsch, als Verleumder anklagen. Als Augenzeuge der Verzweiflung Dom Maximiliano von Grudens am Hafenkai, als er das Verschwinden des Bildes feststellte, konnte er die Meinung des Vikars von Santo Amaro nicht bestärken, der laut und vernehmlich den Mönch anklagte, diese ganze Verwirrung angestiftet zu haben, um, mit einem Wort, zu erreichen, daß das Bild der heiligen Barbara, der des Donners, unter seine Obhut in den Bestand des Museums gestellt werde. Die Behauptung, in der Zeitung abgedruckt, ging auf Rechnung und Risiko von Pater Teófilo Lopes de Santana: »Schreiben Sie, junger Mann, und veröffentlichen Sie es, ich übernehme die Verantwortung.«

In der hartnäckigen und schwierigen Auseinandersetzung, in die sich der Mönch und der Pfarrer eingelassen hatten – verleihen, nicht verleihen –, hatte Dom Maximiliano, auf dem Weg der gefälligen Ordnung, honigsüß, den Kopf verloren. Er war zu weit gegangen, Verachtung in der Stimme, Geringschätzung im Tonfall: Ein Bild, würdig, im Skulpturenmuseum von Valladolid oder in irgendeinem anderen Museum Europas oder der Vereinigten Staaten gezeigt zu werden, es in das unbekannte tote Städtchen im Recôncavo zu verbannen war ein Widersinn. Die Gemeinde von Santo

Amaro machte den Besuch Interessierter, die es studieren wollten, und von Touristen nicht möglich, garantierte nicht einmal die nötige Sicherheit. Eines Tages, wenn es der Vikar am wenigsten erwartete, würden die auf Kirche und Klöster spezialisierten Gauner, äußerst aktiv, mit den fünf Fingern darüber hinwegfahren, und adeus, mein Lieber. Der Ort, wo das Bild der heiligen Barbara, der des Donners, in Sicherheit wäre und von Tausenden und aber Tausenden von Besuchern gesehen und bewundert werden könnte, wäre das Museum für Sakrale Kunst der Universität von Bahia.

Der Vikar sah keine Notwendigkeit anderer Beweise, um Dom Maximiliano anzuklagen, ihn einen Dieb im wörtlichen Sinne zu nennen und ihn bei der Polizei anzuzeigen. In Absprache mit Würdenträgern des Klerus und mit leichtfertigen Journalisten. Er autorisierte Guido nicht, den Kardinal als bestes Beispiel der in die Machenschaft verwickelten Würdenträger zu nennen: Schaffen Sie mir keine Unannehmlichkeiten, aber, wenn er will, kann der werte junge Herr seinen eigenen Namen als bestes Beispiel eines in das Komplott Dom Mimosos verwickelten unwissenden Journalisten zitieren – auch der Vikar war gut in Spott und Spitznamen.

Als er das Mikrofon abstellte und dem Priester die Hand hinstreckte, um sich zu bedanken und zu verabschieden, sagte Guido spitzbübisch: »Dom Mimoso, das hat mir gefallen. Es war unglücklich, als ich Sie Soutanen-Aasgeier nannte, ich habe Sie schon um Verzeihung gebeten. Um es vollkommen zurückzunehmen, werde ich Ihnen in dem Interview den Titel einer Himmlischen Taube geben.«

»Himmlische Taube, mein junger Mann, ist die, wissen Sie, die Sie geboren hat. Wenn Sie in die Zeitung schreiben, daß ich die Himmlische Taube bin, komme ich zu Ihnen, schlage Ihnen das Gesicht ein, danach bitte ich Gott, er möge mir vergeben.« Wieder maß er das Knochengerippe, ein dürres Gestell, großnasig, ein häßliches, schwärzliches Gesicht, ein Stelzvogel, Vater zweier kleiner Kinder: »Ich mache es noch schlimmer: Ich komme zu Ihnen, und vor Ihren Kollegen ziehe ich Ihnen die Ohren lang. Und ich brauche Gott nicht um Vergebung zu bitten.«

Lachend, dieser Vikar ist eine Neuigkeit, trat Guido in eine Kneipe, setzte sich mit Gervásio Filho, bat um Kaffee: »Eine volle Kanne und zwei Tassen, Mädchen.« Er ließ die Kassette im Rekorder laufen, von der Entrüstung des Paters voll, und widmete sich der Niederschrift des Interviews. Die Gemeindemitglieder, die an den Tischen ringsum erhitzt den Fall der Heiligen diskutierten, schwiegen, als sie die Stimme Pater Téos hörten, guckten ihn schief an. Schnell füllte der Journalist die Papierblätter, die Handschrift eines Studenten. Er sah die Seiten nicht durch, überließ die Korrekturen dem Redaktionssekretär. Als er die Aufgabe beendet hatte, übergab er Papierkram und Kassette dem Fotografen, der zugleich Kraftfahrer war, und verabschiedete ihn, während er zur Eile trieb: »Übergib Kléber das Material, sag ihm, er soll die Pronomen einsetzen. Sobald du den Film entwickelt und die Fotos ausgewählt hast, die du verwenden wirst, nimm eins weg, das wir dem Pater geben, setz dich in den Käfer und komm zurück. Das hier, Meister Gervásio, wird das Feuer anfachen!«

ZEITUNGSLEKTÜRE: 3 – SPEZIELLE ARTIKEL, GESELLSCHAFTSSPALTE UND DICHTUNG – Der Leitartikel von »A Tarde«, ein großartiges Werk des Meisters Cruz Rios, brachte eine Reihe von Fragen ohne Antwort und eine einzige Behauptung. Eindeutig: Das Bild der heiligen Barbara, der des Donners, war am Vortag in die Hauptstadt gekommen, gegen Abend, wie „die Leser durch unsere gestrige Ausgabe wissen, in ihr haben wir reichlich Informationsmaterial über die bedeutungsvolle Angelegenheit veröffentlicht«. Die Berichterstattung von »A Tarde« war dort anwesend, »wie es bei solchen Gelegenheiten zu geschehen pflegt: Unsere Zeitung scheut keine Mühe, um dem großen Publikum, das uns den Vorzug gibt, die genaue und richtige Nachricht zu liefern.« »A Tarde« war nicht gewohnt, im Eifer der Werbekampagne und des Erfolgszwangs auf billigen Sensationalismus zurückzugreifen. Der Verfasser des

Leitartikels ging über die förmliche Erklärung des Reporters Berbert hinweg, des Augenzeugen der Euphorie des Museumsdirektors, als dieser das Bild erblickte, sein Holz berührte, es in Empfang nahm. Eine zweitrangige Einzelheit, sie verdiente keine Erklärung oder Erwähnung. Erklären, das würde nur der Reporter können, aber Zé Berbert setzte während des ganzen Donnerstags nicht einen Fuß in die Redaktion. Er wollte vermeiden, mit Doktor Jorge Calmon zusammenzutreffen, dem Chef-Redakteur-Direktor der Zeitung; oder er mußte auf der Lauer liegen, auf den Museumsdirektor warten, ihm das große Interview entlocken, das der Freund, Dom Maximiliano, ihm nicht versagen konnte? Eine Hand wäscht die andere, und die beiden zusammen waschen den Nabel der Welt.

Auf der bekannten Seite, der Seite des Meinungsaustauschs, handelten zwei Artikel, gleichermaßen vorzüglich, unter verschiedenen Gesichtspunkten von dem Bild. Unbestrittene Autorität, Autor einer kleinen, jedoch gelehrten Broschüre, die erste ernsthafte Studie über das Bild der heiligen Barbara, der des Donners, vor mehr als einem Jahrfünft publiziert, machte Ary Guimarães eine Synthese dessen, was man darüber wußte, die neue These Dom Maximilianos einschließend, die Aleijadinho die Urheberschaft zuschrieb. Ary Guimarães fand es wahrscheinlicher, daß die Skulptur das Werk eines bahianischen Schülers des Meisters aus Minas Gerais war.

Der andere Artikel war von Paulo Tavares unterzeichnet, einem Literatur- und Kunstforscher, dem Autor des »Wörterbuchs der Persönlichkeiten der Bahianischen Literatur«, Preis der Brasilianischen Philosophischen Akademie: Er hatte die vollständige Aufstellung aus seinen Archiven herausgezogen, alles, was über das gefeierte Bild geschrieben worden war. Artikel, Chroniken, Essays, Broschüren, Sonderdrucke, Autorennamen, Daten von Zeitungen und Zeitschriften, auch das noch nicht erschienene Buch Dom Maximiliano von Grudens und die am Vortag im »Diário de Notícias« abgedruckte Reportage von Guido Guerra fehlten nicht. Die beiden Artikel ergänzten sich, womit sie für Information und Bildung der Leser sorgten.

Über die Abwicklung der Untersuchung füllte »A Tarde« eine Spalte mit kurzen Erklärungen des Oberkommissars der Zivilpolizei: »Wir sind den Verbrechern auf der Spur, ein Gefängnis wird noch heute bekanntgegeben werden können, doch die Angelegenheit ist kompliziert, geht über einen einfachen Kirchenraub hinaus.« Und eine Spalte für die weitschweifige Darlegung Doktor Calixto Passos', des Chefs der Staatspolizei: »Einfache Sache, einer der vielen Bilderdiebstähle mehr, alles spielt sich sozusagen in Familie ab; unsere Männer sammeln die letzten Beweise, aber wir lokalisieren die Schuldigen bereits.« Die Nachrichten ergänzend, erwähnte die Zeitung die von der Redaktion empfangenen anonymen Anrufe: Sie versuchten einen bestimmten Priester mit dem Verschwinden der Heiligen in Verbindung zu bringen. »A Tarde« widmete der Anzeige zwei Zeilen, ohne jedoch den Namen des Bezeichneten zu nennen, man hütete sich vor jeder Leichtfertigkeit.

In der Gesellschaftsspalte, gehaltvolle Nahrung der Intelligenz und der High Society, bot July aus erster Hand die Namen der erwarteten Persönlichkeiten, die mit den Morgenflugzeugen aus dem Norden und dem Süden zur Vernissage der Ausstellung Religiöser Kunst kamen, einem kulturellen und gesellschaftlichen Ereignis, das sich über ein Wochenende der Mittag- und Abendessen, der Cocktails und durchwachten Nächte, der Bootsfahrten durch Bahia Aller Heiligen erstrecken würde. Von Rio wurden erwartet: »der Arzt der Hollywoodstars und der arabischen Prinzessinnen«, Ivo Pitanguy, die Direktorin des Museums für Moderne Kunst, Niomar Moniz Sodré, der Akademiker Eduardo Portela und seine Frau Célia, zwei Besitzer von Kunstgalerien, Giovanna Bonino und Anna Maria Niemeyer, der Sammler Gravatá Galvão und die Herren Carlos Leonam und João Condé, verhängnisvolle Gestalten in diesen Kreisen. Aus Fortaleza das Ehepaar Paulo Elpídio Menezes, er Rektor, sie, Zuleide, Direktorin des Museums der Bundesuniversität von Ceará. Aus

Belém do Pará Ruth und Rodolfo Steiner, vornehme Leute von der Ilha de Marajó. Aus Saõ Paulo ein großes gemischtes Gefolge: der Direktor des Kunstmuseums, Pietro Bardi, und Lina Bo Bardi, die Architektin, Gründerin des Museums für Moderne Kunst von Bahia, die Brüder Siciliano, Buchhändler, interessiert, den nationalen Vertrieb der brasilianischen Ausgabe des Buches von Dom Maximiliano vertraglich zu binden, Doktor Fanny und Doktor Joelson Amado, begleitet von dem reichen Bilderhändler Waldemar Szaniecki. Der Millionär kam mit Belinha und würde den Vorwand nutzen, um Carybé Ölbilder, Aquarelle und Zeichnungen abzunötigen und die Stadt nach Leinwänden von Di Cavalcanti und von Pancetti zu durchstöbern. Während die übrigen sich bei Eß- und Trinkgelagen vollfüllten, würde er, Lindinho, hart arbeiten.

Auf dem Umschlag des zweiten Heftes mit einer Zeichnung von Floriano Teixeira, gewissenhaft, kräftig, schön, die Heilige von vorn und im Profil zeigend, stand das Gedicht von Godofredo Filho. Es wurde 1958 geschrieben, anläßlich des Besuches des bedeutenden Dichters in Santo Amaro. Es war in einer Schublade vergessen worden, aus der es schließlich durch den Lärm um das Bild herausgeholt wurde. Ein anderer namhafter Poet, Carvalho Filho – einer von den besten, er kommt von der »Pfeil & Bogen«, wer hat nicht »Das verborgene Gesicht« gelesen? –, betrachtete es als Vorahnung, als in eine Rede in der Philosophischen Akademie von Bahia die von der Zeitung »A Tarde« publizierte »Ballade der Mulatten- und Negereigenheiten der Barbara der Donner, dualistische und brasilianische Heilige« aufgenommen wurde. Vorahnung, enthüllte er mit kritischer Schärfe. Eine Schöpfung des Spielmanns in einer Kirchweihnacht, Nachtwache und Offenbarung, im Wahn der Verzauberung durch die Heilige, in der Schwärmerei für die Schwarze, wurde das Gedicht beim Schimmer der Morgenröte geboren, zweideutig, ahnungsvoll, ewig.

VERSÖHNUNG – Mit ruhigem Gewissen schlief Adalgisa die ganze Nacht durch. Ein straffer und ermüdender Tag der Hetze und Aufregung. Gleich nachdem Danilo ärgerlich gegangen und sie mit dem Geschirrspülen fertig war, zog sie sich ins Schlafzimmer zurück. Das Fernsehen verführte sie nicht, der Zorn ihres Mannes beeindruckte sie nicht so, daß er ihr Schlaflosigkeit bereitete.

In diesen fast zwanzig Ehejahren war er einige Male, nicht oft, Türen schlagend weggegangen, meuternd, schreiend, drohend, er würde dieses tun und jenes würde passieren. Er tat nichts, noch passierte etwas. Stunden später kam er zurück, ein Lämmchen, die Wut war verflogen, die Uneinigkeit beendet. Um mit dem Schwamm über die Zwistigkeiten zu fahren, brachte er ihr eine Aufmerksamkeit mit: eine europäische Frucht, Birne oder Apfel, eine Tafel Milchschokolade, eine rote Rose.

Neben dem Bett kniend, sprach sie ihre Gebete, an diesem Abend durch einige Vaterunser und ebenso viele Ave-Maria erweitert, um dem Herrn zu danken, der sie im Kampf geschützt und begünstigt, zum Sieg geführt hatte. Sie legte sich unbesorgt schlafen, fern vom Tumult, der die Avenida da Ave-Maria von einer gewissen Stunde an bewegte. Sie wußte, daß sie beim Erwachen Danilo im Bett vorfinden würde, neben sich, nett und vernünftig, als wäre nichts geschehen. Er würde den Grund des Streits nicht wieder berühren, nicht mehr gegen Manelas Einlieferung Einspruch erheben. Frei von Befürchtungen, schlief sie ein und hatte in der Nacht einen angenehmen Traum, in dem sie Miros Verhaftung miterlebte: Der Schimpanse wurde von zwei Polizisten beim Jugendrichter vorgeführt.

Es wiederholte sich wie immer: Das erste, was Adalgisa beim Erwachen sah, war Danilo. Er war nicht mehr im Bett, er kam aus dem Badezimmer, hatte schon ein Bad genommen, Hemd und Unterhose angezogen. Er machte sich für den Tag im Anwaltsbüro bereit. Er sagte ihr guten Morgen, ohne eine Spur von Ärger, sie antwortete lächend und schloß sich im Badezimmer ein, nahm das Radio mit. Danilo zog sich fertig an, holte das abonnierte Exemplar von »A Tarde«, das zwischen die Wohnungstür geklemmt war, setzte sich in den Faulenzer, um sich über die Neuigkeiten zu informieren, während er wartete, daß der Kaffee serviert würde. Er las die Nachricht vom Diebstahl des Bildes, als Dadá aus der Küche kam und das Tablett mit den Fruchtbrotschnitten, dem Grubenkäse und den Zimtkeksen hereintrug.

Danilo kommentierte: »Diese Geschichte von der Heiligen macht von sich reden.«

»Was für eine Geschichte?« Adalgisa beschränkte die Zeitungslektüre auf die Seite der Verbrechen und auf die Gesellschaftschronik.

Danilo wartete, bis sie mit den Milch- und Kaffeekannen zurückkam, um sich über die Angelegenheit auszulassen, die die Stadt packte: Das Bild der heiligen Barbara, der des Donners, war für eine Ausstellung aus Santo Amaro gekommen. Als es am Kai ankam, hatte es sich verflüchtigt. Die Zeitung sprach von nichts anderem: »Es ist einen Haufen Geld wert. Es scheint, daß es der Vikar von Santo Amaro war, der es verkauft hat, ein anderer Pater ist in die Angelegenheit verwikkelt, eine schöne Geschichte! Es wird im Hause Doktor Clemente Marianis landen oder bei einem anderen Steinreichen, sie kaufen dauernd Plunder, wobei sie eine Bande von Gaunern unterstützen.« Er lachte amüsiert, war fröhlich, sanft: »Diese Priester sind schon Biester . . .«

Adalgisa betrachtete Danilos Gesicht. Zum Lachen geöffnet, schien es erleuchtet. Er war begeistert von dem Wortspiel, unzweifelhafter Beweis für Talent, sicherlich würde er es vor den Kollegen im Anwaltsbüro wiederholen. Adalgisa fragte sich, was es Überspanntes an dem Benehmen ihres Mannes gab.

»Der Diebstahl von Heiligen ist kein Grund zu Spott, das ist eine Sünde, und zwar eine große. Ich weiß nicht, wie ein Pater mit Heiligen handeln kann und wie du darüber lachen kannst.«

»Biesterein von Priesterlein . . .« Danilo strahlte, glücklich über die Variationen des Kalauers. Kalauer, was für ein schreckliches Wort! Sagen wir wie Professor João Batista in Französisch: *calembour*, es zergeht besser auf der Zunge als ein Bonbon.

Er stand, sich rekelnd, vom Tisch auf, zog das Jackett an, nahm den Hut, wandte sich zur Tür, pfiff. Adalgisa fand ihn immer sonderbarer. Er hatte sogar vergessen zu fragen, wie er es gewöhnlich beim Verabschieden tat: »Brauchst du etwas von unterwegs, Dadá?« Eine förmliche, aber höfliche Frage. Dadá, gewohnt, sie zu hören und zu antworten: »Nichts, danke«, vermißte sie. Es war wirklich etwas Überraschendes in Danilos Betragen. Bei früheren Gelegenheiten, wenn sie nach Wortwechsel und Streit Frieden schlossen, überhäufte er sie mit Aufmerksamkeiten, diesmal hatte er ihr nicht einmal die übliche Kleinigkeit mitgebracht, eine Blume oder eine Frucht, Schokolade oder einen Ölbaumzweig. Je größer der Streit, desto größer die Freundlichkeit und die Liebe der Versöhnung. Nun, die Auseinandersetzung des Vorabends hatte zu den heftigsten gehört, vergleichbar nur mit denen der Anfangszeiten: Er, bereit, ihr Hinterteil zu vernaschen, im Guten oder mit Gewalt, sie fest in der Verweigerung, niemals im Leben!

Überrascht, verwirrt, in ihrer Eigenliebe verletzt, als sie sah, wie er die Tür öffnete, sehr selbstbewußt, ruhig, über alles erhaben, er sagte nicht einmal »bis bald«, da widerstand Adalgisa nicht, fragte herausfordernd: »Hast du gestern nicht gesagt, daß du nur mit Manela zurückkommen würdest?«

Die Tür halb geöffnet, die Hand auf der Klinke, drehte sich Danilo zu Dadá um, das Gesicht gelassen, die Stimme neutral. Als ob er ihr die alltäglichste Nachricht überbrachte, als ob nichts wäre, sagte er: „Manela wollte nicht nach Hause zurückkehren. Sie wollte beim Candomblé von Gantois den Heiligen machen.«

Als Adalgisa die Sprache wiederfand, war ihr Mann schon weit, es nützte nichts, daß sie hinauslief, so, wie sie war, und in Hausschuhen. Von der Einfahrt zur Siedlung konnte sie sehen, wie er den Omnibus zur Arbeit nahm.

Demütigung – Eine ungeheure Demütigung, abscheulich, sie kam aus dem Munde »Damianas vom Milchreis«, gedankenloses Gesindel. So erfuhr Adalgisa alles in Einzelheiten... Die Nachbarin hatte sie vorbeirennen sehen, hatte sich lauernd in die Tür gestellt, tauchte vor ihr auf, als sie geknickt zurückkam. Sie sagte nicht einmal guten Tag, so eilig hatte sie es, den Sack auszuschütten, dem eingebildeten, hochnäsigen Weib die Nachricht ins Gesicht zu schleudern, mit geschwollenem Kamm. Sie kannte Adalgisas Entsetzen vor allem, was sich auf Candomblé bezog. Die Zuckerbäckerin konnte die Befriedigung nicht verbergen, die ihr die Seele erfüllte angesichts der Möglichkeit, die Fesseln bei der bösen und dünkelhaften Stiefmutter zusammenzuziehen, dem abscheulichen Weibsbild. Ihr Unglück zu genießen.

»Sie wissen es schon, nicht wahr, Dona Adalgisa? Das Neueste von Manela.«

In der ersten Aufwallung wollte Adalgisa ihr den Rücken zudrehen und im Hause verschwinden, so tun, als höre sie nichts. Doch der Wunsch, etwas zu erfahren, siegte über die Gewißheit des Verdrusses, den die Nachbarin ihr zu bereiten beabsichtigte.

»Ob ich es weiß, was?«

»Manela war zu schön gestern abend, als der Heilige sie vor dem Kloster ergriff. Ich habe alles miterlebt.«

Damiana sagte nicht, wieso sie sich mitten in der Nacht vor der Tür des Klosters von Lapa aufgehalten hatte, sie erwähnte auch nicht die Art und Weise, wie Manela die Klausur verlassen hatte, doch sie schilderte in allen Einzelheiten und mit offenkundiger Begeisterung das Fest auf dem Largo, Yansãs Tanz, von Gildetes Oxalá begleitet, eine Schönheit, Dona Dadá. Manelas Yansã stand den am meisten kommentierten der Stadt in nichts nach, dabei eingeschlossen Oyá Oiaci, die Yansã von Margarida do Bogum, einhellig von allen gepriesen.

Sie erwähnte die anwesenden Leute, Zeugen, die sie nicht lügen ließen: Außer Gildete sah man dort Seu João Batista, Alina, den Unteroffizier Deolindo und Meister Pastinha,

Meister Pastinha persönlich, ja, Senhora. Sicherlich hatte Seu Danilo ihr schon das Wesentliche erzählt, wenn er ihr nicht alles erzählt hatte, denn er war dort sehr angeregt, und Yansã hatte ihn geehrt, indem sie ihm den Eiru übergeben hatte. Auch sie, Damiana, hatte der Verzauberte zum Zeichen der Freundschaft umarmt, der bewegendste Augenblick jedoch war der – hat Seu Danilo es nicht erzählt? –, da Miro zum Ogã erhoben wurde. Woher hatte Manela die nötige Kraft genommen, den Liebsten an den Beinen hochzuheben und mit ihm, der schwebend in der Luft gehalten wurde, den Einführungstanz zu tanzen? Übermenschliche Kraft des Orixá oder Kraft der Liebe, vielleicht die eine oder die andere, meine Freundin, die beiden vereint in den zerbrechlichen Armen der Iaô. »Schade, daß Sie nicht dabei waren, es hätte Ihnen gefallen, Dona Dadá, meine Liebe.«

Ein Knoten in der Kehle nahm ihr die Luft, der Kopfschmerz fraß in den Augen, versengte ihr das Gehirn, indessen gelang es Adalgisa, einen Faden von Stimme herauszubekommen, um zu fragen: »Wie ist sie aus dem Kloster gekommen?«

Damiana zeigte die weißen Zähne im fleischigen Mund einer dicken Mulattin, ein breites Lachen, hemmungslos, sie entschuldigte sich: »Ach, entschuldigen Sie, aber ich weiß nicht, wie das kam, Dona Dadá, meine Liebe.« Takt und Scheinheiligkeit aufgebend, wusch sie sich Beleidigungen, Grobheiten und Gemeinheiten der Nachbarin von der Brust, spuckte auf Adalgisas Leiche: »Ich weiß nur, daß sie herauskam, Gott hat geholfen, und ich weiß noch etwas, und das kann ich Ihnen sagen: Diejenige, die die Ärmste in der Klausur der Büßerinnen gefangensetzte, hat weder Seele noch Herz, ist verflucht, ist jämmerlich. Das ist sie, Dona Dadá, meine Liebe!«

WO ES NACHRICHT GIBT, NOCH VERSCHWOMMEN, VON SILVIA ESMERALDA – Mit einem Ruck drehte Adalgisa Damiana den Rükken, schlug der widerlichen Person die Tür vor der Nase zu. Im Zimmer blieb sie stehen, um durchzuatmen, sie hatte

Angst, daß ihr ein Unheil geschah. Sie ging ins Bad, spülte das Gesicht mit kaltem Wasser aus der Leitung ab. Sie konnte das Klopfen des Herzens hören.

Sie zog ein »Ausgehkleid« über, fuhr in die Schuhe, nahm die Tasche, machte sich auf in Richtung der Kirche Sant' Ana in Rio Vermelho. Im Omnibus betete sie den Rosenkranz, erstickt vom Rauch, den der Kerl neben ihr genüßlich seiner billigen Zigarre entlockte. Sie bewegte die Lippen im Gebet, der mit der Zigarre, ein Flegel, sah sie schief an. Der Omnibus hielt an jeder Ecke, er würde niemals ankommen.

Pater José Antonio vollzog eine Taufe, um das Taufbecken herum waren Spanier versammelt. Adalgisa ging in die Sakristei und wartete. Es dauerte lange, bis der Pater kam, er taufte den Sprößling einer reichen Familie, mit dem Recht auf eine Predigt. Endlich kam er, von Eltern, Großeltern und Paten begleitet, Adalgisa konnte die Glückwünsche nicht umgehen. Pater José Antonio unterschrieb den Taufschein, nahm die Gebühren in Empfang, bestätigte noch einmal die Teilnahme am Festessen, nahm Talar und Stola ab. Als die Sakristei leer war und er sich an das bevorzugte Pfarrkind wandte, spürte er Adalgisas Nervosität: »Was machst du so früh hier, *hija?*«

Wenn er mit Adalgisa allein war, sprach er mit ihr Spanisch, übersah ihre brasilianische Nationalität, wodurch er sie sich näher und sich selbst göttlicher machte. »Warum bleibst du stehen? Was hast du, daß du so zitterst?«

»Manela ist aus dem Kloster geflohen.«

»Sie ist geflohen? Aus dem Kloster von Lapa? Unmöglich, *hija.* Das glaube ich dir nicht.«

Adalgisa erzählte ihm, was sie wußte, ein überstürzter Bericht, in dem der Ehemann Danilo, eine Nachbarin, Meister Pastinha und Orixás verworren vorkamen. Das ergab keinen Sinn, der Pater begann zu glauben, das gute Schaf aus des Herren Herde sei nicht ganz richtig im Kopf. Es kam leicht vor, daß eine Betschwester durcheinandergeriet und Unsinn redete, sich Sachen einbildete: im allgemeinen senile Alte, das war hier nicht der Fall.

»Das kann ich nicht verstehen. Am besten ist, wir gehen zur Superiorin und sprechen mit ihr, um zu erfahren, was passiert ist. Gehen wir, *hija.*«

Im Omnibus enthüllte er Adalgisa, daß ihm die Reaktion der Mutter Superiorin nicht gefallen hätte, als sie die Anordnung zu Manuelas Einweisung erhielt. Die Nonne machte keinen Hehl daraus, daß sie damit nicht einverstanden wäre. Sie war beleidigend, freisinnig, widerlich! Flegelhaft, was für eine Unverschämtheit! Sie hatte keinen Respekt vor ihm, zog die von ihm, Pater José Antonio, ausgesprochenen Gesichtspunkte nicht in Betracht, die Mutter war eine dieser modernen Nonnen, die scheinen eher ... schweig, Mund! Er hielt es nicht für wahrscheinlich, doch schien es ihm nicht unmöglich, daß Mutter Leonor selbst die Flucht der Minderjährigen erleichtert hatte, er sah keine andere Erklärung. Wenn sich solche Absurdität herausstellte, würde die Mutter teuer dafür bezahlen, er, Pater José Antonio, würde zum Weihbischof gehen.

Mutter Leonor Lima beschränkte sich darauf, dem Pater guten Tag zu sagen, doch begrüßte sie Adalgisa herzlich: »Ich kann Ihren Entschluß nur loben. Der Sünder, der seinen Fehltritt bereut, verdient Gottes Gnade doppelt. Ich freue mich mit Ihnen.«

Die Unhöflichkeit und die Unverschämtheit der Nonne lösten bei Pater José Antonio fast einen Schlaganfall aus. Er unterbrach die Euphorie der Mutter, forderte Erklärungen für Manelas Flucht, sie sollte alles erzählen, Punkt für Punkt, drohte, sie bei Dom Rudolph anzuzeigen. Die Mutter Superiorin machte sich nicht einmal die Mühe zu antworten, sie zog die Anweisung des Jugendrichters aus der Schublade und zeigte sie. Der Pater las sie wieder und wieder, prüfte das Papier, die Stempel, die Unterschrift: Es gab keine Möglichkeit für einen Zweifel, eine vollständige und tadellose Anweisung des Jugendrichters.

Auch Adalgisa hielt sich damit auf, den Freilassungsbefehl zu lesen. »Danilo hat es erreicht... Gut, daß er gesagt hat...«

»Dein Mann?« Pater José Antonio wollte eine Bestätigung.

»Er hat gesagt, er würde mit dem Richter sprechen, auch er ist Vormund ...«

»Aber der Richter hat vor meinen Augen bestätigt, daß er nur auf deine und keines anderen Bitte die Anordnung ändern würde ... Erinnerst du dich?«

Pater José Antonio war stolz darauf, das Portugiesische fast ebensogut wie das Spanische zu sprechen, grammatikalisch vollkommen korrekt, nur die schwer verständliche Aussprache verriet den Einwanderer. Wenn er jedoch die Ruhe verlor und sich aufregte, vermischte er die beiden Sprachen, verwechselte die Pronomen, die Tendenz, die Muttersprache zu gebrauchen, überwog. Er wollte die Anordnung mitnehmen, doch die Mutter widersetzte sich kategorisch. Indessen willigte sie ein, eine Xerokopie auf der Maschine des benachbarten »Colégio da Bahia« machen zu lassen. Als er sich zurückzog, die Xerokopie in der Tasche der Soutane, prahlte Pater José Antonio mit Stärke: »Räumen Sie die Zelle nicht, Mutter.« Er streckte den Finger aus, bekräftigend: »Die Sünderin wird zurückkommen. *Luego*! Bald! Sie kommt, dem Teufel entrissen, vielleicht ist es nötig, ihr den Teufel auszutreiben.« Er drohte im reinsten Spantugiesisch.

»Sie wird zurückkommen, mit dem Glauben an Gott.« Adalgisa bekreuzigte sich.

Nicht so *luego*, so bald, wie der kriegerische Falangist dachte, denn der Jugendrichter war an diesem Morgen nicht im »Forum« erschienen. Der Gerichtsschreiber, der sie empfing, riet davon ab, in die Wohnung des Justizrates zu gehen: »Der Herr Doktor, der Richter, ist nicht zu Hause. Seiner Frau, Dona Diana, ging es schlecht, etwas Ernstes, sie mußte schnell eingewiesen werden. Doktor Liberato ist bei ihr, erst am Nachmittag werden Sie ihn hier antreffen können. Falls es Dona Diana besser geht. Kommen Sie nach fünfzehn Uhr wieder, vorher hat es keinen Zweck.«

Dona Diana, die Senhora des Jugendrichters. Die sehr geehrte Senhora Diana Teles Mendes Prado d'Avila, Blüte der Aristokratie von São Salvador. In Theaterkreisen, im Klatsch der Fremdgehschar, Sylvia Esmeralda, jene, die recht bekannt ist.

DAS EXIL – Ein verwundeter Löwe, fassungslos, lief Dom Maximiliano von Gruden in der bescheidenen Zelle auf und ab, enger Käfig, das Brüllen in den dunklen Fluren der Abtei donnernd...

Der ganze Satz wird gestrichen. Das Bild ist falsch, abgesehen von der Wiederholung: empfindsam und elegant, beginnende Glatze, erinnerte Dom Maximiliano in nichts an einen Löwen mit scharfen Krallen und majestätischer Mähne. Der Entwurf der Szene ist falsch, außerdem schwülstig und gewöhnlich. In den langen Fluren der Abtei Saõ Bento, hell und nicht düster, hörte man kein Gebrüll, Jammern, Schreien, nicht einmal Schluchzer. Die Klage um den Tod des Paters Henrique Pereira, in Pernambuco von den Häschern der Militärpolizei ermordet, hatte die Lautstärke der in der Kirche gesprochenen Trauergebete, zum Klang der Orgel. Bei dem geheimen Treffen der Priester und Laien offenbarte sich der Protest nicht in demagogischen Reden, in kollektiver Hysterie. Er gestaltete sich in der neuerlichen Versicherung des Gewissens und des Vorsatzes, den Widerstand fortzusetzen und zu vergrößern, selbst wenn der Kampf für die Gerechtigkeit und für die Freiheit verstümmelte Hände, unförmige Körper, in den Rinnstein geworfene Leichen mit sich bringen sollte. An den religiösen Pflichten und den bürgerlichen Gesprächen beteiligte sich Dom Maximiliano von Gruden nicht, der Meditation in seiner Zelle zugewandt.

Die Nachtwache dauerte eine Ewigkeit an Demütigung und Schande, bevor die Übermüdung ihm schließlich die Augen trübte, ohne das Herz von dem stechenden Dolch zu befreien, ohne den Kummer einzuschläfern, den Schmerz zu besänftigen, ohne das Gefühl der Niederlage und des Endes zu beschwichtigen. Dom Maximiliano, schlaflos in der Leere der Welt, faßte ein kurzes Schriftstück des Verzichts ab. Gerichtet an seine Magnifizenz, den Rektor der Universität von Bahia. Er legte ihm das Amt des Direktors des Museums für

Sakrale Kunst in die Hände, das er mehr als zehn Jahre wirksam und glänzend ausgeübt hatte. Man sagte und schrieb mit Recht, daß das Museum Dom Maximiliano die perfekte Organisation, den Wert und die Qualität des Bestandes, den nationalen und internationalen Ruf verdankte, offenkundige Wahrheit, unwiderruflicher Verzicht.

Nochmals in der Stille der Zelle bekräftigter Entschluß, mit sich selbst allein, in die Enge getrieben. Da draußen warteten sie auf ihn, um ihn niederzumetzeln, in den Dreck zu ziehen, verantwortlich zu machen, zu kreuzigen. In dem Telefongespräch mit dem Rektor, am Donnerstagmorgen, hatte er daran gedacht, das Rücktrittsgesuch anzukündigen, falls das Bild der Heiligen nicht gefunden würde, doch er hielt den Mund, noch blieb Zeit und Hoffnung; im Gespräch mit dem Weihbischof erklärte er sich zu Verzicht und Exil bereit, Seine Hochwürden stimmten mit ihm überein: Tatsächlich, Dom Maximiliano würde nach einem so heiklen und grotesken Ereignis nicht im Amt und in der Stadt bleiben können. Verzicht und Exil, welchen Unterschied gibt es zum Tod?

Exil? Ja, Exil war das genaue Wort. Geboren in den Nebeln Deutschlands. Nachdem er die Wege der Welt durchwandert hatte, Europa und Asien, Nordamerika, schiffbrüchig in so vielen Häfen, sich abmühend in Arbeit, Studium, in dem Versuch zu leben, hatte er in der senkrechten Sonne von Bahia das Adoptivvaterland entdeckt, dieses, das ihn aufgenommen und überhäuft hatte, das gelobte Land. In der Brise des bahianischen Meeres, in der Begeisterung, im Erfindungsgeist, in der Herzlichkeit, in der Kunst der Liebenswürdigkeit, in den Riten der Freundschaft, in der Rassenmischung als Lebensbedingung, Quelle des Humanismus, hatte er sich gefunden, war er geblieben: Er hatte Wüste und Sturm durchquert, um sich zu erkennen.

In dieser Nacht, am einsamen Kai, an dem die Heilige verschwunden war, Edimilson im Wahn der Visionen, hatte Dom Maximiliano entsetzt und verloren die Himmel angerufen, die Stunde verflucht, in der Gott ihn auf bahianische Erde gebracht hatte, um da zu leben und zu arbeiten. Er hatte auf die Nation geschimpft, in der alles sich mischt und verschmilzt, wo niemand die Grenzen zwischen Wirklichkeit und Traum unterscheidet, wo das Volk Mißbrauch treibt mit Wundern und Zauberei. Fluchender Mund, abweisend, undankbar, stammelnd, die feige Memme, er wußte nicht, was er sagte, er würde es bald bereuen. Als er feststellte, daß er gezwungen sein könnte, zu gehen, die Stadt und die schwarzbraunen und sanften Menschen zu verlassen, die sie bewohnten, dieses Volk, wußte er, daß jeder andere Boden das Exil wäre.

Vielleicht könnte der aufmerksame und kühne Forscher, der glänzende Intellektuelle, der fähige Museologe, der Gelehrte, in einer anderen Abtei, einem anderen Museum, einem Forschungszentrum religiöser Kunst überleben und arbeiten. Doch um das Leben zu leben, wie Dom Maximiliano es begriff und genoß, gab es kein anderes Territorium als Bahia. Ach, das gab es nicht!

Viel Papier hatte er zerrissen, in dem Versuch, zu sagen, warum er wegging. Er verfaßte Seite um Seite, einen kleinen Essay, lebendige Erinnerungen, Erklärung und Bitte und Entschuldigung. Er kam mit einem der drei Versuche, sich zu behaupten und sich zu verabschieden, zum Ende. Der Text reduzierte sich, bis er schließlich auf die knappe halbe Seite festgelegt war, das, was blieb. Es wurde nur gesagt, daß er das Amt niederlegte und sich zurückzog, um niemals wiederzukehren: Käme er zurück, würde er bleiben wollen. Als der Morgen strahlte, ging Dom Maximiliano in die Kirche, kniete nieder, bekreuzigte sich, in der Küche gab man ihm Kaffee, ein Stück Brot, er ließ Zeitungen kaufen. Er bat darum, man möge Dom Abade, dem Abt, mitteilen, daß er hier wäre und ihn zu sehen wünschte. Je eher, desto besser.

Dom abade – Während Dom Maximiliano, sich zur Geduld zwingend, wartet, um von Dom Abade empfangen zu werden, der um diese Zeit noch damit beschäftigt ist, die Predigt über den Mord an dem Pater aus Pernambuco durchzusehen, die am Sonntag während der Messe von der Kirchenkanzel gelesen werden soll, nutzen wir die Pause für einen weiteren Abstecher in der gewundenen Erzählung.

Die Erklärung, geboren aus der Achtung und der Freundschaft, ist bestimmt, den Abt des Klosters Saõ Bento, Dom Timóteo Amoroso, mit den ihm geschuldeten Ehren, denen er sich in seiner Bescheidenheit entzieht, in die Handlung einzuführen. Um seine anregende Anwesenheit in einem Unternehmen zu begrüßen, in dem sich zahlreiche Pater und Poeten drängen, einige ausgezeichnet, andere äußerst schlecht, in der Doktrin oder in der Strophe.

Ein schwaches Gerippe in der weißen Soutane. Bevor er sie anzog, erlebte er die Welt, ein Bürger, den anderen gleich, er war verheiratet, hatte Kinder, kannte die Dinge nicht nur vom Hörensagen. Er legte das Gelübde ab und nahm die priesterliche Weihe, als er sich, nachdem seine Frau gestorben war, in Entbehrung sah: In Gott suchte er Trost und Freude. Als Dichter schrieb er Verse, er publizierte sie nicht, doch die Poesie trägt er in jedem Augenblick, bei jedem Schritt eines für das menschliche Sein gelebten Lebens in sich. Dom Timóteo Amoroso erneuerte in Bahia die Tradition der bedeutenden Apostel, die sich nicht darauf beschränkten, Indianer und Schwarze zu taufen und ihnen Unterwerfung zu predigen.

Pater Manuel de Nóbrega kam in die erste Jesuitengemeinschaft, eröffnete eine Schule im Gebirge, half, die Stadt im Osten der Welt zu gründen, von allen die schönste. In der Kirche von Sé verkündete er donnernd das Wort des Paters Antônio Vieira, wundertätig und unerbittlich, Tribun der Waldbewohner und Sklaven. Um diese feurige Stimme zum Schweigen zu bringen, begnügte sich die heilige Inquisition nicht damit, ihn im Leben verfolgt zu haben, sie setzte es Jahrhunderte hindurch fort. Sie zerschlug seine Kirche von Sé da Bahia und versuchte den Widerhall der Enthüllung von Gaunern, Feiglingen, Folterknechten auszulöschen.

Zwei Mönche, beide unterzeichneten mit Agostinho, einer *da Piedade*, der andere *de Jesus*, verliehen den Heiligen des Himmels Gesicht, Ausdruck und Merkmale, verliehen ihnen ewiges Leben, indem sie sie in der Bildhauerkunst wiedererschufen, in Stein, in Holz, in Ton. Bruder Canea, aus Pernambuco geflohen, Vorfahre des Paters Henrique Pereira, wurde auf dem Campo da Pólvora standrechtlich erschossen, mitten im Zentrum der Stadt Bahia, um als Beispiel zu dienen. Und viele andere, deren Namen aus doppelter Unkenntnis, historischer und religiöser, ausgelassen wurden von dem Verfasser dieser Sittenchronik, widmeten sich der Stadt und dem Volk mit Opferbereitschaft und Liebe. Keiner mit größerer Opferbereitschaft und größerer Liebe als Dom Timóteo Amoroso in seiner Abtei São Bento.

Wenige Tage vor diesem Freitag hatte Dom Timóteo die Klostertüren geöffnet, um den von den Häschern der zivilen und der militärischen Polizei angegriffenen Studenten Zuflucht zu bieten und sie zu schützen, als sie auf der Praça Castro Alves demonstrierten. Die Spruchbänder und Plakate der auseinandergetriebenen Kundgebung wurden sichtbar hinter den Klostergittern hochgehalten. Um sie herunterzureißen und zu vernichten, um die Studenten zu verhaften, die sie führten, hätten die Spürhunde in die Abtei einfallen müssen, den zarten Mönch überrennen müssen, der ihnen mit ausgebreiteten Armen den Zutritt verwehrte. Keiner wagte es zu tun, sie verharrten knurrend auf dem Largo, auf der Anhöhe des Hügels.

Anläßlich der Feierlichkeiten zum fünfzigsten Gedenktag der Heiligenmutter Menininha von Gantois, der Bewahrerin der afrobrasilianischen Riten, der verfolgten und verleugneten Kultur der afrikanischen Sklaven, der größten Iyalorixá der Stadt und des Landes, zelebrierte Dom Timóteo in der Kirche der Abtei São Bento die Glückwunschmesse und rühmte ihr Priesteramt: Dona Menininha wachte mit Liebe über die Orixás und über das Volk von Bahia.

Zwei Augenblicke, zwei Gesten, zwei Handlungen unter Dutzenden ähnlicher genügen, um die Größe und die Vortrefflichkeit der Persönlichkeit zu ermessen, die in den Ablauf des Geschehens eintreten wird, nur um Dom Maximiliano in der Beichte zu hören.

Die predigt des wunders – Auf das in der Beichte Gesagte und Gehörte wird hier nicht angespielt, das Geheimnis wird vollständig erhalten bleiben, wie es das Gebot der Heiligen Mutter Kirche befiehlt.

Es wird nur erzählt, daß Dom Timóteo Dom Maximiliano mit der Bewunderung, der Achtung und der Geduld empfing, die der berühmte Mönch, Zierde des Benediktinerordens, immer bei ihm gefunden hatte. Und daß er, nachdem er ihn von den Sünden freigesprochen und ihm die entsprechende Buße auferlegt hatte, ihm Hilfe zusagte, um ihm den Entschluß, in die Abtei von Rio de Janeiro zu wechseln, zu erleichtern: Dom Maximiliano plante zu reisen, sobald er die Leitung des Museums übergeben hatte.

Da Dom Timóteo sah, daß Dom Maximiliano entschlossen war, sich aber nicht abgefunden hatte, hielt er ihn zurück, dehnte die Begegnung zu einem freundschaftlichen Gespräch aus. Er fragte ihn, warum er, Dom Maximiliano, an der göttlichen Barmherzigkeit, an der Macht Gottes, an der Existenz von Wundern zweifelte: »Die Wunder gibt es, sie geschehen in jedem Moment vor unseren Augen, nur der Hochmut hindert uns daran, sie zu sehen und zu erkennen.«

Was hatte Edimilson am Kai gesehen, wenn nicht ein Wunder? Warum stellt Dom Maximiliano die Version seines Assistenten in Frage und vertraut nicht darauf, daß ein weiteres Wunder geschehen wird? Die Wunder sind Gott des Allmächtigen täglich Brot. Hier, in dieser Stadt Bahia, sind die Götter so zahlreich und die Wunder so groß, daß man versäumt, sie zu zählen, und sie schon nicht mehr beachtet, harmlos, alltäglich.

»Unter den Bedingungen leben, unter denen das Volk lebt, ist das kein Wunder, und eins der größten?«

Dom Abade führte das Thema zum Elend des Volkes nicht fort, denn er mußte sich um die Not des Mönches, die Dringlichkeit erforderte, kümmern. Der Schmerz drohte zur Gefühllosigkeit auszuwachsen, sich in Lieblosigkeit zu verwandeln. Er heftete die hellen Augen, wie Wasser und Licht, auf die gebeugten Schultern, auf das gequälte Gesicht des weisen

Museologen, er litt mit ihm. Er hatte keinen anderen Balsam für die offene Wunde außer dem Gleichnis vom Meister und dem Schüler in der Einsamkeit des Kais.

Er sagte, daß das Wissen uns häufig beschränkt, uns unduldsam, hochmütig, töricht, ungläubig macht. Einäugiger Engel des Herrn, ließ Edimilson nicht zu, daß das Wissen ihn beschränkte, aus ihm einen Sektierer machte, einen Eingebildeten, einen Törichten, von Eigenliebe geprägt, ihn dahin brachte, den Glauben an Wunder zu verlieren. Lassen Sie nicht zu, das daß Wissen Sie begrenzt, Ihre Vorstellungskraft austrocknet, Ihre Phantasie einschränkt, mein Sohn, mein Bruder, mein Meister, Dom Maximiliano: Größer als die Wissenschaft, die wir beherrschen, sind die Gnade Gottes und die Poesie.

Die Palmzweige des Martyriums – In der Pfarre von Piaçava hatte Pater Abelardo Galvão einige Dinge aus eigener Erfahrung gelernt, viele andere wußte er vom Hören. Er hatte Meinungen, Behauptungen, Einschränkungen, Pflichten, Verbote sagen und wiederholen hören seit der frommen Jugend im Seminar, wohin ihn die reine Berufung geführt hatte. Die Grenzen waren eng, zahlreich die Verbote.

Arzt in einer angesehenen Klinik, sah der Vater ihn mit dem Stethoskop in der Hand, wie er ihm im Hospital und bei der Sprechstunde assistierte. Die Mutter, die Romane verschlang, wollte ihn akademisch gebildet, Professor an der Universität. Auf der heimatlichen Fazenda jedoch hatte ihn die Großmutter mütterlicherseits in der Vorahnung unterstützt: Reich und gebieterisch, hatte sie die Entscheidung durchgesetzt. Ich will meinen Enkel als Bischof eingesetzt sehen, ihm den Bischofsring küssen und ihm den Segen geben, ich ihm, nicht er mir. Sie hieß Edelwais dos Reis Rizério, sie war jung verwitwet, noch ehe sie dreißig wurde. Ein Bild von einer Frau: groß, ansehnlich, imponierend.

Nicht einmal mit einem Fernglas erblickte der Pfarrer von Piaçava die Spur eines Bistums, Motiv seiner Wahl und Vorliebe: Die Großmutter benutzte ein Fernglas, um von der

Veranda des Herrenhauses aus den Horizont des Landgutes zu beherrschen. In den Briefen, die selten waren, hatte Großmutter Edelwais sich beschwert: Was ist das für eine Idee von dir, um eine Diözese in Bahia zu kämpfen?

Dein Fernglas täuscht dich, Großmutter. Der Ring eines Würdenträgers, die Mitra eines Bischofs – unerreichbare Ehren. Selbst die ärmliche Pfarre im Sertão war in Gefahr. Der Weihbischof hatte ihm das Ultimatum gestellt, entweder er beendete die kommunistische Aktion – umstürzlerisch, hatte Dom Rudolph gesagt –, oder er würde versetzt werden. Weder Bischof noch halber Bischof, Großmutter, ein bedrohter Pfarrer. Hinter Seiner Eminenz Hochwürden, der Schatten des Fazendeiros Costa, Auftraggeber des Todes, der Grundstückbesitzer. Schlechte Vorzeichen, Großmutter.

Nahe, das ja, der Palmzweig des Martyriums: Hier, vor ihm, greifbar und sichtbar, in der von Senhor Paulo Loureiro aus Recife überbrachten Nachricht. Während des Berichtes über das Verbrechen und über die nationale politische Situation hatte der Mann aus Pernambuco gesagt: »Wir kehren in die Zeit der Märtyrer zurück«, und er hatte das Wort »Companheiros« für die Anwesenden gebraucht.

Pater Abelardo stimmte zu. Man kehrte in die heldenhaften Zeiten der Verbreitung des Evangeliums zurück, die christlichen Märtyrer bezahlten die heilige Mission mit dem Leben. Gefahrvolle und rühmliche Zeiten für die Kirche der Armen in der heutigen, in der Mitte geteilten Welt, während die Kirche von Rom schwankte zwischen den Reichen und den Besitzlosen, ebenso geteilt wie die Gesellschaft. Eine Handvoll fortschrittlicher Pater stand der Legion reaktionärer Soutanen gegenüber. Eine bedrohliche und erregende Lage. Pater Abelardo hatte den reduzierten Kreis der Geistlichen und Laien betrachtet, das Wort »Companheiros« hatte eine brüderliche Schwingung, durchbrach Barrieren, überwand Klassenunterschiede, löschte Entfernungen. Er hatte sich an den Satz der Großmutter beim Fest der Priesterweihe erinnert: »Ich verlange, daß du ein vollkommener Priester bist, nicht einer von diesen bequemen, die hier in Porto

Alegre in der Rua da Frente vorbeidefilieren, elegant, parfümiert, geckenhaft, listig, Gigolos Gottes.«

Großmutter Edelwais zügelte ihre Zunge nicht, sie benutzte Sporen, wenn sie aufsaß und angriff.

Vollkommen, wie die Großmutter forderte, wenigstens das, wenn er ihr schon nicht den Bischofsring zum Kuß reichen konnte. Unter den Befehlen Gottes war er in das Heer der Armen eingetreten, er hatte sich engagiert in den Reihen der Ärmsten, der Landlosen, der Knechte. Als er es tat, erfüllte er den Schwur, recht zu dienen, den er gesprochen hatte, als er auf dem Boden der Kirche niederkniete, um das heilige Sakrament zu empfangen. Als Besitzerin eines Landgutes mit Viehherden kannte die Großmutter die Armut der Knechte, aber das Elend der Landarbeiter auf den Schollen im Nordosten konnte sie sich nicht einmal vorstellen.

Pater Abelardo erfüllte den Schwur trotz der Drohungen, der Andeutungen in den Zeitungen, des Druckes der Vorgesetzten, der unheimlichen Nachrichten. Wie viele derer, die bereit waren, mit entblößter Brust zu handeln, hatten schon ihr Leben geopfert, waren von Capangas umgebracht worden: Polizisten, Revolverhelden oder Jagunços, im Auftrag der Herren? Eine umfangreiche Aufstellung, sie wuchs unerbittlich, es gab keine Woche, in der nicht ein Pater im Buschwald des Landesinneren umkam, auf den Pflanzungen des rauhen Nordostens, in den Schluchten des Flusses São Francisco, wo immer die Knechte die Forderung wagten, das Land zu besitzen, das sie bepflanzten.

Der Pfarrer von Piaçava, vollkommen, erfüllte seine Pflicht, als er den in äußerstes Elend gezwungenen Pfarrkindern, die wie Tiere lebten, Widerstand anstelle von Unterwerfung predigte. Doch genügte es, mutig zu handeln, damit die Vollkommenheit der Haltung eines katholischen Priesters umfassend ist? Oder war die strenge Befolgung des Eides verbindlich? In der Vorbereitung auf das Martyrium beschloß Pater Abelardo Galvão, sich jegliche Spur, den geringsten Schimmer der Ungehorsamkeit gegen die abgelegten Gelübde, aus der glühenden Brust zu reißen. Er durfte nicht zulassen, daß die Glut in der Brust sich entflammte, er mußte sie auf einmal und für immer löschen. Damit niemals mehr der mit dem Feuer der Sünde genährte Brand ihm das Herz versengte. Es war noch am Vortag geschehen, im Auto, beim Essen, beim Abschied – »bis bald, ich erwarte dich im Theater« –, als Patrícia mit ihren Lippen die seinen leicht berührt hatte, ihre feucht und warm, seine trocken und gierig. In die Todsünde gefallen, wäre er da ein vollkommener Pater? Ach, Großmutter, es ist schwieriger, als du denkst.

In Wahrheit wußte er nicht genau, was die Großmutter dachte. Übrigens, tuschelte das Volk nicht über die reiche Witwe, eine Geschichte mit dem Pater des Ortes? Domherr Jesuíno Santo Domingo führte die Gauchos in den Lumpenkriegen, stieg mit der Soutane in den Sattel des Kleppers, eine Figur von Érico Veríssimo. Er schlief mit Großmutter Edelwais, flüsterten die Knechte und die Mischlingsfrauen unter zurückhaltendem Lachen. Sie tadelten nicht, sie fanden den Streich unterhaltsam, natürlich. Ein vollkommener Pater, was wollte die Großmutter sagen?

Der auserwählte – »Ein Grund höherer Gewalt, ich werde es dir erzählen«, erklärte Pater Abelardo Patrícia, als das Mädchen am Telefon wissen wollte, warum er sie versetzt hätte, obwohl sie das Treffen im »Teatro Castro Alves« ganz fest verabredet hatten. Er hatte für einen Märtyrer beten und die Konsequenzen seines Martyriums suchen müssen. »Einen Märtyrer?« wunderte sich Patrícia. »Wir erleben von neuem die Zeit der Apostel und des Opfers, Christi Auftrag erfüllen kann erbarmungslose Verfolgung, häßliche Verleumdung, empörende Ungerechtigkeit bedeuten, es kann das Leben kosten«, antwortete er, die Stimme fast fröhlich, überspannt. Er hatte Lust, sie »Companheira« zu nennen, er zügelte seine Zunge.

Patrícia hörte die feierliche Erklärung mit gewisser Ungeduld. Bei den Aufnahmen von »Le Grand Echiquier« war der Freitag der hektischste Tag, denn sie würden auf dem Pelourinho eine Probe des bahianischen Karnevals drehen, unter

Teilnahme von Afro-Gruppen und Afoxés, der »Internationalen«, der »Filhos de Gandhi« und des »Bloco do Jacu«, dieser unter der Leitung des Komponisten Waltinho Queiroz und seiner alliebenden Mutter und temperamentvollen Foliatänzerin, Dona Luz da Serra. Seit dem Vortag wurde im Volk durch Rundfunk- und Fernsehsender geworben, in Massen sollte es um fünfzehn Uhr am Largo do Pelourinho erscheinen, wo mit dem Elektrischen Trio von Dodô und Osmar der improvisierte Karneval stattfinden würde. Nilda Spencer hatte Jacques Chancel das Erscheinen Tausender Personen, zwei- bis dreitausend, niedrig gerechnet, garantiert, der Franzose war gerührt.

»Du wirst es mir nachher erklären ...«, unterbrach Patrícia. »Nein, das ist es nicht, die These vom Martyrium interessiert mich sehr ... Doch jetzt muß ich auflegen, ich bin in größter Eile. Ich erwarte dich Punkt zwei an der Schule, um zwei Uhr nachmittags, natürlich ... Ich werde keine Zeit zum Essen haben, wenn du kannst, bring mir ein Sandwich mit. Ja, es kann mit Schinken sein, aber ich ziehe Mortadella vor, das ist mir lieber. Am liebsten bist du mir, wußtest du das? Nun weißt du es, mein geschätzter Märtyrer, mein heiliger Sebastian, und zieh ein recht auffälliges Hemd an, damit man dich im Fernsehen sieht«, sagte die Dreiste am Telefon.

Total verrückt, redete sie nur Unsinn, verdreht, bezaubernd: Was für eine Geschichte ist das mit dem auffälligen Hemd, dem Fernsehen? Schon wieder? Hatte sie sich nicht zufriedengegeben mit dem Essen auf dem Mercado? Was würde der Weihbischhof sagen, wenn er erfuhr, daß er zwischen Künstlern vom Theater und halbnackten Sambatänzerinnen vor den Kameras posierte? Beim Abschied das leichte Streifen der üppigen Lippen. Sie scherzte mit dem Martyrium: Mein heiliger Sebastian, am liebsten bist du mir, nun weißt du es. Ach, Großmutter, ein vollkommener Pater, widersprüchlichste und gefährlichste Pfründe!

In der Reihenfolge der Gedanken, die ihn bekümmerten, wollte er ihr wiederholen, daß den Auftrag Gottes zu erfüllen eine Aufgabe für Erwählte war, er fühlte sich nicht würdig, nicht wert. Wenn Gott ihn jedoch für die Palmzweige des Martyriums bestimmte, wenn er ihn unter die Auserwählten stellte, würde er zur Stelle sein, nicht zurückweichen. Doch Patrícia hatte aufgelegt, bevor der Pfarrer von Piaçava ihr garantierte, daß die Gefahr ihn nicht erschreckte, ihn nicht dazu bringen würde, die Armen im Stich zu lassen, die Landgemeinden aufzugeben, das Wort Gottes zu verschweigen. Feurig, brennend, leidenschaftlich, bereit für das Opfer!

DER REVOLVERHELD – Was Pater Abelardo Galvão, der auserwählte und berufene Märtyrer, nicht wußte: Auf dem Largo de Saõ Bento, vor dem Kloster, mit Regenmantel, dunkler Brille, Hut mit heruntergeklappter Krempe, auf einem Streichholz kauend, erwartete ihn Zé do Lírio, damit sie gemeinsam zu einem geeigneten Ort wanderten, gemeinsam die beste Gelegenheit suchten für die Kugel. Er hatte sechs im Revolverlauf, aber niemals hatte er mehr als eine benutzt.

Ein religiöser Mann, Zé do Lírio, Gott und den Pater Cícero, den heiligen Beschützer der Cangaceiros und Jagunços, fürchtend, wegen der Ausbreitung der Revolverhelden, nicht jedoch, das wird offensichtlich, der Polizisten, Folterknechte, Soldaten am Steuer und anderer Krimineller wegen. Zé do Lírio hatte eine Messe in der Kirche der Abtei gehört, die Gedanken zum Himmel gekehrt, ein hübscher und voller Ort, wo man den ganzen Tag Musik hört und Mana ißt, eine Köstlichkeit, eine ausländische. Die Augen auf Pater Abelardo gerichtet. Um seine Physiognomie zu behalten und nicht noch einen Irrtum, wie er ihm auf dem Jahrmarkt von Caruaru unterlaufen war, zu begehen. Er war zur Totenwache des Unschuldigen erschienen, hatte ein Schnäpschen getrunken, ein Stück Dörrfleisch gekaut, sein Gesicht aus der Nähe gesehen: Er hatte ein paar Züge des Schuldigen, aber die Ähnlichkeit war gering, sie ging nicht über das Schnurrbärtchen von Carlitos hinaus, das verantwortlich für die Verwechslung war. In der Kirche São Bento hatte Zé do Lírio Gott noch einmal um Verzeihung gebeten. Auf seine Rechnung mußte er gut zwei Dutzend Schurken in die andere Welt befördert haben, er empfand keine Gewissensbisse, daran dachte er nicht: Wenn jemand bezahlte, um einen Lebenden zu erledigen, mußte er einen ernsthaften Grund haben, niemand gibt gedankenlos Geld aus. Dafür belastete ihn schwer das Gewicht jenes irrtümlichen Toten, er hatte sogar eine Messe für seine Seele beten lassen.

Er prägte sich das Gesicht des Pfaffen ein, mit Sicherheit ein Schamloser, ein Ruchloser. Einer dieser schlechten Pater, die das Gesetz Gottes nicht anerkennen und das Land ihrer Herren wegnehmen wollen, ohne Urkunden, vergitterte Tore und Grenzlinien zu respektieren. Vielleicht hatte er einer der Töchter des Obersts an die Brust gefaßt, sie waren beide hübsch, nun, von der Verheirateten spricht man nicht, und diese Pater heutzutage nutzen jede Gelegenheit, sie untergraben, vernaschen, abgesehen von einigen, die lieber den Hintern hinhalten. Die ersteren kritisierte Zé do Lírio nicht, wer leichtes Spiel hat und nicht zugreift, verdient das Himmelreich nicht, aber die den Hintern hinhielten, die verachtete er, eine schädliche Rasse.

Oberst Joãozinho Costa hatte im voraus bezahlt, denn an diesem Freitag würde er sehr früh das Flugzeug nehmen, eine dringende und unerwartete Reise. Zé do Lírio kannte die Strategie: Der Auftraggeber zog es vor, genau in dem Augenblick, in der Stunde der Gerechtigkeit, weit weg zu sein. Gerechtigkeit Gottes, hatte der Patron Costa zu Zé do Lírio gesagt, da die Gerechtigkeit der Doktoren ins Stocken geraten ist und die Hurensöhne von Patern zu Tieren werden und die Ländereien anderer an der Spitze von Jagunços überfallen.

Auf dem Largo de São Bento wartet Zé do Lírio in der morgendlichen Kühle, das Herz frei von Schuld, das Gewissen rein, Erfüller seiner Pflicht, auf den verurteilten Pater, der keine Möglichkeit hat zu entwischen. Der Urteilsspruch wurde von einem rechtschaffenen Mann diktiert, die Arbeit ist bezahlt, gut bezahlt übrigens, Zé do Lírio hat das Gesicht des Paters auf der Netzhaut fotografiert, Hochwürden war da, war tot, man konnte schon für seine Seele beten.

Die grössen – Im ersten Flugzeug, das am Nachmittag dieses Freitags aus Brasília kam, voller Parlamentarier, die das Wochenende nutzten, um Familie und Land zu besuchen, mit den Wahlstützpunkten Verbindung aufzunehmen, landeten in Bahia Seine Eminenz Hochwürden, der Kardinal Primas, und Seine Magnifizenz, der Rektor der Bundesuniversität.

»Unser Luftschiff ist voll von Größen«, kommentierte, die Stimme erhebend, der Deputierte Hamilton Trevísio, dessen Stärke Auszeichnungsfeiern waren. Vielleicht, weil er Reisegefährte der beiden angesehenen Persönlichkeiten war, war er gewillt, bei den Studenten Kapital zu schlagen aus den Zugeständnissen, die der Kardinal und der Rektor um den Preis der Demütigung beim Herrn Minister errungen hatten – dem Kriegsminister, nicht dem für Erziehung. Als Vergeltungsmaßnahme für den Streik und die letzten Demonstrationen waren die Studenten bedroht, ein Jahr und die Immatrikulation einzubüßen.

Kavallerist, Grobian, eiserne Disziplin – hatte der General Minister den Kardinal Primas und die Magnifizenz Rektor im Vorzimmer fünfzehn Minuten warten lassen, auf der Uhr gezählt, trotz der am Vortag vereinbarten Zeit: um diesen Landsleuten, die sich für groß hielten, den Nacken zu beugen. Er hatte die Begegnung damit eingeleitet, daß er dem Rektor eine Zigarre verpaßte: »Halten Sie diese Lausejungen zurück, hauen Sie mit dem Knüppel drauf, das sind alles Kommunisten, wo haben Sie Ihre Autorität gelassen?« Er fuhr damit fort, dem Kardinal die unangebrachte Aktion der Pater vorzuwerfen. Wohin sollte das führen? »Sie sind schlimmer als die Kommunisten, aber wir haben ein Auge auf sie, und die Soutane macht nicht unantastbar. Mit der Unantastbarkeit ist es vorbei, zum Wohle des Vaterlandes und für die Sicherheit der Institutionen.« Nachdem er Rektor und Kardinal auf ihre Plätze verwiesen hatte, war er bereit, sie anzuhören. Er diskutierte die dargelegten Gründe, doch er kam den Bitten schließlich nach. Er würde dem Erziehungminister Anweisungen geben, sie sollten ihn aufsuchen. Beim Abschied war er fast freundlich.

Zivilisiert und höflich empfing der Erziehungsminister sie sofort, auch wenn der Besuch nicht im Terminkalender stand, er sprach nicht über den Anruf vom Kabinett des Generals, er war großherzig. Als Vater von Studenten erlebte er das Problem am eigenen Leib. Unerfahrene junge Leute, Idealisten, waren die Studenten bevorzugte Opfer der Kommunisten, schlechte Brasilianer im Dienste Rußlands, die sie zum Umsturz hinrissen. Nicht nur die studentische Jugend. Was sollte man von gewissen Patern sagen, Eminenz? Bei den Landnahmen und sogar in der Guerilla, in Pará, spielten sie eine herausragende Rolle, waren gefährliche und unverschämte Aufwiegler. Er, der Minister, verwechselte diese marxistischen Pater nicht mit der Kirche Christi, dem Bollwerk der Gesellschaft und der verdienstvollen Revolution von 1964, deren Anregerin sie war. Rhetorisch und pathetisch fragte er: »Wäre die Revolution nicht gewesen, wo würden wir heute sein? Wir hätten die Sowjets, den Schmutz, den Atheismus. Den zum Gesetz erklärten Atheismus, von den Bajonetten aufgezwungen, Kardinal!« Er dämpfte die Stimme, sammelte die roten Bajonette ein, die Liebenswürdigkeit in Person. Er bestätigte noch einmal, daß er die Einladung zur Vernissage der Ausstellung Religiöser Kunst annähme. Er würde am Abend dasein, um das Band für die Eröffnung zu lösen, er würde sofort nach Brasília zurückfliegen, in dem kleinen Jet des Ministeriums: Sie sind nicht nur bequem, die kleinen Jets, sind auch von größter Nützlichkeit, sie ermöglichen rasche Ortsveränderungen, machen die Regierung beweglich. Er umarmte den Rektor, küßte ehrerbietig den Ring des Kardinals.

Nach eineinhalb Stunden Flug, müde, gedemütigt, zufrieden, siegreich, die übliche Würde wiederhergestellt, tauschten Kardinal und Rektor Lobreden und Glückwünsche aus: Das Studienjahr der Unverantwortlichen war gerettet, die Drohung des Ausschlusses von der Universität beiseitegeschoben, der Rest war unwichtig. Es war nicht einfach, in Zeiten einer Militärregierung Rektor oder Kardinal zu sein, Minister in Stiefeln und mit Sporen, auf ihren Pferden und auf der Willkür sitzend, kleine sauertöpfische und flegelhafte Despoten. Über solche Trostlosigkeiten sprachen sie nicht, aber für den Erziehungsminister hatten sie Worte der Sympathie. Der Rektor kannte ihn näher, sie unterhielten dienstliche Verbindung, hatten häufig miteinander zu tun: »Ein höflicher Mann. Ein vorzüglicher Redner, ein glänzender Intellektueller. Die Militärs vertrauen ihm nicht, sie kritisieren seinen Liberalismus.«

Der Kardinal erkannte seine Qualitäten an, doch er setzte hinzu: »Der Ärmste, ich beneide ihn nicht um sein Amt.«

Mehr sagte er nicht, er zog es vor, das Gespräch auf eine andere Schwierigkeit zu lenken, die ihnen Unbehagen brachte: das Verschwinden des Bildes der heiligen Barbara, der des Donners. Bei den Plackereien in Brasília, belastet mit der Situation der Studenten und den unterdrückenden Maßnahmen, hatten sie die Angelegenheit kaum berührt, sie hatten keine Zeit gehabt, die beklagenswerte Neuigkeit zu kommentieren. Im Flugzeug jedoch hatte sich die Heilige zwischen die beiden Größen gesetzt, sich aufgezwungen.

»Eine typische Verwicklung unseres teuren Dom Maximiliano. Noch eine...«, kommentierte der Rektor, den Finger auf die Wunde legend.

Barmherzig machte sich der Kardinal an die Verteidigung des Mönchs: »Dom Maximiliano ist ein Gelehrter, und Gelehrte sind im allgemeinen Verwirrungen ausgesetzt...«

»Einige sind es im Übermaß...«, grausam, der Rektor.

Kardinal Primas hob den Handschuh nicht auf. Er dachte an den Vikar von Santo Amaro und an den Krach, den er zu dieser Stunde schlagen würde. Pater Téo war kein Doktor, von einem Gelehrten hatte er nichts, sicherlich hatte er das Latein vom Seminar schon vergessen, aber er war ein harter Knochen, und in gewisser Weise hatte er, der Kardinal, ihn gezwungen, das Bild zu verleihen, er fühlte sich verantwortlich. Der Vikar, der störrische Pater Téo, zu dieser Stunde...

Die unbesiegbare armada – Zu dieser Stunde traf der Vikar von Santo Amaro, der störrische Pater Téo, an der Spitze der Persönlichkeiten der Stadt die letzten Vorkehrungen für das Auslaufen der »Unbesiegbaren Armada« in Richtung Hauptstadt. Um die Heilige zu befreien, sie zurückzubringen zu ihrem Altar in der »Igreja da Purificação«. Wo auch immer sie sein mochte, sie mußten sie ausfindig machen und wiederbekommen.

Für Pater Téo gab es keinen Zweifel über das Schicksal des Bildes: Es wurde vom Direktor des Museums für Sakrale Kunst, besagtem Dom Mimoso, in einem heimlichen Winkel versteckt. Unter Mittäterschaft des Kardinals. Von der aufständischen Bevölkerung von Santo Amaro an die Wand gestellt, müßte der räuberische Mönch den Diebstahl zugeben und die Heilige wieder auf ihr Gestell setzen. Kein Kardinal würde ihn retten können.

Die Stadt Santo Amaro lief Gefahr, entvölkert zu werden. Die Bewohner fanden sich in Massen ein, freiwillig: Die Schiffe, obwohl zahllos, reichten nicht aus, um die Tausende zu transportieren, die an der Expedition teilnehmen wollten. Die Schwierigkeit war nicht, sie herbeizurufen, sondern sie lag darin, zu verhindern, daß sich die Leute um einen Platz schlugen, einen Posten, ein Plakat, einen Palmwedel. Schließlich gelang Dona Canô, die geübt war in der Handhabung unangenehmer Situationen, gewohnt, richtige Lösungen zu entdecken und zu diktieren, die Aufsässigen zu überzeugen: Jede Familie würde einen Vertreter schicken. Auch so würden die Kriegsschiffe noch überfüllt losfahren, Santo Amaro war mit Feuereifer dabei.

Die Bruderschaften begannen von Mittag an, sich einzuschiffen. Einige Leichter kamen schon voll besetzt nach Santo Amaro, mit fröhlichem Hallo. Die Kämpfer brachten verschiedenartigen und reichlichen Mundvorrat mit: Sandwiches, Früchte, gekochte Eier, gebratene Hähnchen, Klippfisch-Klößchen, gebratenen Fisch, auf Zwiebel angerichtetetes Dörrfleisch, in dunkler Tunke gebratenes Rindfleisch, Schweinekoteletts, Krabbenkuchen und -pastetchen, Zukkerrohrröllchen. Eine endlose Liste, geeignet, den Appetit zu wecken, das Wasser im Munde zusammenlaufen zu lassen. Ohne die Kisten mit Guarané und Bier zu zählen, ohne von den – weil verbotenen – Schnapsflaschen zu sprechen. Auf den Barkassen der Reichen, es waren nur vier, floß der Whisky in Strömen.

Die alten Mütterchen der »Confraria de Nossa Senhora da Boa Morte« von Cachoeira, der Heldenhaften, steuerten eines der lebhaftesten Schiffe. Schmuck gekleidet, weiße Röcke, mit Spitze geschmückt und gestickt, über gestärkten Unterröcken, die Blusen zeigten das Skapulier des Ordens, eine Kette aus achtzehnkarätigem Gold mit zwei Plaketten in vollendeter Goldschmiedekunst. Schwarz, heiter, uralt, fast um die achtzig, einige älter als neunzig. Badu war mit sechsundsiebzig die Jüngste. Die Dienstälteste, Maria Pia, war zur Zeit der Sklaverei geboren worden. Sie hatte keine Zähne, aber sie lutschte Zuckerrohrröllchen, die sie mit dem Zahnfleisch zerquetschte.

Umringt von jungen Sportlern, die sich seit dem Vorabend um ihn kümmerten, hatte Kommissar Ripoleto die Arme frei, um eine Hähnchenkeule mit altbackenem Brot, zwei Bananen und Guavenmarmelade zu essen: An Hunger würde er nicht sterben. Sie banden ihm die Arme wieder auf dem Rükken zusammen, denn als er ins Gebüsch gegangen war, um Pipi zu machen, hatte er versucht zu entwischen. Trotz der Unbequemlichkeit und der Angst – sie würden ihn doch nicht während der Überfahrt ertränken? –, sich seiner Pflichten bewußt, notierte Kommissar Ripoleto im Gedächtnis, dem unglücklicherweise mangelhaften, die von den Anführern diktierten Ermahnungen und die auf Spruchbänder und Plakate geschriebenen Losungsworte: »Wir wollen die heilige Barbara, die des Donners!« – »Die Heilige gehört uns!« – »Nieder mit dem Museums-Imperialismus!« – »Es lebe die Heilige!« – »Nieder mit Dom Mimoso!« – »Es lebe Pater Téo!«

Da sie so in der Hauptstadt einlaufen mußten, daß noch genügend Zeit für das Anlanden und den Marsch auf das Kloster Santa Tereza blieb, um das Museum vor der Vernissage um neun Uhr abends zu belagern, wartete die »Unbesiegbare Armada« um drei Uhr nachmittags, die Anker gelichtet, nur auf den Startbefehl. Die Segel im Wind, die Besatzungen komplett und ausgerüstet, die Truppen bereit für den tüchtigen Kampf. Seefahrer und Marketender ergriffen Palmwedel, Plakate, Standarten. Die »Unbesiegbare Armada« der Barkassen, Schoner und Leichter war im Begriff, den Hafen von Santo Amaro zu verlassen, den Paraguaçu stromabwärts zu fahren, um die Rampa do Mercado anzulaufen. Ein ähnliches Geschwader hatte man seit der Zeit der Holländerkriege nicht mehr gesehen.

Mit einer Pfeife versehen, umgeben von Kindern und Gemeindemitgliedern, seine Ordonnanzen der Reporter Guido Guerra und der Fotograf Batista, übernahm der Vikar von Santo Amaro, Pater Teófilo Lopes de Santana, nachdem er Siá Marina »Adeus« gesagt hatte, den Kommandoposten auf dem Bug des »Fliegenden Postschiffes«: ein holländischer Admiral, ein Held des Zweiten Juli, ein Ritter der Hoffnung, Saõ Jorge da Capadócia.

Der entschluss – Nach der Zusammenkunft mit Dom Abade dachte Dom Maximiliano von Gruden lange über die günstigste Art nach, von der Abtei zum Museum zu gelangen und dort Zuflucht zu suchen, ohne daß man auf der Straße auf ihn zeigte, auch wollte er nicht von Journalisten belagert werden. Auf Posten im Hof des Klosters Santa Tereza, schlugen einige die Zeit tot, indem sie Karten spielten, andere hörten Musik aus Transistorradios. José Berbert de Castro, der gute Beziehungen hatte, schlüpfte in Roques Werkstatt gegenüber der Kirche unter, schlummerte im Faulenzer des »gut besuchten Künstlers des Bilderrahmens« – so hatte er ihn in einem Artikel der Serie bezeichnet, die durch das Verschwinden der Heiligen angeregt wurde.

Dom Maximiliano überdachte die an diesen beiden Tagen der Hölle erlittenen Qualen und malte sich die aus, die ihn noch erwarteten. Er faßte einen bündigen Entschluß. Da er ohnehin verloren war – nur das von Dom Timóteo verkündete Wunder könnte ihn retten, doch trotz der Predigt des Abtes glaubte der Gelehrte auch jetzt nicht an Wunder –, war es besser, der Situation erhobenen Hauptes ins Auge zu sehen, nicht zu fliehen, sich nicht zu verstecken. Er hatte entschieden über das, was zu tun wäre, wenn die Stunde der Kreuzigung käme, warum also weiter handeln wie ein Feigling, der unfähig ist, zu akzeptieren und zu beschließen? Zu allem bereit, fühlte er sich erleichtert. Wie ein vernichteter und entehrter japanischer Samurai, heldenhaft und selbstmörderisch, steckte er die Waffe, mit der er Harakiri begehen würde vor den unerbittlichen Richtern, in die Tasche der Soutane: das Rücktrittsgesuch. Seit er beschlossen hatte, zu verzichten und wegzugehen, was konnte er noch fürchten?

Mit einem letzten Anflug von vornehmer Lebensart strich er die zerknitterte Soutane glatt, ihm fehlte ein Spiegel, um das niedergeschlagene traurige Gesicht in Ordnung zu bringen, um es selbstbewußt zu zeigen, mit einer Spur Melancholie, die Blässe stand ihm gut. Enttäuschung und Verlassenheit überspielend, verließ er die Abtei auf dem Largo de São Bento, mischte sich unter die eifrigen Passanten, stieg São Pedro hinauf, übersah das Ehepaar, das tuschelte, als es an ihm vorüberging – die Frau zeigte mit dem Finger auf ihn, war das nicht der Pater von dem Foto in den Zeitungen? An der Piedade bog er um die Ecke, ging weiter durch die Rua de Baixo, sah in der Ferne Doktor Odorico Tavares: Der wandte sich zur Zeitung, am Arm des Ordinarius Edwaldo Boaventura, mit dem er sich unterhielt und kräftig lachte. Über Dom Maximiliano lachte, nur das konnte es sein.

Aus welchem Grunde hatte Doktor Odorico, der sich stets als Freund gezeigt, ihm volle Unterstützung in der strittigen Verwaltung gegeben, ihm Stücke aus seiner Sammlung für Ausstellungen geliehen hatte, in der »Rosa-dos-Ventos« anerkennende Worte über ihn schrieb, warum hatte er sich plötzlich vollständig verändert, sich in einen geschworenen Todfeind verwandelt? Er hatte dem kriegerischen Guido Vollmacht gegeben, warf den alten Freund auf die Straße der Leiden. Warum?

Obwohl Dom Maximiliano den Grund wußte. Er bezahlte die Unmäßigkeit der losen Zunge, unfähig, dem Geschwätz zu widerstehen. Ins Gesicht zuvorkommend wie kein anderer, hinter dem Rücken lästernd, klatschend. Er spuckt in die Schüssel, aus der er ißt, hatte, wie es schien, Doktor Odorico gesagt, als sie kamen und redeten: Es gibt immer jemanden, der redet. Und der übertreibt, intrigiert, zu Unehrerbietigkeit verführend, vielleicht bissig, geschmacklos, vielleicht hinterlistig, aber ein Witz, ein Spaß, weiter nichts, der sich in Unverschämtheit, in Beleidigung verwandelt.

Er legte Wert darauf, an der Zeitung vorbeizugehen, doch niemand sah die herausfordernde Geste. Er hatte eine Anwandlung, einzutreten, doch um was zu tun? Von der Höhe der Treppe, die die Rua de Baixo mit der Rua do Sodré verbindet, schaute Dom Maximiliano auf die Kirche und das Kloster Santa Tereza, vorn der Hof, an der Seite der Garten, eines der schönsten Ensembles der Stadt, eingefügt in die unvergleichliche Landschaft des Meeres und des Gebirges: sein Museum, sein Haus, sein Leben. Ein kleiner Mulatte in einer Lederweste stand gegenüber der Ladeira da Preguiça, er zog am Halfter einen ängstlichen und langsamen Esel. Auf dem Rücken des Tieres das Lastengestell, rissig, abgenutzt, wunderlich, es verdeckte ihm den Bauch. Dom Maximiliano verfolgte die Person und den Esel mit dem Blick, sah auf das Gestell, dann schloß er die Augen, um diesen Augenblick im Gedächtnis festzuhalten. Er begann, Stufe für Stufe die Treppe hinunterzusteigen, während er die Nachbarn mit einem Kopfnicken grüßte.

Er blieb vor dem Atelier des Holzschnitzers Zu Campos stehen und sah ihn geschäftig das Holz mit dem Meißel bearbeiten. Der Künstler lächelte freundlich, als er den Mönch bemerkte.

»Guten Tag, Dom Maximiliano.«

»Was machst du, Zu? Was ist das für eine Heilige?«

»Nun, ist es nicht die heilige Barbara? Sehen Sie nicht den Eiru? Wenn die von Santo Amaro nicht auftaucht, können Sie die an den Platz stellen, Dom Direktor.«

Ein Engel überflog den Himmel blauer Blumen und rosafarbener Vögel auf einer kleinen Schnitzerei an der Wand neben der Tür.

»Wieviel willst du für den Engel, Zu?«

»Den Mulattenengel? Gefällt er Ihnen?«

»Sehr.«

»Soll er für Sie sein, oder wollen Sie ihn verschenken?«

»Für mich.«

»Für Sie kostet er nichts, alles hier gehört Ihnen, Dom Maximiliano.«

Dom Maximiliano wußte, daß der Künstler beleidigt wäre, wenn er darauf bestünde, ihn zu bezahlen: »Nun, wenn es so ist, vielen Dank. Heb ihn auf, ich lasse ihn bald holen. Ich werde dir auch etwas zur Erinnerung geben: das Buch, das ich über die heilige Barbara geschrieben habe. Die von Santo Amaro, die des Donners. Deine wird beinahe so hübsch werden, wie sie es ist.«

Er wollte Zu Campos erzählen, daß er für das Museum für das folgende Jahr eine Ausstellung Religiöser Kunst aus Bahia plante, zeitgenössische Kunst, von Presciliano bis Zu, Wanda do Nada und Osmundo. Zur Ergänzung derer, die vor neun Uhr abends eröffnet werden sollte, ohne eine heilige Barbara, der des Donners oder des Eiru. Doch ein solches Projekt würde im Kopf des Ex-Direktors bleiben, niemals würde es realisiert werden, wozu davon sprechen, es verkünden? Ex-Direktor in wenigen Stunden.

Er stieg die letzten Stufen hinunter. Kaum setzte er den Fuß auf die Straße, sah er sich von Reportern umringt, die Mikrofone eingestellt, ungereimte Fragen. Aus der Tür von Roques Werkstatt eilte Zé Berbert, behende trotz des riesigen Körpers, auf den Mönch zu. Sehnsüchtig erwartet, tauchte er nun hier auf, als sie ihn schon in Rio de Janeiro vermuteten, auf dem Wege nach Deutschland.

Gleichgültig, eine Spur Melancholie in dem stolzen Gesicht, marmorne Blässe – besser wäre, von elfenbeinfarbener Blässe zu sprechen –, blieb Dom Maximiliano nicht stehen, er ging gemessenen Schrittes weiter in Richtung Kloster, ohne den Journalisten zu antworten, doch ohne sie wegzustoßen. Zé Berbert hatte ihn am Ärmel der Soutane gefaßt.

Als er die Eingangstür zum Museum erreichte, wandte er sich selbstsicher an die Umstehenden; er sprach langsam: »Einen Augenblick der Aufmerksamkeit, meine Freunde, bitte. Hören Sie, was ich Ihnen sagen werde, unterbrechen Sie mich nicht. Seit gestern wollen die geschätzten Kollegen von der Presse mich hören. Gestatten Sie, daß ich Ihnen etwas sage.« Er schaute auf die Armbanduhr. »Es ist vierzehn Uhr und fünfundvierzig Minuten, zwei Uhr fünfundvierzig nachmittags. Genau um halb neun Uhr abends, um zwanzig Uhr dreißig, pünktlich, oder in mehr oder weniger fünf Stunden« – er schaute wieder auf die Uhr, verbesserte –: »in fünf Stunden und einundvierzig Minuten wird die Ausstellung Religiöser Kunst in Bahia eröffnet, wozu ich Sie alle einlade. In diesem Augenblick, und erst dann, werde ich sprechen. Nur fünf Stunden, wenig mehr, Sie verlieren nichts, wenn Sie warten.«

Er lächelte Zé Berbert zu, schob seine Hand weg, durchschritt die Tür und riegelte sie von innen ab.

Die signierte Heilige – Er mußte sich auf das Treppengeländer stützen: ein Schwindelgefühl, die Augen trüb, der Magen leer, er hatte nicht zu Mittag gegessen, er hatte keinen Hunger gehabt, der Mund bitter. Dom Maximiliano zog das Taschentuch aus der Soutane, wischte die Schweißtropfen der Schwäche vom Gesicht. Er streifte die Maske des Zynismus über: Niemand sollte ihm ins Gesicht lachen. Er stieg das kleine Stück Treppe hinauf.

In den für die Ausstellung bestimmten Räumen bewegten sich schweigend einige Leute. Jamison Pedra, Künstler und Architekt, kam dem Museumsdirektor entgegen: »Ich bin für die letzten Überarbeitungen gekommen.«

»Sehr nett von Ihnen.«

Dann wurde er von den übrigen umringt. Gilberbert Chaves informierte: »Wir kommen zum Ende. An wichtigen Stücken fehlen nur die von Mirabeau. Ich habe vorgeschlagen, sie holen zu lassen, er hat es abgelehnt, er sagte, er würde sie persönlich bringen. Aber wir haben die Stellen schon bezeichnet, wo sie hinkommen.«

Dom Maximiliano mußte unwillkürlich lächeln, als die Vorsicht des Sammlers erwähnt wurde. Als preisgekrönter Bildhauer, Zeichner, Maler mit großem Absatz, besaß Mirabeau Sampaio die größte und erlesenste Sammlung antiker Heiliger von Bahia.

»Ich wundere mich sogar, daß er eingewilligt hat, uns die Stücke zu leihen. Er könnte Angst haben, daß ich sie niemals mehr zurückgebe.«

Er hatte noch nicht zu Ende gesprochen, und der genannte Mirabeau betrat den Raum. In den Armen, mit der Behutsamkeit dessen, der ein Neugeborenes trägt, brachte er das begehrte Bild der heiligen Katharina von Alexandria. Um sie bemühten sich Antiquitätenhändler und Sammler, von ihr träumten Museumsdirektoren, denn sie zeigte im Umhang die Signierung durch Bruder Agostinho da Piedade. Eins der vier einzigen von dem berühmten Meister signierten Stücke, nach Aleijadinho der größte, prahlte Mirabeau, der stolze Besitzer. Dom Maximiliano ging, ihn zu empfangen: »Gestatten Sie, daß ein armer Sterblicher diese Kostbarkeit in die Hände nimmt.«

»Achtung, sie ist schwer.«

Schwer und groß. Mit den mageren Händen, den langen Fingern hielt Dom Maximiliano sie fest, und zum x-ten Male belebte die Bewunderung sein Gesicht, und die Gier verdunkelte seine Augen, als er die seltene und authentische Signierung prüfte. Aufmerksam, besorgt, begleitete Mirabeau die Inspektion der heiligen Katharina. Er lächelte getröstet, als sie dem kräftigen Sylvio Robato übergeben wurde. Nun bestand keine Gefahr mehr, das Zeichen war nicht entdeckt worden, der Mönch hatte es nicht bemerkt. Er konnte es auch nicht. Nur er allein, Mirabeau Sampaio, und sonst niemand, wußte, wo er das Zeichen eingraviert hatte, das das Bild identifizierte: im Atelier verriegelt, ohne Zeugen. Nicht, daß er alles glaubte, was von Dom Maximiliano erzählt und ihm zugeschrieben wurde, doch, wie der Katechismus sagt, sicherlich ist er alt gestorben. Auch wenn er es nicht absichtlich tat, kommentierte Dom Maximiliano: »Wir wollen einen besonderen Platz für sie suchen, einen hervorstechenden, wie sie es verdient. Vielleicht überzeugt sich der teure Mirabeau, daß diese heilige Katharina von Alexandria nicht weiter in einer Privatsammlung bleiben kann. Ihr Platz ist hier, im Museum für Religiöse Kunst. Vielleicht, großmütig wie er ist, macht er uns eine Schenkung ...«

Großmütig oder nicht, es gab Zweifel, Mirabeau fand an Scherzen dieser Art keinen Spaß. Dom Maximiliano verdiente kein Vertrauen, gerade jetzt hatte er sich diese verworrene Geschichte von der heiligen Barbara, der des Donners, ausgedacht. Witz gegen Witz, Drohung gegen Drohung, antwortete er wörtlich: »Passen Sie auf, ich hole sie zurück ... Weder Schenkung noch Verkauf, noch Tausch ... Tausch auf keinen Fall.« Schon verärgert, hob Mirabeau die Stimme.

Stichelei, Dom Maximiliano verstand sie. Um den Flegel zu beruhigen, dachte er daran, zum zweitenmal an diesem Nachmittag, von dem Projekt einer Ausstellung zeitgenössischer religiöser Kunst zu erzählen. Die von Mirabeau gemalten Heiligen, seine Skulpturen, die Pietà, der Christus, würden glänzend in ihr wirken. Zum zweitenmal schwieg er: Morgen schon wäre er nicht mehr Museumsdirektor, adieu, Projekte. Eine Leere in der Brust: Morgen schon würde er nicht mehr der Direktor sein. Er nahm Mirabeau beim Arm: »Suchen wir den Platz aus für deine heilige Katharina.«

Begleitet von Mitarbeitern und Angestellten, gingen die beiden Komplizen, Mitangeklagte bei so vielen Machenschaften und Listen, durch die Räume. Die Ausstellung war praktisch aufgebaut, eindrucksvoll, sie reichte von der Kolonialzeit bis zum Ende des 19. Jahrhunderts, vereinte Schätze von unermeßlichem Wert und ebensolcher Schönheit. In der Mitte des Hauptsaales das leere Postament in Erwartung des Bildes der heiligen Barbara, der des Donners. Dom Maximiliano befahl, sie sollten es wegnehmen und aus dem Lager einen bestimmten kleinen Tisch bringen, eine Rarität aus der holländischen Herrschaft, auf ihn stellte er die Heilige aus Alexandria, in Bahia neu erschaffen von Bruder Agostinho da Piedade. Der Bildhauer hatte das Bild so geliebt, daß er es signiert hatte. Gut sichtbar die Signatur.

Dom Maximiliano schickte den Pförtner Almério, die anderen von Mirabeau geliehenen Stücke zu holen, sie waren unter der Aufsicht von Edgar, dem Mädchen für alles, im Auto geblieben. Mirabeau war ein junger Dandy, ein Leichtfuß, der König der Argentinierinnen vom Bataclan, als er ihn als Chauffeur und Leibwächter verpflichtet hatte: Sie waren zusammen alt und mürrisch geworden.

Obwohl er vor Neugier umkam, verrückt danach, etwas über das Schicksal des Bildes der heiligen Barbara, der des Donners, zu erfahren, spielte Mirabeau Sampaio in keinem Augenblick auf die Pressemeldung vom Verschwinden des Bildes an, er erwähnte den Besuch der Polizei in seinem Atelier nicht: den Schnabel gehalten, das Ohr lauschend. Doch als sie am Ende ihrer Runde am Eingang des großen Saales stehenblieben und Mirabeau sich vor der Tür verabschieden wollte, widerstand er nicht und fragte, den Ahnungslosen spielend: »Und die heilige Barbara, die des Donners, hast du schon entschieden, wo du sie hinstellen wirst?«

Von Überraschung erfaßt – die Frage hatte er nicht erwartet, er war nicht darauf vorbereitet, sie zu beantworten –, gezwungen, irgend etwas zu sagen, redete Dom Maximiliano ohne Zögern das erste, was ihm in den Kopf kam: »Genau hierher, wo ich stehe, gleich am Eingang. Wie findest du das, mein teurer Mirabeau?«

Ohne auf eine Antwort zu warten, drückte er ihm die Hand, überließ es den anderen, ihn zur Treppe zu führen, denn, geplagt, kam der diensthabende Engel, um ihm zu verkünden: »Der Kardinal am Telefon.«

Der Kardinal begrüßte Dom Maximiliano herzlich, bevor er sich über das Problem der Heiligen informierte. Er hatte soeben einen langen Bericht aus dem Munde des Weihbischofs gehört, doch er wollte die Version des Museumsdirektors erfahren. Dom Maximiliano sagte ihm ohne Zurückhaltung alles, was er wußte. An diesem Tag war ihm, außer dem, was man in den Zeitungen las, keinerlei Neuigkeit zu Ohren gekommen, nicht eine Spur Hoffnung war ihm zuteil geworden. Von der Abtei aus hatte er sich telefonisch mit dem Sicherheitssekretariat in Verbindung gesetzt. Ohne eine übereilte Meinung über die Person zu äußern, konnte Seine Eminenz die Taktlosigkeit nicht billigen, er informierte, daß Doktor Calixto Passos darauf bestand, Pater Téo als Verdächtigen zu bezeichnen, Verdächtigen, nein, Schuldigen ...

Am anderen Ende der Leitung rief der Kardinal aus: »Wen? Pater Téo?« Ihn, ja, den Vikar von Santo Amaro, genau ... Wieder verschwieg Dom Maximiliano die Kommentare, erzählte weiter. Er hatte versucht, mit dem Kommissar der Zivilpolizei in Verbindung zu treten, es war ihm nicht gelungen, der Oberst hatte eine Nachricht durch einen Vertrauten geschickt: Er hatte ihm nichts zu sagen. Dom Maximiliano endete damit, daß er sich für glücklich erklärte, weil er sich noch in Freiheit befand. Für wie lange, nur Gott wußte es.

Der Kardinal versprach ihm Informationen, sobald er mit Oberst Raul Antônio gesprochen hätte. Bevor er auflegte, fragte er, ob die Nachricht richtig wäre, die Dom Rudolph ihm mitgeteilt hatte: Dom Maximiliano dächte daran, von der Direktion des Museums zurückzutreten und von Bahia wegzugehen, wenn das Bild nicht zur Zeit gefunden würde, um in der Ausstellung gezeigt zu werden. Das war die Wahrheit, ja.

»Scheint es Ihnen unumgänglich?«

»Ich sehe keinen anderen Ausweg, Eminenz.«

Er hoffte vielleicht, vom Kardinal ein Wort des Widerspruchs, eine abweichende Meinung zu hören, eine Verweigerung, den Rücktritt anzunehmen, einen Befehl, im Amt zu bleiben. Er hörte es nicht, Seine Eminenz bedauerte nur: »Schade, sehr schade, aber tatsächlich, es bleibt Ihnen kein anderer Ausweg.«

Er hätte sich wenigstens auf den Beistand beziehen können, dachte Dom Maximiliano, den er ihm gegeben hatte, um das Bild zu bekommen, es fiel ihm eine gewisse Verantwortung zu, er hatte sich beim Vikar von Santo Amaro bemüht, aber sicherlich hatte der Kardinal diese Einzelheit vergessen. Auf diesen seinen Leidensstationen trug Dom Maximiliano das Kreuz allein, es gab keinen Simon von Kirene, der ihm beim Aufstieg zum Kalvarienberg half.

Die Motorradfahrerin – Plötzlich sah sich Pater Abelardo Galvão auf der Kruppe des Motorrades, beide Hände auf Patrícias nackten Bauch gelegt. An sie geklammert, umschlang er mit den Armen ihren Körper, spürte seine Berührung und Wärme. So durchquerten sie das Zentrum der Stadt, von der Theaterschule in Canela zum Largo do Pelourinho, wo die Menge anschwoll.

»Komm mit mir«, hatte sie befohlen. »Wie immer sind wir zu spät, Jacques ist schon mit Nilda gefahren, Guy ist auf dem Pelourinho, seit langem.« Zwei Wagen waren gerade abgefahren, voll besetzt. »Wir werden vor ihnen ankommen«, verkündete Patrícia. Pater Abelardo wußte nicht, wie, aber bald wußte er es. Als er sich auf dem Motorrad sitzen sah. Mit hundert pro Stunde.

Lose über der Lee-Hose das bunte Hemd, das einzige, das er auf die kurze Reise mitgenommen hatte, abgesehen von dem zur geistlichen Tracht gehörenden Hemd und den beiden unauffälligen T-Shirts, mit Gedichten von Mário Quintana, in Weiß auf das schwarze Trikot gedruckt. Was Patrícia betraf, so sagte man am besten, daß sie sich auszog, als sie das auffällige und knappe Phantasiekostüm überstreifte. Unter dem bedruckten Pareô, das war leicht festzustellen, nur das weiße Unterhöschen. In der Taille durch einen Knoten festgehalten, sich öffnend und schließend, zeigte der Pareô unverhohlen die Schenkel und das Hinterteil. Über den Brüsten das rückenfreie Oberteil, das mehr zeigte, als es verbarg, einzigartig, und vor allem zu winzig, um die Üppigkeiten zu fassen. Sie hatte das Indianerhaar auf dem Kopf zusammengerollt, mit Blumen durchsetzt, Krone einer Königin. Karnevalskönigin, die der Franzose sehen und filmen sollte.

Bis sie sich mit dem Motorradhelm bedeckte, um Krone und Make-up vor dem unbeständigen Wind zu schützen. Patrícia war an der Theaterschule vorbeimarschiert, barfuß und fast nackt, herausfordernd. Dem Wind und den Blicken ausgesetzt, im Sonnenlicht, üppig, strahlend, ein Monument, eine Statue. Statuen bewegen sich nicht: fest auf ihren Sokkeln, unbeweglich in den Museen, die Venus von Milo, die Eva von Rodin, während Patrícia hin und her ging und im Gehen die Hüften wiegte, der Pareô öffnete sich, man sah alles. Sinnlich, aber nicht unzüchtig, wollüstig, aber nicht schamlos, keine Spur von Unschicklichkeit, meinte Pater Abelardo, als er sie betrachtete. Sein Blick wich nicht aus, der Pater fühlte sich nicht schuldig, empfand sich nicht als Sünder. Es war, als ob er den Flug einer Möwe sah, eine Akazie in der Blüte, einen Paradiesvogel. Würde sie es sein?

Unfügsame Kandidatinnen für das Himmelsgestirn der Bühnenkünste, liefen die Schülerinnen des Kurses für darstellende Kunst, mit gleicher Nacktheit bekleidet, zu den beiden Autos, eines gehörte Miro. Der Pater wunderte sich, daß Sylvia Esmeralda nicht da war, am Vortag die lebhafteste, er fragte nach ihr. Die arme Sylvia, sie war in der vergangenen Nacht erkrankt, aber Dona Olímpia de Castro, eine Neureiche, ihre Freundin, hatte gerade vom Hospital angerufen, um Nachricht zu geben: Sylvia hütete noch das Bett, aber sie war außer Gefahr. Die Ärmste! Patrícia hatte Mitleid: krank werden zum Zeitpunkt dieses Karnevalgewimmels, eines Ereignisses, das sich in hundert Jahren nicht wiederholte.

Ein ungereimter Dialog, jeden Augenblick unterbrochen. Patrícia entschied, mahnte zur Eile, gab Befehlte, den Kolleginnen, den Assistenten, den Kraftfahrern und ihm, Pater Abelardo Galvão. Nach dem Filmen der Karnevalszenen, wenn er oben bei dem Elektrischen Trio wäre, mit der kleinen Gruppe der Privilegierten, würde sie ihn wieder zur Teilnahme an einem Caruru aus tausend Quiabos mitnehmen. In Piaçava war der Pater schon zu anderen Carurus erschienen, von Cosme und Damião, auch im Landesinnern ein traditioneller Brauch. Dieser ist von Yansã, er wird auf dem Mercado der heiligen Barbara in der Baixa do Sapatairo sein. Sie würden direkt vom Pelourinho zu dem Vergnügen gehen, es war nur ein Schritt. Jacira do Odô Oyá hatte gebeten, sie möge die ganze Mannschaft mitbringen und weder Seu Jacques, den hübschen Kerl, vergessen noch diesen kleinen modernen Franzosen, den mit den Ohrringen, der ein Schwuler scheint, es aber nicht ist.

So kam es, daß Pater Abelardo Galvão, als er es am wenigsten erwartete, sich angegliedert, angeschlossen sah an Leute, deren Gewohnheiten er bis zum Vortag nur vom Hörensagen kannte, in der Regel sprach man schlecht von ihnen. Alles war neu für ihn, von der frechen, unterhaltsamen Sprache bis zu der kurzen, lässigen Kleidung. Unbändig, unschicklich, die Freiheit gebrauchend und mißbrauchend, einschließlich der sexuellen Freiheit, wie allgemein geredet wurde. Und es schien wahr zu sein, nach dem, was er beobachten konnte, jedoch verdienten sie seiner Meinung nach nicht die üblichen Etiketten: böse, entartet, gefährlich. Er entdeckte sympathische Menschen, herzliche, gute Kameraden. Niemand rechnete ihm den Priesterstand an, und die, die von seiner kommunistischen Aktion wußten, beglückwünschten ihn, solidarisch. Umgeben von der verleumdeten Mafia des Theaters und des Fernsehens, von Stars aus den Schauspielen von Eros Martins Gonçalves, aus den Filmen von Glauber Rocha, Bohemiens, Freidenkern und Freigeistern, kam er, der zurückhaltende, bäurische Priester, sich nicht fremd noch fern vor. Im Gegenteil, er fühlte sich wohl und vergnügt.

Patrícia führte ihn in diesen Labyrinthen, unterrichtete ihn, klärte ihn auf. Der Caruru der Verzauberten, lehrte sie ihn, ein Vergnügen, das mit den Traditionen des Candomblé verbunden war, war keine Verpflichtung auf den Terreiro, ein rituelles Fest des Axé, wenn die Orixás singen und tanzen mit den Besessenen und den Iaôs. Aber es kann vorkommen.

»Warst du niemals zu einem Candomblé?«

»Noch nicht, aber ich möchte gern. Ich habe gehört, daß das sehr hübsch ist.«

»Eines Tages nehme ich dich mit. Weißt du, daß ich Yansãs

Tochter bin? Ich habe den Kopf geschabt, den Heiligen aufgenommen, habe ich es dir niemals gesagt?«

»Niemals. Ich wußte es nicht.«

»Es ist gut, wenn du es weißt, denn mit dem Volk Yansãs ist nicht zu spaßen, rechtschaffene Leute, aber ungestüm. Und dein Heiliger, welcher wird es sein? Bei deiner Art denke ich, daß es Oxalá ist, aber mir wäre es lieber, es wäre Xangô.«

»Warum Xangô?«

»Weil Xangô der Mann von Yansã ist.« Sie lachte frech.

Pater können nicht heiraten, Patrícia, die Gelübde verbieten es. Die Pater haben das Zölibat, Keuschheit geschworen. Er sagte nichts, schluckte es hinunter. Vielleicht gingen diese Übertreibungen nicht über einen bloßen Spaß hinaus, das Mädchen aus der Stadt, das sich auf Kosten des Pfaffen von der Pflanzung amüsierte. Auf dem Motorrad, als er ihren Körper berührt, als er in der Handfläche die Geschmeidigkeit der Haut, die Wölbung des Bauches gespürt hatte, als er plötzlich, unerwartet, die Muschel des Nabels gefühlt hatte, fragte sich der Pfarrer von Piaçava, der Prediger der »Seelsorge für die Welt«, Kandidat für das Martyrium, wohin durch die Teufelskünste die Entschlüsse entschwunden waren, die er bei Tagesanbruch gefaßt hatte, als er sich darauf vorbereitete, das Leben zu opfern. Streng, fest, unzerstörbar, unerschütterlich. Unerschütterlich, eine *Nummer*, wie irgendeine Schülerin reagieren würde, wenn sie das schlimme Wort hörte. Zerbrechlich, verwegen, hatte der Wind die Entschlüsse entführt, unhaltbar. Das Martyrium erlitt er, hier, in dieser Stunde, auf der Kruppe des Motorrads, zwischen Himmel und Hölle, zwischen Halleluja und Fluch.

Er versuchte Abstand zu halten, sah sich an Patrícias Körper geklebt. Um nicht vom Fahrzeug geworfen zu werden, in einer Kurve, mit überhöhter Geschwindigkeit, drückte er sich an sie, und nicht einmal der Schreck verhinderte, daß er die Lieblichkeit der Welt in seinen Händen fühlte, und ein Schauer der Prophezeiung durchfuhr ihn vom Kopf bis zu den Füßen, der ihm wie ein Dolch in die Eier fuhr. Und ein Pater hat Eier, Abelardo?

Die qualvolle, wahnsinnige, endlose Reise des Paters Abelardo Galvão, des Pfarrers der bedürftigen Gemeinde von Piaçava, des Pastors der verleumdeten Gemeinde Landloser, dauerte wenige Minuten, von Canela zum Pelourinho. Die Verkehrszeichen mißachtend, überholte der Meteor Omnibus und Autos, Miros Taxi, den Mercedes von Jenner Augusto, ein Raumschiff, im Flug Blitze schleudernd. Die Gelübde-Hände des Paters berührten den gewölbten Leib Patrícias, Territorium des Traums und der Sünde. Die rechte Hand oder auch die linke Hand, bald die eine, bald die andere, rutschte ab, traf auf den Nabel, entfernte sich, wich ab, kehrte zurück, verweilte, der Nabel war ein Abgrund, der Krater eines Vulkans, es waren die Tiefen der Hölle, die rechte Hand oder auch die linke Hand glitt ab, es gab keine Willenskraft, die imstande war, sie festzuhalten. Über den Lenker gebeugt, auf dem Sitz aufgerichtet, Patrícia, mit dem Rücken an die Brust des Paters geklebt, ein Pater in der Gefahr des Todes und ewiger Verdammung. Was bedeutet ein vollkommener Pater, Großmutter, sag es mir? Ein Pater hat Eier wie irgendein anderer Mann, wußtest du das, Großmutter?

Auf den Wegen der Versuchung, bedroht vom Fall, in den Spuren der Exkommunikation fährt Pater Abelardo Galvão zum Karneval der Franzosen. Danach wird er zu einem Caruru von Yansã, Xangôs Frau, gehen. Ach, Patrícia, selbst wenn er von Xangô ist, ein Pater kann nicht heiraten, Patrícia, ach nein.

Die unmöglichen Zugeständnisse – Nachdem sie mit Pater José Antonio für drei Uhr nachmittags eine Verabredung im Gericht getroffen hatte, kehrte Adalgisa nach Hause zurück. Sie als entrüstet, zornig zu bezeichnen konnte ihren Zustand, die Raserei nicht beschreiben. Ein Nervenbündel, gleichzeitig entschlossen, bewußt.

Sie war drauf und dran, zu explodieren, als sie sah, wie Türen und Fenster sich öffneten, wo sie vorüberging, die Nachbarn begierig auf Neuigkeiten, bereit, ihr eingefallenes Gesicht zu genießen. Sie hatte beschlossen, dem Gesindel der Siedlung keinen Anlaß zu Klatsch zu geben, ihnen die Freude über irgendeine Nachricht, die geringste Information zu verweigern, die Freude über eine Klage, über die winzigste Gegenbeschuldigung, den höchsten Genuß eines Gebrülls. Sie verloren ihre Zeit, die Lumpen, die Ekel. Erhobenen Hauptes ging sie bis zur Haustür, die Miene so verschlossen, daß nicht einmal Damiana, die größte Intrigantin, die sie kokett erwartete, es wagte, Fragen zu stellen. Die Liederliche begnügte sich damit, zu lachen, als sie ihre Grimasse sah: Wer zuletzt lacht, lacht am besten, geringer Trost, doch im Moment verfügte Adalgisa über keinen anderen.

Danilo würde etwas zu hören bekommen, wenn er zum Essen käme. Durch das Gehörte und das, was sie vermutete, hatte Adalgisa den Umfang der Rolle bestimmt, die der Ehemann bei den unheilvollen Vorfällen der vergangenen Nacht gespielt hatte. Danilo war nicht der Mann, einen so genauen und verwickelten Plan zu entwerfen und auszuführen. Er hatte alle Fähigkeit zur Initiative auf den Fußballfeldern ausgegeben, er hatte das Steuer des Schiffes seiner Frau überlassen, er segelte in stillen Wassern.

Gildete, die vorlaute Pest, streitsüchtig, dieses Weibsstück, hatte sich an die Spitze gestellt, hatte sich das Komplott ausgedacht und es von Anfang bis Ende geführt. Mit Hilfe des Schimpansen, des verpesteten Negers. Adalgisa hörte sie geradezu, wie sie argumentierte, um Danilo zu überzeugen. Wenn er Manelas Vormund war, ebenso wie Dadá, warum ging er nicht sofort zum Jugendrichter? Seine Gründe darzulegen, über die Erziehung des Mädchens unter der Fuchtel der Tante zu reden. Oder auch: eine Menge Lügen zu erfinden und sie, Adalgisa, als Monster darzustellen, als eine Entartete ohne Gemüt. So war es sicherlich geschehen, solche Sachen hatte man über sie gesagt, so daß man den Richter überzeugt und einen Gegenbefehl erhalten hatte.

Als sie sich vorstellte, was passiert war, sah sich Adalgisa, wütend und beleidigt, vor allem ungerecht behandelt. Sie brachte sich um, ihre Gesundheit war erschüttert, sie kannte keinen Augenblick der Ruhe, opferte sich, um die Adoptivtochter im Gesetz Gottes zu erziehen, um sie vor Laster und Sünde zu schützen, zu verhindern, daß sie verdorben und unverschämt wurde, sie wollte aus ihr eine Senhora machen. Die Verwandten, ihr eigener Mann eingeschlossen – anstatt ihr für die Selbstlosigkeit zu danken –, schleppten sie auf die Straße der Bitternis, erdolchten sie meuchlings. Die Idee mußte von ihr, der Macumbeira, stammen, den Schmutz der Siedlung zu alarmieren, Professor João Batista mitzunehmen, die verwünschte Damiana und den Rest des Gesindels, damit alle Zeugen von Manelas Schande, von Adalgisas Niederlage werden konnten. Noch war sie nicht vernichtend geschlagen, wer zuletzt lacht, und so weiter und so fort.

Sie rechnete mit einer entscheidenden Waffe: Danilo selbst. Wenn er zum Essen käme, in der Mittagspause des Anwaltsbüros, würde er hören, was er niemals in seinem Leben gehört hatte, das, was Adalgisa ihm zu sagen hatte und was sie den Hexen der Nachbarschaft nicht gesagt hatte. Niemals war sie so wütend auf ihn gewesen, nicht einmal während der Flitterwochen am Strand oder in den ersten Ehemonaten, als Danilo versucht hatte, sie zu erniedrigenden Praktiken zu zwingen. Sie hatte sehr hart sein müssen, Krach schlagen müssen, nicht vergleichbar jedoch mit der Anklage, die ihn erwartete.

Nachdem sie ihm alles bis ins Letzte vorgebetet hätte, würde Adalgisa ihn zwingen, sie zum Jugendrichter zu begleiten, damit er die gegen sie vorgebrachten Erbärmlichkeiten zurücknehmen, bestätigen würde, daß er einverstanden war, vollkommen einverstanden mit der Einweisung Manelas in die Klausur der Büßerinnen, wo sie in Sicherheit vor dem Satan und den Praktiken der Zauberei war. Wußte der Doktor Richter, daß Manela im Candomblé von Gantois aufgenommen worden war?

Eins von beiden: Entweder Danilo gab seinen Standpunkt auf, beugte den Nacken, handelte, wie sie es wünschte, oder die Ehe – als vollkommene Einheit zweier liebender Herzen in einem einzigen Willen angesehen – ginge zum Teufel. Er hatte zu entscheiden: Entweder begleitete er sie zum Jugendrichter, oder er mußte weggehen, eine dritte Möglichkeit gab es nicht. Und er sollte es unverzüglich tun: Die Tür zur Straße war offen.

Alles konnte sie bei ihrem Mann dulden, gern oder ungern, alles, außer zwei Dingen. Sie würde nicht zulassen, daß er bei Gelegenheiten wie dieser, entscheidend, über Manela bestimmte, daß er ihr bei der Flucht half und zuließ, daß sie sich der Schamlosigkeit und dem Götzendienst überließ. Dies war das erste der beiden unmöglichen Zugeständnisse. Das zweite kennt man schon, es wurde zur Genüge erläutert, als in kräftigen Farben realistische Einzelheiten des sexuellen Lebens der Wohlverheirateten geschildert wurden. Nie, niemals im Laufe dieser fast zwanzig Jahre hatte sie den im Bett geflüsterten Bitten nachgegeben, den Ungehörigkeiten der Zunge, Verderbtheiten des Hinterteils, Unanständigkeiten, Unmoralischem, Schmutzigem. Weder Manela noch der Arsch, olé!

Inmitten der Verwirrung des unglücklichen Morgens hatte Adalgisa den Wochentag, den Freitag, vergessen. Derart außer sich, hatte sie weder an das Mittagessen mit dem Notar noch an den Innereiengulasch gedacht. Seit mehr als zwanzig Jahren führte Danilos Chef, der Notar Wilson Guimarães Vieira, außer Chef auch Freund, an jedem Freitag eine Gruppe von Gästen in ein Restaurant der Cidade Beixa, in das »Colón«, wo man eine Eierspeise aß, deren Geschmack zwischen erhaben und göttlich schwankte. Adalgisa nutzte die Abwesenheit des Mannes, um einen Ochsenschwanzgulasch, ihr Lieblingsgericht, zu bereiten und ihn zu genießen. Danilo war allergisch gegen Fleckensuppe und, so sonderbar es uns scheint, auch gegen Ochsenschwanz.

Was Adalgisa nicht wußte, niemals hatte es sie interessiert, war der Grund dieses wöchentlichen Essens. Am Oxalá geweihten Tag, am Freitag, kleiden sich seine Kinder, Männer und Frauen, weiß und feiern ihn. Der Notar Vieira feierte ihn mit einem Essen unter Freunden, begossen mit Vinho verde, portugiesischem. Als ständiger und besonderer Gast legte Professor João Batista Wert darauf, als Vorspeise ein Gericht mit *escargots* zu kosten – Danilo war es zuwider. Abgesehen davon, daß es ein ausgesuchter Leckerbissen war, *escargot* in Französisch, Nacktschnecke *caracol* auf Portugiesisch, *igbin* in Ioruba, *catassol* in irgendeiner Sprache, ist es Oxalás Speise.

KORRIDOR UND VORZIMMER – Adalgisa kam vor der verabredeten Zeit zum Jugendrichter, sie hatte es nicht ausgehalten, zu Hause zu warten.

Vergebens hatte sie versucht, mit Danilo zu sprechen, sie hatte von der Bäckerei Seu Martinez' angerufen, wieder postierte sich das Gesindel der Siedlung an den Fenstern, um sie vorübergehen zu sehen, sie antwortete mit Verachtung. Die Gäste des Essens hatten das Restaurant schon verlassen, der Kellner, der das Gespräch angenommen hatte, bedauerte, als er erfuhr, mit wem er sprach: Danilo war eben in Begleitung Doktor Wilsons weggegangen. Um das Gewissen zu entlasten, rief Adalgisa im Notariat an, obwohl sie im voraus wußte, daß sie ihn dort nicht antreffen würde. Notar und Sekretär, die unter einer Decke steckten, kehrten freitags nach der Schwelgerei nicht vor drei Uhr an die Arbeit zurück. Sie dehnten die Essenszeit aus, den einen und anderen zu nehmen, hier und dort, mit diesem und mit jenem, mit anderen lustigen Brüdern, ein Männerbrauch, in ihren Augen tadelnswert, eines der Zugeständnisse, die sie ihrem Mann machte, ungern.

Zuerst wartete sie im Korridor, um mit dem Pater gemeinsam einzutreten. Sie ging auf und ab, ging bis zur Fahrstuhlhalle, unsicher wegen Danilos Abwesenheit, das war der Trumpf gewesen, mit dem sie rechnete, um den Einsatz beim Richter zu gewinnen. Noch abhängiger von der göttlichen Hilfe, legte sie ein Gelöbnis ab: Wenn Gott ihr helfen würde, Manela in die Klausur zurückzuführen, verzichtete sie ein Jahr lang, vom nächsten Freitag an gerechnet, auf die Ochsenschwanzsuppe. Bei einer früheren Gelegenheit, bei

Krankheit und Heilung der Patin, hatte sie drei Monate durchgehalten, ohne das Lieblingsgericht zu kosten.

Der Kopfschmerz ließ sie auch nicht einen Augenblick in Ruhe, verbrannte ihr die Schläfen, schwächte ihr die Augen. Die Beine taten ihr weh vom vielen Hinundhergehen auf dem Korridor, als endlich Pater José Antonio erschien, der sich für die Verspätung entschuldigte: Schrecklicher Verkehr, der Omnibus kaputt, kriechend. In Wahrheit hatte er sich bei dem Taufessen aufgehalten, sich den Wanst vollgeschlagen, sich gütlich getan. An der Tür des Richterzimmers empfing sie endlich der Sekretär, eine billige Zigarre rauchend, kam er geschlendert. Er erkannte sie. Der Richter hatte noch keine Nachricht gegeben, wenn sie wollten, konnten sie sich ins Vorzimmer setzen, um zu warten. Eine dringende Angelegenheit? Sehr dringend, antworteten sie. Vielleicht kommt er, wenn er nicht kommt, ruft er an. Er drehte ihnen den Rücken zu und ging, lange und laut hüstelnd, er litt an einer alten Raucherbronchitis.

Weniger ermüdend, weniger quälend das Warten im Vorzimmer: Sie saß da, und Pater José Antonio gelang es, ihre Moral, die am Boden war, etwas aufzurichten: »Verlier das Vertrauen nicht, *hija.* Es wird weiter nichts sein. Ich bürge dafür: Doktor d'Avila kennt mich seit langem. Wir waren Kollegen im Seminar des ›Antikommunistischen Kreuzzuges‹, geführt von Major Saturnino, gleich nach der Revolution, wir teilen die gleichen Ideen.«

Indessen gab es etwas, was ihm entging und ihn verwirrte: »Ich kann mir vorstellen, was Doktor d'Avila dazu gebracht hat, die Haltung zu wechseln, auf das Gesuch deines Mannes einzugehen. In wenigen Stunden hat er von Wasser zu Wein gewechselt, es ist irgend etwas sehr Ernstes passiert. Aber wie auch immer, wir werden die Angelegenheit klären. Gräm dich nicht, unsere Sache ist heilig, Gott ist mit uns. *Dios es grande, hija mia.«*

Sie warteten im Vorzimmer, Pater José Antonio fing an zu flüstern, vollgestopft, reichlich schwitzend, tödliche Hitze: Der Ventilator war seit über einem Jahr kaputt. Es war nach vier Uhr nachmittags, als der Richter erschien.

Obwohl er zu Hause gewesen war, um eine Dusche zu nehmen und die Wäsche zu wechseln, trug Euer Ehren im Gesicht noch die Spuren der schlecht verbrachten Nacht und des unruhigen Morgens im Hospital.

Pater José Antonio fragte übertrieben höflich nach Dona Diana, der tugendhaften Ehefrau, der Richter sagte, er sei besorgt, der Pater versprach Gebete für eine schnelle Genesung, Adalgisa fügte ihre Wünsche hinzu. Sie kannte sie nicht persönlich, aber sie hatte größtes Lob über die Schönheit, die Eleganz der Gattin des Doktors gehört, aus dem Munde einer ihrer Bekannten, Dona Olímpia de Castro: »Ich bin Putzmacherin, und Dona Olímpia ist meine Kundin.«

Einfaches Rondo: die Ergebene – Der Jugendrichter konnte im Büro erscheinen, weil Adalgisas Kundin, Dona Olímpia de Castro, eine vornehme Senhora, eine zartfühlende Person, ihre zahlreichen gesellschaftlichen Verpflichtungen verlassen hatte, einschließlich des Cocktails, von den Förderern der Exkursion in die Karibik organisiert, um am Bett der Freundin zu bleiben. Um ihr in dem bitteren Augenblick beizustehen, bei der sehr sonderbaren Krankheit. Die plötzliche Erschütterung, die die arme Diana vor sich hin reden, nur Unsinn sagen ließ, völlig verrückt. Im Delirium rief sie nach Olímpia, der einzige Name, der ihr über die Lippen kam.

Als er am Vortag nach Hause gekommen war, nachdem er sich den Körper in Anunciatas Bordell entspannt hatte, fand Doktor d'Ávila die Gattin im Bett vor, um sich schlagend, strampelnd, brüllend, die Augen aus den Höhlen tretend. Eilig herbeigerufen, stellte Doktor Rubim de Pinho eine schwere Nervenkrise fest, gab ihr eine Beruhigungsspritze. Es schien ihm ratsam, sie einzuweisen, aus der gewohnten Umgebung herauszunehmen. So hatten sie es gemacht. Eine schwierige Nacht, die des Richters.

Am Morgen, zu einer vernünftigen Zeit – diese Senhoras der oberen Kreise gehen im Morgengrauen schlafen, sie schlafen lange –, rief Doktor d'Ávila die Senhora Castro an, bat, sie möge die Störung verzeihen, doch es handelte sich um eine heikle und dringende Angelegenheit. Diana befand sich mit einer Nervenkrise im Hospital. Er erklärte: Nicht ein leichter Anfall, Doktor Rubim de Pinho hatte eine heftige Krise von Hysterie diagnostiziert. Sie fragte die ganze Zeit nach der Senhora.

Dona Olímpia, Erziehung und Gefühl zeigend, hörte beinahe schweigend zu, ein paar Ausrufe, hier und da, sie hatte großes Interesse und große Besorgnis gezeigt, aber sie schien nicht überrascht. Am Vorabend, wie sie erzählte, hatte sie versucht, mit Sylvia – Verzeihung, ich wollte sagen Diana – zu sprechen, sie hatte sie mehrmals angerufen, ohne Anschluß zu bekommen. Ich laufe gleich hin, versprach sie, sobald ich mich angezogen habe. Sie hatte das beunruhigende Gespräch im Bett entgegengenommen, um elf Uhr morgens.

Gegen halb zwei Uhr nachmittags erschien Olímpia im Hospital, gekleidet, als ginge sie zu einer Modenschau. Als sie Olímpias Namen hörte, den der Richter ehrerbietig aussprach, richtete sich Diana, das heißt Sylvia Esmeralda, bis dahin von Kopf bis Fuß in das Laken gewickelt, leise wimmernd im Bett auf, faßte den Arm der Freundin und sah sie mit großen Augen an, als hinge von ihr der Fortbestand ihres Lebens ab.

»Gehen Sie Ihren Geschäften nach, Doktor«, schlug Dona Olímpia dem verblüfften Justizrat und Ehemann vor, »überlassen Sie unsere liebe Diana meiner Sorgfalt, ich bringe sie ganz rasch wieder auf die Beine. Das ist nichts anderes als ein Übermaß an Empfindungsvermögen. Ihre Gattin, Doktor d'Ávila, ist sehr empfindsam, die geringste Sache greift ihre Nerven an. Gehen Sie zu Ihren Jungen, ich kümmere mich um das Mädchen.«

Der Morgen des Richters war auch nicht einfach.

DOPPELTES RONDO: DIE NARREN – Der Justizrat blieb stehen, um sie zu begrüßen, und führte sie in das Arbeitszimmer, wo sie schon am Vortag gewesen waren, er bat sie, Platz zu nehmen, setzte sich selbst auch, auf die andere Seite des mit Papieren angefüllten Tisches. Trotz der Sorge um den Gemütszustand der Gattin bemühte er sich, freundlich zu sein, er schätzte Pater José Antonio sehr: »Womit kann ich Ihnen dienen?« Müde und verbittert, waren seine Gedanken weit weg, im Hospital. »Nun, haben Sie das Mädchen hingebracht?«

Adalgisa erwartete eine Erklärung, die Frage verwirrte sie, sie schien ihr ohne Sinn, sie stotterte aufgeregt: »Ja, Senhor... am Nachmittag... Aber am Abend haben Sie angeordnet, sie freizulassen...«

Nun war die Reihe am Richter, bestürzt zu sein. Er begriff nicht. »Wessen Freilassung habe ich angeordnet? Ich verstehe nicht, erklären Sie sich deutlicher, teure Senhora.«

»Sie...« Unfähig, schaute Adalgisa Pater José Antonio hilfeflehend an.

Der Pater hob die Hand, erhob die Stimme, sprach sehr betont: »Laß mich erklären, *hija mia*. Hören Sie, teurer Doktor d'Ávila, was passiert ist. Gestern nachmittag haben wir die Minderjährige in das Kloster gebracht, und dort haben wir sie im Frieden *de Dios* – er sagte *de Dios,* in Spanisch –, er verbesserte: im Frieden Gottes zurückgelassen. Heute früh teilte mir Dona Adalgisa, hier anwesend, mit, daß ihr Schützling mitten in der Nacht die Klausur verlassen hat. Wir waren sogar dort, und die Mutter Oberin bestätigte: Sie hatte erlaubt, daß Manela wegging, tatsächlich, und sie hatte in Befolgung einer Anordnung des teuren Freundes so gehandelt.«

»Einer Anordnung von mir? Was für eine Narrheit ist das? Wer hat sie überbracht? Wer hat in meinem Namen gesprochen? Ich möchte wissen, wer diesen Mißbrauch begangen hat, damit ich ihn ins Gefängnis bringe, ihm den Prozeß mache.«

Immer schwieriger zu verstehendes Durcheinander: Der Kopfschmerz nistete sich ein, das Unbehagen, die Übelkeit, Adalgisa fühlte das Herz klopfen. Auch Pater José Antonio verlor den Faden in dem Wirrwarr, Verwechslung des göttlichen Kelchs, er begann, Portugiesisch und Spanisch zu mischen: »Niemand hat in Ihrem Namen gesprochen. Es war eine schriftliche Anordnung.«

Der Richter zögerte, als er die Ungereimtheiten hörte, Turnier der Irrtümer, Gespräch von Narren: »Schriftliche Anordnung, von mir? Unsinn! Diese Anordnung gibt es nicht.«

Pater José Antonio streckte die Hand aus: »Wo ist die Anordnung, *hija*? Gib sie mir.«

Adalgisa zog die Xeroskopie aus der Tasche, der Pater nahm sie, überflog sie, reichte sie dem Richter: »Eine unterschriebene Anordnung. Sehen Sie.«

Doktor Liberato Mendes Prado d'Ávila, Euer Ehren, Richter der Abteilung Jugendhilfe im Bezirk von Salvador, der Hauptstadt des Staates Bahia, nahm den Wisch, gewiß, es mit zwei Irren zu tun zu haben: Seit dem Vortag gab es nichts anderes. Es hatte mit Diana begonnen, die sich aufs Bett geworfen hatte, ihr Körper von Krämpfen geschüttelt, schreiend um Verzeihung bittend. Das eine um das andere Mal hatte sie – angesichts des Unbestreitbaren und Offenkundigen – Erklärungen, hinkende, ungeschickte Entschuldigungen gestammelt. Um Verzeihung hatte sie früher niemals gebeten, da der Ehemann der einzig Schuldige war. Wieso Verzeihung, so plötzlich?

Als er den Blick auf die Fotokopie des Schreibens heftete, runzelte er die Stirn. Je genauer er das Papier studierte, desto sprachloser wurde er. Absolute Glaubwürdigkeit, unbestreitbar. Verwirrt, Doktor d'Ávila: »Was ist das? Was bedeutet das?«

Er schaute wieder auf die Xeroskopie, prüfte ihre Einzelheiten. Alles einwandfrei, das Papier, die Stempel, die Unterschrift; seine Unterschrift, unverwechselbar.

»Man hat meine Unterschrift gefälscht.« Er erhob die Stimme, um im Nebenzimmer gehört zu werden: »Seu Macedo, kommen Sie hierher, schnell.«

Seu Macedo, der Sekretär, kam langsam, die Füße nachschleppend, an der Zigarrenspitze kauend, das Geräusper widerspenstig. Er war im Forum alt geworden, er hatte mehreren Richtern gedient, die einen besser, die anderen schlechter, Doktor d'Ávila stellte den schlimmsten von ihnen in den

Schatten – ein Hodensack, nach der sachkundigen Meinung Seu Macedos.

»Sehen Sie sich das an und sagen Sie mir, was Sie denken.«

Seu Macedo warf einen flüchtigen Blick auf das Schreiben, fand es in Ordnung, die einzige Einschränkung, die man zum Ausdruck bringen konnte, war, daß es nicht während der Dienstzeit ausgestellt worden war: »Haben Sie es zu Hause ausgefüllt, oder waren Sie gestern abend hier?«

»Weder zu Hause noch hier, nirgends. Jemand hat meine Unterschrift gefälscht.« Er hielt sich damit auf, die Xeroskopie zu prüfen: »Eine perfekte Fälschung, ich möchte das Original sehen. Eine Arbeit, von jemandem ausgeführt, der mit meiner Unterschrift vertraut ist, von jemandem, der Zugang zu den Stempeln hat, zum Dienstpapier. Seu Macedo, was haben Sie mir zu sagen?«

»Ich habe Ihnen nichts zu sagen, Doktor, ich weiß genausoviel wie Sie, nicht mehr, nicht weniger. Ich habe den Abend zu Hause verbracht, ich habe die Acht-Uhr-Folge im Fernsehen angeschaut, dann bin ich schlafen gegangen. Es scheint, es kommt zur Heirat zwischen Tarcísio und Glória...« Seine Äußerungen bezogen sich auf die Handlung der Fernsehfolge.

Da er den Richter zur Genüge kannte, wußte, daß er ein Meister der Verdrehungen war, gewohnt, Verwirrungen zu stiften, empörte sich Seu Macedo nicht über die Verdächtigung und die Drohung. Doktor d'Ávila, der wieder eins seiner Dinger gedreht hatte, erfand diesen Trick mit der Fälschung und der Nachforschung, um die beiden Dussel zu täuschen, den Pater und das Schmuckstück. Er verschlang Adalgisa mit den Blicken: Der Halunke von Pater kümmerte sich, diese Jesuiten naschen vom Guten und vom Besten. Er wandte sich ab, räusperte sich, wollte in sein Zimmer zurückgehen, als das Telefon klingelte. Seu Macedo nahm ab, reichte Euer Ehren den Apparat: »Es ist vom Hospital.«

TELEFONISCHE UNTERBRECHUNG FÜR EINE GUTE NACHRICHT – Am Apparat Dona Olímpia de Castro, eine höchst liebenswürdige Dame. Sie verkündete gute Nachrichten. Der lieben Kranken, unserem zarten Mädchen, geht es schon viel besser, sie ist fast wieder in Form, morgen wird sie nach Hause zurückkehren können.

Dona Olímpias Stimme, gewöhnlich kühl, sinnlich – »Büchsenstimme« hatte der Dichter Cid Seixas in seinen Versen im Hauch der Leidenschaft gesagt –, löste sich in Zucker auf, honigsüß, einwickelnd. Nach einem solchen Kummer, dieser schrecklichen Krise, brauchte der arme Schatz eine Phase der Erholung, die sie vergessen ließ, ihr erlaubte, Ruhe und Lebensfreude wiederzuerlangen. »Meinen Sie nicht, Doktor?« – »Sicherlich, ja«, antwortete er.

Nun, es war ein glücklicher Zufall: Dona Olímpia bereitete sich auf eine Kreuzfahrt in der Karibik vor, an Bord eines supermodernen italienischen Schiffes, fünfundzwanzig Tage Meer und tropische Inseln, in der vollkommensten Sorglosigkeit. »Was meinen Sie dazu, teurer Doktor?«

»Nun, ich finde es gut.«

Wenn es so war und er einverstanden wäre, würde Dona Olímpia die gute Nachricht der lieben Genesenden überbringen: »Das ist großartig, da mein Mann mich wegen seiner Verpflichtungen nicht auf der Reise begleiten kann – der arme Astério, bei so vielen Geschäften bleibt ihm keine Zeit zur Erholung.« So hätte sie die Begleitung ihrer besten Freundin. Danke, Doktor. Damit legte sie auf. Doktor d'Ávila hielt den Hörer noch ans Ohr, einfältig. Es dauerte eine Weile, bis er begriff, daß er der Gattin, unserem Schatz, soeben eine touristische Kreuzfahrt über die Meere der Karibik geschenkt hatte, damit sie sich von dem Kummer erholte, von der schrecklichen Krise. Der Grund der Krise, des Kummers, des Verrücktspielens wurde ihm nicht enthüllt, keinerlei Erklärung hatte ihm Dona Olímpia gegeben, noch hoffte er, sie von Diana zu hören. Ein einziges Mal hatte Diana um Verzeihung gebeten, wofür, das wußte er nicht. War es der Mühe wert, es zu erfahren? Sicherlich nicht.

Nachdenklich legte der Jugendrichter den Hörer auf, kehrte zu dem Unsinn, der Ungereimtheit, dem Rätsel zurück: die Anordnung zur Freilassung, von ihm unterschrieben, eine Xeroskopie auf dem Tisch. War er selbst vielleicht verrückt?

Feierlich war Adalgisa aufgestanden und fragte an: »Und Manela, Doktor? Was wird mit ihr? Wissen Sie, wohin man sie gebracht hat? Zum Candomblé von Gantois!«

Der Karneval der Franzosen – kurze Information – Nilda Spencer hatte Jacques Chancel versprochen, daß zwei- bis dreitausend Leute auf dem Pelourinho versammelt wären, zum Karneval, improvisiert von »Antenne 2«, um den Franzosen den authentischen bahianischen Karneval zu zeigen: Sie war bescheiden gewesen in ihrer Vorhersage. Mindestens fünftausend Foliatänzer bewegten sich schon zum Klang des »Trio Elétrico« von Dodô und Osmar, als Patrícia und Pater Abelardo, nachdem sie das Motorrad vor der alten Medizinischen Fakultät hatten stehenlassen, zu Fuß die Rua Alfredo Brito herunterkamen und sich einen Weg durch das Volk bahnten. Aus allen Richtungen kamen Leute. Das »Trio Elétrico« hatte sich auf der Höhe des Largo aufgebaut, zwischen dem Stadtmuseum und der Kirche Rosário dos Negros.

Vor der Fassade des großen Gebäudes, links, wenn man die Ladeira herunterkam, war ein Holzgerüst errichtet worden, von wo aus eine Kamera die großen Flächen filmte, die Panorama-Aufnahmen machte. Drei Kameras fuhren durch die Menge, für die Aufnahmen von Details. Bei diesen Details würde den Franzosen der Mund offenbleiben, sie wären verblüfft: Das ließ sich nicht beschreiben.

In der Rua Gregório de Matos konzentrierten sich die Afoxés und die Afro-Blocks, ein gutes halbes Dutzend, jeder einzelne mit seiner kraftvollen Musik und seiner ursprünglichen Negritüde, dem Produkt brasilianischer Rassenmischung, unverwechselbar. Vor dem Sitz des Afoxé »Söhne Gandhis«, dem Ruhm des Karnevals von Bahia, organisierten sich seine Mitglieder. Aus dem Innern des Gebäudes drang das Schlagen der Atabaques. Teilnehmer des »Blocks der Jacu-Vögel«, mit den türkisblauen Totenhemden, warteten, auf der Kirchentreppe sitzend. Ein munterer Schwarm, schlossen sich ihnen die Studentinnen der Theaterschule an, sie begannen den Tanz auf den Stufen zur Kirche. Das Volk kam vom Carmo und vom Terreiro de Jesus herunter, stieg vom Taboão herauf, mündete in die Baixa dos Sapateiros. Es sprang und tanzte nach der Musik von Gilberto Gil:

Yansã, Yemanjá ruft Xangô,
Auch Oxóssi schickt herab, zu schauen
Söhne Gandhis
Oh, mein Vater im Himmel,
Auf der Erde ist Karneval...

In Begleitung von Nilda Spencer besichtigte Jacques Chancel die verschiedenen Einheiten und entschied über die Reihenfolge des Vorbeimarsches, er verheimlichte nicht, daß er hingerissen war. Ein einziges Aber zur Klage: die Abwesenheit Sylvia Esmeraldas, er hatte damit gerechnet, sie im Pareô zu sehen, ihre verborgenen Qualitäten zeigend. Er fragte Patrícia nach ihr, die, nachdem sie ihren Priester oben beim »Trio Elétrico«, unter den angesehenen Persönlichkeiten, dem Konsul von Frankreich, Jacques Falah, dem Portugiesen Fernando Assis Pacheco, der Amerikanerin Frances Switt und verschiedenen Persönlichkeiten des Landes, untergebracht hatte, nun die Mannschaft der Verantwortlichen vervollständigte.

»Wo ist Sylvia? Ich sehe sie nicht.«

»Sie ist krank.«

»Was, krank! Wie schade! Und ich hatte gedacht, das Fest mit ihr feiern zu können... Das Fest des Karnevals, natürlich...«

»Nur des Karnevals?« fragte Patrícia argwöhnisch. Nilda Spencer brach in Lachen aus, der Franzose verlor die Fassung nicht: »Sie ist so schön...«

Die beiden Schönen lachten ausgelassen, wäre es nicht angebracht, über das Mißgeschick der Freundin zu weinen? Arme Sylvia, wenn sie wüßte, daß Jacques Chancel, der Leiter der Equipe, berühmt, charmant und umkämpft, nach dem sie sich schmachtend und romantisch sehnte, anbiedernd, daß er, und kein anderer, sie vermißte, als die Aufnahmen begannen, daß er gesagt hatte, laut und deutlich, daß er gedacht hatte, das Fest mit ihr zu feiern, zu schwelgen... Sie wäre imstande, vor Traurigkeit zu sterben, die unglückliche Sylvia: Wer hatte ihr befohlen, am Karnevalstag krank zu werden?

Improvisiert, aufgebaut, gelenkt, war der Karneval, der in der Sendung von »Le Grand Echiquier«, die Bahia gewidmet war, übertragen wurde, das ausgegebene Geld, die verschwendete Mühe wert. Es war eine Pracht von Musik und Tanz, die Phantasiekostüme, die schönen Frauen, die Samba, der Frevo, die Blocks, die Afoxés, Abgesandte der afrikanischen Königreiche, die feenhafte Bewegung des Volkes beim einzigartigen gemeinsamen Fest: Die Gringos konnten ein Schauspiel sehen, das in der Welt nichts Vergleichbares hatte.

Sie sahen den Vorbeimarsch der »Söhne Gandhis«, ein großartiger Zug in weißer Strenge, voran Gandhi, die Ziege führend. Sie sahen den Vorbeimarsch des »Blocks der Jacu-Vögel«, sie sangen spöttisch, die Mädchen im Totenhemd und die mit offenem Pareô, alles zur Schau gestellt. An der Spitze der Mädchengruppe kam Waltinho Queiroz und gab den Rhythmus an, neben ihm Luz da Serra, seine Mutter: Ganz gelöst, schien sie eher seine Schwester. Es kamen Georges Moustaki, Grieche aus Alexandria, Pariser von der Île Saint-Louis, Karnevalsbahianer mit dem Totenhemd aus billiger Baumwolle auf dem Körper, Lenoca küssend und umarmend, die noch nackter war als die Studentinnen der Theaterschule. Sie sahen auf dem Largo do Pelourinho, unter dem Kommando des Präsidenten Rubinho »Die Internationalen« auftauchen, die zum Klang der Musik von Vinícius de Moraes vorüberzogen, die er extra für den Block außer Konkurrenz geschrieben hatte. Sie sahen dieses und jenes und das andere, die Kameras registrierten die entfesselte Tollheit, das Fest ohne Erbarmen und ohne Schranken, das Aufblühen der Freude, die Freiheit. Von Pater Abelardo Galvão erspähten einige besonders aufmerksame Fernsehzuschauer flüchtig eine kurze Aufnahme, zufällig: oben auf dem »Trio

Elétrico«, ein Tamburin in der Hand, die Augen auf Patrícia da unten geheftet.

Um das »Trio Elétrico« herum ging Patrícia von Arm zu Arm, das Objektiv begleitete ihre Schritte, die den Tanz dokumentierten, der von ihr ausging und sich in Tausenden von Füßen von Tänzern und Akrobaten vervielfältigte. Die Franzosen sahen sie, Indianerin, schwarz und weiß: die Holländerin Patrícia da Silva Vaalsberg, die Bahianerin »Patrícia von den Blumen«, eine großartige Mulattin.

In einem bestimmten Augenblick erschien sie in Großaufnahme, auf einer Fläche, die das bewundernde Volk für sie frei gemacht hatte, damit sie dort unter dem Beifall tanzte, zügellos und einzigartig. Camafeu de Oxóssi, Sohn Gandhis, in der höchsten Eleganz der Kostüme des Afoxé, klopfte den Takt auf einer Streichholzschachtel und zeigte Figuren des Zeremonienmeisters, während Patrícia, die Standartenträgerin, die Königin des bahianischen Karnevals, sich mit den schwierigsten Schritten bewegte, den Rhythmus überbetonend, die Hüften übertrieben schwenkend, die Samba in den Füßen, voll Koketterie, damit die Franzosen einen Eindruck bekamen, wie er ist, der Karneval, das größte Fest des brasilianischen Volkes. Und damit vom »Trio Elétrico« von Dodô und Osmar aus ihr hübscher und unberührter Pater sie sähe und sie begehrte.

EUKLIDISCHES EPOS – Den Maraton Zé do Lírios auf dem Pelourinho zu erzählen ist ein Unternehmen, der Feder eines Homer, eines Shakespeare würdig, eines Euclides da Cunha im Verein mit Gegenspielern wie Dostojewski oder Gogol: griechische Tragödie und russischer Roman. Eine zu schwierige Aufgabe für die nachlässige und verunglimpfte Schreibkunst eines finsteren Troubadours minderwertigen Ringelreimes, Reime auf »ein« und »en«, eines bahianischen Autors volkstümlicher Literatur. Arm an dichterischer Größe, an psychologischer Verfeinerung, an Glanz des Stils, an künstlerischer Qualität, bleibt dem anonymen Schreiberling nur der unerschrockene Mut der Dummköpfe übrig – mit ihm geht man voran, hinkend.

Während einer Ewigkeit, zwei Stunden Karneval, inmitten des Durcheinanders, des Lärms, so vieler nackter Frauen, die sich anboten, großer und zur Schau gestellter Hurerei, lebte Zé do Lírio, bald hastig, bald verinnerlicht, mit der Angst, der Gefahr, der Sklaverei und dem Tod. Er schmiedete Pläne, analysierte Einzelheiten, fiel in Örtlichkeiten ein, verletzte Gesetze, beging Mißbrauch, überlegte, stellte sich etwas vor, wurde eingekerkert, Prozeß und Schiedsspruch unterworfen, stieg auf den Grund der Hölle hinab, tötete und sah sich getötet.

Der Kampf, die Schwierigkeiten zu überwinden, begann noch vor der Theaterschule, als der Pfaffe, Sohn einer Stute, auf den Rücksitz der Närrin stieg, sich an ihr festhielt und das Motorrad davonraste. Zé do Lírio erwischte auf dem Campo Grande ein Taxi, das Motorrad war weit, unmöglich, es einzuholen, doch der Fahrer beruhigte ihn: »Seien Sie unbesorgt, sie fahren zum Karneval auf den Pelourinho.« Gott, der den Seinen hilft, half ihm, denn das Taxi setzte ihn zur Zeit ab, um das törichte Paar zum »Trio Elétrico« hinaufsteigen zu sehen. Die Verrückte kam sofort wieder herunter und ließ den verfluchten Kerl zwischen angesehenen Persönlichkeiten. Einen solchen Weiberknecht von Pater hatte er niemals gesehen, er begnügte sich nicht mit der verheirateten Tochter des Obersts Costa, ein Schürzenjäger.

Als er ihn untergebracht sah, widmete sich Zé do Lírio dem Studium des Geländes und den Bedingungen, damit er das Werk im geeigneten Augenblick zum guten Ende führen könnte. Einen Verfluchten ins Reich der Verblichenen zu verabschieden kann ebenso eine plötzlich beschlossene Sache sein, sicherlich die beste Art, wie auch in komplizierten Fällen, wie diesem, Schnelligkeit in der Überlegung, Vorsicht in der Planung erfordern, mathematische Präzision.

Zuerst dachte er zu schießen, solange der Pater auf dem »Trio Elétrico« war, es wäre einfach, ihn aus irgendeinem Fenster im ersten Stockwerk der Nachbarhäuser anzuvisieren. Zé do Lírio hatte sogar die ideale Stelle entdeckt: der Saal im oberen Stockwerk des Stadtmuseums, wo die sensationelle Sammlung bahianischer Torsos, mehr als dreihundert, ausgestellt war. Heimlich war er durch den Seiteneingang in das Museum eingedrungen, während die Angestellten, männliche und weibliche, auf dem Bürgersteig vor der Hauptfassade versammelt, sich dem Rummel anschlossen. Durch einen Fensterspalt bewunderte der Revolverheld die zerzausten Haare des Paters, dort ganz nahe, eine vollendete Zielscheibe. Vollendet, Blödsinn: Er ging das größte Risiko ein. Trotz der totalen Zielsicherheit genügte es, daß der Unselige sich bewegte, damit ein Unschuldiger an seiner Statt fiel. Die Übermütigen bewegten sich pausenlos, wechselten jeden Augenblick ihren Standort, lösten sich an den besten Plätzen ab. Es war ebenso einfach wie unmöglich, Zé do Lírio verließ das Stadtmuseum, wie er es betreten hatte, heimlich. Trübsinnig.

Er studierte andere Modalitäten, er fand keine, die nützlich gewesen wäre, alle gewagt, sie boten keine Erfolgsgarantien. Zé do Lírio hätte sich mit einem weiteren irrtümlichen Toten im Hinterkopf wiederfinden können. Einer war schon eine schwere Bürde, er hatte nicht die Kraft für zwei. Nach vielem Grübeln kam er zu der Schlußfolgerung, daß ihm keine andere Möglichkeit blieb, als das Schlimmste ins Auge zu fassen, die Gefahr, auf frischer Tat gefaßt zu werden. Das Schlimmste war ein einziges Mal passiert, aber Oberst Ulisses Cardoso, Mandatsträger des Auftrages und des Staates von Alagoas, ein rechtschaffener Mann, hatte ihn aus dem Gefängnis geholt, kaum daß er von der Dummheit der Polizei gehört hatte. Erfahren und scharfsinnig, hatte Zé do Lírio mit Leichtigkeit verschiedene Polizeibeamte, vermummt in der Türöffnung, erkannt, die ebenso interessiert an dem Pater waren wie er. Gleich als er ankam, hatte er Kommissar Parreirinha identifiziert. Er kannte seinen Namen nicht, aber er hatte dieses dusselige Gesicht nicht vergessen. Selbst so, von Polizisten umringt, mit dem Risiko, sich Gefängnis einzuhandeln, einen Prozeß zu ertragen, letzten Endes zu dreißig Jahren Kerker verurteilt zu werden, mußte er seine Verpflichtung erfüllen, er ließ nicht zu, daß der Name und die

Ehre eines rechtschaffenen Mannes dem öffentlichen Spott ausgesetzt wurden.

Ein rechtschaffener Mann, berufsmäßig redlich, fähig und, das wird hinzugefügt, geduldig. Wäre er nicht redlich, fähig und geduldig, würde der Pfaffe mit dem Leben davonkommen können, heiter und sanft. Er stellte sich hinter dem »Trio Elétrico« auf, die Augen auf Besagten geheftet, bereit, die notwendige Zeit zu warten. Als einziger sich Bewegender in der Nähe hatte sich ein Landsmann auf das Lastengestell eines Esels gesetzt, um das Panorama besser überblicken zu können. Ansehnlich war der Pfarrer, auf dem »Trio«, zwischen den Lords, wenn er herunterkäme, würde Zé do Lírio ihm Feuer geben und den Kater beschneiden. Wenn es ihm gelänge, bis zur Ladeira do Ferrão zu kommen, wäre er in Sicherheit. Er wappnete sich mit Geduld und Eifer, gewährte den nackten Schenkeln und Bäuchen, den rundlichen Brüsten, den Ameisenhintern nur wenige und rasche Blicke: verantwortungsbewußt, vergeudete er mehr Zeit damit, den Verurteilten zu beobachten.

Das Fest erstreckte sich von der Catedral Basílica bis zum Kloster von Carmo. Zwei andere »Tríos Elétricos« waren auf die Straße gegangen, auf eigene Initiative, ohne Einladung und ohne Vertrag, eins baute sich an der Ecke der Rua Alfredo Brito auf, das andere am Eingang der Ladeira do Taboão. Gruppen, Afoxés und Afro-Blocks, für die Produktion nicht vorgesehen, tauchten auf, sie kamen spontan, an dem Karneval teilzunehmen: Nennenswert sind der »Block der Barone«, die »Apachen vom Tororo«, der »Block der Eulen«, der »Olodum«, die »Kaufleute von Bagdad«, die »Jugend von Garcia«. Mit der gewohnten Übertreibung, doch gemäßigt, schätzten die Reporter die Foliatänzer auf zehntausend, die bis zum frühen Morgen weiter Samba tanzten. Sie waren nicht wegen der Fernsehkameras erschienen, sie waren aus allen Richtungen der Stadt gekommen, um den Karneval zu feiern.

Um sich eine Vorstellung vom Erfolg des Karnevals der Franzosen – ein aus einer Chronik des Dichters, *encore*! Rui

Espinheira Filho gestohlener Ausdruck – zu machen, genügt es, die offizielle Zahl zu erwähnen, die der Presse geliefert wurde, die genaue Zahl: Von den zweitausend und mehr Mitgliedern des Afoxé »Söhne Gandhis«, die üblicherweise den Umzug machten, waren fünfhundertsiebenundneunzig dem Ruf der Zeitung gefolgt. Um die Information zu vervollständigen, wird Tereza de Mayo zitiert, es wird wiedergegeben, was sie am Sonntag in der Spalte der »Sete Dias« schrieb: »Der Pelourinho hatte sich in ein aufgewühltes Meer des Tanzes verwandelt, in einen stürmischen Ozean nackter Brüste und Hüften, eine wahnsinnige surrealistische Utopie, das ewige Frankreich, das Frankreich Voltaires und Sartres verneigte sich wieder einmal vor Brasilien.« Eine saftige Beschreibung, versehen mit dem Festschmuck der Phantasie und der Gelehrsamkeit und eine Spur von berechtigtem Chauvinismus. Wohl denn, Terezinha.

Die Menge erreichte den Höhepunkt des Deliriums, als die Kameras bei den letzten Aufnahmen die beispiellose Pracht des Zuges der »Söhne Gandhis« dokumentierten: Jacques Chancel in der ersten Reihe, mit dem Präsidenten Arm in Arm. Da holte Patrícia Pater Abelardo, um mit ihm mitten im Volk herumzuhüpfen. Bis zu diesem Augenblick genau hatte sie gearbeitet, er hatte nur zugesehen. Gestikulierend, damit sie gesehen wurde, schreiend, damit der Pater sie hörte, bedeutete sie ihm, herunterzusteigen. Zé do Lírio setzte sich in Bewegung und zog sich von dem untersetzten Individuum zurück, das vom Esel gestiegen und, auf der Bordkante sitzend, eingeschlafen war. Nur einer aus dem Nordosten wäre einer solchen Heldentat fähig: in voller Maskerade schlafen. Der Esel kaute ein buntes, von der Wand gerissenes Plakat. Das Volk hatte sich vollständig dem Umzug der »Söhne Gandhis« zugewandt und klatschte Beifall.

Zé do Lírio griff in der Tasche des Regenmantels nach dem Taurus-Revolver, Kaliber 38, sechs Schüsse, alle tödlich: sichere Hand, nicht zu verfehlendes Ziel, Glaube an Gott, unerschütterlich. Adeus, Saupfaffe, deine letzte Stunde ist gekommen, verabschiede dich vom Leben und von der Aufgeheizten, du wirst nicht mit ihr Samba tanzen, heia, heia im verfluchten Bett machen, für dich ist es zu Ende. Weder fremdes Land aufteilen noch einer Frau an die Brust fassen, dafür ist ein Pater nicht gemacht. Adeus, Pfaffe Hurensohn, wer hat dir befohlen, den Dummen zu spielen?

Pater Abelardo kam herunter, das Tamburin in der Hand, Patrícia legte den Arm um seine Taille, Zé do Lírio trat vor, richtete die Waffe auf den Nacken des Verdorbenen, aus einem Meter Entfernung drückte er den Abzug. Sein Arm bewegte sich, eine Sprungfeder, zersprungene Feder, die Kugel verlor sich am Horizont. Zé do Lírio drehte sich um, bereit, den Unverschämten zu erledigen, der gewagt hatte, seinen Ellbogen anzustoßen. Er sah niemanden, ausgenommen den Langschläfer und den Esel, beschäftigt, das bedruckte Papier zu kauen, schmackhaft und nahrhaft.

Das Paar ging vorwärts, im Karnevalsschritt, Zé do Lírio hatte keine Zeit, das Geschehene aufzuklären, er zwängte sich durch die Menge, visierte den Kopf des Paters an, ausschweifender Toter, wieder spannte sich der Arm, und die Kugel verschwand in der Luft. Es passierte wieder, beim dritten, vierten und fünften Versuch, noch drei Schüsse verloren, es blieb nur eine Kugel im Revolver. Zé do Lírio verlor den Verstand.

Ein Sertanejo stirbt, tötet sich, wenn es nötig ist, aber er verliert nicht den Mut, denn der Sertanejo, wie Euclides schrieb, ist vor allem stark. Zé do Lírio hob die letzte Kugel für sich selbst auf. Er setzte sich auf den Bürgersteig, um es bequemer zu haben, sah ein, daß der Pater mit dem Teufel im Bunde war, sehnte sich nach seiner Frau, der Indianerin Momi, einer guten Gesundbeterin und noch feurig in der Hängematte, bei Schlaf und Vergnügen. Er drückte den Taurus gegen die Brust, genau auf den Punkt, wo das Herz des Tapferen ungleichmäßig schlug, sagte dem Leben und Pernambuco, dem Vaterland der Mutigen, adeus. Er drückte den Abzug, fühlte das Blut strömen, das den Regenmantel befleckte, betrachtete sich als tot, ließ den Körper sinken, blieb unbeweglich auf dem Bürgersteig liegen. Er wurde sich nicht bewußt, daß der kleine feuchte Fleck nicht daher rührte, daß Blut aus dem verwundeten Herzen sprudelte, sondern von dem schmutzigen Wasser, das aus dem Revolverlauf kam, der Taurus hatte sich in ein Kinderspielzeug verwandelt.

Der aus dem Nordosten und sein Esel – Der aus dem Nordosten, der bis dahin geschlafen hatte, stand rasch auf, hatte es eilig. Obwohl untersetzt, hatte er lange Arme wie ein Affe, mit Leichtigkeit hob er den verspielten Revolverhelden auf und lud ihn quer über das abgeschabte, große Lastengestell, ein ungewöhnlicher Galgenstrick. Er ging mit dem Esel und der unbequemen Last davon, lief hastig die Ladeira do Ferrão hinauf, die steil und schlüpfrig war. An der Station »Rodoviária«, wo der Omnibus nach Recife Passagiere aufnahm, setzte er Zé do Lírio ab, der aus dem Jenseits zurückkam.

Dom Maximiliano von Gruden hatte ihn gesehen, den Mulatten, wie er seinen schwerfälligen und friedlichen Esel zog, die Ladeira da Preguiça herunterkam. An diesem Nachmittag erblickten ihn viele Leute, ohne ihm Bedeutung beizumessen, wer ihn bemerkte, lachte über die komische Figur. Eine vertraute Gestalt im Nordosten, durch die Trockenheit, die Vieh und Kinder umbrachte, in die Hauptstadt verbannt. Hätte er einen langen Bart, könnte er ein Betbruder aus dem Sertão von Canudos sein, Statist von Antônio Conselheiro. Trüge er eine Waffe, am Lastengestell über dem behäbigen Esel hängend, könnte er ein Cangaceiro sein, ein Überlebender der Bande von Virgulino Ferreira Lampião. Pilger im Sertão von Cariri, Anhänger des Paters Cícero Romão, des gütigen Paters und Schutzheiligen. Er könnte ein Zuckerrohrschneider sein, ein Uferbewohner am Fluß São Francisco, Arbeiter bei der Dendê-, Palmstroh- und Palmwachsernte. Trüge er einen Lederhut, wäre er ein Rinderhirt aus der Caatinga, Akkordeonspieler, Forrótänzer, eseltreibender Halbblutindianer; er hatte das Gesicht eines Votivbildes aus Sergipe.

Ein Unerschrockener aus dem Nordosten, verwegen und furchtlos, mit seinem mürrischen Meisteresel, mager, sehr klein, wenig größer als ein Ziegenbock. Die wenigen, die vom Padê wissen, die in den Taramesso schauen, die in der Spur von Ifá, die Zauberer, die, die in allen Wassern sind, die Gesegneten, die Babalaôs und die Eluôs, die Akirijebós, die Gevattern des Gevatters, diese und nur sie wußten, daß der Untersetzte – in einen ausgeblichenen und zerlumpten Mantel gekleidet, der ihm bis an die Knie reichte, mit Hanfschuhen, eine Strohzigarette rauchend, Schnapsatem – Exu Malé war, der Gehilfe, der Anhänger, der Gefährte Yansãs, auf ihren Appell hin war er zur Unterstützung gekommen.

Als der Dunkle und der Esel die Ladeira do Papageio in Rio Vermelho hinaufstiegen, konnte man auf dem Lastengestell eine Lederpeitsche sehen, eine alte und viel benutzte Peitsche.

DIE WINDSTILLE – Die »Unbesiegbare Armada« kam im Rhythmus des Festes den Fluß Paraguaçu herunter. Die ruhigen Wasser transportierten die Leichter, die Barkassen, die Schoner, bei religiösen und weltlichen Gesängen, Karnevalsambas, Kirchenhymnen, Protestmusik, verschiedene durch die Zensur verboten, von der Regierung verurteilt:

Gegen den Wind angehen,
ohne Halstuch, ohne Paß.
Die Sonne ist auf Verbrechen zu sehen.
auf Raumschiffen, auf Guerillas...

Es waren insgesamt achtundzwanzig Schiffe, die Segel gebläht, an den Masten bunte Wimpel, einige aus Stoff, die Mehrzahl aus Pergamentpapier, die Brise des Flusses nahm Rücksicht. Fuhren die Schiffe an den Flußhäfen vorbei, wurde die Expedition von dem Volk gegrüßt, das sich am Steilufer versammelt hatte. In manchen Uferdörfern wurden Prozessionen durchgeführt, Litaneien für den guten Erfolg der Auslösung gebetet.

Als jedoch gegen Abend die »Unbesiegbare Armada« in die Wasser von Bahia Aller Heiligen gelangte und von den Inseln aus gesehen werden konnte, wo sich ebenfalls das Volk versammelt hatte, solidarisch, geschah das Unerwartete. Die Windstille vollkommen, absolut, nicht eine Spur von Wind, kein Anzeichen, die Wasser stehend, das Meer schien ein blaugrüner Teppich, machte den Eindruck, als könne man darauf laufen. Eine Stille schlechter Vorbedeutung senkte sich über die Schiffe.

Für wie lange würden sie hier stehenbleiben, in der unbewegten See? Bevor die Nacht herabfiel, mußten sie an der Rampa do Mercado landen, wegen der ungeheuren Manifestation vor den Mauern des Klosters Santa Tereza, an den Toren des Museums für Sakrale Kunst, zur Stunde, da Dom Direktor den Gouverneur und den Kardinal zur Vernissage der Ausstellung empfing: »DIE HEILIGE GEHÖRT UNS!« Sie hatten zwölf Spruchbänder und zweiundfünfzig Plakate mit. Würden sie zur Zeit ankommen?

»Wir sind geschlagen, Pater Téo, diese Windstille kann Tage dauern...«, sagte der hitzige Guido Guerra, plötzlich bekümmert.

»Schweig, kleingläubiger Mann, die heilige Barbara, die des Donners, wird es nicht zulassen. Das wird eine vorübergehende Sache sein, gleich wird der Wind kommen, Schlaumeier.« Der Vikar versuchte die Gemüter aufzurichten, doch auch bei ihm hatte sich die Euphorie gelegt.

Da hörte man vom Leichter »Nachtblume« her, der die alten Mütterchen der »Bruderschaft Unserer Herrin vom Guten Tod« brachte, ein altes Lied, in den Senzalas geboren:

Heilige Barbara der Donner,
Leih mir der Groschen drei,
Von Blitz und Donner,
Um mich zu kaufen frei,
Heilige Barbara der Donner.

Dona Canô, die Mutter der Musik und der Poesie, improvisierte:

Heilige Barbara der Donner,
Gib Wind für der Groschen drei,
Mit Blitz und Donner,
Mach von der Windstille uns frei...

Der Chor formierte sich, überzog das Meer, den blaugrünen Überwurf, erhob sich zu den Himmeln. Wo sie auch sein mochte, womit sie auch beschäftigt wäre, die heilige Barbara, die des Donners, würde es letztendlich hören und darauf eingehen. Wenn jemand zweifelt und wetten möchte, der soll das Geld hergeben, die Herausforderung ist angenommen, wer gewinnt, ißt umsonst, wer verliert, bezahlt die Rechnung.

Die fröhlichen Komparsen – Adalgisa bekam vollständige Genugtuung. Sie verließ den Jugendrichter, in der Tasche die neue Anordnung von Euer Ehren, Doktor d'Ávila, um sich Manelas zu bemächtigen, Nichte und Mündel, und sie heil und gesund der Klausur der Büßerinnen im Kloster von Lapa anzuvertrauen, der Obhut der Mutter Oberin, der »Gemeinschaft der Unbefleckten Empfängnis«, wo sie bleiben würde, bis ihr Vormund, und sonst niemand, sie wieder herausholte. Außer Pater José Antonio begleiteten sie zwei Büttel im Dienste des Gerichts. Sie hatten dafür zu sorgen, daß der Befehl befolgt wurde, im Guten oder im Bösen, sie würden die Kraft des Gesetzes und der Polizei gebrauchen, wenn es nötig wäre, falls es den geringsten Widerstand gäbe – Hindernis, Diskussion, Protest – von seiten der Leute vom Gantois: Der Negersippe vom Candomblé, sagte der Jugendrichter.

Sie stiegen an der Ecke der Cardeal da Silva, symbolischer Name, aus dem Omnibus, gingen zu Fuß in Richtung des Aufstiegs zum Largo de Pulquéria, wo sich bescheiden und majestätisch der Ilê Iyá Omim Axé Iyamansê erhebt, das Haus des Candomblés von Gantois. Noch fröhlicher als Adalgisa, wußte Pater José Antonio sich nicht zu lassen. Vollgestopft mit Essen und Zufriedenheit, euphorisch, küßte er jeden Augenblick das Kruzifix, das an einer langen Silberkette über der schwarzen und gut geschnittenen Soutane hing. Ein Geck, Pater José Antonio Hernandez. In der Jugend, in Sevilla, als junger Geistlicher in militärischer Haltung bei den Aufmärschen der Falange, hatte er Leidenschaften geweckt. Zwei Fromme, eine Witwe, eine angesehene Vierzigerin, die andere ganz jung, waren in ihn verliebt gewesen – das junge Mädchen hatte geschluchzt, selbstmörderisch –, ebenso ein Torrero von gefeierter Tapferkeit und bekanntermaßen schwul. Das Mädchen drohte, sich umzubringen, indem sie das Gebetbuch verschlucken würde, die Balzac-Bewunderin köderte ihn mit Geschenken. Der glorreiche Homosexuelle – er hatte in der Arena Dutzende von wehrlosen Stieren niedergestreckt – ging direkt in die Sakristei und pries ihn von vorn bis hinten, machte ihm unanständige und lukrative Angebote, versuchte ihn auf den Mund zu küssen.

Die wahrheitsgetreue Darstellung, Grundlage und Kompaß dieser bahianischen Chronik, vielleicht ihre einzige Tugend, gebietet zu erzählen, daß der kraftstrotzende und verwöhnte Falangeanhänger, verzehrt von der Leidenschaft für die Heilige Mutter Kirche und für den Generalissimus, sich den drei Überspannten, den beiden brünstigen weiblichen und dem wahnwitzigen Wurm, hartnäckig verweigerte, den Mund verriegelt und den Knüppel mit viel Mühe in Ruhestellung.

Wenn etwas passierte, wenn es einen Erguß gab, so war das während des Traums, verzeihliche Sünde, die ein bißchen Seife und ein Vaterunser abwaschen, ohne ein Spur im Laken, einen Makel auf der Seele zu hinterlassen.

Er stellte sich taub gegenüber den Anspielungen des strammen Mädchens, für törichte Worte hatte er taube Ohren, er entrüstete sich über die Annäherungsversuche der Witwe und wies sie ab, ohne die Geschenke zurückzuweisen, aus Höflichkeit, Seidenpyjamas, blaue und gelbe Unterhöschen, Parfümfläschchen, die Silberkette mit dem Kruzifix aus vergoldetem Silber: Es war viel Geld wert, aber es hatte ihn nicht bestochen. Schwieriger war es, die verhängnisvolle Leidenschaft des Matadors zu umgehen, denn »El Rijoso«, der

Geile, war seit langem das Idol des jungen Maulhelden José Antonio, der ein fanatischer Stierkampfbesucher war. Er versuchte, ohne Erfolg, die Leidenschaft in Kameradschaft umzuwandeln, doch »El Rijoso«, die lasterhafte Kuh, wurde heftig und schränkte ein: Alles oder nichts, Kameradschaft auf keinen Fall! Enttäuscht zog er ab zum Stierkampf nach Mexiko, wo er sich mit einem schnurrbärtigen Mariachi-Musiker anfreundete, der streitsüchtig und boshaft war, wodurch er die gotteslästerliche Liebe vergaß. So setzte sich die fleckenlose Tugend des Paters José Antonio durch. Was die nächtlichen Ergüsse betrifft, lassen wir das: Seife und Vaterunser.

Die beiden Büttel, der dunkle Joselito Massaranduba, ein alter Herr, Vater einer zahlreichen Familie, in freien Stunden Gelegenheitsarbeiter, um ein paar Piepen extra zu verdienen, für die Mahlzeit der Kinder, Ogan von Oxóssi im Ilê Ogunjá, und der rotblonde Paulo Cotovia, noch Junggeselle, wenn auch verlobt, in der Freizeit Amateurmusiker, Schlagzeuger der Jazz-Band »The Xangô's Brothers«, folgten dem Priester und der Putzmacherin, die sich den Weg verkürzten, indem sie das außergewöhnliche Durcheinander der Anordnung zur Freilassung, mit der gefälschten Unterschrift des Richters, kommentierten. Nach Pater José Antonios Meinung gab es kein Mysterium zu enthüllen, die angekündigte Untersuchung würde den Verdacht von Euer Ehren bestätigen.

Doktor d'Ávila hatte durchblicken lassen, auf wen sein Mißtrauen fiel: den Sekretär. Seu Macedo konnte die Gerichtsräume zu jedweder Stunde betreten, er hatte Zugang zu den Gerichtsbriefbogen und zu den Stempeln, war vertraut mit der Unterschrift des Richters, niemand konnte sie besser fälschen. Man mußte nur noch aufklären, auf wessen Bitte er es getan hatte und wie hoch der dafür empfangene Betrag war.

»Auf Bitten Gildetes«, brauste Adalgisa auf. Die Candomblé-Anhängerin hatte sich mit Danilo zusammengetan wegen der Vergütung, des Trinkgelds, wenn sie für den Betrug bezahlt hatten. Das Wahrscheinlichste war, daß sie, die Giftige, mit besagtem Macedo befreundet war. Dieses Gesindel, sie kannten sich alle und hielten zusammen, ein Herz und eine Seele, solidarisch in Verrat und Schwindel, zu allem fähig.

So unterhielten sie sich und näherten sich dem Candomblé von Gantois, da sahen sie in der Avenida Cardeal da Silva den untersetzten Mann: Er kam auf sie zu, zog den Esel am Halfter.

ADARRUM – Die Antennen der bahianischen Fernsehkette, deren Türme sich in der Nähe des Largo de Pulquéria erhoben, fingen an jenem späten Freitagnachmittag der befreiten Leidenschaften den Schlag des Adarrums auf. Er erklang, um die Orixás zum ersten Anlegeplatz des Schiffes der Iaôs, vor Anker beim Candomblé von Gantois, zu den Häfen der Einweihung zu rufen.

Größe und Mysterium, erklang der übermächtige Schlag, durch Satellit übertragen, von Nord nach Süd, von Ost nach West, von der Küste bis zu den Sümpfen überquerte er die Meere, von Kontinent zu Kontinent, von Land zu Land, wurde an den Grenzen gehört. Was für ein Signal war das, vorher nie wahrgenommen, das plötzlich auf allen Kanälen tönte? Woher kam es, was für eine Botschaft versuchte es zu übertragen, was für Wohltaten oder Sintfluten kündigte es an, welche Vorahnungen rief es hervor?

Versammelt auf Kongressen, in Sitzungen, Seminaren, Konsistorien, entzweiten sich die Wissenschaftler, die bedeutendsten und hervorragendsten, je nach Charakter der Ideologien, wie immer in den Dienst der Macht gestellt, genauer, in den Dienst der Herren der Macht. Die Weisen des Westens, die Schirmherren der rückschrittlichen und reaktionären westlichen Zivilisation, erklärten, es handle sich um ein vom Planeten Jupiter ausgehendes Signal. Die Gelehrten des Ostens, die Prediger der Zivilisation des bürokratischen und autoritären Sozialismus, stimmten in Buchstaben und Zahl nicht überein: Das Signal ist von Neptun gekommen. Sie tauschten gelehrte Mitteilungen und klassische Beschimpfungen aus.

Die Polemik entzündete sich, die Feuer kreuzten sich zwischen Washington und Moskau, zwischen der Rechten und der Linken. Es bildete sich eine liberale Strömung, mit zwei Hauptrichtungen: die des rechten Zentrums, die des linken Zentrums. Eine heftige radikale Erklärung vereinte verschiedene extremistische Tendenzen, bereit zum bewaffneten Kampf auf Jupiter oder Neptun, egal wo. Die Gegensätze vervielfältigten sich, es wurden Tausende von Büchern geschrieben, die Druckpressen ächzten, während sie lateinische, slawische, arabische, hebräische Buchstaben, chinesische, japanische, koreanische Ideogramme druckten, es wurden Filme, Videos, Radiokassetten und Computerprogramme geschaffen. Eine unbekannte Gruppe von chinesisch-japanischen Theoretikern brachte mit Welterfolg den scharfsinnigen Begriff des Zeichens von Pluto heraus, eine Symbiose von Buddha und Marx.

Die ungeheure und entscheidende Auseinandersetzung neigt zur Abschwächung in reichen und unterentwickelten Ländern, man meldet die Möglichkeit eines Übereinkommens auf halbem Wege zwischen den Supermächten, aber in der Dritten Welt, ach, setzt sich die Auseinandersetzung fort zwischen Anklagen und Beschimpfungen, die übliche Erniedrigung.

In Afrika, auf Kuba, auf Haïti hörten die Orixás den Schlag des Addarum, sie gaben das gute Leben auf, die Jagd, das Bad im Fluß, das Sammeln von Blättern aus dem Busch, den Cafuné, den Spaß, zu stöhnen, ohne Schmerz zu empfinden, sie durchkreuzten den Himmel und wendeten sich den Küsten Bahias zu.

Der Krieg von Aluvaiá – Beim Schlag des Adarrum trieb der Mann aus dem Nordosten den Esel an, beschleunigte den Schritt und näherte sich der ehrwürdigen Gruppe, die beauftragt war, die vom Jugendrichter angeordnete sittliche Mission zu erfüllen. In der Cardeal da Silva herrschte starker Verkehr, die Autos fuhren mit hoher Geschwindigkeit vorüber. Unter Mißachtung der Verkehrsregelung fingen der Mann und der Esel an zu tanzen wie zwei Irre.

Auch Seu Joselito Massaranduba und der junge Paulo Cotovia, kaum daß sie dem sonderbaren Duo gegenüberstanden, vergaßen ihren Ernst, begannen sich zu regen, die gleiche Sarabande auszuführen, sicherlich kannten sie sie. Pater José Antonio kannte den heidnischen Charakter der wiegenden Bewegung nicht, Tanz der Entscheidung, geeignet, Exu, den Herrscher, zu grüßen: Laroiê! Trotzdem entrüstete er sich, als er die würdelose Szene miterlebte: zwei Diener der Gerichtsbarkeit, wenn auch bescheidene, dem Spott in aller Öffentlichkeit ausgesetzt, in Gesellschaft eines Deklassierten. Und was sollte man von dem Esel sagen? Wo sah man schon einen Esel Walzerfuß? Darüber hinaus störte das Getanze den Verkehr, zwang die Wagen, die Fahrt zu verlangsamen, plötzlich zu bremsen, brachte sie ins Schleudern.

»Was bedeutet das? Was machen Sie da?« Er mischte die Sprachen, Zeichen der Verwirrung, sprachlos über die Dreistigkeit und den Tumult, unerwartet.

Der Untersetzte, der Strolch, der Gevatter, der aus dem Nordosten der Scheidewege, Exu Malé, der Gassenjunge, sperrte den Mund auf, eine Höhle, zeigte die metallische Zunge, brennend, den ehrwürdigen Priester provozierend. »Hau ab!« rief der Würdigste beleidigt. Der Esel antwortete ihm mit einer Ladung Winde, während Exu Adalgisa ansah. Vor ihr stehend, Auge in Auge: Die Augen Elegbarás waren zwei glühende Kohlen. Adalgisa hatte die erste Zuckung, den ersten Wirbel, Ankündigung der baldigen Ankunft des Orixá, sie hob die Hand an den Mund, bat um Hilfe: »Rette mich, Unsere Mutter, steh mir bei, mein Vater im Himmel!«

Die Gegensätze standen einander gegenüber, im ungeheuren Kampf, der vom Dichter Castro Alves besungen wird, Fanatismus und Toleranz, Vorurteil und Erkenntnis, Rassismus und Rassenmischung, Tyrannei und Freiheit, im Kampf zwischen dem Abicun und dem Orixá, im Krieg von Aluvaiá. Diese Schlacht entspinnt sich in allen Teilen der Erde, in jedem Augenblick. Das Ende ist nicht abzusehen.

Der Zusammenprall vollzog sich rasch, dauerte die nötige Zeit und nicht eine Sekunde mehr, er schien endlos. Kraftfahrer und Fahrgäste fuhren in den schnellen Autos gleichgültig vorüber, ohne sich bewußt zu werden, daß dort, in der Avenida Cardeal da Silva, die den Namen des Unbeugsamen, des Verfechters und strengen Hüters des Dogmas, trägt, am Fuße des Largo de Pulquéria, der an die als Sklavin geborene Iyalorixá, die Wächterin der Verzauberten im verfolgten Kult, ein sehr armes und sanftes Geschöpf, erinnert, sich Kleinlichkeit und Größe gegenüberstanden, das Gestern und das Morgen, die Berufung zum Tode und die Freude am Leben. Im Schützengraben des Obskurantismus Pater José Antonio Hernandez, Falangist, Hakenkreuz-Gemüt, Bannfluch-Mund, Atomhoden. In der Guerilla des Humanismus waren die drei Orixás, die aus Afrika kamen, Oxóssi, Xangô und Exu Malé. Im Taumel der Rennerei, Geld zu verdienen, bewegten sich die Vorübergehenden blind, in Eile, um so rasch wie möglich anzukommen. Nur das Mädchen Rosane Nóvoa, Sekretärin, am Steuer ihres »Buggy« aus dritter Hand, fragte ihren Mann Humberto, aus welchem Grund dieser zornige Pater, das Kruzifix in der Hand, zu einer auf den Knien liegenden Senhora hinstürzte. Humberto wußte es nicht, und es interessierte ihn auch nicht.

Seu Joselito und der junge Cotovia, Oxóssi und Xangô, der Geliebte und der Ehemann, tanzten um Adalgisa Schritte der Begrüßung und der Aufnahme, Einladungen zum angekündigten Caruru auf dem Mercado da Baixinha. Adalgisa wand sich, biß sich auf die Lippen, die Augen blitzten. Sie bemerkte den sonnigen Nachmittag ringsum nicht mehr, sie fühlte das Aufgehen der Morgenröte voraus, den Morgen der Geburt. Die Lippen brachten unhörbare Brummtöne hervor, der Abicun machte drei Sprünge in die Luft, einen höher als den anderen. Pater José Antonio, bis zum äußersten erregt, hielt das Kruzifix über den Kopf, schrie, eine überreizte Stimme des Schreckens und der Verdammnis: »Was hast du, *hija*? Beherrsche dich, Unglückliche!«

Die gesalbte und erleuchtete Spanierin, Katholikin der Heiligen Inquisition, versuchte sich zu beherrschen, bemühte sich, der Trance zu entfliehen, dem Heiligen zu entkommen. Sie strich mit den Händen über den Körper, von oben nach unten, um das Fluidum zu entfernen, die Kraft des Orixás aufzuhalten. Ihm das Eindringen zu verweigern, die Tür zu verriegeln, die mit dem Messer geöffnet worden war, als die Mutter in den Altarraum kam, ohne zu ahnen, daß sie im Bauch die Tochter Dom Pacos trug.

»Warte, *hija*! Ich werde dich vom Teufel befreien! Auf der Stelle!«

Adalgisa fiel auf die Knie, die Hände gefaltet, die Arme zum Himmel gestreckt, sie wollte nicht aufhören, eine Senhora zu sein. Den vergoldeten Silberchristus packend, als ob er das Schwert von San Tiago Matamoros packe und schwinge, stürzte Pater José Antonio herbei, um ihr den Teufel auszutreiben: »*Vade retro, Satanas*!«

Satanas ging nicht, er gab der Beschwörung nicht nach, im Gegenteil: Schnell kam Sete Pinotes, von dem tanzenden Esel begleitet, über den Teufelsaustreiber. Der Untersetzte schwang die Lederpeitsche, die er vom Lastengestell genommen hatte, der Esel tanzte im Paso-doble-Rhythmus, furzend, kackend, ausschlagend. In dem Versuch, vor der Peitsche zu fliehen, empfing Pater José Antonio auf dem Hintern den schlecht beschlagenen Huf des Esels, der, zweifellos befriedigt, die Lefzen hob, die Zähne fletschte und iahte, ausschweifende Gotteslästerung. Der Pater flog ins Gebüsch, neben die Bordkante der Avenida. Weiter vorn die erschöpfte Adalgisa, der starre Körper streckte sich, der Kopf barst ihr, es war der Kopfschmerz, der für immer ging, die Atmung war hastig, es war das Herz aus Stein, das blutete, es war nicht zu glauben!

Bei dieser Gelegenheit erfuhr man, daß Pater José Antonio Hernandez, den Mund voll Heldentum, die Eingeweide aber feige, nicht zum Martyrium geboren war, er verleugnete den Sieg des Opfers. Er hob, sich ergebend, die Arme, als sich die drei Teufel näherten, bereit, daran gab es keinen Zweifel, mit ihm Schluß zu machen. Die Kommunisten pflegten die Pater zu beschneiden, bevor sie sie umbringen, und Pater José Antonio wollte, wenn möglich, sein Leben retten, sich vollkommen erhalten, wenn er auch den Hoden nicht den gebührenden und vergnüglichen Gebrauch zugestand, es sei denn im Traum. Für ihn waren Teufel, Kommunisten, Orixás und Hippies das gleiche.

Die gefürchteten Mörder, lustige und etwas aufrührerische Orixás, umringten ihn lachend, im größten Spott. Sie begnügten sich mit wenig: eins, zwei, drei, hatten sie ihm Sachen und Schuhe ausgezogen, machten ihn splitterfasernackt, oder fast, denn sie ließen ihm die schmutzigen Strümpfe und die Silberkette mit dem vergoldeten Christus. Exu Malé gab ihm einen Klaps auf das magere Hinterteil, um ihn zu verabschieden.

Pater José Antonio stürzte den Abhang hinunter, hielt sich an den Dornen der mit Setzlingen von »Tränen-des-Herrn-von-Bonfim« und »Dornen-des-heiligen-Antonio« gepflanzten Hecke fest, die rot und gelb blühten. Fallend und sich erhebend überquerte er die Avenida Garibaldi, bog in die Ondina ein, die Passanten schrien: »Schau, der nackte Pater!« Er drang in das Haus des Doktor Carlos Mascarenhas ein, der war Millionär und wurde Carlinhos Cavaquinho und Carlinhos Katzenhand genannt, wegen der Vortrefflichkeit, die er im Orchester und im Kartenspiel zeigte. Der Geschäftsmann erkannte den Sammler von Almosen, und wenn er ihn auch nicht schätzte, empfing er ihn wie ein Gentleman und lud ihn ein, ihm beim nachmittäglichen Scotch-on-the-rocks Gesellschaft zu leisten. »Spielen Sie den Adam, heiliger Pater? Vor einem gehörnten Ehemann geflohen? Und die Freigebige, ist sie es wert?« Er hob das Glas zu Ehren der Freigebigen.

Damit der Pfarrer seine Kirche erreichen konnte, ohne daß die Gassenjungen mit dem Finger auf ihn zeigten, lieh er ihm das Totenhemd, das er im letzten Karneval getragen hatte, das schwarze Totenhemd eines armen Verstorbenen, ein weißer Totenkopf mitten auf der Brust. Und eine Sonnenbrille, damit man sein Gesicht nicht erkannte.

Die Bundeslade oder Oxumarê, der Regenbogen – Die drei Verzauberten nahmen das Lastengestell vom Rücken des

Esels und setzten es Adalgisa auf, die sich im Röcheln des Abicun verrenkte. Ein bißchen groß auf den Hüften, verschönerte es Dadás Hintern, das Hinterteil der Seufzer Danilos, noch mehr.

Auf dem Peji von Gantois, in der verborgenen Kammer der Weichlinge, hatte Yansã Manela bestiegen, schöne Iaô, feuriges Fohlen: Sie würde ein Wahnsinn sein, wenn sie sich in der Runde der Besessenen zeigte, unbezwingbar.

Nachdem sie ihre Rechte über Manelas Kopf festgesetzt, ihr Pferd bestätigt hatte, ließ Oyá sie ausruhen, auf der Matte ausgestreckt, den Kopf rasiert, das Gesicht blau und weiß bemalt, an den Knöcheln die Xaorôs der Unterwerfung. Yansã lächelte gerührt, und erst dann kündigte sie sich in der Avenida an, im Schein des Blitzes, im Schrei des Krieges, im Donner. Sie sprang weit über die Fernsehtürme hinaus, stieg herab auf Adalgisa: Sie hatte Exu Malé befohlen, ein Gestell auf die Widerspenstige zu setzen, so bestieg sie sie, das Versprochene zu erfüllen. Sie benutzte keine Sporen, wegen der Träne, die sie als seelenloser Vormund, als Stiefmutter, geweint hatte, als sie Manela in der Klausur der Büßerinnen zurückließ.

Vierzig Jahre, nachdem sie den Heiligen aufgenommen hatte, kaum empfangen im Leib Andrezas, ihrer Mutter, verließ Adalgisa den heimlichen Stand des Abicun, nahm die ruhmreiche Bedingung als Tochter von Oyá Yansã an. Die Yansã vom Gestell, so erwähnt in den mündlichen Chroniken des Candomblé. In der Hand, anstatt des Eiru, eine Lederpeitsche, eben jene.

Oxumarê, der Regenbogen, Schlange mit zwei Köpfen, São Bartolomeu mit seinem Dreizack, Bundeslade, breitete über die Himmel Bahias das Sonnenspektrum aus, öffnete den Fächer der sieben Farben, den Weg des Mysteriums. Der Esel war der erste, der eintrat, er schlug aus. Wie gewisse unbedeutende Chronisten, von dürftiger Inspiration und Bildung aus dem Almanach, berichten, handelte es sich um den gleichen Esel, auf den man sich im Neuen Testament bezieht, den, der die Heilige Familie auf der Flucht nach Ägypten führte. Wenn es nicht Buridans Esel war, um dem Argument ein Ende zu setzen: Ein Schluck Wasser, ein Bissen Hafer erledigt gleichzeitig Hunger, Durst und Problem. Was die Identifizierung mit »Meister Esel« von Perrault angeht, diesem, der nicht ia machte, er kackte Gold, glänzende Escudos, so konnte er es vielleicht sein, denn in der Cardeal da Silva wurden auf der Straße, mitten in dem Fladen des Esels, drei Kupfermünzen gefunden, eine zu zwanzig, zwei zu zehn Reis.

Unzertrennlich, traten Oxóssi und Xangô, die beiden Lieben Yansãs, in den Regenbogen durch die Türen des Blaugrün und des Rot und Weiß. Gemeinsam brachen sie auf zu Wald, Wüste, Fluß, zu den Hauptstädten von Afrika, Lagos, Luanda, Praia, Porto Novo, zum Golf von Benin, zu den Ländereien von Aioká. Sie sangen einen Frevo von Caetano:

Wer schon heraustreibt, um zu zerreißen,
hat erfahren,
daß er ist von der anderen Seite,
der Seite,
daß er da von der Seite ist,
daß er da ist,
von der Seite von...

Seu Joselito Massaranduba und der junge Paulo Cotovia waren allein in der Avenida zurückgeblieben. Wo würden der scheinheilige Pater, nach außen schöntuend, innen ein schimmliges Brot, und die noch recht appetitliche Dona hingegangen sein? Die Tatsache, daß sie davongegangen waren, ohne sich zu verabschieden, beeindruckte sie nicht, gewohnt an den Umgang mit wenig angesehenen Leuten, knausrig, nicht sehr dankbar, nicht mal zehn kleine Münzen, um einen zu heben. Seu Joselito, der von Jacira, einer guten Kameradin, zum Caruru eingeladen war, schleppte den Kollegen mit zum Schwof: »Das wird großartig sein.«

Laroiê!, da entfernte sich Exu mit einem Purzelbaum: Er versiegelte die Tür des Regenbogens.

Oyá hat sich schon auf den Weg in die Stadt gemacht, aus der Stadt heraus, Gestell auf dem Rücken, Eparrei!

Der Caruru

Vom Terreiro de Jesus zum Largo do Carmo, im historischen Zentrum, Erbe der Menschheit, hielt das Feuer des Karnevals der Franzosen bis zum frühen Morgengrauen an. Die letzten Spaßmacher hörten erst auf zu scherzen, als der Saum des Morgens die Tür des Regenbogens aufriegelte und der Samstag klarte, fast Ostersonnabend.

Die Franzosen hatten sich übrigens gegen fünf Uhr nachmittags zurückgezogen, gleich nach den letzten Aufnahmen von dem großen, dem ungeheuren Panorama der Samba tanzenden Menge, vom nackten Körper Patrícias, die erhitzt war, atemlos, aufreizend, Pater Abelardo Galvão gegenüber, karnevalistisch mit Gewalt, im Todeskampf.

Nachdem sie das Fernsehmaterial im Hotel verwahrt hatten, waren die Gringos alle herbeigelaufen und kamen der beharrlichen Einladung zum Caruru von Jacira do Odô Oyá auf dem Mercado der heiligen Barbara nach. Miro hatte es übernommen, sie hinzubringen. Es fehlte nicht einer, vom Chef Chancel bis zu dem Jungen mit den gelockten Haaren und dem Ohrring, der weibisch schien, aber vielleicht war er es nicht.

Der von Jacira gebotene Caruru hatte keinen besonderen Grund, sie erfüllte kein Versprechen, brachte keinen Ebó dar, er war einfach dazu bestimmt, Yansã zu feiern, die Schutzheilige des Mercado, die Heilige der Budenbesitzerin. Euá kam hinterher, sich in Brunnen, in Zisternen und Wasserlöchern der Stadt und in den Quellen in Itaparica badend.

Der Eluô, zwei Tage vorher vom Fest von Gantois gekommen, hatte ihr zugeflüstert, daß der Verzauberte in der Stadt zu Besuch wäre, sich mit einer grundlegenden Arbeit befasse, und wer das flüsterte, wußte von den Dingen, es handelte sich nicht um irgendwen, einen dieser Hochgelehrten, die es in den Candombléhäusern im Überfluß gibt, mit besonderen Kennzeichen. Vortrefflicher Vorwand für Jacira, die Freunde zu versammeln, liebenswürdig, wie sie nur allzusehr war, und um Oyá, ihre Mutter, zu schützen, der sie alles Gute zuschrieb, was ihr im Geschäft und in der Liebe geschah. Sie lud Gott und die Welt ein.

Ein Caruru, der etwas taugte: zwölf Gros Quiabos. Die Budenbesitzer trugen zum Kauf der Zutaten bei, die Getränkefabriken lieferten Kästen mit Bier, und Doktor Zézé Catarino, ein vertrauenswürdiger Jurist, beteiligte sich mit einigen Litern Batida, bestellt bei Vilar und bei Deolino, Lieferanten des Mercado. Batidas aus Zitronen, Kokos, Pitanga, Cajá, Mandarinen und Schnapsmischungen: Überfluß, Mannigfaltigkeit und Klasse. Die Frau des Doktors, Dona Regi, eine sehr reiche Dame, war Yansãs Tochter. Der Heilige war aufgenommen, die Infantin feierte ihn zu Hause, an jedem 4. Dezember, Kaviar und Champagner, ein Abendessen mit auserwählten Gästen. Nicht weil sie von einer reichen Weißen kam, verachtete Yansã die Gabe, sie hegte keine Vorurteile.

Jacira de Odô Oyá zählte die Freunde nicht an den Fingern ab. Sie besaß sie, und gute, nicht nur unter einfachen Leuten, die ihr täglich Brot im Schweiße ihres Angesichts verdienten, Busenfreunde, ihresgleichen, sondern sie hatte sie auch in hohen Finanzkreisen, Kreisen der Politik und der Intelligenz. Bevor sie die Bude auf dem Mercado da Baixinha übernommen hatte, leitete Jacira ein verschwiegenes Bordell in Amaralina. Die Bude hatte sie von ihrem Bruder geerbt, dem einzigen, ein Junggeselle, Taugenichts, der eines Nachts durch einen Schuß im Streit zwischen Raufbolden umgebracht worden war.

Da Jaciras Gelage sehr beliebt war, wäre es einfacher, zu sagen, wer nicht dort war. Es wird nicht möglich sein, die Namen aller Großherzöge zu nennen, die sich dort die Lippen leckten – der Caruru konnte nicht schmackhafter sein, selbst wenn er von den gesegneten Händen von Anália do Yemanjá gewürzt worden wäre –, Batidas kosteten, schwatzten, lachten, sich vollschlugen. Die Liste beschränkt sich also auf wenige Namen von Persönlichkeiten, von denen schon die Rede war in diesen Notizen über Yansãs Besuch in ihrer Stadt Bahia, in jenem Jahr, das durch die großartige Ausstellung

Religiöser Kunst gekennzeichnet war, an die man sich noch heute erinnert.

In einem angeregten Schwatz mit Chancel benutzte unser teurer und immer willkommener Professor João Batista sein reinstes Französisch, trotz der Aussprache von Sergipe. Er erklärte ihm Caruru, Vatapá, Xinxím-Hühnchen, Quitandê und andere Vorspeisen der afrobahianischen Küche, mit Kenntnis und Genugtuung. Der Kunstkritiker Antônio Celestino brachte zwei ausgezeichnete Museologinnen mit und führte sie – gut im Museum und gut im Körperbau – und eine andere, ebensogut wie sie, doch nur im Körperbau: Ohne einen akademischen Titel zur Schau zu stellen, stellte sie den Hintern zur Schau, er war jeden Titel wert, einschließlich des Doktor honoris causa. Im Gefolge des vornehmen São João del Rei sah man auch den portugiesischen Dichter Fernando Assis Pacheco, der neugierig auf die bahianischen Sitten war, von ihnen angezogen wurde. Der Dichter von Coimbra machte tapfer mehrere tiefe Teller Caruru nieder, schlürfte mit Appetit Batidas verschiedener Geschmacksrichtungen, und wie man später feststellen konnte, fand er auf dem Fest die Inspiration für ein Gedicht des Wachens und der Schlaflosigkeit.

Die Zerstreuungen des Mittagessens und des müßigen Nachmittags fortsetzend, schlugen sich der Notar Wilson Guimarães Vieira und sein treuer Sekretär Danilo Correia in der Wonne der Quiabos und des eisgekühlten Bieres die Bäuche voll. Die Popularität der Ex-Kanone vom »Ipiranga«, die sich vor vielen Jahren von den Fußballkämpfen zurückgezogen hatte, hielt sich noch lebendig. Sie kamen, ihm die Hand zu drücken und ihn zu umarmen.

»Wie geht es, Príncipe Danilo? Wollte Dona Adalgisa nicht mitkommen?«

Adalgisa besuchte diese Orte nicht, sie erschien nicht zu Carurus, verfluchte diese Dinge. Danilo hatte den Chef und Freund in der Absicht zum Mercado da Baixinha geschleppt, die Stunde des Heimkommens hinauszuzögern. Zu Hause würde er sich Dadás Wut stellen müssen, das würde ein Theater geben. Er bereute die Scherereien der vorangegangenen Nacht nicht, da er sich den Anordnungen seiner Frau widersetzt, sich aufgelehnt hatte. Er schwankte zwischen Trotz und Angst. Er hatte beschlossen, spät in der Nacht heimzukommen, die Sauferei seines Lebens zu veranstalten. Betrunken wäre es leichter. Jedenfalls würde er eine schlimme Viertelstunde durchstehen müssen, Klagen, Unverschämtheiten, Drohungen anhören; Dadá, vom Kopfschmerz gepackt, wieder mit der Migräne, verbittert. Kurzum, es käme, wie Gott es wollte.

Als letzter wird Pater Abelardo Galvão genannt, der Pfarrer von Piaçava, auf kummervoller Durchreise in der Hauptstadt. Er versuchte frohen Mutes zu scheinen, machte dem Caruru Ehre, nippte an der Cajá-Batida, dem Nektar der Götter, doch es gelang ihm nicht, die Sorge zu verbergen, die ihn schweigsam, schüchtern machte. Er grübelte nicht, weil Beamte der Zivilpolizei und Kommissar Parreirinha auf dem Mercado waren. Parreirinha war starker Konkurrent des Dichters Assis Pacheco bei Genuß und Lob des Caruru. Der Kummer des Predigers der »Seelsorge für die Welt« war auf Patrícia zurückzuführen, die vollkommen die Beherrschung verloren hatte und sich bereit gezeigt hatte, zu Tätlichkeiten überzugehen. Sie nahm den Pater beim Arm, fütterte ihn, fuhr ihm mit der Hand über das Gesicht, fuhr ihm durch die gewellten Haare, flüsterte ihm ins Ohr, nannte ihn ihren mit Pfeilen durchbohrten São Sebastião, mein Lamm Gottes, mein Gotteskind, mein Schäfchen, mein lieber Herr Jesus, mein Hübscher, sie sagte ganz leise mein Schatz, klammerte sich an ihn, rieb sich an ihm, biß ihn ins Ohr, küßte ihn auf den Hals – und das, obwohl sie nicht betrunken war, sondern nur fröhlich. Ziege Yansãs, unfolgsam und bereit: heute oder nie. Pater Abelardo zwischen zwei Feuern, zwischen Kreuz und Weihwasserbecken, dem Guten und dem Bösen, begeistert und niedergeschlagen. Ein Pater kann nicht heiraten, Patrícia, die Gelübde erlauben es nicht. Patrícia schien das nicht zu wissen, nahm das verhängnisvolle Verbot nicht zur Kenntnis. Nicht nur sie verfluchte es, auch das Herz des Paters, von verdammter Liebe entzündet, verfluchte es. Und die Eier, also!

Leute vom Candomblé, in Mengen. Außer der Mutter Olga de Tempo, Olga von Yansã, Königin von Alaketu, zeigten sich der Vater Air de Oxaguian, der Babalaô Nezinho, Manuel Cerqueira de Amorim, mit Heiligenhaus in Muritiba, Mário Obá Telá, Schuhmacher, ein Brunnen der Weisheit, der Babalorixá Luís da Muriçoca, der über Exu Sete Pinotes wacht, Vaer Balbino de Xangô, Aurélio Sodré, Ogan von Bogun, alle elegant in Weiß, weil Freitag war, Tag Oxalás. Übrigens dominierte die weiße Farbe in der Kleidung der Gäste, selbst wer nicht von einem Heiligen war, gehorchte der Vorschrift.

Nach sieben Uhr abends kam das Gelage zum Ende, die Trinkerei hatte kaum angefangen, der Mercado brodelte, als man auf Anregung des Babalaô Nezinho die Atabaques aus der Bude des Arabers Jamil holte, die dort sicher aufbewahrt wurden.

Beim Caruru gab es genug Spieler, ein Alabé trat auf. Das Orchester wurde auf der größten Fläche aufgebaut, wo man Töpfe und Teller abgeräumt hatte. Die Atabaques begannen zu schlagen, einige Besessene begannen zu tanzen, die erste war Gildete, man brauchte es nicht zu sagen. Olga stimmte den Begrüßungsgesang für die Orixás an:

Agô lelê
agô lô daké
ô xaoorô

Darauf grüßte sie Yansã, Herrin des Festes, Schutzheilige des Mercado:

Ê ialoia
ê ialoia ô ô

Sie hörte nicht auf zu singen: Nachdem sie durch den Karneval der Franzosen gezogen war, zeigte Oyá sich an der Haupttür, kam, den Körper wiegend, Grüße murmelnd, Feuer speiend, das Gestell auf dem Rücken, in der Hand die Lederpeitsche. Adalgisa, die Yansã vom Gestell, niemand sah sie je zuvor, und sie staunten. Ein Brausen durchlief die Reihen des Mercado, Jacira do Odô Oyá legte sich auf den Boden, auf das Gesicht, als wäre sie auf dem Terreiro. Es stimmt, was man ihr insgeheim erzählt hatte: Yansã war in der Stadt, hatte den Caruru angenommen, kam zum Feiern. Oyá hob die Tochter auf und umarmte sie dreimal. Sie entfesselte den Heiligen, Odô Oyá bestieg Jacira, der Tanz griff um sich.

Die Yansãs kamen, eine nach der anderen. Die Gäste drängten sich, alle wollten sehen. Der Klang der Atabaques schwoll an, man hörte die Begleitung des Agogô und der Cabaça. Olga do Alaketu startete, Pferd im Galopp, davonstiebend, was für eine Schönheit! Gleich zeigte sich Oiaci, Vodun der Jeje-Nation, er ritt Margarida do Bogun, Margarida von Yansã, Frau von Ogan Aurélio. Danach war Vera do Veludo an der Reihe, sie war an diesem Tag aus Rio de Janeiro gekommen.

Ehe sich's Pater Abelardo versah, riß sich Patrícia, von der Heiligen erfaßt, die Schuhe von den Füßen und trat in die Runde. Die fünf Yansãs tanzten um Oyá vom Gestell, die dem Volk ihre Tochter Adalgisa vorstellte, vierzig Jahre lang aufsässiger Abicun, jetzt gelehrige und fügsame Iaô. In Ioruba, dem Latein der Candomblés, sprechend, befahl sie, daß das Gestell abgenommen wurde, das Volk hatte sie schon in den Straßen der Stadt gesehen, die meisten lachten, weil sie dachten, es handle sich um eine Maskerade, einige verstanden und lächelten verschwiegen. Nezinho, Mário Obá Telá und Gildete taten das Nötige, das Gestell wurde in Jamils Bude abgesetzt. Als das Fest beendet war, suchten sie es, niemand wußte etwas darüber, ein großer und schwerer Gegenstand, er war verschwunden wie die heilige Barbara, die des Donners.

Sechs Yansãs zeigten sich beim Caruru des Mercado da Baixinha, alle zum Sterben schön, die Yansã Adalgisas war von allen die schönste, unvergleichlich. Nur wer sie tanzen sah, die üppige Brust erzitternd, die großartigen Hüften wiegend, weiß, aus wieviel Stücken ein Gestell gemacht wird.

Danilo war mehr im Hintergrund des Mercado geblieben, hatte gerade einen Schwatz gemacht, diskutierte das erregende Ereignis des Elfmeters, den der Schiedsrichter aus Paraíba gegeben hatte und der neulich der »Santa Cruz« aus Recife den Sieg im Match gegen Bahia brachte. Der Schiedsrichter war ein bißchen zerquetscht vom Spielfeld gegangen, geringfügig. Danilo hörte seinen Namen rufen, es war der Notar Wilson, der ihn rief, aufgeregt, verblüfft. Der Ex-Príncipe des Rasens kam, in der Hand das große Bierglas, er schaute dorthin, wohin der ausgestreckte Finger des Chefs und Freundes zeigte, er wäre beinahe umgefallen vor Überraschung.

»Mein Gott, das ist Dadá!«

Auf Adalgisa gestiegen, ihr Pferd der besonderen Rasse, kam Oyá auf den guten Danilo zu, überreichte ihm die Lederpeitsche, und ihn an den Beinen fassend, hob sie ihn hoch, wie Manela es mit Miro getan hatte, und zeigte ihn dem Volk: Noch ein Ogan im Hofstaat Yansãs, ihr bevorzugter.

Da schon die Nacht hereingebrochen war, neigte sich das Fest dem Ende zu, jeder ging in sein Haus. Oyá übergab Adalgisa, die des Gestells, dem Babalorixá Luís de Muriçoca: Kümmere dich mit Sorgfalt um sie. Vierzig Tage lang würde sie die Kammer des Ilê besetzen, um die Schritte zu lernen, die Tanzschritte, die Lieder des Heiligen. Befreit von Kopfschmerz, Fanatismus, Bösartigkeit.

Ich habe die Tür schon geschlossen,
Ich habe schon befohlen, sie zu öffnen.

Die Vernissage

Das Urteil – Das Urteil wurde um neunzehn Uhr diktiert, als die Finsternis der Nacht die Schatten der Dämmerung über dem Meer des Golfes und den Bergen der Stadt abgelöst hatte. Der Aufbau der Ausstellung war zum Ende gekommen, abgeschlossen in den letzten und kleinsten Einzelheiten, mit dem letzten Schliff.

Dom Maximiliano hatte sich um alles gekümmert, auf alles geachtet, nichts war ihm entgangen. Er hatte die vier Freunde – Gilberbert, Lev, Sylvio, Jamison – bis zur Ausgangstür gebracht, jedem einzelnen mit dem richtigen Wort für die Mitarbeit gedankt. Über die getroffene Entscheidung sagte er noch nichts, aber sie vermuteten etwas, denn im vertraulichen Umgang mit dem Mönch war das Schweigen ungewöhnlich, er sprach laut.

Er versammelte die Angestellten, gab ihnen Anweisungen, unumstößliche, wie gewohnt. Niemandem, niemandem, so groß seine Autorität auch sein möchte, wäre der Zutritt zu den Räumen gestattet, wo die Schau gezeigt wurde, bevor er, Dom Maximiliano persönlich, und kein anderer, die Anweisung gab. Die hohen Persönlichkeiten – der Kardinal, die drei Militärkommandanten, Dona Regina Simões, der Präfekt, der Weihbischof, Doktor Norberto Odebrecht, die Bankiers Ângelo Calmon de Sá und Lafayette Pondé, Dom Timóteo und Carybé – würden im Arbeitszimmer des Direktors warten, die übrigen Gäste und die Presse in den Räumen des Fundus. Er würde sich in seine Wohnräume zurückziehen, man sollte ihn erst rufen, wenn man vom Flughafen die Information bekäme, daß der Erziehungsminister nach Santa Tereza abgefahren war. Vorher wünschte er nicht gestört zu werden, von Journalisten ganz zu schweigen. Die Angestellten, von den Pedellen bis zu den Museologen, spürten, daß er angespannt und melancholisch war, umgaben ihn mit liebenswertem Gehorsam, sie waren untröstlich: Bei Erwartungen wie dieser pflegte Dom Direktor zu lachen und zu scherzen, Witze über das Ereignis zu machen, um die Nerven zu entspannen, seine Assistenten zu unterhalten.

Bevor er sich zurückzog, nahm er das Telefongespräch des Kardinals entgegen, hörte das Urteil, verzog das Gesicht, die Hand zitterte leicht, er senkte den Kopf: Das Urteil war unwiderruflich.

DAS BILD DER HEILIGEN GING ZUM TEUFEL: ENDE DER UNTERSUCHUNG DER ZIVILPOLIZEI – Ein langes Telefonat, der Kardinal übermittelte Dom Maximiliano einen Teil der Informationen, die er soeben erhalten hatte. Es wurde Rechenschaft abgelegt über das Endergebnis der von der Zivilpolizei geführten Untersuchung, mit der das Mysterium des Diebstahls des Bildes der heiligen Barbara, der des Donners, aufgeklärt werden sollte. Von richtigen Voraussetzungen ausgehend, entscheidende Spuren verfolgend, waren die schlauen Polizisten zu kategorischen Schlußfolgerungen gelangt. Den Leuchten der Gilde gelang es nicht nur, das augenscheinlich unergründliche Problem zu erhellen, sondern es vollständig zu lösen, indem sie alles in weniger als achtundvierzig Stunden klarstellten, ein ehrenwerter Rekord. Von der durch das Sekretariat der Staatssicherheit eingeleiteten Untersuchung nicht ein Hauch: Wenn es ein Resultat zu verkünden gäbe, würde es sicherlich eine Ewigkeit dauern.

Oberst Raul Antônio, Kommissar der Zivilpolizei, war persönlich gekommen, den Kardinal aufzusuchen, er hatte keinen Untergebenen geschickt. Beweis der Höflichkeit und Achtung, wenn man die Zeiten der Militärdiktatur in Betracht zog. Er war nicht nur Kommandant der Region, der Oberkommissar war die größte Autorität im Staate. Ungefähr eine Stunde lang gab er ihm einen umständlichen Bericht, mit einem Überfluß technischer Einzelheiten. Er legte Theorien dar, machte Anklagen, nannte Namen. Nicht einmal eine einschränkende Kritik an der von seinen Männern entwickelten bewundernswerten Arbeit, unter seiner Leitung, fehlte: schnelle Ergebnisse, trotzdem hatten sie Zeit verloren. Zeit verloren, ja, Senhor, sie waren zu spät zum Flughafen gekommen, es war ihnen nicht gelungen, das Bild wiederzuerlangen.

Der Kardinal hielt es nicht für notwendig, Dom Maximiliano Einzelheiten des Gesprächs zu übermitteln, die vom Oberst genannten Namen und Orte: den des Paters Galvão, den der Abtei São Bento. Pater Galvão, offenkundig verwikkelt in die glühende Frage der Ländereien, von der Presse angeklagt, die Invasion auf die Fazenda Santa Eliodora angestiftet, wenn nicht gar angeführt zu haben, er war der Schlüssel, der die Tür zur Lösung des Rätsels öffnete. Die Tatsache, über Santo Amaro in die Hauptstadt gereist zu sein, womit er die Strecke verlängerte, mit dem offensichtlichen Ziel, sich auf dem gleichen Leichter einzuschiffen wie das Bild, hatte die Aufmerksamkeit des Obersts geweckt. Ihm war gleich die verdächtige Anwesenheit des Paters auf dem Boot von Mestre Manuel aufgefallen, obwohl Dom Maximiliano das unterschlagen hatte, als er ihm Informationen gab, sonderbare Unterlassung.

Auf der Spur des Paters lokalisierte die Zivile das Versteck, wo die Bande das Bild verbarg, das Kloster São Bento. Die Vorfälle verknüpfen sich: ein umstürzlerischer Pater, ein von marxistischen Ideen durchdrungenes Kloster, Zentrum des Aufruhrs gegen die verdienstvolle Militärregierung.

Höflich, jedoch bestimmt, schenkte Oberst Raul Antônio der von Seiner Eminenz begonnenen Verteidigung spärliche Aufmerksamkeit: »Entschuldigen Sie, Primas, aber wir haben Beweise.« Er hob die Stimme, soweit es nötig war, um Auseinandersetzungen zu vermeiden: »Wir wissen alles über die Abtei von São Bento und über Dom Abade, ein dicker Fisch.«

Bei der Bespitzelung des Paters Galvão, im Kloster verborgen, hatten die Polizeibeamten in der Abtei die Ankunft einer Frau beobachtet, die sich dort länger als eine halbe Stunde, fast eine ganze, aufgehalten hatte. Sie hatten sie angesichts der verstohlenen Art und der Kleidung einer Ausländerin verdächtig gefunden: Wildlederstiefel, graues Kostüm, Handschuhe und Hut, elegant übrigens, sie hatten die Zeit der Ankunft, mit dem Taxi, und die des Wegfahrens, im Wagen des Klosters, notiert. So informiert, setzte der Oberst die vollkommene Maschinerie der Zivilen in Gang, und nach dem Austausch von Botschaften mit anderen staatlichen Polizeiwachen und mit Brasília war es möglich gewesen, kaum, daß einige Stunden vergangen waren, die nächtliche Besucherin des Klosters zu identifizieren.

»Wissen Sie, wer es war, Eminenz? Keine andere als die Schwester von Miguel Arraes, dem Kommunistenchef, der die Regierung von Pernambuco 1964 innehatte, eine der gefährlichsten Aufwieglerinnen: Violeta Arraes.«

»Violeta Arraes?«

»Eure Eminenz kennen sie?«

Seine Eminenz machte eine vage Geste, ein Kardinal kennt so viele Leute, wie sollte man sich an alle erinnern? Der Oberst beharrte nicht, er berichtete weiter. Nachdem ihre Identität feststand, war es leicht gewesen, die Wege der Aufwieglerin in Bahia zu rekonstruieren. Wo war sie am Vortag angekommen? Nachdem sie das Kloster verlassen hatte, holte sie das Gepäck aus dem Hause, in dem sie untergebracht war. Das Haus, sehen Sie, von wem, von Caetano Veloso, der die Lektion, die wir ihm erteilt haben, nicht gelernt hat, er braucht noch eine. Von da aus fuhr sie zum Flughafen.

»Als wir ankamen, war das Flugzeug der Varig, direkt nach Paris, schon gestartet, die ›Passionária vom Capibaribe‹ und unsere Heilige mit sich führend.«

»Passionária vom Capibaribe«, wo hatte Oberst Raul Antônio den Beinamen gesucht? In den Straßen von Recife? In den Archiven des SNI? Die Schwester von Arraes hatte sich in Pernambuco aufgehalten, sich mit Dom Hélder und anderen Anhängern des verbannten Bruders verschwörend. Sie war nach Bahia gekommen, das gestohlene Bild in Empfang zu nehmen, sie hatte die spezielle Aufgabe, es außer Landes zu bringen, nach Europa zu transportieren, wo es zugunsten der Finanzen des Umsturzes verkauft würde. Sie hatte die Mission erfüllt, eine gut geplante Mission, noch besser ausgeführt. Die Mafia hatte alles vorausgesehen, die Zeit genau abgestimmt.

»Sie reiste mit einem französischen Paß, unter dem falschen Namen Violeta Gervaiseau.«

Unter ihrem Gepäck wurde eine große schwere Kiste erwähnt, die Dame hatte den Zollbeamten gebeten, daß er ein Etikett »zerbrechlich« darauf anbrachte, sie hatte erklärt, sie enthalte Stücke der Volkskunst aus Pernambuco, Keramiken von Meister Vitalino und Severino de Tracunhaém.

Die Zivilpolizei hatte das Mysterium des Verschwindens

der Heiligen als einen Beweis äußerster Leistungsfähigkeit in weniger als achtundvierzig Stunden gelüftet, doch der gewissenhafte Oberst Raul Antônio nahm keine Glückwünsche entgegen, denn er war zu spät zum Flughafen gekommen.

»Es war eine Frage von weniger als zwölf Stunden. Das Flugzeug startete um halb zwei Uhr morgens, es war kurz nach Mittag, als wir zum Schalter der Varig kamen.« Reuig schlug er sich gegen die Brust, der Oberst: »Ihre Heilige, Primas, ist in Paris, unerreichbar für uns. Sie ist zum Teufel gegangen.«

Doch sie würden fortfahren im Kampf gegen die Mafia der Kirchendiebstähle, bis sie die Bande zerschlagen, Anführer und Komplizen ins Gefängnis gebracht hätten, sie hatten eine Schlacht verloren, den Krieg würden sie gewinnen: »Und wer uns zu den großen Chefs führen wird, ist dieser Pater Galvão, eine wichtige Figur der Bande. Wir werden ihn frei herumlaufen lassen, und ohne es zu wissen, wird er uns zu den übrigen führen. Mit einem Wort, es wird viele Überraschungen geben, Eminenz.« Von Intellektuellem zu Intellektuellem endete er, seinen Shakespeare aus der Westentasche ziehend: »Es ist etwas faul im Staate Holland, mein Kardinal.«

Der Kardinal korrigierte das Zitat nicht: Holland oder Dänemark, der Oberkommissar der Zivilpolizei wollte sich auf den ideologischen Wirrwarr der Kirche beziehen. Wer respektiert in Zeiten der Militärdiktatur, der Drohungen und Demütigungen einen Kardinal, selbst wenn er Primas ist?

DER KELCH – Der Kardinal übermittelte Dom Maximiliano am Telefon die verhängnisvolle Nachricht: Das Bild war futsch. Alle und jede Hoffnung hatte sich erschöpft, sie waren in Teufels Küche gekommen.

Er hielt sich damit auf, die vom Oberst dargelegte außergewöhnliche Theorie zu kommentieren, die der Mönch übrigens schon kannte. Kompliziert, zweifellos. Die Diebstähle von Kirchengütern, verübt, um die Landnahme und die städtische Guerilla zu finanzieren. Es wäre unglaubwürdig, wenn der Kommissar der Zivilpolizei die Theorie nicht mit Beweisen, mit durch die Untersuchung aufgedeckten Tatsachen untermauern würde. Abtransport des Bildes der heiligen Barbara, der des Donners, von Violeta Arraes aus Brasilien entführt.

Der Kardinal kannte sie seit langem: Violeta Arraes Gervaiseau, es handelte sich nicht um einen falschen Namen, Irrtum des Obersts, sondern um ihren Namen während der Ehe mit dem französischen Ökonom Pierre Gervaiseau, einem großartigen und freigebigen Nazarener. Und sie kennend, wie er sie kannte, glaubte der Kardinal brav an die Heldentat: Violeta Arraes oder Gervaiseau war zu viel mehr imstande.

Bevor er auflegte, fragte Seine Eminenz Dom Maximiliano, ob er es nicht für besser hielte, der Vernissage fernzubleiben und einen Vertreter zu schicken, der dem Rektor den Brief mit dem Verzicht auf das Amt überbringen sollte. Der Museologe erwiderte, duldsam, gereizt: »Ich werde öffentlich verzichten, Eminenz, wenn ich die Ausstellung für eröffnet erkläre. Ich werde diesen Kelch bis zum letzten Tropfen austrinken.«

Wie auf eine so melodramatische Versicherung antworten? Da er nicht wußte, was er sagen sollte, sprach der Kardinal: »In dem Falle, bis später.« Und er legte auf. Er sah das Gesicht des Mönchs vor sich, wie er die Bitterkeit des Kelches auskostete, Tropfen für Tropfen, er konnte die Tragweite des Dramas und des Unglücks des Museologen ermessen. Dom Maximilian pflegte geistvolle Sätze zu äußern, er verachtete Rhetorik: Wohin war er gekommen! Der Kardinal bedauerte das Schicksal des Benediktiners, er war gelehrt, arbeitsam, schöpferisch, er kannte niemanden, der imstande wäre, ihn zu ersetzen. Armer Dom Maximiliano. Er durchlebte eine Nacht der Qualen.

So lang sie auch sein mag, die Stunden einer Nacht sind gezählt, sie geht vorüber und ist zu Ende. Am nächsten Tag würde Dom Maximiliano ins Flugzeug steigen, nach Rio de Janeiro abreisen, fern von all diesem Durcheinander, während er, Kardinal Primas, den Vikar von Santo Amaro auf den Fersen hätte: weder geistvolle Sätze noch überladene Rhetorik, vulgäre und lächerliche Grobheit. Als wäre es Absicht, teilte ihm ein hastiger Sekretär die Ankunft Pater Téos an der Rampa do Mercado mit, an der Spitze der Bevölkerung von Santo Amaro. Der Kardinal spürte, wie es ihm kalt über den Rücken lief.

CONSUMATUM EST! – Die Kreuzigung Dom Maximiliano von Grudens begann um zwanzig Uhr, eine Minute mehr oder weniger, als er erfuhr, daß das Bild, seine heilige Barbara, die des Donners, nach Frankreich geschmuggelt worden war. Die Polizei hatte sich als langsam, verklemmt, bürokratisch, unfähig erwiesen. Der Mönch war am Ende des steinigen und dornenreichen Weges angekommen, er hatte die enge Pforte erreicht, den Schlußpunkt, ihm blieb nur, in die Verbannung abzureisen. In Rio bleiben, nach Europa zurückgehen, wo wieder beginnen? Das würde er danach entscheiden, in der Stunde der Vollendung dachte er nicht an morgen, er trug in der Brust die Tage von gestern, die Jahre in Bahia, fröhlich, begeisternd. *Consumatum est!*

In einer Stunde würde er den Erziehungs- und Kulturminister, den Kardinal, den Gouverneur, den Rektor der Universität und weitere dreihundert Persönlichkeiten empfangen, die Crème des Reichtums, der Macht, der Intelligenz von Bahia, und er würde die Ausstellung Religiöser Kunst für eröffnet erklären, organisiert vom Museum für Sakrale Kunst, organisiert von ihm, seinem Direktor. Da war sie bereit und fertiggestellt, in ihrer fast vollständigen Pracht. Es hätte die Stunde des Triumphes für Dom Maximiliano sein sollen, der Weihe, des nationalen Applauses, in Übersee widerhallend, der höchste Augenblick in einem Leben der Studien und Arbeiten. Das Gegenteil geschah. Vor den Fernsehkameras würde er aus der Tasche der Soutane das Papier mit dem Urteil ziehen, dem Rücktritt vom Amt des Direktors, er würde den Anwesenden den unwiderruflichen Verzicht zur Kenntnis geben. *Consumatum est!*

Ein knappes und kurzes Dokument, die Lektüre würde flüchtige Minuten dauern. Nachdem er geendet hatte, würde er Amt und Geladene der Restauratorin Liana Gomes Silveira übergeben, graduierte Angestellte, der es zufiel, den Direktor bei kurzer Abwesenheit zu vertreten, endgültige Abwesenheit von diesem Augenblick an. Ohne sich um die Journalisten zu scheren, würde er in seinen Käfer steigen, dem Museum den Rücken kehren, dem Vergnügen, zu entwerfen, zu realisieren, anzuweisen, dem fröhlichen Alltag der Verpflichtungen, Sorgen und vertraulichen Umgangs. Gedemütigt, Zielscheibe des Spottes und der Kränkungen, ausgeschlossen. *Consumatum est!*

Allein in seinem Ex-Arbeitszimmer, begann er den Aufstieg nach Golgatha. Am Nachmittag hatte er die Schubladen des Schreibtisches geleert, der Koffer, voll von persönlichen Dingen, war schon im Käfer, neben dem Telefon blieben nur er und die Traurigkeit. Die Traurigkeit schmerzte wie die Peitsche der Befehlshaber auf Golgatha. Dom Maximiliano von Gruden stand auf, ging zum entgegengesetzten Ende des Stockwerks, wo die kleine Treppe zum Lager und zu seinen Wohnräumen führte. Um dahin zu gelangen, durchquerte er die Räume, in denen die Ausstellung aufgebaut worden war. Er ging langsam, verweilte, um die Stücke mit den Augen der Liebe anzuschauen, auf der Netzhaut und im Herzen den betörenden Anblick einzugraben. Am Ende jedes Raumes löschte er das Licht. Er ließ die Ausstellung im Dunkeln, nahm sie mit sich. *Consumatum est!*

Im Appartement hatte er nichts angerührt, er hatte keine Zeit gehabt, und es fehlten ihm Kraft und Mut. Er würde den Türschlüssel Emanuel Araújo geben, einem innigen Freund, und ihn bitten, sich um alles zu kümmern: sein Eigentum herauszuholen und es nach Rio zu schicken. Er schaltete nur die kleine Lampe am Kopfende an, ging ans Fenster, wenn er weinen mußte, wäre es hier und nicht im Augenblick des Weggangs: Er wollte mit erhobenem Kopf und trockenen Augen davongehen. In der Proletariersiedlung löste die Nacht Erschöpfungen und Enttäuschungen auf, tauchte ein in Gähnen, Klagen, Musikklänge. Vom Plattenspieler kam Gesang von Roberto Carlos, jemand spielte ein Lied auf der Geige, das Transistorradio strahlte ein Sportprogramm aus, drei Männer diskutierten, die dicke Frau fuchtelte mit der Hand, im Schatten des blühenden Jasmins liebten sich das Mädchen von der Kasse im Supermarkt und der Junge mit dem Motorrad: Selbst dieses Schauspiel ohne Größe würde ihm fehlen. Was würde ihm nicht fehlen? *Consumatum est!*

Er ließ den Blick über die alten Dächer auf den Hügeln schweifen, über die schlafenden Straßen der Cidade Baixa, über die Bucht, wo Sterne blinzelten, Bootslaternen, Blinklichter der Wellenbrecher, über die dunkle Gestalt des »Forte de São Marcelo«, Panzer einer riesigen Schildkröte. Die Augen feucht, das Herz stürmisch, ließ Dom Maximiliano sich gehen, aber niemand bemerkte das erstickte Schluchzen noch die Träne, die ihm über das blasse Gesicht lief. Gekreuzigt, *consumatum est!*

Das Geräusch wuchs an, anfangs ein fernes Murmeln, immer näher und größer, Schritte von Leuten auf der Straße. Dom Maximiliano starrte hinaus und sah die Manifestation die Ladeira da Preguiça zum Klang von Kirchenhymnen heraufkommen. Es waren Wallfahrer von Santo Amaro da Purificação, sie kamen, das gestohlene Bild zurückzuholen. Als sie vor der Fassade des Klosters anlangten, erkannte Dom Maximiliano den Vikar von Santo Amaro, Pater Teófilo Lopes de Santana, er trug ein Plakat, es war zu lesen: DOM MIMOSO IST EIN DIEB! Dom Mimoso? Wer konnte das sein, wenn nicht er? Dom Mimoso, was für eine Niedertracht! Herr, warum ein so schweres Holz? *Consumatum est!*

Die Kundgebungsteilnehmer besetzten die Rua do Sodré, bezogen gegenüber dem Museum Stellung. In der Helligkeit der elektrischen Lampen konnte Dom Maximiliano einige der auf Spruchbändern und Plakaten angebrachten Aufschriften entziffern: DIE HEILIGE GEHÖRT UNS! WIR WOLLEN UNSERE HEILIGE ZURÜCK! MAN HAT DIE HEILIGE BARBARA, DIE DES DONNERS, GESTOHLEN! GEFÄNGNIS FÜR DOM MIMOSO! DOM MIMOSO IST SCHWUL! Dom Maximiliano senkte den Kopf, in Händen und Füßen empfing er die Nägel der Kreuzigung, entblößt, nackt, ausgesetzt. Die Träne lief ihm am Kinn herunter, *consumatum est!*

Das Klopfen von Fingerknöcheln an der Tür. Es war Nelito, der lächelnde Bote, der schwarze Engel, geflohen von einem Gesims, von einer Kariatide. Ein Anruf vom Flughafen informierte, daß der Herr Erziehungsminister, vom Gouverneur und vom Rektor begleitet, die zu seinem Empfang gekommen waren, schon in Richtung Museum abgefahren wäre. Das Arbeitszimmer und die Räume des Fundus waren überfüllt, der Kardinal verbarg die Ungeduld nicht. Er hatte geschickt, ihn zu benachrichtigen.

»Danke, Nelito. Warte auf mich.«

Er wischte sich über die Augen, bevor er im Bad das Licht einschaltete. Er wusch das Gesicht, machte eine kurze Toilette, strich das Gewand glatt, damit es gut fiel. Er prüfte sich im Spiegel. Melancholisches Gesicht, romantisches Profil, tödliche Blässe, hübsche Gestalt, ein Mönch aus Elfenbein. Verborgen die Wunden der Niederlage, die Zeichen der Schwäche unter der Schminke männlicher Menschenscheu, vernichtet, doch würdig, *consumatum est!*

»Vorwärts, Nelito, ich werde dir etwas sagen, was noch niemand weiß. Man wird es in Kürze erfahren. Morgen werde ich bereits nicht mehr hier sein, ich gehe weg.«

»Sie gehen weg, Meister? Das können Sie nicht. Und das Museum? Wie soll es ohne Dom Direktor sein? Das glaube ich nicht, der Meister scherzt.«

EHRE SEI GOTT IN DER HÖHE – Während er die Lampen anzündete, die Räume der Ausstellung erleuchtete, ging der Bote Dom Maximiliano von Gruden voraus, der mit dem Schritt eines Verurteilten ging, auferlegt vom Henker und seinem Helfer, die, unsichtbar, ihn umgaben und ihm den stoischen Takt beim Gehen aufzwangen. Ohne einen anderen Zeugen als den schlauen Nelito, ließ Dom Maximiliano auf dem einsamen Weg in die Verbannung nicht für einen einzigen Augenblick die rührende Miene, die Würde der weißen Soutane, das nötige Ehrgefühl außer acht. Ein Begräbnis.

Gerührt von der Euphorie des Cherubs, tadelte Dom Maximiliano ihn bewegt: »Was ist das, Nelito? Mehr Respekt.«

»Heute ist Neumond, Meister, Festnacht der Ausstellung. Nelito ist zufrieden.«

Er würde ihn nicht wiedersehen, den schwarzen Engel aus der Schar, der vor ihm hersprang, ein Holzschnitt von Debret. Das heutige Fest, Nelito, gehört uns nicht, es wird das Fest des Weihbischofs, des Rektors, jener sein, die mich nicht mögen, und jener, die mir im Amt des Direktors des Museums für Sakrale Kunst folgen wollen, sie werden nach Dutzenden gezählt. Ich werde weit weg sein, ich werde an der Wahl nicht teilnehmen, wenn es Liana sein sollte, nur gut.

»Hör mal, Nelito. Ich werde vor der Tür warten. Du wirst dich am Fuß der Treppe aufstellen, laß niemanden hoch, bevor der Minister kommt. Niemanden, nicht einmal den Kardinal.«

Nelito ging weiter, um die Anweisung auszuführen. Aus den Räumen des Fundus kamen Stimmengewirr, Dialogfetzen, Frauenlachen, die Unruhe der Gäste, die sich drängten, um einen Platz in der Reihe vor dem Eingang zu belegen, nach den im Arbeitszimmer versammelten Privilegierten. Die große Wanduhr, ein Museumsstück, noch in Benutzung, hatte gerade die Stunde geschlagen. Ein Minister der Militärdiktatur, selbst wenn er ein Landsmann ist, bestimmt die genaue Stunde, er hat die Macht, die Zeiger der Uhren anzuhalten, die Schwingung der Pendel zu verzögern, um die Stunde der Vernissage der Ausstellung Religiöser Kunst in Bahia anzukündigen. Die genaue Stunde der Vollendung.

Dom Maximiliano von Gruden erreichte das Ende des Weges nach Golgatha, das heißt den Beginn der Ausstellung, er war ein Rest von Mensch, ein Leichnam, der in die Grube ging, da unten war er. Er machte sich stark, hob die Brust, doch das Herz antwortete nicht, in Kummer aufgelöst, die Augen schmerzten ihn, so trocken waren sie.

Da war es, als er schaute und sah und es nicht glaubte, nein, das war nicht möglich, was er zu sehen schien. Er strengte die Augen an, genau da an der Stelle, wo er zu Mirabeau Sampaio gesagt hatte, daß er das Bild der heiligen Barbara, der des Donners, hinstellen würde, am Eingang der Ausstellung, da war sie, die herrliche Heilige, auf der Erde stehend, ohne Postament, ohne Gestell, wie eine lebendige Person, wie ich und du. Es schien ihm unmöglich, er mußte sich selbst kneifen, um zu glauben, was seine Augen sahen, den Tränen geöffnet. Aber er wunderte sich schon nicht mehr, es schien ihm normal, daß die heilige Barbara, die des Donners, ihm zulächelte und mit dem Auge zwinkerte, ihn aus der Verbannung zurückholte auf diese verdammte Erde von Bahia.

Dom Maximiliano kniete nieder, pries den Herrn, dann neigte er sich zu Füßen der Heiligen und küßte den Saum ihres Umhangs der Donner. Er schien eher ein Sohn Oyás beim Dobalé des Gehorsams und des Vorzugs.

Als jedoch, umgeben von Fernsehkameras und Rundfunkmikrofonen, der Herr Minister für Erziehung und Kultur an der Tür auftauchte, die den Zugang zur Ausstellung freigab, erwartete ihn Dom Maximiliano von Gruden, der Direktor des Museums für Sakrale Kunst, vollkommen, neben dem Bild, das als verschwunden und nach Europa gebracht galt. Vollkommen, selbstbewußt, lächelnd, in der Stimme eine Spur von Arroganz. »In Gegenwart des Herrn Ministers für Erziehung und Kultur, des Herrn Staatsgouverneurs, Seiner Eminenz des Kardinal Primas, im Namen Seiner Magnifizenz des Rektors der Bundesuniversität von Bahia« – eine Pause, er hob die Stimme –, »unter dem Segen der heiligen Barbara, der des Donners, erkläre ich die Ausstellung Religiöser Kunst in Bahia für eröffnet.«

Die Mikrofone nahmen seine Worte auf, die Fernsehkameras zeigten über Satellit von Oiapoque bis Chuí Millionen von Brasilianern den Mönch in weißer Soutane, makellos, den gelehrtesten Mönch auf dem Gebiet und im Umgang mit der Museologie, den gelehrtesten und hübschesten, an der Seite seines Schützlings und seiner Schutzherrin, des berühmten Bildes. Dann zeigten sie ihn, wie er für die Notabeln die Exemplare des Buches signierte, das er über sie geschrieben hatte, über die heilige Barbara, die des Donners. Die er definiert hatte, der er die Gewißheit über ihre Entstehung gegeben hatte, das genaue Datum und den Namen des Vaters, des Bildhauers, dessen Finger von der Lepra aufgezehrt wurden, des göttlichen Mischlings.

Ehre sei Gott in der Höhe! Der Ostersamstag begann um neun Uhr und zwölf Minuten in der Nacht des Karfreitag.

Dreimal Saravá, denn ich gehe

LESERPOST – Eine Neuerung auf dem Gebiet des Romans, diese Leserpost, Seiten, auf denen der Autor auf Fragen derer antwortet, die sich zu der Strafe gezwungen haben, die Wendungen der Handlung, die Nöte der Personen zu begleiten – und die des Autors, der jetzt, zum Überfluß, an den gräßlichen Schmerzen eines Hexenschusses leidet. Niemals hat man von einem Bezug auf ein solches journalistisches Mittel in einem Prosawerk, einem schöpferischen, gehört. Dies jedoch ist ein bahianischer Roman, und als solcher geht er auf den *dernier cri* der literarischen Neuerung ein, dem durch die Perestroika ausgelösten ideologischen Aufwind geöffnet. Die Zeiten des Elitetums und der Bürokratie sind zu Ende, *charascho*!

Die Unfähigkeit des Autors, zu reformieren und Neuerungen einzuführen, ist bekannt. Das gequälte Schreiben zu reformieren, die feuilletonistische Struktur der Erzählung zu revolutionieren, die Freudsche Seelenzergliederung der Wesen zu vertiefen, die von den Gewalten des Schicksals zum Leben verurteilt worden sind, die Liebe als Abirrung darzustellen, von schwieriger Lektüre zu sein, modernistisch und fade zu sein. Eine solche Unfähigkeit zehrt an der Natur des Autors, zerfrißt ihm die Eingeweide, verbittert ihm die Tage des Alters, die Nächte der Gebrechlichkeit. Wird diese Leserpost eine Gebrechlichkeit mehr sein?

Er nimmt Rücksicht auf die Neugier und die Forderungen der Leser, die die beständige, tägliche Anstrengung des Mannes der Feder miterlebt haben, solidarisch, bei dem Vorhaben, den Kompromiß zu verwirklichen, zu erzählen, um Vergnügen zu bereiten, und, sich selbst vergnügend, die

Grenze der Erkenntnis zu verändern und die Welt zu verbessern. Unleugbare Kühnheit eines Autors, alt an Jahren und reich an verlorenen Schlachten, dem es noch nicht gelungen ist, die Literaturkritik dazu zu bringen, sich mit Genuß mit der Lektüre seiner Schinken auseinanderzusetzen, von spärlicher Ausdrucksweise, gedankenleer, pöbelhaft.

Wer nicht mit der Neuerung einverstanden ist, ist nicht gezwungen, die folgenden Seiten zu lesen, denn in Wahrheit ist die Erzählung auf der vorangegangenen Seite zu Ende gewesen, diese Seiten der Leserpost dienen nur dazu, die Probe zu machen, die Folgerichtigkeit der Handlung zu prüfen.

Der Widerhall – Höchst positiv, anerkennend, der nationale Widerhall, mit portugiesischem Echo, auf die Ausstellung Religiöser Kunst in Bahia und damit zusammenhängend, auf das schon beim Erscheinen klassische Buch Dom Maximiliano von Grudens über das Bild der heiligen Barbara, der des Donners.

Dom Maximiliano weiß sich nicht zu lassen, verschwendet die Zeit, indem er sich um den eigenen Ruhm dreht, Kreis eines Puters. Man schreibt »Pfau« und nicht »Puter«: Er brüstet sich in der Umgebung des Klosters, ein Wort mit Roque, dem Rahmenbauer, ein anderes mit Zu Campos, dem Holzschnitzer, er läßt die weiße Soutane durch die Gärten des Museums wehen. Um ihn herumhüpfend, trägt Nelito, ein ausgelassener Cherub, das ungenutzte Gebetbuch, Dom Maximiliano hat sich die Lektüre erlassen. Er wandelt zwischen Margariten- und Engelwurzbeeten, Hirte von Bildern und Engeln. So verlassen wir ihn, das Leben auskostend.

Die Presse brachte Kolumnen, Schlagzeilen, verschwendete haufenweise Fotos, überlud die Ausstellung und das Buch mit den schwülstigsten Adjektiven. Zum Verschwinden der Heiligen, eine Episode, die die Stadt achtundvierzig Stunden lang gepackt hatte, die Bevölkerung dazu gebracht hatte, die Fernsehfolge zu versäumen, war die geläufige Meinung, daß alles nicht über einen genialen Streich der Beförderung des Ereignisses und der Monographie hinausging, von

Dom Maximiliano geplant und ausgeführt, mit Genauigkeit und List. Unter aktiver Mitarbeit des Journalisten Guido Guerra, einander würdige Spötter.

Fern, etwas richtigzustellen, begnügte sich Guido damit, aus dem Mundwinkel zu lachen, aus den durchtriebenen Augen eines liederlichen Papageis. Ein Papagei frißt Mais, ein Sittich verbreitet den Ruf. José Berbert de Castro scheint kein Sittich zu sein, er erinnert mehr an einen Kakadu: Er erholte sich, siegreich. Er konnte in die Redaktion von »A Tarde« zurückkehren und einem freundlichen Doktor Jorge Calmon gegenübertreten, der ihm mit der Hand über den Kopf strich. Einmal mehr hatte die Zeitung Doktor Simões' die richtige Nachricht, die korrekte Information gebracht, ohne auf Sensationsmache zurückzugreifen. Zur Stunde der Ankunft der Heiligen war der Reporter von »A Tarde« dagewesen, um das Ereignis aufzunehmen und mit Genauigkeit zu informieren.

Den Wettstreit zwischen den Organen der geschriebenen Presse beiseitelassend, wird an die Menge der Artikel erinnert, von berühmten Namen unterzeichnet. Im »Hof der Künste« sang Antônio Celestino, an dessen Korrektheit man ohne gültigen Grund zu zweifeln begann, Loblieder auf die Ausstellung. »Umfassene, ungeheure Sicht auf den unermeßlichen Reichtum der in Bahia gesammelten und aufbewahrten religiösen Kunst.« Im gleichen Artikel rühmte er mit schleimigen Adjektiven, typisch für Leute aus Minho, das Buch von Dom Maximiliano. »Größtes Werk der Literatur über brasilianische Bildhauerkunst, der goldenen Feder des Meisters *inter pares* zu verdanken, es erhellt alle Unbekannten, die das Bild der heiligen Barbara, der des Donners, umgaben, einschließlich der endgültigen Klärung, mit unbestreitbarer Argumentation, des großen Problems der Urheberschaft. Bahia kann sich freuen. Wir besitzen eins der schönsten, von dem Genie Aleijadinho geschaffenen Stücke.«

In der Chronik von »Rosa-dos-Ventos«, ein tägliches Stück guter Prosa, geizte Odorico Tavares nicht mit Beifall für die Ausstellung und rühmte den Essay, obwohl er eine gewisse Zurückhaltung in bezug auf Aleijadinho beibehielt. Die

These aufzuwerfen, sehr gut, aber zu behaupten, wie es Dom Maximiliano von Gruden tat, daß das Bild der heiligen Barbara, der des Donners, ein Werk Aleijadinhos war, hieße zu viel wagen. Offensichtlich grämte sich Doktor Odorico noch.

Hochtrabend der Artikel von Clarival do Prado Valladares von der »Internationalen Vereinigung der Kunstkritiker«: Überspannt und lang, angefüllt mit Zitaten in mehreren Sprachen, vor allem in Deutsch, hob er Dom Maximiliano in den Himmel. Übrigens hatte er, Clarival, die These in bezug auf die Urheberschaft schon früher nahegelegt, in dem Essay über die Kosmologie der heiligen Barbara, der des Donners. Beim Aufwerfen des Problems der Urheberschaft hatte er geschrieben: »...Arbeit eines anonymen Bildhauers, in der Tat ein Schüler Aleijadinhos...« Drei bahianische Meister der Kunstkritik, einer in Portugal geboren, der andere in Pernambuco, nur Clarival hatte dort das Tageslicht erblickt, ließen dem Museumsdirektor Gerechtigkeit widerfahren, salbten ihn mit dem Öl des Lobes, mit dem Weihrauch der Anerkennung.

Die Begeisterung beschränkte sich nicht auf den örtlichen Beifall von Valladares, von Celestino und dem Dichter Tavares, sie erstreckte sich über das ganze Land, fand in Übersee Widerhall. Nachdem der Artikel von Gilberto Freyre erschienen war, konnte man über keinen anderen mehr sprechen. Veröffentlicht im »Diário de Pernambuco«, abgedruckt in Rio, in São Paulo, in Fortaleza und im »Diário de Notícias« in Bahia, ins Spanische übersetzt und in den Kolumnen von »ABC« in Madrid verbreitet, kaufte der Meister von Recife, den Preis des Beifalls zahlend, die Thesen des Museumsdirektors der Sakralen Kunst, »des hervorragenden von Gruden«, und machte sie zu den seinen, bürgte für Aleijadinho. Er enthüllte, was niemand wußte, seine Entdeckungen für eine neue Ausgabe des »Historischen und Empfindsamen Führers von Recife«. Allein in Recife gab es drei Bilder, einen São Jorge, einen São Benedito und eine Nossa Senhora das Dores, authentische Werke Aleijadinhos, die drei. Der

São Jorge gehörte zur Sammlung von Abelardo Rodrigues, die Nossa Senhora das Dores war Eigentum des Ehepaares Tânia und André Carneiro Leão, und der São Benedito, einzigartige Kostbarkeit, befand sich im Herrenhaus der Apipucos, Prachtstück des großen Gilberto, Meister von uns allen.

In Rio Grande do Sul tauchte ein anderes, Aleijadinho zugeordnetes Bild auf, dem gutmütigen Artikel von Moacyr Scliar in der Zeitung von Porto Alegre zufolge. Der junge Schriftsteller griff zurück auf die Zeugenaussage seines Onkels Henrique Scliar, eines alten Anarchisten und Kunstliebhabers, dem es gelungen war, einen von Aleijadinho geschnitzten Christus zu besitzen, doch er mußte ihn verkaufen, um den Malersohn im Praktikum in Europa zu unterhalten. »Wie hast du die Urheberschaft bewiesen, wie wußtest du, daß das Werk von dem Genius war, Onkel?« hatte Moacyr gefragt, als er ein kleiner Junge in kurzen Hosen war. »Man braucht es nur anzuschauen, und gleich sieht man es«, hatte der gute Henrique Scliar unumstößlich geantwortet.

Eine andere angesehene Autorität, Pietro Bardi, wies die Behauptung des Forschers zurück, und er tat es in scharfer Form, in »O Estado de S. Paulo«, ohne mit Lob für das Buch Dom Maximilianos zu geizen. Was für ein Aleijadinho, nicht ein halber Aleijadinho! Die Daten stimmten nicht überein, noch weniger die Merkmale der Skulptur, wohl eher für Frei Agostinho da Piedade als für den Mestizen Antônio Francisco Lisboa, Sohn eines portugiesischen Ansiedlers und einer schwarzen Sklavin.

Aufregung brachte der umfangreiche Artikel des Schriftstellers Otto Lara Resende aus Minas Gerais, Mitglied der Brasilianischen Akademie, „über »Ursprung und Urheberschaft der heiligen Barbara, der des Donners« – er belegte fast eine ganze Seite in »O Globo« von Rio de Janeiro. Das Buch des Mönchs ginge nicht über eine Anhäufung von Dummheiten hinaus, nach Doktor Resende. Mit aller dem edlen Unterhaltungsschriftsteller geschuldeten Achtung – Herr leuchtender Intelligenz, seine Bücher sind vom Besten brasilianischer Prosa, der Humor führt die bei ihm so beliebte Polemik –

muß man ohne Furcht vor einem Irrtum oder einer Ungerechtigkeit erklären, daß sein Artikel das Ende des Sturzfluges war, Frucht des Hasses und des Neides, die einzig wirklich negative unter so vielen Schriften in bezug auf die Ausstellung – die er nicht gesehen hat, was schon ein schlechtes zeichen ist – und in bezug auf das Buch Dom Maximiliano von Grudens. Sollte der Artikelschreiber den Band gelesen oder wenigstens durchgeblättert haben? Es scheint nicht so.

»DER ALEIJADINHO GEHÖRT UNS«! betitelte sich die Schmähschrift, in der der cholerische Resende den Museologen ohne Mitleid noch Erbarmen verriß, ihm alles strittig machte, ihn als Abenteurer und Scharlatan behandelte, als von verborgenen Interessen gemietete Feder. Sich im Schatten der nationalistischen Position verbergend, bestätigt in der Kampagne »Das Erdöl gehört uns«, atmet der Artikel beschränkten Chauvinismus, leugnet die Existenz von Stücken Aleijadinhos außerhalb des Staates von Minhas Gerais, außer jenen wenigen, die in den Archiven des »Museu de Ouro Preto« registriert sind. Ein Museum, neben dem, so schrieb Resende, das Museum »Sakrale Kunst von Bahia« nicht über eine lächerliche Klostersakristei hinausging.

Nicht zufrieden, daß sie Minas den Zugang zum Meer geraubt hatten, beschlossen die Bahianer, sich auch der Ruhmestaten von Minas Gerais zu bemächtigen. Sie würden nicht zögern, zu behaupten – wenn sie vom Genius des »Ouro Preto« sprachen, auf dem Buch des Schwindlers Gruden basierend –, daß es sich um einen in Cachoeira geborenen Künstler handelt, um einen Heiligenbildschnitzer, der sich in Santo Amaro da Purificação niedergelassen hat. Sie wollten nichts anderes, die Bahianer, Kolonialisten. Hatte der Senhor James Amado nicht geschrieben, daß Guimarães Rosa mehr ein Schriftsteller aus Bahia als aus Minas Gerais war? Unverschämtheit über Unverschämtheit.

Die Rechtschaffenheit zwingt uns, anzuerkennen, daß die Beleidigungen und Beschimpfungen des Senhor Resende eingehüllt waren in einen erdrückenden Umfang von Gelehrsamkeit, was aus der eigentlichen Strafpredigt eine Enzyklopädie der Bildhauerkunst und, im besonderen, der Schöpfung Aleijadinhos machte, mit literarischen Bezügen, vorzugsweise französischen, von Flaubert bis Proust, von Hugo bis Sartre, von François Villon bis Jacques Prevert und bis zu anderen Zaren. Unmöglich, sie nicht zu bewundern. Ganz zu schweigen von der bezaubernden Prosa und der Minas-Gerais-Haltung, eine besondere und giftige Art des Fremdenhasses.

Die durch den Artikel des Akademikers Lara Resende verursachte Enttäuschung wurde ausgeglichen durch den Empfang des »Streich der heiligen Barbara, geflohen aus der Werkstatt Antônio Francisco Lisboas, gefunden in Bahia«, ein kurzes Gedicht von Carlos Drummond de Andrade. An Dom Maximiliano geschickt als Dank für das Geschenk des Exemplars der »prächtigen Ausgabe, des glänzenden Buches«. Und nun, Otto?

Um mit einem goldenen Schlüssel diese kurze Erwähnung der der Ausstellung und dem Buch folgenden Reportagen, Chroniken, Artikel abzuschließen, wird von dem Interview und der Reportage von Fernando Assis Pacheco gesprochen, dem »Sonderbeauftragten der portugiesischen Presse«. So hatte Dom Maximiliano ihn beim kollektiven Interview am Mittwoch vorgestellt, kurz bevor die Verwirrung begann. Bei dem Interview, als er ihm seine Gedanken darlegte, die tollkühnen Behauptungen, den plötzlichen Charme, entwarf Pacheco ein ausgezeichnetes Bild vom Direktor des Museums. »Er gesteht fünfundfünfzig Jahre, fünfzehn davon in Bahia gelebt, doch Redegewandtheit und Scharfsinn nehmen zu und dauern an: Herr anderer begeisternder Meisterschaften außer der Bildhauerkunst, hörte ich ihn mit stolzem Vermögen die Poesie der galizisch-portugiesischen Liedersammlung erwähnen«, schrieb der Korrespondent in portugiesisch. Er ließ es nicht dabei: »Aus den Erinnerungen der Liebe zur heiligen Barbara, der des Donners, entstand ein ganz tolles Buch, metaphorisch und glänzend, sicherlich ein vollkommenes Ah.« Dom Maximiliano freute sich.

Was die Reportage betraf, so berichtete er darin in heiterer, sonntäglicher Prosa, in einem Durcheinander von Einzelheiten, über das Verschwinden der Heiligen, über die zwei Tage der von der Bevölkerung Salvadors durchlebten Panik. Ein pittoreskes Gemälde der von der Nachricht des Bilderdiebstahls bewegten Stadt, ein Gut des Volkes. Er erzählte vom Mittagessen auf dem Mercado, von der Sambarunde, vom Karneval der Franzosen, vom Caruru bei Jacira do Odô Oyá.

Er spottete tüchtig über die Theorien der Polizei, der Zivilen und der Staatlichen, leere Behauptungen, von den Ereignissen Lügen gestraft. Ein eingebildeter Oberst, ein als Intellektueller verkleideter Aufschneider: Das Bild wurde nach Europa gebracht. Ein lärmender Schwätzer, ein Esel, zum Regelscheißer gemacht. Wer das Bild gestohlen hat, war der Vikar von Santo Amaro selbst. Zwei muntere Dummköpfe, sicherlich zu dieser Stunde zurückgetreten.

Der Poet von Coimbra irrte sich, als er ihnen die Amtsenthebung, die Entlassung ankündigte. Der Oberkommissar der Zivilpolizei entlarvte weiterhin den niederträchtigen Plan der Kommunisten, derer im Monteuranzug und derer in der Soutane. Wenn das Bild nicht nach Europa gebracht worden war, verdankte man das der Aktion der Zivilen. Violeta Arraes, als sie sah, daß sie verfolgt wurde, am Flughafen festgenommen werden könnte, hatte davon Abstand genommen, das Bild aus der Abtei von São Bento mitzunehmen. Der Sicherheitssekretär, im Besitz der Berichte des Kommissars Parreirinha und des stark erkälteten Ripoleto, wies noch einmal auf die Sakristei, in dem Fall die der Matriz von Santo Amaro da Purificação. In den Sakristeien planten Vikare und Künstler die immer zahlreicheren Diebstähle von Pfarr- und Kirchengütern und leiteten sie ein. Der Vikar von Santo Amaro trat, als er sich entdeckt sah, den Rückzug an und inszenierte die Farce des Protestes.

Die Wahrheit des Gedichts – Wenn in diesem letzten Atemzug die erste Fassung des Gedichtes von Fernando Assis Pacheco – ein Grund hartnäckiger Polemik, an der sich Schreiberlinge von hier und da beteiligten – veröffentlicht wird, trägt das dazu bei, daß diese glanzlose Chronik literarische Verdienste erwirbt, die ihr bisher fehlten.

Bevor das Gedicht wiedergegeben wird, wird es gut sein, sich auf die Widersprüche zu beziehen, die zwischen dem Originaltext und dem, der einige Jahre später in Lissabon verbreitet worden ist, vorhanden sind. Am Nachmittag, während des Caruru von Jacira do Odô Oyá inspiriert, in der Nacht zum Freitag, nach der Vernissage, ausgeführt, wurde es in der folgenden Woche herausgebracht, unter dem Siegel der »Edições Macunaíma«. Eine ungewöhnliche Edition, außerhalb des Handels, ausgestattet in Schwarz-Weiß mit Holzschnitten von Calasans Neto, als Geschenk für Privilegierte, wie das Impressum besagt. Das gleiche Gedicht hatte eine zweite Fassung, kürzlich in Portugal veröffentlicht. Zusammen mit anderen, nicht weniger bewundernswerten, bildet es den Band der »Variationen in Souza«, in der Verantwortung von »Hiena Editora«.

Die Edition »Macunaíma« bringt das Gedicht und den Holzschnitt, von dem Künstler per Hand gedruckt, auf einen matten, großen Blatt Pergamentpapier, speziell für Holzschnitte. Neben dem handschriftlichen Gedicht breitet sich der Holzschnitt aus: Auf ihm erheben sich die gebirgigen und wolkigen Hüften eines geheimnisvollen und sinnlichen Wesens, halb Stute, halb Frau. In der portugiesischen Ausgabe ist die Illustration von Meister Calasan nicht enthalten. Es ist eins der letzten Gedichte des Heftes, das dritte von hinten.

Die leicht feststellbaren Veränderungen, die Struktur des Gedichtes wahrend, hatten das offensichtliche Ziel, die inspirierende Muse zu verheimlichen. Warum der Poet Pacheco so handelte, wissen wir nicht: Schelmenstreiche eines Dichters, Torheiten, die vielleicht der Eifersucht Dona Rosarinhos, der ebenfalls gut ausgestatteten Gattin, geschuldet waren. Wenn es zwei der hervorragendsten portugiesischen Kritiker, die Senhores José Carlos Vasconcelos und Antônio Alçada Batista, in umfangreichen Artikeln nicht schaffen, sie zu erklären, und sie würden es können, weil sie die Nummern sechs und sieben der bahianischen Ausgabe besaßen, wäre es zu viel Überheblichkeit, zu versuchen, die Auseinandersetzungen hier zu lösen. Wir beschränken uns darauf, die Unstimmigkeiten zwischen den beiden Texten zu vermerken.

Kommen wir also zu ihnen. Wo man im ursprünglichen Text Adalgisa liest, liest man in der revidierten Edition Maruxa, Bahia wurde zu Orense, die Buchten wurden zu Schlössern, und die Iaô, in Ioruba-Orthographie geschrieben, ist ein einfaches Weib, der prächtige Arsch wurde auf einem Markt und nicht in einem Restaurant entdeckt. Nichts weiter, doch genug, um die wehrlose Adalgisa aus der Literaturgeschichte zu vertreiben und Bahia, ewiges Opfer mangelnder Skrupel gewisser Verspfuscher, zu sabotieren.

Um die bibliographische Information zu vervollständigen, ist es wert, zu wissen, daß vier der zehn numerierten und von Dichter und Künstler signierten Exemplare nach Portugal gebracht wurden.

Die Nummer eins verwahrte der Dichter so gut auf, daß er sie nicht wiedersah; das zweite Exemplar wurde Doktor José Maria Assis Pacheco, dem Vater des Autors, überreicht; zwei weitere, mit schmeichlerischen Widmungen, waren für Alçada und Vasconcelos bestimmt. Sechs Exemplare waren in Brasilien geblieben, Nummer zwei blieb bei der Königin, Rose und Geliebte des Illustrators, Dona Auta de Calasans Neto, die übrigen, ohne Reihenfolge der Numerierung, wurden unter folgende Persönlichkeiten verteilt: Antônio Celestino, in dessen Bankiers-Appartement sich Pacheco mehr als einen Monat einnistete; Carlos und Myriam Fraga, die ihn anläßlich eines Besuches in Mar Grande empfingen und ernährten, der Portugiese war tüchtig mit Gabel und Kehle; der Romanautor João Ubaldo Ribeiro und seine gleichgültige Berenice – mit einem Genius leben, ist Feuer! – aus ähnlichen, auf Itaparica bezogenen und schmeckenden Gründen; dem Berater James Amado, zum Beweis der Verehrung seines sanften Charakters: James Amado ist eine aus Freundlichkeit gemachte Kreatur, ohne Stacheln, schmeichelnd. Des übrigbleibenden Exemplars bemächtigte sich ein anderer Amado,

Bruder von James. Bei der Gelegenheit anwesend, Nutznießer, bemühte er sich darum.

Nach diesem Geschwätz sind die reizenden Senhoras und die vornehmen Kavaliere zur Lektüre des Gedichtes eingeladen, zu dem Fernando Assis Pacheco durch Adalgisa inspiriert wurde, die Yansã vom Gestell, während der Verzauberte beim Caruru von Jacira do Odô Oyá von ihr Besitz ergriff. Genauer, durch Dadás triumphierendes Hinterteil.

DAS GEDICHT IN SEINER ORIGINALFASSUNG –
ADALGISAS HINTERTEIL

Ein Hinterteil, das in Bahia wacht im August,
rundlich anzuschaun ein prächtiges Hinterteil,
wie ein Bison ein Hinterteil,
dein Hinterteil, Adalgisa, entdeckt auf einem Markt.

Ich reime so viele Hinterteile, wie ich im Gedächtnis gewußt,
mit deinem du gewiß am meisten Geschichte machen mußt,
o wundervolle Iyawô, es ist für den Ruhm ein Hinterteil.

Auf dem Stuhl kreiselnd die Uns-in-der-Schwebe-laßt,
Adalgisa durch die Lippen gefangen fast.

Ich erinnere mich glänzender Wolle so stark vom Fieber
Anfang und Morgenröte in den Buchten kochend,
wenn sie jetzt schräg tänzelt vorüber.

Und wie Adalgisa singt!, einem Vogel gleich,
der in diesem Elementarteilchen des Himmels kam,

dein Feuerschlund Hinterteil den Schlaf mir nahm.

FERNANDO ASSIS PACHECO
Bahia, eine Augustnacht, stürmisch

DER TAG DES ÔRUNKÓ – Viele sind neugierig auf Nachrichten von Manela, so viele Fragen gibt es. Wer will nicht vom Schicksal des Schiffes der Iaôs erfahren, das den Anker im Hafen von Gantois gelichtet hat?

Auf den Routen des Aioká steuerte es am Grunde des Meeres von Kai zu Kai, umherirrende Wasser des erloschenen Gedächtnisses, als wäre es ein gemeiner Fleck am Körper des Vaterlandes. Wendepunkte und große Entfernungen, wiedergewonnene Töne, Gesten, Gefühle, der Sand der Wüste, der Humus des Waldes, die Verzauberung, die Hexerei. Das Schiff kam von der täglichen Etappe zurück, beladen mit Spuren, Farben, Rhythmen, Echos und Indizien, mit Geröll-juwelen, guten und schlechten Dingen, die eine Nation ausmachen, und die Iaôs häuften sie auf dem heiligen Boden des Jurá Oluá, des Heiligtums an. Sie schweiften umher, um wiedergeboren zu werden, und sie wurden wiedergeboren, beschwichtigten den Heiligen, lernten die Schritte und den Tonfall, den Trott und den Galopp, ein Trupp junger Pferde, Jagden. Manela und ihr Erê bei Yansãs Arbeiten.

Der Kopf geschabt vom Messer des Éfun, breite Eingangstür, offene Ausgangstür, und die Haare der Achselhöhle und die Schamhaare der Schnecke, schmale Pforten, verborgen, Luken für unerwartete Besuche. Manela lernte die Gesänge, sieben für jeden Heiligen mindestens, die unterschiedlichen Schläge des Atabaque-Orchesters, rum, rumpi und lê, das Halleluja beim Adarrum, bei den siebzehn Tagereisen der Umschiffung, bevor Mutter Menininha den Tag des Ôrunkó bestimmte.

Der festlichste und ruhmreichste Tag, der Tag der Namensgebung, als Yansã im überfüllten großen Zelt endlich sprang, sich in der Luft aufrichtete, ganz in Rubinen und dunkelvioletten Weintrauben, und zum ersten- und letztenmal den Namen der Neugeborenen, der Oyá von Manela, verkündete. Der Oxalá von Gildete, majestätisch, die Yansã von Adalgisa, mächtig, begleiteten sie auf dem Weg der Offenbarung.

Den Namen hört und vergißt man, niemals wird er wiederholt, und niemand behält ihn, nur die Mutter und die Tochter, die Iyá und die Iaô, kennen seine Aussprache. Der Name Yansãs von Manela wurde verkündet, ein heiserer Schrei, gehört und vergessen bei einem großen und schönen Fest, mit viel Aufwand und einem gewissen Stolz. Auf dem mit bunten Wimpeln geschmückten Terreiro hatten sich eine Menge Gäste, unzählige, versammelt. Außer Ogans aus vielen anderen Heiligenhäusern erschienen der Babalaô Nezinho, der Babalorixá Luís da Muriçoca, Miguel Santana Obá Aré, Camafeu de Oxóssi, Sinval Costa Lima, Meister Didi, Carybé und Pierre Fatumbi Verger, Ojuobá, in Begleitung eines Sohnes von Elegbará, aus Kuba kommend, Richtung Paris, mit christlichem Namen Severo Sarduy, ein Freund von Worten. Die Avenida da Ave-Maria war *au grand complet* erschienen, um Professor João Batista, den Frankophilen, zu wiederholen. Im Speisezimmer und in der Küche, im Nachbarhaus von Cleusa, die üppigen Speisen der afrobahianischen Kochkunst: drei Ziegen, zwei Dutzend Hühner und eine der Conquéns wurden für den Ebó des Namens geopfert. Reichliches und appetitliches Essen für das Haupt.

Am Sonntag, der dem Tag des Ôrunkó folgte, wurde die Zeremonie des Panã, die Versteigerung der Iaôs, der Sklavenmarkt, durchgeführt: Die Xaraôs an den Knöcheln, um den Hals den Kelê des Orixá. Manela wurde zu einem guten Preis von Danilo, ihrem kleinen Vater, gekauft. Doch sogar bevor er sie kaufte und zum zweiten Male für sie Verantwortung übernahm, stattete er das Namensfest aus, ohne Ausgaben zu scheuen. Sollte er in der Sportlotterie gewonnen haben, dreizehn Punkte geschafft haben? Nur so würde sich ein Notariatssekretär derartige Freigebigkeiten erlauben können. Danilo hatte kein Glück im Spiel, im allgemeinen kam er nicht über zehn Punkte hinaus, bei einer einzigen Gelegenheit hatte er elf eingetrieben, doch er hatte Freunde, viele und gute, und wer Freunde hat, gerät nicht in Schande.

Am Namenstag holte Miro, über das ganze Gesicht lachend, Gildete und Adalgisa im Taxi ab und nahm sie mit auf dieselbe Fahrt, die beiden Tanten, sie kamen in der besten Stimmung. Sosehr sie sich in der Vergangenheit verabscheut hatte, so sehr schätzten sie sich jetzt, sie schienen Zwillingsschwestern, eineiige. Adalgisa gebändigt, heiter, frei von

Migräne, von diesen Kopfschmerzen, und vom Beichtvater, sie hatte sich ins Gegenteil verkehrt, und ohne aufzuhören, eine Senhora zu sein, war sie eine den anderen gleiche Person. Ohne aufzuhören, katholisch zu sein, war sie ein feuriges Pferd des Verzauberten in der Runde der Heiligen. Adalgisa, die vom Gestell.

Wer noch mehr über diese Angelegenheiten der Heiligenfamilie, über Vodun, Candomblé und Macumba, Besessene, Caboclos und Orixás wissen will, bemühe sich, ein bißchen Geld anzuhäufen, und schiffe sich nach Bahia ein, der Traumstadt. Er gehe zu einem Heiligenhaus, zu einem Terreiro, nach Engenho Velho, Axé Yá Nassô, zum Gantois, zum Centro Cruz Santa von São Gonçalo do Retino, zum Axé von Opô Afonjá, zur Sociedade São Gerônimo, Ilê Moroialajê oder Alaketu, zum Candomblé von Portão, zu den Peji von Oxóssi und des Caboclos Pedra Preta, zu Pilão de Prata, Ilê de Oxumaré, zu Bogum, zum Gelände der Jeje-Nation, zu Ilê Axé Ibá Ogun, Candomblé von Muriçoca, wo der Gevatter Exu Sete Pinotes spielt, zum Dorf von Zumino-Reanzarro Gangajiti von Neive Branco, zum Bate-Folha – tausend Candomblé-Häuser der verschiedenen Nationen Afrikas und der Eingeborenennationen, Nagô, Jeje, Ijexá, Congo, Angola und Caboclo, in Bahia ansässig, bei ihnen allen wird er gut empfangen werden, mit Freigebigkeit und Edelmut: Wer friedlich ist, darf eintreten.

Wer die Nacht mag, kann auf einmal und oberflächlich die Schönheit und die Freiheit sehen. Wenn er gesegnet ist, wird er noch viel weiter sehen, er wird mit den Orixás umherschweifen. In diesen armen Tempeln, noch gestern verfolgt, werden die Sklaven-Sage, der Tanz und der verbotene Gesang bewahrt, wird die verurteilte Erinnerung befreit. Die Wächterinnen der Orixás sind Senhoras aus Bahia, eine majestätischer, schöner und weiser als die andere, Prinzessinnen und Königinnen, Iyás, die Mütter des Volkes.

Der Reisende, sei er reich oder arm, schwarz oder weiß, jung oder alt, Gelehrter oder Analphabet, wer auch immer er sei, sofern er friedlich kommt, kann er am Candomblé-Fest teilnehmen, wo Götter und Menschen gleich sind, sie die weltumspannende Brüderlichkeit singen und tanzen.

Manela zog den Umhang der Donner der heiligen Barbara an, erhob den Eiru Yansãs. Oyá gab ihr bereits den Namen, und wer ihn gehört hat, hat ihn schon vergessen.

Der seliggesprochene – Wir bedauern, den Feudalobersten, Besitzern von Latifundien ohne Zäune noch Schranken, nicht gekennzeichnet, Herren von Bezirken, Wahlanhängern, von Legionen von Knechten, von Politikern schlechter Sorte, den Auftraggebern von Mördern, den Vätern der Armen, mitzuteilen, wir bedauern, meine Herren, mitzuteilen, daß einer der fähigsten Professionellen des Todes, Zé do Lírio, Revolverheld aus Pernambuco mit landesweitem Ruf, der mit der unfehlbaren Zielsicherheit geschossen hat, tötete, den Beruf für immer aufgegeben hat.

Sechs Schüsse abgefeuert und verloren. Fünf gegen das verfluchte Schwein von Pater, einen in die eigene Brust, um wie ein Mutiger zu sterben. Ein Wink Gottes, durch Vermittlung des Paters Cícero Romão Batista, Heiliger aus dem Sertão, von dem der aus dem Nordosten, auf dem Esel reitend, einer der zwölf Apostel war. Zé do Lírio rief zu Beichte auf. Er empfahl den Reichen den Verzicht auf weltliche Güter, rief die Armen zur letzten Wallfahrt nach Cariri zusammen, riet, die Arbeit aufzugeben und das Gebet zu üben.

Es gelang ihm, einen ziemlichen Trupp von Fanatikern zu vereinen, mit Gebet und Litanei, sie nannten ihn schon São José do Lírio Beanco, »Heiliger Josef von der Weißen Lilie«, sie baten um seinen Segen, erflehten Wunder von ihm, und er tat sie. Als sie ihn um Essen baten, den Hunger zu stillen, riet er zum Überfall auf die Weiden und zum Schlachten einiger Stücke Vieh für eine einfache Mahlzeit. Sie tranken Wasser aus der Tränke.

Die paramilitärische Polizei zur Verfügung des Heeres, engagiert im Krieg gegen den Umsturz, nahm ihn gefangen, schlug ihn heftig mit der Scheide des Buschmessers, klagte ihn als gefährlichen Kommunisten an und machte ihm den

Prozeß wegen Aufwiegelung der Bauernmassen, sie bezeichneten ihn sogar als Anhänger des Marxismus-Leninismus. Sie schickten ihn zusammengekettet mit einer Reihe von Kriminellen nach Fernando de Noronha, eine Strafe zu verbüßen. Auf der Insel lebt er in Frieden, zu Gott dem Allmächtigen betend, er spielt in der Hängematte mit der Indianerin Momi, seiner Frau, die mitgegangen ist, ihm Gesellschaft zu leisten, während er auf das Dröhnen der Posaunen der Apokalypse wartet. Zé do Lírio, ein fähiger Professioneller, ein Ehrenmann.

LIEBSCHAFTSANTRAG – Unter dem Vollmond, riesig, an den Leuchtturm von Itapuã geheftet, raubte Patrícia Pater Abelardo Galvão einen Kuß. Einen Kuß auf den Mund, er schmeckte nach Sünde und selbstgemachter Ambrosia.

Pater Abelardo Galvão hatte ihr soeben mitgeteilt, daß er beschlossen hatte, seinen Aufenthalt in der Stadt um ein paar Tage zu verlängern, um ihn zur Teilnahme an den Vorträgen von Dom Pedro Casaldáliga, des legendären Clareteaners, Bischof und Dichter der Prälatenwürde von Araguaia, über Agrarreform und »Seelsorge für die Welt« zu nutzen. In dem Kurs, der einem eingeschränkten Kreis von Patern und Laien vorbehalten war, in der »Casa de Veraneio« in Pedro do Sal, würde Dom Casaldáliga die Sage seiner Missionstätigkeit gegen das Elend erzählen, in dem Versuch, das Statut des Landes zu ändern. Dom Timóteo hatte eine Einschreibung für den Pfarrer von Piaçava bekommen. Über die Nachricht bebend, schlang Patrícia die Arme um seinen Hals und genoß den Kuß: ein wirklicher Kuß, auf den Mund, nicht ein bloßes Vorbeistreichen ängstlicher Lippen.

Pater Abelardo erzitterte in seinem Gaucho-Verstand, von Geburt an ein Kerl, feuriger Kämpe, keusch aus am Fuße des Altars übernommener Verpflichtung: Sie hatten ihn beschnitten, aber sie hatten vergessen, ihm die Hoden wegzunehmen, moralischer und physischer Widerspruch, antidialektisch. Als er sich von dem Kuß löste, mit sehr viel Willenskraft, aber ungern, verkündete der Pater mit lauter Stimme, damit sie es hörte und folgerichtig handelte, die drastische Wahrheit, die er, um nicht in Versuchung zu fallen, sich selbst in den letzten achtundvierzig Stunden in jedem Augenblick wiederholt hatte, eine unveränderte Litanei: »Ein Pater kann nicht heiraten, Patrícia!«

Verblüffung verfinsterte Patrícias Medaillonprofil, im Mondschein jubelnd, die glatten Haare einer Indianerin, die blauen Augen einer Weißen, die aufgeworfenen Lippen einer Schwarzen: »Und wer hat vom Heiraten gesprochen?«

Sag mir, Pater Abelardo Galvão, sag mir, mein Herr mit seinen beim Weiheakt geschworenen Zölibatsgelübden: Wer hat vom Heiraten gesprochen? Das Leben, mein Schatz, ist leicht und einfach, eine liebliche Gevatternschaft, wenn wir die Augen öffnen, es zu bemerken, und das Herz von Fesseln, Hinternissen, von Unsinn befreien. Vorwärts, Schatz, fege die Spinnennetze vom geschorenen Kopf, fälle dein Urteil, sieh der Wirklichkeit ins Gesicht. Stell dich nicht dumm, taub, närrisch, unschuldig, es nutzt nichts, vor der Sache zu fliehen, von anderen Dingen zu reden, sei ein Mann.

Diese Geschichte vom Zölibat der Pater, die ihr so diskutiert, radikale Lösung vorschlagend, Veränderungen des kanonischen Rechts, die Verurteilung des hinfälligen Dogmas in der Enzyklika des Papstes, diese Fernsehnovelle, hier ist das schon lange gelöst, ohne daß Theologien noch Konzile notwendig waren: Man hat die kleine brasilianische Variante geschaffen. José de Alencar, der aus Iracema, mein Vetter, war der Sohn eines Paters, wußtest du das nicht? Jetzt weißt du es.

Ich bitte dich nicht um eine Heirat, ich bitte dich nicht, daß du die Soutane verleugnest, die du recht wenig trägst, daß du aufhörst, Pater zu sein. Ich weiß, daß die Gelübde dich daran hindern, zu heiraten, du würdest das Recht verlieren, den Pfarrberuf auszuüben, die Motivation deines Lebens: Heiraten, mein hübscher Pfaffe, ist eine Sache, die mir nie den Kopf kam. Ich bitte dich um eine Liebschaft.

Seelenhirt der Kirche, Missionar auf den Ländereien des Elends, dient dein Apostelamt den Ärmsten unter den Armen, den Enterbten, den Landlosen, den Knechten. Du willst deine Verpflichtung nicht leugnen, Christus ist dein Meister, dein Nazarener-Banner. Da du es hochhältst und die Lehre des Meisters ehrst, warum solltest du deine Predigt aufgeben? Niemals würde ich dich bitten, das zu tun, ich bin ein Schaf deiner Herde, ein schwarzes Schaf, ein Zicklein der Berge, das über Steine in der Caatinga springt. Ich unterstütze deine Schlacht: Die Erde denen, die sie bearbeiten, ich bin an deiner Seite im Schützengraben.

Du sagst selbst, daß das Keuschheitsgelübde der Priester ein mittelalterlicher Auswuchs ist, ein politischer Akt der alten, reaktionären Kirche, die den Reichen diente, daß es heute anders ist. Früher oder später wird ein modernes Konzil diese Albernheit abschaffen, und die Liebe wird keine Sünde mehr sein, weder eine Todsünde noch eine verzeihliche, es wird die Gnade Gottes sein. Die brasilianischen Pater haben nicht auf dieses revolutionäre Konzil gewartet, sie haben die Angelegenheit in der Ermüdung gelöst, ohne theologische Thesen, ohne auf die Bildung der Doktoren der Doktrin zurückzugreifen, mit der Kühnheit und dem Mut, auf die Art, die Gott gefällt. Gott schließt die Augen und lächelt, niemals hat er die Stimme erhoben, um sie zu verdammen, und er empfängt sie in seinem Schoß, wenn sie sterben, fast immer im Geruch der Heiligkeit.

Ich bitte dich nur, daß du mich liebst, weiter nichts. Hier bin ich, in Mondschein und Sterne gekleidet, besprengt mit dem Salz der Wellen, nach scharfer Seeluft riechend, das Gesicht feucht, das Herz hüpfend, und die Verstoßene müde vom Warten auf dich, mein Ochlokrat, hier bin ich und bitte um deine Freundeshand für ein Liebesverhältnis.

Denkst du, daß die Pater, mit Ausnahme einiger weniger Fanatiker oder Schwächlinge, die Keuschheit üben? Und die, die sie nicht üben und im Verborgenen in den Armen der Huren sterben werden wie der gute Kardinal von Paris, ich habe den Namen vergessen? Oder aber jene, die ganz offen eine Familie gründen, den Gevatterinnen Kinder machen, fromm und ergeben, wie nicht einmal ich es bin, sie sind beispielhafte

Familienväter? Ohne Notwendigkeit einer Heirat mit Trauschein, sie verbinden sich im Gesetz des Waldes, das das wahre Gesetz Gottes ist. Ich will deine Gevatterin sein, das Mädchen vom Vikar, »kopfloses Maultier« werden, die Eselin des Paters, ein Irrlicht.

Ich möchte, daß du mich schwängerst, ich möchte ein Kind von dir, im Sertão von Piaçava geboren, aus dem Blut, das auf Befehl des Feudalherren, des Oberst, vergossen wurde. Dabei fällt mir ein, weißt du, daß sie dich umbringen wollten? Daß Joãozinho Costa einen Revolverhelden in Pernambuco engagierte, um dich in das Land der Verblichenen zu schikken? Es war Oyá, die dich rettete, auf meine Bitte, sie löschte das Urteil und schrieb an die Stelle das Wort »Liebe«. Ich habe dein Leben gekauft, ich habe dafür den Preis einer Ziege bezahlt.

Die Liebe ist keine Beleidigung, sie kränkt Gott nicht, sie ist nichts Schlimmes, keine häßliche und schmutzige Sache, sie ist keine Sünde noch ein Fluch. Komm, mein Hübscher, laß uns mit dieser Dummheit Schluß machen. Du wirst ein noch besserer und noch ausgezeichneterer Pater sein, ein Pater, an dem niemand etwas auszusetzen hat, nachdem du den Geschmack meines Kusses kennengelernt, in meinen Armen gestöhnt, meine Liebesseufzer gehört hast, wenn in deinen Händen die Äpfel meiner Brüste gereift sind, nachdem du den wilden Honig an der Moringa meines Leibes gekostet, den Kopf in meinem Schoß ausgeruht hast, komm, mein Gotteskind, mein Jesus von Nazareth, ich werde dich kreuzigen.

Wenn du nicht kommen willst, wenn du mir deine Hand als Geliebter verweigerst, wenn du taub und blind bist, weder hören noch sehen willst, wenn du in dem Maße dumm und unwissend bist, wenn du die Masturbation vorziehst, den pornographischen Traum, den nächtlichen Samenerguß, das Schmutzige und das Häßliche, wenn du die Gaucho- oder Sertanejo-Kopie des Paters José Antonio Hernandez, des Falangisten, bist, dann gehe ich und will dich nicht mehr sehen. Nach Paris bin ich eingeladen zum Fest von Bahia auf »Antenne 2«. Das wird ein Durcheinander sein, diese Feier, *la grande pagaille, la paillardise, la bringue,* stell dir vor, was los sein wird! Willst du, daß ich mich mit den Franzosen amüsiere, da gibt es einen, der ist eine Kokossüßspeise, einer, der einen Ohrring trägt, aber er ist kein Schwuler, oder willst du, daß ich in Bahia bleibe und deine Unschuld vernasche, mein Unberührter? Entscheide, ich bitte dich um ein Liebesverhältnis. Gewährst du mir deine Hand?

Im Garten der Verliebten raubte Patrícia da Silva Vaalsberg, »Patrícia von den Blumen«, schwarzes Schaf in der Herde des Herrn, Ziege Yansãs, nachdem sie ihre Rede beendet hatte, den Sack ausgeschüttet, Pater Abelardo Galvão, dem Pfarrer von Piaçava, noch einen Kuß. Noch einen Kuß auf den Mund, mit Zunge und Zähnen, feucht von der Seeluft, es nahm kein Ende mehr.

Ein vollkommener Pater, Großmutter, mit der Gnade Gottes. In der Ferne, sicherlich im dunklen See von Abaeté, singt ein Chor von Engeln und Teufeln Halleluja zum Klang von Flöte und Fiedel. Die Musik ist von Tom Jobim. Ein vollkommener Mann, Großmutter.

Reisen und reisende – In der Ausarbeitung dieses so umfassenden Berichtes haben wir häufig zurückgegriffen – und hier bringen wir unseren Dank zum Ausdruck – auf die Spalte Gesellschaft, von July verfaßt, Julieta Isensêe, einer fähigen Journalistin, informiert und belesen. Alles, was im Universum der Feiern der oberen Zehntausend und in den Kulissen der Kultur geschieht, heiße Nachrichten, Klatsch, Geschwätz aus erster Hand, findet Eintragung und Kommentar im aufrichtigen Raum der Chronik Julys.

Die Chronistin meldete mit Vergnügen und einer Spur Neid die Einschiffung der renommierten Gruppe reicher Touristen zur Kreuzfahrt in der Karibik, an Bord eines italienischen Schiffes, luxuriös. Im Verzeichnis der Glückspilze hob sie unter den lebhaftesten Gestalten zwei vornehme hervor, unsere geschätzten Bekannten, sehr elegant. Olímpia de Castro, die Wucht, im Matrosenstil gekleidet, ein Kostüm, das ihrer Größe und Kühnheit entsprach, und ihre unzertrennliche Kameradin Diana Teles Mendes Prado d'Ávila, Sylvia Esmeralda mit dem Spitznamen der Waffen, funkelnagelneu im Minirock und T-Shirt mit dem Bild der heiligen Barbara, der des Donners, farbig aufgedruckt, eine Werbung des Buchhändlers Chaves: Er ließ keinen Trumpf aus. Von der Nervenkrise, die sie ins Hospital gebracht hatte, erholt, ganz Fröhlichkeit.

Sie reisten allein, der einzige beklagenswerte Haken. Der Geschäftsmann Astério de Castro konnte die Leitung des Bauunternehmens, Lizenzträger der Werke, der vielfältigen Geschäfte, den Kontakt mit den Ministern, Generalen, Senatoren, Obersten nicht aufgeben. Am Ende des Monats hatte er Rechnungen zu bezahlen, Trinkgelder zu verteilen, Finanzierungen zu empfangen, und die Konkurrenten waren unbarmherzig. Euer Ehren, der Richter, abgesehen davon, daß er sich im patriotischen Gefecht gegen das kindlich-jugendliche Verbrechertum abmühte, war mit der Nachforschung beschäftigt, um aufzuklären, wer seine Unterschrift gefälscht hatte. Arme Gattinnen, einsam, tot vor Sehnsucht nach ihren Ehemännern, versuchten sie die Sehnsucht in den Armen der Touristen, der Bordoffiziere – der Zweite Offizier war heftig umkämpft –, vorzugsweise der Jüngelchen in Ferien, zu besiegen.

Ebenfalls aus der Spalte von July erfuhr man von der ehrenvollen Einladung, die Nilda Spencer erhalten hatte: »Antenne 2« bat um ihre Anwesenheit in Paris für die Mitarbeit an der Zusammenstellung der bahianischen Folge von »Le Grand Echiquier«. Jacques Chancel wollte sie am Abend der Sendung im Publikum an seiner Seite haben. Nilda Spencer flog und nahm eine Reserve an Tränen mit, um sie vor Rührung zu weinen, wenn sie auf den Bildschirmen der Fernseher in Frankreich die Musik von Bahia, die Kostüme, die Sambarunde, die Angola-Capoeira, den Candomblé, die Häuserwirbel, die einfachen Leute, das Volk im Karneval, das so duldsame und so feurige Leben hören und sehen würde: Das Chanson von Bahia.

Sie war nicht allein gereist. Dona Eliodora Costa hatte sie gebeten, sie möge nach der Tochter Marlene sehen, Lenoca, noch ein Mädchen, die als Geschenk zum fünfzehnten Geburtstag diese Studienreise nach Europa bekommen hatte, ein Monat, um sich mit Kultur vollzustopfen. July sah voraus, daß Lenoca, stürmischer Ausdruck junger Kraft, das Maximum an Nutzen in dem Bildungsmarathon erhalten würde: Museen, Vorträge, Schnellkurs in französischer Kultur an der Sorbonne, Konzerte, Theater, die Kirche Notre-Dame, Le Lapin Agile, der Louvre, die Oper, das Grand Palais und das Crazy Horse.

Wie man erfuhr, nicht durch die Spalte von July, sondern aus dem Mund der ewigen Klatschbasen, verzichtete das Mädchen Lenoca, kaum in Paris angekommen, im Wunsch, die fünfzehn Lenze gut zu feiern, auf Nildas Gesellschaft, die Gott dankte. Abgesehen davon, daß sie keine Berufung zum Vorhängeschloß für die Unschuld von wem auch immer hatte, sah sie sich äußerst beschäftigt mit den letzten Einzelheiten der Inszenierung des Programms von Chancel. Lenoca verabschiedete sich mit dem Versprechen, anzurufen.

Sie verbarg sich in einem sechsten Stockwerk der Île Saint-Louis, die Adresse hatte sie mitgebracht, mit den Dollars und Travellers, in einem Seidengürtel auf der Haut verwahrt, den Dona Eliodora genäht hatte. Eine muntere und multinationale Truppe empfing sie: hübsche Fräuleins, keines älter als fünfzehn Jahre, frühlingshaft. Sie hatten Leonoca mit größter Freundlichkeit empfangen, hatten ihr die beiden Stockwerke des Appartements gezeigt, Zug um Zug: die Musikinstrumente, die Aufnahmekanäle, die Zeichnungen, die Bücher, die kleine Anpflanzung von Grün, die Laken des Komponisten, der auf Reisen war, aber in jedem Augenblick kommen konnte: Ein Künstlerleben ist eine Plackerei, von einem berühmten Künstler ganz zu schweigen.

Die strammen Mädchen beschäftigten und amüsierten sich damit, eine Girlande zu flechten, um sie als Braut zu krönen, wenn er zurückkäme, der griechische Schäfer. Es waren insgesamt sechzehn junge Mädchen, und sie hießen Benedicte,

Nadja, Nadine, Vera, Veronique, Vasso, die Griechin, Anna, Rachilde, die schwarze Bonza, Valentina, Alexandra, Rennée, Remedios, die Sevillanerin, Oula und Maria Die Sieben Wunder, kupferfarben.

Der rätselhafte – Um ihn öffentlich zu loben, ihn zu feiern, nenne ich den Namen der einzigen mildtätigen Seele, die sich seiner, des armen Unglücklichen, erinnerte. Es handelt sich um Anny-Claude Basset, französisch-brasilianische Literatin. Das empfindsame Herz erkundigte sich nach dem Seminaristen Elói. Der Seminarist Elói hatte nackt für den Fotografen des SNI posiert, erinnert ihr euch?

Opfer eines Hinterhaltes des Schicksals, sah er plötzlich die Revolvermündung an seiner Stirn, das Maschinengewehr auf seine Brust gerichtet. Zitternd wie eine grüne Gerte, nackt und bloß, fing er an zu weinen, bepinkelte sich gänzlich.

Vom Seminar als verschwunden gemeldet, wurde er in Boca do Rio gefunden, in Fieber zitternd, mit Gedächtnisschwund, pausenlos masturbierend. Gedächtnisschwach und onanierend, sanftmütiger Verrückter, aus dem Hospiz geflohen, rührende Nacktheit.

Brenda Hallstatt, ältliche und betuchte Schweizerin, die seit über fünf Jahren dort wohnt – sie lebte in Gesellschaft des Phantoms Artur, den sie aus einem Restbestand im Saint Gaudens kaufte und der sich als langweilig herausstellte –, las ihn auf und nahm ihn mit nach Hause. Niemals erfuhr sie, wie er hieß, woher er gekommen war und was der Grund seines Deliriums war. Brenda adoptierte ihn. »Der Unbekannte aus dem Fluß«, so nannte sie ihn, er nahm es an. Mit Hilfe eines Zaubers, von Mutter Mirinha do Portão auf Vorschlag des Caboclos Pedra Preta ausgeführt, schickte sie das Phantom Artur zu seinem gebirgigen Ursprung in der Haute Garonne.

Romantisch und lasterhaft, heilte Brenda den Unbekannten mit Hilfe natürlicher Mittel von Hand, Mund und Schnecke rasch vom Mystizismus, vom bösartigen Fieber und der Tendenz zur Masturbation. Der Ex-Seminarist fand das Gedächtnis nicht wieder, noch hatte er ein größeres Bedürfnis danach. Er widmete sich mit beträchtlichem Erfolg dem Beruf eines sexuellen Sklaven. Er führt ein behagliches Leben, nur hin wieder träumt er von einem Revolver, der ihn bedroht, vom auf ihn gerichtetes Maschinengewehr und dem ungerührt knipsenden Fotografen. Wenn es passiert und er das Geräusch hört, puschert er ins Bett. Nach Brendas Meinung, Schweizerin und Freudianerin, muß die Tatsache sich auf den Ödipus-Komplex beziehen.

Die Heilung – Im Ilê Axê Ybá Ogun bezahlte Adalgisa in vierzig Tagen in der Kammer dem Kopf sieben Jahre Vernachlässigung, Verpflichtungen, die der Abicun unterlassen hatte einzuhalten. Iaô trat ein, Êbomin kam heraus.

Sie kam gewaschen und vollendet heraus, als sie in die Avenida da Ave-Maria zurückkehrte, wurde sie im Triumph empfangen, lächelnde Begeisterung der feiernden Nachbarschaft. Essen und Trinken, Musik vom Plattenspieler der vorlauten Alina und des Unteroffiziers Deolindo: Damiana bestand auf Süßigkeiten, und Professor João Batista hatte im blendenden Kreis seiner Beziehungen weißen und roten Wein, spanischen, grünen Wein, portugiesischen, Jerez, Manzanilla, nationalen Wodka und Whisky aus Paraguay der angesehensten schottischen Marken bekommen. Das Singen und Tanzen vor den Häusern ging bis zum Morgengrauen, doch gegen Mitternacht zogen Dadá und Danilo sich zurück und sagten, sie wollten sich ausruhen.

Sie ruhten sich nicht aus. Yansã hatte Feuer in Adalgisas Schamteile gespien, und während der vierzig Tage der Firmung hatte sie am Gürtel die Büffelhörner getragen: ein stärkeres und schnelleres Aphrodisiakum als Antwortholz und Catuaba. Adalgisa entflammte, und diese Nacht der Verbrüderung in der Siedlung war im Bett die des ersten Orgasmus, endlich fiel Dadá vor Genuß in Ohnmacht. Danilo mißbrauchte es nicht. Ausgehungert und durstig, ging er nicht gierig zum Topf, noch wollte er den Hunger mit einer einzigen Mahlzeit stillen. Sie beschlossen, nach Morro de São Paulo zurückzukehren, um die zwanzig Jahre Ehe zu feiern, zweite Flitterwochen. Die ersten hatten sich zu einem Wortspiel angeboten – Flitterwochen, Bitterwochen –, als der Ex-Príncipe des Rasens die Unschuld der jungfräulichen Gattin verspeist hatte, erzwungen, ihr die Schnecke mit einem Riegel blockierte – sie, die schon puritanisch war, auch noch frigide machte.

Sie hörte auf, puritanisch zu sein, aber sie wurde nicht ausschweifend, sie bewahrte ein gewisses Zartgefühl im Umgang mit der Liebe, das ihren Reiz und das Verführerische an ihr erhöhte. Sie blieb weiterhin eine Senhora, zu Freiheiten im Bett bereit, sie hörte auf fanatisch zu sein, aber sie blieb eine gute Katholikin, geht sonntags in Begleitung von Gildete zur Messe, aber sie beichtete nicht mehr, und niemals hat sie Pater José Antonio Hernandez wiedergesehen. Sie bewundert Miro, die feierliche Zeremonie, bei der er um Manelas Hand anhalten wird, hat schon ein festgelegtes Datum. Noch eine letzte Einzelheit, bevor Dadá und der Príncipe das Schiff nach Morro de São Paulo nehmen: Adalgisa war vom Kopfschmerz geheilt, Danilo tat nicht weniger: Seine Blähungen besserten sich ungeheuer, jetzt kamen sie nur ab und zu vor.

HAPPY-END – Im bescheidenen Holzhaus, vom Ehepaar Queiroz, Laura und Dário, gemietet, Bekannte seit zwanzig Jahren und Partner vieler Gespräche über Fußball, beherrschte Harmonie die Orgie. Große und lebhafte Hemmungslosigkeit, brachte Dadá im Reisekoffer zwanzig Jahre Verzögerung, zwei Jahrzehnte Unwissenheit mit. Sie hat es wieder gutgemacht.

In den vierzig Tagen in der Kammer, beim Candomblé von Muriçoca, hatte sie sieben Jahre Verpflichtungen bezahlt und das Ritual der Orixás gelernt. In fünfzehn Tagen und vierzehn Nächten am Strand von Morro de São Paulo, von Mondschein überzogen, in der Liebkosung der Brise, hatte Dadá alles bezahlt, was der fordernde Ehemann verlangte, sie schultete viel: ach, verlorene Zeit! Sie lernte sozusagen perfekt die Lektionen des fähigen und beharrlichen Lehrers, des Príncipe der Bordelle, des Hochgelehrten, Danilo gut im Bett, Danilo, ein Frauenheld, um einen berechtigten Ausdruck von Elisa, Meisterbiene, die mit dem verwegenen Schwanz, zu verbreiten.

Wenn jemand hofft, nach diesen kurzen und züchtigen Betrachtungen fünfzig kraftvolle Seiten zu lesen, die über die zweiten Flitterwochen berichten, mit denen die zwanzig Jahre Ehe gefeiert wurden, wie es anläßlich der ersten getan wurde, hat sich dieser Jemand geirrt. Haben sich die zahllosen Liebhaber, Gott bewahre uns!, dieses Typs niederer Literatur geirrt? Er hat sich geirrt, oder sie haben sich geirrt, das ist unwichtig: Sie haben in den Mond geguckt, auf die Sternschnuppen, die vom Himmel fallen. Die Tür zum Schlafzimmer der Eheleute ist verschlossen, und wir gehören nicht zu denen, die durch das Schlüsselloch spähen.

Umsonst wird hoffen, wer glaubt, sich an erotischen Ausdrücken, gerissenen, aufreizenden Einzelheiten, Seufzern und Stöhnen, süßen Worten zu ergötzen: Komm, meine kleine Schamlose, meine dreiste Hure, Goldzunge, Samtschnecke, Tanzkreiselpo, ähnliche Sachen der Zärtlichkeit, empfindsame, romantische göttliche Ausdrücke der Liebe. Man wird nicht von der Entjungferung sprechen.

Entjungferung? War sie nicht schon geschehen? Vor zwanzig Jahren, in den Flitterwochen nach der Hochzeit, auf den Leinenlaken im Hause Doktor Fernando Almeidas? Bei jener damals, auf schlechte Weise und mit unangebrachter Eile, hatte Danilo Adalgisas Unschuld vernascht, eingelagert unter dem Wald gelockter Haare an der Öffnung zur Welt, jungfräulich. Beim zweitenmal, dem nach zwanzig Jahren, war es die Unschuld des Hinterns, von Kennern Armputz genannt, die er durchbrach, appetitlich, und er kostete ihn im Wohlgeschmack, mit der erschrockenen Zustimmung der hinten Geputzten.

Es war in der siebenten Nacht, genau in der Mitte der Ferien, daß Danilo ihre Hinterbacken vernaschte, es war eine Vollmondnacht. Sie hatten sich weit von den Häusern entfernt, barfuß auf der magischen Straße des Mondscheins, sie zogen Badeanzug und Badehose aus, nackt gingen sie ins Meer, er verfolgte sie lachend, sie wälzten sich in den Wellen, balgten sich auf dem feuchten, harten Sand, schreckten Krebse auf, der Schaum der Wellen ließ Adalgisas Brüste erzittern, und Danilos Rute zeigte zum Himmel. Salzige Küsse, schlingende Münder, gelöste Hände, die Gedanken bei eben jenem. Sie kehrten nach Hause zurück, den Schritt beschleunigend, sie hatten es eilig. Es geschah.

Als von der Hochzeit erzählt wurde, von den schwierigen, unglücklichen Flitterwochen, wurde versprochen, »das Melodrama und das Happy-End zu berichten«. Das Melodrama wurde in den langmütigen Kleinigkeiten geschildert, Anstrengung und Rache, Treffen und Verfehlen, Sache einer traurigen Vergangenheit. Beim zweitenmal das Happy-End.

Danilo, seien wir uns einig, hat das glückliche Ende verdient, denn im Laufe der zwanzig Jahre Puritanismus der fanatischen Adalgisa verlor er nicht den Mut, hatte er weiter gebeten. Es dauerte lange, aber er verwirklichte seine kühnsten Träume: Eine Frau, feuriger und vollkommener im Bett als Dadá, muß man sich erst vorstellen können. Danilo muß auf die Fähigkeit und die Begeisterung, die zu seinem männlichen Charakter gehören, zurückgreifen, Kräfte fehlen ihm noch nicht, glücklicherweise. Doch einige Zeit später ging er dazu über, Guaranapulver zu nehmen, das ihm Eduardo Lago schickte, ein Freund aus São Luís do Maranhão, ein Fußballfan.

Und hier ist die Geschichte von Adalgisa und Manela beendet, Nachkommen des Spaniers Paco Perez y Perez und der Negerin Andreza, Tante und Nichte, beide Töchter Yansãs. Yansã kam zu Besuch nach Bahia, um ihr verkehrtes Leben in Ordnung zu bringen, der Bosheit ein Ende zu setzen, das Gute und den Genuß, die Lebensfreude zu lehren. Sie kleidete sich in den Umhang der Donner der heiligen Barbara, schiffte sich auf dem Leichter Mestre Manuels ein, stiftete Verwirrung, überschritt die Grenzen des Wirrwarrs und der Gefahr, rettete das Leben eines Melonenpaters, amüsierte sich. Sie buchstabierte mit Dorival Caymmi, mit Carybé und mit diesem eurem Diener, danke, drei Obás von Xangô, drei mit der Ehrendoktorwürde der Schule des Lebens, drei Gesellen aus Bahia, ein Musiker, ein Maler, ein Romanschriftsteller, *saravá!*

Die rückkehr – Absoluter Erfolg, größer hätte er nicht sein können, der der Ausstellung für Religiöse Kunst: unzählige Besucher, Sätze tönender Begeisterung in den Gästebüchern, ungeheurer Widerhall, wie man weiß. Sie dauerte einen Monat, aber das Bild der heiligen Barbara, der des Donners, blieb noch eine lange Woche im Kloster Santa Tereza, in den Werkstätten des Museums, zum Zwecke der besonderen Sorgfalt der Restauratorin Liana Gomes Silveira, von allbekannter Befähigung.

Vertrauen ist gut, Kontrolle ist besser. Mißtrauisch, wurde Pater Téo, dessen Beziehungen zu Dom Maximiliano von Gruden spärlich blieben, gekennzeichnet von Antipathie und Verdächtigung, unruhig und holte es persönlich ab. Er mußte sich zwei Tage gedulden, unter Schimpfen und Fluchen, denn der Museumsdirektor war unverhofft verreist, und nur er würde die Anweisung für die Rückgabe des Bildes unterschreiben können.

Doch alles hat seinen Tag, und so brachten am Morgen eines Sonntags mit Sonne und frischem Wind Dom Maximiliano und der Angestellte Edimilson, marxistischer und seherischer Engel, wieder eingesetzt in die Funktionen des Beirates, das Bild im Kombi des Museums zur Rampa do Mercado, wo der »Reisende ohne Hafen« vertäut war. Mestre Manuel und Maria Clara hatten es übernommen, es einzuschiffen, sie stellten es auf das Tragegerüst auf dem Heck des Leichters. Höflich verabschiedete sich Dom Maximiliano vom Vikar von Santo Amaro, der nicht weniger gesittet war: »Entschuldigen Sie die böse Art, ich bin eben so.« Er solle sich nicht entschuldigen, bat Dom Maximiliano. Er rechnete Unverständnis, Irrtümer, boshafte Anspielungen nicht an, er konnte sie verstehen und sogar rechtfertigen. Sie drückten sich die Hände, der Vikar und Dom Maximiliano. Im Tresor des Museums, mit sieben Schlüsseln zugesperrt, hatte Dom Maximiliano das von Pater Téo unterzeichnete Dokument verwahrt, bestätigend, das Bild der heiligen Barbara, der des Donners, das dem Museum für Sakrale Kunst geliehen worden war, in einwandfreiem Zustand empfangen zu haben. Er hatte die Unterschrift des Vikars beglaubigen lassen.

Zwei Journalisten begleiteten das Bild nach Santo Amaro: Guido Guerra für den »Díario de Notícias«, José Berbert de Castro für »A Tarde« mit den entsprechenden Fotografen, Gervásio Filho und Vavá. Die glänzenden Reporter stimmten, jeder von ihnen in seinem Stil, in der Beschreibung der Reise überein, dem Halt an der Flußmündung und dem Anlanden in Santo Amaro. Die Reise verlief ruhig, bei dem Halt gab es Feuerwerk und Reden, das Ausladen war eine Anbetung.

Vom Kai von Bahia fuhr der »Reisende ohne Hafen«, geleitet von zahllosen Leichtern aus, die ihn bis zum Paraguaçu eskortierten. Dort, wo sich der Fluß mit dem Meer trifft, Tor zum Recôncavo, hielten die Leichter an. Raketen stiegen auf, um die glückliche Rückkehr anzukündigen, und einen alten Lautsprecher benutzend, deklamierte Antônio Brasileiro, Troubadour von Feira de Sant'Ana, letzter Poet, der in diesem Handbuch der Verskunst dichtet, eine Ballade zum Lobe der Heiligen: »Triumph der heiligen Barbara, der des Donners, auf den Deltaflügeln des Volkes«. Die Fische kamen an die Oberfläche, um sie zu hören, die Baronesas öffneten sich zu Blumen, Reime flogen durch die morgendliche Brise.

Auf dem Flußlauf war die Begleitung Aufgabe und Hingabe der Leichter, die aus den Häfen des Recôncavo gekommen waren, ein Schwarm. Am Hals des Bildes der Reliquienschrein der Bruderschaft »Unsere Herrin vom Guten Tod«: Die alten Mütterchen von Cachoeira warteten unruhig am Kai von Santo Amaro. Die heilige Barbara, die des Donners, schien zufrieden über die Rückkehr auf ihren Altar, sie lächelte, als sie Maria Claras Liebeslieder hörte, die rituellen Takte von Orin Orixá. Die Brise spielte in Mestre Manuels schwieligen Händen. Hosianna!

In Santo Amaro war das Anladen eine Weihe, man feierte den Sieg des Volkes, die Niederlage der Lumpen, die versucht hatten, ein Gut der Stadt zu rauben, jetzt noch wertvoller, denn wie erwiesen und bewiesen ist und man im Buche liest, war das Bild der heiligen Barbara, der des Donners, eine Skulptur von Aleijadinho, auf Bestellung des Vikars, speziell um in Santo Amaro da Purificação verehrt zu werden. Die Bevölkerung begleitete in Massen die Prozession, sie wechselten sich ab beim Tragen des Gestells der Heiligen, an der Spitze gingen Dona Canô und ihr José Veloso, Eltern der glücklichen Kinder. Epiphania!

Auf ihrem bescheidenen Altar in der Matriz abgesetzt, dort bleibt das umstrittene Bild, das verschwunden war und von sich reden machte. Nach Meinung Pater Téos hätte es niemals von hier wegkommen sollen. Es hatte ihn Mühe und grobe Worte gekostet, es zurückzubringen: die berühmte, einzige und echte heilige Barbara, die des Donners.

Die Eintragung – Die echte, die einzige? Vielleicht ja, vielleicht nein. An den Buchhandlungstüren, Orten der Begegnung und des Schwatzes, die übrigens schon nicht mehr existieren, wird unter Literaten zurückhaltend eine Eintragung kommentiert, die der heiligen Barbara des Donners gewidmet ist, mit einem Farbfoto in der »Universalenzyklopädie der Religiösen Kunst«, kürzlich in Deutschland erschienen (Piper Verlag, München).

»Die heilige Barbara der Blitze«, die Eintragung, sorgfältig und knapp, singt ein Lob auf die Schönheit des Bildes, spricht vom hohen künstlerischen Wert und vom aufsehenerregenden Handelswert auf dem Markt der Fachwelt, bezieht sich auf das Buch von Dom Maximiliano von Gruden, »Der Ursprung und der Schöpfer des Gnadenbildes Barbara, die der Blitze«, und die These, nach der Aleijadinho die Urheberschaft der Skulptur zugeschrieben wird. Sie endet mit der Information, daß das Original Teil der bemerkenswerten Bestände des Museums für Sakrale Kunst der Bundesuniversität von Bahia ist. Eine Kopie ist Gegenstand eines Volkskultes, öffentlicher Andacht in der Matriz von Santo Amaro da Purificação.

Mit dieser erstaunlichen germanischen Information, die zu Zweifel herausfordert, die Polemik wieder aufnimmt, verschleierte Nachrichten nährt, zu heftigen öffentlichen Anklagen aufstachelt, kommen wir an das Ende der Erzählung, es bleibt uns nur *»até logo«, »au revoir«* zu sagen. Von dem Rücken des schwerfälligen Esels, eben jenem, dem tanzenden, am Kreuzweg absteigend, wo die Wege ineinander übergehen und sich die Gesichter vermischen, schmücke ich den Exu geschuldeten Ebó: Ebó aus Blut mit einer Flasche Schnaps und einem halben Dutzend Zigarren zu zwanzig.

»Laroiê!« sage ich grüßend, und der Chor der Gevattern antwortet mir: »Gelobt sei Gott!« Axé, gute Leute, ich mach mich davon, bis zum Wiedersehen.

ENDE DES ROMANS

Am Quai des Célestins, in Paris,
von Mai bis Oktober 1987,
von Februar bis Juli 1988,
in Bahia, August 1988.

Anmerkungen

Abacaxi feinste brasilianische Ananassorte
Abará Klöße aus Bohnen mit Piment und Palmöl, in Bananenblätter gewickelt
à bientôt! (frz.) bis bald!
Acaçá Brei aus Reis- und Maismehl
Acarajé Gericht aus gekochten, in Palmöl gebackenen Bohnen
ad eternum richtig: ad aeternum (lat.) für alle Ewigkeit
Adjá metallene Glocke; ihr Klang ruft bei afrobrasilianischen Kulthandlungen zur Zeremonie
Afoxé Karnevalsgruppe
Agogô ein aus Afrika stammendes Musikinstrument
Aiocá Meeresgrund in der Sprache der *Ioruba*
Alabê Würdenträger beim *Candomblé*, leitet das Orchester der Schlaginstrumente
alter ego (lat.) das andere Ich
Amalá Gemüsegericht
Ambrosia Süßspeise aus in Zuckersirup gekochten Eiern und Milch
Anakarden Früchte des Cajubaumes, aus denen Süßspeisen zubereitet werden
Aratu Garnele
Arraia Fischsorte
Atabaque Trommel
até logo (port.) bis bald, auf Wiedersehen
au grand complet (frz.) vollzählig
au revoir (frz.) auf Wiedersehen
Aquele Abraço (port.) Diese Umarmung; Liedtitel
Avec ça... (frz.) Damit werden sie angeben, die Jungs!
Avec ma gueule de métèque... (frz.) Mit meiner Schnauze eines Fremden, eines ewigen Juden, eines griechischen Hirten...; Anfang eines Liedes von Georges Moustaki
Axé Grundelement der Erde
Axé do Opô Afonjá Kultstätte
Babá Heiligenvater
Baba-de-moça Süßspeise aus Zuckersirup, Kokosmilch und Eidottern

Babalaô Priester der *Ioruba*, eines afrikanischen Negerstammes, bekleidet mit weißem Hemd, weißem Anzug und weißer Mütze

Balangandãs Juwelierarbeit, Schmuck; in Bahia Anhänger in Form von Medaillen und Amuletten, die an Festtagen getragen werden

Banto Angehörige einer südafrikanischen Völkergruppe; als Sklaven kamen sie nach Brasilien

Batida Zucker- oder Honiggetränk aus Brandy und Zitronen

Berimbau Schlaginstrument afrikanischen Ursprungs

Biriba ein Kartenspiel

Bomfim (port.) gutes Ende

bon vivant (frz.) Lebemann, lustiger Bruder

Briosa Bezeichnung der früheren Bürgerwehr (kasernierte Polizeitruppe)

Caatinga dürre, unfruchtbare Gegend im Innern Brasiliens mit niedrigem, dornigem Pflanzenwuchs

Cabaça Flaschenkürbis

Caboclo Mischling aus Weißen und Indianern, armer Landbewohner, Eingeborener aus dem Landesinnern

Cabra Mischling aus Mulatte und Neger; auch: Messerheld

Caipirinha Zuckerrohrschnaps mit Zitrone und Eis

Cajá Frucht, aus der Süßspeisen und Eis bereitet werden

Cajorana Frucht

Caju s. *Anakarden*

Candomblé jedes größere Jahresfest des afrobrasilianischen Negerkults

Cangaçeiro Bandit aus dem *Sertão* im Nordosten Brasiliens

Canjica Maisbrei mit Zucker, Zimt und Kokosmilch

Capanga Messerheld, der bezahlte Aufträge übernimmt

Capoeira dem Ringkampf ähnliches Spiel mit charakteristischen schnellen Bewegungen

Carambola Frucht, aus der Kompotte und Gelees bereitet werden

Carcará falkenartiger Vogel

Caruru Spinat mit Krabben, Fisch, Palmöl und Piment

Catuaba Pflanze, deren Rinde und Blätter als Aphrodisiakum dienen

Caxixi schwacher oder schlechter Branntwein

Cazumbi Seele aus dem Jenseits

cherchez le prêtre (frz.) suchen Sie den Priester; im Sinne von: da steckt gewiß ein Priester dahinter

Clareteano katholischer Orden aus Katalonien
Clergyman (engl.) Geistlicher
coiffeur de dames (frz.) Damenfriseur
Colina do Bomfim (port.) Hügel vom guten Ende
Companheiro (port.) Gefährte, Genosse, Kamerad
Conquéns (port.) Opferspeisen
Consumatum est! (lat.) Es ist vollbracht!
Coração-de-boi (port.) wörtlich: Ochsenherz; Baum mit harten Blättern und gelben, rot gefleckten Blüten, findet als Bauholz Verwendung
Coup de foudre (frz.) Blitzschlag; im übertragenen Sinne: Liebe auf den ersten Blick
Curriculum-vitae (lat.) Lebenslauf
Dendê aus Palmen gewonnenes Öl
Deo gratis! (lat.) Gott sei Dank!
des tourtereaux (frz.) Turteltauben; Liebespärchen
DOI-CODIS brasilianischer Geheimdienst
Ebó Fetisch; Opfergabe, meist aus einem schwarzen Huhn und Wachskerzen bestehend
Êbômin Priesterin
echando pestes (span.) wüst schimpfen
Efó eine Art *Caruru*
Eiru Kultgegenstand
Ekedes Kultdienerinnen
Eluô eine Art Fetisch
Eparrei Oyá! freudiger Ausruf
Euá Göttin des Negerkults
Exu einer der wichtigsten Götter des Negerkults, Gott der Bewegung, stiftet gern Verwirrung, tritt in der Morgen- und Abenddämmerung und in der Dunkelheit der Nacht auf; seine Kleidung ist blau, rot und weiß; sein Tag ist der Montag
Folia sehr schneller Tanz zum Klang der Tamburins
fou-rire (frz.) unbändiges Lachen
Frevos Karnevalsrhythmen
fromage camembert bien fait (frz.) gut durchgereifter Camembert
Galegos Spitzname der Portugiesen
garçonnière de bon vivant (frz.) Junggesellenbude eines Lebemannes
Gorila Angehöriger oder Verteidiger eines Militärs, der durch Putsch an die Macht gekommen ist

Gringo Ausländer weißer Hautfarbe; meist abwertend verwendet
Guaraná Erfrischungsgetränk aus dem gemahlenen Samen des gleichnamigen Strauchs
hijita mia (span.) mein Töchterchen
Hispanismen spanische Spracheigentümlichkeiten in einer anderen Sprache
hôtel-de-passe (frz.) Stundenhotel
Iaba Teufelin mit verborgenem Schwanz; auch: Dörrfleisch
Iaô Dienerin des Negerkults, Heiligentochter
inter pares (lat.) unter gleichen
Iole leichtes Boot
Ioruba afrikanischer Volksstamm
Iyalorixá Priester des Negerkults
Jacu huhnartiger Vogel
Jagunço s. *Capanga*
Jambo eiförmige, wohlschmeckende Frucht des Jambusenbaumes
Janaína Göttin des Meeres
Jerez spanischer Sherry
Jurá oluá Altar, geheiligter Ort
Jurubeba Frucht eines Nachtschattengewächses
kopfloses Maultier (port. = mula-sem-cabeça) im Volksglauben verwandelt sich eine Frau, die mit einem Priester in wilder Ehe lebt, in ein Maultier ohne Kopf, das in bestimmten Nächten umgeht
la bringue (frz.) Gelage, Sauferei, ausschweifendes Leben
la délicatesse (frz.) Feinheit, Zartgefühl, Takt, Geschicklichkeit
la grande pagaille (frz.) großes Durcheinander
Lambreta Schnaps mit Austernbrühe
la modiste distinguée (frz.) die berühmte, hervorragende Putzmacherin
la paillardise (frz.) Unzucht, Ausschweifung
Largo (port.) Platz
la sauce au poivre (frz.) Pfeffersoße
Le Grand Echiquier (frz.) Die Große Schatzkammer, Fernsehshow
les marieuses (frz.) Ehestifter, Heiratsvermittler
»Liberté, j'écris ton nom« (frz.) »Freiheit, ich schreibe deinen Namen«, Gedicht von Paul Eluard
Lusiaden Titel eines Heldengedichts des portugiesischen Dichters Luis de Camões (1524–1580)

Macumba fetischistische Zauberhandlung afrikanischen Ursprungs mit europäisch-christlichem und indianisch-spiritistischem Einfluß, von Tänzen und Gesängen zum Klang der Trommeln begleitet

Mais non! Merde alors! (frz.) Aber nein! Scheiße noch mal!

maison close (frz.) Bordell

Malagueña spanischer Tanz im Dreivierteltakt, mit Gesang wechselnd

Mamão Frucht, aus der Süßspeisen bereitet werden

Mana Saft einiger Pflanzen; köstliche Speise

Maniçoba Gericht aus Maniokspossen, Fleisch oder Fisch, Salz und Piment

Manuê Kuchen aus Maismehl mit Honig und anderen Zutaten

Manzanilla starker, herber spanischer Weißwein

Martelo Rhythmusinstrument, auch: Eichmaß

Mea culpa! Mea maxima culpa! (lat.) Meine Schuld! Meine allerschwerste Schuld!

mi hija (span.) meine Tochter

mi niña (span.) mein Kind

Missa de Sétima Dia (port.) Messe am siebenten Tag, d. h. sieben Tage nach dem Tode des Verstorbenen

Mondrongo aufgeblasener Kerl; Taugenichts; Spitzname für Portugiese

Moqueca Ragout aus Meerestieren, mit Piment und Palmöl zubereitet

Nagô sudanesischer Negerstamm

Nossa Senhora da Boa Morte (port.) Unsere Herrin vom Guten Tod

Nossa Senhora da Purificação (port.) Unsere Herrin der Läuterung

Nossa Senhora do Rosário dos Pretos (port.) Unsere Herrin vom Rosenkranz der Schwarzen

Nosso Senhor do Bomfim (port.) Unser Herr vom Guten Ende

Obá Gestalt des Negerkults

Obaluayê afrikanischer Gott der Blattern, auch unter dem Namen *Omolu* bekannt

Ochlokratie von Vertretern der altgriechischen Aristokratie geprägter abfälliger Ausdruck für die Herrschaft des Volkes

Ogan-da-sala Gestalt des Negerkults

Ogum Kriegsgott; sein Symbol ist das Schwert

Omolu s. *Obaluayê*

Orixá Gott des Negerkults
Ossãe Gott des Negerkults
Ossé Opfergabe im Sinne einer Candomblé-Verpflichtung
Oxaguinhãs s. *Oxalá*
Oxalá höchster Gott des Negerkults
Oxolufã Gestalt des Negerkults
Oxóssi Gott der Wälder und der Jagd
Oxum Göttin der Liebe und der Wasser, durch goldgelbe Farbe symbolisiert
Oxumarê zwittriger Gott des Negerkults
Oyá Göttin der Winde und Hüterin der Friedhöfe
Padê beim *Candomblé* eine Zeremonie für *Exu*
Património Histórico e Artístico (port.) Historisches und Künstlerisches Erbe
Pau-de-resposta Pflanze, gilt als Aphrodisiakum
Pau-marfim Edelholz
Paxoró Waffe *Oxalás*
Pareô buntes, viereckiges Tuch, vielfältig verwendbar als Kleidungsstück
Pataxós Indianerstamm, der in Brasilien im Nordosten von Minas Gerais lebte
Peji Altar der Candomblé-Gottheiten im Inneren des Hauses
Peroba Bezeichnung für verschiedene Bäume mit Holz guter Qualität
petit-ami (frz.) kleiner Freund
Pico-de-jaca kunsthandwerkliche Arbeit aus Edelholz
PIDE portugiesische Geheimpolizei
Pitanga Frucht, aus der Fruchtbrei, Gelee und Eis zubereitet werden
pleine de longueurs (frz.) voller Längen
Praça (port.) Platz
Príncipe (port.) Prinz, Fürst
profiteur (frz.) Nutznießer, Ausbeuter
pyrrhonisch nach Pyrrhon: griechischer Philosoph, Begründer des Skeptizismus
Quiabo Hülsenfrucht
Quintandê bahianisches Gericht, eine Variante von *Vatapá*, mit Mönchsbohnen
Rainha do Mar (port.) Meereskönigin
Recôncavo der fruchtbare und dicht besiedelte Küstenlandstrich im brasilianischen Bundesstaat Bahia

Redde Caesari... (lat.) Gib dem Kaiser, was des Kaisers ist, und Gott, was Gottes ist.
Reis Plural von Real, Münzeinheit
repas exquis (frz.) köstliche Mahlzeit
Sapota dunkle, fleischige und sehr süße Beere
Sapoti Frucht mit vanilleartigem Geschmack, Grundsubstanz für Kaugummi
saravá! Begrüßung und Abschied unter Candomblé-Anhängern
Sertanejo Sertão-Bewohner
Sertão das Landesinnere, die Wildnis, unwirtliches Gebiet im Nordosten Brasiliens
Senzala Ansammlung von Landarbeiterhütten
Siri brasilianische Schaltiere
SNI Serviço Nacional de Informações, Nationaler Informationsdienst
speech (engl.) Rede
Taramesso magisches Instrument
Terreiro Kultplatz
Theosophie mystische Gottesschwärmerei
Tout le monde sera envoûté (frz.) Alle werden bezaubert sein
Umbanda Kultform aus der Assimilation von Elementen afrobrasilianischer Religion und brasilianischem Spiritismus
Vade retro, Satanas! (lat.) Weiche von mir, Satan!
Vatapá typisches Gericht der bahianischen Küche aus Reismehl- oder Maniokbrei mit Dendê-Öl, Piment, Krabben, Fisch oder Huhn
vin blanc mousseux (frz.) perlender Weißwein
Vinho verde (port.) grüner Wein, herber, erfrischender portugiesischer Wein
Vintém alte Münze, entspricht zwanzig Reis
Vodum ein dem *Candomblé* ähnlicher Kult
Xangô eine der mächtigsten Götter des Negerkults, Gott des Blitzes, des Donners und des Feuers, symbolisiert durch die rote Farbe
Xinxim Geflügelragout
Yansã Wind- und Sturmgöttin, Gattin von *Xangô*
Yemanjá Göttin des Meeres und der Mutterschaft, durch die blaue Farbe symbolisiert

Jorge Amado bei Volk und Welt

Jubiabá 1950
Tote See 1950
Die Auswanderer vom São Francisco 1951
Herren des Strandes 1951
Der Ritter der Hoffnung 1952
Das Land der goldenen Früchte 1953
Katakomben der Freiheit 1955
Kakao 1957
Gabriela 1962
Leute aus Bahia 1966
Kapitän auf großer Fahrt 1966
Hirten der Nacht 1969
Dona Flor und ihre beiden Ehemänner 1970
Werkstatt der Wunder 1972
Der gestreifte Kater und die Schwalbe Sinhá 1979
Tieta aus Agreste 1981
Das Nachthemd und die Akademie 1982
Tocaia Grande 1986
Das Verschwinden der heiligen Barbara 1990